御製

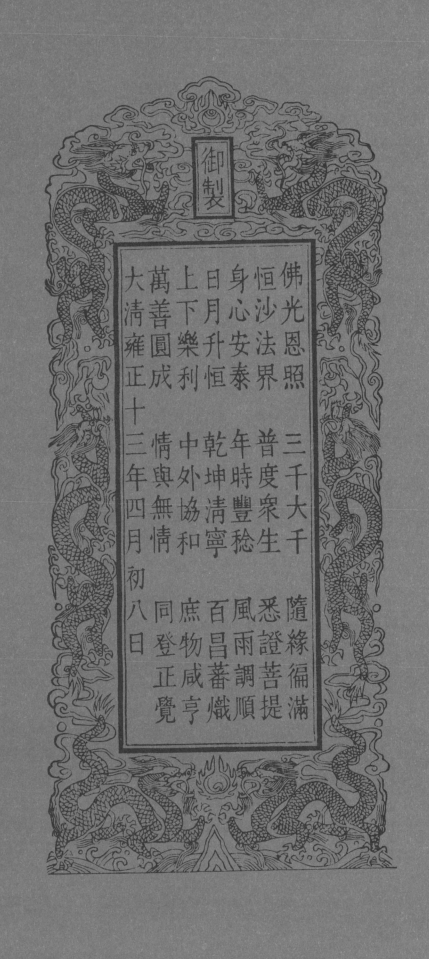

佛光恩照　三千大千　隨緣徧滿
恒沙法界　普度衆生　悉證菩提
身心安泰　年時豐稔　風雨調順
日月升恒　乾坤清寧　百昌蕃熾
上下樂利　中外協和　庶物咸亨
萬善圓成　情與無情　同登正覺

大清雍正十三年四月初八日

第一〇一册　小乘論（一一三）

阿毗達磨集異門足論

唐三藏法師玄奘奉詔譯

清刻龍藏佛說法變相圖

阿毗達磨集異門足論卷第一

尊者舍利子說

唐三藏法師玄奘奉詔譯

緣起品第一

世尊一時遊力士生處至波波邑住折路迦林時彼邑中諸力士衆於恒聚戲東西村閒嗢跋諾迦舊制多所共造臺觀瑩飾初成未有沙門婆羅門等及諸力士曾所受用時力士衆聞佛世尊將苾芻僧住近林內互相慶慰咸共議言我等所修勝妙臺觀應先請佛及苾芻僧無上福田於中止住然後我等隨勝善業所獲資財於中受用由斯我等長夜獲得利益安樂豈不善哉諸力士衆作是議已各集徒侶并諸眷屬出波波村往如來所到已頂禮世尊雙足右繞三帀退坐一面時

薄伽梵以慈軟音慰問力士并諸眷屬復以種種微妙法門示現教導讚勵慶喜説是事已默然而住諸力士輩聞佛所説歡喜踊躍即從座起合掌恭敬俱白佛言我此邑中諸力士衆於恒聚戲東西村間嗢跋諾迦舊制多所共造臺觀瑩飾初成未有沙門婆羅門等及諸力士曾所受用唯願世尊哀愍我等將諸弟子於中止住令我長夜利益安樂爾時如來哀愍彼故將諸弟子往住其中復以妙音爲諸力士宣揚種種施果差别問答往還過初夜分諸力士輩并其眷屬聞法歡喜禮佛而去爾時世尊告舍利子吾今背痛暫當寢息汝可代吾爲苾芻衆宣説法要勿空度也時舍利子默然受教佛便四疊嗢怛羅僧敷爲卧具大衣爲枕端身累足右脅而卧

如理作意生光明想及當起想具念正知如大寶山寂然無動爾時舍利子告苾芻衆言此波波村離繫親子處無慙衆自號爲師其人命終未逾旬月諸弟子輩兩兩結朋諍訟紛紜互相淩懱各言法律我解非餘如我所知是法是律我之所説應理合儀汝等於斯悉皆絶分於其師教各隨已執迴換前後或減或增破析支離遂成多部欲知勝負便共激論爲脱過難遁相誹斥雖有論言而無論道口出刀矟以相殘害諸有白衣信彼法者見其弟子乖諍如斯皆共瞋嫌毁而捨去時舍利子復告衆言此波波村離繫親子所有法律惡説惡受不能出離不趣正覺是可壞法無趣無依我等如來應正等覺大師法律善説善受能永出離能趣正覺非可壞法有

趣有依我等今應聞佛住世和合結集法毗柰耶勿使如來般涅槃後世尊弟子有所乖諍當令隨順梵行法律久住利樂無量有情哀愍世間諸天人衆令獲殊勝義利安樂

一法品第二

時舍利子復告衆言具壽當知佛於一法自善通達現等覺已爲諸弟子宣説開示我等今應和合結集佛滅度後勿有乖諍當令隨順梵行法律久住利樂無量有情哀愍世間諸天人衆令獲殊勝義利安樂一法云何嗢柁南曰

一切謂有情　依食依行住　於一切善法
不放逸爲尊

一切有情皆依食住一切有情皆依行住於諸善法不放逸勝是謂一法一切有情依食住者何等是食而言有情皆依食住如世尊説苾芻當知食有四種能令部多有情安住及能資益諸求生者何爲四食一者段食若麤若細二者觸食三者意思食四者識食由此四食説諸有情皆依食住何緣故知諸有情類皆依食住謂諸有情於彼彼聚由此諸食未盡爲因有想等想施設言説活住存濟差別而轉若諸有情於彼彼聚由此諸食已盡爲因有想等想施設言説死沒殞逝差別而轉由此故知諸有情類皆依食住問如是四食當言有爲當言無爲答應言有爲問如是四食當言常當言無常答應言無常問如是四食當言恒當言非恒答應言非恒問如是四食當言變易當言不變易答應言變易問如是四食當言緣已生當言非緣已生答

應言緣已生問如是四食當言名攝當言色攝答段食應言色攝餘三食應言名攝問如是四食當言有見當言無見答應言無見問如是四食當言有對當言無對答段食應言有對餘三食應言無對問如是四食當言是心當言非心當言是心所當言非心所當言心相應當言心不相應答段食應言非心非心所心不相應觸意思食應言是心所與心相應識食應言唯是心問如是四食當言善當言不善當言無記答段食應言無記餘三食應言或善或不善或無記云何善觸食答若善有漏觸爲緣能令諸根長養大種增益又能滋潤隨滋潤充悅隨充悅護隨護轉隨轉持隨持是謂善觸食云何不善觸食答若不善觸爲緣能令諸根長養大種增益又能滋潤隨滋潤乃至持隨持是謂不善觸食云何無記觸食答若無記觸爲緣能令諸根長養大種增益又能滋潤隨滋潤乃至持隨持是謂無記觸食云何善意思食答若善有漏觸相應諸思等思現前等思已思思類造心意業是謂善意思食云何不善意思食答若不善觸相應諸思等思乃至意業是謂不善意思食云何無記意思食答若無記觸相應諸思等思乃至意業是謂無記意思食云何善識食答若善有漏思相應諸心意識是謂善識食云何不善識食答若不善思相應諸心意識是謂不善識食云何無記識食答若無記思相應諸心意識是謂無記識食問如是四食當言有漏當言無漏答應言有漏問如是四食當言學當言無學當言非學非無

學答應言非學非無學問如是四食當言欲界繫當言色界繫當言無色界繫答段食應言欲界繫餘三食應言或欲界繫或色界繫或無色界繫問諸食皆是段食耶答諸段食皆是食有是食非段食謂餘三食及世俗問諸食皆是觸食耶答諸觸食皆是食有是食非觸食謂餘三食及世俗問諸食皆是意思食耶答謂意思食皆是食有是食非意思食謂餘三食及世俗問諸食皆是識食耶答諸識食皆是食有是食非識食謂餘三食及世俗問諸段皆是食耶答應作四句有是段而非食謂段爲緣諸根損減大種變壞有是食而非段謂餘三食及世俗有是段亦是食謂段爲緣諸根長養大種增益又能滋潤隨滋潤乃至持隨持有非段亦非食謂除前相問諸觸皆是食耶答應作四句有是觸而非食謂無漏觸及有漏觸爲緣諸根損減大種變壞有是食而非觸謂餘三食及世俗有是觸亦是食謂有漏觸爲緣諸根長養大種增益又能滋潤隨滋潤乃至持隨持有非觸亦非食謂除前相如觸食有四句意思識食應知亦爾頗有食爲緣生食生非食生食非食耶答生云何食爲緣生食答段食爲緣生餘三食云何食爲緣生非食答段食爲緣生受想作意等云何食爲緣生食非食答段食爲緣生餘三食及受想作意等頗有非食爲緣生非食生食生食非食耶答生云何非食爲緣生非食答如眼及色爲緣生受想作意等云何非食爲緣生食答如眼及色爲緣生觸意思識食云何非食爲緣生食非食答如眼及

色爲緣生觸意思識食及受想作意等類有食非食爲緣生食非食生食生非食耶答生云何食非食爲緣生食非食答如眼及色眼識爲緣生觸意思識食及受想作意等云何食非食爲緣生食答如眼及色眼識爲緣生觸意思識食云何食非食爲緣生非食答如眼及色眼識爲緣生受想作意等問若段食已斷已徧知觸食亦爾耶答若觸食已斷已徧知段食亦爾有段食已斷已徧知非觸食謂已離欲染未離上染如以段食對觸食對意思識食亦爾問若觸食已斷已徧知意思食亦爾耶答如是如以觸食對意思食對識食亦爾問若意思食已斷已徧知識食亦爾耶答如是問若於食已斷已徧知彼於欲色無色界已離染耶答若於段食已斷已徧知彼於欲界已離染非於色無色界若於餘三食已斷已徧知彼於欲色無色界皆已離染爾時於一切一切事一切種一切位一切處一切結皆已離染故

一切有情依行住者何等是行而言有情皆依行住如世尊說苾芻當知若諸有情於彼彼聚不死不殞不破不沒不失不退皆由壽住命根相續此壽命根說名爲行由此行故一切有情存濟住活此行於彼能護隨護能轉隨轉由此故說一切有情皆依行住何緣故知諸有情類皆依行住謂諸有情於彼彼聚由此壽行未盡爲因有想等想施設言說活住存濟差別而轉若諸有情於彼彼聚由此壽行已盡爲因有想等想施設言說死沒殞逝差別而轉由此故知諸有情類皆依行

住問如是壽行當言有爲當言無爲答應言有爲問如是壽行當言常當言無常答應言無常問如是壽行當言恒當言非恒答應言非恒問如是壽行當言變易當言不變易答應言變易問如是壽行當言緣已生當言非緣已生答應言緣已生問如是壽行當言名攝當言色攝答應言名攝問如是壽行當言有見當言無見答應言無見問如是壽行當言有對當言無對答應言無對問如是壽行當言是心當言非心當言是心所當言非心所當言心相應當言心不相應答應言非心非心所心不相應問如是壽行當言善當言不善當言無記答應言無記問如是壽行當言有漏當言無漏答應言有漏問如是壽行當言學當言無學當言非學非無學答應言非學非無學問如是壽行當言欲界繫當言色界繫當言無色界繫答應言或欲界繫或色界繫或無色界繫云何欲界繫答欲界壽云何色界繫答色界壽云何無色界繫答無色界壽問若欲界壽已斷已徧知色界壽亦爾耶答若色界壽已斷已徧知欲界壽亦爾有欲界壽已斷已徧知非色界壽謂已離欲染未離色染問若欲界壽已斷已徧知無色界壽亦爾耶答若無色界壽已斷已徧知欲界壽亦爾有欲界壽已斷已徧知非無色界壽謂已離欲染未離無色染問若色界壽已斷已徧知無色界壽亦爾耶答若無色界壽已斷已徧知色界壽亦爾有色界壽已斷已徧知非無色界壽謂已離色染未離無色染問若於壽行已斷已徧知彼於欲色無色界

已離染耶答若於欲界壽行已斷已徧知彼於欲界已離染非於色無色界若於色界壽行已斷已徧知彼於欲色界已離染非無色界若於無色界壽行已斷已徧知彼於欲色無色界皆已離染爾時於一切一切事一切種一切位一切處一切結皆已離染故

於一切善法不放逸勝者云何不放逸答若爲斷不善法爲圓滿善法常習常修堅作恒作數修不止名不放逸

二法品第三之一

時舍利子復告衆言具壽當知佛於二法自善通達現等覺已爲諸弟子宣說開示我等今應和合結集佛滅度後勿有乖諍當令隨順梵行法律久住利樂無量有情哀愍世間諸天人衆令獲殊勝義利安樂二法云何嗢柁南曰

二法謂名色　乃至書無生　總二十七門
應隨次別釋

有二法謂名色復有二法謂無明有愛復有二法謂有見無有見復有二法謂無慚無愧復有二法謂慚愧復有二法謂惡言惡友復有二法謂善言善友復有二法謂入罪善巧出罪善巧復有二法謂入定善巧出定善巧復有二法謂界善巧作意善巧復有二法謂質直柔和復有二法謂堪忍可樂復有二法謂和順供養復有二法謂具念正知復有二法謂思擇力修習力復有二法謂不護根門食不知量復有二法謂能護根門於食知量復有二法謂匱戒匱見復有二法謂破戒破見復有二法謂具戒具見復有二法謂淨戒

淨見復有二法謂見如理勝復有二法謂猒如理勝復有二法謂於善不喜足於斷不遮止復有二法謂奢摩他毗鉢舍那復有二法謂明解脱復有二法謂盡智無生智此中有二法謂名色名者名云何答受蘊想蘊行蘊識蘊及虛空擇滅非擇滅是謂名色云何答四大種及所造色是謂色復有二法謂無明有愛者無明云何答如法蘊論說有愛云何答色無色界諸貪等貪執藏防護躭著愛染是謂有愛復有二法謂有見無有見者有見云何答若謂我世間常由此發起忍樂觀見是謂有見無有見云何答若謂我世間斷由此發起忍樂觀見是謂無有見復有二法謂無慚無愧者無慚云何答如世尊說有無慚者於可慚法而不生慚可慚法者謂諸惡不善法順雜染順後有有熾然苦異熟順當來生老死彼於如是惡不善法生時無慚無所慚無別慚無羞無所羞無別羞無崇敬無所崇敬無隨屬無所隨屬於自在者無怖畏轉是謂無慚無愧云何答如世尊說有無愧者於可愧法而不生愧可愧法者謂諸惡不善法乃至順當來生老死彼於如是惡不善法生時無愧無所愧無別愧無耻無所耻無別耻於諸罪中不怖不畏不見怖畏是謂無愧復有二法謂慚愧者慚云何答如世尊說諸有慚者於可慚法而生於慚可慚法者謂諸惡不善法乃至順當來生老死彼於如是惡不善法生時有慚有所慚有別慚有羞有所羞有別羞有崇敬有所崇敬有隨屬有所隨屬於自在者有怖畏轉是謂慚愧云何答如世

尊說諸有愧者於可愧法而生於愧可愧法者謂諸惡不善法乃至順當來生老死彼於如是惡不善法生時有愧有所愧有别愧有耻有所耻有别耻於諸罪中有怖有畏能見怖畏是謂愧復有二法謂惡言惡友者惡言云何答如法藴論說惡友云何答亦如法藴論說復有二法謂善言善友者善言云何答如有一類若親教若同親教若軌範若同軌範若餘隨一尊重可信往還朋友如法告言汝從今去勿壞身業勿壞語業勿壞意業勿行不應行處勿親近惡友勿作三惡趣業如是教誨稱法應時於所修道隨順磨瑩增長嚴飾宜便常委助伴資糧於此教誨欣喜愛樂信受隨順不左取而右取不拒逆不毁呰不非撥是謂善言善友云何答如法藴論說

復有二法謂入罪善巧出罪善巧者入罪善巧云何答罪謂五部五藴罪何等爲五一者他勝二者衆餘三者墮貴四者對首五者惡作入罪善巧謂如實知見如是苾芻犯他勝罪如是苾芻犯衆餘罪如是苾芻犯墮貴罪如是苾芻犯對首罪如是苾芻犯惡作罪復次如實知見如是苾芻犯趣他勝罪如是苾芻犯趣衆餘罪如是苾芻犯趣墮貴罪如是苾芻犯趣對首罪如是苾芻犯趣惡作罪復次如實知見此苾芻犯如是他勝罪此苾芻犯如是衆餘罪此苾芻犯如是墮貴罪此苾芻犯如是對首罪此苾芻犯如是惡作罪復次如實知見此苾芻犯趣如是他勝罪此苾芻犯趣如是衆餘罪此苾芻犯趣如是墮貴罪此苾芻犯趣如是對首罪此苾芻犯趣如

是惡作罪復次如實知見諸苾芻所犯罪若重若輕若深若淺若有餘若無餘若隱覆若不隱覆若顯了若不顯了若已發露若未發露若已除滅若未除滅若可說若不可說若可作若不可作於如是入種種罪中解了等了近了徧了機黠通達審察聰敏覺明慧行毗鉢舍那是謂入罪善巧出罪善巧云何答罪謂五部五蘊罪如前說出罪善巧謂如實知見衆餘墮責對首惡作四罪可出其事云何如有說言我如是說如是顯於如是罪非說非顯我如此說如此顯於如是罪是說是顯我如是顯了如是發露如是作法於如是罪非發露非除滅我如此顯了如此發露如此作法於如是罪是發露是除滅於如是出種種罪中解了乃至毗鉢舍那是謂出罪善巧

阿毗達磨集異門足論卷第一　說一切有部

音釋

嗢烏沒切　瑩烏定切磨飾也　脇虛業切腋下也　懱莫結切輕易也　析先的切與析同　矟所角切矛屬　殞羽敏切歿也　躭部含切樂也　訾蔣氏切譏也　黠胡八切慧也　叡俞芮切深明通達也

阿毗達磨集異門足論卷第二

尊者舍利子說
唐三藏法師玄奘奉詔譯

二法品第三之二

復有二法謂入定善巧出定善巧者入定善巧云何答定謂八部八蘊定即四靜慮四無色定入定善巧謂如實知見如是補特伽羅入初靜慮定如是補特伽羅乃至入非想非非想處定復次如實知見如是補特伽羅於初靜慮定有善巧作意如是補特伽羅乃至於非想非非想處定有善巧作意復次如實知見如是補特伽羅入初靜慮道如是補特伽羅乃至入非想非非想處道復次如實知見如是補特伽羅於入初靜慮道有善巧作意如是補特伽羅乃至於入非想非非想處道有善巧作意其事云何如有說言我如是作意如此作意於入初靜慮定乃至入非想非非想處定善等了善近了善分別善思惟善通達我如是想如是觀如是勝解如是任持如是分別於入初靜慮定乃至入非想非非想處定善等了乃至善通達我如是攝心策心伏心持心舉心捨心制心縱心於入初靜慮定乃至入非想非非想處定善等了乃至善通達我如是法於入定及入定善巧無作用無利益無多所作但爲障礙我於此法善等了乃至善通達我如是法於入定及入定善巧有作用有利益有多所作不爲障礙我於此法善等了乃至善通達於如是入種種定中解了等了近了徧了機黠通達審察聰敏覺明慧行毗鉢舍那是謂入定善巧出

定善巧云何答定謂八部八蘊定即四靜慮四無色定出定善巧謂如實知見如是補特伽羅出初靜慮定如是補特伽羅乃至出非想非非想處定復次如實知見如是補特伽羅於出初靜慮定有善巧作意如是補特伽羅乃至於出非想非非想處定有善巧作意復次如實知見如是補特伽羅出初靜慮道如是補特伽羅乃至出非想非非想處道復次如實知見如是補特伽羅於出初靜慮道有善巧作意如是補特伽羅乃至於出非想非非想處道有善巧作意其事云何如有說言我如是作意如此作意於出初靜慮定乃至出非想非非想處定善等了善近了善分別善思惟善通達我如是想如是觀如是勝解如是任持如是分別於出初靜慮定乃至出非想非非想處定善等了乃至善通達我如是攝心策心伏心持心舉心捨心制心縱心於出初靜慮定乃至出非想非非想處定善等了乃至善通達我如是法於出定及出定善巧無作用無利益無多所作但爲障礙我於此法善等了乃至善通達我如是法於出定及出定善巧有作用有利益有多所作不爲障礙我於此法善等了乃至善通達於如是出種種定中解了乃至毗鉢舍那是謂出定善巧復有二法謂界善巧作意善巧者界善巧云何答如有苾芻如實知見十八界謂眼界色界眼識界耳界聲界耳識界鼻界香界鼻識界舌界味界舌識界身界觸界身識界意界法界意識界復次如實知見六界謂地界水界火界風界空界識界復次如實

知見六界謂欲界恚界害界出離界無恚界無害界復次如實知見六界謂樂界苦界喜界憂界捨界無明界復次如實知見四界謂受界想界行界識界復次如實知見三界謂欲界色界無色界復次如實知見三界謂色界無色界滅界復次如實知見三界謂過去界未來界現在界復次如實知見三界謂劣界中界妙界復次如實知見三界謂善界不善界無記界復次如實知見三界謂學界無學界非學非無學界復次如實知見二界謂有漏界無漏界復次如實知見二界謂有爲界無爲界於如是種種界解了等了近了徧了機黠通達審察聰叡覺明慧行毗鉢舍那是謂界善巧作意善巧云何答如有苾芻或受持素呾纜或受持毗柰耶或受持阿毗達磨或聞親教師説或聞軌範師説或聞展轉傳授藏説或聞隨一如理者説依止如是如理所引聞所成慧於眼界乃至意識界有善巧作意思惟非常苦空非我於地界乃至識界有善巧作意思惟非常苦空非我於欲恚害界有善巧作意思惟非常苦空非我於出離無恚無害界有善巧作意思惟非常苦空非我於樂苦喜憂捨無明界有善巧作意思惟非常苦空非我於受想行識界有善巧作意思惟非常苦空非我於欲色無色界有善巧作意思惟非常苦空非我於色無色界有善巧作意思惟非常苦空非我於滅界有善巧作意思惟非常苦空非我於過去未來現在界有善巧作意思惟非常苦空非我於劣中界有善巧作意思惟非常苦空非我於妙

界有善巧作意思惟非常苦空非我於善不善無記界有善巧作意思惟非常苦空非我於學無學界有善巧作意思惟非常苦空非我於非學非無學界有善巧作意思惟非常苦空非我於有漏界有善巧作意思惟非常苦空非我於無漏界有善巧作意思惟非常苦空非我於有爲界有善巧作意思惟非常苦空非我於無爲界有善巧作意思惟苦空非我復次如有苾芻如實知見過去未來現在作意善不善無記作意欲界繫色界繫無色界繫作意學無學非學非無學作意見所斷修所斷非所斷作意於如是等種種作意解了乃至毗鉢舍那是謂作意善巧復有二法謂質直柔和者質直云何答心不剛性心不强性心不硬性心純質性心正直性心潤滑性心柔軟性心調順性是謂質直柔和云何答身不剛性身不强性身不硬性身純質性身正直性身潤滑性身柔軟性身調順性是謂柔和有有二法謂堪忍可樂者堪忍云何答謂能忍受寒熱飢渴風日蚊虻蛇蠍等觸又能忍受他麤惡語能起身中猛利切心奪命苦受是謂堪忍可樂云何答設有事至不可容納不可矜持不可迴轉不可忍耐而能於彼不暴不惡不麤不獷堪忍可樂易可共住止息衆惡若有事至可能容納可能矜持可能迴轉可能忍耐亦能於彼不暴不惡不麤不獷堪忍可樂易可共住止息衆惡是謂可樂

復有二法謂和順供養者和順云何答若有樂作可喜樂語可愛味語容貌熈怡遠離頻

慼先言慰問具壽善來事可忍不可存濟不安樂住不食易得不樂作如是可喜語等諸悅豫事是謂和順供養云何答供養有二種一財供養二法供養財供養云何答以可意色聲香味觸衣服飲食卧具醫藥及餘資具於他有情能惠能施能隨惠施能棄能捨能徧棄捨是謂財供養法供養云何答以素呾纜或毗柰耶或阿毗達磨或親教語或軌範語或傳授藏或餘隨一可信者語於他有情能惠能施能隨惠施能棄能捨能徧棄捨是謂法供養如是二種總名供養復有二法謂具念正知具念云何答若依出離遠離善法諸念隨念專念憶念不忘不失不遺不漏不失法性心明記性是謂具念正知云何答若依出離遠離善法於法簡擇極簡擇最極簡擇解了等了近了徧了機黠通達審察聰叡覺明慧行毗鉢舍那是謂正知復有二法謂思擇力修習力思擇力云何答如世尊說苾芻當知諸多聞聖弟子應如是學諸身惡行現法當來招惡異熟謂我若行身惡行者現自猒毀亦復爲他天神諸佛之所訶責亦爲有智同梵行者以法譏嫌一切世界惡名流布身壞命終墮險惡趣生於地獄由正了知諸身惡行現法當來招惡異熟故能勤斷諸身惡行亦能勤修諸身妙行於語惡行及意惡行廣說亦爾乃至勤修語意妙行若能如是因思擇依思擇住思擇斷不善法修諸善法說名思擇亦名爲力是謂思擇力修習力云何答如世尊說苾芻當知諸多聞聖弟子修念等覺支依止猒依止離依止滅迴

向於捨修擇法精進喜輕安定捨等覺支依止猒依止離依止滅迴向於捨若能如是因修習依修習住修習斷不善法修諸善法說名修習亦名爲力是謂修習力問何故名力答以因此力依此力住此力能斷能碎能破一切結縛隨眠隨煩惱纏故名爲力復有二法謂不護根門食不知量者不護根門云何答如世尊說苾芻當知無聞異生眼見色已由眼根故取相隨好即於是處不護眼根由住不護起世貪愛惡不善法隨心生長彼於眼根不防不守由斯故說不護眼根以不護眼根貪瞋癡生長耳鼻舌身意根亦爾且說意根者謂意了法已由意根故取相隨好即於是處不護意根由住不護起世貪愛惡不善法隨心生長彼於意根不防不守由斯故說不護意根以不護意根貪瞋癡生長彼由發起非理思擇眼見諸色耳聞諸聲鼻齅諸香舌嘗諸味身覺諸觸意了諸法於六根門不防不等防不徧防不藏不覆不蔽不寂靜不調伏不守護是謂不護根門食不知量云何答如世尊說苾芻當知無聞異生不思擇故而食所食不思擇而食者謂住非理所引而食爲勇健故爲憿逸故爲顏貌故爲端嚴思擇而食所食爲勇健故食所食者謂如一類食所食時起如是心我食此食必使飽滿令身勇健能作重業能荷重擔資益壽量久住世間能摧怨敵能越車乘能遠跳擲能作種種世間掉戲爲憿逸故食所食者謂如一類食所食時起如是心我食此食必使飽滿令我憿逸憍醉之心起等起生等生相續引

發淩懱一切隨情所樂作縱逸業爲顏貌故食所食者謂如一類食所食時起如是心我食此食必使飽滿當令我身容貌光鮮膚體潤滑爲端嚴故食所食者謂如一類食所食時起如是心我食此食必使飽滿當令我身成就第一美妙形色衆所愛敬諸有如是愛重飲食於諸飲食不平等性不知量性不黠慧性不了其相不了相已不自裁量我今但應食爾所食是謂食不知量復有二法謂能護根門於食知量者能護根門云何答如世尊說苾芻當知諸多聞聖弟子眼見色已由眼根故不取其相不取隨好即於是處能護眼根由住能護不起世貪愛惡不善法不隨心生長彼於眼根能防能守由斯故說能護眼根以能護眼根貪瞋癡不起耳鼻舌身意

根亦爾且說意根者謂意了法已由意根故不取其相不取隨好即於是處能護意根由住能護不起世貪愛惡不善法不隨心生長彼於意根能防能守由斯故說能護意根以能護意根貪瞋癡不起彼由發起如理思擇眼見諸色耳聞諸聲鼻齅諸香舌嘗諸味身覺諸觸意了諸法於六根門能防能守防能徧防能藏能覆能蔽能寂靜能調伏能守護是謂能護根門於食知量云何答如世尊說苾芻當知諸多聞聖弟子能思擇而食不爲勇健不爲憍逸不爲顏貌不爲端嚴而食所食但爲此身暫住存濟止息飢渴攝受梵行而食所食爲斷故受不起新受無罪存濟力樂安住而食所食能思擇而食者謂住如理所引思擇而食所食不爲勇健食所食者非

如一類食所食時起如是心我食此食必使飽滿令身勇健能作重業能荷重擔資益壽量久住世間能摧怨敵能越車乘能遠跳躑能作種種世間掉戲不爲傲逸食所食者非如一類食所食時起如是心我食此食必使飽滿令我傲逸憍醉之心起等起生等生相續引發淩懱一切隨情所樂作縱逸業不爲顏貌食所食者非如一類食所食時起如是心我食此食必使飽滿當令我身容貌光鮮膚體潤滑不爲端嚴食所食者非如一類食所食時起如是心我食此食必使飽滿當令我身成就第一美妙形色衆所愛敬但爲此身暫住存濟食所食者謂身亦名身身根亦名身五色根亦名身四大種所造聚亦名身於此義中說四大種所造聚身諸聖弟子食所食時但起是心我食此食令四大種所造聚身暫住等住近住安住故名暫住諸聖弟子食所食時但起是心我食此食令四大種所造聚身存隨存濟隨濟護隨護轉隨轉故名存濟但爲止息飢渴食所食者此中飢渴所起苦受說名飢渴諸聖弟子食所食時但起是心我食此食當令飢渴所起苦受暫時止息不爲惱害但爲攝受梵行食所食者謂離婬欲亦名梵行八支聖道亦名梵行於此義中八支聖道說名梵行諸聖弟子食所食時但起是心我食此食爲欲攝受隨順增益八支聖道爲斷故受不起新受食所食者不食爲緣所起苦受說名故受飽食爲緣所起苦受說名新受諸聖弟子食所食時但起是心我食此食爲斷故受不起新受非爲充悅

爲無罪存濟而食所食者存濟有二種一有罪存濟二無罪存濟云何有罪存濟答如有一類矯妄詭詐現相激磨以利求利而求飲食如是方便得飲食已歡喜受用貪愛迷悶躭著不捨不見過患不知出離如是名爲有罪存濟云何無罪存濟答非如一類矯妄詭詐現相激磨以利求利而求飲食如實方便得飲食已如法受用不貪不愛不迷不悶不躭不著能見過患善知出離如是名爲無罪存濟諸聖弟子但爲如是無罪存濟而食所食爲力樂故食所食者謂聖弟子食所食時但起是心我食此食欲令身力得不衰退心受喜樂能辦善事爲安住故食所食者謂聖弟子食所食時但起是心我食此食欲令行立坐卧讀誦修定等時身心安隱諸有如是

不重飲食於諸飲食有平等性有知量性有黠慧性能了其相既了相已能自裁量我今但應食爾所食是謂於食知量復有二法謂匱戒匱見者匱戒云何答斷生命不與取欲邪行虚誑語離間語麤惡語雜穢語復次若斷生命若不與取若非梵行復次諸所有不善戒諸所有非理所引戒諸所有障礙定戒是謂匱戒問何故名匱戒答此法自性不可愛不可樂不可喜不可意不安隱不正直不可欣不悅意違正理復次此法能得不可愛果不可樂果不可喜果不可意果不安隱果不正直果不可欣果不悅意果違正理果復次此法能感不可愛異熟不可樂異熟不可喜異熟不可意異熟不安隱異熟不正直異熟不可欣異熟不悅意異熟違正理異熟故

名匱戒匱見云何答諸所有見無惠施無親愛無祠祀無妙行無惡行無妙行惡行業果異熟無此世無他世無毋無父無化生有情無世間阿羅漢正至正行謂於此世他世自通達作證證知我生已盡梵行已立所作已辦不受後有復次諸所有不善見諸所有非理所引見諸所有障礙定見是謂匱見問何故名匱見答此法自性不可愛乃至違正理復次此法能得不可愛果乃至違正理果復次此法能感不可愛異熟乃至違正理異熟故名匱見如匱戒匱見應知破戒破見亦爾

復有二法謂具戒具見者具戒云何答離斷生命離不與取離欲邪行離虛誑語離離間語離麤惡語離雜穢語復次離斷生命離不與取離非梵行復次諸所有學戒諸所無學戒諸所有善非學非無學戒是謂具戒問何故名具戒答此法自性可愛可樂可喜可意安隱正直可欣悅意隨順正理復次此法能得可愛果可樂果可喜果可意果安隱果正直果可欣果悅意果順正理果復次此法能感可愛異熟可樂異熟可喜異熟可意異熟安隱異熟正直異熟可欣異熟悅意異熟順正理異熟故名具戒具見云何答諸所有見有惠施有親愛有祠祀有妙行有惡行有妙行惡行業果異熟有此世有他世有毋有父有化生有情有世間阿羅漢正至正行謂於此世他世自通達作證具足住如實證知我生已盡梵行已立所作已辦不受後有復次諸所有學見諸所有無學見諸所有善非學非無學見是謂具見問何故名具見答此法自

性可愛乃至隨順正理復次此法能得可愛果乃至順正理果復次此法能感可愛異熟乃至順正理異熟故名具見如具戒具見應知淨戒淨見亦爾復有二法謂見如理勝者見云何答謂依出離遠離善法於法簡擇極簡擇最極簡擇解了等了近了徧了機黠通達審察聰叡覺明慧行毗鉢舍那是謂見如理勝云何答謂有苾芻如其所見若由如是諸行相狀世間正見未生而生彼便如理思惟如是諸行相狀彼由如理思惟如是諸行相狀便令聖道起等起生等生轉現轉修集出現是名道如理勝復次若有苾芻如其所見若由如是諸行相狀隨一出離遠離善法未生而生彼便如理思惟如是諸行相狀彼由如理思惟如是諸行相狀便令聖道起等起生等生轉現轉修集出現是名道如理勝如是二種總名如理勝復有二法謂猒如理勝者猒云何答謂依四種順猒處法而生於猒如理勝云何答謂正思惟引生聖道何等爲四順猒處法一自衰損順猒處法二他衰損順猒處法三自興盛順猒處法四他興盛順猒處法依自衰損順猒處法而生於猒如理勝者如有一類等隨觀見自身惡行語惡行意惡行究竟圓滿增上淳熱便作是念我因放逸依放逸住放逸由放逸故造斯惡事我今當令惡不善法未生者不生已生者永斷彼由如是出離勇猛所引生猒是名爲猒既生猒已如理思惟復令聖道起等起生等生轉現轉修集出現是名道如理勝如是名爲依自衰損猒如理勝依他衰損順猒處法

而生於猒如理勝者如有一類等隨觀見他身惡行語惡行意惡行究竟圓滿增上淳熟便作是念彼因放逸依放逸住放逸由放逸故造斯惡事我今當令惡不善法未生者不生已生者永斷彼由如是出離勇猛所引生猒是名爲猒既生猒已如理思惟復令聖道起等起生等生轉現轉修集出現是名道如理勝如是名爲依他衰損猒如理勝依自與盛順猒處法而生於猒如理勝者如有一類等隨觀見自身妙行語妙行意妙行究竟圓滿增上淳熟便作是念我因不放逸依不放逸住不放逸由不放逸故作斯善事我今當令諸勝善法未生者生已生者倍復增廣彼由如是出離勇猛所引生猒是名爲猒既生猒已如理思惟復令聖道起等起生等生轉現轉修集出現是名道如理勝如是名爲依自與盛猒如理勝依他與盛順猒處法而生於猒如理勝者如有一類等隨觀見他身妙行語妙行意妙行究竟圓滿增上淳熟便作是念彼因不放逸依不放逸住不放逸由不放逸故作斯善事我今當令諸勝善法未生者生已生者倍復增廣彼由如是出離勇猛所引生猒是名爲猒既生猒已如理思惟復令聖道起等起生等生轉現轉修集出現是名道如理勝如是名爲依他與盛猒如理勝

復有二法謂於善不喜足於斷不遮止者於善不喜足云何答於善喜足者如有一類唯得少戒便生喜足唯得少禁便生喜足唯得離欲便生喜足唯得不淨觀便生喜足唯得持息念等便生喜足或唯得初靜慮乃至第

四靜慮便生喜足或唯得慈無量乃至捨無量便生喜足或唯得空無邊處定乃至非想非非想處定便生喜足或唯得預流果一來果不還果便生喜足或唯得神境智證通天耳智證通他心智證通宿住隨念智證通死生智證通便生喜足此等名爲於善喜足於善不喜足者如有一類非唯得少戒便生喜足廣說乃至非唯得死生智證通便生喜足彼作是念我修諸善乃至未得阿羅漢果於其中間終不喜足是名於善不喜足於斷不遮止云何答於斷遮止者如有一類爲斷不善法爲圓滿善法勇猛精進熾然愛樂勤修不息作是念言云何令我速疾證得如理善法彼於如是勇猛精進熾然愛樂勤修習時未能證得如理善法便作是念我所修斷空虛無果無利無義無味無益由彼於斷謂無勝利便生猒患誹謗毀呰如是名爲於斷遮止復有一類爲斷不善法爲圓滿善法勇猛精進熾然愛樂勤修不息作是念言云何令我速疾證得如理善法彼於如是勇猛精進熾然愛樂勤修習時未能證得如理善法或雖證得而不了知便作是念我所修斷空虛無果無利無義無味無益由彼於斷謂無勝利便生猒患誹謗毀呰如是亦名於斷遮止

阿毗達磨集異門足論卷第二 說一切有部

音釋

素呾纜 梵語也此云契經呾當割切　蠍 許竭切毒蟲也　獷 古猛切

頻蹙 蹙子六切頻蹙愁貌　齅 許救切以鼻氣曰齅　慠 魚到切倨也

跳躑 跳田聊切跳躍也躑直隻切躑躅也　掉 徒弔切搖也　匱 求位切乏也

阿毗達磨集異門足論卷第三

尊者舍利子說

唐三藏法師玄奘奉詔譯

二法品第三之三

於斷不遮止者如有一類爲斷不善法爲圓滿善法勇猛精進熾然愛樂勤修不息作是念言云何令我速疾證得如理善法彼於如是勇猛精進熾然愛樂勤修習時未能證得如理善法便作是念如世尊說無處無容善男子等勤修正行而不證得如理善法由我所修正行未滿是故未證如理善法我所修斷定應不空不虛有果有利有義有味有益由彼於斷知有勝利不生猒患誹謗毀呰是名於斷不遮止復有一類爲斷不善法爲圓滿善法勇猛精進熾然愛樂勤修不息作是念言云何令我速疾證得如理善法彼於如是勇猛精進熾然愛樂勤修習時未能證得如理善法或雖證得而不了知便作是念如世尊說無處無容善男子等勤修正行而不證得如理善法由我所修正行未滿是故未證如理善法我所修斷定應不空不虛有果有利有義有味有益由彼於斷知有勝利不生猒患誹謗毀呰是名於斷不遮止復有一類爲斷不善法爲圓滿善法勇猛精進熾然愛樂勤修不息作是念言云何令我速疾證得如理善法彼於如是勇猛精進熾然愛樂勤修習時遂能證得如理善法便作是念我所修斷決定不空不虛有果有利有義有味有益由彼於斷知有勝利不生猒患誹謗毀呰是名於斷不遮止復有二法謂奢摩他毗

鉢舍那者奢摩他云何答善心一境性是謂奢摩他毗鉢舍那云何答奢摩他相應於法簡擇極簡擇最極簡擇解了等了近了徧了機黠通達審察聰叡覺明慧行毗鉢舍那是謂毗鉢舍那如世尊說

非有定無慧　非有慧無定　要有定有慧方證於涅槃

非有定無慧者謂若有如是類慧則有獲得如是類定若無如是類慧則無獲得如是類定故說非有定無慧非有慧無定者謂若有慧是定所生以定爲集是定種類由定而發若有如是類定則有獲得如是類慧若無如是類定則無獲得如是類慧故說非有慧無定要有定有慧方證於涅槃者愛盡離滅名曰涅槃要具定慧方能證得若隨闕一必不能證由此因緣故作是說要有定有慧方證於涅槃復次或有補特伽羅得內心止不得增上慧法觀或有補特伽羅得增上慧法觀不得內心止或有補特伽羅不得內心止亦不得增上慧法觀或有補特伽羅得內心止亦得增上慧法觀何等補特伽羅得內心止不得增上慧法觀答若補特伽羅得世間四靜慮不得出世聖慧何等補特伽羅得增上慧法觀不得內心止答若補特伽羅得出世聖慧不得世間四靜慮何等補特伽羅不得內心止亦不得增上慧法觀答若補特伽羅不得世間四靜慮亦不得出世聖慧何等補特伽羅得內心止亦得增上慧法觀答若補特伽羅得世間四靜慮亦得出世聖慧如說世間四靜慮相應心住等住近住安住不散

不亂攝止等持心一境性者此顯內心止如說出世聖慧所攝於法簡擇極簡擇最極簡擇解了等了近了徧了機黠通達審察聰叡覺明慧行毗鉢舍那者此顯增上慧法觀是名奢摩他毗鉢舍那復有二法謂明解脫者明云何答無學三明何等為三一者無學宿住隨念智作證明二者無學死生智作證明三者無學漏盡智作證明是謂明解脫云何答三種解脫何等為三一者心解脫二者慧解脫三者無為解脫心解脫者謂無貪善根相應心已勝解當勝解今勝解是名心解脫慧解脫者謂無癡善根相應心已勝解當勝解今勝解是名慧解脫無為解脫者謂擇滅是名無為解脫此中心解脫或學或無學或非學非無學云何學答學無貪善根相應心已勝解當勝解今勝解是謂學云何無學答無學無貪善根相應心已勝解當勝解今勝解是謂無學云何非學非無學答有漏無貪善根相應心已勝解當勝解今勝解是謂非學非無學慧解脫或學或無學或非學非無學云何學答學無癡善根相應心已勝解當勝解今勝解是謂學云何無學答無學無癡善根相應心已勝解當勝解今勝解是謂無學云何非學非無學答有漏無癡善根相應心已勝解當勝解今勝解是謂非學非無學無為解脫唯非學非無學是名明解脫復有二法謂盡智無生智者盡智云何答謂如實知我已知苦我已斷集我已證滅我已修道此所從生智見明覺解慧光觀是名盡智無生智云何答謂如實知我已知苦不復當知

我已斷集不復當斷我已證滅不復當證我已修道不復當修此所從生智見明覺解慧光觀是名無生智復次若如實知已盡欲漏有漏無明漏是名盡智若如實知所盡三漏不復當生是無生智復次若如實知已盡一切結縛隨眠隨煩惱纏是名盡智若如實知所盡一切結縛隨眠隨煩惱纏不復當起是名無生智

三法品第四之一

時舍利子復告衆言具壽當知佛於三法自善通達現等覺已爲諸弟子宣說開示我等今應和合結集佛滅度後勿有乖諍當令隨順梵行法律久住利樂無量有情哀愍世間諸天人衆令獲殊勝義利安樂三法云何此中有五嗢柁南頌初嗢柁南曰

初三法有十　謂根尋行界　前三各有二後一有四種

有三不善根三善根三不善尋三善尋三惡行三妙行欲恚害三界出離無恚無害三界欲色無色三界色無色滅三界三不善根者謂貪不善根瞋不善根癡不善根貪不善根者貪云何答謂於欲境諸貪等貪執藏防護堅著愛樂迷悶躭嗜徧躭嗜内縛欲求躭湎苦集貪類貪生總名爲貪不善根云何答謂此貪法是不善性能爲無量不善法根是故此法能爲病根癰根箭根惱根苦根穢根濁根諸雜染根不清淨根不鮮白根是故名爲貪不善根瞋不善根者瞋云何答謂於有情欲爲損害内懷栽杌欲爲擾惱已瞋當瞋現瞋樂爲過患極爲過患意極忿恚於諸有情

各相違戾欲爲過患已爲過患當爲過患現爲過患總名爲瞋不善根云何答謂此瞋法是不善性能爲無量不善法根是故此法能爲病根癰根箭根惱根苦根穢根濁根諸雜染根不清淨根不鮮白根是故名爲瞋不善根癡不善根者癡云何答謂於前際無知後際無知前後際無知於内無知外無知内外無知於業無知異熟無知業異熟無知於善作業無知惡作業無知善惡作業無知於因無知因所生法無知於佛無知法無知僧無知於苦無知集無知滅無知道無知於善法無知不善法無知於有罪法無知無罪法無知於應修法無知不應修法無知於下劣法無知勝妙法無知於黑法無知白法無知於有敵對法無知於緣生法無知於六觸處如實無知如是無知無見非現觀黑闇愚癡無明盲冥罩網纏裹頑騃渾濁障蓋發盲發無明發無智滅勝慧障礙善品令不涅槃無明漏無明瀑流無明軛無明毒根無明毒莖無明毒枝無明毒葉無明毒花無明毒果癡等癡極癡很等很極很癡類癡生很類很生總名爲癡不善根云何答謂此癡法是不善性能爲無量不善法根是故此法能爲病根癰根箭根惱根苦根穢根濁根諸雜染根不清淨根不鮮白根是故名爲癡不善根如世尊說

諸惡貪瞋癡　惱害自心者　如樹心有蝎
皮果等皆衰

三善根者謂無貪善根無瞋善根無癡善根無貪善根者無貪云何答謂於欲境諸不貪

不等貪不執藏不防護不堅著不愛不樂不迷不悶不躭嗜不徧躭嗜不内縛不欲不求不躭湎非苦集非貪類非貪生總名無貪善根云何答謂無貪法是善性能爲無量善法根是故此法能爲無病根無癰根無箭根無穢根無濁根不雜染根清淨根鮮白根是故名爲無貪善根無瞋善根者無瞋云何答謂於有情不欲損害不懷栽杌不欲擾惱非巳瞋非當瞋非現瞋不樂爲過患不極爲過患意不憤恚於諸有情不相違戾不欲爲過患非巳爲過患非當爲過患非現爲過患總名無瞋善根云何答謂無瞋法是善性能爲無量善法根是故此法能爲無病根無癰根無箭根無穢根無濁根不雜染根清淨根鮮白根是故名爲無瞋善根無癡善根者無癡云何答謂知前際智後際智前後際智知内智外智内外智知業智異熟智業異熟智知善作業智惡作業智善惡作業智知因智因所生法智知佛智法智僧智知苦智集智滅智道智知善法智不善法智知有罪法智無罪法智知應修法智不應修法智知下劣法智勝妙法智知黒法智白法智知有敵對法智知緣生法智知六觸處如實智如是智見明覺解慧光觀總名無癡善根云何答謂無癡法是善性能爲無量善法根是故此法能爲無病根無癰根無箭根無穢根無濁根不雜染根清淨根鮮白根是故名爲無癡善根如世尊說

若離貪瞋癡　說名爲智者　亦名名上士
不惱害自心　是故應遠離　貪瞋及無明

勤修起慧明　速得衆苦盡

三不善尋者謂欲尋恚尋害尋欲尋云何答欲貪相應諸心尋求徧尋求近尋求心顯了極顯了現前顯了推度搆畫思惟分別總名欲尋恚尋云何答瞋相應諸心尋求徧尋求近尋求心顯了極顯了現前顯了推度搆畫思惟分別總名恚尋害尋云何答害相應諸心尋求徧尋求近尋求心顯了極顯了現前顯了推度搆畫思惟分別總名害尋如世尊說

惡尋伏衆生　令於穢見淨　倍增長貪愛
自爲堅固縛

三善尋者謂出離尋無恚尋無害尋出離尋云何答於諸欲尋思惟過患謂此欲尋是不善法諸下賤者信解受持一切如來及諸弟子賢貴善士共所訶猒能爲自害能爲他害能爲俱害能滅智慧能礙彼品能障涅槃受持此法不生通慧不引菩提不證涅槃如是思惟諸欲尋過患時諸心尋求徧尋求近尋求心顯了極顯了現前顯了推度搆畫思惟分別名出離尋復次爲斷欲尋於出離尋思惟功德謂出離尋是勝善法是尊勝者信解受持一切如來及諸弟子賢貴善士共所稱讃不爲自害不爲他害不爲俱害不滅智慧不礙彼品不障涅槃受持此法能生通慧能引菩提能證涅槃如是思惟出離尋功德時諸心尋求乃至分別名出離尋復次思惟欲尋如病如癰如箭惱害無常苦空非我轉動勞倦羸篤是失壞法迅速不停衰朽非恒不可保信是變壞法如是思惟諸欲尋時諸心

尋求乃至分別名出離尋復次爲斷欲尋思惟彼滅是真寂靜思惟彼道是真出離如是思惟彼滅道時諸心尋求乃至分別名出離尋復次思惟捨心定及道捨心定相應無想定滅定擇滅如是思惟時諸心尋求乃至分別名出離尋復次思惟出離及出離相應受想行識及彼等起身語業心不相應行時諸心尋求乃至分別名出離尋無恚尋云何答於諸恚尋思惟過患謂此恚尋是不善法諸下賤者信解受持一切如來及諸弟子賢貴善士共所訶猒能爲自害能爲他害能爲俱害能滅智慧能礙彼品能障涅槃受持此法不生通慧不引菩提不證涅槃如是思惟諸恚尋過患時諸心尋求徧尋求近尋求心顯了極顯了現前顯了推度搆書思惟分別名無恚尋復次爲斷恚尋於無恚尋思惟功德謂無恚尋是勝善法是尊勝者信解受持一切如來及諸弟子賢貴善士共所稱讚不爲自害不爲他害不爲俱害不滅智慧不礙彼品不障涅槃受持此法能生通慧能引菩提能證涅槃如是思惟無恚尋功德時諸心尋求乃至分別名無恚尋復次思惟恚尋如病如癰如箭惱害無常苦空非我轉動勞倦羸篤是失壞法迅速不停衰朽非恒不可保信是變壞法如是思惟諸恚尋時諸心尋求乃至分別名無恚尋復次爲斷恚尋思惟彼滅是真寂靜思惟彼道是真出離如是思惟彼滅道時諸心尋求乃至分別名無恚尋復次思惟慈心定及道慈心定相應無想定滅定擇滅如是思惟時諸心尋求乃至分別名無

恚尋復次思惟無恚及無恚相應受想行識及彼等起身語業心不相應行時諸心尋求乃至分別名無恚尋無害尋云何答於諸害尋思惟過患謂此害尋是不善法諸下賤者信解受持一切如來及諸弟子賢貴善士共所訶猒能爲自害能爲他害能爲俱害能滅智慧能礙彼品能障涅槃受持此法不生通慧不引菩提不證涅槃如是思惟諸害尋過患時諸心尋求徧尋求近尋求心顯了極顯了現前顯了推度搆畫思惟分別名無害尋復次爲斷害尋於無害尋思惟功德謂無害尋是勝善法是尊勝者信解受持一切如來及諸弟子賢貴善士共所稱讚不爲自害不爲他害不爲俱害不滅智慧不礙彼品不障涅槃受持此法能生通慧能引菩提能證涅槃如是思惟無害尋功德時諸心尋求乃至分別名無害尋復次思惟害尋如病如癰如箭惱害無常苦空非我轉動勞倦羸篤是失壞法迅速不停衰朽非恒不可保信是變壞法如是思惟諸害尋時諸心尋求乃至分別名無害尋復次爲斷害尋思惟彼滅是真寂靜思惟彼道是真出離如是思惟彼滅道時諸心尋求乃至分別名無害尋復次思惟悲心定及道悲心定相應無想定滅定擇滅如是思惟時諸心尋求乃至分別名無害尋復次思惟無害及無害相應受想行識及彼等起身語業心不相應行時諸心尋求乃至分別名無害尋如世尊說

樂滅諸惡尋　勤修不淨觀　常念斷貪愛
能壞堅固縛

三惡行者謂身惡行語惡行意惡行身惡行云何答斷生命不與取欲邪行復次斷生命不與取非梵行復次諸所有不善身業諸所有非理所引身業諸所有身業能障礙定總名身惡行語惡行云何答虛誑語離間語麤惡語雜穢語復次諸所有不善語業語所有非理所引語業諸所有語業能障礙定總名語惡行意惡行云何答貪欲瞋恚邪見復次諸所有不善意業諸所有非理所引意業諸所有意業能障礙定總名意惡行如世尊說

若造身惡行　語意惡行已　不修對治者　當墮於地獄

三妙行者謂身妙行語妙行意妙行身妙行云何答離斷生命離不與取離欲邪行復次離斷生命離不與取離非梵行復次諸學身業諸無學身業諸善非學非無學身業總名身妙行語妙行云何答離虛誑語離離間語離麤惡語離雜穢語復次諸學語業諸無學語業諸善非學非無學語業總名語妙行意妙行云何答無貪無瞋正見復次諸學意業諸無學意業諸善非學非無學意業總名意妙行如世尊說

若修身妙行　語意妙行已　無餘緣礙者　當生天受樂

欲界恚界害界及出離界無恚界無害界如法蘊論說欲界色界無色界亦如法蘊論說如世尊說

諸有能徧知　欲色無色界　起一切依故　當觸無餘依　身證甘露界　無漏不思議　世尊說涅槃　爲饒益含識

色界無色界滅界亦如法蘊論說如世尊說
住色界有情　及住無色界　不證知滅故
定當往後有　若徧知色界　不住於無色
趣向究竟滅　彼解脫生死
第二嗢柁南曰
二三法有十　世言依處行　心數趣上座
聚舉不護三
有三世三言依三色處三行三心三補特伽羅三上座三聚三舉罪事三不護三世者謂過去世未來世現在世過去世云何答諸行已起已等起已生已等生已轉已現轉已聚集已出現落謝過去盡滅離變過去性過去類過去世攝是謂過去世未來世云何答諸行未已起未已等起未已生未已等生未已轉未已現轉未聚集未出現未來性未來類未來世攝是謂未來世現在世云何答諸行已起已等起已生已等生已轉已現轉聚集出現住未已謝未已盡滅未已離變和合現前現在性現在類現在世攝是謂現在世間世是何義答世是顯示諸行增語三言依者謂過去言依未來言依現在言依過去言依者云何過去云何言云何依而說過去言依耶答諸行已起已等起已生已等生已轉已現轉已聚集已出現落謝過去盡滅離變過去性過去類過去世攝是謂過去即依如是過去諸行所起語言唱詞評論呼召宣說顯示教誨語路語音語業語表是謂言即前所說過去諸行亦名爲依是言因本眼路緣起無間引發能作生緣集等起故依過去行起諸言說故過去諸行名過去言依未來言依

者云何未來云何言云何依而說未來言依耶答諸行未已起未已等起未已生未已等生未已轉未已現轉未聚集未出現未來性未來類未來世攝是謂未來即依如是未來諸行所起論言唱詞評論呼召宣說顯示教誨語路語音語業語表是謂言即前所說未來諸行亦名爲依是言因本眼路緣起無間引發能作生緣集等起故依未來行起諸言說故未來諸行名未來言依現在言依者云何現在云何言云何依而說現在言依耶答諸行已起已等起已生已等生已轉已現轉聚集出現住未已謝未已盡滅未已離變和合現前現在性現在類現在世攝是謂現在即依如是現在諸行所起語言唱詞評論呼召宣說顯示教論語路語音語業語表是謂言即前所說現在諸行亦名爲依是言因本眼路緣起無間引發能作生緣集等起故依現在行起諸言說故現在諸行名現在言依無第四第五者依有爲說謂有爲法唯有三種更無第四第五可得有說此依一切法說諸無爲法即是現在言依攝故更無第四第五可得如世尊說

樂言想有情　恒依言想住　未徧知言想
趣生死無窮　若徧知言想　於他無所悅
亦不樂他說　常欣修靜慮　寂定勤精進
見生死盡邊　摧伏諸魔軍　至生死彼岸

三色處者謂有三處攝一切色何等爲三一者有色有見有對二者有色無見有對三者有色無見無對云何有見有對色答一處云何無見有對色答九處云何無見無對色答

一處少分三行者謂身行語行意行身行云何答身亦名身行身業亦名身行入息出息亦名身行於此義中意說入息出息身行所以者何入息者呼吸外風令入身內出息者引發內風令出身外由此勢力令身動轉通暢安隱故入出息說爲身行語行云何答語亦名語行語業亦名語行尋伺亦名語行於此義中意說尋伺語行所以者何要尋伺已能發語言非無尋伺是故尋伺說爲語行意行云何答意亦名意行意業亦名意行想思亦名意行於此義中意說想思意行所以者何以想及思是心所法依止於心繫屬於心依心而轉扶助於心是故想思說爲意行三心者一漏瘡喻心二電光喻心三金剛喻心漏瘡喻心云何答如世尊說苾芻當知世有一類補特伽羅稟性暴惡言喜麤獷少有觸惱便多憤恚結怨很悷語言兇勃如惡漏瘡纔被物觸便多流出膿血不止彼心亦爾少遇違緣即便憤恚怨恨不息問何故彼心名漏瘡喻答彼心意識暫觸違緣便速發生種種穢惡是故名曰漏瘡喻心

阿毗達磨集異門足論卷第三 說一切有部

音釋

癰 於容切　杌 五忽切　騃 語駭切 癡也　軛 乙革切　很 下懇切

蝎 胡葛切 木中蟲　湎 彌兗切 溺也　悷 郎計切 與戾同　勃 蒲妹切

阿毗達磨集異門足論卷第四

尊者舍利子說
唐三藏法師玄奘奉詔譯

三法品第四之二

電光喻心云何答如世尊說苾芻當知世有一類補特伽羅居阿練若或居樹下或住空閑精勤修習多修習故證得如是寂靜心定依是定心能永斷五順下分結得不還果受上化生即住上界得般涅槃不復還來生於欲界如過夏分至秋初時從大雲臺電光發已暫現色像速還隱沒如是一類補特伽羅居阿練若乃至廣說彼所得心名電光喻問何故彼心名電光喻答彼心意識證不還果暫能照了速還隱沒是故名曰電光喻心金剛喻心云何答如世尊說苾芻當知世有一類補特伽羅居阿練若或居樹下或住空閑精勤修習多修習故證得如是寂靜心定依是定心能盡諸漏證得無漏心慧解脫於現法中以勝通慧自證覺受圓滿功德謂自證知我生已盡梵行已立所作已辦不受後有譬如金剛無有少物而不能斷或穿或破所謂若鐵若牙若貝若角若珠若玉石等如是一類補特伽羅居阿練若乃至廣說彼所得心名金剛喻問何故彼心名金剛喻答彼心意識證無學果無結縛等而不能壞是故名曰金剛喻心

三補特伽羅者一者覆慧補特伽羅二者膝慧補特伽羅三者廣慧補特伽羅云何覆慧補特伽羅答如世尊說苾芻當知世有一類補特伽羅爲聽法故苾芻前坐苾芻哀愍爲

說法要開示初善中善後善文義巧妙純一圓滿清白梵行彼在法座於所說法初中後分皆不能知從座起已於所說法初中後分亦不能了所以者何彼都無慧猶如覆器亦如覆瓶雖多溉水竟無受入如是一類補特伽羅爲聽法故苾芻前坐廣說乃至彼都無慧是名覆慧補特伽羅問何故名覆慧補特伽羅答彼有是慧在法座時於所說法初中後分雖皆欲知而無慧故皆不能知彼有是慧從座起已於所說法初中後分雖皆欲了而無慧故亦不能了故名覆慧補特伽羅云何膝慧補特伽羅答如世尊說苾芻當知世有一類補特伽羅爲聽法故苾芻前坐苾芻哀愍爲說法要開示初善中善後善文義巧妙純一圓滿清白梵行彼在法座於所說法

初中後分雖皆能知而從座起於所說法初中後分皆不能了先雖領受而後忘失譬如有人得妙飲食置於膝上以失念故欻從座起皆悉墮落如是一類補特伽羅爲聽法故苾芻前坐廣說乃至而後忘失是名膝慧補特伽羅問何故名膝慧補特伽羅答彼有是慧在法座時於所說法初中後分隨所欲知以有慧故雖皆能知彼有是慧而從座起於所說法初中後分雖皆欲了而無慧故皆不能了先雖領受而後忘失故名膝慧補特伽羅云何廣慧補特伽羅答如世尊說苾芻當知世有一類補特伽羅爲聽法故苾芻前坐苾芻哀愍爲說法要開示初善中善後善文義巧妙純一圓滿清白梵行彼在法座於所說法初中後分皆悉能知從座起已於所說

法初中後分亦悉能了復能善知所說義趣如刹帝利女或婆羅門女或長者女或居士女清水沐浴妙香塗身梳剪髮爪瑩飾眉面服鮮淨衣著諸瓔珞以環釧等而自莊嚴唯少華鬘未冠其首有諸尊者持妙華鬘謂嗢鉢羅瞻博迦等隨其所好而授與之諸女爾時歡喜踊躍恭敬受取冠在頂上深心愛翫終無遺失如是一類補特伽羅爲聽法故苾芻前坐乃至善知所說義趣是名廣慧補特伽羅問何故名廣慧補特伽羅答彼有是慧在法座時於所說法初中後分隨所欲知以有慧故皆悉能知彼有是慧從座起已於所說法初中後分隨所欲了以有慧故亦悉能了復能善知所說義趣故名廣慧補特伽羅如世尊說

覆慧不聰明　雖數多聞法　無智不能了
如灌覆瓶器　膝慧勝於前　坐聽雖能了
而起已皆忘　如遺膝上食　廣慧最爲勝
在法座若起　於文義俱了　如女冠華鬘
具持念辯才　樂修淨棄染　斷憍慢放逸
能捨諸惡趣

三上座者謂生年上座世俗上座法性上座云何生年上座答諸有生年尊長耆舊是謂生年上座云何世俗上座答如有知法富貴長者共立制言諸有知法大財大位大族大力大眷屬大徒衆勝我等者我等皆應推爲上座供養恭敬尊重讚歎由此因緣雖年二十或二十五若能知法得大財位大族大力有大眷屬大徒衆者皆應和合推爲上座供養恭敬尊重讚歎如諸國土城邑王都其有

多聞妙解筭數辯才書印或隨一一工巧業處勝餘人者皆共和合推爲上座供養恭敬尊重讚歎如商侶中有多財者衆人和合推爲上座供養恭敬尊重讚歎如得爲王或大臣等衆人皆共供養恭敬尊重讚歎如難陀王長髮王種欲興戰爭召馬勝王刹帝利種重賜財寶令其示現種種伎能知彼勝已告大臣曰封主當知吾欲敬禮刹帝利種馬勝王足大臣白言天不應禮刹帝利種馬勝王足所以者何彼是臣佐君不應禮臣佐之足如是等事有無量種令此意說長髮王種難陀王時世俗上座云何法性上座答諸受具戒者舊長宿是謂法性上座有說此亦是生年上座所以者何佛說出家受具足戒名眞生故若有苾芻得阿羅漢諸漏永盡已作所作已辦所辦棄諸重擔逮得已利盡諸有結正知解脫心善自在此中意說如是名爲法性上座如世尊說上座頌言

心掉多綺語　染意亂思惟　雖久隱園林
而非眞上座　具戒智正念　寂靜心解脫
彼於法能觀　是名眞上座

三聚者謂邪性定聚正性定聚不定聚云何邪性定聚答五無間業云何正性定聚答學無學法云何不定聚答除五無間業餘有漏法及無爲

三舉罪事者謂見舉罪事聞舉罪事疑舉罪事見舉罪事者云何見云何舉罪云何事而說見舉罪事耶答見謂見有苾芻故思斷生命不與物而取行非梵行婬欲法正知而說虛誑語故思出不淨非時食飲諸酒自手掘

地壞生草木歌舞作樂冠飾華鬘放逸縱蕩是名爲見舉罪謂五種舉罪一者覺察舉罪二者憶念舉罪三者應告羯磨舉罪四者布灑他時安立舉罪五者於巡舉時安立舉罪云何覺察舉罪答謂有覺察他苾芻言具壽已犯如是如是罪應發露勿覆藏發露則安隱不發露罪益深是名覺察舉罪云何憶念舉罪答謂有教他令自憶念告言具壽汝已曾犯如是如是罪應發露勿覆藏發露則安隱不發露罪益深是名憶念舉罪云何應告羯磨舉罪答謂應告言具壽不應不令我覺默然從此住處出去我於具壽欲有少言是名應告羯磨舉罪云何布灑他時安立舉罪答謂布灑他時所差舉者作如是言此苾芻衆和合共坐作布灑他我其苾芻爲布灑他之所差舉是名布灑他時安立舉罪云何於巡舉時安立舉罪答謂巡舉時所差舉者作如是言此苾芻衆和合共坐作巡舉事我其苾芻爲巡舉衆之所差舉是名於巡舉時安立舉罪是名舉罪事謂即前所見犯事是名爲事如是合名見舉罪事聞舉罪事者云何聞云何舉罪云何事而說聞舉罪事耶答聞謂聞有苾芻故思斷生命不與物而取行非梵行婬欲法正知而說虛誑語故思出不淨非時食飲諸酒自手掘地壞生草木歌舞作樂冠飾華鬘放逸縱蕩是名爲聞舉罪謂五種舉罪如前說是名舉罪事謂即前所聞犯事是名爲事如是合名聞舉罪事疑舉罪事者云何疑云何舉罪云何事而說疑舉罪事耶答疑謂五緣而生於疑一由色故二由聲

故三由香故四由味故五由觸故由色故者謂見苾芻非時入聚落非時出聚落或與女人入出叢林或親狎外道或親狎扇搋半擇迦或親狎苾芻尼或親狎婬女或親狎小男或親狎大女或親狎寡婦見如是等可疑事已便生疑念觀此具壽現行如是不清淨非沙門非隨順行如是具壽定應已犯非梵行法是名由色而生於疑由聲故者謂聞苾芻非時入聚落非時出聚落或聞與女人入出叢林或聞親狎外道親狎扇搋半擇迦親狎苾芻尼親狎婬女親狎小男親狎大女親狎寡婦聞如是等可疑事已便生疑念聞此具壽現行如是不清淨非沙門非隨順行如是具壽定應已犯非梵行法是名由聲而生於疑由香故者如有苾芻或爲澡手或爲洗面

或爲飲水或隨一緣入餘苾芻所住之處齅雜染香謂女人香或酒肉香或塗熏香或餘隨一婬泆之香齅是香已便生疑念今此具壽所住之處旣有如是不清淨非沙門非隨順香定應已犯非梵行法是名由香而生於疑由味故者如有苾芻或爲澡手或爲洗面或爲飲水或隨一緣入餘苾芻所住之處見彼苾芻口中含嚼雜染諸味謂躭餔羅龍腦豆蔻或餘隨一婬泆之味見彼苾芻嘗是味已便生疑念今此具壽舌嘗如是不清淨非沙門非隨順味定應已犯非梵行法是名由味而生於疑由觸故者如有苾芻或爲澡手或爲洗面或爲飲水或隨一緣入餘苾芻所住之處見彼苾芻所止牀座寶香校飾細軟雜綵錦繡綾羅以爲敷具於牀兩頭俱置丹

枕迦咳伽褐而覆其上於彼住處復見女人端正少年或坐或卧見是事已便生疑念今此具壽身觸如是不清淨非沙門非隨順觸定應已犯非梵行法是名由觸而生於疑是名爲疑舉罪謂五種舉罪如前說是名舉罪事謂即前所疑犯事是名爲事如是合名疑舉罪事

三不護者謂諸如來三業無失可有隱藏恐他覺知故名不護何等爲三一者如來所有身業清淨現行無不清淨現行身業恐他覺知須有藏護二者如來所有語業清淨現行無不清淨現行語業恐他覺知須有藏護三者如來所有意業清淨現行無不清淨現行意業恐他覺知須有藏護云何如來所有身業清淨現行答身業清淨現行者謂離斷生命離不與取離欲邪行復次離斷生命離不與取離非梵行復次所有學身業清淨現行所有無學身業清淨現行所有善非學非無學身業清淨現行總名身業清淨現行於此義中意說如來所有無學身業清淨現行及所有善非學非無學身業清淨現行如來具足圓滿成就如是身業清淨現行故說如來所有身業清淨現行云何如來無不清淨現行身業答不清淨現行身業者謂斷生命不與取欲邪行復次斷生命不與取非梵行復次所有不善身業所有非理所引身業所有身業能障礙定總名不清淨現行身業如來於此不清淨現行身業已斷已徧知如斷草根多羅樹頭令永於後成不生法由此如來無可隱匿覆蔽藏護勿他見我此穢身業故

說如來無不清淨現行身業云何如來所有語業清淨現行答語業清淨現行者謂離虛誑語離離間語離麤惡語離雜穢語復次所有學語業清淨現行所有無學語業清淨現行所有善非學非無學語業清淨現行總名語業清淨現行於此義中意說如來所有無學語業清淨現行及所有善非學非無學語業清淨現行如來具足圓滿成就如是語業清淨現行故說如來所有語業清淨現行云何如來無不清淨現行語業答不清淨現行語業者謂虛誑語離間語麤惡語雜穢語復次所有不善語業所有非理所引語業所有語業能障礙定總名不清淨現行語業如來於此不清淨現行語業已斷已徧知如斷草根多羅樹頭令永於後成不生法由此如來無可隱匿覆蔽藏護勿他見我此穢語業故說如來無不清淨現行語業云何如來所有意業清淨現行答意業清淨現行者謂無貪無瞋正見復次所有學意業清淨現行所有無學意業清淨現行所有善非學非無學意業清淨現行總名意業清淨現行於此義中意說如來所有無學意業清淨現行及所有善非學非無學意業清淨現行如來具足圓滿成就如是意業清淨現行故說如來所有意業清淨現行云何如來無不清淨現行意業答不清淨現行意業者謂貪瞋邪見復次所有不善意業所有非理所引意業所有意業能障礙定總名不清淨現行意業如來於此不清淨現行意業已斷已徧知如斷草根多羅樹頭令永於後成不生法由此如來無

可隱匿覆蔽藏護勿他見我此滅意業故說如來無不清淨現行意業

第三嗢柁南曰

三三法有九　謂三愛漏求　及有黑闇身
怖受苦慢類

有三愛三漏三求三有三黑闇身三怖三受三苦性三慢類

三愛者一欲愛二色愛三無色愛欲愛云何答於諸欲中諸貪等貪執藏防護躭著愛染是謂欲愛復次於欲界繫十八界十二處五蘊諸法中諸貪等貪執藏防護躭著愛染是謂欲愛復次下從無間大地獄上至他化自在天於此所攝色受想行識諸法中諸貪等貪執藏防護躭著愛染是謂欲愛色愛云何答於諸色中諸貪等貪執藏防護躭著愛染是謂色愛復次於色界繫十四界十處五蘊諸法中諸貪等貪執藏防護躭著愛染是謂色愛復次下從梵衆天上至色究竟天於此所攝色受想行識諸法中諸貪等貪執藏防護躭著愛染是謂色愛無色愛云何答於無色中諸貪等貪執藏防護躭著愛染是謂無色愛復次於無色界繫三界二處四蘊諸法中諸貪等貪執藏防護躭著愛染是謂無色愛復次如欲色界決定處所上下差別不相雜亂無色界中無如是事然可依定依生勝劣說有下上謂下從空無邊處天上至非想非非想處天於此所攝受想行識諸法中諸貪等貪執藏防護躭著愛染是謂無色愛如世尊說

有愛諸士夫　長世數流轉　數受胎臟苦

往還諸有中　斷愛諸有情　暴流已斷故
無色潤生故　不流轉後有

復有三愛一欲愛二有愛三無有愛欲愛云何答於諸欲中諸貪等貪執藏防護躭著愛染是謂欲愛有愛云何答色無色界諸貪等貪執藏防護躭著愛染是謂有愛無有愛云何答欣無有者於無有中諸貪等貪執藏防護躭著愛染是謂無有愛此復如何如有一類怖畏所逼怖畏所惱憂苦所逼憂苦所惱苦受觸故作是念言云何當令我身死後斷壞無有水斷衆病豈不樂哉彼欣無有於無有中諸貪等貪執藏防護躭著愛染是謂無有愛如世尊說

愛所執有情　心貪有無有　魔軛所軛故
身常不安樂　流轉諸有中　生已歸老死
如犢子愛乳　隨母嘗不離

三漏者一欲漏二有漏三無明漏欲漏云何答除欲界繫無明諸餘欲界繫結縛隨眠隨煩惱纏是謂欲漏有漏云何答除色無色界繫無明諸餘色無色界繫結縛隨眠隨煩惱纏是謂有漏無明漏云何答三界無智是謂無明漏如世尊說

若苾芻已斷　欲有無明漏　諸漏永盡故
無影般涅槃

三求者一欲求二有求三梵行求欲求云何答住欲有者於欲界法未得爲得諸求隨求平等隨求悕求欣求思求勤求是謂欲求有求云何答住色無色有者於色無色界法未得爲得諸求乃至勤求是謂有求梵行求云何答離二交會說名梵行八支聖道亦名梵

行於此義中意說八支聖道梵行諸有於此八支聖道未得爲得諸求乃至勤求是謂梵行求復次欲求者非求死後當生諸有然於現在可意色聲香味觸衣服飲食卧具病緣醫藥諸資生具未得爲得諸求乃至勤求是名欲求有求者有謂五取蘊何等爲五謂色取蘊受取蘊想取蘊行取蘊識取蘊如有一類作是念言云何令我得未來世如是類色受想行識彼於死後當生諸有色等五蘊諸求乃至勤求是名有求梵行求者從世第一法趣苦法智忍時有梵行求非有梵行所以者何八支聖道說名梵行彼於爾時未得未近得未有未現有從苦法智忍趣苦法智時有梵行求亦有梵行所以者何八支聖道說名梵行彼於爾時已得已近得已有已現有

如是從苦法智趣苦類智忍從苦類智忍趣苦類智從苦類智趣集法智忍從集法智忍趣集法智從集法智趣集類智忍從集類智忍趣集類智從集類智趣滅法智忍從滅法智忍趣滅法智從滅法智趣滅類智忍從滅類智忍趣滅類智從滅類智趣道法智忍從道法智忍趣道法智從道法智趣道類智忍從道類智忍趣道類智從道類智趣道類智或趣所餘無漏智時有梵行求亦有梵行所以者何八支聖道說名梵行彼於爾時已得已近得已有已現有復次若世間道證一來果不還果時有梵行求非有梵行所以者何八支聖道說名梵行彼於爾時未得未近得未有未現有若無漏道證預流果或證一來不還阿羅漢果時有梵行求亦有梵行所以

者何八支聖道說名梵行彼於爾時已得已近得已有已現有如世尊說

具念定正知　諸佛眞弟子　正知求聖道
終不求餘事　若怖求已滅　聖道當趣盡
苾芻求盡故　無影般涅槃

三有者一欲有二色有三無色有欲有云何答若業欲界繫取爲緣欲感當有彼業異熟是謂欲有色有云何答若業色界繫取爲緣欲感當有彼業異熟是謂色有無色有云何答若業無色界繫取爲緣欲感當有彼業異熟是謂無色有

三黑闇身者一過去黑闇身二未來黑闇身三現在黑闇身過去黑闇身者云何過去云何黑闇云何身而說過去黑闇身耶答過去者謂諸行已起已等起已生已等生已轉已現轉已聚集已出現落謝過去盡滅離變過去性過去類過去世攝是謂過去黑闇者謂於過去行發起種種求解異慧廣說乃至疑猶預箭是謂黑闇身者有說與疑相應無明名身於此義中即疑名身所以者何黑謂無智由黑故闇說名黑闇此即是疑即此黑闇說名爲身故名過去黑闇身未來黑闇身者云何未來云何黑闇云何身而說未來黑闇身耶答未來者謂諸行未已起未已等起未已生未已等生未已轉未已現轉未聚集未出現未來性未來類未來世攝是謂未來黑闇者謂於未來行發起種種求解異慧廣說乃至疑猶預箭是謂黑闇身者有說與疑相應無明名身於此義中即疑名身所以者何黑謂無智由黑故闇說名黑闇此即是疑即

此黑闇説名爲身故名未來黑闇身現在黑闇身者云何現在云何黑闇云何身而説現在黑闇身耶答現在者謂諸行巳起巳等起巳生巳等生巳轉巳現轉聚集出現住未巳謝未巳盡滅未巳離變和合現前現在性現在類現在世攝是謂現在黑闇者謂於現在行發起種種求解異慧廣説乃至疑猶預箭是謂黑闇身者有説與疑相應無明名身於此義中即疑名身所以者何黑名無智由黑故闇説名黑闇此即是疑即此黑闇説名爲身故名現在黑闇身

三怖者一病怖二老怖三死怖病怖者云何病答頭痛等廣說如法蘊論是謂病云何怖答如有一類見他病巳深生猒患自念我身亦有此分亦有此性亦有此法未越此法由此便生驚恐怖畏惶懼毛竪是謂怖由病起怖故名病怖老怖者云何老答髮落等廣説如法蘊論是謂老云何怖答如有一類見他老巳深生猒患廣説乃至惶懼毛竪是謂怖由老起怖故名老怖死怖者云何死答彼彼有情即於彼彼諸有情聚移轉壞没廣説如法蘊論是謂死云何怖答如有一類見他死巳深生猒患廣説乃至惶懼毛竪是謂怖由死起怖故名死怖如世尊説

諸異生雖能　猒病老死法　而不能如實
猒此所依身　我能猒此身　深了知此法
故不樂久住　速入無餘依　我觀一切種
無疾少年命　病老死所壞　唯出離安隱
我巳勤精進　通達究竟迹　雖不習諸欲
而捨修梵行

阿毗達磨集異門足論卷第四 說一切有部

音釋

欻許勿切忽也 鬘莫班切 狎胡甲切親近也 扇搋梵語也此云生天然生者男根不滿搋五皆切 嚼疾雀切 餔羅餔蒲故切 豆蔻蔻許候切豆蔻草實生交趾

阿毗達磨集異門足論卷第五

尊者舍利子說
唐三藏法師玄奘奉詔譯

三法品第四之三

三受者一樂受二苦受三不苦不樂受樂受云何答順樂受觸所生身樂心樂平等受受所攝是謂樂受復次修初第二第三靜慮時順樂受觸所生身樂心樂平等受受所攝是謂樂受苦受云何答順苦受觸所生身苦心苦不平等受受所攝是謂苦受不苦不樂受云何答順不苦不樂受觸所生身捨心捨非平等非不平等受所攝是謂不苦不樂受如世尊說

具念定正知　諸佛真弟子　能正知諸受
令貪等不生　於諸受及道　俱令漸次滅
苾芻受盡故　無影般涅槃

三苦性者一苦苦性二壞苦性三行苦性苦苦性云何答欲界諸行由苦苦故苦壞苦性云何答色界諸行由壞苦故苦行苦性云何答無色界諸行由行苦故苦復次不可意諸行由苦苦故苦可意諸行由壞苦故苦順捨諸行由行苦故苦復次若諸苦受若彼相應法若彼俱有法若從彼生若彼種類不可愛異熟果由苦苦故苦若諸樂受若彼相應法若彼俱有法若從彼生若彼種類可愛異熟果由壞苦故苦若不苦不樂受若彼相應法若彼俱有法若從彼生若彼種類非可愛非不可愛異熟果由行苦故苦復次苦苦性云何答諸身所有由苦苦故苦所以者何依身生起老病死等種種苦故壞苦性云何答如

世尊說可意朋友可意眷屬可意境界若變壞時若遭毀謗淩懱等時發生愁歎憂苦悲惱彼於爾時由壞苦故苦行苦性云何答除苦苦性及壞苦性諸餘有漏行由行苦故苦

三慢類者一我勝慢類二我等慢類三我劣慢類我勝慢類云何答如有一類作是念言我之種族形色作業工巧財位壽量力等或總或別皆勝於彼由此起慢巳慢當慢心高舉心恃懱是謂我勝慢類我等慢類云何答如有一類作是念言我之種族形色作業工巧財位壽量力等或總或別皆等於彼由別因緣而起於慢巳慢當慢心高舉心恃懱是謂我等慢類我劣慢類云何答如有一類作是念言我之種族形色作業工巧財位壽量力等或總或別皆劣於彼由別因緣而起於慢巳慢當慢心高舉心恃懱是謂我劣慢類

第四嗢柁南曰

四三法有十　謂火福欲樂　及慧根眼仗
六一火慧二

有三火三福業事三欲生三樂生三慧三根三眼三仗火慧各二餘六各一

初三火者一貪火二瞋火三癡火貪火云何答謂於欲境諸貪等貪執藏防護堅著愛樂迷悶躭嗜徧躭嗜內縛欲求躭湎苦集貪類貪生總名爲貪由此貪愛所蔽伏者發生種種身熱心熱身心俱熱身燒心燒身心俱燒身惱心惱身心俱惱又由貪愛纏爲緣故長夜領受不可愛不可樂不可欣不可意異熟果是謂貪火瞋火云何答謂於有情欲爲損害內懷栽杌欲爲擾惱巳瞋當瞋現瞋樂爲

過患極爲過患意極忿恚於諸有情各相違戾欲爲過患已爲過患當爲過患現爲過患總名爲瞋由此瞋恚所蔽伏者發生種種身熱心熱身心俱熱身燒心燒身心俱燒身惱心惱身心俱惱又由瞋恚纏爲緣故長夜領受不可愛不可樂不可欣不可意異熟果是謂瞋火癡火云何答謂於前際無知後際無知前後際無知廣說乃至癡類癡生很類很生總名爲癡由此愚癡所蔽伏者發生種種身熱心熱身心俱熱身燒心燒身心俱燒身惱心惱身心俱惱又由愚癡纏爲緣故長夜領受不可愛不可樂不可欣不可意異熟果是謂癡火如世尊說

諸有愚夫類　貪瞋癡火燒　如次躭欲境
害生憎聖法　於三毒熾火　若不如實知
便躭著有身　不能趣寂滅　由斯履邪路
墮三惡趣中　受劇苦輪廻　不解脫魔縛
正等覺弟子　晝夜常精進　以纖想慈慧
如次滅三火　從斯入聖道　降伏諸魔軍
證得二涅槃　清涼無取漏

後三火者一應奉事火二應給施火三應供養火應奉事火云何答父母是子所應奉事如世尊爲高直身形婆羅門說云何名爲應奉事火謂世父母應受其子種種樂具隨處隨時無倒奉事云何其子以諸樂具隨處隨時無倒奉事應奉事火謂族姓子以精進力及手足力若汗血力如法所得財物樂具隨處隨時無倒奉事供養父母何故名爲應奉事火謂族姓子從彼而生由彼長養乃得成立是故父母諸佛說爲應奉事火應給施火

云何答妻子奴婢作使親友是其家主所應給施如世尊爲高直身形婆羅門說云何名爲應給施火謂世妻子奴婢作使及諸親友應受家主種種樂具隨處隨時無倒給施云何家主以諸樂具隨處隨時無倒給施應給施火謂族姓子以精進力及手足力若汗血力如法所得財物樂具隨處隨時無倒給施妻子奴婢作使親友何故名爲應給施火謂族姓子如法居家其妻子等無倒承事如教爲作所應作業令無匱乏速得成辦是故妻子奴婢作使及諸親友諸佛說爲應給施火應供養火云何答真沙門婆羅門是謂施主所應供養如世尊爲高直身形婆羅門說云何名爲應供養火謂沙門婆羅門若已離貪或復修行調伏貪行若已離瞋或復修行調伏瞋行若已離癡或復修行調伏癡行如是沙門及婆羅門應受施主種種樂具隨處隨時無倒供養云何施主以諸樂具隨處隨時無倒供養應供養火謂族姓子以精進力及手足力若汗血力如法所得財物樂具隨處隨時無倒供養如前所說諸沙門婆羅門何故名爲應供養火謂族姓子供養阿羅漢及諸有學者彼是世間真福田故能令施主於中樹福感得最勝此世他世富樂異熟及解脫果是故真沙門及真婆羅門諸佛說爲應供養火餘世間火非應奉事給施供養彼不能令諸有情類得勝果故如世尊說

智者能如法　祭事前三火　生有樂世間
證無苦解脫

三福業事者一施類福業事二戒類福業事

三修類福業事施類福業事者云何施類云何福云何業云何事而説施類福業事耶答施類者謂施主布施諸沙門婆羅門貧窮苦行道行乞者飲食湯藥衣服華鬘塗散等香房舍卧具燈燭等物是名施類復次或由身布施謂或施身或施身業或施所捨物或由語布施謂或施語或施語業或施所捨物或由意布施謂或施意或施意業或施捨心是名施類福者謂施俱行身律儀語律儀命清淨是名福業者謂施俱行諸思等思現等思已思思類作心意業是名業事者謂施主受者及所施物是名事此中施類名施類亦名福亦名業亦名事此中福名爲福亦名業亦名事亦名施類此中業名爲業亦名事亦名施類亦名福此中事唯名事戒類福業事者

云何戒類云何福云何業云何事而説戒類福業事耶答戒類者謂離害生命離不與取離欲邪行離虚妄語離飲窣羅迷麗耶末陀放逸處酒是名戒類福者謂戒俱行身律儀語律儀命清淨是名福業者謂戒俱行諸思等思現等思已思思類作心意業是名業事者謂若防若止若遮若離害生命事是離生命事若防若止若遮若離不與取事是離不與取事若防若止若遮若離欲邪行事是離欲邪行事若防若止若遮若離虚妄語事是離虚妄語事若防若止若遮若離飲窣羅迷麗耶末陀放逸處酒事是離飲諸酒事是名事此中戒類名爲戒類亦名福亦名業亦名事此中福名爲福亦名業亦名事亦名戒類此中業名爲業亦名事亦名戒類亦名福

此中事名爲事亦名戒類亦名福亦名業修類福業事者云何修類云何福云何業云何事而說修類福業事耶荅修類者謂慈悲喜捨四無量是名修類福者謂無量俱行身律儀語律儀命清淨是名福業者謂無量俱行諸思等思現等思已思思類作心意業是名業事者謂所緣事緣彼而起四無量是名事此中修類名爲修類亦名福亦名業亦名事此中福名爲福亦名業亦名事亦名修類此中業名爲業亦名事亦名修類亦名福此中事唯名事如世尊說

智者能依法　勤學施戒修　生無苦世間
受三種樂果

三欲生者有諸有情樂受現前諸妙欲境彼於現前諸妙欲境富貴自在轉謂人全天一分是第一欲生有諸有情樂受自化諸妙欲境彼於自化諸妙欲境富貴自在轉謂樂變化天是第二欲生有諸有情樂受他化諸妙欲境彼於他化諸妙欲境富貴自在轉謂他化自在天是第三欲生此中有諸有情者謂諸有情諦義勝義不可得不可近得非有非現有但於諸蘊界處由想等想假言說轉謂爲有情那羅意生儒童命者生者養者士夫補特伽羅由斯故說有諸有情樂受現前諸妙欲境者謂彼有情恒樂受用藏護積集委寄安置隨本所生現前欲境彼於現前諸妙欲境富貴自在轉者謂彼有情於所受用藏護積集委寄安置隨本所生現前欲境有勢力得自在隨意受用謂人全者顯一切人天一分者顯欲界下四天是第一者謂隨筭數

漸次順次相續次第此居第一欲生者謂此於欲界生復次有諸有情者謂諸有情諦義勝義不可得廣說如前樂受自化諸妙欲境者謂樂變化天造作增長如是類業彼由此業隨所受樂化作種種男女等事而自娛樂謂若天女化作天男而自娛樂若諸天男化作天女而自娛樂彼於自化諸妙欲境富自在轉者謂樂變化天造作增上如是類業彼由此業隨所愛樂化作種種男女等事彼於此事有勢力得自在隨意受用謂樂變化天者顯一切樂變化天是第二者謂隨筭數漸次順次相續次第此居第二欲生者謂此於欲界生復次有諸有情者謂諸有情諦義勝義不可得廣說如前樂受他化諸妙欲境者謂他化自在天造作增長如是類業彼由

此業與諸他化自在天雖同一類身同一趣同一生同一進趣而有高下勝劣差別諸下劣天子化作種種色聲香味觸諸妙欲境令高勝天子於中受用彼於他化諸妙欲境富貴自在轉者謂他化自在天造作增長如是類業彼由此業隨所愛樂令他下劣天子化作種種色聲香味觸諸妙欲境彼高勝天子於此欲境有勢力得自在隨意受用譬如梵天雖同一類同一趣同一生同一進趣而有高下勝劣差別謂梵衆天下劣梵輔天高勝梵輔天下劣大梵天高勝他化自在天亦復如是造作增長如是類業彼由此業廣說如前謂他化自在天者顯一切他化自在天是第三者謂隨筭數漸次順次相續次第此居第三欲生者謂此於欲界生

三樂生者有諸有情即如是身離生喜樂之所滋潤徧滋潤適悅徧適悅充滿徧充滿滋潤乃至得充滿已安樂而住謂梵衆天是第一樂生有諸有情即如是身定生喜樂之所滋潤徧滋潤適悅徧適悅充滿徧充滿滋潤乃至徧充滿已安樂而住謂極光淨天是第二樂生有諸有情即如是身離喜之樂之所滋潤徧滋潤適悅徧適悅充滿徧充滿滋潤乃至徧充滿已安樂而住謂徧淨天是第三樂生此中有諸有情者謂諸有情諦義勝義不可得不可近得非有非現有但於諸蘊界處由想等想假言說轉謂爲有情那羅意生儒童命者生者養者士夫補特伽羅由斯故說有諸有情即如是身者身名爲身身業亦名身身根亦名身五有色根亦名身四大種聚亦名身今此義中意說四大種聚身故說即如是身離生喜樂者謂初靜慮中所可得樂平等受受所攝是名離生喜樂之所滋潤徧滋潤適悅徧適悅充滿徧充滿者謂梵衆天於此離生喜樂隨欲而得無艱無難即此離生喜樂起等起生等生聚集出現能令如是四大種聚身滋潤徧滋潤適悅徧適悅充滿徧充滿滋潤乃至徧充滿已安樂住者謂彼爾時由離生喜樂身心無苦惱安樂而住如世尊於分別生記經中說苾芻當知如修定者從此處沒生梵衆天數數現受離生喜樂彼先住此入初靜慮亦數現受離生喜樂彼先後所受離生喜樂無異無差別依定等故謂先此間於初靜慮若習若修若多所作後方生彼梵衆天故二所受離生喜樂品類

相似謂梵衆天者顯初靜慮梵衆等天是第一者謂隨筭數漸次順次相續次第此居第一樂生者謂此生處長時受安隱樂離苦樂樂受樂故名樂生復次有諸有情者謂諸有情諦義勝義不可得廣說如前即如是身者身名爲身乃至廣說定生喜樂者謂第二靜慮中所可得樂平等受受所攝是名定生喜樂之所滋潤徧滋潤適悅徧適悅充滿徧充滿者謂極光淨天於此定生喜樂隨欲而得無艱無難即此定生喜樂起等起生等生聚集出現能令如是四大種聚身滋潤徧滋潤適悅徧適悅充滿徧充滿滋潤乃至徧充滿已安樂住者謂彼爾時由定生喜樂身心無苦惱安樂而住如世尊於分別生記經中說苾芻當知如修定者從此處没生極光淨天數數現受定生喜樂彼先住此入第二靜慮亦數現受定生喜樂彼先後所受定生喜樂無異無差別依定等故謂生此間於第二靜慮若習若修若多所作後方生彼極光淨天故二所受定生喜樂品類相似謂極光淨天者顯第二靜慮極光淨等天是第二者謂隨筭數漸次順次相續次第此居第二樂生者謂此生處長時受安隱樂離苦樂樂受樂故名樂生復次有諸有情者謂諸有情諦義勝義不可得廣說如前即如是身者身名爲身乃至廣說離喜之樂者謂第三靜慮中所可得樂平等受受所攝是名離喜之樂之所滋潤徧滋潤適悅徧適悅充滿徧充滿者謂徧淨天於此離喜之樂隨欲而得無艱無難即此離喜之樂起等起生等生聚集出現能令

如是四大種聚身滋潤徧滋潤適悅徧適悅充滿徧充滿滋潤乃至徧充滿已安樂住者謂彼爾時由離喜之樂身心無苦惱安樂而住如世尊於分別生記經中說苾芻當知如修定者從此處没生徧淨天數數現受離喜之樂彼先住此入第三靜慮亦數現受離喜之樂彼先後所受離喜之樂無異無差別依定等故謂先此間於第三靜慮若習若修若多所作後方生彼徧淨天故二所受離喜之樂品類相似謂徧淨天者顯第三靜慮徧淨等天是第三者謂隨筭數漸次順次相續次第此居第三樂生者謂此生處長時受安隱樂離苦樂樂受樂故名樂生

初三慧者一聞所成慧二思所成慧三修所成慧聞所成慧云何答因聞依聞由聞建立於彼彼處有勢力得自在正徧通達其事如何如有苾芻或受持素呾纜或受持毗奈耶或受持阿毗達磨或聞親教師說或聞軌範師說或聞展轉傳授說或聞隨一如理者說是名爲聞因此聞依此聞由此聞建立故此於彼彼處有勢力得自在正徧通達是名聞所成慧思所成慧云何答因思依思由思建立於彼彼處有勢力得自在正徧通達其事如何謂如有一如理思惟書數筭印或隨一一所作事業是名爲思因此思依此思由此思建立故於彼彼處有勢力得自在正徧通達是名思所成慧修所成慧云何答因修依修由修建立於彼彼處有勢力得自在正徧通達其事如何謂如有一方便善巧自勤修習諸離染道由此所修離染道故離欲惡

不善法有尋有伺離生喜樂入初靜慮具足住廣說乃至入第四靜慮具足住是名爲修因此修依此修由此修建立故於彼彼處有勢力得自在正徧通達是名修所成慧有作是說如此亦是思所成慧所以者何唯依佛法不共所修乃可名爲修所成慧今此義中依諸等引所起寂靜慧皆名修所成慧

後三慧者一學慧二無學慧三非學非無學慧學慧云何答學作意相應於法簡擇極簡擇最極簡擇解了等了近了徧了機黠通達審察聰叡覺明慧行毗鉢舍那是名學慧無學慧云何答無學作意相應作法簡擇廣說乃至毗鉢舍那是名無學慧非學非無學慧云何答有漏作意相應於法簡擇廣說乃至毗鉢舍那是名非學非無學慧

三根者一未知當知根二已知根三具知根如法蘊論廣說其相如世尊說

學者學諸根　恒隨正直道　常委勤精進
守護於自心　初慧根無間　生第二慧根
若第三慧根　解脫位方有　不動解脫位
諸有結永盡　無漏根圓滿　樂止息諸根
將入永寂滅　住持最後身　降伏諸魔軍
證畢竟常樂

三眼者一肉眼二天眼三聖慧眼肉眼云何答雜骨肉血淨四大種所造眼界眼處眼根是名肉眼天眼云何答不雜骨肉血極淨四大種所造眼界眼處眼根是名天眼聖慧眼云何答諸有學慧及無學慧并一切善非學非無學慧是名聖慧眼如世尊說

肉眼最爲劣　天眼名次上　聖慧眼最勝

有三種差別　諸世間善慧　能順趣決擇
學無學正知　盡生老病死　大覺天人中
名稱最高遠　亦由慧速證　妙覺莊嚴身

三仗者一聞仗二離仗三慧仗聞仗云何答多聞聞持聞積集者若所說法初中後善文義巧妙純一圓滿清白梵行於如是法具足多聞憶持所聞言教純熟專意觀察所聞言教於諸法義見善通達是名爲聞因此聞依此聞由此聞建立故能斷不善法能修諸善法此名爲聞亦名爲仗亦名聞仗故名聞仗離仗云何答離欲惡不善法有尋有伺離生喜樂入初靜慮具足住廣說乃至入第四靜慮具足住是名爲離因此離依此離由此離建立故能斷不善法能修諸善法此名爲離亦名爲仗亦名離仗故名離仗慧仗云何答如實了知此是苦聖諦此是苦集聖諦此是苦滅聖諦此是趣苦滅道聖諦是名爲慧因此慧依此慧由此慧建立故能斷不善法能修諸善法此名爲慧亦名爲仗亦名慧仗故名慧仗如世尊說

聞仗最爲劣　離仗名次上　慧仗最爲勝
精進力具足　具念樂靜定　知世間生滅
於一切解脫　至世邊彼岸

第五嗢柁南曰

五三法有十　謂學修住定　導淨默增上
無上明各三

有三學三修三住三定三示導三清淨三寂默三增上三無上三明

三學者一增上戒學二增上心學三增上慧學增上戒學云何答安住具戒守護別解脫

律儀軌則所行悉皆具足於微小罪見大怖畏受學學處是名增上戒學增上心學云何答離欲惡不善法有尋有伺離生喜樂入初靜慮具足住廣說乃至入第四靜慮具足住是名增上心學增上慧學云何答如實了知此是苦聖諦此是苦集聖諦此是苦滅聖諦此是趣苦滅道聖諦是名增上慧學如世尊說

苾芻具三學　樂修如理行　增上戒心慧
恒相續現行　具精進勢力　及明盛靜慮
常守護諸根　勤行不放逸　如晝夜亦然
如夜晝亦爾　如前後亦爾　如前後亦然
如下上亦然　如上下亦爾　勝仗諸方所
由不放逸定　說此爲學跡　不放逸而住
由能了能捨　故得心解脫　世說爲等覺
雄猛至行邊　明行俱圓滿　恒住無忘失
命根不相續　愛盡解脫故　如燈火涅槃
究竟心解脫

三修者一修戒二修定三修慧修戒云何答於諸善戒親近數習殷重無間勤修不捨是名修戒修定云何答於諸善定親近數習殷重無間勤修不捨是名修定修慧云何答於諸善慧親近數習殷重無間勤修不捨是名修慧如世尊說

善修戒定慧　至極究竟者　已永盡諸有
無垢亦無憂　於著得解脫　具利慧深定
超衆魔境界　徧照如日輪

阿毗達磨集異門足論卷第五 說一切有部

音釋

劇 竭戟切甚也　窣 蘇骨切

阿毗達磨集異門足論卷第六

尊者舍利子說

唐三藏法師玄奘奉詔譯

三法品第四之四

三住者一天住二梵住三聖住天住云何答謂四靜慮何等爲四謂離欲惡不善法有尋有伺離生喜樂入初靜慮具足住廣說乃至入第四靜慮具足住如世尊爲吠那補黎婆羅門說梵志當知若時我於世間四靜慮中隨爲一靜慮故行爾時我爲天住而行若時我於世間四靜慮中隨爲一靜慮故住或坐或卧爾時我爲天住而住或坐或卧如是世間四靜慮中隨於一靜慮親近數習殷重無間勤修不捨是名天住梵住云何答謂四無量何等爲四謂慈悲喜捨如世尊爲吠那補黎婆羅門說梵志當知若時我於四無量中隨爲一無量故行爾時我爲梵住而行若時我於四無量中隨爲一無量故住或坐或卧爾時我爲梵住而住或坐或卧如是四無量中隨於一無量親近數習殷重無間勤修不捨是名梵住聖住云何答謂四念住四正斷四神足五根五力七等覺支八聖道支如世尊爲吠那補黎婆羅門說梵志當知若時我於出離遠離所生善法中隨爲一出離遠離所生善法故行爾時我爲聖住而行若時我於出離遠離所生善法中隨爲一出離遠離所生善法故住或坐或卧爾時我爲聖住而住或坐或卧如是出離遠離所生善法中隨於一出離遠離所生善法親近數習殷重無間勤修不捨是名聖住

三定者一有尋有伺三摩地二無尋唯伺三摩地三無尋無伺三摩地云何有尋有伺三摩地答若三摩地尋俱伺俱尋等起伺等起尋相應伺相應依尋伺轉心住等住廣說乃至心一境性是名有尋有伺三摩地云何無尋唯伺三摩地答若三摩地非尋俱唯伺俱非尋等起唯伺等起尋不相應唯伺相應尋已止息唯依伺轉心住等住廣說乃至心一境性是名無尋唯伺三摩地云何無尋無伺三摩地答若三摩地非尋俱非伺俱非尋等起非伺等起尋不相應伺不相應若尋若伺俱已止息心住等住廣說乃至心一境性是名無尋無伺三摩地

三示導者一神變示導二記心示導三教誡示導神變示導者云何神變云何示導而說神變示導耶答神變者謂諸神變現神變已神變當神變謂諸所有變一爲多變多爲一或顯或隱若知若見各別領受牆壁山巖崖岸等障身過無礙如是廣說乃至梵世身自在轉是名神變示導者謂有苾芻雖於多種神變境界各別領受若不令他知見但名神變自在不名示導若有苾芻能於多種神變境界各別領受亦能令他知見名神變自在亦名示導是故所說神變示導要能令他見等見了等了調伏隨順乃名神變亦名示導由此說名神變示導記心示導者云何記心云何示導而說記心示導耶答記心者如世尊說苾芻當知謂有一類或由占相或由言說隨記他心彼意如此彼意如是彼意轉變或隨記過去或隨記未來或隨記現在或隨

記久所作或隨記久所說或隨記少謂隨記心或隨記多謂隨記心所法諸所隨記一切如實非不如實或有一類不由占相不由言說隨記他心然由天神或由非人聞彼聲故隨記他心彼意如此彼意如是彼意轉變廣說如前或有一類不由天神不由非人聞彼聲故隨記他心然由內心知他有情心所尋伺隨記他心彼意如此彼意如是彼意轉變廣說如前復有一類不由內心知他有情心所尋伺隨記他心然由現見他有情住無尋無伺三摩地見已念言如是具壽無尋無伺意行微妙如是具壽從此定出當起如此如此尋伺諸所隨記一切如實非不如實如是具壽從此定出當起如是如是尋伺諸所隨記一切如實非不如實是名記心示導者謂

有苾芻雖由占相或由言說隨記他心廣說乃至如是具壽從此定出當起如是如是尋伺諸所隨記一切如實非不如實若不令他知見但名記心自在不名示導若有苾芻或由占相或由言說隨記他心廣說乃至如是具壽從此定出當起如是如是尋伺諸所隨記一切如實非不如實亦能令他知見名記心自在亦名示導是故所說記心示導要能令他見等見了等了調伏隨順乃名記心亦名示導由此說名記心示導教誡示導者云何教誡云何示導而說教誡示導耶答教誡者如世尊說苾芻當知謂有苾芻爲他宣說此是苦聖諦應徧知此是苦集聖諦應永斷此是苦滅聖諦應作證此是趣苦滅道聖諦應修習是名教誡示導者謂有苾芻雖能爲

他宣說此是苦聖諦應徧知乃至此是趣苦滅道聖諦應修習若他聞已不起諦順忍不得現觀邊世俗智但名教誡自在不名示導若有苾芻能爲他宣說此是苦聖諦應徧知乃至此是趣苦滅道聖諦應修習亦能令他聞已起諦順忍得現觀邊世俗智名教誡自在亦名示導是故所說教誡示導要能令他見等見了等了調伏隨順乃名教誡亦名示導由此說名教誡示導

三清淨者一身清淨二語清淨三意清淨身清淨云何答離害生命離不與取離欲邪行復次離害生命離不與取離非梵行復次諸所有學身業諸所有無學身業諸所有善非學非無學身業如是一切名身清淨語清淨云何答離虛誑語離離間語離麤惡語離雜穢語復次諸所有學語業諸所有無學語業諸所有善非學非無學語業如是一切名語清淨意清淨云何答無貪無瞋正見復次諸所有學意業諸所有無學意業諸所有善非學非無學意業如是一切名意清淨如世尊說

身語意淨中　我說無漏淨　名圓滿清淨
能永淨諸惡

三寂默者一身寂默二語寂默三意寂默身寂默云何答無學身律儀名身寂默語寂默云何答無學語律儀名語寂默意寂默云何答無學心名意寂默如世尊說

身語意默中　我說無漏默　名圓滿寂默
永寂諸惡故

三增上者一世增上二自增上三法增上世

增上云何答如世尊說有諸苾芻居阿練若或在樹下或住空閑學所學法應作是念今此世間有多衆集大衆集處必有天神成就天眼具他心智若近若遠皆能覩見心劣心勝悉能了知我若發生不善尋伺能爲諸惡躭嗜所依則諸天神現知見我既知見已互相謂言今應共觀此善男子已能猒俗正信出家云何復生不善尋伺能爲諸惡躭嗜所依又於世間大衆集處或現有佛及佛弟子成就天眼具他心智若近若遠皆能覩見心劣心勝悉能了知我若發生不善尋伺能爲諸惡躭嗜所依則諸聖衆現知見我既知見已互相謂言今應共觀此善男子已能猒俗正信出家云何復生不善尋伺能爲諸惡躭嗜所依復作是念彼諸世間雖見知我而不及我自審了知故我今應自審觀察勿生如是不善尋伺能爲諸惡躭嗜所依彼因如是自審知見發勤精進身心輕安遠離惛沉安住正念心定一趣制伏愚癡彼由世間增上力故能斷不善修諸善法如是世間增上勢力起善有漏或無漏道名世增上自增上云何答如世尊說有諸苾芻居阿練若或在樹下或住空閑學所學法應作是念我已猒俗正信出家不應復生不善尋伺能爲諸惡躭嗜所依數數宜應自審觀察勿生如是不善尋伺能爲諸惡躭嗜所依彼因如是自審知見發勤精進身心輕安遠離惛沉安住正念心定一趣制伏愚癡彼由自我增上力故能斷不善修諸善法如是自我增上勢力起善有漏或無漏道名自增上法增上云何答如

世尊說有諸苾芻居阿練若或在樹下或住空閑學所學法應作是念一切如來應正等覺所說之法善說現見離諸熱惱隨順應時來觀來嘗智者內證如是正法我已了知不應復生不善尋伺能爲諸惡躭嗜所依數數宜應自審觀察勿生如是不善尋伺能爲諸惡躭嗜所依彼因如是自審知見發勤精進身心輕安遠離惛沉安住正念心定一趣制伏愚癡彼由正法增上力故能斷不善修諸善法如是正法增上勢力起善有漏或無漏道名法增上如世尊說

世無有智者　樂作諸惡業　彼能自通達
諦實虛妄故　賢善者能證　不應自輕懱
應常省已惡　有便無隱覆　世現有天神
佛及佛弟子　恒見知愚者　造作諸惡行
是故世增上　自法增上力　能斷不善法
修法隨法行　我說有勇健　能摧伏魔軍
度生老病死　證彼永寂滅

三無上者一行無上二智無上三解脫無上行無上云何答無學八支聖道是名行無上智無上云何答無學八智是名智無上解脫無上云何答盡智無生智是名解脫無上三明者謂無學三明一無學宿住隨念智作證明二無學死生智作證明三無學漏盡智作證明云何無學宿住隨念智作證明答如實憶知諸宿住事謂如實憶知過去世或一生或十生或百生或千生或百千生或多百生或多千生或多百千生或壞劫或成劫或壞成劫或多壞劫或多成劫或多壞成劫我於如是有情聚中曾作如是名如是種如是姓

曾食如是食曾受如是苦如是樂曾如是長壽如是久住如是壽量邊際我曾從彼處死生於此處復從此處死生於彼處於如是等若形相若因緣若言說無量種宿住事皆能隨念如實憶知是名無學宿住隨念智作證明問此中何者是明答知前生相續智是名明云何無學死生智作證明答以淨天眼超過於人見諸有情死時生時若好色若惡色若劣若勝若往善趣若往惡趣如是有情成就身惡行成就語惡行成就意惡行發起邪見毀謗賢聖成就邪見業法受因由此因緣身壞命終墮諸惡趣生地獄中如是有情成就身妙行成就語妙行成就意妙行發起正見讚歎賢聖成就正見業法受因由此因緣身壞命終昇諸善趣生於天中於如是等諸有情類業果差別皆如實知是名無學死生智作證明問此中何者是明答知自業智是名明云何無學漏盡智作證明答如實知此苦聖諦此苦集聖諦此苦滅聖諦此趣苦滅道聖諦彼如是知如是見心解脫欲漏心解脫有漏心解脫無明漏心解脫已如實知見我生已盡梵行已立所作已辦不受後有是名無學漏盡智作證明問此中何者是明答知漏盡智是名明如世尊說

牟尼知宿住　見善惡趣別　了生死已盡
得究竟通慧　知心永解脫　貪等一切漏
成就三明故　名具三明者

四法品第五之一

時舍利子復告衆言具壽當知佛於四法自善通達現等覺已爲諸弟子宣說開示我等

令應和合結集佛滅度後勿有乖諍當令隨順梵行法律久住利樂無量有情哀愍世間諸天人衆令獲殊勝義利安樂四法云何此中有五嗢柁南頌初嗢柁南曰

初四法有十　念斷神慮諦　想無量無色
聖種果各四

有四念住四正斷四神足四靜慮四聖諦四想四無量四無色四聖種四沙門果

四念住者一身念住二受念住三心念住四法念住身念住云何答十有色處及法處所攝色是名身念住受念住云何答六受身謂眼觸所生受乃至意觸所生受是名受念住心念住云何答六識身謂眼識乃至意識是名心念住法念住云何答受蘊所不攝無色法處是名法念住復次身增上所生諸善有漏及無漏道是名身念住受增上所生諸善有漏及無漏道是名受念住心增上所生諸善有漏及無漏道是名心念住法增上所生諸善有漏及無漏道是名法念住復次緣身慧名身念住緣受慧名受念住緣心慧名心念住緣法慧名法念住

四正斷者爲令已生惡不善法斷故起欲發勤精進策心持心是名第一爲令未生惡不善法不生故起欲發勤精進策心持心是名第二爲令未生善法生故起欲發勤精進策心持心是名第三爲令已生善法堅住不忘修滿倍增廣大智作證故起欲發勤精進策心持心是名第四爲令已生惡不善法斷故起欲發勤精進策心持心正斷云何答爲斷已生惡不善法增上所起諸善有漏及無漏

道如是名爲第一正斷爲令未生惡不善法不生故起欲發勤精進策心持心正斷云何答爲遮未生惡不善法增上所起諸善有漏及無漏道如是名爲第二正斷爲令未生善法生故起欲發勤精進策心持心正斷云何答爲起未生善法增上所起諸善有漏及無漏道如是名爲第三正斷爲令已生善法堅住不忘修滿倍增廣大智作證故起欲發勤精進策心持心正斷云何答爲增已生善法增上所起諸善有漏及無漏道如是名爲第四正斷

四神足者一欲三摩地斷行成就神足二勤三摩地斷行成就神足三心三摩地斷行成就神足四觀三摩地斷行成就神足云何欲三摩地斷行成就神足答欲增上所生諸善有漏及無漏道是名欲三摩地斷行成就神足云何勤三摩地斷行成就神足答勤增上所生諸善有漏及無漏道是名勤三摩地斷行成就神足云何心三摩地斷行成就神足答心增上所生諸善有漏及無漏道是名心三摩地斷行成就神足云何觀三摩地斷行成就神足答觀增上所生諸善有漏及無漏道是名觀三摩地斷行成就神足

四靜慮者謂初靜慮第二靜慮第三靜慮第四靜慮云何初靜慮答初靜慮所攝善五蘊是名初靜慮云何第二靜慮答第二靜慮所攝善五蘊是名第二靜慮云何第三靜慮答第三靜慮所攝善五蘊是名第三靜慮云何第四靜慮答第四靜慮所攝善五蘊是名第四靜慮

四聖諦者一苦聖諦二苦集聖諦三苦滅聖諦四趣苦滅道聖諦云何苦聖諦答五取蘊謂色取蘊受取蘊想取蘊行取蘊識取蘊是名苦聖諦云何苦集聖諦答諸有漏因是名苦集聖諦云何苦滅聖諦答擇滅無爲是名苦滅聖諦云何趣苦滅道聖諦答諸學法無學法是名趣苦滅道聖諦

四想者一小想二大想三無量想四無所有想小想云何答作意思惟狹小諸色謂或思惟青瘀或思惟膿爛或思惟破壞或思惟膖脹或思惟骸骨或思惟骨鎖或思惟地或思惟水或思惟火或思惟風或思惟青或思惟黃或思惟赤或思惟白或思惟諸欲過患或思惟出離功德與此俱行諸想等想現前等想已想當想是名小想大想云何答作意思惟廣大諸色而非無邊謂或思惟青瘀廣説如前是名大想無量想云何答作意思惟廣大諸色其量無邊謂或思惟青瘀廣説如前是名無量想無所有想云何答此即顯示無所有處想

四無量者一慈無量二悲無量三喜無量四捨無量慈無量云何答諸慈及慈相應受想行識若彼等起身語業若彼等起心不相應行是名慈無量悲無量云何答諸悲及悲相應受想行識若彼等起身語業若彼等起心不相應行是名悲無量喜無量云何答諸喜及喜相應受想行識若彼等起身語業若彼等起心不相應行是名喜無量捨無量云何答諸捨及捨相應受想行識若彼等起身語業若彼等起心不相應行是名捨無量

四無色者一空無邊處二識無邊處三無所有處四非想非非想處空無邊處云何答空無邊處略有二種一定二生若定若生所有受想行識是名空無邊處識無邊處云何答識無邊處略有二種一定二生若定若生所有受想行識是名識無邊處無所有處云何答無所有處略有二種一定二生若定若生所有受想行識是名無所有處非想非非想處云何答非想非非想處略有二種一定二生若定若生所有受想行識及有一類定所等起心不相應行即滅想受定是名非想非非想處

四聖種者一有苾芻隨得衣服便生喜足讚歎喜足不爲求覔衣服因緣令諸世間而生譏論若求不得終不懊歎引頸希望撫胷迷悶若求得已如法受用不生染著躭嗜迷悶藏護貯積於受用時能見過患正知出離彼由隨得衣服喜足終不自舉淩懱於他而能策勤正知繫念是名安住古昔聖種二有苾芻隨得飲食便生喜足廣說如前三有苾芻隨得卧具便生喜足廣說如前四有苾芻愛斷樂斷精勤隨學於斷愛樂愛修樂修精勤隨學於修愛樂彼由如是斷修愛樂終不自舉淩懱於他而能策勤正知繫念是名安住古昔聖種隨得衣服喜足聖種云何答隨得衣服喜足增上所生諸善有漏及無漏道是名隨得衣服喜足聖種隨得飲食喜足聖種云何答隨得飲食喜足增上所生諸善有漏及無漏道是名隨得飲食喜足聖種隨得卧具喜足聖種云何答隨得卧具喜足增上所

生諸善有漏及無漏道是名隨得臥具喜足聖種愛樂斷修聖種云何答愛樂斷修增上所生諸善有漏及無漏道是名愛樂斷修聖種

四沙門果者一預流果二一來果三不還果四阿羅漢果預流果云何答預流果有二種一有爲二無爲有爲預流果者謂證預流果時所有學法或已得或今得或當得是名有爲預流果無爲預流果者謂證預流果時所有擇滅或已得或今得或當得是名無爲預流果一來果不還果應知亦爾阿羅漢果云何答阿羅漢果有二種一有爲二無爲有爲阿羅漢果者謂證阿羅漢果時所有無學法或已得或今得或當得是名有爲阿羅漢果無爲阿羅漢果者謂證阿羅漢果時所有擇滅或已得或今得或當得是名無爲阿羅漢果

第二嗢柁南曰

二四法有九　謂支淨智力　處蘊依跡法
各四智有二

有四預流支四證淨四智四力四處四蘊四依四法跡四應證法智有二門餘八各一

四預流支者一親近善士二聽聞正法三如理作意四法隨法行云何親近善士答善士者謂佛及弟子復次諸有補特伽羅具戒具德離諸瑕穢成調善法堪紹師位成就勝德知羞悔過善守好學具知具見樂思擇愛稱量喜觀察性聰敏具覺慧息追求有慧類離貪趣貪滅離瞋趣瞋滅離癡趣癡滅調順趣調順寂靜趣寂靜解脫趣解脫具如是等諸

勝功德是名善士若能於此所說善士親近承事恭敬供養如是名爲親近善士云何聽聞正法答正法者謂前說善士未顯了處爲正顯了未開悟處爲正開悟以慧通達深妙句義方便爲他宣說施設安立開示以無量門正爲開示苦真是苦集真是集滅真是滅道真是道如是等名正法若能於此所說正法樂聽樂聞樂受持樂究竟樂解了樂觀察樂尋思樂推究樂通達樂觸樂證樂作證爲聞法故不憚艱辛爲受持故數以耳根對說法音發勝耳識如是名爲聽聞正法云何如理作意答於耳所聞是識所了無倒法義耳識所引令心專注隨攝等攝作意發意審正思惟心警覺性如是名爲如理作意云何法隨法行答如理作意所引出離遠離所生諸勝善法修習堅住無間精勤如是名爲法隨法行

四證淨者如契經說成就四法說名預流何等爲四一佛證淨二法證淨三僧證淨四聖所愛戒云何佛證淨答如世尊說苾芻當知此聖弟子以如是相隨念諸佛謂此世尊是如來阿羅訶正等覺明行圓滿善逝世間解無上丈夫調御士天人師佛薄伽梵彼以此相隨念諸佛見爲根本證智相應諸信信性現前信性隨順印可愛慕愛慕性心證心淨是名佛證淨云何法證淨答如世尊說苾芻當知此聖弟子以如是相隨念正法謂佛正法善說現見無熱應時引導近觀智者内證彼以此相隨念正法見爲根本證智相應諸信信性現前信性隨順印可愛慕愛慕性心

證心淨是名法證淨云何僧證淨答如世尊說苾芻當知此聖弟子以如是相隨念於僧謂佛弟子具足妙行質直行如理行法隨法行和敬行隨法行於此僧中有預流向有預流果有一來向有一來果有不還向有不還果有阿羅漢向有阿羅漢果如是總有四雙八隻補特伽羅佛弟子衆戒具足定具足慧具足解脫具足解脫智見具足應請應屈應恭敬無上福田世所應供彼以此相隨念於僧見爲根本證智相應諸信信性現前信性隨順印可愛慕愛慕性心證心淨是名僧證淨云何聖所愛戒答無漏身律儀語律儀命清淨是名聖所愛戒問何故名爲聖所愛戒答聖謂諸佛及佛弟子彼於此戒愛慕欣喜忍順不逆是故名爲聖所愛戒諸預流者成就此四

阿毗達磨集異門足論卷第六 說一切有部

音釋

惛 呼昆切心不明了也 㾓 依據切 鏁 蘇果切與鎖同 懊 烏告切悔恨也 膖脹 膖匹降切 脹知亮切

阿毗達磨集異門足論卷第七

尊者舍利子說

唐三藏法師玄奘奉詔譯

四法品第五之二

四智者謂法智類智他心智世俗智法智云何答緣欲界行諸無漏智緣欲界行因諸無漏智緣欲界行滅諸無漏智緣欲界行能斷道諸無漏智復次緣法智及緣法智地諸無漏智是名法智類智云何答緣色無色界行諸無漏智緣色無色界行因諸無漏智緣色無色界行滅諸無漏智緣色無色界行能斷道諸無漏智復次緣類智及緣類智地諸無漏智是名類智他心智云何答若智修所成是修果依止修已得不失能知欲色界和合現前他心心所及一分無漏他心心所是名他心智世俗智云何答諸有漏慧是名世俗智復有四智謂苦智集智滅智道智苦智云何答於五取蘊思惟非常苦空非我所起無漏智是名苦智集智云何答於有漏因思惟因集生緣所起無漏智是名集智滅智云何答於諸擇滅思惟滅靜妙離所起無漏智是名滅智道智云何答於無漏道思惟道如何出所起無漏智是名道智

四力者一信力二精進力三定力四慧力信力云何答依諸如來應正等覺所植淨信是有根生安立堅固一切沙門及婆羅門諸天魔梵若餘世間皆無有能如法牽奪是名信力精進力云何答爲令已生惡不善法斷故起欲發勤精進策心持心爲令未生惡不善法不生故起欲發勤精進策心持心爲令未

生善法生故起欲發勤精進策心持心爲令巳生善法堅住不忘修滿倍增廣大智作證故起欲發勤精進策心持心是名精進力定力云何答離欲惡不善法有尋有伺離生喜樂入初靜慮具足住廣說乃至入第四靜慮具足住是名定力慧力云何答如實了知是苦聖諦如實了知是苦集聖諦如實了知是苦滅聖諦如實了知是趣苦滅道聖諦是名慧力問何故名力答以因此力依此力住此力能斷能碎能破一切結縛隨眠隨煩惱纏故名爲力

四處者一慧處二諦處三捨處四寂靜處慧處云何答如薄伽梵於辯六界記別經中爲具壽池堅說苾芻當知最勝慧處謂漏盡智是故苾芻應成就漏盡智若成就漏盡智說名成就最勝慧處是名慧處諦處云何答如薄伽梵於辯六界記別經中爲具壽池堅說苾芻當知最勝諦處謂不動解脫諦者謂如實法誑者謂虛妄法是故苾芻應成就不動解脫若成就不動解脫說名成就最勝諦處是名諦處捨處云何答如薄伽梵於辯六界記別經中爲具壽池堅說苾芻當知先所執受無智無明越正路法今時應捨應變吐應除棄苾芻當知最勝捨處謂棄捨一切依愛盡離染永滅涅槃是故苾芻應成就此涅槃若成就此涅槃說名成就最勝捨處是名捨處寂靜處云何答如薄伽梵於辯六界記別經中爲具壽池堅說苾芻當知貪染惱心令不解脫瞋染惱心令不解脫癡染惱心令不解脫苾芻當知此貪瞋癡無餘永斷變吐除

棄愛盡離染永滅靜沒名眞寂靜是故苾芻應成就眞寂靜若成就眞寂靜說名成就最勝寂靜處是名寂靜處

四蘊者一戒蘊二定蘊三慧蘊四解脫蘊戒蘊云何答如薄伽梵於辯三蘊記別經中作如是說苾芻當知我說學戒若無學戒若一切善非學非無學戒皆是戒蘊是名戒蘊定蘊云何答如薄伽梵於辯三蘊記別經中作如是說苾芻當知我說學定若無學定若一切善非學非無學定皆是定蘊是名定蘊慧蘊云何答如薄伽梵於辯三蘊記別經中作如是說苾芻當知我說學慧若無學慧若一切善非學非無學慧皆是慧蘊是名慧蘊解脫蘊云何答如薄伽梵於辯三蘊記別經中作如是說苾芻當知我說學解脫若無學解脫若一切善非學非無學解脫皆是解脫蘊是名解脫蘊

四依者一思擇一法應遠避二思擇一法應受用三思擇一法應除遣四思擇一法應忍受云何思擇一法應遠避答如薄伽梵於防諸漏記別經中作如是說汝等苾芻應審思擇惡象惡馬惡牛惡狗惡水牛等當遠避之應審思擇株杌毒刺坑塹崖谷井廁河等當遠避之應審思擇惡行惡威儀惡友惡伴侶惡行處惡臥具等當遠避之惡臥具者謂若受用如是臥具爲諸有智同梵行者不應分別處而生分別不應測量處而生測量不應猜疑處而生猜疑如是臥具我說爲惡汝等苾芻應當遠避是名思擇一法應遠避云何思擇一法應受用答如薄伽梵於防諸漏記

別經中作如是說汝等苾芻應審思擇如法衣服當受用之不爲勇健不爲慠逸不爲顏貌不爲端嚴但爲遮防蚊蝱寒熱蛇蠍等觸及爲覆蔽深可羞恥醜陋身形應審思擇如法飲食當受用之不爲勇健不爲慠逸不爲顏貌不爲端嚴但爲此身暫住存濟止息飢渴攝受梵行爲斷故受不起新受無罪存濟力樂安住應審思擇如法卧具當受用之不爲勇健不爲慠逸不爲顏貌不爲端嚴但爲遮防寒熱風雨及得最勝安隱寂靜應審思擇如法醫藥當受用之不爲勇健不爲慠逸不爲顏貌不爲端嚴但爲止息未起已起所有疾病得修善業是名思擇一法應受用云何思擇一法應除遣答如薄伽梵於防諸漏記別經中作如是說汝等苾芻已起欲尋恚尋害尋不應韞蓄應速斷滅變吐除遣是名思擇一法應除遣云何思擇一法應忍受答如薄伽梵於防諸漏記別經中作如是說汝等苾芻應起精進有勢有勤勇捍堅猛不捨善軛假使我身血肉枯竭唯皮筋骨連拄而存若本所求勝法未獲終不止息所起精進又精進時身心疲倦終不由斯而生懈怠應深忍受寒熱飢渴蛇蠍蚊蝱風雨等觸又應忍受他人所發能生身中猛利辛楚奪命苦受毀辱語言是名思擇一法應忍受

四法跡者一無貪法跡二無瞋法跡三正念法跡四正定法跡云何無貪法跡答無貪者謂於欲境諸不貪不等貪廣說乃至非貪類非貪生是名無貪法跡者謂即無貪亦名爲法亦名爲跡亦名法跡是故名爲無貪法跡

云何無瞋法跡答無瞋者謂於有情不欲損害不懷栽杌不欲擾惱廣說乃至非已爲過患非當爲過患非現爲過患是名無瞋法跡者謂即無瞋亦名爲法亦名爲跡亦名法跡是故名爲無瞋法跡云何正念法跡答正念者謂依出離遠離所生善法諸念隨念廣說乃至心明記性是名正念法跡者謂即正念亦名爲法亦名爲跡亦名法跡是故名爲正念法跡云何正定法跡答正定者謂依出離遠離所生善法謂令心住廣說乃至心一境性是名正定法跡者謂即正定亦名爲法亦名爲跡亦名法跡是故名爲正定法跡

四應證法者謂或有法是身應證或復有法是念應證或復有法是眼應證或復有法是慧應證云何有法是身應證答謂八解脫是身應證云何有法是念應證答謂宿住事是念應證云何有法是眼應證答謂死生事是眼應證云何有法是慧應證答謂諸漏盡是慧應證

第三嗢柁南曰

三四法有九　行修業受軛　離繫與瀑流
取繫各四種

有四行四修定四業四法受四軛四離繫四瀑流四取四身繫

四行者一苦遲通行二苦速通行三樂遲通行四樂速通行云何苦遲通行答靜慮不攝下品五根是名苦遲通行云何苦速通行答靜慮不攝上品五根是名苦速通行云何樂遲通行答靜慮所攝下品五根是名樂遲通行云何樂速通行答靜慮所攝上品五根是

名樂速通行復有四行一不堪忍行二堪忍行三調伏行四寂靜行云何不堪忍行答謂不堪忍寒熱飢渴蛇蠍蚊蝱風雨等觸又不堪忍他人所發能生身中辛楚猛利奪命苦受罵辱語言如是種類是名不堪忍行云何堪忍行答謂能堪忍寒熱飢渴蛇蠍蚊蝱風雨等觸又能堪忍他人所發能生身中辛楚猛利奪命苦受罵辱語言如是種類是名堪忍行云何調伏行答眼見色時專意繫念防護眼根調伏其心不令發起煩惱惡業耳聞聲時鼻齅香時舌嘗味時身覺觸時意了法時專意繫念防護耳根廣說乃至防護意根調伏其心不令發起煩惱惡業是名調伏行云何寂靜行答謂四念住四正斷四神足五根五力七等覺支八聖道支四通行四法跡奢摩他毗鉢舍那是名寂靜行問何故說此名寂靜行答以於此行若習若修若多所作能令已生貪欲瞋恚愚癡慢等寂靜等寂靜最極寂靜是故說此名寂靜行

四修定者一有修定若習若修若多所作為能獲得現法樂住二有修定若習若修若多所作為能獲得最勝知見三有修定若習若修若多所作為能獲得勝分别慧四有修定若習若修若多所作為能獲得諸漏水盡云何修定若習若修若多所作為能獲得現法樂住答於初靜慮所攝離生喜樂俱行心一境性若習若修堅作常作精勤修習是名修定若習若修若多所作為能獲得現法樂住云何修定若習若修若多所作為能獲得最勝知見答於光明想俱行心一境性若習若

修堅作常作精勤修習是名修定若習若修若多所作爲能獲得最勝知見云何修定若習若修若多所作爲能獲得勝分別慧答於受想尋觀俱行心一境性若習若修堅作常作精勤修習是名修定若習若修若多所作爲能獲得勝分別慧云何修定若習若修若多所作爲能獲得諸漏永盡答於第四靜慮所攝清淨捨念俱行阿羅漢果無間道攝心一境性若習若修堅作常作精勤修習是名修定若習若修若多所作爲能獲得諸漏永盡如薄伽梵於波羅衍拏起問中說

斷欲想憂怖　離惛沉睡眠　及惡作掉舉

得捨念清淨　法輪爲上首　得正智解脫

我說斷無明　得勝分別慧

四業者一黑黑異熟業二白白異熟業三黑白黑白異熟業四非黑非白無異熟業能盡諸業云何黑黑異熟業答如世尊爲持俱胝牛戒布剌拏說圓滿當知世有一類補特伽羅造有損害身語意行彼造有損害身語意行已積集增長有損害法彼積集增長有損害法已感得有損害自體彼感得有損害自體已生有損害世間彼生有損害世間已觸有損害觸彼觸有損害觸已受有損害受一向不可愛一向不可樂一向不可喜一向不可意如那落迦諸有情類彼由此類有此類生生已復觸如是類觸是故我說彼諸有情隨自造業圓滿當知是名黑黑異熟業造有損害身語意行者謂造不善身語意行於此義中意說不善身語意行名有損害身語意行彼造有損害身語意行已積集增長有損

害法者謂造不善身語意行已造作增長不遠離法於此義中意説造作增長不遠離法名積集增長有損害法彼積集增長有損害法已感得有損害自體者謂造作增長不遠離法已感得地獄中有於此義中意説地獄中有名有損害自體所以者何謂住彼中有身所覺觸意所了法一切不可意非可意不悦意非悦意不可意相非可意相不平等相非平等相彼由此緣純受憂苦彼感得有損害自體已生有損害世間者謂感得地獄中有已生地獄趣於此義中意説地獄趣名有損害世間所以者何謂生地獄趣已眼所見色乃至意所了法一切不可意非可意廣説乃至不平等相非平等相彼由此緣純受憂苦彼生有損害世間已觸有損害觸者謂生地獄趣已觸地獄觸於此義中意説地獄觸名有損害觸彼觸有損害觸已受有損害受者謂觸如是類觸定受如是類受觸順苦受觸時必受苦受由此故説觸有損害觸已受有損害受一向不可愛一向不可樂一向不可喜一向不可意者謂彼苦受一切有情皆共不愛不樂不喜亦不可意由此故説一向不可愛乃至不可意如那落迦諸有情類者謂顯趣向地獄世間諸有情類由此故説如那落迦諸有情類彼由此類有此類生者謂彼有情有所依事有因有緣而生於彼由此故説彼由此類有此類生生已復觸如是類觸者謂生地獄已復觸地獄觸由此故説生已復觸如是類觸是故我説彼諸有情隨自

造業者謂設若造有損害身語意行若不造有損害身語意行俱積集增長有損害法或俱不積集增長有損害法若積集增長有損害法若不積集增長有損害法俱感得有損害自體或俱不感得有損害自體若感得有損害自體若不感得有損害自體俱生有損害世間或俱不生有損害世間若生有損害世間若不生有損害世間俱觸有損害觸或俱不觸有損害觸若觸有損害觸若不觸有損害觸俱受有損害受或俱不受有損害受則不應言是故我說彼諸有情隨自造業以若造有損害身語意行則積集增長有損害法若不造有損害身語意行則不積集增長有損害法若積集增長有損害法則感得有損害自體若不積集增長有損害法則不感得有損害自體若感得有損害自體則生有損害世間若不感得有損害自體則不生有損害世間若生有損害世間則觸有損害觸若不生有損害世間則不觸有損害觸若觸有損害觸則受有損害受若不觸有損害觸則不受有損害受由此應言是故我說彼諸有情隨自造業是名黒黒異熟業者謂此業是不善感非愛異熟云何白白異熟業答如世尊爲持俱胝牛戒補剌拏說圓滿當知世有一類補特伽羅造無損害身語意行彼造無損害身語意行已積集增長無損害法彼積集增長無損害法已感得無損害自體彼感得無損害自體已生無損害世間彼生無損害世間已觸無損害觸彼觸無損害觸已受無損害受一向可愛一向可樂一向可喜

一向可意如超段食天諸有情類彼由此類有此類生生已復觸如是類觸是故我說彼諸有情隨自造業圓滿當知是名白白異熟業造無損害身語意行者謂造善身語意行於此義中意說善身語意行名無損害身語意行彼造無損害身語意行已積集增長無損害法者謂造善身語意行已造作增長遠離法於此義中意說造作增長遠離法名積集增長無損害法彼積集增長無損害法已感得無損害自體者謂造作增長遠離法已感得色界中有於此義中意說色界中有名無損害自體所以者何謂住彼中有中眼所見色耳所聞聲身所覺觸意所了法一切可意非不可意悅意非不悅意可意相非不可意相平等相非不平等相彼由此緣純受喜樂彼感得無損害自體已生無損害世間者謂感得色界中有已生色界天趣於此義中意說色界天趣名無損害世間所以者何生色界天趣已眼所見色乃至意所了法一切可意非不可意廣說乃至平等相非不平等相彼由此緣純受喜樂彼生無損害世間已觸無損害觸者謂生色界天趣已觸色界天觸於此義中意說色界天觸名無損害觸彼觸無損害觸已受無損害受者謂觸如是類觸定受如是類受觸順樂受觸時必受樂受由此故說觸無損害觸已受無損害受一向可愛一向可樂一向可喜一向可意者謂彼樂受無量有情皆共可愛可樂可喜可意由此故說一向可愛乃至可意如超段食天諸有情類者謂顯趣向色界世間由此故說如

超段食天諸有情類彼由此類有此類生者謂彼有情有所依事有因有緣而生於彼由此故說彼由此類有此類生生已復觸如是類觸者謂生色界已復觸色界觸由此故說生已復觸如是類觸是故我說彼諸有情隨自造業者謂設若造無損害身語意行若不造無損害身語意行俱積集增長無損害法或俱不積集增長無損害法若積集增長無損害法若不積集增長無損害法俱感得無損害自體或俱不感得無損害自體若感得無損害自體若不感得無損害自體俱生無損害世間或俱不生無損害世間若生無損害世間若不生無損害世間俱觸無損害觸或俱不觸無損害觸若觸無損害觸若不觸無損害觸俱受無損害受或俱不受無損害受則不應言是故我說彼諸有情隨自造業以若造無損害身語意行則積集增長無損害法若不造無損害身語意行則不積集增長無損害法若積集增長無損害法則感得無損害自體若不積集增長無損害法則不感得無損害自體若感得無損害自體則生無損害世間若不感得無損害自體則不生無損害世間若生無損害世間則觸無損害觸若不生無損害世間則不觸無損害觸若觸無損害觸則受無損害受若不觸無損害觸則不受無損害受由此應言是故我說彼諸有情隨自造業是名白白異熟業者謂此業是善感可愛異熟云何黑白黑白異熟業答如世尊爲持俱胝牛戒補剌拏說圓滿當知世有一類補特伽羅造有損害無損害身

語意行彼造有損害無損害身語意行已積集增長有損害無損害法彼積集增長有損害無損害法已感得有損害無損害自體彼感得有損害無損害自體已生有損害無損害世間彼生有損害無損害世間已觸有損害無損害觸彼觸有損害無損害觸已受有損害無損害受相間相雜如人及一分天諸有情類彼由此類有此類生生已復觸如是類觸是故我說彼諸有情隨自造業圓滿當知是名黑白黑白異熟業造有損害無損害身語意行者謂造善不善身語意行於此義中意說善不善身語意行名有損害無損害身語意行彼造有損害無損害身語意行已積集增長有損害無損害法者謂造善不善身語意行已造作增長遠離不遠離法於此義中意說造作增長遠離不遠離法名積集增長有損害無損害法彼積集增長有損害無損害法已感得有損害無損害自體者謂造作增長遠離不遠離法已感得人及欲界天中有於此義中意說人及欲界天中有名有損害無損害自體所以者何謂住彼中有中眼所見色耳所聞聲鼻所齅香舌所嘗味身所覺觸意所了法一切可意亦不可意悅意亦不悅意可意相亦不可意相平等相亦不平等相彼由此緣雜受苦樂彼感得有損害無損害自體已生有損害無損害世間者謂感得人及欲界天中有已生人及欲界天趣於此義中意說人及欲界天趣名有損害無損害世間所以者何謂生人及欲界天趣已眼所見色乃至意所了法一切可意亦不

可意廣說乃至平等相亦不平等相彼由此緣雜受苦樂彼生有損害無損害世間已觸有損害無損害觸者謂生人及欲界天趣已觸人及欲界天觸於此義中意說人及欲界天觸名有損害無損害觸彼觸有損害無損害觸已受有損害無損害受者謂觸如是類觸定受如是類受觸順苦樂觸時必受苦樂受由此故說觸有損害無損害觸已受有損害無損害受相間相雜者謂苦樂受相間相雜而現在前由此故說相間相雜彼由此類有此類生者謂彼有情有所依事有因有緣而生於彼由此故說彼由此類有此類生生已復觸如是類觸者謂生人及欲界天已復觸人及欲界天觸由此故說生已復觸如是類觸是故我說彼諸有情隨自造業者謂設若造有損害無損害身語意行若不造有損害無損害身語意行俱積集增長有損害無損害法或俱不積集增長有損害無損害法若積集增長有損害無損害法若不積集有損害無損害法俱感得有損害無損害自體或俱不感得有損害無損害自體若感得有損害無損害自體若不感得有損害無損害自體俱生有損害無損害世間或俱不生有損害無損害世間若生有損害無損害世間若不生有損害無損害世間俱觸有損害無損害觸或俱不觸有損害無損害觸若觸有損害無損害觸若不觸有損害無損害觸俱受有損害無損害受或俱不受有損害無損害受則不應言是故我說彼諸有情隨自造業

阿毗達磨集異門足論卷第七說一切有部

音釋

塹（七豔切坑也）韞蓄（韞委粉切包藏也蓄敕六切積聚也）甿（眉庚切）

阿毗達磨集異門足論卷第八

尊者舍利子說

唐三藏法師玄奘奉詔譯

四法品第五之三

以若造有損害無損害身語意行則積集增長有損害無損害法若不造有損害無損害身語意行則不積集增長有損害無損害法若積集增長有損害無損害法則感得有損害無損害自體若不積集增長有損害無損害法則不感得有損害無損害自體若感得有損害無損害自體則生有損害無損害世間若不感得有損害無損害自體則不生有損害無損害世間若生有損害無損害世間則觸有損害無損害觸若不生有損害無損害世間則不觸有損害無損害觸若觸有損害無損害觸則受有損害無損害受若不觸有損害無損害觸則不受有損害無損害受由此應言是故我說彼諸有情隨自造業是名黑白黑白異熟業者謂此業是善不善感可愛非可愛異熟云何不黑不白無異熟業能盡諸業答如世尊爲持俱胝牛戒補刺拏說圓滿當知若能盡黑黑異熟業思若能盡白白異熟業思若能盡黑白黑白異熟業思是名不黑不白無異熟業能盡諸業此中不黑者謂此業非如不善業由不可意黑說名爲黑故名不黑不白者謂此業非如有漏善業由可意白說名爲白故名不白無異熟者謂此業非如前三業能感異熟故名無異熟業能盡諸業者謂此業是學思能趣損減所以者何謂若學思能趣損減於前三業能盡

等盡徧盡永盡隨得永盡於此義中意說名業能盡諸業由此故說不黑不白無異熟業能盡諸業

四法受者一有法受能感現樂後苦異熟二有法受能感現苦後樂異熟三有法受能感現苦後苦異熟四有法受能感現樂後樂異熟云何法受能感現樂後苦異熟答如世尊說苾芻當知如有一類補特伽羅與喜樂俱害生命不與取欲邪行虛誑語離間語麤惡語雜穢語貪欲瞋恚邪見彼害生命廣說乃至邪見爲緣得喜得樂如是種類身樂心樂是不善不善類究竟攝受能障通慧能障等覺能障涅槃是名法受能感現樂後苦異熟云何法受能感現苦後樂異熟答如世尊說苾芻當知如有一類補特伽羅與憂苦俱離害生命離不與取離欲邪行離虛誑語離離間語離麤惡語離雜穢語無貪無瞋正見彼離害生命廣說乃至正見爲緣得憂得苦如是種類身苦心苦是善善類究竟攝受能引通慧能證等覺能得涅槃是名法受能感現苦後樂異熟云何法受能感現苦後苦異熟答如世尊說苾芻當知如有一類補特伽羅與憂苦俱害生命不與取欲邪行虛誑語離間語麤惡語雜穢語貪欲瞋恚邪見彼害生命廣說乃至邪見爲緣得憂得苦如是種類身苦心苦是不善不善類究竟攝受能障通慧能障等覺能障涅槃是名法受能感現苦後苦異熟云何法受能感現樂後樂異熟答如世尊說苾芻當知如有一類補特伽羅與喜樂俱離害生命離不與取離欲邪行離虛

誑語離離間語離麤惡語離雜穢語無貪無瞋正見彼離害生命廣說乃至正見爲緣得喜得樂如是種類身樂心樂是善善類究竟攝受能引通慧能證等覺能得涅槃是名法受能感現樂後樂異熟

四軛者一欲軛二有軛三見軛四無明軛云何欲軛答如世尊說苾芻當知有諸愚夫無聞異生於欲集没味患出離不如實知彼於欲集没味患出離不如實知故於諸欲中所有欲貪欲欲欲親欲愛欲樂欲悶欲耽欲嗜欲喜欲藏欲隨欲著纏壓於心是名欲軛云何有軛答如世尊說苾芻當知有諸愚夫無聞異生於有集没味患出離不如實知彼於有集没味患出離不如實知故於諸有中所有有貪有欲有親有愛有樂有悶有耽有嗜有喜有藏有隨有著纏壓於心是名有軛云何見軛答如世尊說苾芻當知有諸愚夫無聞異生於見集没味患出離不如實知彼於見集没味患出離不如實知故於諸見中所有見貪見欲見親見愛見樂見悶見耽見嗜見喜見藏見隨見著纏壓於心是名見軛云何無明軛答如世尊說苾芻當知有諸愚夫無聞異生於六觸處集没味患出離不如實知彼於六觸處集没味患出離不如實知故於六觸處所有執著無明無智隨眠隨增是名無明軛如世尊說

有情與欲軛　有見軛相應　愚癡爲上首
於生死流住

四離繫者一於欲軛離繫二於有軛離繫三於見軛離繫四於無明軛離繫云何於欲軛

離繫答如世尊說苾芻當知有多聞聖弟子於欲集没味患出離能如實知彼於欲集没味患出離如實知故於諸欲中所有欲貪欲欲欲親欲愛欲樂欲悶欲耽欲嗜欲喜欲藏欲隨欲著不纏壓心是名於欲軛離繫云何於有軛離繫答如世尊說苾芻當知有多聞聖弟子於有集没味患出離能如實知彼於有集没味患出離如實知故於諸有中所有有貪有欲有親有愛有樂有悶有耽有嗜有喜有藏有隨有著不纏壓心是名於有軛離繫云何於見軛離繫答如世尊說苾芻當知有多聞聖弟子於見集没味患出離能如實知彼於見集没味患出離如實知故於諸見中所有見貪見欲見親見愛見樂見悶見耽見嗜見喜見藏見隨見著不纏壓心是名於見軛離繫云何於無明軛離繫答如世尊說苾芻當知有多聞聖弟子於六觸處集没味患出離能如實知彼於六觸處集没味患出離如實知故於六觸處所有執著無明無智不纏壓心是名於無明軛離繫如世尊說

若斷欲有軛　及超越見軛　遠離無明軛
便得安隱樂　彼於現法中　證得永寂滅
遠離一切軛　必不往後有

四瀑流者一欲瀑流二有瀑流三見瀑流四無明瀑流云何欲瀑流答除欲界繫諸見無明諸餘欲界繫結縛隨眠隨煩惱纏是名欲瀑流云何有瀑流答除色無色界繫諸見無明諸餘色無色界繫結縛隨眠隨煩惱纏是名有瀑流云何見瀑流答謂五見一有身見二邊執見三邪見四見取五戒禁取如是五

見名見瀑流云何無明瀑流答三界無智是名無明瀑流

四取者一欲取二見取三戒禁取四我語取云何欲取答除欲界繫諸見及戒禁取諸餘欲界繫結縛隨眠隨煩惱纏是名欲取云何見取答謂四見一有身見二邊執見三邪見四見取如是四見合名見取云何戒禁取答如有一類於戒執取謂執此戒能清淨能解脫能出離能超苦樂至超苦樂邊或於禁執取謂執此禁能清淨能解脫能出離能超苦樂至超苦樂邊或於戒禁俱執取謂執此戒禁俱能清淨能解脫能出離能超苦樂至超苦樂邊是名戒禁取云何我語取答除色無色界繫諸見及戒禁取諸餘色無色界繫結縛隨眠隨煩惱纏是名我語取

四身繫者一貪身繫二瞋身繫三戒禁取身繫四此實執取身繫云何貪身繫答貪者謂於欲境諸貪等貪廣說乃至貪類貪生是名爲貪身繫者謂此貪未斷未徧知於彼彼有情彼彼身彼彼聚彼彼所得自體爲因爲緣繫等繫各別繫相連相續方得久住如巧鬘師或彼弟子聚華置前以長縷結作種種鬘此華用縷爲因爲緣結等結各別結相連相續方得成鬘此貪亦爾未斷未徧知於彼彼有情彼彼身彼彼聚彼彼所得自體爲因爲緣繫等繫各別繫相連相續乃得久住是名身繫云何瞋身繫答瞋者謂於有情欲爲損害廣說乃至現爲過患是名爲瞋身繫者如前說云何戒禁取身繫答戒禁取及身繫俱如前說云何此實執取身繫答此實執取者

謂或有執我及世間常此實餘癡妄或復有執我及世間無常此實餘癡妄或復有執我及世間亦常亦無常此實餘癡妄或復有執我及世間非常非無常此實餘癡妄或復有執我及世間有邊此實餘癡妄或復有執我及世間無邊此實餘癡妄或復有執我及世間亦有邊亦無邊此實餘癡妄或復有執我及世間非有邊非無邊此實餘癡妄或復有執命者即身此實餘癡妄或復有執命者異身此實餘癡妄或復有執如來死後有此實餘癡妄或復有執如來死後非有此實餘癡妄或復有執如來死後亦有亦非有此實餘癡妄或復有執如來死後非有非非有此實餘癡妄如是等名此實執取身繫者謂此實執取未斷未徧知於彼彼有情等如前廣說是名身繫

第四嗢柁南曰

四四法有十　謂大種食住　愛不應行問
施攝生自體

有四大種四食四識住四愛四不應行而行四記問四種施四攝事四生四得自體

四大種者一地界二水界三火界四風界此四廣如法蘊論六界中說

四食者一段食或麤或細二觸食三意思食四識食云何段食或麤或細答若段爲緣能令諸根長養大種增益又能滋潤隨滋潤充悅隨充悅護隨護轉隨轉持隨持是名段食云何施設段食麤細答依所資養有情大小及段漸次施設麤細其事如何答如燈祇羅獸等所食爲麤尼民祇羅獸等所食爲細尼

民祇羅獸等所食爲麤泥彌獸等所食爲細泥彌獸等所食爲麤龜鼈魚等所食爲細龜鼈魚等所食爲麤餘水生蟲所食爲細復次象馬牛等所食爲麤羊鹿猪等所食爲細羊鹿猪等所食爲麤野干狗等所食爲細野干狗等所食爲麤鴈孔雀等所食爲細鴈孔雀等所食爲麤餘陸生蟲所食爲細復次若諸有情食諸草木枝條葉等彼食是麤若諸有情食飯粥等彼食是細若諸有情食飯粥等彼食是麤若諸有情食酥油等彼食是細復次若諸有情以口齒舌攝取段食用齧咀嚼而吞食之彼食是麤若諸有情在胎卵中段食津液從齊而入資養其身彼食是細復次若諸有情食有便穢彼食是麤若諸有情食無便穢彼食是細如有食香酥酡味等雖有所食而無便穢如是施設段食麤細云何觸食答若有漏觸爲縁能令諸根長養大種增益又能滋潤隨滋潤乃至持隨持是名觸食其事如何答如鵝鴈孔雀鸚鵡鸜鵒春鸚離黄命命鳥等既生卵已時時親附時時覆育時時温煖令生樂觸若彼諸鳥於所生卵不時時親附覆育温煖令生樂觸卵便腐壞若彼諸鳥於所生卵時時親附覆育温煖令生樂觸卵不腐壞如是等類說名觸食云何意思食答若有漏思爲縁能令諸根長養大種增益又能滋潤隨滋潤乃至持隨持是名意思食其事如何答如魚龜鼈室首摩羅部盧迦等出至陸地生諸卵已細沙覆之復還入水若彼諸卵思母不忘便不腐壞若彼諸卵不思念母即便腐壞如是等類名意思食云

何識食答若有漏識爲緣能令諸根長養大種增益又能滋潤隨滋潤乃至持隨持是名識食其事如何答如世尊教頗勒窶那記經中說頗勒窶那當知識食能令當來後有生起如是等類說名識食

四識住者一色識住二受識住三想識住四行識住云何色識住答若色有漏隨順諸取於彼諸色若過去若未來若現在或生起欲或貪或瞋或癡或隨一一心所隨煩惱是名色識住受想行識住廣說亦爾

四愛者一有苾芻苾芻尼等因衣服愛應生時生應住時住應執時執二有苾芻苾芻尼等因飲食愛應生時生應住時住應執時執三有苾芻苾芻尼等因卧具愛應生時生應住時住應執時執四有苾芻苾芻尼等因有無有愛應生時生應住時住應執時執云何苾芻苾芻尼等因衣服愛應生時生應住時住應執時執答此中衣服者謂毛所成或扇那所成或芻摩所成或麻所成或建皷羅所成或絲所成或綿所成或氎所成或憍砧娑所成或窣窶羅所成或阿遮爛陀所成又衣服者謂總覆衣上著衣內服衣單裙複裙單掩腋複掩腋於如是等種種衣服諸貪等貪執藏防護堅著染愛是名苾芻苾芻尼等因衣服愛應生時生應生時住應執時執云何苾芻苾芻尼等因飲食愛應生時生應住時住應執時執答此中飲食者謂五種應噉五種應食五種應噉者一根二莖三葉四花五果五種應食者一飯二粥三餅麨四魚肉五羮臛於如是等種種飲食諸貪等貪執藏防

護堅著染愛是名苾芻苾芻尼等因飲食愛應生時生應住時住應執時執云何苾芻苾芻尼等因卧具愛應生時生應住時住應執時執答此中卧具者謂院宇房堂樓閣臺觀長廊圓室龕窟廳穿草葉等菴土石等穴又卧具者謂牀座氈褥眠單卧被氍毹緂罽枕褟机橙於如是等種種卧具諸貪等貪執藏防護堅著染愛是名苾芻苾芻尼等因卧具愛應生時生應住時住應執時執云何苾芻苾芻尼等因有無有愛應生時生應住時住應執時執答此中有者謂五取蘊即是色受想行識取蘊無所有者謂此五取蘊當來斷滅如有一類作是念言願我當來五蘊生起復有一類作是念言願我死後五蘊斷滅於有無有諸貪等貪執藏防護堅著染愛是名苾芻苾芻尼等因有無有愛應生時生應住時住應執時執

四不應行而行者一貪欲故不應行而行二瞋恚故不應行而行三愚癡故不應行而行四怖畏故不應行而行云何貪欲故不應行而行答如有一類或親教師或軌範師或同親教或同軌範或隨一一往還親友於僧衆中有諍事起彼作是念若與師等共爲朋黨便墮非法若與師等不爲朋黨便墮不義雖作是念而爲貪欲所蔽伏故起惡身語是名貪欲故不應行而行云何瞋恚故不應行而行答如有一類有怨嫌者於僧衆中有諍事起彼作是念若助怨嫌於情不可若受乖反於理有違雖作是念而爲瞋恚所蔽伏故起惡身語是名瞋恚故不應行而行云何愚癡

故不應行而行答如有一類禀性闇鈍或親教師或軌範師或同親教或同軌範或隨一一徃還親友於僧衆中有諍事起彼作是念我今不知是非好惡但應朋助親教師等彼爲愚癡所蔽伏故起惡身語是名愚癡故不應行而行云何怖畏故不應行而行答如有一類或國王親友或大臣親友或强賊親友於僧衆中有諍事起彼作是念若我不助有勢力者由是因緣或失名利或失衣鉢或大身命是故我今定應朋助有勢力者彼由怖畏所蔽伏故起惡身語是名怖畏故不應行而行如世尊説

諸有貪瞋癡　怖故違法者　彼退失名利
猶如黑分月

四記問者一應一向記問二應分別記問三應反詰記問四應捨置記問云何應一向記問答若有問言世尊是如來阿羅漢正等覺明行圓滿善逝世間解無上丈夫調御士天人師佛薄伽梵耶佛所説法是善説現見無熱應時引導近觀智者内證耶佛弟子衆具足妙行質直行如理行法隨法行和敬行隨法行耶苦集滅道是聖諦耶一切行無常耶一切法無我耶涅槃寂靜耶如是等問有無量門應一向記世尊是如來阿羅漢廣説乃至涅槃是寂靜等是名應一向記問何故此問應一向記答以於此問若一向記能引義利能引善法能引梵行能發通慧能生等覺能證涅槃故於此問應一向記云何應分別記問答若有問言云何爲法得此問時應分別記法有多種或過去或未來或現在或善

或不善或無記或欲界繫或色界繫或無色界繫或學或無學或非學非無學或見所斷或修所斷或非所斷如是等法有無量門應分別記是名應分別記問何故此問應分別記答以於此問若分別記能引義利能引善法能引梵行能發通慧能生等覺能證涅槃故於此問應分別記云何應反詰記問答若有問言爲我記說法得此問時應反詰記法有多種汝問何法爲過去爲未來爲現在爲善爲不善爲無記爲欲界繫爲色界繫爲無色界繫爲學爲無學爲非學非無學爲見所斷爲修所斷爲非所斷如是等法有無量門應反詰記是名應反詰記問何故此問應反詰記答以於此問若反詰記能引義利能引善法能引梵行能發通慧能生等覺能證涅槃故於此問應捨置記云何應捨置記問答若有問言世間常耶無常耶亦常亦無常耶非常非無常耶世間有邊耶無邊耶亦有邊亦無邊耶非有邊非無邊耶命者即身耶命者異身耶如來死後有耶非有耶亦有亦非有耶非有非非有耶於如是等不應理問應捨置記謂應記言佛說此問是不應記常無常等不應理故是名應捨置記問何故此問應捨置記答以於此問若捨置記能引義利能引善法能引梵行能發通慧能生等覺能證涅槃故於此問應捨置記如世尊說

初應一向記　次應分別記　三應反詰記
四應捨置記　於如是四問　知次而記者
引義利善法　及梵行純淨　甚深難降伏
知義非義俱　捨非義取義　審觀名智者

四種施者一者有施施者清淨受者不清淨二者有施受者清淨施者不清淨三者有施施者受者俱清淨四者有施施者受者俱不清淨云何有施施者清淨受者不清淨答如世尊說苾芻當知若有施主具淨戒住律儀有依見有果見依如是見說如是言決定有施有果異熟能受施者不具淨戒不住律儀無依見無果見依如是見說如是言決定無施無果異熟是名有施施者清淨受者不清淨何故此施施者清淨受者不清淨答諸支分諸資糧施者應修集彼支分彼資糧施者成就諸支分諸資糧受者應修集彼支分彼資糧受者不成就是故此施施者清淨受者不清淨云何有施受者清淨施者不清淨答如世尊說苾芻當知若有施主不具淨戒不住律儀無依見無果見依如是見說如是言決定無施無果異熟能受施者具淨戒住律儀有依見有果見依如是見說如是言決定有施有果異熟是名有施受者清淨施者不清淨何故此施受者清淨施者不清淨答諸支分諸資粮施者應修集彼支分彼資糧施者不成就諸支分諸資糧受者應修集彼支分彼資糧受者成就是故此施受者清淨施者不清淨云何有施施者受者俱清淨答如世尊說苾芻當知若有施者具淨戒住律儀有依見有果見依如是見說如是言決定有施有果異熟能受施者亦具淨戒住律儀有依見有果見依如是見說如是言決定有施有果異熟是名有施施者受者俱清淨何故此施施者受者俱清淨答諸支分諸資糧施

者應修集彼支分彼資糧施者成就諸支分諸資糧受者應集彼支分彼資糧受者亦成就是故此施施者受者俱清淨云何有施施者受者俱不清淨答如世尊說苾芻當知若有施者不具淨戒不住律儀無依見無果見依如是見說如是言決定無施無果異熟能受施者亦不具淨戒不住律儀無依見無果見依如是見說如是言決定無施無果異熟是名有施施者受者俱不清淨何故此施施者受者俱不清淨答諸支分諸資糧施者應修集彼支分彼資糧施者不成就諸支分諸資糧受者應修集彼支分彼資糧受者亦不成就是故此施施者受者俱不清淨如世尊說

具戒施缺戒　清淨而證法　信業果異熟
是唯施者淨　缺戒施具戒　不淨引非法
謗業果異熟　是唯受者淨　缺戒施缺戒
不淨引非法　謗業果異熟　我說無大果
具戒施具戒　清淨而證法　信業果異熟
我說有大果　信業果異熟　施自所尊重
父母僮僕等　智者咸稱讚　身語意無著
行苾芻妙行　不求自富貴　而能廣施他
諸有已離欲　施已離欲者　我說如是施
財施中最尊

阿毗達磨集異門足論卷第八 說一切有部

音釋

瀑 蒲報切與暴同 觜 即委切喙也 齧 倪結切噬也 齊 前西切與臍同 窶 郡羽切 豉 是義切 氎 徒協切細毛布也 複 方六切重也 麨 齒沼切乾糧也 臛 黑各切肉羹也 庌 語下切廡也 氍毹 氍權俱毹霜俱切氍毹毛席也 毯 他敢切毳衣也 罽 居例切與瀱同 机橙 机居履切

桊屬橙丁鄧切與凳同

阿毗達磨集異門足論卷第九

尊者舍利子說

唐三藏法師玄奘奉詔譯

四法品第五之四

四攝事者一布施攝事二愛語攝事三利行攝事四同事攝事云何布施攝事答此中布施者謂諸施主布施沙門及婆羅門貧窮苦行道行乞者飲食湯藥衣服華鬘塗散等香房舍臥具燈燭等物是名布施復次如世尊爲手長者說長者當知諸布施中法施最勝是名布施攝事者謂由此布施於他等攝近攝近持令相親附如是布施於他有情能等攝能近攝能近持能令親附是故名爲布施攝事云何愛語攝事答此中愛語者謂可喜語可味語舒顏平視語遠離顰蹙語含笑前行語先言慶慰語可愛語善來語謂作是言善來具壽汝於世事可忍可度安樂住不汝於飲食衣服臥具及餘資緣勿有乏少諸如是等種種安慰問訊語言名善來語此及前說總名愛語復次如世尊爲手長者說長者當知諸愛語中最爲勝者謂善勸導諸善男子善女人等屬耳聽去時時說法時時教誨時時決擇是名愛語攝事者謂由此愛語於他等攝近攝近持令相親附如是愛語於他有情能等攝能近攝能近持能令親附是故名爲愛語攝事云何利行攝事答此中利行者謂諸有情或遭重病或遭厄難困苦無救便到其所起慈愍心以身語業方便供侍方便救濟是名利行復次如世尊爲手長者說長者當知諸利行中最爲勝者謂不信者方

便勸導調伏安立令信圓滿若破戒者方便勸導調伏安立令戒圓滿若慳貪者方便勸導調伏安立令施圓滿若惡慧者方便勸導調伏安立令慧圓滿諸如是等說名利行攝事者謂由此利行於他等攝近攝近持令相親附如是利行於他有情能等攝能近攝能近持能令親附是故名爲利行攝事云何同事攝事答此中同事者謂於斷生命深猒離者爲善助伴令離斷生命若於不與取深猒離者爲善助伴令離不與取若於欲邪行深猒離者爲善助伴令離欲邪行若於虛誑語深猒離者爲善助伴令離虛誑語若於飲諸酒深猒離者爲善助伴令離飲諸酒諸如是等說名同事復次如世尊爲手長者說長者當知諸同事中最爲勝者謂阿羅漢不還一來預流果等與阿羅漢不還一來預流果等而爲同事是名同事攝事者謂由此同事於他等攝近攝近持令相親附如是同事於他有情能等攝能近攝能近持能令親附是故名爲同事攝事如世尊說

布施及愛語　利行與同事　如應處處說

普攝諸世間　如是四攝事　在世間若無

子於其父母　亦不欲孝養　以有攝事故

有法者隨轉　故得大體者　觀益而施設

四生者一卵生二胎生三濕生四化生云何卵生答若諸有情從卵而生謂在卵𣪊先爲卵𣪊之所纒裹後破卵𣪊方得出生此復云何如鵝鴈孔雀鸚鵡鸜鵒䳓春鸚離黃命命鳥等及一類龍一類妙翅幷一類人復有所餘諸有情類從卵而生謂在卵𣪊先爲卵𣪊之

所纏裹後破卵㲉方出生者皆名卵生云何胎生答若諸有情從胎而生謂在胎藏先爲胎藏之所纏裹後破胎藏方得出生此復云何如象馬駝牛驢羊鹿水牛猪等及一類龍一類妙翅一類鬼一類人復有所餘諸有情類從胎而生謂在胎藏先爲胎藏之所纏裹後破胎藏方出生者皆名胎生云何濕生答若諸有情展轉溫煖展轉潤濕展轉集聚或依糞聚或依注道或依穢厠或依腐肉或依陳粥或依叢草或依稠林或依草菴或依葉窟或依池沼或依陂湖或依江河或依大海潤濕地等方得出生此復云何如蟋蟀飛蛾蚊蝱蠓蚋麻生蟲等及一類龍一類妙翅幷一類人復有所餘諸有情類展轉溫煖廣說乃至或依大海潤濕地等方得生者皆名濕生云何化生答若諸有情支分具足根不缺減無所依託欻爾而生此復云何謂一切天一切地獄一切中有及一分龍一分妙翅一分鬼一分人復有所餘諸有情類支分具足根不缺減無所依託欻爾生者皆名化生四得自體者一有得自體唯可自害非可他害二有得自體唯可他害非可自害三有得自體自他俱可害四有得自體自他俱不可害云何有得自體唯可自害非可他害答若諸有情自有勢力能斷自命他無勢力能斷其命此復云何謂有欲界戲忘念天或時遊戲最極娛樂經於多時身疲念失由此緣故則便命終復有欲界意憤恚天或時忿怒最極憤恚角眼相視經於多時由此緣故則便殞歿復有 所餘諸有情類自有勢力能斷自命

他無勢力能斷其命是名有得自體唯可自害非可他害云何有得自體唯可他害非可自害答若諸有情自無勢力能斷自命他有勢力能斷其命此復云何謂處卵㲉或毋胎中若羯剌藍若頞部曇若閉尸若鍵南若鉢羅奢佉諸根未滿諸根未熟復有所餘諸有情類自無勢力能斷自命他有勢力能斷其命是名有得自體唯可他害非可自害云何有得自體自他俱可害答若諸有情自有勢力能斷自命他亦有勢力能斷其命此復云何謂象馬駞牛驢羊鹿水牛猪等復有所餘諸有情類自有勢力能斷自命他亦有勢力能斷其命是名有得自體自他俱可害云何有得自體自他俱不可害答若諸有情自無勢力能斷自命他亦無勢力能斷其命此復云何謂一切色無色界天住無想定滅定慈定中有有情住最後有諸有情類佛使佛記諸轉輪王及輪王毋懷彼胎時後身菩薩及菩薩毋懷彼胎時殑耆羅嗢怛羅婆羅痆斯長者子王舍城長者子耶舍童命哀羅伐拏龍王善住龍王婆羅呼馬王琰摩王等一切地獄復有所餘諸有情類自無勢力能斷自命他亦無勢力能斷其命是名有得自體自他俱不可害

第五嗢柁南曰

五四法有八　謂流利趣苦　四語惡妙行
四非聖聖言

有順流行等四補特伽羅自利行等四補特伽羅從闇趣闇等四補特伽羅自苦等四補特伽羅四語惡行四語妙行四非聖言四聖

言順流行等四補特伽羅者一順流行補特伽羅二逆流行補特伽羅三自住補特伽羅四到彼岸補特伽羅云何順流行補特伽羅答如世尊說苾芻當知世有一類補特伽羅染習諸欲造不善業是名順流行補特伽羅問何故名順流行補特伽羅答愛是生死流此補特伽羅順彼趣彼臨至於彼是彼道路是彼行跡故名順流行補特伽羅云何逆流行補特伽羅答如世尊說苾芻當知世有一類補特伽羅於貪瞋癡為性猛利數數猒患貪瞋癡生作意憂苦彼由猒患作意憂苦乃至命終常勤修習純一圓滿清白梵行是名逆流行補特伽羅問何故名逆流行補特伽羅答愛是生死流此補特伽羅於斷愛法隨順趣向臨至於彼是彼道路是彼行跡故名逆流行補特伽羅云何自住補特伽羅答如世尊說苾芻當知世有一類補特伽羅住阿練若或居樹下或處空閑若習若修若多所作若正思惟證得如是寂靜心定隨此定心斷五順下分結當受化生即於彼處得般涅槃不復退還生此欲界是名自住補特伽羅問何故名自住補特伽羅答此補特伽羅自住化生界得般涅槃不復退還生此欲界故名自住補特伽羅云何到彼岸補特伽羅答如世尊說苾芻當知世有一類補特伽羅住阿練若或居樹下或處空閑若習若修若多所作若正思惟證得如是寂靜心定隨此定心永盡諸漏證得無漏心慧解脫於現法中自證通慧具足領受能正了知我生已盡梵行已立所作已辦不受後有是名到彼岸補

特伽羅問何故名到彼岸補特伽羅答生死有身名爲此岸愛盡離染永滅涅槃名爲彼岸此補特伽羅於彼愛盡離染永滅涅槃彼岸能得能獲能觸能證故名到彼岸補特伽羅如世尊說

於欲未伏離　没欲界愛中　我說名順流
數數受生死　若安住正念　不染習欲惡
猒捨欲憂苦　我說名逆流　學斷五煩惱
滿無退五法　得心勝定根　我說名自住
普於勝劣法　解脫滅無餘　智者至世邊
我說到彼岸

自利行等四補特伽羅者一有補特伽羅有自利行無利他行二有補特伽羅有利他行無自利行三有補特伽羅有自利行亦有利他行四有補特伽羅無自利行亦無利他行

云何有補特伽羅有自利行無利他行答如世尊說苾芻當知世有一類補特伽羅自於諸善法有速諦察忍彼於諸法爲知義故爲知法故精勤修習法隨法行和敬行隨法行而言詞不調善語具不圓滿亦不成就上首語美妙語顯了語易解語無依語無盡語乃至於義爲令他知不能示現不能教導不能讚勵不能慶慰不能讚歎示現教導讚勵慶慰修善者不能勤爲四衆說法是名有補特伽羅有自利行無利他行云何有補特伽羅有利他行無自利行答如世尊說苾芻當知世有一類補特伽羅自於諸善法無速諦察忍彼於諸法不爲知義不爲知法不勤修習法隨法行和敬行隨法行而言詞調善語具圓滿亦成就上首語美妙語顯了語易解語

無依語無盡語乃至於義爲令他知能示現能教導能讚勵能慶慰亦能讚歎示現教導讚勵慶慰修善者亦能勤爲四衆說法是名有補特伽羅有利他行無自利行云何有補特伽羅有自利行亦有利他行答知世尊說苾芻當知世有一類補特伽羅自於諸善法有速諦察忍彼於諸法爲知義故爲知法故精勤修習法隨法行和敬行隨法行言詞調善語具圓滿亦成就上首語美妙語顯了語易解語無依語無盡語乃至於義爲令他知能示現能教導能讚勵能慶慰亦能讚歎示現教導讚勵慶慰修善者亦能勤爲四衆說法是名有補特伽羅有自利行亦有利他行云何有補特伽羅無自利行亦無利他行答如世尊說苾芻當知世有一類補特伽羅自於諸善法無速諦察忍彼於諸法不爲知義不爲知法不勤修習法隨法行和敬行隨法行言詞不調善語具不圓滿亦不成就上首語美妙語顯了語易解語乃至於義爲令他知不能示現不能教導不能讚勵不能慶慰不能讚歎示現教導讚勵慶慰修善者不能勤爲四衆說法是名有補特伽羅無自利行亦無利他行

從闇趣闇等四補特伽羅者一有補特伽羅從闇趣闇二有補特伽羅從闇趣明三有補特伽羅從明趣闇四有補特伽羅從明趣明云何有補特伽羅從闇趣闇答如世尊說苾芻當知世有一類補特伽羅生貧賤家謂旃荼羅家補羯娑家工巧家伎樂家及餘隨一種姓穢惡貧窮困苦衣食乏少下賤家生形

色醜陋人所輕賤衆共策使是名爲闇彼依此闇造身惡行造語惡行造意惡行彼由如是惡行因緣身壞命終墮險惡趣生地獄中當知如是補特伽羅譬如有人從黒闇處往黒闇處從糞穢厠墮糞穢厠從惡瀑流入惡瀑流脱一牢獄趣一牢獄用臭穢血洗臭穢血依貧賤身造惡行者亦復如是是名從闇趣闇補特伽羅云何從闇趣明補特伽羅答如世尊説苾芻當知世有一類補特伽羅生貧賤家謂旃荼羅家廣説乃至是名爲闇彼依此闇造身妙行造語妙行造意妙行彼由如是妙行因緣身壞命終超昇善趣生於天中當知如是補特伽羅譬如有人從地上凳從凳上座從座上輿從輿上馬從馬上象從象昇殿依貧賤身造妙行者亦復如是是名從闇趣明補特伽羅云何從明趣闇補特伽羅答如世尊説苾芻當知世有一類補特伽羅生富貴家謂刹帝利大族姓家或婆羅門大族姓家或諸長者大族姓家或諸居士大族姓家或餘隨一大族姓家其家多有種種珍寶衣服飲食奴婢作使象馬牛羊庫藏財穀及餘資具無不充滿生是家已形相端嚴言詞威肅衆所敬愛是名爲明彼依此明造身惡行造語惡行造意惡行彼由如是惡行因緣身壞命終墮險惡趣生地獄中當知如是補特伽羅譬如有人下殿乘象下象乘馬下馬乘輿下輿居座下座居凳從凳墮地依富貴身造惡行者亦復如是是名從明趣闇補特伽羅云何從明趣明補特伽羅答如世尊説苾芻當知世有一類補特伽羅生富貴

家謂剎帝利大族姓家廣說乃至是名爲明彼依此明造身妙行造語妙行造意妙行彼由如是妙行因緣超昇善趣生於天中當知如是補特伽羅譬如有人從凳趣凳從座趣座從輿趣輿捨馬乘馬捨象乘象從殿趣殿依富貴身造妙行者亦復如是是名從明趣明補特伽羅如世尊說

諸有貧賤人　無信有瞋忿　慳貪樂作惡
好妄想邪見　見沙門梵志　具戒多聞者
不恭敬訶毀　言我無可施　毀施受施具
彼死生隨業　墮惡趣地獄　是從闇趣闇
諸有貧賤人　有信無瞋忿　具慚愧正見
樂施離慳貪　見沙門梵志　具戒多聞者
歡喜而迎奉　等供養恭敬　讚施受施具
彼死生隨業　昇善趣天處　是從闇趣明
諸有富貴人　無信有瞋忿　慳貪樂作惡
好妄想邪見　見沙門梵志　具戒多聞者
不恭敬訶毀　言我無可施　毀施受施具
彼死生隨業　墮惡趣地獄　是從明趣闇
諸有富貴人　有信無瞋忿　具慚愧正見
樂施離慳貪　見沙門梵志　具戒多聞者
歡喜而迎奉　等供養恭敬　讚施受施具
彼死生隨業　昇善趣天處　是從明趣明

自苦等四補特伽羅者一有補特伽羅自苦自勤苦非苦他非勤苦他二有補特伽羅苦他勤苦他非自苦非自勤苦三有補特伽羅自苦自勤苦亦苦他勤苦他四有補特伽羅非自苦非自勤苦亦非苦他非勤苦他云何自苦自勤苦非苦他非勤苦他補特伽羅答如世尊說苾芻當知世有一類補特伽羅受

持苦行惡自存活露體無衣不居宅舍手捧飲食不須器等受飲食時非隔刀仗非隔鐺釜非隔盆瓮非狗在門所受飲食非蠅依附非雜穢非分段非纏裹非覆蔽授飲食者不言進來不言退去不言止住非懷胎孕非新產生非飲兒乳所得飲食非故爲造亦非變壞不食肉不食魚不食脯腊不飲酒不飲漿或全不飲或一受食或二或三或四或五或六或七或一家乞或二或三或四或五 或六或七或食一摶或二或三或四或五或 六或七或隔日食或二或三或四或五或六或七或隔半月或隔一月或食草菜或食稗莠或食牛糞或食果蓏或食糠粃或食米齊或食麥齊或食稆豆或處曠野食諸根果乃至或食零果落葉有雖被服而著麻枲或著纇紵或著茅蒲或著莎蔗或著毛褐或著緂罽或著獸皮或著鳥羽或著簡牘或著樹皮或有被髮或復擎頭或作小髻或作大髻或剃鬚留髮或剃髮留鬚或二處俱留或五處俱剃或唯拔髮或唯拔鬚或鬚髮俱拔或常舉兩手或恒翹一足或樂常立或捨牀座或樂蹲坐而修苦行或依卧刺或依卧灰或依卧杵或依卧板或適牛糞塗地而卧或樂事火乃至日三事火或樂昇水乃至日三昇水或翹一足隨日轉視行如是等無量勤苦等苦徧苦自苦諸行是名自苦自勤苦非苦他非勤苦他補特伽羅問何故如是補特伽羅名自苦自勤苦非苦他非勤苦他答由彼自苦而活其命故名自苦自勤苦非苦他非勤苦他補特伽羅云何苦他勤苦他非自苦非自勤

苦捕特伽羅答若屠羊若屠雞若屠猪若捕鳥若捕魚若獵獸若作賊若魁膾若縛龍若司獄若煮狗若罝弶等是名苦他勤苦他非自苦非自勤苦補特伽羅問何故如是補特伽羅名苦他勤苦他非自苦非自勤苦答由彼苦他而自活命故名苦他勤苦他非自苦非自勤苦補特伽羅云何自苦自勤苦亦苦他勤苦他補特伽羅答如王祠主欲祠祀時先於城内結置祠壇以諸酥油自塗肢體散髮露頂被黒鹿皮手執鹿角揩磨肢體或時祀火或時祭天於祠壇中自餓自苦以金色犢毋牛置前先轂一乳用祀火天第二爲王第三爲后第四爲宰輔餘爲餘親愛於祠壇中殺害種種牛王水牛牸牛犢子雞猪羊等諸傍生類責罰恐怖親屬左右令其悲泣憂苦愁歎是名自苦自勤苦亦苦他勤苦他補特伽羅問何故如是補特伽羅名自苦自勤苦亦苦他勤苦他答由彼自苦亦苦於他而活其命故名自苦自勤苦亦苦他勤苦他補特伽羅云何非自苦非自勤苦亦非苦他非勤苦他補特伽羅答謂諸如來應正等覺明行圓滿善逝世間解無上丈夫調御士天人師佛薄伽梵出現世間宣說正法開示初善中善後善文義巧妙純一圓滿清白梵行諸善男子或善女人聞是法已深生淨信生淨信已作是思惟在家迫迮多諸塵穢猶如牢獄出家寛曠離諸諠雜猶若虚空染室家者不能相續盡其形壽精勤修習純一圓滿清白梵行是故我今應以正信剃除鬚髮被服袈裟棄捨家法出趣非家既思惟已財位親

屬若少若多悉皆棄捨既棄捨已以正信心剃除鬚髮被服袈裟遠離家法出趣非家既出家已受持淨戒精勤守護別解律儀軌則所行無不圓滿於微小罪深見怖畏於諸學處能具受學離害生命棄諸刀仗有慚有愧具慈具悲於諸有情下至蟻卵亦深憐愍終不損害畢竟遠離害生命法離不與取能施樂施若淨施物知量而受於諸所有不生染著攝受清淨無罪自體畢竟遠離不與取法離非梵行常修梵行遠行妙行其心清潔遠離生臭婬欲穢法畢竟遠離非梵行法離虛誑語常樂實語諦語信語可承受語世無諍語畢竟遠離虛誑語法離離間語不破壞他不聞彼語爲破壞故向此而說不聞此語爲破壞故向彼而說常樂和合已破壞者諸和好者讚令堅固常樂宣說和合他語不破壞語畢竟遠離離間語法離麤惡語所發語言不麤不獷亦不苦楚令他嫌恨亦令多人不愛不樂不欣不喜障礙修習等引等持於如是等諸麤惡語皆能斷滅所發語言和軟順耳悅意可樂圓滿清美明顯易了令他樂聞無依無盡令多有情可愛可樂可欣可喜能令修習等引等持於如是等諸美妙語常樂發起畢竟遠離麤惡語法離雜穢語凡所發言應時應處稱法稱義有實有真能寂能靜有次序有所爲應理合儀無雜無穢能引義利畢竟遠離雜穢語法遠離買賣僞秤僞升僞斛函等終不攝養象馬牛驢雞猪狗等諸傍生類亦不攝養奴婢作使男女大小朋友親屬終不受畜穀麥豆等亦不受畜金銀等

實不非時食或唯一食非時非處終不遊行若語若默不生譏論於衣喜足粗得蔽身於食喜足纔除飢渴凡所遊往衣鉢自隨如鳥飛止不捨嗉翼彼由此故成就戒蘊密護根門安住正念由正念力防守其心眼見諸色耳聞諸聲鼻齅諸香舌嘗諸味身覺諸觸意了諸法不取其相不執隨好於此諸處住根律儀防護貪憂惡不善法畢竟不令隨心生長彼由戒蘊密護根門觀顧往來屈伸俯仰著衣持鉢皆住正知彼既成就清淨戒蘊密護根門正念正知隨所依止城邑聚落於日初分執持衣鉢守護諸根安住正念威儀庠序循行乞食既得食已還至本處飯食訖收衣鉢洗足已持坐具往阿練若曠野山林遠惡有情捨諸卧具其處唯有非人所居或住空閑或在樹下結跏趺坐端直其身捨異攀緣住對面念心恒專注遠離貪瞋惛沉睡眠掉舉惡作疑惑猶豫諸隨煩惱能礙善品令慧力羸不證涅槃住生死者由斯離欲惡不善法乃至得住第四靜慮彼由如是殊勝定心清白無穢離隨煩惱柔輭堪能得住無動其心趣向能證漏盡智見明覺能如實知見此是苦聖諦此是集聖諦此是滅聖諦此是道聖諦由如是知如是見故心解脫欲漏有漏無明漏既解脫已如實知見我生已盡梵行已立所作已辦不受後有是名非自苦非自勤苦亦非苦他非勤苦他補特伽羅問何故如是補特伽羅名非自苦非自勤苦亦非苦他非勤苦他答由彼不自苦亦不苦他而活其命故名非自苦非自勤苦亦非苦他非

勤苦他補特伽羅

阿毗達磨集異門足論卷第九 說一切有部

音釋

縠克角切蠓母總切蚋而稅切濛莫困切
鳥卵也蠛蠓也醯雞也與悶同
羯刺藍梵語也此云凝滑羯頞部曇梵語
居竭切剌郎達切也此
云疱頞鍵南梵語也此云凝疱女黠凳都
阿葛切厚鍵巨展切切鄧
切牀鐺釜鐺抽庚切有耳足釜瓮鳥貢切
屬也釜扶雨切鍑鬴罌也
脯腊脯方矩切腊思積稗莠稗旁卦切草
切脯腊乾肉也似穀莠以九
切狗糠粃粃甲穭音呂自葈想里切纇紵
尾草履切生稻也與枲同
纇盧對切絲節也紵丈呂切麻屬細者蔴
爲絟粗者爲紵麻苦頷切絟七全切
平表切髼薄紅切髼髽莊華切罝弶罝咨
草名鬆髼亂也髻也邪切
弶其亮切罝弶犛古候切取迫迮迮側格
並捕獸網也牛羊乳也切迫迮
狹隘嗉音素鳥吭
也受食處也

阿毗達磨集異門足論卷第十

尊者舍利子說

唐三藏法師玄奘奉詔譯

四法品第五之五

四語惡行者一虛誑語二離間語三麤惡語四雜穢語云何虛誑語惡行答如世尊說苾芻當知有虛誑語者或在質諒者前或在大衆中或在王家或在執理家或在親友家爲令證故作是問言汝善男子應自憶念若知便說不知勿說若見便說不見勿說彼得此問不知言知或知言不知不見言見或見言不見彼或自爲或復爲他或爲財利正知而說虛誑語不離虛誑語此中有虛誑語者謂不離虛誑語者不斷虛誑語者不猒虛誑語者安住虛誑語者成就虛誑語者是名有虛誑語者或在質諒者前者謂或村落質諒者或城邑質諒者或邦國質諒者如是等質諒者若會遇若和合若現前是名或在質諒者前或在大衆中者謂或剎帝利衆或婆羅門衆或長者衆或沙門衆如是等諸大衆若會遇若和合若現前是名或在大衆中或在王家者謂有國王輔臣圍繞若會遇若和合若現前是名或在王家或在執理家者謂執理衆聚集評議若會遇若和合若現前是名或在執理家或在親友家者謂諸親友聚集言論若會遇若和合若現前是名或在親友家爲令證故作是問言者謂勸請彼說誠諦言欲決是非故共審問汝善男子應自憶念若知便說不知勿說若見便說不見勿說者謂令憶念先所受境依實而說可爲明證此勸

誠言若於是事已見已聞已覺已知便可宣說建立開示若於是事不見不聞不覺不知勿謬宣說建立開示故作是言汝善男子應自憶念若知便說不知勿說若見便說不見勿說彼得此問不知言知或知言不知不見言見或見言不見者此中不知言知者謂耳識所受耳識所了說爲所聞彼實耳識未聞未了而隱覆此想此忍此見此質直事言我已聞此等名爲不知言知或知言不知者謂彼耳識已受已了而隱覆此想此忍此見此質直事言我不聞此等名爲或知言不知不見言見者謂眼識所受眼識所了說爲所見彼實眼識未受未了而隱覆此想此忍此見此質直事言我已見如是名爲不見言見或見言不見者謂彼眼識已受已了而隱覆此想此忍此見此質直事言我不見如是名爲或見言不見彼或自爲或復爲他或爲財利正知而說虛誑語者此中彼或自爲者如有一類自行劫盜被執送王王親檢問咄哉男子汝於他物實作賊耶彼作是念我若實答王定瞋忿重加刑罰或打或縛或驅出國或奪資財或復斷命我當自覆自等覆自藏自等藏自護自等護作虛誑語可免刑罰作是念已便白王言我於他物曾不劫盜願王鑑照我實非賊如是名爲彼或自爲或復爲他者如有一類親友作賊被執送王王親檢問不得情實爲作證故追檢問言汝之親友實作賊不彼作是念我若實答王定瞋忿令我親友重遭刑罰或打或縛或驅出國或奪資財或復斷命我爲親友應覆覆等覆應藏等藏

應護等護作虛誑語令免刑罰作是念已便白王言我之親友於他財物曾不劫盜願王鑑照彼實非賊如是名爲或復爲他或爲財利者如有一類心懷貪欲作是思惟我當施設虛誑妄語方便求覓可愛色聲香味觸境衣服飲食卧具醫藥及餘資財作是念已即便追覓由此因緣作虛誑語如是名爲或爲財利正知而說虛誑語者謂審決已數數宣說演暢表示虛誑語言是名正知而說虛誑語不離虛誑語者謂於惡心不善心所起惡行不善行所攝虛誑語不離不斷不猒不息如是語言唱詞評論語音語路語業語表名虛誑語惡行云何離間語惡行答如世尊說苾芻當知有離間語者聞此語向彼說爲破此故聞彼語向此說爲破彼故諸和合者令其乖離已乖離者令永間隔愛樂離間說離間語不離離間語此中有離間語者者謂不離離間語者不斷離間語者不猒離間語者安住離間語者成就離間語者是名有離間語者聞此語向彼說爲破此故者謂聞此說順破壞語順不堅語順不攝語順不喜語向彼宣說令彼聞已便於此處乖反背叛是名聞此語向彼說爲破此故聞彼語向此說爲破彼故者謂聞彼說順破壞語順不堅語順不攝語順不喜語向此宣說令此聞已便於彼處乖反背叛是名聞彼語向此說爲破彼故諸和合者令其乖離者謂往此彼展轉和合隨順喜樂無諍者所方便破壞令其乖離是名諸和合者令其乖離已乖離者令永間隔者謂往此彼已相乖反背叛者所作如是

言善哉汝等已能展轉乖反背叛所以者何汝等長夜更相呰毁言不具信戒聞捨慧故能展轉乖反背叛其爲善哉此彼聞已轉相乖反轉相背叛是名已乖離者令永間隔愛樂離間者謂於此彼乖反背叛深生愛樂不猒不捨是名愛樂離間說離間語者謂數宣說演暢表示離間語言是名說離間語不離離間語者謂於惡心不善心所起惡行不善行所攝離間語不離不斷不猒不息如是語言唱詞評論語音語路語業語表名離間語惡行云何麤惡語惡行答如世尊說苾芻當知有麤惡語者彼所發語能惱澀强令他辛楚令他憤恚衆生不愛衆生不樂衆生不喜衆生不悅令心擾亂能障等持說麤惡語不離麤惡語此中有麤惡語者者謂不離麤惡語者不斷麤惡語者不猒麤惡語者安住麤惡語者成就麤惡語者是名有麤惡語者彼所發語能惱者謂所發語鄙穢麤獷是名能惱澀强者謂所發語不滑不軟亦不調順是名澀强令他辛楚者謂所發語令能聞者無利無樂是名令他辛楚令他憤恚者謂所發語先自憤恚忿惱憂慼亦令他生憤恚等事是名令他憤恚衆生不愛衆生不樂衆生不喜衆生不悅者謂所發語令多有情不愛不樂不喜不悅是名衆生不愛乃至不悅令心擾亂者謂所發語令心躁動擾濁不得安定是名令心擾亂能障等持者謂所發語令他聞已其心躁動擾濁不得安定是名能障等持說麤惡語者謂數宣說演暢表示麤惡語言是名說麤惡語不離麤惡語者謂於惡心

不善心所起惡行不善行所攝麤惡語不離不斷不猒不息如是語言唱詞評論語音語路語業語表名麤惡語惡行云何雜穢語惡行答如世尊說苾芻當知有雜穢語者說非時語非實語非真語無法語無義語不寂語不靜語無喻無釋不相應不相近雜亂無法能引無義說雜穢語不離雜穢語此中有雜穢語者者謂不離雜穢語者不斷雜穢語者不猒雜穢語者安住雜穢語者成就雜穢語者是名有雜穢語者說非時語者謂所說語非時不應時非節不應節非分不應分是名說非時語非實語者謂所說語不實不稱實是名非實語非真語者謂所說語虛妄變異是名非真語無法語者謂所說語宣說顯了表示開發純非法事是名無法語無義語者謂所說語宣說顯了表示開發純無義事是名無義語不寂語者謂所說語非諸智者先思而說率爾而說是名不寂語不靜語者爲所說語數數宣唱告示諠雜是名不靜語無喻者謂所說語無譬喻無釋者謂所說語無解釋不相應者謂所說語義不應文文不應義是名不相應不相近者謂所說語前後不相續或意趣有異是名不相近雜亂者謂所說語不一不定名爲雜亂若所說語純一決定名無雜亂無法者謂所說語越素呾纜及毗柰耶阿毗達磨是名無法能引無義者謂所說語能引種種不饒益事是名能引無義說雜穢語者謂數宣說演暢表示雜穢語言是名說雜穢語不離雜穢語者謂於惡心不善心所起惡行不善行所攝雜穢語不離不

斷不猒不息如是語言唱詞評論語音語路
語業語表名雜穢語惡行四語妙行者一離
虛誑語二離離間語三離麤惡語四離雜穢
語云何離虛誑語妙行答如世尊說苾芻當
知有斷虛誑語離虛誑語者諦語樂實可信
可保可住世間無諍說如是語離虛誑語此
中有斷虛誑語離虛誑語者謂斷虛誑語者
離虛誑語者猒虛誑語者安住不虛誑語者
成就不虛誑語者是名斷虛誑語離虛誑語
者諦語者謂所說語是實非不實是真非不
真不虛妄不變異是名諦語樂實者謂樂諦
語愛諦語不猒不捨是名樂實可信可保可
住世間無諍者謂由諦語若天若魔若梵若
沙門若婆羅門若餘世間天人衆生皆共信
保安住無諍是名可信可保可住世間無諍
說如是語者謂數宣說演暢表示不虛誑語
離虛誑語者謂於善心調柔心所起善行調
柔行所攝離虛誑語不離不斷不猒不息如
是語言唱詞評論語音語路語業語表是名
離虛誑語妙行云何離離間語妙行答如世
尊說苾芻當知有斷離間語離離間語者不
欲破壞不聞此語向彼說爲破壞此不聞彼
語向此說爲破壞彼諸乖離者令其和合已
和合者令永堅固愛樂和合說如是語離離
間語此中有斷離間語離離間者謂斷離間
語者離離間語者猒離間語者安住不離間
語者成就不離間語者是名有斷離間語離
離間語者不欲破壞者謂欲和合不聞此語
向彼說爲破壞此者謂聞此說順破壞語順
不堅語順不攝語順不喜語不向彼說勿彼

聞已便於此處乖反背叛是名不聞此語向彼說爲破壞此不聞彼語向此說爲破壞彼者謂聞彼說順破壞語順不堅語順不攝語順不喜語不向此說勿此聞已便於彼處乖反背叛是名不聞彼語向此說爲破壞彼諸乖離者令其和合者謂往此彼展轉乖反背叛者所種種方便令其和好更相愛樂是名諸乖離者令其和合已和合者令永堅固者謂往此彼展轉和合隨順喜樂無諍者所作如是言善哉汝等能共和合隨順喜樂不相乖諍所以者何汝等長夜更相讚美言具淨信戒聞捨慧故無乖諍甚爲善哉此彼聞已轉共和合隨順喜樂永無乖諍是名已和合者令永堅固愛樂和合者謂於此彼和合隨順喜樂無諍深生愛樂不猒不捨是名愛樂和合說如是語者謂數宣說演暢表示不離間語離離間語者謂於善心調柔心所起善行調柔行所攝離離間語不離不斷不猒不息如是語言唱詞評論語音語路語業語表名離離間語妙行云何離麤惡語妙行答如世尊說苾芻當知有斷麤惡語離麤惡語者彼所發語無過悅耳入心高勝美妙明了易解樂聞可尚無依衆生所愛衆生所樂衆生所喜衆生所悅令心無亂能順等持說如是語離麤惡語此中有斷麤惡語離麤惡語者謂離麤惡語者斷麤惡語者猒麤惡語者安住離麤惡語者成就離麤惡語者是名有斷麤惡語離麤惡語者彼所發語無過者謂所發語無曲穢濁亦不剛强是名無過悅耳者謂所發語能令聞者利益安樂是名悅耳入

心者謂所發語令心離蓋及隨煩惱安隱而住是名入心高勝者謂宫城語如宫城中人所發語於餘城邑人所發語爲最爲勝爲尊爲高爲上爲妙故名高勝離麤惡語亦復如是於餘語言爲最爲勝爲尊爲高爲上爲妙是名高勝美妙者謂所發語不踈不密不隱不顯是名美妙明了者謂所發語不急不緩是名明了易解者謂所發語易可了知是名易解樂聞者謂所發語軟滑調順是名樂聞可尚者謂所發語應可供養是名可尚無依者謂所發語不希名利是名無依衆生所愛衆生所樂衆生所喜衆生所悦者謂所發語令多有情愛樂喜悦是名衆生所愛乃至所悦令心無亂者謂所發語令心安定無躁無動亦無擾濁是名令心無亂能順等持者謂所發語令他聞已其心安定無躁無動亦無擾濁是名能順等持説如是語者謂數宣説演暢表示不麤惡語離麤惡語者謂於善心調柔心所起善行調柔行所攝離麤惡語不離不斷不猒不息如是語言唱詞評論語音語路語業語表是名離麤惡語妙行云何離雜穢語妙行答如世尊説苾芻當知有斷雜穢語離雜穢語者彼有時語實語眞語法語義語寂語靜語有喻有釋相應相近無雜亂有法能引義語如是語離雜穢語此中有斷雜穢語離雜穢語者謂離雜穢語者斷雜穢語者猒雜穢語者安住離雜穢語者成就離雜穢語者是名有斷雜穢語離雜穢語者彼有時語者謂所説語應時離非時應節離非節應分離非分是名時語實語者謂所説語

稱實離非實是名實語真語者謂所說語不虛妄不變異是名真語法語者謂所說語宣說顯了表示開發純如法事是名法語義語者謂所說語宣說顯了表示開發純有義事是名義語寂語者謂所說語是諸智者先思而說非卒爾說是名寂語靜語者謂所說語非數宣唱告示諠雜是名靜語有喻有釋者謂所說語有譬喻有解釋是名有喻有釋相應者謂所說語義應於文文應於義是名相應相近者謂所說語前後相續意趣無異是名相近無雜亂者謂所說語純一決定名無雜亂若所說語不一不定名為雜亂有法者謂所說語不越素呾纜及毗柰耶阿毗達磨是名有法能引義者謂所說語能引種種有饒益事是名能引義說如是語者謂數宣說演暢表示不雜穢語離雜穢語者謂於善心調柔心所起善行調柔行所攝離雜穢語不離不斷不猒不息如是語言唱詞評論語音語路語業語表名離雜穢語妙行四非聖言者一不見言見二不聞言聞三不覺言覺四不知言知云何不見言見非聖言荅眼識所受眼識所了說為所見有實眼識未受未了而隱覆此想此忍此見此質直事言我已見如是名為不見言見非聖言有實已見起不見想而隱覆此想此忍此見此質直事言我已見如是雖名非聖言而不名不見言見彼實已見故云何不聞言聞非聖言荅耳識所受耳識所了說為所聞有實耳識未受未了而隱覆此想此忍此見此質直事言我已聞如是名為不聞言聞非聖言有實已聞起不

聞想而隱覆此想此忍此見此質直事如是雖名非聖言而不名不聞言聞彼實已聞故云何不覺言覺非聖言答三識所受三識所了說爲所覺有實三識未受未了而隱覆此想此忍此見此質直事如是名爲不覺言覺非聖言有實已覺起不覺想而隱覆此想此忍此見此質直事言我已覺如是雖名非聖言而不名不覺言覺彼實已覺故云何不知言知非聖言答意識所受意識所了說爲所知有實意識未受未了而隱覆此想此忍此見此質直事言我已知如是名爲不知言知非聖言有實已知起不知想而隱覆此想此忍此見此質直事言我已知如是雖名非聖言而不名不知言知彼實已知故四聖言者一不見言不見二不聞言不聞三不覺言不覺四不知言不知云何不見言不見聖言答眼識所受眼識所了說爲所見有實眼識未受未了彼不隱覆此想此忍此見此質直事言我不見如是名爲不見言不見聖言有實已見起不見想彼不隱覆此想此忍此見此質直事言我不見如是雖名聖言而不名不見言不見彼實已見故云何不聞言不聞聖言答耳識所受耳識所了說爲所聞有實耳識未受未了彼不隱覆此想此忍此見此質直事言我不聞如是名爲不聞言不聞聖言有實已聞起不聞想彼不隱覆此想此忍此見此質直事言我不聞如是雖名聖言而不名不聞言不聞彼實已聞故云何不覺言不覺聖言答三識所受三識所了說爲所覺有實三識未受未了彼不隱覆此想此忍此見

此質直事言我不覺如是名爲不覺言不覺聖言有實已覺起不覺想彼不隱覆此想此忍此見此質直事言我不覺如是雖名聖言而不名不覺言不覺彼實已覺故云何不知言不知聖言答意識所受意識所了說爲所知有實意識未受未了彼不隱覆此想此忍此見此質直事言我不知如是名爲不知言不知聖言有實已知起不知想彼不隱覆此想此忍此見此質直事言我不知如是雖名聖言而不名不知言不知彼實已知故復次四非聖言者一見言不見二聞言不聞三覺言不覺四知言不知云何見言不見非聖言答眼識所受眼識所了說爲所見有實眼識已受已了而隱覆此想此忍此見此質直事言我不見如是名爲見言不見非聖言有實不見而起見想彼隱覆此想此忍此見此質直事言我不見如是雖名非聖言而不名見言不見彼實不見故云何聞言不聞非聖言答耳識所受耳識所了說爲所聞有實耳識已受已了而隱覆此想此忍此見此質直事言我不聞如是名爲聞言不聞非聖言有實不聞而起聞想彼隱覆此想此忍此見此質直事言我不聞如是雖名非聖言而不名聞言不聞彼實不聞故云何覺言不覺非聖言答三識所受三識所了說爲所覺有實三識已受已了而隱覆此想此忍此見此質直事言我不覺如是名爲覺言不覺非聖言有實不覺而起覺想彼隱覆此想此忍此見此質直事言我不覺如是雖名非聖言而不名覺言不覺彼實不覺故云何知言不知非聖言

答意識所受意識所了說爲所知有實意識已受已了而隱覆此想此忍此見此質直事言我不知如是名爲知言不知非聖言有實不知而起知想彼隱覆此想此忍此見此質直事言我不知如是雖名非聖言而不名知言不知彼實不知故復次四聖言者一見言見二聞言聞三覺言覺四知言知云何見言見聖言答眼識所受眼識所了說爲所見有實眼識已受已了彼不隱覆此想此忍此見此質直事言我已見如是名爲見言見聖言有實不見而起見想彼不隱覆此想此忍此見此質直事言我已見如是雖名聖言而不名見言見彼實不見故云何聞言聞聖言答耳識所受耳識所了說爲所聞有實耳識已受已了彼不隱覆此想此忍此見此質直事

言我已聞如是名爲聞言聞聖言有實不聞而起聞想彼不隱覆此想此忍此見此質直事言我已聞如是雖名聖言而不名聞言聞彼實不聞故云何覺言覺聖言答三識所受三識所了說爲所覺有實三識已受已了彼不隱覆此想此忍此見此質直事言我已覺如是名爲覺言覺聖言有實不覺而起覺想彼不隱覆此想此忍此見此質直事言我已覺如是雖名聖言而不名覺言覺彼實不覺故云何知言知聖言答意識所受意識所了說爲所知有實意識已受已了彼不隱覆此想此忍此見此質直事言我已知如是名爲知言知聖言有實不知而起知想彼不隱覆此想此忍此見此質直事言我已知如是雖名聖言而不名知言知彼實不知故

阿毗達磨集異門足論卷第十說一切有部

音釋

澀色立切

阿毗達磨集異門足論卷第十一

尊者舍利子說

唐三藏法師玄奘奉詔譯

五法品第六之一

時舍利子復告衆言具壽當知佛於五法自善通達現等覺已爲諸弟子宣說開示我等今應和合結集佛滅度後勿有乖諍當令隨順梵行法律久住利樂無量有情哀愍世間諸天人衆令獲殊勝義利安樂五法云何此中有二嗢柁南頌初嗢柁南曰

初五法十種　謂蘊取妙欲　慳趣蓋栽縛
下上結各五

有五蘊五取蘊五妙欲五慳五趣五蓋五心栽五心縛五順下分結五順上分結

五蘊者一色蘊二受蘊三想蘊四行蘊五識蘊云何色蘊答諸所有色若過去若未來若現在若內若外若麤若細若劣若勝若遠若近如是一切略爲一聚說名色蘊云何受蘊答諸所有受若過去若未來若現在若內若外若麤若細若劣若勝若遠若近如是一切略爲一聚說名受蘊云何想蘊答諸所有想若過去若未來若現在若內若外若麤若細若劣若勝若遠若近如是一切略爲一聚說名想蘊云何行蘊答諸所有行若過去若未來若現在若內若外若麤若細若劣若勝若遠若近如是一切略爲一聚說名行蘊云何識蘊答諸所有識若過去若未來若現在若內若外若麤若細若劣若勝若遠若近如是一切略爲一聚說名識蘊此中諸所有色者云何名爲諸所有色答盡所有色謂四大種

及四大種所造諸色如是名爲諸所有色復次盡所有色謂十色處及法處所攝色如是名爲諸所有色若過去若未來若現在者云何過去色答若色已起已等起已生已等生已轉已現轉已聚集已出現落謝過去盡滅離變過去性過去類過去世攝是名過去色云何未來色答若色未已起未已等起未已生未已等生未已轉未已現轉未聚集未出現未來性未來類未來世攝是名未來色云何現在色答若色已起已等起已生已等生已轉已現轉聚集出現住未已謝未已盡滅未已離變和合現前現在性現在類現在世攝是名現在色若內若外者云何內色答若色在此相續已得不失是名內色云何外色答若色在此相續或本未得或得已失若他相續若非情數是名外色若麤若細者云何施設麤色細色答觀待施設麤色細色復如何等答若觀待無見有對色則有見有對色名麤若觀待有見有對色則無見有對色名細若觀待無見無對色則無見有對色名麤若觀待無見有對色則無見無對色名細若觀待色界色則欲界色名麤若觀待欲界色則色界色名細若觀待不繫色則色界色名麤若觀待色界色則不繫色名細如是施設麤色細色如是名爲若麤若細若劣若勝者云何施設劣色勝色答觀待施設劣色勝色復如何等答若觀待有覆無記色則不善色名劣若觀待不善色則有覆無記色名勝若觀待無覆無記色則有覆無記色名劣若觀待有覆無記色則無覆無記色名勝若觀待

有漏善色則無覆無記色名劣若觀待無覆無記色則有漏善色名勝若觀待無漏善色則有漏善色名劣若觀待有漏善色則無漏善色名勝若觀待色界色則欲界色名劣若觀待欲界色則色界色名勝若觀待不繫色則色界色名劣若觀待色界色則不繫色名勝如是施設劣色勝色如是名爲若劣若勝若遠若近者云何遠色答過去未來色云何近色答現在色復次云何遠色答若色過去非無間滅若色未來非現前起是名遠色云何近色答若色過去無間已滅若色未來現前正起是名近色如是名爲若遠若近如是一切略爲一聚者云何一切略爲一聚答推度思惟稱量觀察集爲一聚是故名爲如是一切略爲一聚説名色蘊者云何説名色蘊答於此色蘊顯色顯蘊顯身顯聚是故名爲説名色蘊諸所有受者云何名爲諸所有受答盡所有受謂六受身何等爲六謂眼觸所生受耳鼻舌身意觸所生受如是名爲諸所有受若過去若未來若現在者云何過去受答若受已起已等起已生已等生已轉已現轉已聚集已出現落謝過去盡滅離變過去性過去類過去世攝是名過去受云何未來受答若受未已起未已等起未已生未已等生未已轉未已現轉未聚集未出現未來性未來類未來世攝是名未來受云何現在受答若受已起已等起已生已等生已轉已現轉聚集出現住未已謝未已盡滅未已離變和合現前現在性現在類現在世攝是名現在受若内若外者云何内受答若受在此相

續已得不失是名內受云何外受答若受在此相續或本末得或得已失若他相續是名外受若麤若細者云何施設麤受細受答觀待施設麤受細受復如何等答若觀待無尋唯伺受則有尋有伺受名麤若觀待有尋有伺受則無尋唯伺受名細若觀待無尋無伺受則無尋唯伺受名麤若觀待無尋唯伺受則無尋無伺受名細若觀待色界受則欲界受名麤若觀待欲界受則色界受名細若觀待無色界受則色界受名麤若觀待色界受則無色界受名細若觀待不繫受則無色界受名麤若觀待無色界受則不繫受名細如是施設麤受細受如是名爲若麤若細若劣若勝者云何施設劣受勝受答觀待施設劣受勝受復如何等答若觀待有覆無記受則不善受名劣若觀待不善受則有覆無記受名勝若觀待無覆無記受則有覆無記受名劣若觀待有覆無記受則無覆無記受名勝若觀待有漏善受則無覆無記受名劣若觀待無覆無記受則有漏善受名勝若觀待無漏善受則有漏善受名劣若觀待有漏善受則無漏善受名勝若觀待色界受則欲界受名劣若觀待欲界受則色界受名勝若觀待無色界受則色界受名劣若觀待色界受則無色界受名勝若觀待不繫受則無色界受名劣若觀待無色界受則不繫受名勝如是施設劣受勝受如是名爲若劣若勝若遠若近者云何遠受答過去未來受云何近受答現在受復次云何遠受答若受過去非無間滅若受未來非現前起是名遠受云何近受

答若受過去無間已滅若受未來現前正起是名近受如是名爲若遠若近如是一切略爲一聚者云何一切略爲一聚答推度思惟稱量觀察集爲一聚是故名爲如是一切略爲一聚說名受蘊者云何說名受蘊答於此受蘊顯受顯蘊顯身顯聚是故名爲說名受蘊諸所有想者云何名爲諸所有想答盡所有想謂六想身何等爲六謂眼觸所生想耳鼻舌身意觸所生想如是名爲諸所有想若過去若未來若現在者云何過去想答若想已起已等起已生已等生已轉已現轉已聚集已出現落謝過去盡滅離變過去性過去類過去世攝是名過去想云何未來想答若想未已起未已等起未已生未已等生未已轉未已現轉未聚集未出現未來性未來類未來世攝是名未來想云何現在想答若想已起已等起已生已等生已轉已現轉聚集出現住未已謝未已盡滅未已離變和合現前現在性現在類現在世攝是名現在想若內若外者云何內想答若想在此相續已得不失是名內想云何外想答若想在此相續或本未得或得已失若他相續是名外想若麤若細者云何施設麤想細想答觀待施設麤想細想復如何等答若觀待無尋惟伺想則有尋有伺想名麤若觀待有尋有伺想則無尋惟伺想名細若觀待無尋無伺想則無尋惟伺想名麤若觀待無尋惟伺想則無尋無伺想名細若觀待色界想則欲界想名麤若觀待欲界想則色界想名細若觀待無色界想則色界想名麤若觀待色界想則無色

界想名細若觀待不繫想則無色界想名麤若觀待無色界想則不繫想名細如是施設麤想細想如是名爲若麤若細若劣若勝者云何施設劣想勝想答觀待施設劣想勝想復如何等答若觀待有覆無記想則不善想名劣若觀待不善想則有覆無記想名勝若觀待無覆無記想則有覆無記想名劣若觀待有覆無記想則無覆無記想名勝若觀待有漏善想則無覆無記想名劣若觀待無覆無記想則有漏善想名勝若觀待無漏善想則有漏善想名劣若觀待有漏善想則無漏善想名勝若觀待色界想則欲界想名劣若觀待欲界想則色界想名勝若觀待無色界想則色界想名劣若觀待色界想則無色界想名勝若觀待不繫想則無色界想名劣若觀待無色界想則不繫想名勝如是施設劣想勝想如是名爲若劣若勝若遠若近者云何遠想答過去未來想云何近想答現在想復次云何遠想答若想過去非無間滅若想未來非現前起是名遠想云何近想答若想過去無間已滅若想未來現前正起是名近想如是名爲若遠若近如是一切略爲一聚者云何一切略爲一聚答推度思惟稱量觀察集爲一聚是故名爲如是一切略爲一聚說名想蘊者云何說名想蘊答於此想蘊顯想顯蘊顯身顯聚是故名爲說名想蘊諸所有行者云何名爲諸所有行答盡所有行蘊略有二種一心相應行蘊二心不相應行蘊云何心相應行蘊答思觸作意乃至諸所有現觀復有此餘如是類法與心相應如是名

爲心相應行蘊云何心不相應行蘊答得無想定乃至文身復有此餘如是類法心不相應如是名爲心不相應行蘊此中若心相應行蘊若心不相應行蘊如是名爲諸所有行若過去若未來若現在者云何過去行答若行已起已等起已生已等生已轉已現轉已聚集已出現落謝過去盡滅離變過去性過去類過去世攝是名過去行云何未來行答若行未已起未已等起未已生未已等生未已轉未已現轉未聚集未出現未來性未來類未來世攝是名未來行云何現在行答若行已起已等起已生已等生已轉已現轉聚集出現住未已謝未已盡滅未已離變和合現前現在性現在類現在世攝是名現在行若內若外者云何內行答若行在此相續已得不失是名內行云何外行答若行在此相續或本未得或得已失若他相續若非情數是名外行若麤若細者云何施設麤行細行答觀待施設麤行細行復如何等答若觀待無尋惟伺行則有尋有伺行名麤若觀待有尋有伺行則無尋惟伺行名細若觀待無尋無伺行則無尋惟伺行名麤若觀待無尋惟伺行則無尋無伺行名細若觀待色界行則欲界行名麤若觀待欲界行則色界行名細若觀待無色界行則色界行名麤若觀待色界行則無色界行名細若觀待不繫行則無色界行名麤若觀待無色界行則不繫行名細如是施設麤行細行如是名爲若麤若細若劣若勝者云何施設劣行勝行答觀待施設劣行勝行復如何等答若觀待有覆無記

行則不善行名劣若觀待不善行則有覆無記行名勝若觀待無覆無記行則有覆無記行名劣若觀待有覆無記行則無覆無記行名勝若觀待有漏善行則無覆無記行名劣若觀待無覆無記行則有漏善行名勝若觀待無漏善行則有漏善行名劣若觀待有漏善行則無漏善行名勝若觀待色界行則欲界行名劣若觀待欲界行則色界行名勝若觀待無色界行則色界行名劣若觀待色界行則無色界行名勝若觀待不繫行則無色界行名劣若觀待無色界行則不繫行名勝如是施設劣行勝行如是名爲若劣若勝若遠若近者云何遠行答過去未來行云何近行答現在行復次云何遠行答若行過去非無間滅若行未來非現前起是名遠行云何近行答若行過去無間已滅若行未來現前正起是名近行如是名爲若遠若近如是一切略爲一聚者云何一切略爲一聚答推度思惟稱量觀察集爲一聚是故名爲如是一切略爲一聚說名行蘊者云何說名行蘊答於此行蘊顯行顯蘊顯身顯聚是故名爲說名行蘊諸所有識者云何名爲諸所有識答盡所有識謂六識身何等爲六謂眼識耳鼻舌身意識如是名爲諸所有識若過去若未來若現在者云何過去識答若識已起已等起已生已等生已轉已現轉已聚集已出現落謝過去盡滅離變過去性過去類過去世攝是名過去識云何未來識答若識未已起未已等起未已生未已等生未已轉未已現轉未聚集未出現未來性未來類未來世攝

是名未來識云何現在識答若識已起已等起已生已等生已轉已現轉聚集出現住未已謝未已盡滅未已離變和合現前現在性現在類現在世攝是名現在識若內若外者云何內識答若識在此相續已得不失是名內識云何外識答若識在此相續或本未得或得已失若他相續是名外識若麤若細者云何施設麤識細識答觀待施設麤識細識復如何等答若觀待無尋惟伺識則有尋有伺識名麤若觀待有尋有伺識則無尋惟伺識名細若觀待無尋無伺識則無尋惟伺識名麤若觀待無尋惟伺識則無尋無伺識名細若觀待色界識則欲界識名麤若觀待欲界識則色界識名細若觀待無色界識則色界識名麤若觀待色界識則無色界識名細若觀待不繫識則無色界識名麤若觀待無色界識則不繫識名細如是施設麤識細識如是名爲若麤若細若劣若勝者云何施設劣識勝識答觀待施設劣識勝識復如何等答若觀待有覆無記識則不善識名劣若觀待不善識則有覆無記識名勝若觀待無覆無記識則有覆無記識名劣若觀待有覆無記識則無覆無記識名勝若觀待有漏善識則無覆無記識名劣若觀待無覆無記識則有漏善識名勝若觀待無漏善識則有漏善識名劣若觀待有漏善識則無漏善識名勝若觀待欲界識則色界識名勝若觀待色界識則欲界識名劣若觀待無色界識則色界識名劣若觀待色界識則無色界識名勝若觀待不繫識則無色界識名劣若觀待無色

界識則不繫識名勝如是施設劣識勝識如是名爲若劣若勝若遠若近者云何遠識答過去未來識云何近識答現在識復次云何遠識答若識過去非無間滅若識未來非現前起是名遠識云何近識答若識過去無間已滅若識未來現前正起是名近識如是名爲若遠若近如是一切略爲一聚者云何一切略爲一聚答推度思惟稱量觀察集爲一聚是故名爲如是一切略爲一聚說名識蘊者云何說名識蘊答於此識蘊顯識顯蘊顯身顯聚是故名爲說名識蘊

五取蘊者一色取蘊二受取蘊三想取蘊四行取蘊五識取蘊云何色取蘊答若色有漏隨順諸取於此諸色若過去若未來若現在欲生時生或貪或瞋或癡或隨一一心所隨煩惱是名色取蘊云何受取蘊答若受有漏隨順諸取於此諸受若過去若未來若現在欲生時生或貪或瞋或癡或隨一一心所隨煩惱是名受取蘊云何想取蘊答若想有漏隨順諸取於此諸想若過去若未來若現在欲生時生或貪或瞋或癡或隨一一心所隨煩惱是名想取蘊云何行取蘊答若行有漏隨順諸取於此諸行若過去若未來若現在欲生時生或貪或瞋或癡或隨一一心所隨煩惱是名行取蘊云何識取蘊答若識有漏隨順諸取於此諸識若過去若未來若現在欲生時生或貪或瞋或癡或隨一一心所隨煩惱是名識取蘊

五妙欲者一眼所識色可愛可樂可喜可意此可愛色能引諸欲隨順染著名眼所識色

妙欲二耳所識聲可愛可樂可喜可意此可愛聲能引諸欲隨順染著名耳所識聲妙欲三鼻所識香可愛可樂可喜可意此可愛香能引諸欲隨順染著名鼻所識香妙欲四舌所識味可愛可樂可喜可意此可愛味能引諸欲隨順染著名舌所識味妙欲五身所識觸可愛可樂可喜可意此可愛觸能引諸欲隨順染著名身所識觸妙欲云何眼所識色妙欲答若色欲界繫眼觸所生愛所緣是名眼所識色妙欲云何耳所識聲妙欲答若聲欲界繫耳觸所生愛所緣是名耳所識聲妙欲云何鼻所識香妙欲答若香欲界繫鼻觸所生愛所緣是名鼻所識香妙欲云何舌所識味妙欲答若味欲界繫舌觸所生愛所緣是名舌所識味妙欲云何身所識觸妙欲答若觸欲界繫身觸所生愛所緣是名身所識觸妙欲

五慳者一住處慳二家慳三色讃慳四利養慳五法慳云何住處慳答若於住處顧戀繫心謂如有一作如是念願此住處屬我非餘我於此處經行敷設居止受用勿餘復得彼於住處顧戀繫心於他有情障礙遮止不施不惠不隨施惠不棄不捨不遍棄捨是名住處慳云何家慳答若於施主家顧戀繫心謂如有一作如是念願此施主家屬我非餘我於此家獨入獨出往還親昵居止受用勿餘復得彼於施主家顧戀繫心於他有情障礙遮止不施不惠不隨施惠不棄不捨不遍棄捨是名家慳云何色讃慳答若於色讃顧戀繫心謂如有一作如是念願我獨得微妙好

色衆所樂見顔貌端正成就第一清淨圓滿諸顯形色餘無及者願我獨得廣大名稱善聲善譽徧諸方維一切世間皆共讃頌餘無及者惟我善知受用飲食及餘資具令所飲食隨時消化資具長養面色光澤皮膚細輭衆所愛樂餘不能及惟我善知冠帶衣服及諸嚴具莊飾形貌令極顯好餘皆不及彼於色讃顧戀繫心於他有情障礙遮止不施不惠不隨施惠不棄不捨不徧棄捨是名色讃慳云何利養慳答若於利養顧戀繫心謂如有一作如是念願我獨得世間利養餘不能得願獨差我受諸利養不差餘人願獨知我具大福慧隨時布施衣服飲食卧具醫藥及餘資財一切世間無及我者彼於利養顧戀繫心於他有情障礙遮止不施不惠不隨施惠不棄不捨不徧棄捨是名利養慳云何法慳答若於教法顧戀繫心謂如有一作如是念願我獨能宣說正法餘皆不能願我獨能令他誦念餘皆不能願我獨能問答決擇餘皆不能願我獨能持素呾纜及毗柰耶阿毗達磨餘皆不能願我獨能分別解釋善理教者所造諸論及自能造餘皆不能彼於教法顧戀繫心於他有情障礙遮止不施不惠不隨施惠不棄不捨不徧棄捨是名法慳

五趣者一地獄趣二傍生趣三鬼趣四人趣五天趣云何地獄趣答與諸地獄一性一類衆同分等依得事得處得若諸所有生地獄已無覆無記色受想行識是名地獄趣復次由上品身惡行語惡行意惡行若習若修若多所作往於地獄生地獄中結地獄生是名

地獄趣復次地獄趣者是名是號異語增語想等想施設言說故名地獄趣云何傍生趣答與諸傍生一性一類衆同分等依得事得處得若諸所有生傍生已無覆無記色受想行識是名傍生趣復次由愚鈍身惡行語惡行意惡行往於傍生生傍生中結傍生生是名傍生趣復次傍生趣者是名是號異語增語想等想施設言說故名傍生趣云何鬼趣答與諸鬼衆一性一類衆同分等依得事得處得若諸所有生鬼界已無覆無記色受想行識是名鬼趣復次由慳恪身惡行語惡行意惡行若習若修若多所作往於鬼界生鬼界中結鬼界生是名鬼趣復次鬼趣者是名是號異語增語想等想施設言說故名鬼趣云何人趣答與諸人衆一性一類衆同分等依得事得處得若諸所有生人中已無覆無記色受想行識是名人趣復次由下品身妙行語妙行意妙行若習若修若多所作往於人中生於人中結人中生是名人趣復次人趣者是名是號異語增語想等想施設言說故名人趣云何天趣答與諸天衆一性一類衆同分等依得事得處得若諸所有生天上已無覆無記色受想行識是名天趣復次由上品身妙行語妙行意妙行若習若修若多所作往於天上生於天上結天上生是名天趣復次天趣者是名是號異語增語想等想施設言說故名天趣

阿毗達磨集異門足論卷第十一　說一切有部

音釋

嗢烏沒切 伺相吏切察也 軟乳兖切與輭同 素呾纜梵語也此云契經呾當達切

阿毗達磨集異門足論卷第十二

尊者舍利子說

唐三藏法師玄奘奉詔譯

五法品第六之二

五蓋者一貪欲蓋二瞋恚蓋三惛沉睡眠蓋四掉舉惡作蓋五疑蓋貪欲蓋者云何貪欲蓋答於諸欲境諸貪等貪執藏防護堅著愛樂迷悶耽嗜徧耽嗜內縛希求耽湎苦集貪類貪生是名貪欲云何貪欲蓋答由此貪欲障心蔽心鎮心隱心蓋心覆心纏心裹心故名貪欲蓋瞋恚蓋者云何瞋恚答於諸有情欲爲損害內懷栽蘖欲爲擾惱已瞋當瞋現瞋樂爲過患極爲過患意極憤恚於諸有情各相違戾欲爲過患已爲過患當爲過患現爲過患是名瞋恚云何瞋恚蓋答由此瞋恚障心蔽心鎮心隱心蓋心覆心纏心裹心故名瞋恚蓋惛沉睡眠蓋者云何惛沉答所有身重性心重性身不調柔性心不調柔性身惛沉心惛沉瞢瞢憒悶是名惛沉云何睡眠答染污心中所有眠寢不能任持心昧略性是名睡眠云何惛沉睡眠蓋答由此惛沉睡眠障心蔽心鎮心隱心蓋心覆心纏心裹心故名惛沉睡眠蓋掉舉惡作蓋者云何掉舉答諸有令心不寂不靜掉舉等掉舉心掉舉性是名掉舉云何惡作答染污心中所有令心變悔惡作惡作性是名惡作云何掉舉惡作蓋答由此掉舉惡作障心蔽心鎮心隱心蓋心覆心纏心裹心故名掉舉惡作蓋疑蓋者云何疑答於佛法僧及苦集滅道生起疑惑二分二路躊躇猶豫猶豫箭不悅不悅行

不決度不悟入非巳一趣非當一趣非現一趣是名疑云何疑蓋答由此疑故障心蔽心鎮心隱心蓋心覆心纏心裹心故名疑蓋

五心栽者云何爲五具壽當知如有一類於大師所疑惑猶豫不悟入無勝解無淨信若於大師疑惑猶豫不悟入無勝解無淨信是名第一於大師所心栽未斷未徧知如有一類於正法所疑惑猶豫不悟入無勝解無淨信若於正法疑惑猶豫不悟入無勝解無淨信是名第二於正法所心栽未斷未徧知如有一類於所學處疑惑猶豫不悟入無勝解無淨信若於所學疑惑猶豫不悟入無勝解無淨信是名第三於所學處心栽未斷未徧知如有一類於教誡所疑惑猶豫不悟入無勝解無淨信若於教誡疑惑猶豫不悟入無勝解無淨信是名第四於教誡所心栽未斷未徧知如有一類於諸苾芻上座聰慧久入佛法久修梵行乃至大師及諸有智同梵行者共所稱讃護念敬愛於是有智梵行者所瞋恚毀罵陵辱觸惱不悟入無勝解無淨信若於苾芻上座聰慧久入佛法久修梵行乃至大師及諸有智同梵行者共所稱讃護念敬愛如是有智梵行者所瞋恚毀罵陵辱觸惱不悟入無勝解無淨信是名第五於諸有智梵行者所心栽未斷未徧知若於大師疑惑猶豫不悟入無勝解無淨信是名第一於大師所心栽未斷未徧知者云何大師答謂諸如來應正等覺是名大師云何於大師所疑惑猶豫答於諸如來應正等覺發起種種疑惑猶豫是名於大師所疑惑猶豫云何不

悟入無勝解無淨信答若於大師生起種種疑惑猶豫便於彼斷不能發起隨順心隨順欲隨順信隨順勝解已勝解當勝解是名不悟入無勝解無淨信云何是名第一答漸次順次相續次第數爲第一云何於大師所心栽答若於如來應正等覺生起種種疑惑猶豫便於彼心自作栽事譬如農夫雖有良田若不耕墾即便堅鞕多諸栽蘖穢草不植何況嘉苗於大師所疑惑猶豫亦復如是覆蔽其心令心剛强作栽蘖事尚不令心得邪決定況正決定是名於大師所心栽云何未斷未徧知答彼於心栽未降伏未永害是名未斷未徧知若於正法疑惑猶豫不悟入無勝解無淨信是名第二於正法所心栽未斷未徧知者云何正法答愛盡離滅究竟涅槃是名正法云何於正法疑惑猶豫答若於愛盡離滅究竟涅槃生起種種疑惑猶豫是名於正法疑惑猶豫云何不悟入無勝解無淨信答若於正法生起種種疑惑猶豫便於彼斷不能發起隨順心隨順欲隨順信隨順勝解已勝解當勝解是名不悟入無勝解無淨信云何是名第二答漸次順次相續次第數爲第二云何於正法所心栽答若於愛盡離滅究竟涅槃生起種種疑惑猶豫便於彼心自作栽事譬如農夫雖有良田若不耕墾即便堅鞕多諸栽蘖穢草不植何況嘉苗於正法所疑惑猶豫亦復如是覆蔽其心令心剛强作栽蘖事尚不令心得邪決定況正決定是名於正法所心栽云何未斷未徧知答彼於心栽未降伏未永害是名未斷未徧知若於

所學疑惑猶豫不悟入無勝解無淨信是名第三於所學處心栽未斷未徧知者云何所學答若諸如來應正等覺正知正見施設學處是名所學如說我如是學我學此事於理善法不能證得我如是學我學此事於理善法則能證得云何於所學疑惑猶豫答於諸如來應正等覺施設學處生起種種疑惑猶豫是名於所學疑惑猶豫云何不悟入無勝解無淨信答若於所學生起種種疑惑猶豫便於彼斷不能發起隨順心隨順欲隨順信隨順信解已勝解當勝解是名不悟入無勝解無淨信云何是名第三答漸次順次相續次第數為第三云何於所學心栽答若於如來應正等覺正知正見施設學處生起種種疑惑猶豫便於彼心自作栽事譬如農夫雖有良田若不耕墾即便堅鞕多諸栽蘖穢草不植何況嘉苗於所學處疑惑猶豫亦復如是覆蔽其心令心剛强作栽蘖事尚不令心得邪決定況正決定是名於所學處心栽云何未斷未徧知答彼於心栽未降伏未永害是名未斷未徧知若於教誡疑惑猶豫不悟入無勝解無淨信是名第四於教誡所心栽未斷未徧知者云何教誡答若諸如來應正等覺正知正見半月半月所說別解脫戒經是名教誡如說我如是教誡我教誡此事於理善法不能證得我如是教誡我教誡此事於理善法則能證得云何於教誡疑惑猶豫答於諸如來應正等覺半月半月所說別解脫戒經生起種種疑惑猶豫是名於教誡疑惑猶豫云何不悟入無勝解無淨信答若於

教誡生起種種疑惑猶豫便於彼斷不能發起隨順心隨順欲隨順信隨順勝解已勝解當勝解是名不悟入無勝解無淨信云何是名第四答漸次順次相續次第數爲第四云何於教誡所心裁答若於如來應正等覺正知正見半月半月所說別解脫戒經生起種種疑惑猶豫便於彼心自作裁事譬如農夫雖有良田若不耕墾即便堅鞕多諸栽蘖穢草不植何況嘉苗於教誡所疑惑猶豫亦復如是覆蔽其心令心剛强作栽蘖事尚不令心得邪決定況正決定是名於教誡所心栽云何未斷未徧知答彼於心栽未降伏未永害是名未斷未徧知若於苾芻上座聰慧久入佛法久修梵行乃至大師及諸有智同梵行者共所稱讃護念敬愛如是有智梵行者所瞋恚毀罵陵辱觸惱不悟入無勝解無淨信是名第五於諸有智梵行者所心栽未斷未徧知者云何大師答謂諸如來應正等覺云何有智同梵行者答謂舍利子大採菽氏大營搆氏大飲光大執藏大劫庀那大迦多衍那大準陀大善見大路大名無滅欲樂金毗羅等賢聖弟子是名有智同梵行者若爲大師及諸有智同梵行者共所稱讃護念敬愛是名苾芻上座聰慧久入佛法久修梵行即此苾芻名有智梵行者云何如是有智梵行者所瞋恚毀罵陵辱觸惱答於彼有智梵行者所起瞋恚心發不隨順語不隨順語表毀辱陵突是名如是有智梵行者所瞋恚毀罵陵辱觸惱云何不悟入無勝解無淨信答若於有智梵行者所瞋恚毀罵陵辱觸惱便

於彼斷不能發起隨順心隨順欲隨順信隨順勝解巳勝解當勝解是名不悟入無勝解無淨信云何是名第五答漸次順次相續次第數爲第五云何於諸有智梵行者所心栽答若於有智梵行者所瞋恚毀罵陵辱觸惱便於彼心自作栽事譬如農夫雖有良田若不耕墾即便堅鞕多諸栽蘖穢草不植何況嘉苗於諸有智梵行者所瞋恚毀罵陵辱觸惱亦復如是覆蔽其心令心剛强作栽蘖事尚不令心得邪決定況正決定是名於諸有智梵行者所心栽云何未斷未徧知答彼於心栽未降伏未永害是名未斷未徧知

五心縛者云何爲五具壽當知如有一類於身未離貪未離欲未離親未離愛未離渴彼由於身未離貪等故便於熾然加行永斷寂靜證得上義心不悟入無淨信不安住無勝解若於熾然加行等心不悟入乃至無勝解是名第一於身未離貪等心縛未降伏未永害復次具壽如有一類於諸欲境未離貪未離欲未離親未離愛未離渴彼由於欲未離貪等故便於熾然加行永斷寂靜證得上義心不悟入無淨信不安住無勝解若於熾然加行等心不悟入乃至無勝解是名第二於欲未離貪等心縛未降伏未永害復次具壽如有一類樂與在家出家雜住於樂同樂於苦同苦同喜同憂於諸事務皆共興起究竟隨轉不相捨離彼由樂與在家出家雜住等故便於熾然加行永斷寂靜證得上義心不悟入無淨信不安住無勝解若於熾然加行等心不悟入乃至無勝解是名第三樂相雜

住心縛未降伏未永害復次具壽如有一類於諸正論是聖除遣能趣向心離蓋可樂所謂戒論定論慧論解脱論解脱智見論少欲論喜足論損減論省事論永斷論離染論寂滅論隨順緣性緣起等論彼於宣説如是論時不恭敬聽不屬耳聽不住受教心不行法隨法越大師教於諸學處不樂受學彼由宣説如是論時不恭敬聽等故便於熾然加行永斷寂靜證得上義心不悟入無淨信不安住無勝解若於熾然加行等心不悟入乃至無勝解是名第四於諸正論心縛未降伏未永害復次具壽如有一類少小證得雖有後時所作勝事而中止息彼由少小證得等故便於熾然加行永斷寂靜證得上義心不悟入無淨信不安住無勝解若於熾然加行等心不悟入乃至無勝解是名第五於後勝所作心縛未降伏未永害此中於身未離貪未離欲未離親未離愛未離渴者謂顧戀身令心被縛不得出離故説於身未離貪等便於熾然加行永斷寂靜證得上義者云何便於熾然謂若於身生顧戀者便於永斷精勤勇猛勢用策勵不可制伏策心相續是名熾然彼於此中不起欲樂由斯故説便於熾然云何便於加行謂若於身生顧戀者便於永斷若習若修若多所作是名加行彼於此中不起欲樂由斯故説便於加行云何便於永斷謂若於身生顧戀者便於永斷八聖道支是名永斷彼於此中不起欲樂由斯故説便於永斷云何便於寂靜謂若於身生顧戀者便於永斷住空閑室是名寂靜彼於此中不起

欲樂由斯故說便於寂靜云何便於證得上義謂若於身生顧戀者便於永斷證得愛盡離滅涅槃是名證得上義彼於此中不起欲樂由斯故說便於證得上義心不悟入無淨信不安住無勝解者謂若於身生顧戀者彼於永斷不起隨順心隨順信隨順欲隨順心勝解已勝解當勝解是故說心不悟入等是名第一者漸次順次相續次第數爲第一於身未離貪等心縛者謂若於身深生顧戀彼心被縛甚縛極縛如彼壯人以堅繩索縛已水澆彼名被縛甚縛極縛如是於身深生顧戀彼心被縛甚縛極縛言未降伏未永害者謂未斷未徧知於欲未離貪等心縛廣說亦爾樂與在家出家雜住者謂常樂與在家出家諠雜而住於樂同樂於苦同苦者謂於樂事同受其樂於諸苦事同受其苦同喜同憂者謂於喜事同生歡喜於諸憂事同起愁憂於諸事務皆共興起究竟隨轉不相捨離者謂於種種所作事業皆共相助身心無怠餘如前說於諸正論者云何正論謂依出離遠離所生善法發起語論言說宣唱評議顯了訶辯語路語音語業語表是名正論言是聖者有二種聖謂由善故及無漏故此中言論由善故聖非由無漏故說是聖言除遣者謂此正論長夜能引少欲喜足易滿易養損減除遣杜多功德知量清淨故名除遣能趣向心離蓋可樂者今此義中說心名心謂此正論令心斷蓋清淨可樂由斯故說能趣向心離蓋可樂言戒論者謂此正論能正顯了犯戒過患持戒功德故名戒論言定論者謂此

正論能正顯了散動過患正定功德故名定論言慧論者謂此正論能正顯了惡慧過患妙慧功德故名慧論解脫論者謂此正論能正顯了邪解脫過患正解脫功德故名解脫論解脫智見論者謂此正論能正顯了邪智過患正智功德故名解脫智見論少欲論者謂此正論能正顯了多欲過患少欲功德故名少欲論喜足論者謂此正論能正顯了不喜足過患喜足功德故名喜足論損減論者謂此正論能正顯了增益生死過患損減生死功德故名損減論省事論者謂此正論能正顯了多事過患省事功德故名省事論永斷論者謂此正論能正顯了諸結過患斷結功德故名永斷論雜染論者謂此正論能正顯了貪染過患離染功德故名離染論寂滅論者謂此正論能正顯了有身過患滅有身功德故名寂滅論隨順緣性緣起論者謂此正論能正宣說施設建立顯了緣起緣已生法及彼善忍故名隨順緣性緣起論彼於宣說如是論時不恭敬聽不屬耳聽不住受教心不行法隨法越大師教於諸學處不樂受學者謂纏所纏於諸正論不能恭敬屬耳聽等便於熾然者謂纏所纏於諸正論不能恭敬屬耳聽等便於永斷精勤勇猛勢用策勵不可制伏策心相續是名熾然彼於此中不起欲樂由斯故說便於熾然便於加行者謂纏所纏於諸正論不能恭敬屬耳聽等便於永斷若習若修若多所作是名加行彼於此中不起欲樂由斯故說便於加行便於永斷者謂纏所纏於諸正論不能恭敬屬耳聽等

便於永斷八聖道支是名永斷彼於此中不起欲樂由斯故說便於永斷便於寂靜者謂纏所纏於諸正論不能恭敬屬耳聽等便於永斷住空閑室是名寂靜彼於此中不起欲樂由斯故說便於寂靜便於證得上義者謂纏所纏於諸正論不能恭敬屬耳聽等便於永斷證得愛盡離滅涅槃是名證得上義彼於此中不起欲樂由斯故說便於證得上義心不悟入無淨信不安住無勝解者謂纏所纏於諸正論不能恭敬屬耳聽等便於永斷不起隨順心隨順信隨順欲隨順心勝解已勝解當勝解是故說心不悟入等是名第四及心縛言准前應說少小證得雖有後時所作勝事而中止息者云何少小證得謂如一類惟得戒禁便生喜足或復乃至惟證少分死生智通便生喜足如是等名少小證得雖有後時所作勝事者謂彼未能永斷煩惱亦未證得諸煩惱斷由斯故說雖有後時所作勝事而中止息者謂捨善軛精進懈廢由此故名而中止息便於熾然者謂於此界未作劬勞未斷諸結便於永斷精勤勇猛勢用策勵不可制伏策心相續是名熾然彼於此中不起欲樂由斯故說便於熾然便於加行永斷寂靜證得上義等皆准前應說是名第五者漸次順次相續次第數爲第五於後勝所作心縛者謂於此界未作劬勞未斷諸結心便被縛甚縛極縛如彼壯人以堅繩索縛已水澆彼名被縛甚縛極縛如是有後勝所作者彼於此界未作劬勞未斷諸結心便被縛甚縛極縛言未降伏未永害者謂未斷未徧

知
五順下分結者云何爲五一欲貪順下分結二瞋恚順下分結三有身見順下分結四戒禁取順下分結五疑順下分結欲貪順下分結者欲貪云何答於諸欲境諸貪等貪廣說乃至貪類貪生是名欲貪順下分結者下分謂欲界上分謂色無色界由此欲貪未斷未徧知故便往欲界生於欲界結欲界生故名欲貪順下分結瞋恚順下分結者瞋恚云何答於諸有情欲爲損害廣說乃至現爲過患是名瞋恚順下分結廣說如前有身見順下分結者有身見云何答於五取蘊等隨觀見我或我所從此起忍欲慧觀見是名有身見順下分結廣說如前戒禁取順下分結者戒禁取云何答如有一類執取於戒謂由此戒能得清淨解脱出離超諸苦樂及能證得超苦樂處復有一類執取於禁謂由此禁能得清淨解脱出離超諸苦樂及能證得超苦樂處或有一類執取戒禁謂由戒禁能得清淨解脱出離超諸苦樂及能證得超苦樂處是名戒禁取順下分結廣說如前疑順下分結者疑云何答於佛法僧及苦集滅道生起疑惑廣說乃至非現一趣是名疑順下分結者下分謂欲界上分謂色無色界由此疑未斷未徧知故便往欲界生於欲界結欲界生故名疑順下分結

五順上分結者云何爲五一色貪順上分結二無色貪順上分結三掉舉順上分結四慢順上分結五無明順上分結色貪順上分結者色貪云何答於色界繫修所斷法諸貪等

貪執藏防護耽著貪愛是名色貪順上分結者下分謂欲界上分謂色無色界由此色貪未斷未徧知故便往色界生於色界結色界生故名色貪順上分結無色貪順上分結者無色貪云何答於無色界繫修所斷法諸貪等貪執藏防護耽著貪愛是名無色貪順上分結者下分謂欲界上分謂色無色界由此無色貪未斷未徧知故便往無色界生於無色界結無色界生故名無色貪順上分結掉舉順上分結者掉舉云何答於色無色界繫修所斷法諸不寂靜不極寂靜掉舉生性等掉舉生性心躁擾性是名掉舉順上分結者下分謂欲界上分謂色無色界由此掉舉未斷未徧知故便往色無色界生於色無色界結色無色界生故名掉舉順上分結慢順上分結者慢云何答於色無色界繫修所斷法諸慢恃執慢性心高舉心輕懱是名慢順上分結廣說如前無明順上分結者無明云何答於色無色界繫修所斷法諸無智愚癡無明黑闇是名無明順上分結者下分謂欲界上分謂色無色界由此無明未斷未徧知故便往色無色界生於色無色界結色無色界生故名無明順上分結

阿毗達磨集異門足論卷第十二　說一切有部

音釋

蘖魚列切　惛呼昆切心不明也　瞪瞢瞪都鄧切瞢莫豆切瞪瞢不明也　㝱莫鳳切與夢同　墾口很切耕田用力也　鞕魚孟切與硬同　敕竹式切　庀匹婢切　屬耳屬朱欲切猶注也　懱莫結切輕易也

阿毘達磨集異門足論卷第十三

尊者舍利子說

唐三藏法師玄奘奉詔譯

五法品第六之三

後嗢柁南曰

後五法十四　謂不忍及忍　損減與圓滿
語路無能處　勝支解脫想　解脫處根力
不還及淨居　出離界各五

有五不忍過失五能忍功德五損減五圓滿五語路五無堪能處五勝支五成熟解脫想五解脫處五根五力五不還五淨居天五出離界

五不忍過失者云何爲五一者暴惡二者憂悔三者衆生不愛不樂四者十方惡名流布五者身壞命終當墮惡趣地獄云何暴惡答諸不能忍補特伽羅不忍因緣集諸刀仗樂爲損害故名暴惡云何憂悔答諸不能忍補特伽羅不忍因緣行身惡行行語惡行行意惡行彼行身語意惡行已多生憂悔身心熱惱故名憂悔云何衆生不愛不樂答諸不能忍補特伽羅不忍因緣若被他罵即還反罵若被他瞋即還反瞋若被他打即還反打若被他害即還反害若被他弄即還反弄由此衆生不愛不樂彼由如是反罵等緣故說衆生不愛不樂云何十方惡名流布答諸不能忍補特伽羅不忍因緣常與鬭諍好相言訟輕弄毀懱由此惡名十方流布彼由如是鬭諍等緣故說十方惡名流布云何身壞命終當墮惡趣地獄答諸不能忍補特伽羅不忍因緣多行增上身惡行語惡行意惡行彼行

增上身語意惡行已身壞命終當墮惡趣大地獄中受諸劇苦故說身壞命終當墮惡趣地獄

五能忍功德者一者不暴惡二者不憂悔三者衆生愛樂四者十方善名流布五者身壞命終當生善趣天上云何不暴惡答諸有能忍補特伽羅能忍因緣不集刀仗不爲損害名不暴惡云何不憂悔答諸有能忍補特伽羅能忍因緣行身妙行行語妙行行意妙行彼行身語意妙行已不生憂悔身心清涼名不憂悔云何衆生愛樂答諸有能忍補特伽羅能忍因緣罵不反罵瞋不反瞋打不反打害不反害弄不反弄由此衆生悉皆愛樂彼由如是不反罵等緣故名衆生愛樂云何十方善名流布答諸有能忍補特伽羅能忍因緣常無鬬諍不相言訟輕弄毀懱由此十方善名流布彼由如是無鬬諍等緣故說十方善名流布云何身壞命終當生善趣天上答諸有能忍補特伽羅能忍因緣多行增上身妙行語妙行意妙行彼行增上身語意妙行已身壞命終當生善趣天世界中受諸妙樂故說身壞命終當生善趣天上

五損減者云何爲五一者親屬損減二者財富損減三者無病損減四者戒損減五者見損減親屬損減云何答若有親屬遭諸災害謂由王故賊故火故水故死故又少親屬亦得名爲親屬損減如是名爲親屬損減問何故名爲親屬損減答以如是法非可愛非可樂非可忍無救護有違損不可意是故名爲親屬損減財富損減云何答若有財富遭諸

災害謂由王故賊故火故水故怨故又少財寶亦得名爲財富損減如是名爲財富損減問何故名爲財富損減答以如是法非可愛非可樂非可喜非可意餘如前說無病損減云何答若於身中遭如是病謂頭痛等廣說如前又此身中多有疹疾亦得名爲無病損減如是名爲無病損減問何故名爲無病損減答以如是法非可愛等廣說如前戒損減云何 答害生命不與取欲邪行虛誑語離間語麤惡語雜穢語又諸所有不善戒若諸所有非理所引戒若諸所有障礙定戒如是一切名戒損減問何故名爲戒損減耶答以如是法非可愛非可樂非可忍無救護有違損不可意以如是法非可愛果非可樂果非可喜果非可意果非適意果不悅意果以如是法非可愛異熟非可樂異熟非可喜異熟非可意異熟非適意異熟不悅意異熟是故名爲戒損減見損減云何答諸所有見無施與無祠祀無愛樂乃至廣說又諸所有不善見若諸所有非理所引見若諸所有障礙定見如是一切名見損減問何故名爲見損減耶答以如是法非可愛廣說乃至不悅意異熟是故名爲見損減

五圓滿者云何爲五一者親屬圓滿二者財富圓滿三者無病圓滿四者戒圓滿五者見圓滿親屬圓滿如何答若有親屬無諸災害謂非王故賊故火故水故死故又多親屬亦得名爲親屬圓滿如是名爲親屬圓滿問何故名爲親屬圓滿答以如是法可愛可樂可忍有救護無違損稱可意是故名爲親屬圓

滿財富圓滿云何答若有財富無諸災害謂非王故賊故火故水故怨故又多財寶亦得名爲財富圓滿如是名爲財富圓滿問何故名爲財富圓滿答以如是法可愛可樂可喜可意餘如前說無病圓滿云何答若於身中無如是病謂頭痛等廣說如前又此身中無諸疹疾亦得名爲無病圓滿如是名爲無病圓滿問何故名爲無病圓滿答以如是法是可愛等廣說如前戒圓滿云何答離斷生命離不與取離欲邪行離虛誑語離離間語離麤惡語離雜穢語又諸所有善戒若諸所有如理所引戒若諸所有不障礙定戒如是一切名戒圓滿問何故名爲戒圓滿耶答以如是法可愛可樂可忍有救護無違損稱可意以如是法可愛果可樂果可喜果可意果適意果悅意果以如是法可愛異熟可樂異熟可喜異熟可意異熟適意異熟悅意異熟是故名爲戒圓滿見圓滿云何答諸所有見有施與有祠祀有愛樂乃至廣說又諸所有善見若諸所有如理所引見若諸所有不障礙定見如是一切名見圓滿問何故名爲見圓滿耶答以如是法是可愛廣說乃至悅意異熟是故名爲見圓滿

五語路者云何爲五一者或時語或非時語二者或實語或不實語三者或引義利語或引無義利語四者或細輭語或麤獷語五者或慈愍語或瞋恚語或時語或非時語者問云何非時語答有二種非時一者內二者外內非時云何答且如舉他罪苾芻或貪纏所纏或瞋纏所纏或癡纏所纏或遭劇苦或有

重病或復不能與他言論是爲内非時外非時云何答且如舉他罪苾芻所欲舉者或貪纏所纏或瞋纏所纏或癡纏所纏或遭劇苦或有重病或復不能受他言論或未受具補特伽羅現在前住是名外非時此中所有若内非時若外非時總略爲一數爲非時如是時語名非時語問云何時語答有二種時一者内二者外内時云何答且如舉他罪苾芻非貪纏所纏非瞋纏所纏非癡纏所纏無劇苦無重病復有堪能與他言論是名内時外時云何答且如舉他罪苾芻所欲舉者非貪纏所纏非瞋纏所纏非癡纏所纏無劇苦無重病復有堪能受他言論無未受具補特伽羅現在前住是名外時此中所有内時外時總略爲一數之爲時如是時語名爲時語是故名爲或時語或非時語或實語或不實語者問云何不實語答且如苾芻舉他苾芻不見不聞不疑犯戒犯見犯軌則犯淨命罪彼如是語名不實語問云何實語答且如苾芻舉他苾芻實見實聞實疑犯戒犯見犯軌則犯淨命罪彼如是語名爲實語是故名爲或實語或不實語或引義利語或引無義利語者問云何引無義利語答且如苾芻舉他苾芻犯戒犯見犯軌則犯淨命罪然他苾芻於如是罪已陳首已發露已顯示已悔除實無餘言有餘彼如是語名引無義利語問云何引義利語答且如苾芻舉他苾芻犯戒犯見犯軌則犯淨命罪然他苾芻於如是罪未陳首未發露未顯示未悔除或有餘言有餘彼如是語名引義利語是故名爲或引義利語

或引無義利語或細輭語或麤獷語者問云何麤獷語答且如苾芻於他苾芻結恨憤發兇暴惡意作如是言汝見如是所犯罪不汝是惡沙門愚鈍沙門無羞恥沙門難調難伏汝應陳首如是諸罪勿有覆藏彼如是語名麤獷語問云何細輭語答且如苾芻往他苾芻所作如是言具壽已犯如是如是罪應陳首應發露勿覆藏陳首則安樂不陳首不安樂彼如是語名細輭語是故名爲或細輭語或麤獷語或慈愍語或瞋恚語者問云何瞋恚語答且如苾芻於他苾芻有瞋恚心有損害心而舉犯戒犯見犯軌則犯淨命罪彼如是語名瞋恚語問云何慈愍語答且如苾芻於他苾芻有慈愍心與慈愍具往至其所舉所犯戒犯見犯軌則犯淨命罪彼如是語名慈愍語是故名爲或慈愍語或瞋恚語

五無堪能處者云何爲五謂阿羅漢苾芻諸漏已盡無復堪能故思斷生命無復堪能不與物盜心取無復堪能行非梵行習婬欲法無復堪能正知說虛誑語無復堪能貯積受用諸欲樂具阿羅漢苾芻諸漏已盡無復堪能故思斷生命者謂由彼因彼緣故思斷生命阿羅漢苾芻諸漏已盡故於彼因緣已永斷已徧知如斷樹根截多羅頂令後有趣成不生法故名阿羅漢苾芻諸漏已盡無復堪能故思斷生命阿羅漢苾芻諸漏已盡無復堪能不與物盜心取行非梵行習婬欲法正知說虛誑語亦爾阿羅漢苾芻諸漏已盡無復堪能貯積受用諸欲樂具者謂由彼因彼緣貯積受用諸欲樂具阿羅漢苾芻諸漏已

盡故於彼因緣已永斷已徧知如斷樹根截多羅頂令後有趣成不生法故名阿羅漢苾芻諸漏已盡無復堪能貯積受用諸欲樂具五勝支者云何爲五具壽當知諸聖弟子於如來所修植淨信根生安住不爲沙門或婆羅門或天魔梵或餘世間如法引奪是名第一勝支復次具壽諸聖弟子無謟無誑淳直性類於大師有智同梵行者所如實自顯是名第二勝支復次具壽諸聖弟子少疾無病成等熟腹非極冷熱時節調和無諸苦惱由斯飲食易正消化是名第三勝支復次具壽諸聖弟子勤精進住有勢有勤有勇堅猛於諸善法常不捨軛假使惟餘皮筋骨在身諸血肉皆悉乾枯爲得所求殊勝善法發勤精進有勢有勤有勇堅猛不捨善軛若未證得精進熾然終無中廢是名第四勝支復次具壽諸聖弟子具慧安住成就世間有出沒慧聖慧出慧善通達慧彼所作慧正盡苦慧是名第五勝支於如來所修植淨信者如來云何答應正等覺說名如來淨信云何答若依出離遠離所生善法諸信信性隨順性印可性已愛樂當愛樂現愛樂性心清淨性故名淨信即此淨信於如來所已修植當修植現修植由斯故說於如來所修植淨信言根生者謂此淨信有二種根一者無漏智二者無漏善根故名根生言安住者謂由如是行相根生即由如是行相安住若由如是行相安住即由如是行相根生故名安住不能引奪者謂由成就如是淨信一切世間若天若魔若梵若沙門若婆羅門若餘衆生諸天人類

皆不能引不能奪不能引奪不能傾不能等傾不能等極傾不能搖不能等搖不能等極搖不能動不能等動不能等極動是故説爲不能引奪是名第一者漸次順次相續次第數爲第一言勝支者謂由淨信增盛諸善男子或善女人後後轉勝故名勝支言無諂者諂云何答諸心險性若心姧性若心曲性心雜亂性心不顯了性心不正直性心不調善性皆名爲諂無如是諂故名無諂言無誑者誑云何答僞升僞秤僞函僞語於他罔帽極罔帽徧罔帽罔帽業欺弄迷惑皆名爲誑無如是誑故名無誑淳直性類者謂重顯了無諂誑性是故復説淳直性類於大師有智同梵行者所如實自顯者大師云何答謂諸如來應正等覺説名大師有智同梵行者云何答謂舍利子大採菽氏大營構氏大迦葉波大執藏大劫庀那大迦多衍那大准陀大善見大路大名無滅欲樂金毗羅等皆名有智同梵行者若彼具壽多貪瞋癡有所違犯便於大師及諸有智同梵行者所如實陳首施設建立分別顯了發露開示無所覆藏由斯故説於大師有智同梵行者所如實自顯是名第二者漸次順次相續次第數爲第二言勝支者謂由無諂誑增盛諸善男子或善女人後後轉勝故名勝支言少疾者多疾云何答謂頭痛等乃至廣説及餘多種逼惱疹疾能生種種不安隱觸住在身中皆名多疾如是疾無故名少疾言無病者重顯少疾成等熟腹非極冷熱時節調和無諸苦惱由斯飲食易正消化者調彼成就非極冷熱平等成

熟生熟二藏若有成就極冷藏者諸所飲噉極遲成熟令身沉重無所堪任不能精勤修勝斷行若有成就極熱藏者諸所飲噉極速成熟令身羸劣無所堪任不能精勤修勝斷行由彼成就非極冷熱生熟二藏時節調和無諸苦惱有所飲噉易正消化令身强盛有所堪任故能精勤修勝斷行是名第三者漸次順次相續次第數爲第三言勝支者謂由少疾等增盛諸善男子或善女人後後轉勝故名勝支勤精進住者精進云何答若於出離遠離所生善法精勤勇猛勢用策勵不可制伏策心相續是名精進由彼成就如是精進於所修習能行勝行進趣證會是故說爲勤精進住言有勢者謂彼上品精進圓滿故名有勢言有勤者謂即顯示精進堅固故名有勤言有勇堅猛者謂由成就精進力故勇決而取堅住而取猛利而取諸有所取是善非惡隨所取相守護不捨如護他國善能守護是故說爲有勇堅猛於諸善法常不捨軛者謂於善法不捨勤勇精進無斷是故說爲於諸善法常不捨軛爲得所求殊勝善法若不證得精進熾然終無中廢者謂若未得阿羅漢果精進熾然常無懈廢由斯故說爲得所求殊勝善法若未證得精進熾然終無中廢是名第四者漸次順次相續次第數爲第四言勝支者謂由精進增盛諸善男子或善女人後後轉勝故名勝支具慧安住者慧云何答若依出離遠離所生善法於諸法相能簡擇極簡擇廣說乃至毗鉢舍那是名爲慧言安住者謂由成就如是慧故於諸法相能

行勝行進趣證會由斯故說具慧安住成就世間有出没慧者世間謂五取蘊云何爲五謂色取蘊受想行識取蘊彼由成就如是慧故能如實知此五取蘊生及變壞由斯故說成就世間有出没慧言聖慧者有二種聖一者善故聖二者無漏故聖此慧具由二種聖故說名爲聖故名聖慧言出慧者謂彼成就如是慧故能出離欲界及能出離色無色界故名出慧善通達慧者謂彼成就如是慧故於苦集滅道諦由苦集滅道相能通達善通達名別通達是故名爲善通達慧彼所作慧者謂彼所引學無間道所有勝慧此中說爲彼所作慧正盡苦慧者正云何答因故門故理趣故行相故說名爲正盡苦慧者五取蘊名爲苦此慧能令五取蘊盡等盡徧盡證永盡故名盡苦慧是名第五者漸次順次相續次第數爲第五言勝支者謂由具慧增盛諸善男子或善女人後後轉勝故名勝支

五成熟解脱想者云何爲五一無常想二無常苦想三苦無我想四厭逆食想五死想無常想云何答一切行皆無常於無常行由無常故如理思惟諸想等想現前而想已想當想現想是名無常想無常苦想云何答一切行皆無常由無常故有是苦者於諸苦行由苦想故如理思惟諸想等想現前而想已想當想現想是名無常苦想苦無我想云何答一切行皆無常無常故苦苦故無我於無我行由無我故如理思惟諸想等想現前而想已想當想現想是名苦無我想厭逆食想云何答諸苾芻等應於段食發起厭逆俱行作

意及起毁呰俱行作意以不淨想思惟段食其事云何答於諸糜飯應起膖脹死屍勝解於粥羹臛應起人之稀糞勝解於生酥乳酪應起人之髓腦勝解於熟酥油沙糖及蜜應起人之肪膏勝解於麨應起骨屑勝解於餅應起人皮勝解於鹽應起碎齒勝解於連根莖生菜枝葉應起連髮髑髏勝解於諸漿飲應起人之膿血勝解彼於段食發起如是厭逆毁呰俱行作意以不淨想思惟段食諸想等想現前而想已想當想現想是名厭逆食想死想云何答於自身命極善作意思惟無常諸想等想現前而想已想當想現想是名死想如是五種名成熟解脫想問何緣此五名成熟解脫想耶答解脫有三種一心解脫二慧解脫三無爲解脫由此五想有爲解脫未生令生生已增長堅固廣大由斯速證無爲解脫由此因緣名成熟解脫想

阿毗達磨集異門足論卷第十三 說一切有部

音釋

劇 竭戟切艱也　𣨛 之戎切死也　疹 丑刃切病也　獷 古猛切惡也　貯 展吕切積也　軛 乙華切　膖脹 膖匹絳切脹知亮切　臛 黑各切肉羹也　髑髏 髑徒谷切髏郎侯切髑髏首骨也

阿毗達磨集異門足論卷第十四

尊者舍利子說

唐三藏法師玄奘奉　詔譯

五法品第六之四

五解脫處者云何爲五具壽當知若諸苾芻苾芻尼等或有大師爲說法要或有隨一尊重有智同梵行者爲說法要如如大師或有隨一尊重有智同梵行者爲說法要如是如是彼於法要能正了知若法若義由正了知若法若義便發起欣欣故生喜心喜故身輕安身輕安故受樂受樂故心定心定故如實知見如實知見故生厭厭故能離離故得解脫是名第一解脫處是諸苾芻苾芻尼等安住此處念未住者能住正念心未定者能住正定漏未盡者能盡諸漏未得無上安隱涅槃者疾能證得復次具壽若諸苾芻苾芻尼等雖無大師或餘隨一尊重有智同梵行者爲說法要而能以大音聲讀誦隨曾所聞究竟法要如如大音聲讀誦隨曾所聞究竟法要如是如是於彼法要能正了知若法若義由正了知若法若義便發起欣欣故生喜心喜故身輕安身輕安故受樂受樂故心定心定故如實知見如實知見故生厭厭故能離離故得解脫是名第二解脫處是諸苾芻苾芻尼等安住此處念未住者能住正念心未定者能住正定漏未盡者能盡諸漏未得無上安隱涅槃者疾能證得復次具壽若諸苾芻苾芻尼等雖無大師或餘隨一尊重有智同梵行者爲說法要亦不以大音聲讀誦隨曾所聞究竟法要而能爲他廣說開示隨曾

所聞究竟法要如如爲他廣說開示隨曾所聞究竟法要如是如是於彼法要能正了知若法若義由正了知若法若義便發起欣欣故生喜心喜故身輕安身輕安故受樂受樂故心定心定故如實知見如實知見故生厭厭故能離離故得解脫是名第三解脫處是諸苾芻苾芻尼等安住此處念未住者能住正念心未定者能住正定漏未盡者能盡諸漏未得無上安隱涅槃者疾能證得復次具壽若諸苾芻苾芻尼等雖無大師或餘隨一尊重有智同梵行者爲說法要亦不以大音聲讀誦隨曾所聞究竟法要亦不爲他廣說開示隨曾所聞究竟法要而能獨處寂靜思惟籌量觀察隨曾所聞究竟法要所有義趣如如獨處寂靜思惟籌量觀察隨曾所聞究竟法要所有義趣如是如是於彼法要能正了知若法若義由正了知若法若義便發起欣欣故生喜心喜故身輕安身輕安故受樂受樂故心定心定故如實知見如實知見故生厭厭故能離離故得解脫是名第四解脫處是諸苾芻苾芻尼等安住此處念未住者能住正念心未定者能住正定漏未盡者能盡諸漏未得無上安隱涅槃者疾能證得復次具壽若諸苾芻苾芻尼等雖無大師或餘隨一尊重有智同梵行者爲說法要亦不以大音聲讀誦隨曾所聞究竟法要亦不爲他廣說開示隨曾所聞究竟法要亦不獨處寂靜思惟籌量觀察隨曾所聞究竟法要所有義趣而能善取隨一定相於彼定相能善思惟又善了知復善通達如如善取隨一定

相於彼定相能善思惟又善了知復善通達如是如是於彼法要能正了知若法若義由正了知若法若義便發起欣欣故生喜心喜故身輕安身輕安故受樂受樂故心定心定故如實知見如實知見故生厭厭故能離離故得解脫是名第五解脫處是諸苾芻苾芻尼等安住此處念未住者能住正念心未定者能住正定漏未盡者能盡諸漏未得最上安隱涅槃者疾能證得此中大師或有隨一尊重有智同梵行者爲說法要者問大師云何答即諸如來應正等覺說名大師問尊重有智同梵行者云何答解憍陣那馬勝賢勝霧氣大名耶舍圓滿無垢妙臂牛主舍利子大采菽氏大迦葉波大劫庀那大營搆氏大迦多衍那大執藏大善見大路隨順無滅欲樂金毗羅等皆名尊重有智同梵行者問法云何答名身句身文身是名爲法即前大師尊重有智同梵行者以諸名身句身文身爲彼宣說施設建立開顯分別明了開示由此故言爲說法要如如大師或有隨一尊重有智同梵行者爲說法要如是如是彼於法要能正了知若法若義者問能正了知若法云何答名身句身文身是名爲法彼於此法等了近了明了通達品類差別獲得無二無退轉智故名能正了知若法問能正了知若義云何答名身句身文身所顯所了所說所偏說所示所等示所開名義彼於此義等了近了明了通達品類差別獲得無二無退轉智是名能正了知若義由正了知若法若義便發起欣者最初所發喜名爲欣彼於此欣起

等起生等生轉現轉聚集出現由斯故說便發起欣欣故生喜者謂上品欣轉名爲喜彼於此喜起等起生等生轉現轉聚集出現由斯故說欣故生喜心喜故身輕安者謂彼從欣生心喜故於現法中身重性斷心重性斷身有堪能心有堪能身細滑心細滑身輕輭心輕輭身離蓋心離蓋身無懶惰心無懶惰身無疲倦心無疲倦由斯故說心喜故身輕安身輕安故受樂者謂由身有堪能心有堪能廣說乃至身無疲倦心無疲倦故身便有樂心受妙喜由斯故說身輕安故受樂受樂故心定者謂受樂故遠離勞倦無勞倦法平等行故心住等住近住一趣得三摩地由斯故說受樂故心定心定故如實知見者謂彼苦時心住等住無二無轉爾時於苦如實知見苦於集滅道如實知見集滅道由斯故說心定故如實知見如實知見故生厭者謂彼苦時於苦如實知見苦於集滅道如實知見集滅道爾時於五取蘊便生厭毀違逆而住由斯故說如實知見故生厭厭故能離者謂彼苦時於五取蘊能生厭毀違逆而住爾時便於貪瞋癡三不善根能損能薄令漸鈌滅如人以水浸漬黃衣置日光中染色速脫如是苦時於五取蘊能生厭毀違逆而住爾時便於三不善根能損能薄令漸鈌滅由斯故說厭故能離離故得解脫者謂彼苦時能損能薄能漸鈌滅三不善根爾時便於貪瞋癡等心得解脫由斯故說離故得解脫是名第一者漸次順次相續次第數爲第一解脫處者此中何謂解脫處耶答此中七法名解脫

處一者正了知法二者正了知義三者欣四者喜五者輕安六者樂七者定是諸苾芻苾芻尼等者謂若能引學無間道於此義中說爲苾芻苾芻尼等安住此處者謂住此處等住近住是故說爲安住此處念未住者能住正念者謂能住四念住心未定者能住正定者謂能住四靜慮漏未盡者能盡諸漏者問諸漏云何答有三漏謂欲漏有漏無明漏彼於此三漏能盡等盡徧盡現盡當盡速盡由斯故說漏未盡者能盡諸漏未得無上安隱涅槃者能疾證得者謂諸愛盡離滅涅槃說爲無上安隱涅槃彼速於此能得隨得能觸能證由斯故說未得無上安隱涅槃者能疾證得而能以大音聲讀誦隨曾所聞究竟法要者謂以廣大音聲讀誦如先所聞究竟法要而能爲他廣說開示隨曾所聞究竟法要者謂彼而能爲他宣說施設建立開顯分別明了顯示如先所聞究竟法要而能獨處寂靜思惟籌量觀察隨曾所聞究竟法要所有義趣者謂能獨處寂靜尋思徧尋思簡擇徧簡擇觀察徧觀察如先所聞究竟法要所有義趣而能善取隨一定相於彼定相能善思惟又善了知復善通達者謂能善取定及定相於彼定相能善思惟又善了知復善通達入住出相餘如前說

五根者云何爲五一信根二精進根三念根四定根五慧根此五根相如前廣說

五力者云何爲五一信力二精進力三念力四定力五慧力問信力云何答於如來所修植淨信根生安住不爲沙門或婆羅門或天

魔梵或餘世間如法引奪是名信力問精進力云何答於已生不善法爲求斷故生欲策勵乃至廣説四種正斷是名精進力問念力云何答於内身住循身觀乃至廣説四種念住是名念力問定力云何答離欲惡不善法乃至廣説四種靜慮是名定力問慧力云何答如實了知此是苦聖諦此是苦集聖諦此是苦滅聖諦此是趣苦滅行聖諦是名慧力問何故名力答因如是力依如是力住如是力一切結縛隨眠隨煩惱纏皆可斷截摧伏破壞故名爲力

五不還者云何爲五一者中般涅槃補特伽羅二者生般涅槃補特伽羅三者有行般涅槃補特伽羅四者無行般涅槃補特伽羅五者上流補特伽羅云何中般涅槃補特伽羅答諸有補特伽羅即於現法已斷五順下分結未斷五順上分結造作增長起異熟業及生異熟業身壞命終彼色界天中有起已便得如是無漏道力進斷餘結而般涅槃是名中般涅槃補特伽羅問何故名中般涅槃補特伽羅答由此補特伽羅根極猛利結極微薄已起欲界未至色界於其中間便得如是無漏道力進斷餘結而般涅槃故名中般涅槃補特伽羅云何生般涅槃補特伽羅答諸有補特伽羅即於現法五順下分結已斷已徧知五順上分結未斷未徧知造作增長起異熟業及生異熟業身壞命終彼生色界天中有起已往生色界生已不久便得如是無漏道力進斷餘結而般涅槃是名生般涅槃補特伽羅問何故名生般涅槃補特伽羅答

由此補特伽羅纔生未久便得如是無漏道力進斷餘結而般涅槃故名生般涅槃補特伽羅復次有說如是補特伽羅纔生未久便得如是無漏道力進斷餘結此後乃至盡壽而住方入無餘般涅槃界故名生般涅槃補特伽羅云何有行般涅槃補特伽羅答諸有補特伽羅即於現法五順下分結已斷已徧知五順上分結未斷未徧知造作增長起異熟業及生異熟業身壞命終彼色界天中有起已往生色界生已後時依有行道以有勤行有勤作意修不息加行道進斷餘結而般涅槃是名有行般涅槃補特伽羅問何故名有行般涅槃補特伽羅答由此補特伽羅依有行道以有勤行有勤作意修不息加行道進斷餘結而般涅槃故名有行般涅槃補特伽羅復次有說由此補特伽羅依有爲緣定進斷餘結而般涅槃故名有行般涅槃補特伽羅云何無行般涅槃補特伽羅答諸有補特伽羅即於現法五順下分結已斷已徧知五順上分結未斷未徧知造作增長起異熟業及生異熟業身壞命終彼色界天中有起已往生色界生已後時依無行道以無勤行無勤作意修止息加行道進斷餘結入無餘依般涅槃界是名無行般涅槃補特伽羅問何故名無行般涅槃補特伽羅答由此補特伽羅依無行道以無勤行無勤作意修止息加行道進斷餘結而般涅槃故名無行般涅槃補特伽羅復次有說由此補特伽羅依無爲緣定進斷餘結入無餘依般涅槃界故名無行般涅槃補特伽羅云何上流補特伽羅

答諸有補特伽羅即於現法五順下分結已斷已徧知五順上分結未斷未徧知乃至現入雜修世俗第四靜慮將命終時退三靜慮住初靜慮臨命終時造作增長起異熟業及生異熟業身壞命終彼色界天中有起已往生色界梵衆天中生已後時現入世俗第二靜慮臨命終時造作增長起異熟業及生異熟業身壞命終彼色界天中有起已往生色界光音天中生已後時現入世俗第三靜慮臨命終時造作增長起異熟業及生異熟業身壞命終彼色界天中有起已往生色界徧淨天中生已後時現入世俗第四靜慮臨命終時造作增長起異熟業及生異熟業身壞命終彼色界天中有起已往生色界廣果天中生已後時現入下品雜修世俗第四靜慮臨命終時造作增長起異熟業及生異熟業身壞命終彼色界天中有起已往生色界無煩天中生已後時現入中品雜修世俗第四靜慮臨命終時造作增長起異熟業及生異熟業身壞命終彼色界天中有起已往生色界無熱天中生已後時現入上品雜修世俗第四靜慮臨命終時造作增長起異熟業及生異熟業身壞命終彼色界天中有起已往生色界善現天中生已後時入上勝品雜修世俗第四靜慮臨命終時造作增長起異熟業及生異熟業身壞命終彼色界天中有起已往生色界善見天中生已後時入上上品最極圓滿雜修世俗第四靜慮臨命終時造作增長起異熟業及生異熟業身壞命終彼色界天中有起已往生色界色究竟天生已

後時方得如是無漏道力進斷餘結入無餘依般涅槃界是名上流補特伽羅問何故名上流補特伽羅答有二種流謂生死業及彼煩惱彼於此二俱未斷未徧知彼由此因及此緣故上行隨行上流隨流故名上流補特伽羅復次有作是說由此不還補特伽羅漸次勝進於後後定能領隨領能受隨受永無退轉故名上流復次上流略有二種何謂爲二一者行色界二者行無色界行色界者以色究竟天爲最極處行無色界者以非想非非想處天爲最極處

五淨居天者云何爲五答一無煩天二無熱天三善現天四善見天五色究竟天云何無煩天答謂此與彼諸無煩天是一類爲伴侶共衆同分依得事得處得皆同又若生在無煩天中所有無覆無記色受想行識蘊是名無煩天復次以無煩天於苦見苦於集見集於滅見滅於道見道故名無煩天復次以無煩天身無煩擾心無煩擾由彼身心無煩擾故領受寂靜徧淨無漏微妙諸受故名無煩天復次此是彼名異語增語諸想等想施設言說謂無煩天故名無煩天云何無熱天答謂此與彼諸無熱天同一類爲伴侶共衆同分依得事得處得皆同又若生在無熱天中所有無覆無記色受想行識蘊是名無熱天復次以無熱天於苦見苦於集見集於滅見滅於道見道故名無熱天復次以無熱天身無熱惱心無熱惱由彼身心無熱惱故領受寂靜徧淨無漏微妙諸受故名無熱天復次此是彼名異語增語諸想等想施設言說謂

無熱天故名無熱天云何善現天答謂此與彼諸善現天同一類爲伴侶共衆同分依得事得處得皆同又彼生在善現天中所有無覆無記色受想行識蘊是名善現天復次以善現天於苦見苦於集見集於滅見滅於道見道故名善現天復次以善現天形色微妙衆所樂觀清淨端嚴超過無煩無熱天衆故名善現天復次此是彼名異語增語諸想等想施設言說謂善現天故名善現天云何善見天答謂此與彼諸善見天同一類爲伴侶共衆同分依得事得處得皆同又彼生在善見天中所有無覆無記色受想行識蘊是名善見天復次以善見天於苦見苦於集見集於滅見滅於道見道故名善見天復次以善見天形色轉微妙衆所轉樂觀轉清淨端嚴超過無煩無熱善現天衆故名善見天復次此是彼名異語增語諸想等想施設言說謂善見天故名善見天云何色究竟天答謂此與彼諸色究竟天同一類爲伴侶共衆同分依得事得處得皆同又彼生在色究竟天中所有無覆無記色受想行識蘊是名色究竟天復次以色究竟天於苦見苦於集見集於滅見滅於道見道故名色究竟天復次以色究竟天所得自體於生色趣最勝第一故名色究竟天復次此天亦名礙究竟天礙謂礙身此是礙身最究竟處故名礙究竟天復次此是彼名異語增語諸想等想施設言說謂色究竟天或謂礙究竟天故名究竟天或名礙究竟天

五出離界者云何爲五具壽當知諸有多聞

聖弟子衆具猛利見若念諸欲便於諸欲心不趣入不信樂不安住無勝解卷縮不申棄捨而住厭惡毀呰制伏違逆如燒筋羽卷縮不申如是多聞聖弟子衆具猛利見若念諸欲便於諸欲心不趣入乃至廣說若念出離便於出離深心趣入信樂安住有勝解不卷縮恒舒泰心不厭毀任運現行其心安樂易善修習於諸欲緣所起諸漏損害熱惱皆得解脫從彼起已離繫解脫不受彼因彼緣諸受如是名爲於欲出離於恚無恚於害無害於色無色應知亦爾具壽當知諸有多聞聖弟子衆具猛利見若念有身便於有身心不趣入不信樂不安住無勝解卷縮不申棄捨而住厭惡毀呰制伏違逆如燒筋羽卷縮不申如是多聞聖弟子衆具猛利見若念有身便於有身心不趣入乃至廣說若念有身滅涅槃便於有身滅涅槃深心趣入信樂安住有勝解不卷縮恒舒泰心不厭毀任運現行其心安樂易善修習於有身緣所起諸漏損害熱惱皆得解脫從彼起已離繫解脫不受彼因彼緣諸受如是名爲有身出離此中諸有者謂如是名如是姓如是類如是食如是受苦樂如是長壽如是壽邊際故名諸有多聞者謂聞多正法多正法者謂契經應誦記別諷頌自說因緣譬喻本事本生方廣希法論義聞此諸法故名多聞聖弟子者聖謂諸佛佛之弟子名聖弟子諸能歸依佛法僧者一切皆得聖弟子名故名聖弟子具猛利見者云何猛利答上品圓滿故名猛利云何爲見答若依出離遠離所生善法於法簡擇極

簡擇廣説乃至毗鉢舍那故名爲見若念諸欲者云何名諸欲答欲亦名諸欲欲界亦名諸欲五妙欲境亦名諸欲今此義中意説五妙欲境名諸欲由此故名若念諸欲便於諸欲心不趣入不信樂不安住無勝解者謂聖弟子於妙欲境以稱讚俱行作意審思惟時不起隨順心隨順信隨順欲隨順心勝解已勝解當勝解由此故名便於諸欲心不趣入不信樂不安住無勝解卷縮不申者謂聖弟子於諸妙欲以稱讚俱行作意審思惟時心不樂住不隨順不趣向不臨入故名卷縮不申棄捨而住厭惡毀呰制伏違逆者謂聖弟子於諸妙欲以稱讚俱行作意審思惟時於諸妙欲棄捨而住厭惡毀呰制伏違逆故名棄捨而住厭惡毀呰制伏違逆若念出離者

云何出離答出離亦名出離出離界亦名出離色界善根亦名出離初靜慮亦名出離今此義中意説初靜慮名出離由此故名若念出離便於出離深心趣入信樂安住有勝解者謂聖弟子於此出離以勝解俱行作意審思惟時便生隨順心隨順信隨順欲隨順心勝解已勝解當勝解由此故名便於出離深心趣入信樂安住有勝解不卷縮恒舒泰者謂聖弟子於此出離以稱讚俱行作意審思惟時心樂安住順趣臨入故名不卷縮恒舒泰心不厭毀任運現行者謂聖弟子於此出離以稱讚俱行作意審思惟時非如於欲心不樂住厭惡毀呰制伏違逆由此故言心不厭毀任運現行其心安樂者謂聖弟子當於爾時其心安樂無勞無損成無倦法由此故

言其心安樂易修習者謂聖弟子當於爾時數數修習數數作意相應修習故名易修習善修習者謂聖弟子當於爾時因故門故理故行故殷重修習堅住修習恭敬修習作意修習故名善修習於諸欲緣所起諸漏損害熱惱皆得解脱從彼起已離繫解脱者謂聖弟子由此因緣於諸欲中心得解脱從彼起已離繫解脱由斯故說於諸欲緣所起諸漏損害熱惱皆得解脱從彼起已離繫解脱不受彼因彼緣諸受者謂於諸欲若未斷未徧知便受苦受苦已斷已徧知不受苦受由斯故說不受彼因彼緣諸受如是名爲於欲出離者問今於此中何謂出離答永斷諸欲亦名出離超過諸欲亦名出離捨離塵俗亦名出離色界善根亦名出離初靜慮亦名出離今此義中意說初靜慮名出離於恚無恚者問恚云何答恚亦名恚恚界亦名恚今此義中意說恚界名恚問無恚云何答無恚亦名無恚無恚界亦名無恚慈心定亦名無恚今此義中意說慈心定名無恚於害無害者問害云何答害亦名害害界亦名害今此義中意說害界名害問無害云何答無害亦名無害無害界亦名無害悲心定亦名無害今此義中意說悲心定名無害於色無色者問色云何答色亦名色色界亦名色四靜慮亦名色今此義中意說四靜慮名色問無色云何答無色亦名無色無色界亦名無色四無色亦名無色今此義中意說四無色名無色諸有多聞聖弟子衆具猛利見者如前說若念有身者有身亦名有身五取蘊亦名有身今

此義中意說五取蘊名有身便於有身心不趣入等如前欲說若念有身滅者有身滅亦名滅擇滅亦名滅今此義中意說擇滅名滅非餘

阿毗達磨集異門足論卷第十四 說一切有部

音釋

漬疾智切漚也 卷縮卷逵員古轉二切曲也縮所六切斂也 筋舉欣切骨絡也 毗鉢舍那梵語也此云觀毗頻脂切

阿毗達磨集異門足論卷第十五

尊者舍利子說

唐三藏法師玄奘奉　詔譯

六法品第七之一

時舍利子復告衆言具壽當知佛於六法自善通達現等覺已爲諸弟子宣說開示我等今應和合結集佛滅度後勿有乖諍當令隨順梵行法律久住利樂無量有情哀愍世間諸天人衆令獲殊勝義利安樂六法云何此中有二嗢柁南頌初嗢柁南曰

初六法十種　謂内外識觸　及受想思愛
退不退各六

有六内處六外處六識身六觸身六受身六想身六思身六愛身六順退法六順不退法六内處者云何爲六答一眼内處二耳内處三鼻内處四舌内處五身内處六意内處云何眼内處答若眼於色或已見或今見或當見或彼同分是名眼内處耳鼻舌身意内處隨所應當廣說

六外處者云何爲六答一色外處二聲外處三香外處四味外處五觸外處六法外處云何色外處答若色爲眼或已見或今見或當見或彼同分是名色外處聲香味觸法外處隨所應當廣說

六識身者云何爲六答一眼識身二耳識身三鼻識身四舌識身五身識身六意識身云何眼識身答眼及諸色爲緣生眼識此中眼爲增上色爲所緣於眼所識色諸了別性極了別性了别色性是名眼識身耳鼻舌身意識身隨所應當廣說

六觸身者云何爲六答一眼觸身二耳觸身三鼻觸身四舌觸身五身觸身六意觸身云何眼觸身答眼及諸色爲緣生眼識三和合故觸此中眼爲增上色爲所緣於眼所識色諸觸等觸等觸性已觸當觸是名眼觸身耳鼻舌身意觸身隨所應當廣説

六受身者云何爲六答一眼觸所生受身二耳觸所生受身三鼻觸所生受身四舌觸所生受身五身觸所生受身六意觸所生受身云何眼觸所生受身答眼及諸色爲緣生眼識三和合故觸觸爲緣故受此中眼爲增上色爲所緣眼觸爲因眼觸等起眼觸種類眼觸所生眼觸所起作意相應於眼所識色諸受等受現受已受當受是名眼觸所生受身耳鼻舌身意觸所生受身隨所應當廣説

六想身者云何爲六答一眼觸所生想身二耳觸所生想身三鼻觸所生想身四舌觸所生想身五身觸所生想身六意觸所生想身云何眼觸所生想身答眼及諸色爲緣生眼識三和合故觸觸爲緣故想此中眼爲增上色爲所緣眼觸爲因眼觸等起眼觸種類眼觸所生眼觸所起作意相應於眼所識色諸想等想現前等想已想當想是名眼觸所生想身耳鼻舌身意觸所生想身隨所應當廣説

六思身者云何爲六答一眼觸所生思身二耳觸所生思身三鼻觸所生思身四舌觸所生思身五身觸所生思身六意觸所生思身云何眼觸所生思身答眼及諸色爲緣生眼識三和合故觸觸爲緣故思此中眼爲增上色爲所緣眼觸爲因眼觸等起眼觸種類

眼觸所生眼觸所起作意相應於眼所識色諸思等思現前等思已思當思作心意業是名眼觸所生思身耳鼻舌身意觸所生思身隨所應當廣説

六愛身者云何爲六答一眼觸所生愛身二耳觸所生愛身三鼻觸所生愛身四舌觸所生愛身五身觸所生愛身六意觸所生愛身云何眼觸所生愛身答眼及諸色爲緣生眼識三和合故觸觸爲緣故受受爲緣故愛此中眼爲增上色爲所緣於眼所識色諸貪等貪執藏防護耽著愛樂是名眼觸所生愛身耳鼻舌身意觸所生愛身隨所應當廣説

六順退法者云何爲六答一於佛不恭敬住二於法不恭敬住三於僧不恭敬住四於學不恭敬住五具惡言六遇惡友於佛不恭敬住者云何於佛不恭敬性答於佛世尊諸不恭敬性不等恭敬性不與自在性不等與自在性是名於佛不恭敬性於法於僧於學亦爾具惡言者云何惡言性答如前惡語説遇惡友者云何惡友性答如前惡友説

六順不退法者云何爲六答一於佛有恭敬住二於法有恭敬住三於僧有恭敬住四於學有恭敬住五具善言六遇善友於佛有恭敬住者云何於佛有恭敬性答於佛世尊諸恭敬性有恭敬性有與自在性有怖隨自在轉性是名於佛有恭敬性於法於僧於學亦爾具善言者云何善言性答如前善語説遇善友者云何善友性答善友謂佛及佛弟子廣説乃至行遠離癡調伏癡行是名善友性若於如是善友諸習近等習近親近等親近

恭敬承事是名遇善友後嗢柁南曰

後六有十四　謂喜憂捨恒　界出根喜通

明念上觀類

有六喜近行六憂近行六捨近行六恒住六界六出離界六諍根法六可喜法六通六順明分想六隨念六無上法六觀待六生類

六喜近行者云何爲六答一眼見色已順喜處色近行二耳聞聲已順喜處聲近行三鼻齅香已順喜處香近行四舌嘗味已順喜處味近行五身覺觸已順喜處觸近行六意了法已順喜處法近行眼見色已順喜處色近行者謂眼見色已於一向可愛一向可樂一向可欣一向可意色以順喜處作意思惟若於此色由順喜處作意思惟所生喜受是名眼見色已順喜處色近行耳鼻舌身意喜近行亦爾

六憂近行者云何爲六答一眼見色已順憂處色近行二耳聞聲已順憂處聲近行三鼻齅香已順憂處香近行四舌嘗味已順憂處味近行五身覺觸已順憂處觸近行六意了法已順憂處法近行眼見色已順憂處色近行者謂眼見色已於一向不可愛一向不可樂一向不可欣一向不可意色以順憂處作意思惟若於此色由順憂處作意思惟所生憂受是名眼見色已順憂處色近行耳鼻舌身意憂近行亦爾

六捨近行者云何爲六答一眼見色已順捨處色近行二耳聞聲已順捨處聲近行三鼻齅香已順捨處香近行四舌嘗味已順捨處味近行五身覺觸已順捨處觸近行六意了

法已順捨處法近行眼見色已順捨處色近行者謂眼見色已於非可愛非不可愛非可樂非不可樂非可欣非不可欣非可意非不可意色以順捨處作意思惟若於此色由順捨處作意思惟所生捨受是名眼見色已順捨處色近行耳鼻舌身意捨近行亦爾

六恒住者云何爲六答一眼見色已不喜不憂具念正知恒安住捨二耳聞聲已不喜不憂具念正知恒安住捨三鼻齅香已不喜不憂具念正知恒安住捨四舌嘗味已不喜不憂具念正知恒安住捨五身覺觸已不喜不憂具念正知恒安住捨六意了法已不喜不憂具念正知恒安住捨眼見色已不喜不憂具念正知恒安住捨者謂眼見色於可愛不可愛可樂不可樂可欣不可欣可意不可意或所依止或等無間或所緣或處所或增上色以順捨處作意思惟若於此色由順捨處作意思惟所生妙捨是名眼見色已不喜不憂具念正知恒安住捨耳鼻舌身意恒住亦爾問此中捨者何所謂耶答心平等性心正直性心無警覺任運住性應知此中說名爲捨復次有説六識相應緣色聲香味觸法境捨受名捨今此義中應知意説心平等性心正直性心無警覺任運住性行捨名捨

六界者云何爲六答一地界二水界三火界四風界五空界六識界分別此六如法蘊論

六出離界者云何爲六答一有具壽作如是言我於慈心定雖已習已修已多所作而我心猶爲瞋所纏縛應告彼曰勿作是言所以者何若有具壽於慈心定已習已修已多所

作無處無容其心猶爲瞋所纏縛若心猶爲瞋所纏縛無有是處謂慈心定必能出離一切瞋縛問此中出離何所謂耶答瞋縛永斷亦名出離超越瞋縛亦名出離諸慈心定亦名出離今此義中意説慈心定名出離二有具壽作如是言我於悲心定雖已習已修已多所作而我心猶爲害所纏縛應告彼曰勿作是言所以者何若有具壽於悲心定已習已修已多所作無處無容其心猶爲害所纏縛若心猶爲害所纏縛無有是處謂悲心定必能出離一切害縛問此中出離何所謂耶答害縛永斷亦名出離超越害縛亦名出離諸悲心定亦名出離今此義中意説悲心定名出離三有具壽作如是言我於喜心定雖已習已修已多所作而我心猶爲不樂纏縛應告彼曰勿作是言所以者何若有具壽於喜心定已習已修已多所作無處無容其心猶爲不樂纏縛若心猶爲不樂纏縛無有是處謂喜心定必能出離一切不樂問此中出離何所謂耶答不樂永斷亦名出離超越不樂亦名出離諸喜心定亦名出離今此義中意説喜心定名出離四有具壽作如是言我於捨心定雖已習已修已多所作而我心猶爲欲貪瞋纏縛應告彼曰勿作是言所以者何若有具壽於捨心定已習已修已多所作無處無容其心猶爲欲貪瞋纏縛若心猶爲欲貪瞋纏縛無有是處謂捨心定必能出離一切欲貪瞋問此中出離何所謂耶答欲貪瞋永斷亦名出離超越欲貪瞋亦名出離諸捨心定亦名出離今此義中意説捨心定名

出離五有具壽作如是言我於無相心定雖已習已修已多所作而我心猶爲隨相識纏縛應告彼曰勿作是言所以者何若有具壽於無相心定已習已修已多所作無處無容其心猶爲隨相識纏縛若心猶爲隨相識纏縛無有是處謂無相心定必能出離一切隨相識問此中出離何所謂耶答隨相識永斷亦名出離超越隨相識亦名出離無相心定亦名出離今此義中意說無相心定名出離六有具壽作如是言我雖遠離我慢不觀見我我所而我心猶爲疑猶豫箭纏縛損害應告彼曰勿作是言所以者何若有具壽遠離我慢不觀見我我所無處無容其心猶爲疑猶豫箭纏縛損害若心猶爲疑猶豫箭纏縛損害無有是處謂遠離我慢不觀見我我所者必能出離一切疑猶豫箭問此中出離何所謂耶答我慢永斷亦名出離超越我慢亦名出離今此義中意說超越諸慢名出離

六諍根法者云何爲六答謂有一類有忿有恨若有忿恨便於大師不能恭敬供養尊重讚歎若於大師不能恭敬供養尊重讚歎即不見法若不見法即不顧沙門若不顧沙門便起染著輕弄鬬諍由起染著輕弄鬬諍爲所依止令多衆生無義無利受諸苦惱由此能引無量天人無義無利諸苦惱事如是諍根汝等若見或内或外有所未斷即應聚集和合精勤方便求斷無得放逸汝等應使如是諍根無餘斷滅如先未起如是諍根汝等若見或内或外皆悉已斷即應發起正念正知猛利之心精勤防護令當來世永不復起

是爲正斷善斷諍根如有忿恨若有覆惱若有嫉慳若有誑諂若有邪見倒見廣説亦爾復有一類取著自見起堅固執難教棄捨若取著自見起堅固執難教棄捨便於大師不能恭敬供養尊重讃歎若於大師不能恭敬供養尊重讃歎即不見法若不見法即不顧沙門若不顧沙門便起染著輕弄鬬諍由起染著輕弄鬬諍爲所依止令多衆生無義無利受諸苦惱由此能引無量天人無義無利諸苦惱事如是諍根汝等若見或内或外有所未斷即應聚集和合精勤方便求斷無得放逸汝等應使如是諍根無餘斷滅如先未起如是諍根汝等若見或内或外皆悉已斷即應發起正念正知猛利之心精勤防護令當來世永不復起是爲正斷善斷諍根有忿有恨若有覆惱若有嫉慳若有誑諂如是一切皆如前説有邪見倒見者云何邪見答諸所有見無施與無祠祀無愛樂廣説乃至無自覺知我生已盡梵行已立所作已辦不受後有是名邪見言倒見者謂即邪見所見顛倒取著自見起堅固執難教棄捨者云何取著自見答執我及世間常惟此諦實餘皆愚妄廣説乃至執如來死後非有非非有惟此諦實餘皆愚妄是名取著自見云何起堅固執答即由取著自見是故起堅執云何難教棄捨答由於自見起愛樂等愛樂現前愛樂是故難教厭離解脱

六可喜法者云何爲六答若有苾芻於大師所及諸有智同梵行者起慈身業是名第一可喜法由此法故能發可愛能發尊重能發

可意能引可愛尊重可意悅意攝受歡喜無違無諍一趣復有苾芻於大師所及諸有智同梵行者起慈語業是名第二可喜法由此法故能發可愛廣說乃至無諍一趣復有苾芻於大師所及諸有智同梵行者起慈意業是名第三可喜法由此法故能發可愛廣說乃至無諍一趣復有苾芻以法獲得如法利養下至鉢中所受飲食於此利養與諸有智同梵行者等共受用不別藏隱是名第四可喜法由此法故能發可愛廣說乃至無諍一趣復有苾芻諸所有戒無缺無隙無雜無穢應供無執善究竟善受取諸有智者稱讚無毀於如是戒與諸有智同梵行者等共受持無所藏隱是名第五可喜法由此法故能發可愛廣說乃至無諍一趣復有苾芻諸所有見是聖出離能善通達若起作彼能正盡苦於如是見與諸有智同梵行者等共修學無所藏隱是名第六可喜法由此法故能發可愛能發尊重能發可意能引可愛尊重可意悅意攝受歡喜無違無諍一趣於大師所者云何大師答一切如來應正等覺說名大師及諸有智同梵行者云何有智同梵行者答解憍陳那乃至廣說是名有智同梵行者起慈身業者云何慈身業答興起俱行哀愍俱行所有身業此中意說名慈身業於大師所及諸有智同梵行者此慈身業和合現前由斯故說於大師所及諸有智同梵行者起慈身業是名第一可喜法者謂如是法是能隨順甚可愛樂長養端嚴應供常委支具資糧是故名可喜法能發可愛者謂由此法能發

可愛能發尊重者謂由此法能發尊重能發可意者謂由此法能發可意能引可愛尊重可意悅意攝受歡喜無違無諍一趣者謂由此法能引可愛尊重可意悅意攝受歡喜無違無諍一趣此中攝受謂令和合言一趣者謂趣一境一味現前如慈身業慈語意業應知亦爾以法獲得如法利養者云何以法獲得如法利養答若諸利養不由矯妄而得不由詭詐而得不由現相而得不由激發而得不由以利求利而得然受用時無罪生長故名以法獲得如法利養下至鉢中所受飲食者謂下至墮鉢中飲食尚共受用況餘財物於此利養與諸有智同梵行者等共受用不別藏隱者謂以法獲得如法利養是名於此利養若苾芻苾芻尼正學勤策勤策女近事近事女是名有智同梵行者以法所得如法利養應與有智同梵行者等共受用不應各別藏隱受用是名第四可喜法等如前廣說諸所有戒者云何名爲諸所有戒答無漏身業語業及命清淨一切皆名諸所有戒無缺無隙無雜無穢者謂於此戒恒隨作恒隨轉平等共作平等共轉故名無缺無隙無雜無穢言應供者謂諸有情有貪瞋癡名爲給使若諸有情離貪瞋癡名爲應供應受給使以衣服飲食卧具醫藥等常供養故言無執者謂聖弟子於戒不起若取若執善究竟者謂於此戒善守善護至極究竟善受取者謂於此戒殷重恭敬具足攝受諸有智者稱讚無毀者謂諸佛及弟子名有智者此諸智者皆共稱讚無訶毀者由斯故說諸有智者稱讚

無毀於如是戒與諸有智同梵行者等共受持無所藏隱者云何名爲於如是戒答謂平等戒平等戒者謂八聖道支中正語正業正命名平等戒與諸有智同梵行者謂解憍陣那等皆名有智同梵行者等共受持無所藏隱者謂於此戒與諸有智同梵行者共一義利共一所趣彼此相似是名第五可喜法等如前廣說諸所有見者云何名爲諸所有見答若依出離遠離所生善法於諸法相諸簡擇極簡擇乃至廣說如是名爲諸所有見是聖出離等如前廣說於如是見與諸有智同梵行者等共修學無所藏隱者云何名爲於如是見答謂平等見平等見者謂八聖道支中正見名平等見餘如前說如是亦名六和敬法

六通者云何爲六一神境智證通二天耳智證通三他心智證通四宿住智證通五死生智證通六漏盡智證通云何神境智證通答領受示現種種神境乃至廣說是名神境智證通問此中通者何所謂耶答於諸神境所有妙智云何天耳智證通答以天耳聞種種音聲謂人聲非人聲遠聲近聲等是名天耳智證通問此中通者何所謂耶答於天耳境所有妙智云何他心智證通答於他有情補特伽羅尋伺心等皆如實知謂有貪心如實知有貪心離貪心如實知離貪心如是有瞋心離瞋心有癡心離癡心略心散心下心舉心掉心不掉心寂靜心不寂靜心不定心定心不修心修心不解脱心解脱心皆如實知是名他心智證通問此中通者何所謂耶答

於他心等所有妙智云何宿住智證通答能隨憶念過去無量諸宿住事謂或一生乃至廣說是名宿住智證通問此中通者何所謂耶答於諸宿住所有妙智云何死生智證通答如明廣說云何漏盡智證通答亦如明廣說

阿毗達磨集異門足論卷第十五 說一切有部

音釋

齅 許救切以鼻擥氣也 隙 乞逆切孔也 糧 龍張切與粮同 激 古歷切動蕩也

阿毗達磨集異門足論卷第十六

尊者舍利子說

唐三藏法師玄奘奉詔譯

六法品第七之二

六順明分想者云何爲六答一無常想二無常苦想三苦無我想四厭食想五一切世間不可樂想六死想此中五想如成熟解脫想說云何一切世間不可樂想答世間謂五取蘊即色取蘊乃至識取蘊有諸苾芻於五取蘊以有思慮俱行作意審諦思惟以有恐懼俱行作意審諦思惟以不可樂俱行作意審諦思惟以不可喜俱行作意審諦思惟彼於五取蘊如是思惟時諸想等現前等想已想當想是名一切世間不可樂想問何故名爲順明分想答明有三種一無學宿住智證明二無學死生智證明三無學漏盡智證明由前六想令此三明未生者生已生者增長廣大故名順明分想

六隨念者云何爲六答一佛隨念二法隨念三僧隨念四戒隨念五捨隨念六天隨念云何佛隨念答如世尊說苾芻當知有聖弟子於世尊所以如是相隨念諸佛謂此世尊是如來阿羅漢廣說乃至佛薄伽梵若聖弟子以如是相隨念諸佛見爲根本證智相應諸念隨念別念憶念念性隨念性別念性不忘性不忘法性心明記性是名佛隨念云何法隨念答如世尊說苾芻當知有聖弟子以如是相隨念正法謂佛正法善說乃至智者內證若聖弟子以如是相隨念正法見爲根本證智相應廣說如前是名法隨念云何僧隨

念答如世尊說苾芻當知有聖弟子以如是相隨念諸僧謂佛弟子具足妙行廣說乃至無上福田世所應供若聖弟子以如是相隨念諸僧見爲根本證智相應廣說如前是名僧隨念云何戒隨念答如世尊說苾芻當知有聖弟子以如是相隨念自戒謂此淨戒無缺無隙廣說乃至諸有智者稱讚無毀若聖弟子以如是相隨念自戒見爲根本證智相應廣說如前是名戒隨念云何捨隨念答如世尊說苾芻當知有聖弟子以如是相隨念自捨謂我善得無染財利我於慳垢所縛衆中能離慳垢心無染著舒手惠施所有財物棄捨財物心無所顧分布施與心無偏黨若聖弟子以如是相隨念自捨見爲根本證智相應廣說如前是名捨隨念云何天隨念答如世尊說苾芻當知有聖弟子以如是相隨念諸天謂有四大王衆天有三十三天有夜摩天有覩史多天有樂變化天有他化自在天若有成就無倒信戒聞捨慧者從此捨命得生彼天我亦成就無倒信戒聞捨慧善云何不得當生彼天若聖弟子以如是相隨念諸天見爲根本證智相應諸念隨念別念憶念念性隨念性別念性不忘性不忘法性心明記性是名天隨念

六無上法者云何爲六一見無上二聞無上三利無上四學無上五行無上六念無上云何見無上答如世尊說苾芻當知如有一類補特伽羅往觀輪寶象寶馬寶珠寶女寶主藏臣寶主兵臣寶或復往觀若沙門若婆羅門發起邪見邪見行者我說彼類雖有所見

非無所見而是下賤本性異生非賢聖見若有修植清淨信愛往觀如來或佛弟子我說彼類爲無上見能自利益能自安樂能令自身安隱而住超越災愁滅諸憂苦疾能證得如理法要是名見無上云何聞無上答如世尊說苾芻當知如有一類補特伽羅往聽象聲馬聲車聲步聲螺聲大小鼓聲呼叫聲歌舞聲妓樂聲或復往聽若沙門若婆羅門發起邪見邪見行者所說邪法我說彼類雖有所聞非無所聞而是下賤本性異生非賢聖聞若有修植清淨信愛往聽如來或佛弟子所說正法我說彼類爲無上聞能自利益廣說乃至疾能證得如理法要是名聞無上云何利無上答如世尊說苾芻當知如有一類補特伽羅或得妻子或得珍財或得諸穀或得親友或於沙門若婆羅門發起邪見邪見行者得深信樂我說彼類雖名得利非不得利而是下賤本性異生非賢聖利若有修植清淨信愛能於如來及佛弟子得深信樂我說彼類得無上利能自利益廣說乃至疾能證得如理法要是名利無上云何學無上答如世尊說苾芻當知如有一類補特伽羅或學乘象或學乘馬或學乘車或學彎弓或學放箭或學執鉤或學執索或學執牌或學上乘或學下乘或學馳走或學跳躑或學書數或學筭印或學沙門若婆羅門發起邪見邪見行者所說學處我說彼類雖有所學非無所學而是下劣本性異生非賢聖學若有修植清淨信愛能學如來及佛弟子所說學處我說彼類爲無上學能自利益廣說乃至能

疾證得如理法要是名學無上云何行無上答如世尊説苾芻當知如有一類補特伽羅或調象行或調馬行或調人行或調牛行或事火行或事月行或事日行或事藥行或事珠行或事星宿宫殿等行或行沙門若婆羅門發起邪見邪見行者所受持行我説彼類雖有所行非無所行而是下賤本性異生非賢聖行若有修植清淨信愛能行如來及佛弟子所行之行我説彼類爲行無上能自利益廣説乃至疾能證得如理法要是名行無上云何念無上答如世尊説苾芻當知如有一類補特伽羅或念妻子或念財穀或念親友或念沙門若婆羅門發起邪見邪見行者及彼邪法我説彼類雖有所念非無所念而是下賤本性異生非賢聖念若有修植清淨信愛能念如來及佛弟子我説彼類爲念無上能自利益能自安樂能令自身安隱而住超越災愁滅諸憂苦疾能證得如理法要是名念無上此中世尊説伽陀曰

若得離相應　安隱無上見　聞利學行念
必得趣無憂

六觀待者云何爲六答一觀待色二觀待聲三觀待香四觀待味五觀待觸六觀待法云何觀待色答若色有漏有取於此諸色若過去若未來若現在或欲或貪或瞋或癡或隨一一心所隨煩惱應生時生是名觀待色聲香味觸觀待亦爾云何觀待法答若法有漏有取於此諸法若過去若未來若現在或欲或貪或瞋或癡或隨一一心所隨煩惱應生時生是名觀待法

六生類者云何爲六答一有黑生類補特伽羅生起黑法二有黑生類補特伽羅生起白法三有黑生類補特伽羅生起非黑非白涅槃法四有白生類補特伽羅生起白法五有白生類補特伽羅生起黑法六有白生類補特伽羅生起非黑非白涅槃法云何黑生類補特伽羅生起黑法答如有一類生貧賤家謂旃荼羅家廣説乃至少飲食家彼生此家形容醜陋人不喜見衆共訶毁多分爲他作諸事業故名爲黑如是黑類行身惡行行語惡行行意惡行由行三種惡行因緣身壞命終墮於惡趣生地獄中受諸劇苦是名黑生類補特伽羅生起黑法云何黑生類補特伽羅生起白法答如有一類生貧賤家謂旃荼羅家廣説乃至少飲食家彼生此家形容醜陋人不喜見衆共訶毁多分爲他作諸事業故名爲黑如是黑類行身妙行行語妙行行意妙行由行三種妙行因緣身壞命終生於善趣天世界中受諸妙樂是名黑生類補特伽羅生起白法云何黑生類補特伽羅生起非黑非白涅槃法答如有一類生貧賤家謂旃荼羅家廣説乃至少飲食家彼生此家形容醜陋人不喜見衆共訶毁多分爲他作諸事業故名爲黑如是黑類聞有如來爲衆宣説如實所證法毗柰耶便往聽受既聽受已得淨信心彼成如是淨信心故作是思惟居家迫迮譬如牢獄多諸塵穢出家寬廣猶若虚空一切善法因之生長又作是念耽著居家彼尚不能恒修世善況能盡命精勤修學純一圓滿清白梵行是故我應剃除鬚髮身

被法服正信捨家出趣非家勤修梵行旣思念已便於後時棄捨親財剃除鬚髮身被法服正信捨家出趣非家受持淨戒精勤守護別解脫律儀軌則所行無不具足於微小罪見大怖畏受學學處常無毀犯依斯戒蘊漸次勤修乃至證得第四靜慮由定心故乃至漏盡證得無漏心慧解脫廣說乃至不受後有是名黑生類補特伽羅生起非黑非白涅槃法云何白生類補特伽羅生起白法答如有一類生富貴家謂刹帝利大族或婆羅門大族或長者大族或居士大族或餘隨一富貴家生多饒財寶倉庫盈溢彼生此家形容端正人皆樂見衆共稱美故名爲白如是白類行身妙行行語妙行行意妙行由行三種妙行因緣身壞命終生於善趣天世界中受諸妙樂是名白生類補特伽羅生起白法云何白生類補特伽羅生起黑法答如有一類生富貴家謂刹帝利大族或婆羅門大族或長者大族或居士大族或餘隨一富貴家生多饒財寶倉庫盈溢彼生此家形容端正人皆樂見衆共稱美故名爲白如是白類行身惡行行語惡行行意惡行由行三種惡行因緣身壞命終墮於惡趣生地獄中受諸劇苦是名白生類補特伽羅生起黑法云何白生類補特伽羅生起非黑非白涅槃法答如有一類生富貴家謂刹帝利大族或婆羅門大族或長者大族或居士大族或餘隨一富貴家生多饒財寶倉庫盈溢故名爲白如是白類聞有如來爲衆宣說如實所證法毗柰耶便往聽受旣聽受已得淨信心彼成如是淨

信心故作是思惟居家迫迮譬如牢獄多諸壓穢出家寬廣猶若虚空一切善法因之生長又作是念耽著居家彼尚不能恒修世善況能盡命精勤修學純一圓滿清白梵行是故我應剃除鬚髮身被法服正信捨家出趣非家勤修梵行既思念已便於後時棄捨親財剃除鬚髮身被法服正信捨家出趣非家受持淨戒精勤守護别解脱律儀軌則所行無不具足於微小罪具大怖畏受諸學處常無毁犯依斯戒蘊修根律儀具念正知斷蓋證得四種静慮由斯展轉乃至漏盡得心解脱及慧解脱於現法中自證通慧具足覺知我生已盡梵行已立所作已辦不受後有是名白生類補特伽羅生起非黑非白涅槃法

七法品第八之一

時舍利子復告衆言具壽當知佛於七法自善通達現等覺已爲諸弟子宣説開示我等今應和合結集佛滅度後勿有乖諍當令隨順梵行法律久住利樂無量有情哀愍世間諸天人衆令獲殊勝義利安樂七法云何温柁南曰

支數具財力　非妙妙各二　識住與隨眠
事止諍各七

有七等覺支七補特伽羅七定具七財七力七非妙法七妙法復有七非妙法復有七妙法七識住七隨眠七無過失事七止諍法

七等覺支者云何爲七答一念等覺支二擇法等覺支三精進等覺支四喜等覺支五輕安等覺支六定等覺支七捨等覺支云何念等覺支答諸聖弟子於苦思惟若於集思惟

集於滅思惟滅於道思惟道無漏作意相應諸念隨念廣說乃至心明記性是名念等覺支云何擇法等覺支答諸聖弟子於苦思惟苦於集思惟集於滅思惟滅於道思惟道無漏作意相應諸簡擇法廣說乃至毗鉢舍那是名擇法等覺支云何精進等覺支答諸聖弟子於苦思惟苦於集思惟集於滅思惟滅於道思惟道無漏作意相應諸勤精進廣說乃至勵意不息是名精進等覺支云何喜等覺支答諸聖弟子於苦思惟苦於集思惟集於滅思惟滅於道思惟道無漏作意相應心欣極欣數欣欣性欣類適意悅意可意踴躍非不踴躍悅受適悅調柔性堪任性歡悅歡悅性歡喜歡喜性是名喜等覺支云何輕安等覺支答諸聖弟子於苦思惟苦於集思惟集於滅思惟滅於道思惟道無漏作意相應身輕安心輕安輕安性輕安類是名輕安等覺支云何定等覺支答諸聖弟子於苦思惟苦於集思惟集於滅思惟滅於道思惟道無漏作意相應心住等住廣說乃至心一境性是名定等覺支云何捨等覺支答諸聖弟子於苦思惟苦於集思惟集於滅思惟滅於道思惟道無漏作意相應心平等性心正直性心無警覺寂靜住性是名捨等覺支

七補特伽羅者云何爲七答一隨信行補特伽羅二隨法行補特伽羅三信勝解補特伽羅四見至補特伽羅五身證補特伽羅六慧解脱補特伽羅七俱分解脱補特伽羅云何隨信行補特伽羅答此隨信行補特伽羅先凡位中禀性多信多愛多淨多勝解多慈愍

少思惟少稱量少觀察少簡擇少推求彼由多信多愛多淨多勝解多慈愍故得遇如來或佛弟子宣說正法教授教誡由遇如來或佛弟子宣說正法教授教誡以無量門分別開示苦眞是苦集眞是集滅眞是滅道眞是道便作是念善哉善哉所言諦實定不虛妄苦眞是苦集眞是集滅眞是滅道眞是道我於今者應勤觀察諸行無常有漏行苦一切法空無我作是念已遂勤觀察諸行無常有漏行苦一切法空無我由勤觀察諸行無常有漏行苦一切法空無我故便於後時後分修得世第一法從此無間生苦法智忍相應聖道觀欲界行爲無常或苦或空或無我隨一現前乃至未起道類智現在前爾時名隨信行是名隨信行補特伽羅云何隨法行補特伽羅答此隨法行補特伽羅先凡位中稟性多思惟多稱量多觀察多簡擇多推求少信少愛少淨少勝解少慈愍彼由多思惟多稱量多觀察多簡擇多推求故得遇如來或佛弟子宣說正法教授教誡由遇如來或佛弟子宣說正法教授教誡以無量門分別開示苦眞是苦集眞是集滅眞是滅道眞是道便作是念善哉善哉所言諦實定不虛妄苦眞是苦集眞是集滅眞是滅道眞是道我於今者應自審知應自審見應自審察諸行無常有漏行苦一切法空無我作是念已便自審察諸行無常有漏行苦一切法空無我由自審察諸行無常有漏行苦一切法空無我故便於後時後分修得世第一法從此無間生苦法智忍相應聖道觀欲界行爲無常或

苦或空或無我隨一現前乃至未起道類智現在前爾時名隨法行是名隨法行補特伽羅云何信勝解補特伽羅答即隨信行補特伽羅得道類智故捨隨信行性入信勝解數是名信勝解補特伽羅云何見至補特伽羅答即隨法行補特伽羅得道類智故捨隨法行性入見至數是名見至補特伽羅云何身證補特伽羅答若補特伽羅雖於八解脱身已證具足住而未以慧永盡諸漏是名身證補特伽羅云何慧解脱補特伽羅答若補特伽羅雖於八解脱身未證具足住而已以慧永盡諸漏是名慧解脱補特伽羅云何俱分解脱補特伽羅答若補特伽羅於八解脱身已證具足住而復以慧永盡諸漏是名俱解脱分補特伽羅問何故名俱分解脱補特伽羅答有二分障一煩惱分障二解脱分障是名俱分此補特伽羅於彼二分障心俱解脱極解脱永解脱是名俱分解脱補特伽羅

七定具者云何爲七答一正見二正思惟三正語四正業五正命六正勤七正念如是七種即七道支應如彼相一一別説是名定具問何故名定具答定謂正定由七道支資助圍繞令彼增盛具大勢力自在運轉究竟圓滿故名定具

七財者云何爲七一者信財二者戒財三者慚財四者愧財五者聞財六者捨財七者慧財云何信財答如世尊説苾芻當知有聖弟子於如來所修植淨信根生安住不爲沙門或婆羅門或天魔梵或餘世間如法引奪是名信財云何戒財答如世尊説苾芻當知有

聖弟子離斷生命離不與取離欲邪行離虛誑語離飲諸酒是名戒財云何慚財答如世尊說有具慚者於可慚羞惡不善法有諸雜染能感後有有極熾然苦異熟果能引後世生老死法深起慚羞是名慚財云何愧財答如世尊說有住愧者於可愧恥惡不善法有諸雜染能感後有有極熾然苦異熟果能引後世生老死法深生愧恥是名愧財云何聞財答如世尊說苾芻當知有聖弟子多聞聞持其聞積集謂佛所說無上法要初中後善文義巧妙純一圓滿清白梵行彼於如是無上法要具足多聞能持語義極善通利心無散亂見善通達是名聞財云何捨財答如世尊說苾芻當知有聖弟子爲慳垢所纏衆中能離慳垢雖住居家而心無著能行惠捨能舒手施常樂棄捨好設祠祀惠捨具足於行施時平等分布是名捨財云何慧財答如世尊說苾芻當知有聖弟子能如實知此是苦聖諦此是苦集聖諦此是苦滅聖諦此是趣苦滅道聖諦是名慧財此中世尊說伽陁曰

男子或女人　具信戒慚愧　聞捨慧財者
眞富貴應知　我說彼大士　不虛度一生
常在天人中　受富貴妙樂

七力者云何爲七答一信力二精進力三慚力四愧力五念力六定力七慧力云何信力答如世尊告諸苾芻言有聖弟子於如來所修植淨信乃至廣說是名信力云何精進力答如世尊說爲令已生惡不善法斷故起欲乃至廣說四種正勝是名精進力云何慚力答如世尊說有具慚者於可慚羞惡不善法

乃至廣說是名慚力云何愧力答如世尊說有住愧者於可愧恥惡不善法乃至廣說是名愧力云何念力答如世尊說於此内身住循身觀乃至廣說四種念住是名念力云何定力答如世尊說離欲惡不善法有尋有伺離生喜樂初靜慮具足住廣說乃至第四靜慮具足住是名定力云何慧力答如世尊告諸苾芻言有聖弟子能如實知此是苦聖諦乃至廣說是名慧力此中世尊說伽陁曰

若有諸苾芻　具信勤慚愧　及念定慧力
速得盡衆苦

阿毗達磨集異門足論卷第十六 說一切有部

音釋

跳躑 跳田聊切跳躍也 躑直隻切躑躅也
狹隘 也
迫迮 迫博陌切迮側格切迫迮

阿毗達磨集異門足論卷第十七

尊者舍利子說

唐三藏法師玄奘奉　詔譯

七法品第八之二

七非妙法者云何爲七答一不信二無慚三無愧四懈怠五失念六不定七惡慧云何不信答諸不信不信性不現前信性不隨順不印可不已忍樂不當忍樂不現忍樂心不清淨是名不信云何無慚答諸無慚乃至廣說是名無慚云何無愧答諸無愧乃至廣說是名無愧云何懈怠答諸下精進性劣精進性怯精進性懼精進性廣說乃至心懈怠懈怠性心不勇悍不勇悍性是名懈怠云何失念答諸空念性虛念性失念性心外念性是名失念云何不定答心散亂性云何心散亂性答諸心散性若心亂性心操擾性心流蕩性不一境性不安住性是名心散亂性云何惡慧答於不如理所引簡擇執爲如理所引於如理所引簡擇執爲不如理所引是名惡慧如是七種名非妙法門何緣是七名非妙法答非妙謂非善士此是彼法名非妙法謂此諸法非善士邊可獲可得此是彼士所有現有故說是七名非妙法

七妙法者云何爲七答一信二慚三愧四精進五念六定七慧云何信答諸信信性現前信性隨順印可已忍樂當忍樂現忍樂心清淨是名信云何慚答諸慚慚性乃至廣說是名慚云何愧答諸愧愧性乃至廣說是名愧云何精進答諸非下精進性乃至廣說是名精進云何念答諸念隨念廣說乃至心明記

性是名念云何定答諸心住廣說乃至心一境性是名定云何慧答於如理所引簡擇覺爲如理所引於不如理所引簡擇覺爲不如理所引是名慧如是七種名爲妙法問何緣是七名爲妙法答妙謂善士此是彼法故名妙法謂此諸法惟善士邊可獲可得此是彼士所有現有故說是七名爲妙法

復有七非妙法者云何爲七答一不知法二不知義三不知時四不知量五不自知六不知衆七不知補特伽羅有勝有劣不知法者謂不了知如來教法謂契經應誦記說伽他自說因緣譬喻本事本生方廣希法論議是名不知法不知義者謂不了知彼彼語義謂如是如是語有如是如是義是名不知義不知時者謂不了知是時非時謂此時應修止相此時應修舉相此時應修捨相等是名不知時不知量者謂不了知種種分量謂所飲所食所嘗所噉若行若住若坐若卧若睡若覺若語若默若解勞悶等所有分量是名不知量不自知者謂不了知自德多少謂自所有若信若戒若聞若捨若慧若教若證若念若族姓若辯才等是名不自知不知衆者謂不了知衆會勝劣謂此是刹帝利衆此是婆羅門衆此是長者衆此是居士衆此是沙門衆此是外道衆我於此中應如是行應如是住應如是坐應如是語應如是默等是名不知衆不知補特伽羅有勝有劣者謂不了知補特伽羅德行勝劣謂如是如是補特伽羅有如是如是德行或勝或劣是名不知補特伽羅有勝有劣如是七種名非妙法問何緣

是七名非妙法答非妙謂非善士此是彼法名非妙法謂此諸法非善士邊可獲可得此是彼士所有現有故說是七名非妙法

復有七妙法者云何爲七答一知法二知義三知時四知量五自知六知衆七知補特伽羅有勝有劣知法者謂正了知如來教法謂契經應誦記說伽他自說因緣譬喻本事本生方廣希法論議是名知法知義者謂正了知彼彼語義謂如是如是語有如是如是義是名知義知時者謂正了知是時非時謂此時應修止相此時應修舉相此時應修捨相等是名知時知量者謂正了知種種分量謂所飲所食所嘗所噉若行若住若坐若卧若睡若覺若語若默若解勞悶等所有分量是名知量自知者謂正了知自德多少謂自所有若信若戒若聞若捨若慧若教若證若念若族姓若辯才等是名自知知衆者謂正了知衆會勝劣謂此是刹帝利衆此是婆羅門衆此是長者衆此是居士衆此是沙門衆此是外道衆我於此中應如是行應如是住應如是坐應如是語應如是默等是名知衆知補特伽羅有勝有劣者謂正了知補特伽羅德行勝劣謂如是如是補特伽羅有如是如是德行或勝或劣是名知補特伽羅有勝有劣如是七種名爲妙法門何緣是七名爲妙法答妙謂善士此是彼法故名妙法謂此諸法惟善士邊可獲可得此是彼士所有現有故名妙法

七識住者云何爲七答有色有情種種身種種想如人及一分天是名第一識住有色有

情種種身一種想如梵衆天劫初起位是名第二識住有色有情一種身種種想如光音天是名第三識住有色有情一種身一種想如徧淨天是名第四識住無色有情超一切色想滅有對想不思惟種種想入無邊空空無邊處具足住如空無邊處天是名第五識住無色有情超一切空無邊處入無邊識識無邊處具足住如識無邊處天是名第六識住無色有情超一切識無邊處入無所有無所有處具足住如無所有處天是名第七識住此中有色者謂彼有情有色施設有色身有有色處有有色界有色蘊故名有色有情者謂諦義勝義雖諸有情不可獲不可得無所有非現有而依蘊界處假立有情諸想等想施設言説轉謂有情人意生儒童命者生者養者士夫補特伽羅故名有情種種身者謂彼有情有種種顯色身種種相種種形非一顯色非一相非一形故名種種身種種想者謂彼有情有樂想苦想不苦不樂想故名種種想如人及一分天者謂總顯示人及欲界天故名如人及一分天是名第一者漸次順次相續次第數爲第一識住者云何識住答即此所繫所有色受想行識蘊總名識住有色者謂彼有情有色施設有色身有有色處有有色界有色蘊故名有色有情者謂諦義勝義雖諸有情不可獲不可得無所有非現有而依蘊界處假立有情諸想等想施設言説轉謂有情人意生儒童命者生者養者士夫補特伽羅故名有情種種身者謂彼有情有種種顯色身種種相種種形非一顯色

非一相非一形故名種種身一種想者謂諸有情在時有分於此世界劫將壞時多往生上光音等天衆同分中於彼具足意成色身根無鈌减支分圓滿形顯清淨喜爲所飡喜爲所食長壽久住有時有分於此世界劫初成時於下空中有空宫殿欻然而起有一有情由壽盡故業盡故福盡故先從光音等天衆同分没生下梵世空宫殿中獨一無二無諸侍者長壽久住時彼有情長時住已欻然生愛及生不樂作如是念云何當令諸餘有情生我同分爲我伴侣當彼有情起此心願有餘有情亦壽盡故業盡故福盡故復從光音等天衆同分没生下梵宫與前有情共爲伴侣時前生者便作是念我先於此獨一無二長壽久住長時住已欻然生愛及生不樂作如是念云何當令諸餘有情生我同分爲我伴侣我起如是心願之時是諸有情便生此處滿我意願爲我伴侣是故當知此有情類是我所化我於此類及餘世間是自在者作者化者生者起者是眞父祖時諸有情亦作是念我等曾見如是有情獨一無二長壽久住時彼有情長時住已欻然生愛及生不樂作如是念云何當令諸餘有情生我同分爲我伴侣於彼正起此心願時我等便生彼同分内爲彼伴侣由斯我等是彼所化彼於有情及世間物是自在者作者化者生者起者是眞父祖故名一想如梵衆天者謂此義中總顯生在梵衆等天有種種身惟有一想劫初起住者謂劫初生時是名第二者漸次順次相續次第數爲第二識住者云何識住

答即此所繫所有色受想行識蘊總名識住有色者謂彼有情有色施設有色身有有色處有有色界有色蘊故名有色有情者謂諦義勝義雖諸有情不可獲不可得無所有非現有而依蘊界處假立有情諸想等想施設言說轉謂有情人意生儒童命者生者養者士夫補特伽羅故名有情一種身者謂彼有情有一顯色身一種相一種形無種種顯色無種種相無種種形故名一種身種種想者謂彼有情有樂想不苦不樂想故名種種想如光音天者謂總顯示光音等天是名第三者漸次順次相續次第數爲第三識住者云何識住答即此所繫所有色受想行識蘊總名識住有色者謂彼有情有色施設有色身有有色處有有色界有色蘊故名有色有情者謂諦義勝義雖諸有情不可獲不可得無所有非現有而依蘊界處假立有情諸想等想施設言說轉謂有情人意生儒童命者生者養者士夫補特伽羅故名有情一種身者謂彼有情有一顯色身一種相一種形無種種顯色無種種相無種種形故名一種身一種想者謂彼有情唯有樂想故名一種想如徧淨天者謂總顯示徧淨等天是名第四者漸次順次相續次第數爲第四識住者云何識住答即此所繫所有色受想行識蘊總名識住無色者謂彼有情無色施設無色身無有色處無有色界無色蘊故名無色有情者謂諦義勝義雖諸有情不可獲不可得無所有非現有而依蘊界處假立有情諸想等想施設言說轉謂有情人意生儒童命者生者

養者士夫補特伽羅故名有情超一切色想者謂超一切眼識身相應想滅有對想者謂滅四識身相應想不思惟種種想者謂無五身識所引意識相應緣色等種種障礙定想入無邊空空無邊處具足住如空無邊處天者謂總顯示空無邊天是名第五者漸次順次相續次第數爲第五識住者云何識住答即此所繫所有受想行識蘊總名識住無色者謂彼有情無色施設無色身無有色處無有色界無色蘊故名無色有情者謂諦義勝義雖諸有情不可獲不可得無所有非現有而依蘊界處假立有情諸想等想施設言說轉謂有情人意生儒童命者生者養者士夫補特伽羅故名有情超一切空無邊處入無邊識識無邊處具足住如識無邊處天者謂總顯示識無邊處天是名第六者漸次順次相續次第數爲第六識住者云何識住答即此所繫所有受想行識蘊總名識住無色者謂彼有情無色施設無色身無有色處無有色界無色蘊故名無色有情者謂諦義勝義雖諸有情不可獲不可得無所有非現有而依蘊界處假立有情諸想等想施設言說轉謂有情人意生儒童命者生者養者士夫補特伽羅故名有情超一切識無邊處入無所有無所有處具足住如無所有處天者謂總顯示無所有處天是名第七者漸次順次相續次第數爲第七識住者云何識住答即此所繫所有受想行識蘊總名識住

七隨眠者云何爲七答一欲貪隨眠二瞋隨眠三有貪隨眠四慢隨眠五無明隨眠六見

隨眠七疑隨眠云何欲貪隨眠答若於諸欲諸貪等貪乃至廣說是名欲貪隨眠云何瞋隨眠答若於有情欲爲損害乃至廣說是名瞋隨眠云何有貪隨眠答於色無色諸貪等貪乃至廣說是名有貪隨眠云何慢隨眠答諸慢恃執乃至廣說是名慢隨眠云何無明隨眠答三界無智是名無明隨眠云何見隨眠答五見是名見隨眠謂有身見邊執見邪見見取戒禁取如是五見名見隨眠云何疑隨眠答於諦猶豫是名疑隨眠

七無過失事者云何爲七具壽當知有聖弟子於如來所修植淨信根生安住不爲沙門或婆羅門或天魔梵或餘世間如法引奪是名第一無過失事復次具壽有聖弟子安住淨戒精勤守護别解脱律儀軌則所行無不具足於微小罪見大怖畏受學學處常無毀犯是名第二無過失事復次具壽有聖弟子親近善友善爲伴侶與善交通是名第三無過失事復次具壽有聖弟子樂居閑寂具二遠離謂身遠離及心遠離是名第四無過失事復次具壽有聖弟子勤精進住有勢有勤有勇堅猛於諸善法常不捨軛是名第五無過失事復次具壽有聖弟子具念安住成就最勝常委念支久作久說皆能憶念是名第六無過失事復次具壽有聖弟子具慧安住成就世間有出没慧聖慧出慧善通達慧彼所作慧正盡苦慧是名第七無過失事於如來所修植淨信者云何如來答應正等覺説名如來云何淨信答若依出離遠離所生善法諸信信性廣說乃至心清淨性故名淨信

即此淨信於如來所已修植當修植現修植是故說爲於如來所修植淨信根生等言如前廣說是名第一者漸次順次相續次第數爲第一無過失事者謂能顯示清淨求斷安住淨戒者云何淨戒荅諸所作業謂身律儀語律儀命清淨是名淨戒安住者謂成就淨戒修行勝行進趣契會故名安住精勤守護別解脫律儀者云何別解脫荅謂諸如來應正等覺廣說乃至佛薄伽梵自知自見爲諸苾芻半月半月常所宣說別解脫契經是名別解脫問何緣說此名別解脫荅最勝善法由此爲門此爲上首此爲初緣別行別住由斯故立別解脫名精勤守護此律儀者謂於如是別解脫法恒隨作恒隨轉由斯故說精勤守護別解脫律儀軌則所行無不具足者

謂諸苾芻衆有五非軌則及五非所行云何名爲五非軌則荅一他勝罪二衆餘罪三墮責罪四別首罪五惡作罪云何名爲五非所行荅一國王家二執惡家三婬女家四音樂家五酤酒家諸聖弟子於此所說五非軌則五非所行常樂遠離止息棄捨於正軌則及正所行具足成就由斯故說軌則所行無不具足於微小罪見大怖畏者謂於小罪起極怖想由斯故說於行小罪見大怖畏受學學處常無毀犯者謂聖弟子不作是念我於如是如是學處應勤修學我於如是如是學處不勤修學諸聖弟子常作是念一切如來應正等覺廣說乃至佛薄伽梵自知自見凡所制立一切學處我皆受學常無毀犯由斯故說受學學處常無毀犯是名第二者漸次順

次相續次第數爲第二無過失事者謂能顯示清淨求斷親近善友者云何善友答一切如來應正等覺及佛弟子皆名善友復次若有補特伽羅具戒具德乃至廣説故名善友於斯善友親近等親近極親近隨順承奉供養恭敬是故説爲親近善友云何名爲善爲伴侣答於斷生命若不與取若欲邪行若虛誑語若飲諸酒皆能遠離止息棄捨厭患求斷説名爲善與此善者爲伴爲侣隨順趣向身心無二是故説爲善爲伴侣云何名爲與善交通答若於具信具戒多聞具捨具慧隨轉隨屬隨順不逆是故説爲與善交通復次若於具足出離遠離善法隨轉隨屬隨順不逆是故説爲與善交通復次若於具足出離遠離善法一樂一欲一喜一愛同樂同欲同喜同愛是故説爲與善交通是名第三者漸次順次相續次第數爲第三無過失事者謂能顯示清淨求斷樂居閑寂者云何名爲樂居閑寂答諸空迥舍皆名閑寂若住此中歡喜愛樂不生愁思心無厭怖是故説爲樂居閑寂具二遠離謂身遠離及心遠離者謂住此中能勤修學内心寂止不離静慮成就妙觀長空迥舍勤修自義能勤修學内心寂止者謂住此中能勤精進修學世間四種静慮不離静慮者謂於世間四種静慮常勤思慕不下不劣無怯無斷是故説爲不離静慮成就妙觀者謂於世間四種静慮相應妙慧具足成就是故説爲成就妙觀長空迥舍者謂住閑寂空迥舍中由簡擇力歡喜愛樂不生愁思心無厭怖增長身心及諸善法是故説

爲長空迴舍勤修自義者謂諸愛盡離滅涅槃名最上義亦名自義於如是義精勤修學求疾證得是故說爲勤修自義是名第四者漸次順次相續次第數爲第四無過失事者謂能顯示清淨增語勤精進住者云何精進答若於出離遠離所生善法精勤勇猛勢用策勵不可制伏策心相續是名精進由彼成就如是精進於所修習能行勝行進趣證會是故說爲勤精進住有勢者謂彼上品精進圓滿故名有勢有勤者謂即顯示精進堅固故名有勤有勇堅猛者謂由成就精進力故勇決而取堅住而取猛利而取諸有所取是善非惡隨所取相守護不捨如獲他國善能守護是故說爲有勇堅猛於諸善法常不捨軛者謂於善法不捨勤勇熾然精進無間無斷是故說爲於諸善法常不捨軛是名第五者漸次順次相續次第數爲第五無過失事者謂能顯示清淨增語具念安住者云何爲念答若依出離遠離所生善法諸念隨念乃至廣說是名爲念成就最勝常委念支者謂八支聖道說名常委此念是彼一支所攝謂正念支是故說爲成就最勝常委念支久作久說皆能憶念者謂由此念於曾更事不忘不失令心明記是故既爲久作久說皆能憶念是名第六者漸次順次相續次第數爲第六無過失事者謂能顯示清淨增語具慧安住者云何名慧答若依出離遠離所生善法於諸法相能簡擇極簡擇廣說乃至毗鉢舍那是名爲慧言安住者謂由成就如是慧故於諸法相能行勝行進趣證會由斯故說具

慧安住成就世間有出沒慧者世間謂五取蘊云何爲五謂色取蘊受想行識取蘊彼由成就如是慧故能如實知此五取蘊生及變壞由斯故說成就世間有出沒慧言聖慧者有二種聖一者善故聖二者無漏故聖此慧具由二種聖故說名爲聖故名聖慧言出慧者謂彼成就如是慧故能出離欲界及能出離色無色界故名出慧善通達慧者謂彼成就如是慧故於苦集滅道諦由苦集滅道相能通達善通達各別通達是故名爲善通達慧彼所作慧者謂彼所引學無間道所有勝慧此中說爲彼所作慧正盡苦慧者云何名正答因故門故理趣故行相故說名爲正盡苦慧者五取蘊名爲苦此慧能令五取蘊盡等盡徧盡證永盡故名盡苦慧是名第七者漸次順次相續次第數爲第七無過失事者謂能顯示清淨增語此中世尊說伽他曰

具信戒善友　居寂樂精勤　成就念正知
名七無過事

七止諍法者云何爲七答一現前毗柰耶二憶念毗柰耶三不癡毗柰耶四求彼自性毗柰耶五取多人語毗柰耶六取自言持毗柰耶七如草覆地毗柰耶如是名爲七止諍法問何緣是七名止諍法答諍謂彼此鬪訟違諍由斯七法隨一現前令所起諍皆調止息由此因緣名止諍法

阿毗達磨集異門足論卷第十七 說一切有部

音釋

悍 侯旰切性勇急也　擾 而沼切亂也　伽他 梵語也此云孤起他唐何切　欻 許勿切忽也

阿毗達磨集異門足論卷第十八

尊者舍利子說

唐三藏法師玄奘奉詔譯

八法品第九之一

時舍利子復告衆言具壽當知佛於八法自善通達現等覺已爲諸弟子宣說開示我等今應和合結集佛滅度後勿有乖諍當令隨順梵行法律久住利樂無量有情哀愍世間諸天人衆令獲殊勝義利安樂八法云何嗢拕南曰

道支數取施　懈怠精進福　衆世法解脫
勝處各八種

有八道支八補特伽羅八種施八懈怠事八精進事八福生八種衆八世法八解脫八勝處

八道支者云何爲八答一正見二正思惟三正語四正業五正命六正勤七正念八正定此八道支如前廣說

八補特伽羅者云何爲八答一證預流果向二證預流果三證一來果向四證一來果五證不還果向六證不還果七證阿羅漢果向八證阿羅漢果如是八種補特伽羅如法蘊論廣說其相

八種施者云何爲八答一隨至施二怖畏施三報恩施四求報施五習先施六要名施七希天施八爲莊嚴心爲資助心爲資瑜伽爲得通慧菩提涅槃上義故施云何隨至施答如有一類施隣近者施親近者施現至者謂作是念云何乞者現來至此而不施耶是名隨至施云何怖畏施答如有一類有怖故施

有畏故施由怖畏纏而行惠施彼作是念若不行施勿有如是如是衰損是名怖畏施云何報恩施答如有一類作是念言彼旣曾施我如是如是物我亦應施彼如是如是物豈得彼恩而不酬報是名報恩施云何求報施答如有一類作是念言我今若施彼如是如是物彼亦當施我如是如是物期他反報而行惠施是名求報施云何習先施答如有一類作是念言我之父祖常行惠施我家長夜惠施無斷我今生在信家施家我家本來常樂布施我若不施便斷種族爲護種族而行惠施是名習先施云何要名施答如有一類爲得廣大妙善稱譽聲頌美名徧諸方域而行惠施是名要名施云何希天施答如有一類希求生天勝異熟果而行惠施謂我命終當生天上由今布施受天妙樂是名希天施云何爲莊嚴心爲資助心爲資瑜伽爲得通慧菩提涅槃上義故施答如有一類作是念言我心長夜爲貪瞋癡之所雜染心雜染故有情雜染心清淨故有情清淨若行惠施便發起欣欣故生喜心喜故身輕安身輕安故受樂受樂故心定心定故如實知見如實知見故生厭厭故能離離故得解脫解脫故證涅槃如是布施漸次增長諸勝妙法展轉證得菩提涅槃微妙上義世尊於此說伽他曰

於衆相圓滿　所捨離慳貪　施質直應時
必獲於大果　智者善淨心　施可祠可愛
以心清淨故　遂證得於欣　即從此欣心
復發生勝喜　由此心喜故　又起身輕安
從此身輕安　智者心受樂　由心受樂故

定心一境轉　依如是勝定　心淨無染濁
調順有堪能　發如實知見　由如實知見
便厭患於身　既厭患於身　智者正能離
以能遠離故　解脫貪瞋癡　智者自應知
梵行立生盡　如是大利益　應知由布施
若緣此修行　必證得常樂

八懈怠事者云何爲八具壽當知如有一類依止城邑或聚落住於日初分著衣持鉢入城邑等巡行乞食彼乞食時作如是念願得美妙衆多飲食若不遂心便作是念我食既少身力羸劣不能進修所修勝行且應偃卧以自將息作是念已遂不精勤求得未得求至未至求證未證是名第一懈怠事復次具壽如有一類依止城邑或聚落住於日初分著衣持鉢入城邑等巡行乞食彼乞食時作如是念願得美妙衆多飲食若得遂心便作是念我食既多身飽悶重不能進修所修勝行且應偃卧以自將息作是念已遂不精勤求得未得求至未至求證未證是名第二懈怠事復次具壽如有一類晝營事業作如是念我於晝時既營事業緣力勞倦今於夜分不能進修所修勝行且應偃卧以自將息作是念已遂不精勤求得未得求至未至求證未證是名第三懈怠事復次具壽如有一類期至明日作諸事業便作是念我既明日當作事業不應進修所修勝行且應偃卧長養身力作是念已遂不精勤求得未得求至未至求證未證是名第四懈怠事復次具壽如有一類晝行道路作如是念我於晝時既行道路身力勞倦今於夜分不能進修所修勝

行且應偃卧以自將息作是念已遂不精勤求得未得求至未至求證未證是名第五懈怠事復次具壽如有一類期至明日當行道路便作是念我既明日當行道路不應進修所修勝行且應偃卧長養身力作是念已遂不精勤求得未得求至未至求證未證是名第六懈怠事復次具壽如有一類正爲病苦之所嬰纏作如是念我正病苦之所嬰纏身力羸劣不任進修所修勝行且應偃卧以自將息作是念已遂不精勤求得未得求至未至求證未證是名第七懈怠事復次具壽如有一類病苦嬰纏雖愈未久作如是念我遭病苦之所嬰纏雖愈未久身力羸劣不任進修所修勝行且應偃卧以自將息作是念已遂不精勤求得未得求至未至求證未證是名第八懈怠事如是八種名懈怠事問何緣此八名懈怠事答懈怠者謂懶惰由斯八事未生而生生已倍復增長廣大由此因緣名懈怠事

八精進事者云何爲八具壽當知如有一類依止城邑或聚落住於日初分著衣持鉢入城邑等巡行乞食彼乞食時作如是念願得美妙衆多飲食若不遂心便作是念我食雖少而身輕利堪能進修所修勝行作是念已精進熾然求得未得求至未至求證未證是名第一精進事復次具壽如有一類依止城邑或聚落住於日初分著衣持鉢入城邑等巡行乞食彼乞食時作如是念願得美妙衆多飲食若得遂心便作是念我食既多身力強盛堪能進修所修勝行作是念已精進熾

然求得未得求至未至求證未證是名第二精進事復次具壽如有一類晝營事業作如是念我於晝時既營事業無暇修學大師聖敎令於夜分應自策勤補先闕缺作是念已精進熾然求得未得求至未至求證未證是名第三精進事復次具壽如有一類期至明日作諸事業便作是念我既明日當作事業無暇修學大師聖敎令於夜分應預精勤補當闕缺作是念已精進熾然求得未得求至未至求證未證是名第四精進事復次具壽如有一類晝行道路作如是念我於晝時既行道路無暇修學大師聖敎令於夜分應自策勤補先闕缺作是念已精進熾然求得未得求至未至求證未證是名第五精進事復次具壽如有一類期至明日當行道路便作是念我既明日當行道路無暇修學大師聖敎令於夜分應預精勤補當闕缺作是念已精進熾然求得未得求至未至求證未證是名第六精進事復次具壽如有一類正爲病苦之所嬰纏便作是念我既病苦之所嬰纏或有是處因斯病苦之所嬰纏便捨身命於大師敎空無所得作是念已精進熾然求得未得求至未至求證未證是名第七精進事復次具壽如有一類病苦嬰纏雖愈未久作如是念我遭病苦之所嬰纏雖愈未久或有是處病苦還起因斯病苦便捨身命於大師敎空無所得作是念已精進熾然求得未得求至未至求證未證是名第八精進事如是八種名精進事問何緣此八名精進事答精進者謂策勵由此八事未生而生生已倍復

增長廣大由此因緣名精進事
八福生者云何爲八具壽當知如有一類施
諸沙門或婆羅門貧窮苦行道行乞者苦行
衣服飲食及諸香華房舍卧具并燈明等資
生什物見富貴人便作是念由此布施所集
善根願我來生當得如是富貴人類彼於此
心若習若修若多所作由彼於心若習若修
若多所作先雖愛樂下劣諠雜後便欣求勝
妙寂靜彼有是處身壞命終還生人中得富
貴類雖受富貴自在安樂而具尸羅心願清
淨先人身中尸羅淨故是名第一福生如願
生人得富貴類如是願生四天王衆天三十
三天夜摩天覩史多天樂變化天他化自在
天梵衆天應知亦爾然梵衆天有差别者應
欲離欲此中是名第一乃至第八者漸次順
次相續次第數爲第一乃至第八言福生者
問何故説此名爲福生答攝受福果生於此
處故名福生
八種衆者云何爲八答一刹帝利衆二婆羅
門衆三長者衆四沙門衆五四天王天衆六
三十三天衆七魔天衆八梵天衆云何刹帝
利衆答顯示彼色顯示彼藴顯示彼部是名
刹帝利衆乃至梵衆廣説亦爾
八世法者云何爲八答一得二不得三毀四
譽五稱六譏七苦八樂云何名得答若於可
愛色聲香味觸衣服飲食卧具病緣醫藥資
生什物諸得别得已得當得是名爲得云何
不得答若於可愛色聲香味觸衣服飲食卧
具病緣醫藥資生什物諸不得不别得不已
得不當得是名不得云何名毁答諸有隱背

不現在前不稱不讚不歎不美亦不揄揚言彼信戒聞捨慧等皆不具足是名爲毀云何名譽答諸有隱背不現在前稱讚歎美亦復揄揚言彼信戒聞捨慧等悉皆具足是名爲譽云何名稱答諸不隱背正現在前不訶不毀不罵不辱稱讚歎美亦復揄揚言汝信戒聞捨慧等悉皆具足故名爲稱云何名譏答諸不隱背正現在前訶毀罵辱不稱不讚不歎不美亦不揄揚言汝信戒聞捨慧等皆不具足是名爲譏云何名苦答順苦受觸所觸故生身及心苦不平等受受類所攝是名爲苦云何名樂答順樂受觸所觸故生身及心樂是平等受受類所攝是名爲樂世尊於此說伽陁言

得不得毀譽　及稱譏苦樂　無常意生欲
變壞法難保　智者如實知　現見伏生死
於愛非愛法　心不生欣恚　彼雖逢順違
而能棄伏滅　於一切解脫　至世邊彼岸

八解脫者云何爲八答若有色觀諸色是第一解脫內無色想觀外諸色是第二解脫淨解脫身作證具足住是第三解脫超一切色想滅有對想不思惟種種想入無邊空空無邊處具足住是第四解脫超一切空無邊處入無邊識識無邊處具足住是第五解脫超一切識無邊處入無所有無所有處具足住是第六解脫超一切無所有處入非想非非想處具足住是第七解脫超一切非想非非想處入想受滅身作證具足住是第八解脫若有色觀諸色者謂彼於內各别色想未遠離未别遠離未調伏未别調伏未滅没未破

壞彼由於內各別色想未遠離未別遠離未調伏未別調伏未滅沒未破壞故由勝解力觀外諸色或作青瘀或作膿爛或作破壞或作離散或作豚噉或作異赤或作骸骨或作骨鎖是名若有色觀諸色第一者謂諸定中漸次順次相續次第數為第一解脫者謂此定中所有善色受想行識是名解脫內無色想觀外諸色者謂彼於內各別色想已遠離已別遠離已調伏已別調伏已滅沒已破壞彼由於內各別色想已遠離已別遠離已調伏已別調伏已滅沒已破壞故由勝解力觀外諸色或作青瘀或作膿爛或作破壞或作離散或作豚噉或作異赤或作骸骨或作骨鎖是名內無色想觀外諸色第二者謂諸定中漸次順次相續次第數為第二解脫者謂此定中所有善色受想行識是名解脫淨解脫身作證具足住者問此淨解脫加行云何修觀行者由何方便入淨解脫定答初修業者創修觀時取青樹相所謂青莖青枝青葉青華青果或取青衣青嚴具相或取所餘種種青相既取如是諸青相已由勝解力思惟想念觀察安立信解此色是其青相彼既如是由勝解力思惟想念觀察安立信解此色是其青故心便散動馳流諸相不能一趣繫念一境思惟此色是青非餘彼心散動馳流諸相不能一趣繫念一境思惟此色定是青故未能住心入淨解脫定為攝散動馳流心故於一青相繫念思惟謂此是青非非青相思惟此相精勤勇猛乃至令心相續久住由斯加行入淨解脫定精勤數習此加行已復

進修行此定方便謂於加行所引生道數習數修數多所作既於加行所引生道數習數修數多所作心便安住等住近住相續一趣繫念一境思惟此色定是青相由心安住等住近住相續一趣繫念一境思惟青相無二無轉便能證入淨解脫定如觀青相觀黃赤白隨其所應亦復如是第二者謂諸定中漸次順次相續次第數爲第三解脫者謂此定中所有善色受想行識是名解脫超一切色想者云何色想答眼識身相應諸想等想性現想性已想性已現想性當想性當現想性是名色想復次有說五識身相應諸想等想乃至廣說是名色想今此義中眼識身相應諸想等想乃至廣說是名色想入此定時於彼色想皆能超越平等超越最極超越是故說超一切色想滅有對想者云何有對想答四識身相應諸想等想乃至廣說是名有對想復次有說五識身相應諸想等想乃至廣說是名有對想復次有說瞋恚相應諸想等想乃至廣說是名有對想今此義中四識身相應諸想等想乃至廣說是名有對想入此定時彼有對想已斷已徧知已遠離已別遠離已調伏已別調伏已滅沒已破壞是故說爲滅有對想不思惟種種想者云何種種想答有覆纏者所有染污色想聲想香想味想觸想諸所有想若不善諸所有想若非理所引諸所有想能障礙定如是一切名種種想入此定時於種種想不引發不隨引發不等引發不思惟不已思惟不當思惟由斯故說不思惟種種想入無邊空空無邊處具足住

者問此空無邊處解脫加行云何修觀行者由何方便入空無邊處解脫定答初修業者創修觀時先應思惟第四靜慮爲麤苦障後應思惟空無邊處爲靜妙離彼既思惟第四靜慮爲麤苦障亦復思惟空無邊處爲靜妙離故心便散動馳流諸相不能一趣繫念一境相續思惟空無邊處彼心散動馳流諸相不能一趣繫念一境相續思惟空無邊處故未能住心入空無邊處解脫定爲攝散動馳流心故專繫念思惟空無邊處相思惟此相精勤勇猛乃至令心相續久住由斯加行入空無邊處解脫定精勤數習此加行已復進修行此定方便謂於加行所引生道數習數修數多所作既於加行所引生道數習數修數多所作心便安住等住近住相續一趣繫念一境思惟此是空無邊處由心安住等住近住相續一趣繫念一境思惟如是空無邊處無二無轉便能證入空無邊處解脫定第四者謂諸定中漸次順次相續次第數爲第四解脫者謂此定中所有善受想行識皆名解脫超一切空無邊處者云何超一切空無邊處答將欲趣入識無邊處時於一切空無邊處想皆能超越平等超越最極超越是故說爲超一切空無邊處入無邊識識無邊處具足住者問此識無邊處解脫加行云何修觀行者由何方便入識無邊處解脫定答初修業者創修觀時先應思惟空無邊處爲麤苦障後應思惟識無邊處爲靜妙離彼既思惟空無邊處爲苦麤障亦復思惟識無邊處爲靜妙離故心便散動馳流諸相不能一趣

繫念一境相續思惟識無邊處彼心散動馳流諸相不能一趣繫念一境相續思惟識無邊處故未能住心入識無邊處解脫定爲攝散動馳流心故專繫念思惟識無邊處相思惟此相精勤勇猛乃至令心相續久住由斯加行入識無邊處解脫定精勤數習此加行已復進修行此定方便謂於加行所引生道數習數修數多所作既於加行所引生道數習數修數多所作心便安住等住近住相續一趣繫念一境思惟此是識無邊處由心安住等住近住相續一趣繫念一境思惟如是識無邊處無二無轉便能證入識無邊處解脫定第五者謂諸定中漸次順次相續次第數爲第五解脫者謂此定中所有善受想行識皆名解脫超一切識無邊處者云何超一切識無邊處答將欲趣入無所有處時於一切識無邊處想皆能超越平等超越最極超越是故說爲超一切識無邊處入無所有無所有處具足住者問此無所有處解脫加行云何修觀行者由何方便入無所有處解脫定答初修業者創修觀時先應思惟識無邊處爲苦麤障後應思惟無所有處爲靜妙離彼既思惟識無邊處爲苦麤障亦復思惟無所有處爲靜妙離故心便散動馳流諸相不能一趣繫念一境相續思惟無所有處彼心散動馳流諸相不能一趣繫念一境相續思惟無所有處故未能住心入無所有處解脫定爲攝散動馳流心故專繫念思惟無所有處相思惟此相精勤勇猛乃至令心相續久住由斯加行入無所有處解脫定精勤數習

此加行已復進修行此定方便謂於加行所引生道數習數修數多所作既於加行所引生道數習數修數多所作心便安住等住近住相續一趣繫念一境思惟此是無所有處由心安住等住近住相續一趣繫念一境思惟如是無所有處無二無轉便能證入無所有處解脱定第六者謂諸定中漸次順次相續次第數爲第六解脱者謂此定中所有善受想行識皆名解脱超一切無所有處者云何超一切無所有處答將欲趣入非想非非想處時於一切無所有處皆能超越平等超越最極超越是故説爲超一切無所有處入非想非非想處具足住者問此非想非非想處解脱加行云何修觀行者由何方便入非想非非想處解脱定答初修業者創修觀時先應思惟無所有處爲苦麤障後應思惟非想非非想處爲靜妙離彼既思惟無所有處爲苦麤障亦復思惟非想非非想處爲靜妙離故心便散動馳流諸相不能一趣繫念一境相續思惟非想非非想處彼心散動馳流諸相不能一趣繫念一境相續思惟非想非非想處故未能住心入非想非非想處解脱定爲攝散動馳流心故專繫念思惟非想非非想處相思惟此相精勤勇猛乃至令心相續久住由斯加行入非想非非想處解脱定精勤數習此加行已復進修行此定方便謂於加行所引生道數習數修數多所作既於加行所引生道數習數修數多所作心便安住等住近住相續一趣繫念一境思惟此是非想非非想處由心安住等住近住相續一

趣繫念一境思惟如是非想非非想處無二無轉便能證入非想非非想處解脫定第七者謂諸定中漸次順次相續次第數爲第七解脫者謂此定中所有善受想行識皆名解脫超一切非想非非想處者云何超一切非想非非想處答將欲趣入想受滅解脫時於一切非想非非想處想皆能超越平等超越最極超越是故說爲超一切非想非非想處入想受滅身作證具足住者問此想受滅解脫加行云何修觀行者由何方便入想受滅解脫定答初修業者創修觀時於一切行不願造作不欲思覺而入於定但作是念云何當令未生想受暫時不生已生想受暫時息滅彼於諸行不願造作不欲思覺而入於定但作是念云何當令未生想受暫時不生已生想受暫時息滅故隨心所願有時能令未生想受暫時不生已生想受暫時息滅齊此名入想受滅解脫定第八者謂諸定中漸次順次相續次第數爲第八解脫者謂此定中諸解脫異解脫異極解脫已解脫當解脫是名解脫復次若法想微細爲因想微細爲等無間由想不和合義非不成就義是名解脫此中想受滅解脫定者云何想受滅云何想受滅解脫云何想受滅解脫定而說想受滅解脫定耶答想受滅者謂想及受滅寂靜沒是名想受滅想受滅解脫者謂想受滅諸解脫異解脫異極解脫已解脫當解脫是名想受滅解脫想受滅解脫定者謂想受滅及想受滅解脫不隱不背現前自在身所證得是名想受滅解脫定

阿毗達磨集異門足論卷第十八　說一切有部

音釋

瑜伽　梵語也此云相依據　瘱　瘱瑜容朱切　啄　竹角切鳥啄也　噉　徒覽切　骸　骸雄皆切　食也　骸　百骸也

阿毗達磨集異門足論卷第十九

尊者舍利子說
唐三藏法　玄奘奉　詔譯

八法品第九之二

八勝處者云何為八答內有色想觀外色少若好若惡於彼諸色勝知勝見有如是想是第一勝處內有色想觀外色多若好若惡於彼諸色勝知勝見有如是想是第二勝處內無色想觀外色少若好若惡於彼諸色勝知勝見有如是想是第三勝處內無色想觀外色多若好若惡於彼諸色勝知勝見有如是想是第四勝處內無色想觀外諸色若青青顯青現青光猶如烏莫迦華或如婆羅痆斯深染青衣若青青顯青現青光內無色想觀外諸色若青青顯青現青光亦復如是於彼諸色勝知勝見有如是想是第五勝處內無色想觀外諸色若黃黃顯黃現黃光猶如羯尼迦華或如婆羅痆斯深染黃衣若黃黃顯黃現黃光內無色想觀外諸色若黃黃顯黃現黃光亦復如是於彼諸色勝知勝見有如是想是第六勝處內無色想觀外諸色若赤赤顯赤現赤光猶如槃豆時縛迦華或如婆羅痆斯深染赤衣若赤赤顯赤現赤光內無色想觀外諸色若赤赤顯赤現赤光亦復如是於彼諸色勝知勝見有如是想是第七勝處內無色想觀外諸色若白白顯白現白光猶如烏沙斯星色或如婆羅痆斯極鮮白衣若白白顯白現白光內無色想觀外諸色若白白顯白現白光亦復如是於彼諸色勝知勝見有如是想是第八勝處內有色想者謂

彼於内各別色想未遠離未別遠離未調伏未別調伏未滅沒未破壞由彼於内各別色想未遠離未別遠離未調伏未別調伏未滅沒未破壞故名内有色想觀外色少者謂所觀色其量甚小微細非多故名爲少若好者謂所觀色已善磨瑩青黄赤白故名若好若惡者謂所觀色未善磨瑩青黄赤白故名若惡於彼諸色勝知勝見者謂即於彼所觀諸色已伏欲貪已斷欲貪已超欲貪於彼已得勝知勝見降伏自在都無所畏如貴勝人或貴勝子以勝知見執取僮僕降伏自在都無所畏諸瑜伽師亦復如是於所觀色已伏欲貪已斷欲貪已超欲貪於彼已得勝知勝見降伏自在都無所畏有如是想者謂如實想正現在前第一者謂諸定中漸次順次相續次第數爲第一勝處者謂此定中所有善色受想行識皆名勝處内無色想觀外色多等者謂所觀色其量廣大無邊無際故名爲多餘如前說内無色想者謂彼於内各別色想已遠離已別遠離已調伏已別調伏已滅沒已破壞由彼於内各別色想已遠離已別遠離已調伏已別調伏已滅沒已破壞故名内無色想觀外色少多等皆如前說内無色想觀外諸色若青者謂總顯示所有青色青聚青衆故說若青青顯者謂此青色是顯非形故說青顯青現者謂此青色如是眼識所行境界亦是意識所行境界故說青現青光者謂此青色能現能發種種光明故說青光餘如前說如說若青等若黄等亦爾

九法品第十

時舍利子復告衆言具壽當知佛於九法自善通達現等覺已爲諸弟子宣說開示我等今應和合結集佛滅度後勿有乖諍當令隨順梵行法律久住利樂無量有情哀愍世間諸天人衆令獲殊勝義利安樂九法云何此中略有二種九法所謂九結九有情居

九結者云何爲九答一愛結二恚結三慢結四無明結五見結六取結七疑結八嫉結九慳結云何愛結答三界貪是名愛結云何恚結答於諸有情欲爲損害內懷栽蘖欲爲擾惱已瞋當瞋現瞋樂爲過患極爲過患意極憤恚於諸有情各相違戾欲爲過患已爲過患當爲過患現爲過患是名恚結云何慢結答有七慢類說名慢結云何爲七答一慢二過慢三慢過慢四我慢五增上慢六卑慢七邪慢此七慢類合爲慢結云何無明結答三界無智名無明結云何見結答三種見名見結云何爲三答一薩迦耶見二邊執見三邪見如是三見合爲見結云何取結答二種取名取結云何爲二答一見取二戒禁取如是二取合爲取結云何疑結答於諦猶豫是名疑結云何嫉結答心不忍許是名嫉結云何慳結答心有祕悋是名慳結

九有情居有云何爲九答有色有情有種種身有種種想如人及一分天是第一有情居有色有情有種種身有一種想如梵衆劫初起位是第二有情居有色有情有一種身有種種想如光音天是第三有情居有色有情有一種身有一種想如徧淨天是第四有情居有色有情無想無別想如無想有情天是

第五有情居無色有情超一切色想滅有對想不思惟種種想入無邊空空無邊處具足住如空無邊處天是第六有情居無色有情超一切空無邊處入無邊識識無邊處具足住如識無邊處天是第七有情居無色有情超一切識無邊處入無所有無所有處具足住如無所有處天是第八有情居無色有情超一切無所有處入非想非非想處具足住如非想非非想處天是第九有情居此中有色者謂彼有情有色施設有色身有有色處有有色界有色蘊故名有色有情者謂諦義勝義雖諸有情不可獲不可得無所有非現有而依蘊界處假立有情諸想等想施設言説轉謂有情人意生儒童命者生者養者士夫補特伽羅故名有情種種身者謂彼有情有種種顯色身種種相種種形非一顯色非一相非一形故名種種身種種想者謂彼有情有樂想苦想不苦不樂想故名種種想如人及一分天者謂總顯示人及欲界天故名如人及一分天是第一者漸次順次相續次第數爲第一有情居者謂諸有情所居所住所依所止所樂生處即總顯示此中所有有漏色受想行識蘊名有情居有色有情種種身者義如前説一種想者謂諸有情有時有分於此世界劫將壞時多往生上光音等天衆同分中於彼具足意成色身根無缺減支分圓滿形顯清淨長壽久住有時有分於此世界劫初成時於下空中有空宫殿欻然而起有一有情壽業福盡從彼處沒生下梵世空宫殿中獨一無侶長壽久住時彼有情長

時住已欻然生愛及生不樂作如是念云何當令諸餘有情生我同分爲我伴侶當彼有情起此心願有餘有情壽業福盡復從彼沒生下梵宮與前有情共爲伴侶時前生者便作是念此有情類是我所化我於此類及餘世間是自在者作者化者生者起者是真父祖時諸有情亦作是念我等有情是彼所化彼於有情及世間物是自在者作者化者生者起者是真父祖故名一想如梵衆天者謂此義中總顯生在梵衆等天有種種身唯有一想劫初起位者謂劫初生時是第二等義如前說有色有情者亦如前說一種身者謂彼有情有一顯色身一種相一種形無種種顯色無種種相無種種形故名一種身種種想者謂彼有情有樂想不苦不樂想故名種種想餘如前說有色有情一種身者亦如前說一種想者謂彼有情唯有樂想故名一種想餘如前說有色有情者亦如前說言無想者總顯無想無別想者別顯無想此中以想而爲上首顯無一切心心所法如無想有情天者謂別顯示無想有想天是第五等義如前說無色者謂彼有情無色施設無色身無有色處無有色界無色蘊故名無色有情者如前說超一切色想等如八解脫中廣說然於此中唯取有漏受想行識爲有情居

十法品第十一之一

時舍利子復告衆言具壽當知佛於十法自善通達現等覺已爲諸弟子宣說開示我等今應和合結集佛滅度後勿有乖諍當令隨順梵行法律久住利樂無量有情哀愍世間

諸天人衆令獲殊勝義利安樂十法云何此中略有二種十法謂十徧處十無學法
十徧處者云何爲十具壽當知地徧一想如是上下傍布無二無邊無際是第一徧處復次具壽水徧一想如是上下傍布無二無邊無際是第二徧處復次具壽火徧一想如是上下傍布無二無邊無際是第三徧處復次具壽風徧一想如是上下傍布無二無邊無際是第四徧處復次具壽青徧一想如是上下傍布無二無邊無際是第五徧處復次具壽黄徧一想如是上下傍布無二無邊無際是第六徧處復次具壽赤徧一想如是上下傍布無二無邊無際是第七徧處復次具壽白徧一想如是上下傍布無二無邊無際是第八徧處復次具壽空徧一想如是上下傍布無二無邊無際是第九徧處復次具壽識徧一想如是上下傍布無二無邊無際是第十徧處
問地徧處定加行云何修觀行者由何方便而能證入地徧處定答初修業者創修觀時於此大地彼彼方所若高若下若刺若杌若鹹若榛若險若穢如是等處皆不思惟於此大地彼彼方所平坦顯了猶如掌中具淨園林可愛樂處隨取一相以勝解力繫念思惟假想觀察安立信解是其地相彼由於此以勝解力繫念思惟假想觀察安立信解是其地故心便散動馳流諸相不能一趣繫念一境思惟此境是地非餘彼心散動馳流諸相不能一趣繫念一境思惟此境定是地故未能證入地徧處定爲攝散動馳流心故於一

地相繫念思惟謂此是地非爲水等思惟此相精勤勇猛乃至令心相續久住由斯加行能入地定精勤數習此加行已復進修行此定方便謂於加行所引生道數習數修數多所作既於加行所引生道數習數修數多所作心便安住等住近住相續一趣繫念一境思惟此境定是地相由心安住等住近住相續一趣繫念一境思惟此境定是地相無二無轉能入地定而未能入地徧處定問若此未能入地徧處定者地徧處加行云何修觀行者由何方便乃能證入地徧處定答即依如前所入地定令心隨順調伏趣向漸次柔和周徧柔和一趣定已復想此地漸次增廣東西南北徧皆是地彼想此地漸次增廣東南西北徧是地故心便散動馳流諸相不能一趣繫念一境思惟此境徧皆是地彼心散動馳流諸相不能一趣繫念一境思惟此境徧是地故未能證入地徧處定爲攝散動馳流心故於徧地相繫念思惟此徧是地非徧水等思惟此相精進勇猛乃至令心相續久住由斯加行乃漸能入地徧處定精勤數習此加行已復進修行此定方便謂於加行所引生道數習數修數多所作既於加行所引生道數習數修數多所作心便安住等住近住相續一趣繫念一境思惟此境徧皆是地由心安住等住近住相續一趣繫念一境思惟此境徧皆是地無二無轉從此乃入地徧處定言上下者謂上下方言傍布者謂東南等言無二者謂無間雜無邊無際者謂邊際難測是第一者謂諸定中漸次順次相續次

第數爲第一言徧處者謂此定中所有善色受想行識皆名徧處

問水徧處定加行云何修觀行者由何方便而能證入水徧處定答初修業者創修觀時於此世界或取大水注相或取大泉水相或取大池水相或取大陂水相或取大湖水相或取殑伽水相或取鹽毋那水相或取設獵婆水相或取阿視羅筏底水相或取莫醯河水相乃至或取東大海水相或取南大海水相或取西大海水相或取北大海水相或取四大海水相或取大水輪相於如是等隨取一相以勝解力繫念思惟假想觀察安立信解是某水相彼由於此以勝解力繫念思惟假想觀察安立信解是某水故心便散動馳流諸相不能一趣繫念一境思惟此境是水非餘彼心散動馳流諸相不能一趣繫念一境思惟此境定是水故未能證入水徧處定爲攝散動馳流心故於一水相繫念思惟謂此是水非爲地等思惟此相精勤勇猛乃至令心相續久住由斯加行能入水定精勤數習此加行已復進修行此定方便謂於加行所引生道數習數修數多所作既於加行所引生道數習數修數多所作心便安住等住近住相續一趣繫念一境思惟此境定是水相由心安住等住近住相續一趣繫念一境思惟此境定是水相無二無轉能入水定而未能入水徧處定問若此未能入水徧處定者水徧處定加行云何修觀行者由何方便乃能證入水徧處定答即依如前說所入水定令心隨順調伏趣向漸次柔和周徧柔和

一趣定已復想此水漸次增廣東南西北徧皆是水彼想此水漸次增廣東南西北徧是水故心便散動馳流諸相不能一趣繫念一境思惟此境徧皆是水彼心散動馳流諸相不能一趣繫念一境思惟此境徧是水故未能證入水徧處定爲攝散動馳流心故於徧水相繫念思惟此徧是水非徧地等思惟此相精勤勇猛乃至令心相續久住由斯加行乃漸能入水徧處定精勤數習此加行已復進修行此定方便謂於加行所引生道數習數修數多所作既於加行所引生道數習數修數多所作心便安住等住近住相續一趣繫念一境思惟此境徧皆是水由心安住等住近住相續一趣繫念一境思惟此境徧皆是水無二無轉從此乃入水徧處定言上下者謂上下方言傍布者謂東南等言無二者謂無間雜無邊無際者謂邊際難測是第二者謂諸定中漸次順次相續次第數爲第二言徧處者謂此定中所有善色受想行識皆名徧處

問火徧處定加行云何修觀行者由何方便而能證入火徧處定答初修業者創修觀時於此世界或取清淨日輪火相或取妙樂光明火相或取神珠光明火相或取星宿宮殿火相或取火聚大猛燄相或取焼村大火燄相或取焼城大火燄相或取焼川大火燄相或取焼野大火燄相或取焼十載木大火燄相或取焼二十載木大火燄相或取焼三十載木大火燄相或取焼四十載木大火燄相或取焼五十載木大火燄相或取焼百載木

大火燄相或取燒千載木大火燄相或取燒百千載木大火燄相或取燒無量百載木大火燄相或取燒無量千載木大火燄相或取燒無量百千載木大火燄相彼見如是諸火燄相先漸熾然復極熾然轉徧熾然後皆洞然於如是等隨取一相以勝解力繫念思惟假想觀察安立信解是某火相彼由於此以勝解力繫念思惟假想觀察安立信解是某火故心便散動馳流諸相不能一趣繫念一境思惟此境是火非餘彼心散動馳流諸相不能一趣繫念一境思惟此境定是火故未能證入火徧處定爲攝散動馳流心故於一火相繫念思惟謂此是火非爲水等思惟此相精勤勇猛乃至令心相續久住由斯加行能入火定精勤數習此加行已復進修行此定方便謂於加行所引生道數習數修數多所作既於加行所引生道數習數修數多所作心便安住等住近住相續一趣繫念一境思惟此境定是火相由心安住等住近住相續一趣繫念一境思惟此境定是火相無二無轉能入火定而未能入火徧處定問若此未能入火徧處定者火徧處定加行云何修觀行者由何方便乃能證入火徧處定答即依如前所入火定令心隨順調伏趣向漸次柔和周徧柔和一趣定已復想此火漸次增廣東南西北徧皆是火彼想此火漸次增廣東南西北徧是火故心便散動馳流諸相不能一趣繫念一境思惟此境徧皆是火彼心散動馳流諸相不能一趣繫念一境思惟此境徧是火故未能證入火徧處定爲攝散動

馳流心故於徧火相繫念思惟此徧是火非徧水等思惟此相精勤勇猛乃至令心相續久住由斯加行乃漸能入火徧處定精勤數習此加行已復進修行此定方便謂於加行所引生道數習數修數多所作既於加行所引生道數習數修數多所作心便安住等住近住相續一趣繫念一境思惟此境徧皆是火由心安住等住近住相續一趣繫念一境思惟此境徧皆是火無二無轉從此乃入火徧處定言上下者謂上下方言傍布者謂東南等言無二者謂無間雜無邊無際者謂邊際難測是第三者謂諸定中漸次順次相續次第數爲第三言徧處者謂此定中所有善色受想行識皆名徧處

問風徧處定加行云何修觀行者由何方便而能證入風徧處定答初修業者創修觀時於此世界或取東方所有風相或取南方所有風相或取西方所有風相或取北方所有風相或取有塵風相或取無塵風相或取吠濕摩風相或取吠嵐婆風相或取小風相或取大風相或取無量風相或取大風輪相於如是等隨取一相以勝解力繫念思惟假想觀察安立信解是其風相彼由於此以勝解力繫念思惟假想觀察安立信解是其風故心便散動馳流諸相不能一趣繫念一境思惟此境是風非餘彼心散動馳流諸相不能一趣繫念一境思惟此境定是風故未能證入風徧處定爲攝散動馳流心故於一風相繫念思惟謂此是風非爲火等思惟此相精勤勇猛乃至令心相續久住由斯加行能入

風定精勤數習此加行已復進修行此定方便謂於加行所引生道數習數修數多所作既於加行所引生道數習數修數多所作心便安住等住近住相續一趣繫念一境思惟此境定是風相由心安住等住近住相續一趣繫念一境思惟此境定是風相無二無轉能入風定而未能入風徧處定問若此未能入風徧處定者風徧處定加行云何修觀行者由何方便乃能證入風徧處定答即依如前所入風定令心隨順調伏趣向漸次柔和周徧柔和一趣定已復想此風漸次增廣東南西北徧皆是風彼想此風漸次增廣東南西北徧是風故心便散動馳流諸相不能一趣繫念一境思惟此境徧皆是風彼心散動馳流諸相不能一趣繫念一境思惟此境徧是風故未能證入風徧處定爲攝散動馳流心故於徧風相繫念思惟此徧是風非徧火等思惟此相精勤勇猛乃至令心相續久住由斯加行乃漸能入風徧處定精勤數習此加行已復進修行此定方便謂於加行所引生道數習數修數多所作既於加行所引生道數習數修數多所作心便安住等住近住相續一趣繫念一境思惟此境徧皆是風由心安住等住近住相續一趣繫念一境思惟此境徧皆是風無二無轉從此乃入風徧處定言上下者謂上下方言傍布者謂東南等言無二者謂無間雜無邊無際者謂邊際難測是第四者謂諸定中漸次順次相續次第數爲第四言徧處者謂此定中所有善色受想行識皆名徧處

阿毗達磨集異門足論卷第十九 說一切有部

音釋

疕女黠切　杌五忽切木無枝也　榛鋤臻切木叢生貌　殑伽梵語也此云天堂來以其高處來故河名也殑其陵切　筏房越切　醯許兮切

阿毗達磨集異門足論卷第二十

尊者舍利子説

唐三藏法師玄奘奉詔譯

十法品第十一之二

問青徧處定加行云何修觀行者由何方便而能證入青徧處定答初修業者創修觀時於此世界或取青樹或取青葉或取青華或取青果或取青衣或取種種青莊嚴具或取青雲或取青水或取種種諸餘青物彼於如是隨取一相以勝解力繫念思惟假想觀察安立信解是某青相彼由於此以勝解力繫念思惟假想觀察安立信解是某青故心便散動馳流諸相不能一趣繫念一境思惟此境是青非餘彼心散動馳流諸相不能一趣繫念一境思惟此境定是青故未能證入青徧處定爲攝散動馳流心故於一青相繫念思惟謂此是青非爲黃等思惟此相精勤勇猛乃至令心相續久住由斯加行能入青定精勤數習此加行已復進修行此定方便謂於加行所引生道數習數修數多所作既於加行所引生道數習數修數多所作心便安住等住近住相續一趣繫念一境思惟此境定是青相由心安住等住近住相續一趣繫念一境思惟此境定是青相無二無轉能入青定而未能入青徧處定問若此未能入青徧處定者青徧處定加行云何修觀行者由何方便乃能證入青徧處定答即依如前所入青定令心隨順調伏趣向漸次柔和周徧柔和一趣定已復想此青漸次增廣東南西北徧皆是青彼想此青漸次增廣東南西北

徧是青故心便散動馳流諸相不能一趣繫念一境思惟此境徧皆是青彼心散動馳流諸相不能一趣繫念一境思惟此境徧是青故未能證入青徧處定爲攝散動馳流心故於徧青相繫念思惟此徧是青非徧黃等思惟此相精勤勇猛乃至令心相續久住由斯加行乃漸能入青徧處定精勤數習此加行已復進修行此定方便謂於加行所引生道數習數修數多所作既於加行所引生道數習數修數多所作心便安住等住近住相續一趣繫念一境思惟此境徧皆是青由心安住等住近住相續一趣繫念一境思惟此境徧皆是青無二無轉從此乃入青徧處定言上下者謂上下方言傍布者謂東南等言無二者謂無間雜無邊無際者謂邊際難測是第五者謂諸定中漸次順次相續次第數爲第五言徧處者謂此定中所有善色受想行識皆名徧處

問黃徧處定加行云何修觀行者由何方便而能證入黃徧處定答初修業者創修觀時於此世界或取黃樹或取黃葉或取黃華或取黃果或取黃衣或取種種黃莊嚴具或取黃雲或取黃水或取種種諸餘黃物彼於如是隨取一相以勝解力繫念思惟假想觀察安立信解是某黃相彼由於此以勝解力繫念思惟假想觀察安立信解是某黃故心便散動馳流諸相不能一趣繫念一境思惟此境是黃非餘彼心散動馳流諸相不能一趣繫念一境思惟此境徧是黃故未能證入黃徧處定爲攝散動馳流心故於此黃相繫念

思惟謂此是黃非爲青等思惟此相精勤勇猛乃至令心相續久住由斯加行能入黃定精勤數習此加行已復進修行此定方便謂於加行所引生道數習數修數多所作旣於加行所引生道數習數修數多所作心便安住等住近住相續一趣繫念一境思惟此境定是黃相由心安住等住近住相續一趣繫念一境思惟此境定是黃相無二無轉能入黃定而未能入黃徧處定問若此未能入黃徧處定者黃徧處定加行云何修觀行者由何方便乃能證入黃徧處定答即依如前所入黃定令心隨順調伏趣向漸次柔和周徧柔和一趣定已復想此黃漸次增廣東南西北徧皆是黃彼想此黃漸次增廣東南西北徧是黃故心便散動馳流諸相不能一趣繫念一境思惟此境徧皆是黃彼心散動馳流諸相不能一趣繫念一境思惟此境徧是黃故未能證入黃徧處定爲攝散動馳流心故於徧黃相繫念思惟此徧是黃非徧青等思惟此相精勤勇猛乃至令心相續久住由斯加行乃漸能入黃徧處定精勤數習此加行已復進修行此定方便謂於加行所引生道數習數修數多所作旣於加行所引生道數習數修數多所作心便安住等住近住相續一趣繫念一境思惟此境徧皆是黃由心安住等住近住相續一趣繫念一境思惟此境徧皆是黃無二無轉從此乃入黃徧處定言上下者謂上下方言傍布者謂東南等言無二者謂無間雜無邊無際者謂邊際難測是第六者謂諸定中漸次順次相續次第數爲

第六言徧處者謂此定中所有善色受想行識皆名徧處

問赤徧處定加行云何修觀行者由何方便而能證入赤徧處定答初修業者創修觀時於此世界或取赤樹或取赤葉或取赤華或取赤果或取赤衣或取種種赤莊嚴具或取赤雲或取赤水或取種種諸餘赤物彼於如是隨取一相以勝解力繫念思惟假想觀察安立信解是某赤相彼由於此以勝解力繫念思惟假想觀察安立信解是某赤故心便散動馳流諸相不能一趣繫念一境思惟此境是赤非餘彼心散動馳流諸相不能一趣繫念一境思惟此境定是赤故未能證入赤徧處定為攝散動馳流心故於一赤相繫念思惟謂此是赤非為黃等思惟此相精勤勇猛乃至令心相續久住由斯加行能入赤定精勤數習此加行已復進修行此定方便謂於加行所引生道數習數修數多所作既於加行所引生道數習數修數多所作心便安住等住近住相續一趣繫念一境思惟此境定是赤相由心安住等住近住相續一趣繫念一境思惟此境定是赤相無二無轉能入赤定而未能入赤徧處定問若此未能入赤徧處定者赤徧處定加行云何修觀行者由何方便乃能證入赤徧處定答即依如前所入赤定令心隨順調伏趣向漸次柔和周徧柔和一趣定已復想此赤漸次增廣東南西北徧皆是赤彼想此赤漸次增廣東南西北徧是赤故心便散動馳流諸相不能一趣繫念一境思惟此境徧皆是赤彼心散動馳流

諸相不能一趣繫念一境思惟此境徧是赤故未能證入赤徧處定爲攝散動馳流心故於徧赤相繫念思惟此徧是赤非徧黄等思惟此相精勤勇猛乃至令心相續久住由斯加行乃漸能入赤徧處定精勤數習此加行已復進修行此定方便謂於加行所引生道數習數修數多所作既於加行所引生道數習數修數多所作心便安住等住近住相續一趣繫念一境思惟此境徧皆是赤由心安住等住近住相續一趣繫念一境思惟此境徧皆是赤無二無轉從此乃入赤徧處定言上下者謂上下方言傍布者謂東南等言無二者謂無間雜無邊無際者謂邊際難測是第七者謂諸定中漸次順次相續次第數爲第七言徧處者謂此定中所有善色受想行識皆名徧處

問白徧處定加行云何修觀行者由何方便而能證入白徧處定答初修業者創修觀時於此世界或取白樹或取白葉或取白華或取白果或取白衣或取種種白莊嚴具或取白雲或取白水或取種種諸餘白物彼於如是隨取一相以勝解力繫念思惟假想觀察安立信解是其白相彼由於此以勝解力繫念思惟假想觀察安立信解是其白故心便散動馳流諸相不能一趣繫念一境思惟此境是白非餘彼心散動馳流諸相不能一趣繫念一境思惟此境定是白故未能證入白徧處定爲攝散動馳流心故於一白相繫念思惟謂此是白非爲赤等思惟此相精勤勇猛乃至令心相續久住由斯加行能入白定

精勤數習此加行已復進修行此定方便謂於加行所引生道數習數修數多所作既於加行所引生道數習數修數多所作心便安住等住近住相續一趣繫念一境思惟此境定是白相由心安住等住近住相續一趣繫念一境思惟此境定是白相無二無轉能入白定而未能入白徧處定問若此未能入白徧處定者白徧處定加行云何修觀行者由何方便乃能證入白徧處定答即依如前所入白定令心隨順調伏趣向漸次柔和周徧柔和一趣定已復想此白漸次增廣東南西北徧皆是白彼想此白漸次增廣東南西北徧是白故心便散動馳流諸相不能一趣繫念一境思惟此境徧皆是白彼心散動馳流諸相不能一趣繫念一境思惟此境徧是白故未能證入白徧處定爲攝散動馳流心故於徧白相繫念思惟此徧是白非徧赤等思惟此相精勤勇猛乃至令心相續久住由斯加行乃漸能入白徧處定精勤數習此加行已復進修行此定方便謂於加行所引生道數習數修數多所作既於加行所引生道數習數修數多所作心便安住等住近住相續一趣繫念一境思惟此境徧皆是白由心安住等住近住相續一趣繫念一境思惟此境徧皆是白無二無轉從此乃入白徧處定言上下者謂上下方言傍布者謂東南等言無二者謂無間雜無邊無際者謂邊際難測是第八者謂諸定中漸次順次相續次第數爲第八言徧處者謂此定中所有善色受想行識皆名徧處

問空徧處定加行云何修觀行者由何方便而能證入空徧處定答初修業者創修觀時於此世界取舍上空或地上空或樹上空或巖上空或山上空或川中空或谷中空於此等空隨取一相以勝解力繫念思惟假想觀察安立信解是某空相彼由於此以勝解力繫念思惟假想觀察安立信解是某空故心便散動馳流諸相不能一趣繫念一境思惟此境是空非餘彼心散動馳流諸相不能一趣繫念一境思惟此境定是空故未能證入空徧處定爲攝散動馳流心故於一空相繫念思惟謂此是空非餘識等思惟此相精勤勇猛乃至令心相續久住由斯加行能入空定精勤數習此加行已復進修行此定方便謂於加行所引生道數習數修數多所作既

於加行所引生道數習數修數多所作心便安住等住近住相續一趣繫念一境思惟此境定是空相由心安住等住近住相續一趣繫念一境思惟此境定是空相無二無轉能入空定而未能入空徧處定問若此未能入空徧處定者空徧處定加行云何修觀行者由何方便乃能證入空徧處定答即依如前所入空定令心隨順調伏趣向漸次柔和周徧柔和一趣定已復想此空漸次增廣東南西北徧皆是空彼想此空漸次增廣東南西北徧是空故心便散動馳流諸相不能一趣繫念一境思惟此境徧皆是空彼心散動馳流諸相不能一趣繫念一境思惟此境徧是空故未能證入空徧處定爲攝散動馳流心故於徧空相繫念思惟此徧是空非徧識等

思惟此相精勤勇猛乃至令心相續久住由斯加行乃漸能入空徧處定精勤數習此加行已復進修行此定方便謂於加行所引生道數習數修數多所作旣於加行所引生道數習數修數多所作心便安住等住近住相續一趣繫念一境思惟此境徧皆是空由心安住等住近住相續一趣繫念一境思惟此境徧皆是空無二無轉從此乃入空徧處定言上下者謂上下方言傍布者謂東南等言無二者謂無間雜無邊無際者謂邊際難測是第九者謂諸定中漸次順次相續次第數爲第九言徧處者謂此空無邊處定中所有善色受想行識皆名徧處

問識徧處定加行云何修觀行者由何方便而能證入識徧處定答初修業者創修觀時於此身中或取清淨眼識相或取清淨耳識相或取清淨鼻識相或取清淨舌識相或取清淨身識相或取清淨意識相於此諸識隨取一相以勝解力繫念思惟假想觀察安立信解是某識相彼由於此以勝解力繫念思惟假想觀察安立信解是某識故心便散動馳流諸相不能一趣繫念一境思惟此境是識非餘彼心散動馳流諸相不能一趣繫念一境思惟此境定是識故未能證入識徧處定爲攝散動馳流心故於一識相繫念思惟謂此是識非爲空等思惟此相精勤勇猛乃至令心相續久住由斯加行能入識定精勤數習此加行已復進修行此定方便謂於加行所引生道數習數修數多所作旣於加行所引生道數習數修數多所作心便安住等

住近住相續一趣繫念一境思惟此境定是識相由心安住等住近住相續一趣繫念一境思惟此境定是識相無二無轉能入識定而未能入識徧處定問若此未能入識徧處定者識徧處定加行云何修觀行者由何方便乃能證入識徧處定答即依如前所入識定令心隨順調伏趣向漸次柔和周徧柔和一趣定已復想此識漸次增廣東南西北徧皆是識彼想此識漸次增廣東南西北徧是識故心便散動馳流諸相不能一趣繫念一境思惟此境徧皆是識彼心散動馳流諸相不能一趣繫念一境思惟此境徧皆識故未能證入識徧處定爲攝散動馳流心故於徧識相繫念思惟此徧是識非徧空等思惟此相精勤勇猛乃至令心相續久住由斯加行乃漸能入識徧處定精勤數習此加行已復進修行此定方便謂於加行所引生道數習數修數多所作既於加行所引生道數習數修數多所作方便安住等住近住相續一趣繫念一境思惟此境徧皆是識由心安住等住近住相續一趣繫念一境思惟此境徧皆是識無二無轉從此乃入識徧處定言上下者謂上下方言傍布者謂東南等言無二者謂無間雜無邊無際者謂邊際難測是第十者謂諸定中漸次順次相續次第數爲第十言徧處者謂此識無邊處定中所有善受想行識皆名徧處

十無學法者云何爲十答一無學正見二無學正思惟三無學正語四無學正業五無學正命六無學正勤七無學正念八無學正定

九無學正解脫十無學正智云何無學正見答盡智無生智所不攝無學慧是名無學正見云何無學正思惟答諸聖弟子於苦思惟苦於集思惟集於滅思惟滅於道思惟道無學作意相應所有思惟等思惟近思惟尋求等尋求近尋求推覓等推覓近推覓令心於法麤動而轉是名無學正思惟云何無學正語答諸聖弟子於苦思惟苦於集思惟集於滅思惟滅於道思惟道無學作意相應簡擇力故除趣邪命語四惡行於餘語惡行所得無學遠離勝遠離近遠離極遠離寂靜律儀無作無造棄捨防護不行不犯船筏橋梁堤塘墻壍於所制約不踰不蹈性不越不越性無表語業是名無學正語云何無學正業答諸聖弟子於苦思惟苦於集思惟集於滅思惟滅於道思惟道無學作意相應簡擇力故除趣邪命身三惡行於餘身惡行所得無學遠離勝遠離近遠離極遠離寂靜律儀無作無造棄捨防護不行不犯船筏橋梁堤塘墻壍於所制約不踰不蹈性不越不越性無表身業是名無學正業云何無學正命答諸聖弟子於苦思惟苦於集思惟集於滅思惟滅於道思惟道無學作意相應簡擇力故於趣邪命身語惡行所得無學遠離勝遠離近遠離極遠離寂靜律儀無作無造棄捨防護不行不犯船筏橋梁堤塘墻壍於所制約不踰不蹈性不越不越性無表身語業是名無學正命云何無學正勤答諸聖弟子於苦思惟苦於集思惟集於滅思惟滅於道思惟道無學作意相應所有勤精進勇健勢猛熾盛難

制勵意不息是名無學正勤云何無學正念答諸聖弟子於苦思惟苦於集思惟集於滅思惟滅於道思惟道無學作意相應所有念隨念專念憶念不忘不失不遺不漏不失法性心明記性是名無學正念云何無學正定答諸聖弟子於苦思惟苦於集思惟集於滅思惟滅於道思惟道無學作意相應所有心住等住近住安住不散不亂攝止等持心一境性是名無學正定云何無學正解脫答諸聖弟子於苦思惟苦於集思惟集於滅思惟滅於道思惟道無學作意相應所有心勝解已勝解當勝解是名無學正解脫云何無學正智答盡智無生智是名無學正智

爾時舍利子告苾芻衆言具壽當知佛於一法乃至十法現等覺已爲諸弟子宣說開示我與大衆皆共和合親對世尊已結集竟諸苾芻衆皆應受持爲他演說廣令流布佛滅度後勿有乖違當令隨順梵行法律久住利樂無量有情哀愍世間諸天人衆令獲殊勝義利安樂

讚勸品第十二

爾時世尊知舍利子爲苾芻衆說法已訖從卧而起身心調暢整理衣服結跏趺坐讚舍利子善哉善哉汝今善能於此臺觀與苾芻衆和合結集如來所說增一法門汝可從今爲諸大衆數復宣說如是法門此法能令諸天人等長夜證會義利安樂世尊復告苾芻衆言汝等皆應受持讀誦舍利子說集異法門如是法門能引大善大義大法清白梵行復證通慧菩提涅槃淨信出家諸善男子受

持讀誦如是法門不久定當辦所辦事時薄伽梵說是語時諸苾芻衆歡喜踊躍頂禮佛足信受奉行

阿毗達磨集異門足論卷第二十說一切有部

音釋

壍七豔切坑也　勵力剖切勉也

阿毗達磨品類足論

唐三藏法師玄奘奉詔譯

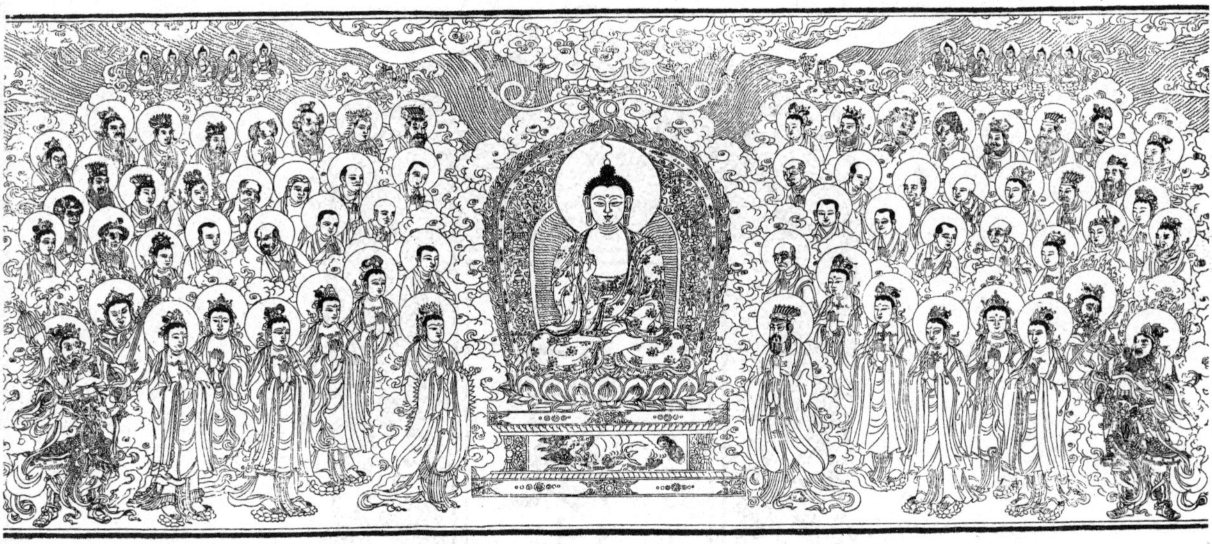

清刻龍藏佛說法變相圖

阿毗達磨品類足論卷第一

尊者世友造

唐三藏法師玄奘奉 詔譯

辯五事品第一

有五法一色二心三心所法四心不相應行五無爲色云何謂諸所有色一切四大種及四大種所造色四大種者謂地界水界火界風界所造色者謂眼根耳根鼻根舌根身根色聲香味所觸一分及無表色心云何謂心意識此復云何謂六識身即眼識耳識鼻識舌識身識意識心所法云何謂若法心相應此復云何謂受想思觸作意欲勝解念定慧信勤尋伺放逸不放逸善根不善根無記根一切結縛隨眠隨煩惱纏諸所有智諸所有見諸所有現觀復有所餘如是類法與心相

應總名心所法心不相應行云何謂若法心不相應此復云何謂得無想定滅定無想事命根衆同分依得事得處得生老住無常性名身句身文身復有所餘如是類法與心不相應總名心不相應行無爲云何謂三無爲一虛空二非擇滅三擇滅

地界云何謂堅性水界云何謂濕性火界云何謂煖性風界云何謂輕等動性眼根云何謂眼識所依淨色耳根云何謂耳識所依淨色鼻根云何謂鼻識所依淨色舌根云何謂舌識所依淨色身根云何謂身識所依淨色色云何謂諸所有色若好顯色若惡顯色若二中間似顯處色如是諸色二識所識謂眼識及意識此中一類眼識先識眼識受已意識隨識聲云何此有二謂有執受大種爲因聲及無執受大種爲因聲如是諸聲二識所識謂耳識及意識此中一類耳識先識耳識受已意識隨識香云何謂諸所有香若好香若惡香若平等香鼻所齅如是諸香二識所識謂鼻識及意識此中一類鼻識先識鼻識受已意識隨識味云何謂諸所有味若可意若不可意若順捨處舌所嘗如是諸味二識所識謂舌識及意識此中一類舌識先識舌識受已意識隨識所觸一分云何謂滑性澀性輕性重性冷飢渴性身所觸如是諸觸及四大種二識所識謂身識及意識此中一類身識先識身識受已意識隨識無表色云何謂法處所攝色此及五色根於一切時一識所識謂意識

眼識云何謂依眼根各了別色耳識云何謂

依耳根各了别聲鼻識云何謂依鼻根各了别香舌識云何謂依舌根各了别味身識云何謂依身根各了别所觸意識云何謂依意根了别諸法

受云何謂領納性此有三種謂樂受苦受不苦不樂受想云何識取像性此有三種謂小想大想無量想思云何謂心造作性即是意業此有三種謂善思不善思無記思觸云何謂三和合性此有三種謂順樂受觸順苦受觸順不苦不樂受觸作意云何謂心警覺性此有三種謂學作意無學作意非學非無學作意欲云何謂樂作性勝解云何謂心正勝解已勝解當勝解性念云何謂心明記性定云何謂心一境性慧云何謂心擇法性信云何謂心澄淨性勤云何謂心勇悍性尋云何謂心麤動性伺云何謂心細動性放逸云何謂不修善法性不放逸云何謂修善法性善根云何謂三善根即無貪善根無瞋善根無癡善根不善根云何謂三不善根即貪不善根瞋不善根癡不善根無記根云何謂四無記根即無記愛無記見無記慢無記無明結有九種謂愛結恚結慢結無明結見結取結疑結嫉結慳結愛結云何謂三界貪恚結云何謂於有情能為損害慢結云何謂七慢類即慢過慢慢過慢我慢增上慢卑慢邪慢慢者於劣謂已勝或於等謂已等由此正慢已慢當慢心高舉心恃懱過慢者於等謂已勝或於勝謂已等由此正慢已慢當慢心高舉心恃懱慢過慢者於勝謂已勝由此正慢已慢當慢心高舉心恃懱我慢者於五取蘊等

隨觀執我或我所由此正慢已慢當慢心高舉心恃憍增上慢者於所未得上勝證法謂我已得於所未至上勝證法謂我已至於所未觸上勝證法謂我已觸於所未證上勝證法謂我已證由此正慢已慢當慢心高舉心恃憍卑慢者於他多勝謂自少劣由此正慢已慢當慢心高舉心恃憍邪慢者於實無德謂我有德由此正慢已慢當慢心高舉心恃憍無明結云何謂三界無智見結云何謂三見即有身見邊執見邪見有身見者於五取蘊等隨觀執我或我所由此起忍樂慧觀見邊執見者於五取蘊等隨觀執或斷或常由此起忍樂慧觀見邪見者謗因謗果或謗作用或壞實事由此起忍樂慧觀見取結云何謂二取即見取戒禁取見取者於五取蘊等

隨觀執爲最爲勝爲上爲極由此起忍樂慧觀見戒禁取者於五取蘊等隨觀執爲能清淨爲能解脫爲能出離由此起忍樂慧觀見疑結云何謂於諦猶豫嫉結云何謂心妬忌慳結云何謂心鄙悋縛云何謂諸結亦名縛復有三縛謂貪縛瞋縛癡縛隨眠有七種謂欲貪隨眠瞋隨眠有貪隨眠慢隨眠無明隨眠見隨眠疑隨眠欲貪隨眠有五種謂欲界繫見苦集滅道修所斷貪瞋隨眠有五種謂見苦集滅道修所斷瞋有貪隨眠有十種謂色界繫五無色界繫五色界繫五者謂色界繫見苦集滅道修所斷貪無色界繫五亦爾慢隨眠有十五種謂欲界繫五色界繫五無色界繫五欲界繫五者謂欲界繫見苦集滅道修所斷慢色無色界繫各五亦爾無明隨

眠有十五種謂欲界繫五色界繫五無色界繫五欲界繫五者謂欲界繫見苦集滅道修所斷無明色無色界繫各五亦爾見隨眠有三十六種謂欲界繫十二色界繫十二無色界繫十二欲界繫十二者謂欲界繫有身見邊執見見苦道所斷邪見見取戒禁取見集滅所斷邪見見取色無色界繫各十二亦爾疑隨眠有十二種謂欲界繫四色界繫四無色界繫四欲界繫四者謂欲界繫見苦集滅道所斷疑色無色界繫各四亦爾隨煩惱云何謂諸隨眠亦名隨煩惱有隨煩惱不名隨眠謂除隨眠諸餘染汙行蘊心所纏有八種謂惛沉掉舉睡眠惡作嫉慳無慚無愧諸所有智者有十智謂法智類智他心智世俗智苦智集智滅智道智盡智無生智法智云何謂緣欲界繫諸行諸行因諸行滅諸行能斷道諸無漏智復有緣法智及法智地諸無漏智亦名法智類智云何謂緣色無色界繫諸行諸行因諸行滅諸行能斷道諸無漏智復有緣類智及類智地諸無漏智亦名類智他心智云何謂若智修所成是修果依止修已得不失知欲色界繫和合現前他心心所及一分無漏他心心所皆名他心智世俗智云何謂諸有漏慧苦智云何謂於五取蘊思惟非常苦空非我所起無漏智集智云何謂於有漏因思惟因集生緣所起無漏智滅智云何謂於擇滅思惟滅靜妙離所起無漏智道智云何謂於聖道思惟道如行出所起無漏智盡智云何謂自徧知我已知苦我已斷集我已證滅我已修道由此而起智見明

覺解慧光觀皆名盡智無生智云何謂自徧知我已知苦不復當知我已斷集不復當斷我已證滅不復當證我已修道不復當修由此而起智見明覺解慧光觀皆名無生智諸所有見者且諸智亦名見有見非智謂八現觀邊忍一苦法智忍二苦類智忍三集法智忍四集類智忍五滅法智忍六滅類智忍七道法智忍八道類智忍諸所有現觀者若智若見俱名現觀

得云何謂得諸法無想定云何謂已離徧淨染未離上染出離想作意爲先心心所滅滅定云何謂已離無所有處染止息想作意爲先心心所滅無想事云何謂生無想有情天中心心所滅命根云何謂三界壽衆同分云何謂有情同類性依得云何謂得所依處事得云何謂得諸蘊處得云何謂得内外處生云何謂令諸蘊起老云何謂令諸蘊熟住云何謂令已生諸行不壞無常云何謂令已生諸行滅壞名身云何謂增語句身云何謂字身云何謂字衆虚空云何謂體空虚寛廣無礙不障色行非擇滅云何謂滅非離繫擇滅云何謂滅是離繫

辯諸智品第二之一

有十智如前說法智何所緣謂緣欲界繫諸行及一分無漏法類智何所緣謂緣色無色界繫諸行及一分無漏法他心智何所緣謂緣欲色界繫和合現前他心心所及一分無漏他心心所世俗智何所緣謂緣一切法苦智何所緣謂緣五取蘊集智何所緣謂緣有漏因滅智何所緣謂緣擇滅道智何所緣謂

縁學無學法盡智何所縁謂縁一切有爲法及擇滅無生智何所縁謂縁一切有爲法及擇滅何故法智縁欲界繫諸行及一分無漏法答法智知欲界繫諸行諸行因諸行滅諸行能斷道故何故類智縁色無色界繫諸行及一分無漏法答類智知色無色界繫諸行諸行因諸行滅諸行能斷道故何故他心智縁欲色界繫和合現前他心心所及一分無漏他心心所答他心智知欲界色界繫和合現前他心心所及一分無漏他心心所故何故世俗智縁一切法答世俗智知一切法或如理所引或不如理所引或非如理非不如理所引故何故苦智縁五取蘊答苦智知五取蘊非常苦空非我故何故集智縁有漏因答集智知有漏因因集生縁故何故滅智縁擇滅答滅智知擇滅滅靜妙離故何故道智縁學無學法答道智知學無學法道如行出故何故盡智縁一切有爲法及擇滅答盡智自徧知我已知苦我已斷集我已證滅我已修道故何故無生智縁一切有爲法及擇滅答無生智自徧知我已知苦不復當知我已斷集不復當斷我已證滅不復當證我已修道不復當修故

法智是幾智全幾智少分答法智是法智全七智少分謂他心智苦智集智滅智道智盡智無生智類智是幾智全幾智少分答類智是類智全七智少分謂他心智苦智集智滅智道智盡智無生智他心智是幾智全幾智少分答他心智是他心智全四智少分謂法智類智世俗智道智世俗智是幾智全幾智

少分答世俗智是世俗智全一智少分謂他心智苦智是幾智全幾智少分答苦智是苦智全四智少分謂法智類智盡智無生智集智滅智應知亦爾道智是幾智全幾智少分答道智是道智全五智少分謂法智類智他心智盡智無生智盡智是幾智全幾智少分答盡智是盡智全六智少分謂法智類智苦智集智滅智道智無生智亦爾

何故法智是法智全答法智知欲界繫諸行諸行因諸行滅諸行能斷道故何故法智是他心智少分答法智知欲界繫諸行能斷道中他無漏心心所故何故法智是苦智少分答法智知欲界繫五取蘊非常苦空非我故何故法智是集智少分答法智知欲界繫諸行因因集生緣故何故法智是滅智少分答法智知欲界繫諸行滅滅靜妙離故何故法智是道智少分答法智知欲界繫諸行能斷道道如行出故何故法智是盡智少分答法智自徧知我已知欲界繫諸行苦我已斷欲界繫諸行集我已證欲界繫諸行滅我已修欲界繫諸行能斷道故何故法智是無生智少分答法智自徧知我已知欲界繫諸行苦不復當知我已斷欲界繫諸行集不復當斷我已證欲界繫諸行滅不復當證我已修欲界繫諸行能斷道不復當修故

何故類智是類智全答類智知色無色界繫諸行諸行因諸行滅諸行能斷道故何故類智是他心智少分答類智知色無色界繫諸行能斷道中他無漏心心所故何故類智是苦智少分答類智知色無色界繫五取蘊非

常苦空非我故何故類智是集智少分答類智知色無色界繫諸行因因集生緣故何故類智是滅智少分答類智知色無色繫諸行滅滅靜妙離故何故類智是道智少分答類智知色無色界繫諸行能斷道道如行出故何故類智是盡智少分答類智自徧知我已知色無色界繫諸行苦我已斷色無色界繫諸行集我已證色無色界繫諸行滅我已修色無色界繫諸行能斷道故何故類智是無生智少分答類智自徧知我已知色無色界繫諸行苦不復當知我已斷色無色界繫諸行集不復當斷我已證色無色界繫諸行滅不復當證我已修色無色界繫諸行能斷道不復當修故

何故他心智是他心智全答他心智知欲色界繫和合現前他心心所及一分無漏他心心所故何故他心智是法智少分答他心智知欲界繫諸行能斷道中他無漏心心所故何故他心智是類智少分答他心智知色無色界繫諸行能斷道中他無漏心心所故何故他心智是世俗智少分答他心智知他有漏心心所故何故他心智是道智少分答他心智知聖道中他無漏心心所故

何故世俗智是世俗智全答世俗智知一切法或如理所引或不如理所引或非如理非不如理所引故何故世俗智是他心智少分答世俗智知他有漏心心所故

何故苦智是苦智全答苦智知五取蘊非常苦空非我故何故苦智是法智少分答苦智知欲界繫五取蘊非常苦空非我故何故苦

智是類智少分答苦智知色無色界繫五取蘊非常苦空非我故何故苦智是盡智少分答苦智自徧知我已知苦故何故苦智是無生智少分答苦智自徧知我已知苦不復當知故

何故集智是集智全答集智知有漏因因集生緣故何故集智是法智少分答集智知欲界繫諸行因因集生緣故何故集智是類智少分答集智知色無色界繫諸行因因集生緣故何故集智是盡智少分答集智自徧知我已斷集故何故集智是無生智少分答集智自徧知我已斷集不復當斷故

何故滅智是滅智全答滅智知擇滅滅靜妙離故何故滅智是法智少分答滅智知欲界繫諸行滅滅靜妙離故何故滅智是類智少分答滅智知色無色界諸行滅滅靜妙離故何故滅智是盡智少分答滅智自徧知我已證滅故何故滅智是無生智少分答滅智自徧知我已證滅不復當證故

阿毗達磨品類足論卷第一 說一切有部

音釋

齅 許救切以鼻攝氣也 懱 莫結切輕易也 猶豫 豫羊恕切猶豫疑不決也 鄙悋 鄙補委切悋良刃切鄙悋慳嗇也 惛 呼昆切心不明也 掉 徒弔切搖也

阿毗達磨品類足論卷第二

尊者世友造

唐三藏法師玄奘奉詔譯

辯諸智品第二之二

何故道智是道智全答道智知聖道道如行出故何故道智是法智少分答道智知欲界繫諸行能斷道道如行出故何故道智是類智少分答道智知色無色界繫諸行能斷道道如行出故何故道智是他心智少分答道智知聖道中他無漏心心所故何故道智是盡智少分答道智自徧知我已修道故何故道智是無生智少分答道智自徧知我已修道不復當修故

何故盡智是盡智全答盡智自徧知我已知苦我已斷集我已證滅我已修道故何故盡智是法智少分答盡智自徧知我已知欲界繫諸行苦我已斷欲界繫諸行集我已證欲界繫諸行滅我已修欲界繫諸行能斷道故何故盡智是類智少分答盡智自徧知我已知色無色界繫諸行苦我已斷色無色界繫諸行集我已證色無色界繫諸行滅我已修色無色界繫諸行能斷道故何故盡智是苦智少分答盡智自徧知我已知苦故何故盡智是集智少分答盡智自徧知我已斷集故何故盡智是滅智少分答盡智自徧知我已證滅故何故盡智是道智少分答盡智自徧知我已修道故

何故無生智是無生智全答無生智自徧知我已知苦不復當知我已斷集不復當斷我已證滅不復當證我已修道不復當修故何

故無生智是法智少分答無生智自徧知我已知欲界繫諸行苦不復當知我已斷欲界繫諸行集不復當斷我已證欲界繫諸行滅不復當證我已修欲界繫諸行能斷道不復當修故何故無生智是類智少分答無生智自徧知我已知色無色界繫諸行苦不復當知我已斷色無色界繫諸行集不復當斷我已證色無色界繫諸行滅不復當證我已修色無色界繫諸行能斷道不復當修故何故無生智是苦智少分答無生智自徧知我已知苦不復當知故何故無生智是集智少分答無生智自徧知我已斷集不復當斷故何故無生智是滅智少分答無生智自徧知我已證滅不復當證故何故無生智是道智少分答無生智自徧知我已修道不復當修故

如是十智幾有漏幾無漏答一有漏八無漏一應分別謂他心智或有漏或無漏云何有漏謂知他有漏心心所法云何無漏謂知他無漏心心所法如是十智幾有漏緣幾無漏緣答二有漏緣二無漏緣六應分別謂法智或有漏緣或無漏緣云何有漏緣謂緣苦集云何無漏緣謂緣滅道類智盡智無生智亦爾他心智或有漏緣或無漏緣云何有漏緣謂知他有漏心心所法云何無漏緣謂知他無漏心心所法世俗智或有漏緣或無漏緣云何有漏緣謂緣苦集云何無漏緣謂緣滅道及虛空非擇滅如是十智幾有爲幾無爲答一切是有爲非無爲如是十智幾有爲緣幾無爲緣答四有爲緣一無爲緣五應分別謂法智或有爲緣或無爲緣云何有爲緣謂

緣苦集道云何無爲緣謂緣滅類智盡智無生智亦爾世俗智或有爲緣或無爲緣云何有爲緣謂緣苦集道云何無爲緣謂緣擇滅及虛空非擇滅

辯諸處品第三

有十二處謂眼處色處耳處聲處鼻處香處舌處味處身處觸處意處法處此十二處幾有色幾無色答十有色一無色一應分別謂法處或有色或無色云何有色謂法處所攝身語業云何無色謂餘法處此十二處幾有見幾無見答一有見十一無見此十二處幾有對幾無對答十有對二無對此十二處幾有漏幾無漏答十有漏二應分別謂意處或有漏或無漏云何有漏謂有漏作意相應意處云何無漏謂無漏作意相應意處法處或有漏或無漏云何有漏謂法處所攝有漏身語業及有漏受想行蘊云何無漏謂法處所攝無漏身語業及無漏受想行蘊虛空二滅此十二處幾有爲幾無爲答十一有爲一應分別謂法處或有爲或無爲云何有爲謂法處所攝身語業及受想行蘊云何無爲謂虛空二滅此十二處幾有諍幾無諍答十有諍二應分別謂意處法處若有漏是有諍若無漏是無諍如有諍無諍世間出世間墮界不墮界有味著無味著躭嗜依出離依順結不順結順取不順取順纏不順纏應知亦爾此十二處幾有記幾無記答八無記四應分別謂色處或有記或無記云何有記謂善不善色處云何無記謂除善不善色處諸餘色處聲意法處亦爾此十二處幾有覆幾無覆答

八無覆四應分別謂色處或有覆或無覆云何有覆謂不善有覆無記色處云何無覆謂善無覆無記色處聲意法處亦爾如有覆無覆染汙不染汙有罪無罪應知亦爾此十二處幾應修幾不應修答八不應修四應分別謂色處或應修或不應修云何應修謂善色處云何不應修謂不善無記色處聲意處亦爾法處或應修或不應修云何應修謂善有爲法處云何不應修謂不善無記法處及擇滅此十二處幾有異熟幾無異熟答八無異熟四應分別謂色處或有異熟或無異熟云何有異熟謂善不善色處云何無異熟謂無記色處聲處亦爾意處或有異熟或無異熟云何有異熟謂不善善有漏意處云何無異熟謂無記無漏意處法處亦爾此十二處幾是見幾非見答一是見十非見一應分別謂法處或是見或非見云何是見謂五染汙見世俗正見學無學見云何非見謂餘法處此十二處幾內幾外答六內六外此十二處幾有執受幾無執受答三無執受九應分別謂眼處或有執受或無執受云何有執受謂自體所攝眼處云何無執受謂非自體所攝眼處色耳聲鼻香舌味身觸處亦爾此十二處幾是心幾非心答一是心十一非心此十二處幾是心所幾非心所答十一非心所一應分別謂法處或是心所或非心所云何是心所謂有所緣法處云何非心所謂無所緣法處此十二處幾有所緣幾無所緣答一有所緣十無所緣一應分別謂法處或有所緣或無所緣云何有所緣謂諸心所云何無所緣

謂非心所法處此十二處幾是業幾非業答九非業三應分別謂色處或是業或非業云何是業謂身表業云何非業謂餘色處聲處或是業或非業云何是業謂語表業云何非業謂餘聲處法處或是業或非業云何是業謂法處所攝身語業及思云何非業謂餘法處此十二處幾善幾不善幾無記答八無記四應分別謂色處或善或不善或無記云何善謂善身表業云何不善謂不善身表業云何無記謂除善不善身表業諸餘色處聲處或善或不善或無記云何善謂善語表業云何不善謂不善語表業云何無記謂除善不善語表業諸餘聲處意處或善或不善或無記云何善謂善作意相應意處云何不善謂不善作意相應意處云何無記謂無記作意相應意處法處或善或不善或無記云何善謂法處所攝善身語業及善受想行蘊幷擇滅云何不善謂法處所攝不善身語業及不善受想行蘊云何無記謂無記受想行蘊及虛空非擇滅此十二處幾見所斷幾修所斷幾非所斷答十修所斷二應分別謂意處或見所斷或修所斷或非所斷云何見所斷謂若意處隨信隨法行現觀邊忍所斷此復云何謂見所斷八十八隨眠相應意處云何修所斷謂若意處學見迹修所斷此復云何謂修所斷十隨眠相應意處及不染汙有漏意處云何非所斷謂無漏意處法處或見所斷或修所斷或非所斷云何見所斷謂若法處隨信隨法行現觀邊忍所斷此復云何謂見所斷八十八隨眠及彼相應法處彼所等起

心不相應行云何修所斷謂若法處學見迹修所斷此復云何謂修所斷十隨眠及彼相應法處彼所等起身語業彼所等起心不相應行并不染汙有漏法處云何非所斷謂無漏法處此十二處幾學幾無學幾非學非無學答十非學非無學二應分別謂意處或學無學或非學非無學云何學謂學作意相應意處云何無學謂無學作意相應意處云何非學非無學謂非學非無學作意相應意處法處或學或無學或非學非無學云何學謂學身語業及學受想行蘊云何無學謂無學身語業及無學受想行蘊云何非學非無學謂法處所攝有漏身語業及有漏受想行蘊并無爲法此十二處幾欲界繫幾色界繫幾無色界繫幾不繫答二欲界繫十應分別謂眼處或欲界繫或色界繫云何欲界繫謂若眼處欲界繫大種所造云何色界繫謂若眼處色界繫大種所造色耳聲鼻舌身處亦爾觸處或欲界繫或色界繫云何欲界繫謂欲界繫四大種及欲界繫大種所造觸處云何色界繫謂色界繫四大種及色界繫大種所造觸處意處或欲界繫或色界繫或無色界繫或不繫云何欲界繫謂欲界繫作意相應意處云何色界繫謂色界繫作意相應意處云何無色界繫謂無色界繫作意相應意處云何不繫謂無漏作意相應意處法處或欲界繫或色界繫或無色界繫或不繫云何欲界繫謂欲界繫法處所攝身語業受想行蘊云何色界繫謂色界繫法處所攝身語業受想行蘊云何無色界繫謂無色界繫受想行

蘊云何不繫謂無漏身語業受想行蘊及無爲法此十二處幾過去幾未來幾見在答十一或過去或未來或現在一應分別謂法處若有爲或過去或未來或現在若無爲非過去非未來非現在

此十二處幾苦諦攝幾集諦攝幾滅諦攝幾道諦攝幾非諦攝答十苦集諦攝二應分別謂意處若有漏苦集諦攝若無漏道諦攝法處若有漏苦集諦攝若無漏有爲道諦攝若擇滅滅諦攝若虛空非擇滅非諦攝此十二處幾見苦所斷幾見集所斷幾見滅所斷幾見道所斷幾修所斷幾非所斷答十修所斷二應分別謂意處或見苦集滅道修所斷或非所斷云何見苦所斷謂若意處隨信隨法行苦現觀邊忍所斷此復云何謂見苦所斷二十八隨眠相應意處云何見集所斷謂若意處隨信隨法行集現觀邊忍所斷此復云何謂見集所斷十九隨眠相應意處云何見滅所斷謂若意處隨信隨法行滅現觀邊忍所斷此復云何謂見滅所斷十九隨眠相應意處云何見道所斷謂若意處隨信隨法行道現觀邊忍所斷此復云何謂見道所斷二十二隨眠相應意處云何修所斷謂若意處學見迹修所斷此復云何謂修所斷十隨眠相應意處及不染汙有漏意處云何非所斷謂無漏意處法處或見苦集滅道修所斷或非所斷云何見苦所斷謂若法處隨信隨法行苦現觀邊忍所斷此復云何謂見苦所斷二十八隨眠及彼相應法處彼所等起心不相應行云何見集所斷謂若法處隨信隨法

行集現觀邊忍所斷此復云何謂見集所斷十九隨眠及彼相應法處彼所等起心不相應行云何見滅所斷謂若法處隨信隨法行滅現觀邊忍所斷此復云何謂見滅所斷十九隨眠及彼相應法處彼所等起心不相應行云何見道所斷謂若法處隨信隨法行道現觀邊忍所斷此復云何謂見道所斷二十二隨眠及彼相應法處彼所等起心不相應行云何修所斷謂若法處學見迹修所斷此復云何謂修所斷十隨眠及彼相應法處彼所等起身語業心不相應行并不染汙有漏法處云何非所斷謂無漏法處

五蘊十二處爲五攝十二十二攝五耶答十二攝五非五攝十二何所不攝謂諸無爲五蘊十八界爲五攝十八十八攝五耶答十八攝五非五攝十八何所不攝謂諸無爲五蘊二十二根爲五攝二十二二十二攝五耶答二蘊全二蘊少分攝二十二二十二根攝二蘊全二蘊少分何所不攝謂一蘊全二蘊少分五蘊九十八隨眠爲五攝九十八九十八攝五耶答一蘊少分攝九十八隨眠九十八隨眠攝一蘊少分何所不攝謂四蘊全一蘊少分十二處十八界爲十二攝十八十八攝十二耶答互相攝隨其事十二處二十二根爲十二攝二十二二十二攝十二耶答六處全一處少分攝二十二根二十二根攝六處全一處少分何所不攝謂五處全一處少分十二處九十八隨眠爲十二攝九十八九十八攝十二耶答一處少分攝九十八隨眠九十八隨眠攝一處少分何所不攝謂十一

處全一處少分十八界二十二根爲十八攝二十二十二攝十八耶答十二界全一界少分攝二十二根二十二根攝十二界全一界少分何所不攝謂五界全一界少分十八界九十八隨眠爲十八攝九十八九十八攝十八耶答一界少分攝九十八隨眠九十八隨眠攝一界少分何所不攝謂十七界全一界少分二十二根九十八隨眠爲二十二攝九十八九十八攝二十二耶答互不相攝

辯七事品第四之一

十八界十二處五蘊五取蘊六界十大地法十大善地法十大煩惱地法十小煩惱地法五煩惱五觸五見五根五法六識身六觸身六受身六想身六思身六愛身十八界云何謂眼界色界眼識界耳界聲界耳識界鼻界香界鼻識界舌界味界舌識界身界觸界身識界意界法界意識界十二處云何謂眼處色處耳處聲處鼻處香處舌處味處身處觸處意處法處五蘊云何謂色蘊受蘊想蘊行蘊識蘊五取蘊云何謂色取蘊受取蘊想取蘊行取蘊識取蘊六界云何謂地界水界火界風界空界識界十大地法云何謂受想思觸作意欲勝解念定慧十大善地法云何謂信勤慚愧無貪無瞋輕安捨不放逸不害十大煩惱地法云何謂不信懈怠失念心亂無明不正知非理作意邪勝解掉舉放逸十小煩惱地法云何謂忿恨覆惱嫉慳誑諂憍害五煩惱云何謂欲貪色貪無色貪瞋癡五觸云何謂有對觸增語觸明觸無明觸非明非無明觸五見云何謂有身見邊執見邪見見

取戒禁取五根云何謂樂根苦根喜根憂根捨根五法云何謂尋伺識無慚無愧六識身云何謂眼識耳識鼻識舌識身識意識六觸身云何謂眼觸耳觸鼻觸舌觸身觸意觸六受身云何謂眼觸所生受耳觸所生受鼻觸所生受舌觸所生受身觸所生受意觸所生受六想身云何謂眼觸所生想耳觸所生想鼻觸所生想舌觸所生想身觸所生想意觸所生想六思身云何謂眼觸所生思耳觸所生思鼻觸所生思舌觸所生思身觸所生思意觸所生思六愛身云何謂眼觸所生愛耳觸所生愛鼻觸所生愛舌觸所生愛身觸所生愛意觸所生愛

眼界云何謂眼於色已正當見及彼同分色界云何謂色爲眼已正當見及彼同分眼識界云何謂眼及色爲緣生眼識如是眼爲增上色爲所緣於眼所識色諸已正當了別及彼同分耳界云何謂耳於聲已正當聞及彼同分聲界云何謂聲爲耳已正當聞及彼同分耳識界云何謂耳及聲爲緣生耳識如是耳爲增上聲爲所緣於耳所識聲諸已正當了別及彼同分鼻界云何謂鼻於香已正當齅及彼同分香界云何謂香爲鼻已正當齅及彼同分鼻識界云何謂鼻及香爲緣生鼻識如是鼻爲增上香爲所緣於鼻所識香諸已正當了別及彼同分舌界云何謂舌於味已正當嘗及彼同分味界云何謂味爲舌已正當嘗及彼同分舌識界云何謂舌及味爲緣生舌識如是舌爲增上味爲所緣於舌所識味諸已正當了別及彼同分身界云何謂

身於觸已正當觸及彼同分觸界云何謂觸爲身已正當觸及彼同分身識界云何謂身及觸爲緣生身識如是身爲增上觸爲所緣於身所識觸諸已正當了別及彼同分意界云何謂意於法已正當了及彼同分法界云何謂法爲意已正當了意識界云何謂意及法爲緣生意識如是意爲增上法爲所緣於意所識法諸已正當了別及彼同分

眼處云何謂眼是色已正當能見及彼同分色處云何謂色是眼已正當所見及彼同分耳處云何謂耳是聲已正當能聞及彼同分聲處云何謂聲是耳已正當所聞及彼同分鼻處云何謂鼻是香已正當能齅及彼同分香處云何謂香是鼻已正當所齅及彼同分舌處云何謂舌是味已正當能嘗及彼同分味處云何謂味是舌已正當所嘗及彼同分身處云何謂身是觸已正當能觸及彼同分觸處云何謂觸是身已正當所觸及彼同分意處云何謂意是法已正當能了及彼同分法處云何謂法是意已正當所了及彼同分

色蘊云何謂十色處及法處所攝受蘊云何謂六受身即眼觸所生受乃至意觸所生受想蘊云何謂六想身即眼觸所生想乃至意觸所生想行蘊云何此有二種謂心相應行蘊心不相應行蘊心相應行蘊云何謂心相應法此復云何謂思觸作意欲勝解念定慧信勤尋伺放逸不放逸善根不善根無記根一切結縛隨眠隨煩惱纏諸所有智諸所有見諸所有現觀復有此餘如是類法與心相應總名心相應行蘊心不相應行蘊云何謂

心不相應法此復云何謂得無想定滅定無想事命根衆同分依得事得處得生老住無常名身句身文身復有此餘如是類法與心不相應總名心不相應行蘊如是二種合名行蘊識蘊云何謂六識身即眼識乃至意識色取蘊云何謂若諸色有漏有取於此諸色若過去若未來若現在或欲或貪或瞋或癡或隨一一心所隨煩惱應生時生是名色取蘊受想行識取蘊云何謂若諸受想行識有漏有取於此諸受想行識若過去若未來若現在或欲或貪或瞋或癡或隨一一心所隨煩惱應生時生是名受想行識取蘊

地界云何謂堅性水界云何謂濕性火界云何謂煖性風界云何謂輕等動性空界云何謂隣阿伽色識界云何謂五識身及有漏意識受云何謂受等受各別等受已受受類是名爲受想云何謂想等想增上等想已想想類是名爲想思云何謂思等思增上等思已思思類心作意業是名爲思觸云何謂觸等觸觸性等觸性已觸觸類是名爲觸作意云何謂牽引心隨順牽引思惟牽引作意造意轉變心警覺心是名作意欲云何謂欲性增上欲性現前欣喜希望樂作是名爲欲勝解云何謂心正勝解已勝解當勝解性是名勝解念云何謂念隨念別念憶念不忘不失不遺不漏不忘法性心明記性是名爲念定云何謂令心住等住安住近住堅住不亂不散攝止等持心一境性是名爲定慧云何謂於法簡擇極簡擇最極簡擇解了等了徧了近了機黠通達審察聰叡覺明慧行毗鉢舍那

是名爲慧

阿毘達磨品類足論卷第二說一切有部

音釋

躭丁含切樂也 忿撫吻切怒也 諂丑琰切佞言也 憍舉喬切傲也

阿毗達磨品類足論卷第三

尊者世友造

唐三藏法師玄奘奉詔譯

辯七事品第四之二

信云何謂信信性增上信性忍可欲作欲爲欲造心澄淨性是名爲信勤云何謂勤精進勇健勢猛熾盛難制勵意不息心勇悍性是名勤慚云何謂慚等慚各別慚羞等羞各別羞猒等猒各別猒毀等毀各別毀有尊有敬有所自在有自在轉有所畏忌不自在行是名爲慚愧云何謂愧等愧各別愧恥等恥各別恥猒等猒各別猒毀等毀各別毀怖罪懼罪於罪見怖是名爲愧無貪云何謂有心所與心相應能對治貪是名無貪無瞋云何謂有心所與心相應能對治瞋是名無瞋輕安云何謂身輕安心輕安已輕安輕安類是名輕安捨云何謂身平等心平等身正直心正直無警覺寂靜住是名爲捨不放逸云何謂於斷惡法具足善法中堅作常作修習不捨名不放逸不害云何謂於有情不毀不損不傷不害不惱不觸不令墮苦是名不害

不信云何謂不信不信性增上不信性不忍不可不欲作不欲爲不欲造心不澄淨性是名不信懈怠云何謂下劣精進微弱精進羸懱精進退怯精進憩息精進心不勇悍性是名懈怠失念云何謂虛念空念忘念失念心外念性是名失念心亂云何謂心亂心散心流轉心飄蕩心不一趣不住一緣是名心亂無明云何謂三界無知性不正知云何謂非理所引慧非理作意云何謂染汙作意邪勝

解云何謂染汙作意相應心正勝解已勝解當勝解是名邪勝解掉舉云何謂心不寂靜心不憺怕心不寧謐掉動飄舉心躁擾性是名掉舉放逸云何謂於斷惡法具足善法中不修不習不別修習不堅作不常作不勤修習性是名放逸

忿云何謂忿等忿徧忿極忿已正當忿是名爲忿恨云何謂心結怨已正當恨是名爲恨覆云何謂隱藏自罪惱云何謂心很戾已正當惱是名爲惱嫉云何謂心妬忌慳云何謂心鄙悋誑云何謂幻惑他諂云何謂心矯曲憍云何謂憍醉極憍醉迷悶極迷悶慢緩極慢緩心傲誕性是名爲憍害云何謂於有情能爲毀損傷害惱觸逼令墮苦是名爲害欲貪云何謂於諸欲起貪等貪執藏防護耽著愛樂是名欲貪色貪云何謂於諸色起貪等貪執藏防護耽著愛樂是名色貪無色貪云何謂於無色起貪等貪執藏防護耽著愛樂是名無色貪瞋云何謂於有情心懷憤恚根栽對礙憎怒凶悖猛烈暴惡已正當瞋是名爲瞋疑云何謂於諦猶豫

有對觸云何謂五識身相應觸增語觸云何謂意識身相應觸明觸云何謂無漏觸無明觸云何謂染汙觸非明非無明觸云何謂不染汙有漏觸

有身見云何謂於五取蘊等隨觀執我或我所由此起忍樂慧觀見是名有身見邊執見云何謂於五取蘊等隨觀執或斷或常由此起忍樂慧觀見是名邊執見邪見云何謂謗因謗果或謗作用或壞實事由此起忍樂慧

觀見是名邪見見取云何謂於五取蘊等隨觀執爲最爲勝爲上爲極由此起忍樂慧觀見是名見取戒禁取云何謂於五取蘊等隨觀執爲能清淨爲能解脱爲能出離由此起忍樂慧觀見是名戒禁取

樂根云何謂順樂受觸所觸時所起身樂心樂平等受受所攝是名樂根苦根云何謂順苦受觸所觸時所起身苦不平等受受所攝是名苦根喜根云何謂順喜受觸所觸時所起心喜平等受受所攝是名喜根憂根云何謂順憂受觸所觸時所起心憂不平等受受所攝是名憂根捨根云何謂順捨受觸所觸時所起身捨心捨非平等非不平等受受所攝是名捨根

尋云何謂心尋求徧尋求搆度極搆度現前搆度推究追尋極思惟思惟性令心麤動是名爲尋伺云何謂心伺察徧伺察隨徧伺察隨轉隨流隨屬於尋令心細動是名爲伺識云何謂六識身即眼識乃至意識無慙云何謂不慙不等慙不各別慙不羞不等羞不各別羞不猒不等猒不各別猒不毀不等毀不各別毀無尊無敬無所自在無自在轉無所畏忌自在而行是名無慙無愧云何謂不愧不等愧不各別愧不恥不等恥不各別恥不猒不等猒不各別猒不毀不等毀不各別毀不怖罪不懼罪於罪不見怖是名無愧

眼識云何謂眼及色爲緣生眼識如是眼爲增上色爲所緣於眼所識色諸色正當了別是名眼識耳鼻舌身意識亦爾眼觸云何謂眼及色爲緣生眼識三和合故觸如是眼爲

增上色爲所緣於眼所識色諸觸等觸觸性等觸性已觸觸類是名眼觸耳鼻舌身意觸亦爾眼觸所生受云何謂眼及色爲緣生眼識三和合故觸觸爲緣故受如是眼爲增上色爲所緣眼觸爲因爲集爲類爲生眼觸所生作意相應於眼所識色諸受等受各别等受已受受類是名眼觸所生受耳鼻舌身意觸所生受亦爾眼觸所生想云何謂眼及色爲緣生眼識三和合故觸觸爲緣故想如是眼爲增上色爲所緣眼觸爲因爲集爲類爲生眼觸所生作意相應於眼所識色諸想等想增上等想已想想類是名眼觸所生想耳鼻舌身意觸所生想亦爾眼觸所生思云何謂眼及色爲緣生眼識三和合故觸觸爲緣故思如是眼爲增上色爲所緣眼觸爲因爲集爲類爲生眼觸所生作意相應於眼所識色諸思等思增上等思已思思類心作意業是名眼觸所生思耳鼻舌身意觸所生思亦爾眼觸所生愛云何謂眼及色爲緣生眼識三和合故觸觸爲緣故愛如是眼爲增上色爲所緣於眼所識色諸貪等貪執藏防護耽著愛樂是名眼觸所生愛耳鼻舌身意觸所生愛亦爾

眼界幾界幾處幾蘊攝眼界所攝法幾界幾處幾蘊攝眼界所不攝法幾界幾處幾蘊攝眼界所攝不攝法幾界幾處幾蘊攝除眼界所攝法餘法幾界幾處幾蘊攝除眼界所不攝法餘法幾界幾處幾蘊攝除眼界所攝不攝法餘法幾界幾處幾蘊攝乃至意觸所生愛爲問亦爾答眼界一界一處一蘊攝不攝

十七界十一處五蘊眼界所攝法一界一處一蘊攝不攝十七界十一處五蘊眼界所不攝法十七界十一處五蘊攝不攝一界一處一蘊眼界所攝不攝法十八界十一處五蘊攝無界無處無蘊不攝除眼界所攝法餘法十七界十一處五蘊攝不攝一界一處一蘊除眼界所不攝法餘法一界一處一蘊攝不攝十七界十一處五蘊除眼界所攝不攝法所問餘法無事空論以一切法皆被除故如眼界九有色界十有色處應知亦爾眼識界二界一處一蘊攝不攝十七界十二處五蘊如眼識界耳鼻舌身意識界六識身應知亦爾意界七界一處一蘊攝不攝十一界十一處四蘊如意界意處識蘊識法應知亦爾法界一界一處四蘊攝不攝十七界十一處二蘊法處亦爾色蘊十一界十一處一蘊攝不攝八界二處四蘊受蘊一界一處一蘊攝不攝十八界十二處四蘊如受蘊想蘊行蘊大地法中受想應知亦爾色取蘊十一界十一處一蘊攝不攝八界二處五蘊受取蘊一界一處一蘊攝不攝十八界十二處五蘊如受取蘊想取蘊行取蘊五有色界八大地法十大善地法十大煩惱地法十小煩惱地法五煩惱五觸五見五根四法後五六身應知亦爾識取蘊七界一處一蘊攝不攝十三界十二處五蘊識界亦爾

眼識界一界一處三蘊相應十八界十二處五蘊不相應如眼識界耳鼻舌身意識界識取蘊識界六識身應知亦爾意界一界一處三蘊相應十八界十二處三蘊不相應如意

界意處識蘊識法應知亦爾法界八界二處四蘊相應十一界十一處二蘊不相應如法界法處行蘊八大地法應知亦爾受蘊八界二處三蘊相應十一界十一處三蘊不相應如受蘊想蘊大地法中受想應知亦爾受取蘊八界二處三蘊相應十三界十二處五蘊不相應想取蘊亦爾行取蘊八界二處四蘊相應十三界十二處五蘊不相應尋伺法亦爾信八界二處四蘊相應十八界十二處五蘊不相應如信餘九大善地法十大煩惱地法欲貪瞋無明觸非明非無明觸無慚無愧應知亦爾忿三界二處四蘊相應十八界十二處五蘊不相應如忿餘九小煩惱地法無色貪疑明觸五見六愛身應知亦爾色貪六界二處四蘊相應十八界十二處五蘊不相應有對觸七界二處四蘊相應十三界十二處五蘊不相應增語觸三界二處四蘊相應十七界十二處五蘊不相應六觸身六思身亦爾樂根八界二處三蘊相應十八界十二處五蘊不相應捨根亦爾苦根七界二處三蘊相應十八界十二處五蘊不相應喜根三界二處三蘊相應十八界十二處五蘊不相應憂根亦爾眼觸所生受三界二處三蘊相應十七界十二處五蘊不相應如眼觸所生受耳鼻舌身意觸所生受六想身應知亦爾

辯隨眠品第五之一

九十八隨眠幾欲界繫幾色界繫幾無色界繫答三十六欲界繫三十一色界繫三十一無色界繫此九十八隨眠幾見所斷幾修所斷答八十八見所斷十修所斷欲界繫三十

六隨眠幾見所斷幾修所斷答三十二見所
斷四修所斷色界繫三十一隨眠幾見所斷
幾修所斷答二十八見所斷三修所斷無色
界繫三十一隨眠亦爾此九十八隨眠幾見
苦所斷幾見集滅道修所斷答二十八見苦
所斷十九見集所斷十九見滅所斷二十二
見道所斷十修所斷欲界繫三十六隨眠幾
見苦所斷幾見集滅道修所斷答十見苦所
斷七見集所斷七見滅所斷八見道所斷四
修所斷色界繫三十一隨眠幾見苦所斷幾
見集滅道修所斷答九見苦所斷六見集所
斷六見滅所斷七見道所斷三修所斷無色
界繫三十一隨眠亦爾隨眠是何義答微細
義是隨眠義隨增義是隨眠義隨逐義是隨
眠義隨縛義是隨眠義如是隨眠若未斷未
徧知由二事故隨增謂所緣故相應故如是
隨增於自界非他界

有十二隨眠謂欲貪隨眠瞋恚隨眠色貪隨
眠無色貪隨眠慢隨眠無明隨眠有身見隨
眠邊執見隨眠邪見隨眠見取隨眠戒禁取
隨眠疑隨眠云何欲貪隨眠隨增謂可愛故
可樂故可戀故可意故云何瞋恚隨眠隨增
謂不可愛故不可樂故不可戀故不可意故
云何色貪隨眠隨增謂可愛故可樂故可喜
故可意故云何無色貪隨眠隨增謂可愛故
可樂故可意故云何慢隨眠隨增謂高舉故
輕懱故云何無明隨眠隨增謂無知故闇昧
故愚癡故云何有身見隨眠隨增謂我故我
所故云何邊執見隨眠隨增謂斷故常故云
何邪見隨眠隨增謂無因故無用故誹謗故

云何見取隨眠隨增謂最故勝故上故極故云何戒禁取隨眠隨增謂能清淨故能解脫故能出離故云何疑隨眠隨增謂惑故疑故猶豫故云何起欲貪隨眠乃至云何起疑隨眠答欲貪隨眠由三處起一者欲貪隨眠未斷未徧知故二者順欲貪纏法現在前故三者於彼處有非理作意故乃至疑隨眠亦由三處起一者疑隨眠未斷未徧知故二者順疑纏法現在前故三者於彼處有非理作意故有七隨眠十二隨眠爲七攝十二十二攝七耶答互相攝隨其事謂欲貪隨眠攝欲貪隨眠瞋隨眠攝瞋恚隨眠有貪隨眠攝色無色貪隨眠慢隨眠攝慢隨眠無明隨眠攝無明隨眠見隨眠攝五見隨眠疑隨眠攝疑隨眠七隨眠九十八隨眠爲七攝九十八九十八攝七耶答互相攝隨其事謂欲貪瞋隨眠各攝五有貪隨眠攝十慢無明隨眠各攝十五見隨眠攝三十六疑隨眠攝十二十二隨眠九十八隨眠爲十二攝九十八九十八攝十二耶答互相攝隨其事謂欲貪瞋色無色貪隨眠各攝五慢無明隨眠各攝十五有身見邊執見隨眠各攝三邪見見取疑隨眠各攝十二戒禁取隨眠攝六

九十八隨眠幾是徧行幾非徧行答二十七是徧行六十五非徧行六應分別謂見苦集所斷無明隨眠或是徧行或非徧行云何是徧行謂見苦集所斷非徧行隨眠不相應無明云何非徧行謂見苦集所斷非徧行隨眠相應無明欲界繫三十六隨眠幾是徧行幾非徧行答九是徧行二十五非徧行二應分

別謂欲界繫見苦集所斷無明隨眠或是徧行或非徧行云何是徧行謂欲界繫見苦集所斷非徧行隨眠不相應無明云何非徧行謂欲界繫見苦集所斷非徧行隨眠相應無明色界繫三十一隨眠幾是徧行幾非徧行答九是徧行二十非徧行二應分別謂色界繫見苦集所斷無明隨眠或是徧行或非徧行云何是徧行謂色界繫見苦集所斷非徧行隨眠不相應無明云何非徧行謂色界繫見苦集所斷非徧行隨眠相應無明無色界繫三十一隨眠亦爾九十八隨眠幾是徧行修所斷幾非徧行非修所斷答三十七是徧行修所斷五十五非徧行非修所斷六應分別謂見苦集所斷無明隨眠或是徧行或非徧行云何是徧行謂見苦集所斷非徧行隨

眠不相應無明云何非徧行謂見苦集所斷非徧行隨眠相應無明欲界三十六隨眠幾是徧行修所斷幾非徧行非修所斷答十三是徧行修所斷二十一非徧行非修所斷二應分別謂欲界繫見苦集所斷無明隨眠或是徧行或非徧行云何是徧行謂欲界繫見苦集所斷非徧行隨眠不相應無明云何非徧行謂欲界繫見苦集所斷非徧行隨眠相應無明色界三十一隨眠幾是徧行修所斷幾非徧行非修所斷答十二是徧行修所斷十七非徧行非修所斷二應分別謂色界繫見苦集所斷無明隨眠或是徧行或非徧行云何是徧行謂色界繫見苦集所斷非徧行隨眠不相應無明云何非徧行謂色界繫見苦集所斷非徧行隨眠相應無明無色界繫

三十一隨眠亦爾

九十八隨眠幾有漏緣幾無漏緣答八十有漏緣十二無漏緣六應分別謂見滅道所斷無明隨眠或有漏緣或無漏緣云何有漏緣謂見滅道所斷有漏緣隨眠相應無明云何無漏緣謂見滅道所斷有漏緣隨眠不相應無明欲界繫三十六隨眠幾有漏緣幾無漏緣答三十有漏緣四無漏緣二應分別謂欲界繫見滅道所斷無明隨眠或有漏緣或無漏緣云何有漏緣謂欲界繫見滅道所斷有漏緣隨眠相應無明云何無漏緣謂欲界繫見滅道所斷有漏緣隨眠不相應無明色界繫三十一隨眠幾有漏緣幾無漏緣答二十五有漏緣四無漏緣二應分別謂色界繫見滅道所斷無明隨眠或有漏緣或無漏緣云何有漏緣謂色界繫見滅道所斷有漏緣隨眠相應無明云何無漏緣謂色界繫見滅道所斷有漏緣隨眠不相應無明無色界繫三十一隨眠亦爾

九十八隨眠幾有為緣幾無為緣答八十九有為緣六無為緣三應分別謂見滅所斷無明隨眠或有為緣或無為緣云何有為緣謂見滅所斷有為緣隨眠相應無明云何無為緣謂見滅所斷有為緣隨眠不相應無明欲界繫三十六隨眠幾有為緣幾無為緣答三十三有為緣二無為緣一應分別謂欲界繫見滅所斷無明隨眠或有為緣或無為緣云何有為緣謂欲界繫見滅所斷有為緣隨眠相應無明云何無為緣謂欲界繫見滅所斷有為緣隨眠不相應無明色界繫三十一隨

眠幾有爲緣幾無爲緣答二十八有爲緣二無爲緣一應分别謂色界繫見滅所斷無明隨眠或有爲緣或無爲緣云何有爲緣謂色界繫見滅所斷有爲緣隨眠相應無明云何無爲緣謂色界繫見滅所斷有爲緣隨眠不相應無明無色界繫三十一隨眠亦爾

九十八隨眠幾所緣故隨增非相應故幾相應故隨增非所緣故幾所緣故隨增亦相應故幾非所緣故隨增非相應故答所緣故隨增非相應故者無相應故隨增非所緣故者謂無漏緣隨眠所緣故隨增亦相應故者謂有漏緣隨眠非所緣故隨增非相應故者無如不定繫欲界繫色界繫無色界繫亦爾有二十法謂見苦所斷法見集所斷法見滅所斷法見道所斷法修所斷法如不定繫欲界繫色界繫無色界繫亦爾於見苦所斷法幾隨眠隨增答見苦所斷一切及見集所斷徧行隨眠於見集所斷法幾隨眠隨增答見集所斷一切及見苦所斷徧行隨眠於見滅所斷法幾隨眠隨增答見滅所斷一切及徧行隨眠於見道所斷法幾隨眠隨增答見道所斷一切及徧行隨眠於修所斷法幾隨眠隨增答修所斷一切及徧行隨眠如不定繫欲界繫色界繫無色界繫亦爾

於見苦所斷法幾隨眠所緣故隨增非相應故幾隨眠相應故隨增非所緣故幾隨眠所緣故隨增亦相應故幾隨眠非所緣故隨增非相應故答所緣故隨增非相應故者謂見集所斷徧行隨眠相應故隨增非所緣故者無所緣故隨增亦相應故者謂見苦所斷一

切隨眠非所緣故隨增非相應故者謂見集所斷非徧行及見滅道修所斷一切隨眠於見集所斷法幾隨眠所緣故隨增非相應故幾隨眠相應故隨增非所緣故幾隨眠所緣故隨增亦相應故幾隨眠非所緣故隨增非相應故答所緣故隨增非相應故者謂見苦所斷徧行隨眠相應故隨增非所緣故者無所緣故隨增亦相應故者謂見集所斷一切隨眠非所緣故隨增非相應故者謂見苦所斷非徧行及見滅道修所斷一切隨眠於見滅所斷法幾隨眠所緣故隨增非相應故幾隨眠相應故隨增非所緣故幾隨眠所緣故隨增亦相應故幾隨眠非所緣故隨增非相應故答所緣故隨增非相應故者謂徧行隨眠相應故隨增非所緣故者謂見滅所斷無漏緣隨眠所緣故隨增亦相應故者謂見滅所斷有漏緣隨眠非所緣故隨增非相應故者謂見苦集所斷非徧行及見道修所斷一切隨眠於見道所斷法幾隨眠所緣故隨增非相應故幾隨眠相應故隨增非所緣故幾隨眠所緣故隨增亦相應故幾隨眠非所緣故隨增非相應故答所緣故隨增非相應故者謂徧行隨眠相應故隨增非所緣故者謂見道所斷無漏緣隨眠所緣故隨增亦相應故者謂見道所斷有漏緣隨眠非所緣故隨增非相應故者謂見苦集所斷非徧行及見滅修所斷一切隨眠於修所斷法幾隨眠所緣故隨增非相應故幾隨眠相應故隨增非所緣故幾隨眠所緣故隨增亦相應故幾隨眠非所緣故隨增非相應故答所緣故隨增

非相應故者謂徧行隨眠相應故隨增非所緣故者無所緣故隨增亦相應故者謂修所斷一切隨眠非所緣故隨增非相應故者謂見苦集所斷非徧行及見滅道所斷一切隨眠如不定繫欲界繫色界繫無色界繫亦爾

阿毗達磨品類足論卷第三　說一切有部

音釋

悍（侯旰切性勇急也）勵（力制切勉也）惙（陟劣切疲也）憩（去例切止也）憺怕（憺徒覽切怕傍各切憺怕恬靜無爲貌）謐（彌畢切安也）躁（則到切動也）擾（而沼切亂也）很戾（很胡懇切戾郎計切很戾不聽從也）矯（居夭切詐也）慠（五到切慢也）誕（徒案切放也）憤（房吻切怒也）

阿毗達磨品類足論卷第四

尊者世友造

唐三藏法師玄奘奉詔譯

辯隨眠品第五之二

有惟二十法謂惟見苦所斷法惟見集所斷法惟見滅所斷法惟見道所斷法惟修所斷法如不定繫欲界繫色界繫無色界繫亦爾

於惟見苦所斷法幾隨眠隨增答惟見苦所斷非徧行隨眠於惟見集所斷法幾隨眠隨增答惟見集所斷非徧行隨眠於惟見滅所斷法幾隨眠隨增答惟見滅所斷一切隨眠於惟見道所斷法幾隨眠隨增答惟見道所斷一切隨眠於惟修所斷法幾隨眠隨增答惟修所斷一切隨眠如不定繫欲界繫色界繫無色界繫亦爾

於惟見苦所斷法幾隨眠所緣故隨增非相應故幾隨眠相應故隨增非所緣故幾隨眠所緣故隨增亦相應故幾隨眠非所緣故隨增非相應故答所緣故隨增非相應故者無相應故隨增非所緣故者無所緣故隨增亦相應故者謂惟見苦所斷非徧行隨眠非所緣故隨增非相應故者無於惟見集所斷法幾隨眠所緣故隨增非相應故幾隨眠相應故隨增非所緣故幾隨眠所緣故隨增亦相應故幾隨眠非所緣故隨增非相應故答所緣故隨增非相應故者無相應故隨增非所緣故者無所緣故隨增亦相應故者謂惟見集所斷非徧行隨眠非所緣故隨增非相應故者無於惟見滅所斷法幾隨眠所緣故隨增非相應故幾隨眠相應故隨增非所緣故

幾隨眠所緣故隨增亦相應故幾隨眠非所緣故隨增非相應故答所緣故隨增非相應故者無相應故隨增非所緣故者謂見滅所斷無漏緣隨眠所緣故隨增亦相應故者謂見滅所斷有漏緣隨眠非所緣故隨增非相應故者無於惟見道所斷法幾隨眠所緣故隨增非相應故幾隨眠相應故隨增非所緣故幾隨眠所緣故隨增亦相應故幾隨眠非所緣故隨增非相應故答所緣故隨增非相應故者無相應故隨增非所緣故者謂見道所斷無漏緣隨眠所緣故隨增亦相應故者謂見道所斷有漏緣隨眠非所緣故隨增非相應故者無於惟修所斷法幾隨眠所緣故隨增非相應故幾隨眠相應故隨增非所緣故幾隨眠所緣故隨增亦相應故幾隨眠非所緣故隨增非相應故答所緣故隨增非相應故者無相應故隨增非所緣故者無所緣故隨增亦相應故者謂惟修所斷一切隨眠非所緣故隨增非相應故者無

有二十心謂見苦所斷心見集所斷心見滅所斷心見道所斷心修所斷心如不定繫欲界繫色界繫無色界繫亦爾於見苦所斷心幾隨眠隨增答見苦所斷一切及見集所斷徧行隨眠於彼相應法及彼等起心不相應行亦爾於見集所斷心幾隨眠隨增答見集所斷一切及見苦所斷徧行隨眠於彼相應法及彼等起心不相應行亦爾於見滅所斷心幾隨眠隨增答見滅所斷一切及徧行隨眠於彼相應法亦爾於彼等起心不相應行見滅所斷有漏緣及徧行隨眠於見道所斷

心幾隨眠隨增答見道所斷一切及徧行隨眠於彼相應法亦爾於彼等起心不相應行見道所斷有漏緣及徧行隨眠於修所斷心幾隨眠隨增答修所斷一切及徧行隨眠於彼相應法及彼等起心不相應行亦爾如不定繫欲界繫色界繫無色界繫亦爾

於見苦所斷心幾隨眠所緣故隨增非相應故幾隨眠相應故隨增非所緣故幾隨眠所緣故隨增亦相應故幾隨眠非所緣故隨增非相應故答所緣故隨增非相應故者謂見集所斷徧行隨眠相應故隨增非所緣故者無所緣故隨增亦相應故者謂見苦所斷一切隨眠非所緣故隨增非相應故者謂見集所斷非徧行及見滅道修所斷一切隨眠於彼相應法亦爾於彼等起心不相應行見苦所斷一切及見集所斷徧行隨眠所緣故隨增非相應故諸餘隨眠於彼非所緣故隨增非相應故於見集所斷心幾隨眠所緣故隨增非相應故幾隨眠相應故隨增非所緣故幾隨眠所緣故隨增亦相應故幾隨眠非所緣故隨增非相應故答所緣故隨增非相應故者謂見苦所斷徧行隨眠相應故隨增非所緣故者無所緣故隨增亦相應故者謂見集所斷一切隨眠非所緣故隨增非相應故者謂見苦所斷非徧行及見滅道修所斷一切隨眠於彼相應法亦爾於彼等起心不相應行見集所斷一切及見苦所斷徧行隨眠所緣故隨增非相應故諸餘隨眠於彼非所緣故隨增非相應故於見滅所斷心幾隨眠所緣故隨增非相應故幾隨眠相應故隨增

非所緣故幾隨眠所緣故隨增亦相應故幾
隨眠非所緣故隨增非相應故答所緣故隨
增非相應故者謂徧行隨眠相應故隨增非
所緣故者謂見滅所斷無漏緣隨眠所緣故
隨增亦相應故者謂見滅所斷有漏緣隨眠
非所緣故隨增非相應故者謂見苦集所斷
非徧行及見道修所斷一切隨眠於彼相應
法亦爾於彼等起心不相應行見滅所斷有
漏緣及徧行隨眠所緣故隨增非相應故諸
餘隨眠於彼非所緣故隨增非相應故於見
道所斷心幾隨眠所緣故隨增非相應故幾
隨眠相應故隨增非所緣故幾隨眠所緣故
隨增亦相應故幾隨眠非所緣故隨增非相
應故答所緣故隨增非相應故者謂徧行隨
眠相應故隨增非所緣故者謂見道所斷無
漏緣隨眠所緣故隨增亦相應故者謂見道
所斷有漏緣隨眠非所緣故隨增非相應故
者謂見苦集所斷非徧行及見滅修所斷一
切隨眠於彼相應法亦爾於彼等起心不相
應行見道所斷有漏緣及徧行隨眠所緣故
隨增非相應故諸餘隨眠於彼非所緣故隨
增非相應故於修所斷心幾隨眠所緣故隨
增非相應故幾隨眠相應故隨增非所緣故
幾隨眠所緣故隨增亦相應故幾隨眠非所
緣故隨增亦非相應故答所緣故隨增非相
應故者謂徧行隨眠相應故隨增非所緣故
者無所緣故隨增亦相應故者謂修所斷一
切隨眠非所緣故隨增非相應故者謂見苦
集所斷非徧行及見滅道所斷一切隨眠於
彼相應法亦爾於彼等起心不相應行修所

斷一切及徧行隨眠所緣故隨增非相應故諸餘隨眠於彼非所緣故隨增非相應故如不定繫欲界繫色界繫無色界繫亦爾

有四十八心謂見滅所斷邪見相應心見滅所斷疑相應心見滅所斷邪見疑相應心見滅所斷邪見不相應心見滅所斷疑不相應心見滅所斷邪見疑不相應心見道所斷心亦爾如不定繫欲界繫色界繫無色界繫亦爾於見滅所斷邪見相應心幾隨眠隨增答見滅所斷邪見及彼相應無明若見滅所斷有漏緣若徧行隨眠於彼相應法亦爾於彼等起心不相應行見滅所斷有漏緣及徧行隨眠於見滅所斷疑相應心幾隨眠隨增答見滅所斷疑及彼相應無明若見滅所斷有漏緣若徧行隨眠於彼相應法亦爾於彼等起心不相應行見滅所斷有漏緣及徧行隨眠於見滅所斷邪見疑相應心幾隨眠隨增答見滅所斷邪見疑及彼相應無明若見滅所斷有漏緣若徧行隨眠於彼相應法亦爾於彼等起心不相應行見滅所斷有漏緣及徧行隨眠於見滅所斷邪見不相應心幾隨眠隨增答除見滅所斷邪見及彼相應無明諸餘見滅所斷一切及徧行隨眠於彼相應法亦爾於彼等起心不相應行見滅所斷有漏緣及徧行隨眠於見滅所斷疑不相應心幾隨眠隨增答除見滅所斷疑及彼相應無明諸餘見滅所斷一切及徧行隨眠於彼相應法亦爾於彼等起心不相應行見滅所斷有漏緣及徧行隨眠於見滅所斷邪見疑不相應心幾隨眠隨增答除見滅所斷邪見疑

及彼相應無明諸餘見滅所斷一切及徧行隨眠於彼相應法亦爾於彼等起心不相應行見滅所斷有漏緣及徧行隨眠見道所斷心亦爾如不定繫欲界繫色界繫無色界繫亦爾

於見滅所斷邪見相應心幾隨眠所緣故隨增非相應故幾隨眠相應故隨增非所緣故幾隨眠所緣故隨增亦相應故幾隨眠非所緣故隨增非相應故答所緣故隨增非相應故者謂見滅所斷有漏緣及徧行隨眠相應故隨增非所緣故者謂見滅所斷邪見及彼相應無明所緣故隨增亦相應故者無非所緣故隨增亦非相應故者謂除見滅所斷邪見及彼相應無明諸餘見滅所斷無漏緣及見苦集所斷非徧行幷見道修所斷一切隨眠於彼相應法亦爾於彼等起心不相應行見滅所斷有漏緣及徧行隨眠所緣故隨增非相應故諸餘隨眠於彼非所緣故隨增非相應故於見滅所斷疑相應心幾隨眠所緣故隨增非相應故幾隨眠相應故隨增非所緣故幾隨眠所緣故隨增亦相應故幾隨眠非所緣故隨增非相應故答所緣故隨增非相應故者謂見滅所斷有漏緣及徧行隨眠相應故隨增非所緣故者謂見滅所斷疑及彼相應無明所緣故隨增亦相應故者無非所緣故隨增非相應故者謂除見滅所斷疑及彼相應無明諸餘見滅所斷無漏緣及見苦集所斷非徧行幷見道修所斷一切隨眠於彼相應法亦爾於彼等起心不相應行見滅所斷有漏緣及徧行隨眠所緣故隨增非

相應故諸餘隨眠於彼非所緣故隨增非相應故於見滅所斷邪見疑相應心幾隨眠所緣故隨增非相應故幾隨眠相應故隨增非所緣故幾隨眠所緣故隨增亦相應故幾隨眠非所緣故隨增非相應故答所緣故隨增非相應故者謂見滅所斷有漏緣及徧行隨眠相應故隨增非所緣故者謂見滅所斷邪見疑及彼相應無明所緣故隨增亦相應故者無非所緣故隨增非相應故者謂除見滅所斷邪見疑及彼相應無明諸餘見滅所斷無漏緣及見苦集所斷非徧行并見道修所斷一切隨眠於彼相應法亦爾於彼等起心不相應行見滅所斷有漏緣及徧行隨眠所緣故隨增非相應故諸餘隨眠於彼非所緣故隨增非相應故於見滅所斷邪見不相應心幾隨眠所緣故隨增非相應故幾隨眠相應故隨增非所緣故幾隨眠所緣故隨增亦相應故幾隨眠非所緣故隨增非相應故答所緣故隨增非相應故者謂徧行隨眠相應故隨增非所緣故者謂除見滅所斷邪見及彼相應無明諸餘見滅所斷無漏緣隨眠所緣故隨增亦相應故者謂見滅所斷有漏緣隨眠非所緣故隨增非相應故者謂見滅所斷邪見及彼相應無明若見苦集所斷非徧行若見道修所斷一切隨眠於彼相應法亦爾於彼等起心不相應行見滅所斷有漏緣及徧行隨眠所緣故隨增非相應故諸餘隨眠於彼非所緣故隨增非相應故於見滅所斷疑不相應心幾隨眠所緣故隨增非相應故幾隨眠相應故隨增非所緣故幾隨眠所

緣故隨增亦相應故幾隨眠非所緣故隨增非相應故答所緣故隨增非相應故者謂徧行隨眠相應故隨增非所緣故者謂除見滅所斷疑及彼相應無明諸餘見滅所斷無漏緣隨眠所緣故隨增亦相應故者謂見滅所斷有漏緣隨眠非所緣故隨增非相應故者謂見滅所斷邪見疑及彼相應無明若見苦集所斷非徧行若見道修所斷一切隨眠於彼相應法亦爾於彼等起心不相應行見滅所斷有漏緣及徧行隨眠所緣故隨增非相應故諸餘隨眠於彼非所緣故隨增非相應故於見滅所斷邪見疑不相應心幾隨眠所緣故隨增非相應故幾隨眠相應故隨增非所緣故幾隨眠所緣故隨增亦相應故幾隨眠非所緣故隨增非相應故答所緣故隨增非相應故者謂徧行隨眠相應故隨增非所緣故者謂除見滅所斷邪見疑及彼相應無明諸餘見滅所斷無漏緣隨眠所緣故隨增亦相應故者謂見滅所斷有漏緣隨眠非所緣故隨增非相應故者謂見滅所斷邪見疑及彼相應無明若見苦集所斷非徧行若見道修所斷一切隨眠於彼相應法亦爾於彼等起心不相應行見滅所斷有漏緣及徧行隨眠所緣故隨增非相應故諸餘隨眠於彼非所緣故隨增非相應故見道所斷心亦爾如不定繫欲界繫色界繫無色界繫亦爾

有三十六隨眠謂見苦所斷十見集所斷七見滅所斷七見道所斷八修所斷四見苦所斷十隨眠云何謂有身見邊執見見苦所斷邪見見取戒禁取疑貪瞋慢無明見集所斷

七隨眠云何謂見集所斷邪見見取疑貪瞋慢無明見滅所斷七隨眠云何謂見滅所斷邪見見取疑貪瞋慢無明見道所斷八隨眠云何謂見道所斷邪見見取戒禁取疑貪瞋慢無明修所斷四隨眠云何謂修所斷貪瞋慢無明於有身見幾隨眠隨增答見苦所斷一切及見集所斷徧行隨眠於彼相應法及彼等起心不相應行亦爾如有身見邊執見見苦所斷邪見見取戒禁取疑貪瞋慢無明亦爾於見集所斷邪見幾隨眠隨增答見集所斷一切及見苦所斷徧行隨眠於彼相應法及彼等起心不相應行亦爾如見集所斷邪見見取疑貪瞋慢無明亦爾於見滅所斷邪見幾隨眠隨增答見滅所斷邪見相應無明及見滅所斷有漏緣并徧行隨眠於彼相應法見滅所斷邪見及彼相應無明若見滅所斷有漏緣若徧行隨眠於彼等起心不相應行見滅所斷有漏緣及徧行隨眠見滅所斷疑亦爾於見滅所斷見取幾隨眠隨增答見滅所斷有漏緣及徧行隨眠於彼相應法及彼等起心不相應行亦爾見滅所斷貪瞋慢亦爾於見滅所斷無明幾隨眠隨增答除見滅所斷無漏緣無明諸餘見滅所斷一切及徧行隨眠於彼相應法見滅所斷一切及徧行隨眠於彼等起心不相應行見滅所斷有漏緣及徧行隨眠見道所斷亦爾於修所斷貪幾隨眠隨增答修所斷一切及徧行隨眠於彼相應法及彼等起心不相應行亦爾修所斷瞋慢無明亦爾

於有身見幾隨眠所緣故隨增非相應故幾

隨眠相應故隨增非所緣故幾隨眠所緣故隨增亦相應故幾隨眠非所緣故隨增非相應故答所緣故隨增非相應故者謂除有身見相應無明諸餘見苦所斷一切及見集所斷徧行隨眠相應故隨增非所緣故者無所緣故隨增亦相應故者謂有身見相應無明非所緣故隨增非相應故者謂見集所斷非徧行及見滅道修所斷一切隨眠於彼相應法所緣故隨增非相應故者謂除有身見及彼相應無明諸餘見苦所斷一切及見集所斷徧行隨眠相應故隨增非所緣故者無所緣故隨增亦相應故者謂有身見及彼相應無明非所緣故隨增非相應故者謂見集所斷非徧行及見滅道修所斷一切隨眠於彼等起心不相應行見苦所斷一切及見集所斷徧行隨眠所緣故隨增非相應故諸餘隨眠於彼非所緣故隨增非相應故如有身見邊執見見苦所斷邪見見取戒禁取疑貪瞋慢亦爾於見苦所斷無明幾隨眠所緣故隨增非相應故幾隨眠相應故隨增非所緣故幾隨眠所緣故隨增亦相應故幾隨眠非所緣故隨增非相應故答所緣故隨增非相應故者謂見苦所斷無明及見集所斷徧行隨眠相應故隨增非所緣故者無所緣故隨增亦相應故者謂除見苦所斷無明諸餘見苦所斷一切隨眠非所緣故隨增非相應故者謂見集所斷非徧行及見滅道修所斷一切隨眠於彼相應法所緣故隨增非相應故者謂見集所斷徧行隨眠相應故隨增非所緣故者無所緣故隨增亦相應故者謂見苦所

斷一切隨眠非所緣故隨增非相應故者謂見集所斷非徧行及見滅道修所斷一切隨眠於彼等起心不相應行見苦所斷一切及見集所斷徧行隨眠所緣故隨增非相應故諸餘隨眠於彼非所緣故隨增非相應故於見集所斷邪見幾隨眠所緣故隨增非相應故幾隨眠相應故隨增非所緣故幾隨眠所緣故隨增亦相應故幾隨眠非所緣故隨增非相應故答所緣故隨增非相應故者謂除見集所斷邪見相應無明諸餘見集所斷一切及見苦所斷徧行隨眠相應故隨增非所緣故者無所緣故隨增亦相應故者謂見集所斷邪見相應無明非所緣故隨增非相應故者謂見苦所斷非徧行及見滅道修所斷一切隨眠於彼相應法所緣故隨增非相應

故者謂除見集所斷邪見及彼相應無明諸餘見集所斷一切及見苦所斷徧行隨眠相應故隨增非所緣故者無所緣故隨增亦相應故者謂見集所斷邪見及彼相應無明非所緣故隨增非相應故者謂見苦所斷非徧行及見滅道修所斷一切隨眠於彼等起心不相應行見集所斷一切及見苦所斷徧行隨眠所緣故隨增非相應故諸餘隨眠於彼非所緣故隨增非相應故如見集所斷邪見見取疑貪瞋慢亦爾於見集所斷無明幾隨眠所緣故隨增非相應故幾隨眠相應故隨增非所緣故幾隨眠所緣故隨增亦相應故幾隨眠非所緣故隨增非相應故答所緣故隨增非相應故者謂見集所斷無明及見苦所斷徧行隨眠相應故隨增非所緣故者無

所緣故隨增亦相應故者謂除見集所斷無明諸餘見集所斷一切隨眠非所緣故隨增非相應故者謂見苦所斷非徧行及見滅道修所斷一切隨眠於彼相應法所緣故隨增非相應故者謂見苦所斷徧行隨眠相應故隨增非所緣故者無所緣故隨增亦相應故者謂見集所斷一切隨眠非所緣故隨增非相應故者謂見苦所斷非徧行及見滅道修所斷一切隨眠於彼等起心不相應行見集所斷一切及見苦所斷徧行隨眠所緣故隨增非相應故諸餘隨眠於彼非所緣故隨增非相應故於見滅所斷邪見幾隨眠所緣故隨增非相應故幾隨眠相應故隨增非所緣故幾隨眠所緣故隨增亦相應故幾隨眠非所緣故隨增非相應故答所緣故隨增非相

應故者謂見滅所斷有漏緣及徧行隨眠相應故隨增非所緣故者謂見滅所斷邪見相應無明所緣故隨增亦相應故者無非所緣故隨增非相應故者謂除見滅所斷邪見相應無明諸餘見滅所斷無漏緣及見苦集所斷非徧行并見道修所斷一切隨眠於彼相應法所緣故隨增非相應故者謂見滅所斷有漏緣及徧行隨眠相應故隨增非所緣故者謂見滅所斷邪見及彼相應無明所緣故隨增亦相應故者無非所緣故隨增非相應故者謂除見滅所斷邪見及彼相應無明諸餘見滅所斷無漏緣及見苦集所斷非徧行并見道修所斷一切隨眠於彼等起心不相應行見滅所斷有漏緣及徧行隨眠所緣故隨增非相應故諸餘隨眠於彼非所緣故隨

增非相應故見滅所斷疑亦爾於見滅所斷見取幾隨眠所緣故隨增非相應故幾隨眠相應故隨增非所緣故幾隨眠所緣故隨增亦相應故幾隨眠非所緣故隨增非相應故答所緣故隨增非相應故者謂除見滅所斷見取相應無明諸餘見滅所斷有漏緣及徧行隨眠相應故隨增非所緣故者無所緣故隨增亦相應故者謂見滅所斷見取相應無明非所緣故隨增非相應故者謂見滅所斷無漏緣及見苦集所斷非徧行并見道修所斷一切隨眠於彼相應法所緣故隨增非相應故者謂除見滅所斷見取及彼相應無明諸餘見滅所斷有漏緣及徧行隨眠相應故隨增非所緣故者無所緣故隨增亦相應故者謂見滅所斷見取及彼相應無明非所緣故隨增非相應故見滅所斷無漏緣及見苦集所斷非徧行并見道修所斷一切隨眠於彼等起心不相應行見滅所斷有漏緣及徧行隨眠所緣故隨增非相應故諸餘隨眠於彼非所緣故隨增非相應故見滅所斷貪瞋慢亦爾

阿毗達磨品類足論卷第四 說一切有部

阿毗達磨品類足論卷第五

尊者世友造

唐三藏法師玄奘奉詔譯

辯隨眠品第五之三

於見滅所斷無明幾隨眠所緣故隨增非相應故幾隨眠相應故隨增非所緣故幾隨眠所緣故隨增亦相應故幾隨眠非所緣故隨增非相應故答所緣故隨增非相應故者謂見滅所斷有漏緣無明及徧行隨眠相應故隨增非所緣故者謂除見滅所緣無漏緣無明諸餘見滅所斷無漏緣隨眠所緣故隨增亦相應故者謂除見滅所斷有漏緣無明諸餘見滅所斷有漏緣隨眠非所緣故隨增亦非相應故者謂見滅所斷無漏緣無明及見苦集所斷非徧行并見道修所斷一切隨眠於彼相應法所緣故隨增非相應故者謂徧行隨眠相應故隨增非所緣故者謂見滅所斷無漏緣隨眠所緣故隨增亦相應故者謂見滅所斷有漏緣隨眠非所緣故隨增非相應故者謂見苦集所斷非徧行及見道修所斷一切隨眠於彼等起心不相應行見滅所斷有漏緣及徧行隨眠所緣故隨增非相應故諸餘隨眠於彼非所緣故隨增非相應故見道所斷亦爾於修所斷貪幾隨眠所緣故隨增非相應故幾隨眠相應故隨增非所緣故幾隨眠所緣故隨增亦相應故幾隨眠非所緣故隨增非相應故答所緣故隨增非相應故者謂除修所斷貪相應無明諸餘修所斷一切及徧行隨眠相應故隨增非所緣故者無所緣故隨增亦相應故者謂修所斷貪

相應無明非所緣故隨增非相應故者謂見苦集所斷非徧行及見滅道所斷一切隨眠於彼相應法所緣故隨增非相應故者謂除修所斷貪及彼相應無明諸餘修所斷一切及徧行隨眠相應故隨增非所緣故者無所緣故隨增亦相應故者謂修所斷貪及彼相應無明非所緣故隨增非相應故者謂見苦集所斷非徧行及見滅道所斷一切隨眠於彼等起心不相應行修所斷一切及徧行隨眠所緣故隨增非相應故諸餘隨眠於彼非所緣故隨增非相應故修所斷瞋慢亦爾於修所斷無明幾隨眠所緣故隨增非相應故幾隨眠相應故隨增非所緣故幾隨眠所緣故隨增亦相應故幾隨眠非所緣故隨增非相應故答所緣隨增非相應故者謂修所斷無明及徧行隨眠相應故隨增非所緣故者無所緣故隨增亦相應故者謂除修所斷無明諸餘修所斷一切隨眠非所緣故隨增亦非相應故者謂見苦集所斷非徧行及見滅道所斷一切隨眠於彼相應法所緣故隨增非相應故者謂徧行隨眠相應故隨增非所緣故者無所緣故隨增亦相應故者謂修所斷一切隨眠非所緣故隨增非相應故者謂見苦集所斷非徧行及見滅道所斷一切隨眠於彼等起心不相應行修所斷一切及徧行隨眠所緣故隨增非相應故諸餘隨眠於彼非所緣故隨增非相應故

有四十八無明謂見滅所斷邪見相應無明見滅所斷疑相應無明見滅所斷邪見疑相應無明見滅所斷邪見不相應無明見滅所

斷疑不相應無明見滅所斷邪見疑不相應無明見道所斷亦爾如不定繫欲界繫色界繫無色界繫亦爾於見滅所斷邪見相應無明幾隨眠隨增答見滅所斷邪見及見滅所斷有漏緣幷徧行隨眠於彼相應法見滅所斷邪見及彼相應無明若見滅所斷有漏緣若徧行隨眠於彼等起心不相應行見滅所斷有漏緣及徧行隨眠於見滅所斷疑相應無明幾隨眠隨增答見滅所斷疑及見滅所斷有漏緣幷徧行隨眠於彼相應法見滅所斷疑及彼相應無明若見滅所斷有漏緣若徧行隨眠於彼等起心不相應行見滅所斷有漏緣及徧行隨眠於見滅所斷邪見疑相應無明幾隨眠隨增答見滅所斷邪見疑及見滅所斷有漏緣幷徧行隨眠於彼相應法

見滅所斷邪見疑及彼相應無明若見滅所斷有漏緣若徧行隨眠於彼等起心不相應行見滅所斷有漏緣及徧行隨眠於見滅所斷邪見不相應無明幾隨眠隨增答見滅所斷疑及見滅所斷有漏緣幷徧行隨眠於彼相應法除見滅所斷邪見及彼相應無明諸餘見滅所斷一切及徧行隨眠於彼等起心不相應行見滅所斷有漏緣及徧行隨眠於見滅所斷疑不相應無明幾隨眠隨增答見滅所斷邪見及見滅所斷有漏緣幷徧行隨眠於彼相應法除見滅所斷疑及彼相應無明諸餘見滅所斷一切及徧行隨眠於彼等起心不相應行見滅所斷有漏緣及徧行隨眠於見滅所斷邪見疑不相應無明幾隨眠隨增答見滅所斷有漏緣及徧行隨眠於彼

相應法除見滅所斷邪見疑及彼相應無明諸餘見滅所斷一切及徧行隨眠於彼等起心不相應行見滅所斷有漏緣及徧行隨眠見道所斷亦爾如不定繫欲界繫色界繫無色界繫亦爾

於見滅所斷邪見相應無明幾隨眠所緣故隨增非相應故幾隨眠相應故隨增非所緣故幾隨眠所緣故隨增亦相應故幾隨眠非所緣故隨增非相應故荅所緣故隨增非相應故者謂見滅所斷有漏緣及徧行隨眠相應故隨增非所緣故者謂見滅所斷邪見所緣故隨增亦相應故者無非所緣故隨增非相應故者謂除見滅所斷邪見諸餘見滅所斷無漏緣及見苦集所斷非徧行幷見道修所斷一切隨眠於彼相應法所緣故隨增非相應故者謂見滅所斷有漏緣及徧行隨眠相應故隨增非所緣故者謂見滅所斷邪見及彼相應無明所緣故隨增亦相應故者無非所緣故隨增非相應故者謂除見滅所斷邪見及彼相應無明諸餘見滅所斷無漏緣及見苦集所斷非徧行幷見道修所斷一切隨眠於彼等起心不相應行見滅所斷有漏緣及徧行隨眠所緣故隨增非相應故諸餘隨眠於彼非所緣故隨增非相應故於見滅所斷疑相應無明幾隨眠所緣故隨增非相應故幾隨眠相應故隨增非所緣故幾隨眠所緣故隨增亦相應故幾隨眠非所緣故隨增非相應故荅所緣故隨增非相應故者謂見滅所斷有漏緣及徧行隨眠相應故隨增非所緣故者謂見滅所斷疑所緣故隨增亦

相應故者無非所緣故隨增非相應故者謂除見滅所斷疑諸餘見滅所斷無漏緣及見苦集所斷非徧行幷見道修所斷一切隨眠於彼相應法所緣故隨增非相應故者謂見滅所斷有漏緣及徧行隨眠相應故隨增非所緣故者謂見滅所斷疑及彼相應無明所緣故隨增亦相應故者無非所緣故隨增非相應故者謂除見滅所斷疑及彼相應無明諸餘見滅所斷無漏緣及見苦集所斷非徧行幷見道修所斷一切隨眠於彼等起心不相應行見滅所斷有漏緣及徧行隨眠所緣故隨增非相應故諸餘隨眠於彼非所緣故隨增非相應故於見滅所斷邪見疑相應無明幾隨眠所緣故隨增非相應故幾隨眠相應故隨增非所緣故幾隨眠所緣故隨增亦

相應故幾隨眠非所緣故隨增非相應故答所緣故隨增非相應故者謂見滅所斷有漏緣及徧行隨眠相應故隨增非所緣故者謂見滅所斷邪見疑所緣故隨增亦相應故者無非所緣故隨增非相應故者謂除見滅所斷邪見疑諸餘見滅所斷無漏緣及見苦集所斷非徧行幷見道修所斷一切隨眠於彼相應法所緣故隨增非相應故者謂見滅所斷有漏緣及徧行隨眠相應故隨增非所緣故者謂見滅所斷邪見疑及彼相應無明所緣故隨增亦相應故者無非所緣故隨增非相應故者謂除見滅所斷邪見疑及彼相應無明諸餘見滅所斷無漏緣及見苦集所斷非徧行幷見道修所斷一切隨眠於彼等起心不相應行見滅所斷有漏緣及徧行隨眠

所緣故隨增非相應故諸餘隨眠於彼非所緣故隨增非相應故於見滅所斷邪見不相應無明幾隨眠所緣故隨增非相應故幾隨眠相應故隨增非所緣故幾隨眠所緣故隨增亦相應故幾隨眠非所緣故隨增非相應故答所緣故隨增非相應故者謂見滅所斷有漏緣無明及徧行隨眠相應故隨增非所緣故者謂見滅所斷疑所緣故隨增亦相應故者謂除見滅所斷有漏緣無明諸餘見滅所斷有漏緣隨眠非所緣故隨增非相應故者謂除見滅所斷疑諸餘見滅所斷無漏緣及見苦集所斷非徧行并見道修所斷一切隨眠於彼相應法所緣故隨增非相應故者謂徧行隨眠相應故隨增非所緣故者謂除見滅所斷邪見及彼相應無明諸餘見滅所

斷無漏緣隨眠所緣故隨增亦相應故者謂見滅所斷有漏緣隨眠非所緣故隨增非相應故者謂見滅所斷邪見及彼相應無明若見苦集所斷非徧行若見道修所斷一切隨眠於彼等起心不相應行見滅所斷有漏緣及徧行隨眠所緣故隨增非相應故諸餘隨眠於彼非所緣故隨增非相應故於見滅所斷疑不相應無明幾隨眠所緣故隨增非相應故幾隨眠相應故隨增非所緣故幾隨眠所緣故隨增亦相應故幾隨眠非所緣故隨增非相應故答所緣故隨增非相應故者謂見滅所斷有漏緣無明及徧行隨眠相應故隨增非所緣故者謂見滅所斷邪見所緣故隨增亦相應故者謂除見滅所斷有漏緣無明諸餘見滅所斷有漏緣隨眠非所緣故隨

增非相應故者謂除見滅所斷邪見諸餘見滅所斷無漏緣及見苦集所斷非偏行并見道修所斷一切隨眠於彼相應法所緣故隨增非相應故者謂偏行隨眠相應故隨增非所緣故者謂除見滅所斷疑及彼相應無明諸餘見滅所斷無漏緣隨眠所緣故隨增亦相應故者謂見滅所斷有漏緣隨眠非所緣故隨增非相應故者謂見滅所斷疑及彼相應無明若見苦集所斷非偏行若見道修所斷一切隨眠於彼等起心不相應行見滅所斷有漏緣及偏行隨眠所緣故隨增非相應故諸餘隨眠於彼非所緣故隨增非相應故於見滅所斷邪見疑不相應無明幾隨眠所緣故隨增非相應故幾隨眠相應故隨增非所緣故幾隨眠所緣故隨增亦相應故幾隨眠非所緣故隨增非相應故答所緣故隨增非相應故者謂見滅所斷有漏緣無明及偏行隨眠相應故隨增非所緣故者無所緣故隨增亦相應故者謂除見滅所斷有漏緣無明諸餘見滅所斷有漏緣隨眠非所緣故隨增非相應故者謂見滅所斷無漏緣及見苦集所斷非偏行并見道修所斷一切隨眠於彼相應法所緣故隨增非相應故者謂偏行隨眠相應故隨增非所緣故者謂除見滅所斷邪見疑及彼相應無明諸餘見滅所斷無漏緣隨眠所緣故隨增亦相應故者謂見滅所斷有漏緣隨眠非所緣故隨增非相應故者謂見滅所斷邪見疑及彼相應無明若見苦集所斷非偏行若見道修所斷一切隨眠於彼等起心不相應行見滅所斷有漏緣及

徧行隨眠所縁故隨增非相應故諸餘隨眠於彼非所縁故隨增非相應故見道所斷亦爾如不定繫欲界繫色界繫無色界繫亦爾諸隨眠有漏縁彼隨眠所縁相應故隨增耶答若隨眠所縁相應故隨增彼隨眠有漏縁有隨眠有漏縁彼隨眠非所縁相應故隨增謂縁異界地徧行隨眠此復云何謂諸隨眠欲界繫縁色界繫若諸隨眠欲界繫縁無色界繫若諸隨眠色界繫縁無色界繫若諸隨眠欲界繫縁色無色界繫異地縁亦爾諸隨眠無漏縁彼隨眠相應故隨增耶答若隨眠無漏縁彼隨眠相應故隨增有隨眠相應故隨增彼隨眠非無漏縁謂縁異界地徧行隨眠此復云何謂諸隨眠欲界繫縁色界繫若諸隨眠欲界繫縁無色界繫若諸隨眠色界繫縁無色界繫若諸隨眠欲界繫縁色無色界繫異地縁亦爾

辯攝等品第六之一

有所知法所識法所通達法所縁法增上法有色法無色法有見法無見法有對法無對法有漏法無漏法有爲法無爲法有諍法無諍法世間法出世間法墮界法不墮界法有味著法無味著法耽嗜依法出離依法心法非心法心所法非心所法心相應法心不相應法心俱有法非心俱有法隨心轉法非隨心轉法心爲因法非心爲因法心爲等無間法非心爲等無間法心爲所縁法非心爲所縁法心爲增上法非心爲增上法心果法非心果法心異熟法非心異熟法業法非業法業相應法業不相應法業俱有法非業俱有

法隨業轉法非隨業轉法業爲因法非業爲因法業爲等無間法非業爲等無間法業爲所緣法非業爲所緣法業爲增上法非業爲增上法業果法非業果法業異熟法非業異熟法有法非有法有相應法有不相應法有俱有法非有俱有法隨有轉法非隨有轉法有爲因法非有爲因法有爲等無間法非有爲等無間法有爲所緣法非有爲所緣法有爲增上法非有爲增上法有果法非有果法有異熟法非有異熟法所徧知法非所徧知法所應斷法非所應斷法所應修法非所應修法所應證法非所應證法所應習法非所應習法有罪法無罪法黑法白法有覆法無覆法順退法非順退法有記法無記法已生法非已生法正生法非正生法已滅法非已滅法正滅法非正滅法緣起法非緣起法緣已生法非緣已生法因法非因法有因法非有因法因已生法非因已生法因相應法因不相應法結法非結法順結法非順結法取法非取法有執受法無執受法順取法非順取法煩惱法非煩惱法染汙法不染汙法雜染法非雜染法纏法非纏法所纏法非所纏法順纏法非順纏法有所緣法無所緣法有尋法無尋法有伺法無伺法有喜法無喜法有警覺法無警覺法有事法無事法有緣法無緣法有上法無上法遠法近法有量法無量法見法非見法見處法非見處法見相應法見不相應法異生法法非異生法法共異生法不共異生法定法非定法順熱惱法非順熱惱法根法非根法聖諦所攝法非聖諦

所攝法俱有法非俱有法相應法不相應法果法非果法有果法無果法異熟法非異熟法有異熟法無異熟法因緣法非因緣法有因緣法無因緣法離法非離法有離法無離法相續法非相續法有相續法無相續法有三法謂善法不善法無記法學法無學法非學非無學法見所斷法修所斷法非所斷法見所斷爲因法修所斷爲因法非所斷爲因法有見有對法無見有對法無見無對法異熟法異熟法法非異熟非異熟法法劣法中法妙法小法大法無量法可意法不可意法非可意非不可意法樂俱行法苦俱行法不苦不樂俱行法俱生法俱住法俱滅法非俱生法非俱住法非俱滅法心俱生法心俱住法心俱滅法非心俱生法非心俱住法非心

俱滅法有三界謂欲界恚界害界復有三界謂出離界無恚界無害界復有三界謂欲界色界無色界復有三界謂色界無色界滅界有三有謂欲有色有無色有有三漏謂欲漏有漏無明漏有三世謂過去世未來世現在世有三言依事謂過去言依事未來言依事現在言依事有三苦性謂苦苦性壞苦性行苦性有三法謂有尋有伺法無尋唯伺法無尋無伺法有三地謂有尋有伺地無尋唯伺地無尋無伺地有三業謂身業語業意業復有三業謂善業不善業無記業復有三業謂學業無學業非學非無學業復有三業謂見所斷業修所斷業非所斷業復有三業謂順現法受業順次生受業順後次受業復有三業謂順樂受業順苦受業順不苦不樂受業

有四念住謂身念住受念住心念住法念住有四正斷謂爲令已生惡不善法得永斷故勤修正斷爲令未生惡不善法永不生故勤修正斷爲令未生善法生故勤修正斷爲令已生善法堅住不忘修滿倍復增廣智作證故勤修正斷有四神足謂欲三摩地斷行成就神足勤三摩地斷行成就神足心三摩地斷行成就神足觀三摩地斷行成就神足有四靜慮謂初靜慮第二靜慮第三靜慮第四靜慮有四聖諦謂苦聖諦集聖諦滅聖諦道聖諦有四無量謂慈無量悲無量喜無量捨無量有四無色謂空無邊處識無邊處無所有處非想非非想處有四聖種謂隨所得衣喜足聖種隨所得食喜足聖種隨所得卧具喜足聖種樂斷樂修聖種有四沙門果謂預流果一來果不還果阿羅漢果有四智謂法智類智他心智世俗智復有四智謂苦智集智滅智道智有四無礙解謂法無礙解義無礙解詞無礙解辯無礙解有四緣謂因緣等無間緣所緣緣增上緣有四食謂段食若麤若細觸食意思食識食有四暴流謂欲暴流有暴流見暴流無明暴流有四軛謂欲軛有軛見軛無明軛有四取謂欲取見取戒禁取我語取有四法謂過去法未來法現在法非過去非未來非現在法復有四法謂欲界繫法色界繫法無色界繫法不繫法復有四法謂善爲因法不善爲因法無記爲因法非善爲因非不善爲因非無記爲因法復有四法謂緣有所緣法緣無所緣法緣有所緣緣無所緣法非緣有所緣非緣無所緣法

有五蘊謂色蘊受蘊想蘊行蘊識蘊有五取蘊謂色取蘊受取蘊想取蘊行取蘊識取蘊有五趣謂捺落迦趣傍生趣鬼趣人趣天趣有五煩惱部謂見苦所斷煩惱部見集所斷煩惱部見滅所斷煩惱部見道所斷煩惱部修所斷煩惱部有五法謂色法心法心所法心不相應行法無爲法有六界謂地界水界火界風界空界識界有六法謂見苦所斷法見集所斷法見滅所斷法見道所斷法修所斷法非所斷法有七隨眠謂欲貪隨眠瞋隨眠有貪隨眠慢隨眠無明隨眠見隨眠疑隨眠有七識住謂有色有情身異想異如人一分天是初識住有色有情身異想一如梵衆天劫初時是第二識住有色有情身一想異如極光淨天是第三識住有色有情身一想一如徧淨天是第四識住無色有情超一切色想滅有對想不思惟種種想入無邊空空無邊處具足住如空無邊處天是第五識住無色有情超一切空無邊處入無邊識識無邊處具足住如識無邊處天是第六識住無色有情超一切識無邊處入無所有無所有處具足住如無所有處天是第七識住有七覺支謂念等覺支擇法等覺支精進等覺支喜等覺支輕安等覺支定等覺支捨等覺支有八解脫謂有色觀諸色是初解脫內無色想觀外色是第二解脫淨解脫身作證具足住是第三解脫超一切色想滅有對想不思惟種種想入無邊空空無邊處具足住是第四解脫超一切空無邊處入無邊識識無邊處具足住是第五解脫超一切識無邊處入

無所有無所有處具足住是第六解脫超一切無所有處入非想非非想處具足住是第七解脫超一切非想非非想處入想受滅身作證具足住是第八解脫有八勝處謂內有色想觀外色少若好顯色若惡顯色於彼諸色勝知勝見具如是想是初勝處內有色想觀外色多若好顯色若惡顯色於彼諸色勝知勝見具如是想是第二勝處內無色想觀外色少若好顯色若惡顯色於彼諸色勝知勝見具如是想是第三勝處內無色想觀外色多若好顯色若惡顯色於彼諸色勝知勝見具如是想是第四勝處內無色想觀外諸色若青青顯青現青光猶如烏莫迦華或如婆羅痆斯深染青衣若青青顯青現青光內無色想觀外諸色若青青顯青現青光亦復

如是於彼諸色勝知勝見具如是想是第五勝處內無色想觀外諸色若黄黄顯黄現黄光猶如羯尼迦華或如婆羅痆斯深染黄衣若黄黄顯黄現黄光內無色想觀外諸色若黄黄顯黄現黄光亦復如是於彼諸色勝知勝見具如是想是第六勝處內無色想觀外諸色若赤赤顯赤現赤光猶如槃豆時縛迦華或如婆羅痆斯深染赤衣若赤赤顯赤現赤光內無色想觀外諸色若赤赤顯赤現赤光亦復如是於彼諸色勝知勝見具如是想是第七勝處內無色想觀外諸色若白白顯白現白光猶如烏殺斯星或如婆羅痆斯極鮮白衣若白白顯白現白光內無色想觀外諸色若白白顯白現白光亦復如是於彼諸色勝知勝見具如是想是第八勝處有八聖

道支謂正見正思惟正語正業正命正精進正念正定

阿毗達磨品類足論卷第五說一切有部

音釋

梔(於華切與軛同)捺(奴曷切)疕(女黠切)羯(居竭切)

阿毗達磨品類足論卷第六

尊者世友造

唐三藏法師玄奘奉詔譯

辯攝等品第六之二

有九結謂愛結恚結慢結無明結見結取結疑結嫉結慳結有九有情居謂有色有情身異想異如人及一分天是初有情居有色有情身異想一如梵衆天劫初時是第二有情居有色有情身一想異如極光淨天是第三有情居有色有情身一想一如徧淨天是第四有情居有色有情無想無異想如無想有情天是第五有情居無色有情超一切色想滅有對想不思惟種種想入無邊空空無邊處具足住如空無邊處天是第六有情居無色有情超一切空無邊處入無邊識識無邊處具足住如識無邊處天是第七有情居無色有情超一切識無邊處入無所有無所有處具足住如無所有處天是第八有情居無色有情超一切無所有處入非想非非想處具足住如非想非非想處天是第九有情居

有十徧處謂地徧滿一類想上下傍布無二無量是初徧處水徧滿一類想上下傍布無二無量是第二徧處火徧滿一類想上下傍布無二無量是第三徧處風徧滿一類想上下傍布無二無量是第四徧處青徧滿一類想上下傍布無二無量是第五徧處黃徧滿一類想上下傍布無二無量是第六徧處赤徧滿一類想上下傍布無二無量是第七徧處白徧滿一類想上下傍布無二無量是第八徧處空徧滿一類想上下傍布無二無量

是第九徧處識徧滿一類想上下傍布無二無量是第十徧處有十無學法謂無學正見正思惟正語正業正命正精進正念正定正勝解正智

有十一法謂有漏色無漏色有漏受無漏受有漏想無漏想有漏行無漏行有漏識無漏識及無爲法有十二處謂眼處色處耳處聲處鼻處香處舌處味處身處觸處意處法處有十八界謂眼界色界眼識界耳界聲界耳識界鼻界香界鼻識界舌界味界舌識界身界觸界身識界意界法界意識界有二十二根謂眼根耳根鼻根舌根身根女根男根命根意根樂根苦根喜根憂根捨根信根精進根念根定根慧根未知當知根已知根具知根有九十八隨眠謂欲界繫三十六色界繫三十一無色界繫三十一如前説

所知法云何謂一切法是智所知隨其事此復云何謂苦智知苦集智知集滅智知滅道智知道復有善世俗智知苦集滅道及虚空非擇滅故説一切法是智所知隨其事是名所知法所識法云何謂一切法是識所識隨其事此復云何謂眼識識色耳識識聲鼻識識香舌識識味身識識觸意識識法眼色眼識耳聲耳識鼻香鼻識舌味舌識身觸身識意法意識故説一切法是識所識隨其事是名所識法所通達法云何通達者謂善慧此以一切法爲所通達隨其事此復云何謂苦忍苦智通達苦集忍集智通達集滅忍滅智通達滅道忍道智通達道復有善有漏慧通達苦集滅道及虚空非擇滅故説通達者謂

善慧此以一切法爲所通達隨其事是名所通達法所緣法云何謂一切法是心心所法所緣隨其事此復云何謂眼識及相應法緣色耳識及相應法緣聲鼻識及相應法緣香舌識及相應法緣味身識及相應法緣觸意識及相應法緣法眼色眼識耳聲耳識鼻香鼻識舌味舌識身觸身識意法意識故說一切法是心心所法所緣隨其事是名所緣法增上法云何謂一切有爲法互爲增上復有無爲法與有爲法爲增上是名增上法

有色法云何謂十處一處少分無色法云何謂一處一處少分有見法云何謂一處無見法云何謂十一處有對法云何謂十處無對法云何謂二處有漏法云何謂十處二處少分無漏法云何謂二處少分有爲法云何謂十一處一處少分無爲法云何謂一處少分有諍法云何謂十處二處少分無諍法云何謂二處少分世間出世間法墮界不墮界法有味著無味著法耽嗜依出離依法亦爾心法云何謂一處非心法云何謂十一處心所法云何謂若法與心相應此復云何謂受蘊想蘊相應行蘊非心所法云何謂若法心不相應此復云何謂色心心不相應行無爲心相應法云何謂心所法此復云何謂受蘊想蘊相應行蘊心不相應法云何謂非心所法此復云何謂色心心不相應行無爲心俱有法云何謂心俱有十一處少分除意處非心俱有法云何謂意處及非心俱有十一處少分隨心轉法云何謂若法與心一生一住一滅此復云何謂一切心所法及道俱有定俱

有戒若心若彼法生老住無常是名隨心轉法非隨心轉法云何謂若法不與心一生一住一滅此復云何謂除隨心轉身語業諸餘色法除隨心轉心不相應行諸隨心不相應行及心無爲是名非隨心轉法心爲因法云何謂除已入正性離生補特伽羅初無漏心諸餘心及除諸餘異生定當入正性離生者未來初無漏心諸餘心及心爲因十一處少分是名心爲因法非心爲因法云何謂已入正性離生補特伽羅初無漏心及諸餘異生定當入正性離生者未來初無漏心并心爲因十一處少分是名非心爲因法心爲等無間法云何謂心爲等無間心心所法若已生若正生及無想定滅定若已生若正生是名心爲等無間法非心爲等無間法云何謂除心爲等無間心心所法諸餘心心所法及除心爲等無間心不相應行諸餘心不相應行并色無爲是名非心爲等無間法心爲所緣法云何謂若意識及相應法以心爲所緣是名心爲所緣法非心爲所緣法云何謂除心爲所緣意識及相應法諸餘意識及相應法若五識身及相應法若色無爲心不相應行是名非心爲所緣法心爲增上法云何謂有爲法以心爲增上是名心爲增上法非心爲增上法云何謂無爲法心果法云何謂一切有爲法及擇滅非心果法云何謂虛空及非擇滅心異熟法云何心異熟十一處少分除聲處非心異熟法云何謂聲處及非心異熟十一處少分

業法云何謂身語業及思非業法云何謂除

身語業諸餘色除思諸餘行蘊及三蘊全并無爲法業相應法云何謂若法與思相應此復云何謂一切心心所法除思業不相應法云何謂若法思不相應此復云何謂色及思心不相應行無爲業俱有法云何謂意處及業俱有十一處少分除思非業俱有法云何謂思及非業俱有十一處少分除意處隨業轉法云何謂若法與思一生一住一滅此復云何謂一切心心所法除思及道俱有定俱有滅若思若滅法生老住無常是名隨業轉法非隨業轉法云何謂若法不與思一生一住一滅此復云何謂除隨業轉身語業諸餘色及除隨業轉心不相應行諸餘心不相應行思及無爲是名非隨業轉法業爲因法云何謂除已入正性離生補特伽羅初無漏思諸餘思及除諸餘異生定當入正性離生者未來初無漏思諸餘思及意處并業爲因十一處少分是名業爲因法非業爲因法云何謂已入正性離生補特伽羅初無漏思及諸餘異生定當入正性離生者未來初無漏思及非業爲因十一處少分除意處是名非業爲因法業爲等無間法云何謂若法心爲等無間非業爲等無間法云何謂若法非心爲等無間業爲所緣法云何謂三識身及相應法以業爲所緣是名業爲所緣法非業爲所緣法云何謂除業爲所緣三識身及相應法諸餘即此三識身及相應法并餘三識身及相應法若色無爲心不相應行是名非業爲所緣法業爲增上法云何謂有爲法以業爲增上非業爲增上法云何謂無爲法業果法

云何謂一切有爲法及擇滅非業果法云何謂虛空非擇滅業異熟法云何謂業異熟十一處少分除聲處非業異熟法云何謂聲處及非業異熟十一處少分

有法云何謂有漏法非有法云何謂無漏法有相應法云何謂有漏心心所法有不相應法云何謂無漏心心所法及色無爲心不相應行有俱有法云何謂有漏法及與有漏法俱生諸無漏法非有俱有法云何謂除有漏俱生諸無漏法諸餘無漏法隨有轉法及有爲因法云何謂有漏法非隨有轉法及非有爲因法云何謂無漏法有爲等無間法云何謂有漏心心所法等無間諸餘有漏無漏心心所法若已生若正生及無想定滅定若已生若正生是名有爲等無間法非有爲等無間法云何謂除有爲等無間心心所法諸餘心心所法及除有爲等無間心不相應行諸餘心不相應行并色無爲是名非有爲等無間法有爲所緣法云何謂五識身及相應法若意識及相應法以有爲所緣是名有爲所緣法非有爲所緣法云何謂除以有爲所緣意識及相應法諸餘意識及相應法并色無爲心不相應行是名非有爲所緣法有爲增上法云何謂有爲法非有爲增上法云何謂無爲法有果法云何謂有漏法及世俗道所證結斷非有果法云何謂除有果無漏法諸餘無漏法有異熟法云何謂有異熟十一處少分除聲處非有異熟法云何謂聲處及非有異熟十一處少分

所徧知法云何有二徧知一智徧知二斷徧

知智徧知所徧知法云何謂一切法皆是智徧知所應知故非智徧知所徧知法云何謂如是法求不可得無法非智所應知故斷徧知所徧知法即是所應斷法此復云何謂有漏法非斷徧知所徧知法即是非所應斷法此復云何謂無漏法所應修法云何謂善有爲法非所應修法云何謂不善無記法及擇滅所應證法云何有二作證一智作證二得作證智作證所應證法云何謂一切法皆是智作證所應證故非智作證所應證法云何謂如是法求不可得無法非智所應證故得作證所應證法云何謂一切善法及依定所證無覆無記天眼天耳非得作證所應證法云何謂除依定所證無覆無記天眼天耳諸餘無記法及一切不善法所應習法云何謂善有爲法非所應習法云何謂不善無記法及擇滅有罪法云何謂不善及有覆無記法無罪法云何謂善及無覆無記法黑白法有覆無覆法順退非順退法亦爾有記法云何謂善不善法無記法云何謂除善不善諸餘法已生法云何謂過去現在法非已生法云何謂未來法及無爲正生法云何謂若法未來現前正起非正生法云何謂除未來現前正起法諸餘未來及過去現在并無爲法已滅法云何謂過去法非已滅法云何謂未來現在及無爲法正滅法云何謂若法現在現前正滅非正滅法云何謂除現在現前正滅法諸餘現在及過去未來并無爲法緣起法云何謂有爲法非緣起法云何謂無爲法緣已生非緣已生法因法非因法有因法非有

因法因巳生法非因巳生法亦爾因相應法云何謂一切心心所法因不相應法云何謂色無爲心不相應行

結法云何謂九結非結法云何謂除九結諸餘法順結法云何謂一切有漏法非順結法云何謂一切無漏法取法云何謂四取非取法云何謂除四取諸餘法有執受法云何謂有執受九處少分除聲意法處無執受法云何謂聲意法處及無執受九處少分順取法云何謂一切有漏法非順取法云何謂一切無漏法煩惱法云何謂若法是纏非煩惱法云何謂若法非纏染汙法云何謂不善及有覆無記法不染汙法云何謂善及無覆無記法雜染法云何謂有漏法非雜染法云何謂無漏法纏法云何謂若法是煩惱非纏法云何謂若法非煩惱所纏法云何謂染汙心心所法非所纏法云何謂不染汙心心所法及色無爲心不相應行順纏法云何謂有漏法非順纏法云何謂無漏法

有所緣法云何謂一切心心所法無所緣法云何謂色無爲心不相應行有尋法云何謂尋相應法無尋法云何謂尋不相應法有伺法云何謂伺相應法無伺法云何謂伺不相應法有喜法云何謂喜根相應法無喜法云何謂喜根不相應法有警覺法云何謂作意相應法無警覺法云何謂作意不相應法有事有緣法云何謂有爲法無事無緣法云何謂無爲法有上法云何謂一切有爲法及虛空非擇滅無上法云何謂擇滅遠法云何謂過去未來法近法云何謂現在及無爲法有

量法云何謂若法果及異熟俱有量無量法云何謂若法果及異熟俱無量見法云何謂眼根五染汙見世俗正見學見無學見非見法云何謂除眼根諸餘色蘊除餘八見諸餘行蘊及三蘊全并無爲法見處法云何謂有漏法非見處法云何謂無漏法見相應法云何謂八見相應法見不相應法云何謂八見不相應法

異生法法云何謂地獄傍生鬼界有情北俱盧洲人無想有情天諸蘊界處及生彼業是名異生法法非異生法法云何謂四通行四無礙解四沙門果無諍願智邊際定大悲滅定空空無願無願無相無相雜修靜慮現觀邊世俗智淨居天蘊界處及生彼業是名非異生法法共異生法云何謂共有定及共有生此復云何謂如是定及如是生異生聖者俱容得有是名共異生法不共異生法云何謂四通行四無礙解四沙門果無諍願智邊際定大悲滅定空空無願無願無相無相雜修靜慮現觀邊世俗智淨居天蘊界處及生彼業是名不共異生法定法云何謂五無間業及學無學法非定法云何謂除五無間業諸餘有漏及無爲法順熱惱法云何謂不善及有覆無記法非順熱惱法云何謂善及無覆無記法根法云何謂內六處及法處所攝根法非根法云何謂外五處及法處所攝非根法聖諦所攝法云何謂一切有爲法及擇滅非聖諦所攝法云何謂虛空非擇滅俱有法云何謂一切有爲法非俱有法云何謂無爲法相應法云何謂一切心心所法不相應

法云何謂色無爲心不相應行果法云何謂一切有爲法及擇滅非果法云何謂虛空非擇滅有果法云何謂一切有爲法無果法云何謂無爲法異熟法云何謂異熟十一處少分除聲處非異熟法云何謂聲處及非異熟十一處少分有異熟法云何謂不善善有漏法無異熟法云何謂無記無漏法因緣法云何謂一切法非因緣法云何謂如是法求不可得以一切法是因緣故有因緣法云何謂一切有爲法無因緣法云何謂無爲法離法云何謂欲界繫善戒色無色界繫出離遠離所生善定及學無學法并擇滅非離法云何謂除欲界繫善戒諸餘欲界繫法除色無色界繫出離遠離所生善定諸餘色無色界繫法及虛空非擇滅有離法云何謂一切有爲無離法云何謂無爲法相續法云何謂若法以滅法爲先或已生或正生此復云何謂過去現在及未來現前正起法如是後法與前法相續是名相續法非相續法云何謂除未來現前正起法諸餘未來及無爲法是名非相續法有相續法云何謂若法以滅法爲先而已生此復云何謂除過去現在阿羅漢命終時五蘊諸餘過去現在法如是前法有後相續法是名有相續法無相續法云何謂過去現在阿羅漢命終時五蘊及未來并無爲法

善法云何謂善五蘊及擇滅不善法云何謂不善五蘊無記法云何謂無記五蘊及虛空非擇滅學法云何謂學五蘊無學法云何謂無學五蘊非學非無學法云何謂有漏五蘊

及無爲法見所斷法云何謂若法隨信隨法行現觀邊忍所斷此復云何謂見所斷八十八隨眠及彼相應法幷彼等起心不相應行修所斷法云何謂若法學見迹修所斷此復云何謂修所斷十隨眠及彼相應法若彼等起身語業若彼等起心不相應行若不染汙有漏法非所斷法云何謂無漏法見所斷爲因法云何謂一切染汙法及見所斷法異熟修所斷爲因法云何謂惟一切修所斷法非所斷爲因法云何謂無漏有爲法有見有對法云何謂一處無見有對法云何謂九處無見無對法云何謂二處異熟法云何謂異熟十一處少分除聲處異熟法法云何謂不善善有漏法非異熟非異熟法法云何謂除異熟無記法諸餘無記法及善無漏法劣法云何謂不善及有覆無記法中法云何謂善有漏及無覆無記法妙法云何謂無漏有爲法及擇滅小法云何謂小信小欲小勝解及彼相應法彼俱有法若諸色法少小微細不多不廣是名小法大法云何謂大信大欲大勝解及彼相應法彼俱有法若諸色法雖復多廣而非無邊無際無量若虛空非擇滅是名大法無量法云何謂無量信無量欲無量勝解及彼相應法彼俱有法若諸色法多廣無邊無際無量若擇滅是名無量法可意法云何謂若法意所樂不可意法云何謂若法意所不樂非可意非不可意法云何謂若法順捨樂俱行法云何謂若法樂受相應苦俱行法云何謂若法苦受相應不苦不樂俱行法云何謂若法不苦不樂受相應俱生法云何

謂有爲法有生相故俱住法云何謂有爲法有住相故俱滅法云何謂有爲法有滅相故非俱生法云何謂無爲法無生相故非俱住法云何謂無爲法無住相故非俱滅法云何謂無爲法無滅相故心俱生法云何謂心俱生十一處少分除意處心俱住法云何謂心隨轉法心俱滅法云何謂心俱滅十處少分除聲意處非心俱生云何謂意處及非心俱生十一處少分非心俱住法云何謂非心隨轉法非心俱滅法云何謂聲意處及非心俱滅十處少分

欲界云何謂欲貪及欲貪相應受想行識若彼等起身語業若彼等起心不相應行是名欲界恚界云何謂瞋及瞋相應受想行識若彼等起身語業若彼等起心不相應行是名恚界害界云何謂害及害相應受想行識若彼等起身語業若彼等起心不相應行是名害界出離界云何謂出離及出離相應受想行識若彼等起身語業若彼等起心不相應行并擇滅是名出離界無恚界云何謂無瞋及無瞋相應受想行識若彼等起身語業若彼等起心不相應行是名無恚界無害界云何謂不害及不害相應受想行識若彼等起身語業若彼等起心不相應行是名無害界欲界云何謂欲貪隨增法色界云何謂色貪隨增法無色界云何謂無色貪隨增法色界云何謂欲界色界總名色界無色界云何謂四無色滅界云何謂擇滅非擇滅復次一切色法總名色界除擇滅非擇滅諸餘非色法總名無色界擇滅非擇滅總名滅界

欲有云何謂若業欲界繫取爲緣能感當來彼業異熟是名欲有色有云何謂若業色界繫取爲緣能感當來彼業異熟是名色有無色有云何謂若業無色界繫取爲緣能感當來彼業異熟是名無色有欲漏云何謂除欲界繫無明諸餘欲界繫結縛隨眠隨煩惱纏是名欲漏有漏云何謂除色無色界繫無明諸餘色無色界繫結縛隨眠隨煩惱纏是名有漏無明漏云何謂三界無智過去世云何謂若諸行已起已等起已生已等生已轉已現轉已集已現已謝已盡已滅已離已變壞是過去墮過去分墮過去類過去世攝是名過去世未來世云何謂若諸行未已起未已等起未已生未已等生未已轉未已現轉未已集未已現未已和合未已現前是未來墮未來分墮未來類未來世攝是名未來世現在世云何謂若諸行已起已等起已生已等生已轉已現轉已集已現正安住未變壞和合現前是名現在墮現在分墮現在類現在世攝是名現在世過去言依事云何謂過去所攝行未來言依事云何謂未來所攝行現在言依事云何謂現在所攝行苦苦性云何謂欲界由苦苦故苦壞苦性云何謂色界由壞苦故苦行苦性云何謂無色界由行苦故苦復次不可意諸行由苦苦故苦可意諸行由壞苦故苦非可意非不可意諸行由行苦故苦復次苦受由苦苦故苦樂受由壞苦故苦不苦不樂受由行苦故苦有尋有伺法云何謂尋伺相應法無尋唯伺法云何謂尋不相應伺相應法無尋無伺法云何謂尋伺不

相應法有尋有伺地云何謂欲界梵世及一分無漏法無尋唯伺地云何謂修靜慮中間得梵大梵及一分無漏法無尋無伺地云何謂一切極光淨一切徧淨一切廣果一切無色及一分無漏法

阿毗達磨品類足論卷第六說一切有部

阿毗達磨品類足論卷第七

尊者世友造

唐三藏法師玄奘奉詔譯

辯攝等品第六之三

身業云何謂身表及無表語業云何謂語表
及無表意業云何謂思善業云何謂善身語
業及善思不善業云何謂不善身語業及不
善思無記業云何謂無記身語業及無記思
學業云何謂學身語業及學思無學業云何
謂無學身語業及無學思非學非無學業云
何謂有漏身語業及有漏思見所斷業云何
謂若業隨信隨法行現觀邊忍所斷此復云
何謂見所斷八十八隨眠相應思修所斷業
云何謂若業學見迹修所斷此復云何謂修
所斷十隨眠相應思及彼等起身語業并不
染汙有漏業非所斷業云何謂無漏身語業
及無漏思順現法受業云何謂若業此生造
作增長彼業即於此生受異熟非餘生是名
順現法受業順次生受業云何謂若業此生
造作增長彼業隨第二生受異熟非餘生是
名順次生受業順後次受業云何謂若業此
生造作增長彼業或隨第三生或隨第四生
或復過此受異熟非餘生是名順後次受業
順樂受業云何謂欲界繫善業及色界繫乃
至第三靜慮地善業順苦受業云何謂不善
業順不苦不樂受業云何謂第四靜慮地繫
善業及無色界繫善業

身念住云何謂十有色處及法處所攝色受
念住云何謂六受身即眼觸所生受乃至意
觸所生受心念住云何謂六識身即眼識乃

至意識法念住云何謂受所不攝非色法處復次身增上所起善有漏無漏道是名身念住受增上所起善有漏無漏道是名受念住心增上所起善有漏無漏道是名心念住法增上所起善有漏無漏道是名法念住復次緣身所起善有漏無漏慧是名身念住緣受所起善有漏無漏慧是名受念住緣心所起善有漏無漏慧是名心念住緣法所起善有漏無漏慧是名法念住爲令已生惡不善法得永斷故勤修正斷云何謂爲令已生惡不善法永斷增上所起善有漏無漏道爲令未生惡不善法永不生故勤修正斷云何謂爲令未生惡不善法不生增上所起善有漏無漏道爲令未生善法生故勤修正斷云何謂爲令未生善法得生增上所起善有漏無漏道爲令已生善法堅住不忘修滿倍復增廣智作證故勤修正斷云何謂爲令已生善法堅住不忘修滿倍復增廣智證增上所起善有漏無漏道欲三摩地斷行成就神足云何謂欲增上所起善有漏無漏道勤三摩地斷行成就神足云何謂勤增上所起善有漏無漏道心三摩地斷行成就神足云何謂心增上所起善有漏無漏道觀三摩地斷行成就神足云何謂觀增上所起善有漏無漏道初靜慮云何謂初靜慮所攝善五蘊第二靜慮云何謂第二靜慮所攝善五蘊第三靜慮云何謂第三靜慮所攝善五蘊第四靜慮云何謂第四靜慮所攝善五蘊苦聖諦云何謂五取蘊集聖諦云何謂有漏因滅聖諦云何謂擇滅道聖諦云何謂學無學法慈無量云

何謂慈及慈相應受想行識若彼等起身語業若彼等起心不相應行是名慈無量悲無量云何謂悲及悲相應受想行識若彼等起身語業若彼等起心不相應行是名悲無量喜無量云何謂喜及喜相應受想行識若彼等起身語業若彼等起心不相應行是名喜無量捨無量云何謂捨及捨相應受想行識若彼等起身語業若彼等起心不相應行是名捨無量空無邊處云何此有二種一定二生此中所有受想行識是名空無邊處識無邊處云何此有二種一定二生此中所有受想行識是名識無邊處無所有處云何此有二種一定二生此中所有受想行識是名無所有處非想非非想處云何此有二種一定二生此中所有受想行識是名非想非非想

處隨所得衣喜足聖種云何謂隨所得衣喜足增上所起善有漏無漏道是名隨所得衣喜足聖種隨所得食喜足聖種云何謂隨所得食喜足增上所起善有漏無漏道是名隨所得食喜足聖種隨所得卧具喜足聖種云何謂隨所得卧具喜足增上所起善有漏無漏道是名隨所得卧具喜足聖種樂斷樂修聖種云何謂樂斷樂修增上所起善有漏無漏道是名樂斷樂修聖種預流果云何此有二種一有爲二無爲有爲預流果云何謂證預流果所有學法已正當得無爲預流果云何謂證預流果所有結斷已正當得是名預流果一來果云何此有二種一有爲二無爲有爲一來果云何謂證一來果所有學法已正當得無爲一來果云何謂證一來果所有

結斷已正當得是名一來果不還果云何此有二種一有爲二無爲有爲不還果云何謂證不還果所有學法已正當得無爲不還果云何謂證不還果所有結斷已正當得是名不還果阿羅漢果云何此有二種一有爲二無爲有爲阿羅漢果云何謂證阿羅漢果所有無學法已正當得無爲阿羅漢果云何謂證阿羅漢果所有結斷已正當得是名阿羅漢果法智苦智等二種四智如前應知法無礙解云何謂於名句文身所有不退智義無礙解云何謂於勝義所有不退智詞無礙解云何謂於言詞所有不退智辯無礙解云何謂於無滯應理言詞及於等持自在顯示所有不退智

因緣云何謂一切有爲法等無間緣云何謂除過去現在阿羅漢命終時心心所法諸餘過去現在心心所法所緣緣及增上緣云何謂一切法段食云何謂緣段食諸根長養大種增益資助隨資助充悅隨充悅護隨護轉隨轉益隨益是名段食觸食云何謂緣有漏觸諸根長養大種增益資助隨資助充悅隨充悅護隨護轉隨轉益隨益是名觸食意思食云何謂緣有漏思諸根長養大種增益資助隨資助充悅隨充悅護隨護轉隨轉益隨益是名意思食識食云何謂緣有漏識諸根長養大種增益資助隨資助充悅隨充悅護隨護轉隨轉益隨益是名識食

欲暴流云何謂除欲界繫見及無明諸餘欲界繫結縛隨眠隨煩惱纏是名欲暴流有暴流云何謂除色無色界繫見及無明諸餘色

無色界繫結縛隨眠隨煩惱纏是名有暴流見暴流云何謂三界五見即有身見邊執見邪見見取戒禁取是名見暴流無名暴流云何謂三界無智四枙亦爾欲取云何謂除欲界繫五見諸餘欲界繫結縛隨眠隨煩惱纏是名欲取見取云何謂四見即有身見邊執見邪見見取是名見取戒禁取云何謂如有一取戒言戒能清淨能解脱能出離能超苦樂至超苦樂處取禁言禁能清淨能解脱能出離能超苦樂至超苦樂處取戒禁言戒禁能清淨能解脱能出離能超苦樂至超苦樂處是名戒禁取我語取云何謂除色無色界繫五見諸餘色無色界繫結縛隨眠隨煩惱纏是名我語取過去法云何謂過去五蘊未來法云何謂未來五蘊現在法云何謂現在五蘊非過去非未來非現在法云何謂無爲法欲界繫法云何謂欲界繫五蘊色界繫法云何謂色界繫五蘊無色界繫法云何謂無色界四蘊不繫法云何謂一切無漏法善爲因法云何謂善有爲法及善法異熟不善爲因法云何謂欲界繫染汙及不善法異熟無記爲因法云何謂無記有爲及不善法非善爲因非不善爲因非無記爲因法云何謂無爲法縁有所縁法云何謂縁心心所法意識及相應法縁無所縁法云何謂五識身及相應法并縁色無爲心不相應行意識及相應法縁有所縁縁無所縁法云何謂縁心心所法色無爲心不相應行意識及相應法非縁有所縁非縁無所縁法云何謂色無爲心不相應行

五蘊五取蘊如前說捺落迦趣云何謂捺落迦諸有情類同性同類同衆同分依得事得處得生彼有情無覆無記色受想行識是名捺落迦趣旁生趣云何謂旁生諸有情類同性同類同衆同分依得事得處得生彼有情無覆無記色受想行識是名旁生趣鬼趣云何謂鬼諸有情類同性同類同衆同分依得事得處得生彼有情無覆無記色受想行識是名鬼趣人趣云何謂人諸有情類同性同類同衆同分依得事得處得生彼有情無覆無記色受想行識是名人趣天趣云何謂天諸有情類同性同類同衆同分依得事得處得生彼有情無覆無記色受想行識是名天趣見苦所斷煩惱部云何謂有煩惱部隨信隨法行苦現觀邊忍所斷此復云何謂見苦所斷二十八隨眠及彼相應諸煩惱衆見集所斷煩惱部云何謂有煩惱部隨信隨法行集現觀邊忍所斷此復云何謂見集所斷十九隨眠及彼相應諸煩惱衆見滅所斷煩惱部云何謂有煩惱部隨信隨法行滅現觀邊忍所斷此復云何謂見滅所斷十九隨眠及彼相應諸煩惱衆見道所斷煩惱部云何謂有煩惱部隨信隨法行道現觀邊忍所斷此復云何謂見道所斷二十二隨眠及彼相應諸煩惱衆修所斷煩惱部云何謂有煩惱部學見迹修所斷此復云何謂修所斷十隨眠及彼相應煩惱衆色等五法如前說地等六界如前說見苦所斷法云何謂若法隨信隨法行苦現觀邊忍所斷此復云何謂見苦所斷二十八隨眠及彼相應法并彼等

起心不相應行是名見苦所斷法見集所斷法云何謂若法隨信隨法行集現觀邊忍所斷此復云何謂見集所斷十九隨眠及彼相應法并彼等起心不相應行是名見集所斷法見滅所斷法云何謂若法隨信隨法行滅現觀邊忍所斷此復云何謂見滅所斷十九隨眠及彼相應法并彼等起心不相應行是名見滅所斷法見道所斷法云何謂若法隨信隨法行道現觀邊忍所斷此復云何謂見道所斷二十二隨眠及彼相應法并彼等起心不相應行是名見道所斷法修所斷法云何謂若法學見迹修所斷此復云何謂修所斷十隨眠及彼相應法若彼等起身語業若彼等起心不相應行若不染汙諸有漏法是名修所斷法非所斷法云何謂諸無漏法

欲貪隨眠云何謂於諸欲諸貪等貪執藏防護耽著愛樂瞋隨眠云何謂於有情心懷憤恚欲爲損害根栽對礙憎怒凶悖猛烈暴惡已正當瞋令諸有情互相違害有貪隨眠云何謂於色無色諸貪等貪執藏防護耽著愛樂慢隨眠云何謂慢已慢當慢心高舉心恃懱無明隨眠云何謂三界無智見隨眠云何謂五染汙見疑隨眠云何謂於諦猶豫初識住云何謂有色有情身異想異如人一分天是初識住此中初者謂隨筭數漸次順次相續次第此最在初彼繫諸色受想行識總名識住第二識住云何謂有色有情身異想一如梵衆天劫初時是第二識住此中第二者謂隨筭數漸次順次相續次第此居第二彼繫諸色受想行識總名識住第三識住云何

謂有色有情身一想異如極光淨天是第三識住此中第三者謂隨筭數漸次順次相續次第此居第三彼繫諸色受想行識總名識住第四識住云何謂有色有情身一想一如徧淨天是第四識住此中第四者謂隨筭數漸次順次相續次第此居第四彼繫諸色受想行識總名識住第五識住云何謂無色有情超一切色想識有對想不思惟種種想入無邊空空無邊處具足住如空無邊處天是第五識住此中第五者謂隨筭數漸次順次相續次第此居第五彼繫諸受想行識總名識住第六識住云何謂無色有情超一切空無邊處入無邊識識無邊處具足住如識無邊處天是第六識住此中第六者謂隨筭數漸次順次相續次第此居第六彼繫諸受想行識總名識住第七識住云何謂無色有情超一切識無邊處入無所有無所有處具足住如無所有處天是第七識住此中第七者謂隨筭數漸次順次相續次第此居第七彼繫諸受想行識總名識住

念等覺支云何謂聖弟子等於苦思惟苦於集思惟集於滅思惟滅於道思惟道無漏作意相應諸念隨念別念憶念不忘不失不遺不漏不忘法性心明記性是名念等覺支擇法等覺支云何謂聖弟子等於苦思惟苦於集思惟集於滅思惟滅於道思惟道無漏作意相應於法簡擇極簡擇最極簡擇解了等了徧了近了機黠通達審察聰叡覺明慧行毗鉢舍那決擇法性是名擇法等覺支精進等覺支云何謂聖弟子等於苦思惟苦於集

思惟集於滅思惟滅於道思惟道無漏作意相應諸勤精進勇健勢猛熾盛難制勵意不息心勇悍性是名精進等覺支喜等覺支云何謂聖弟子等於苦思惟苦於集思惟集於滅思惟滅於道思惟道無漏作意相應心欣極欣現前極欣欣性欣類適意悅意喜性喜類樂和合不別離歡欣悅豫有堪任性踊躍踊躍性歡喜歡喜性是名喜等覺支輕安等覺支云何謂聖弟子等於苦思惟苦於集思惟集於滅思惟滅於道思惟道無漏作意相應身輕安心輕安已輕安輕安類是名輕安等覺支定等覺支云何謂聖弟子等於苦思惟苦於集思惟集於滅思惟滅於道思惟道無漏作意相應諸令心住等住安住近住堅住不亂不散攝止等持心一境性是名定等覺支捨等覺支云何謂聖弟子等於苦思惟苦於集思惟集於滅思惟滅於道思惟道無漏作意相應心平等性心正直性心無警覺寂靜住性是名捨等覺支

初解脫云何謂有色觀諸色是初解脫此中初者謂隨筭數漸次順次相續次第此最在初又隨入定漸次順次相續次第此最在初如是定中所有善色受想行識是名解脫第二解脫云何謂內無色想觀外色是第二解脫此中第二者謂隨筭數漸次順次相續次第此居第二又隨入定漸次順次相續次第此居第二如是定中所有善色受想行識是名解脫第三解脫云何謂淨解脫身作證具足住是第三解脫此中第三者謂隨筭數漸次順次相續次第此居第三又隨入定漸次

順次相續次第此居第三如是定中所有善色受想行識是名解脫第四解脫云何謂超一切色想滅有對想不思惟種種想入無邊空空無邊處具足住是第四解脫此中第四者謂隨筭數漸次順次相續次第此居第四又隨入定漸次順次相續次第此居第四如是定中所有善受想行識是名解脫第五解脫云何謂超一切空無邊處入無邊識識無邊處具足住是第五解脫此中第五者謂隨筭數漸次順次相續次第此居第五又隨入定漸次順次相續次第此居第五如是定中所有善受想行識是名解脫第六解脫云何謂超一切識無邊處入無所有無所有處具足住是第六解脫此中第六者謂隨筭數漸次順次相續次第此居第六又隨入定漸次順次相續次第此居第六如是定中所有善受想行識是名解脫第七解脫云何謂超一切無所有處入非想非非想處具足住是第七解脫此中第七者謂隨筭數漸次順次相續次第此居第七又隨入定漸次順次相續次第此居第七如是定中所有善受想行識是名解脫第八解脫云何謂超一切非想非非想處入想受滅身作證具足住是第八解脫此中第八者謂隨筭數漸次順次相續次第此居第八又隨入定漸次順次相續次第此居第八如是定中諸解脫勝解脫異極解脫復次若法想微細爲因想微細爲等無間是與想不俱義非不成就義是名解脫

初勝處云何謂内有色想觀外色少若好顯色若惡顯色於彼諸色勝知勝見具如是想。

是初勝處此中初者謂隨筭數漸次順次相續次第此最在初又隨入定漸次順次相續次第此最在初如是定中所有善色受想行識是名勝處第二勝處云何謂內有色想觀外色多若好顯色若惡顯色於彼諸色勝知勝見具如是想是第二勝處此中第二者謂隨筭數漸次順次相續次第此居第二又隨入定漸次順次相續次第此居第二如是定中所有善色受想行識是名勝處第三勝處云何謂內無色想觀外色少若好顯色若惡顯色於彼諸色勝知勝見具如是想是第三勝處此中第三者謂隨筭數漸次順次相續次第此居第三又隨入定漸次順次相續次第此居第三如是定中所有善色受想行識是名勝處第四勝處云何謂內無色想觀外色多若好顯色若惡顯色於彼諸色勝知勝見具如是想是第四勝處此中第四者謂隨筭數漸次順次相續次第此居第四又隨入定漸次順次相續次第此居第四如是定中所有善色受想行識是名勝處第五勝處云何謂內無色想觀外諸色若青青顯青現青光猶如烏莫迦華或如婆羅痆斯深染青衣若青青顯青現青光內無色想觀外諸色若青青顯青現青光亦復如是於彼諸色勝知勝見具如是想是第五勝處此中第五者謂隨筭數漸次順次相續次第此居第五又隨入定漸次順次相續次第此居第五如是定中所有善色受想行識是名勝處第六勝處云何謂內無色想觀外諸色若黃黃顯黃現黃光猶如羯尼迦華或如婆羅痆斯深染黃

衣若黄黄顯黄現黄光内無色想觀外諸色若黄黄顯黄現黄光亦復如是於彼諸色勝知勝見具如是想是第六勝處此中第六者謂隨筭數漸次順次相續次第此居第六又隨入定漸次順次相續次第此居第六如是定中所有善色受想行識是名勝處第七勝處云何謂内無色想觀外諸色若赤赤顯赤現赤光猶如槃豆時縛迦華或如婆羅痆斯深染赤衣若赤赤顯赤現赤光内無色想觀外諸色若赤赤顯赤現赤光亦復如是於彼諸色勝知勝見具如是想是第七勝處此中第七者謂隨筭數漸次順次相續次第此居第七又隨入定漸次順次相續次第此居第七如是定中所有善色受想行識是名勝處第八勝處云何謂内無色想觀外諸色若白白顯白現白光猶如烏殺斯星或如婆羅痆斯極鮮白衣若白白顯白現白光内無色想觀外諸色若白白顯白現白光亦復如是於彼諸色勝知勝見具如是想是第八勝處此中第八者謂隨筭數漸次順次相續次第此居第八又隨入定漸次順次相續次第此居第八如是定中所有善色受想行識是名勝處

阿毗達磨品類足論卷第七 說一切有部

音釋

黠 胡八切慧也　叡 俞芮切明達也　毗般舍那 梵語也此云觀般北末切

阿毗達磨品類足論卷第八

尊　者　世　友　造

唐三藏法師玄奘奉　詔譯

辯攝等品第六之四

正見云何謂聖弟子等於苦思惟苦於集思惟集於滅思惟滅於道思惟道無漏作意相應於法簡擇極簡擇最極簡擇解了等了徧了近了機黠通達審察聰叡覺明慧行毗鉢舍那是名正見正思惟云何謂聖弟子等於苦思惟苦於集思惟集於滅思惟滅於道思惟道無漏作意相應諸心尋求徧尋求構度極構度現前構度推究追尋極思惟思惟性是名正思惟正語云何謂聖弟子等於苦思惟苦於集思惟集於滅思惟滅於道思惟道除趣邪命語四惡行於餘語惡行由決擇力所引無漏遠離止息各別遠離寂靜律儀不作不造不行不犯不毀分限堤塘橋梁船筏棄捨軌則不違不越不違越住是名正語正業云何謂聖弟子等於苦思惟苦於集思惟集於滅思惟滅於道思惟道除趣邪命身三惡行於餘身惡行由決擇力所引無漏遠離止息各別遠離寂靜律儀不作不造不行不犯不毀分限堤塘橋梁船筏棄捨軌則不違不越不違越住是名正業正命云何謂聖弟子等於苦思惟苦於集思惟集於滅思惟滅於道思惟道於趣邪命身語惡行由決擇力所引無漏遠離止息各別遠離寂靜律儀不作不造不行不犯不毀分限堤塘橋梁船筏棄捨軌則不違不越不違越住是名正命正精進云何謂聖弟子於苦思惟苦於集思惟

集於滅思惟滅於道思惟道無漏作意相應諸勤精進勇健勢猛熾盛難制勵意不息心勇悍性是名正精進正念云何謂聖弟子等於苦思惟苦於集思惟集於滅思惟滅於道思惟道無漏作意相應諸念隨念別念憶念不忘不失不遺不漏不忘法性心明記性是名正念正定云何謂聖弟子等於苦思惟苦於集思惟集於滅思惟滅於道思惟道無漏作意相應諸令心住等住安住近住堅住不亂不散攝止等持心一境性是名正定愛結云何謂三界貪恚結云何謂於有情能爲損害慢結云何謂七慢類無明結云何謂三界無智見結云何謂三見取結云何謂二取疑結云何謂於諸諦疑惑猶豫嫉結云何謂妬忌慳結云何謂心鄙悋初有情居云何謂有

色有情身異想異如人一分天是初有情居此中初者謂隨筭數漸次順次相續次第此最在初有情居者謂諸有情於此居止各別居止由此顯彼受生處故名有情居第二有情居云何謂有色有情身異想一如梵衆天劫初時是第二有情居此中第二者謂隨筭數漸次順次相續次第此居第二有情居者義如前說第三有情居云何謂有色有情身一想異如極光淨天是第三有情居此中第三者謂隨筭數漸次順次相續次第此居第三有情居者義如前說第四有情居云何謂有色有情身一想一如徧淨天是第四有情居此中第四者謂隨筭數漸次順次相續次第此居第四有情居者義如前說第五有情居云何謂有色有情無想無異想如無想有

情天是第五有情居此中第五者謂隨筭數漸次順次相續次第此居第五有情居者義如前説第六有情居云何謂無色有情超一切色想滅有對想不思惟種種想入無邊空空無邊處具足住如空無邊處天是第六有情居此中第六者謂隨筭數漸次順次相續次第此居第六有情居者義如前説第七有情居云何謂無色有情超一切空無邊處入無邊識識無邊處具足住如識無邊處天是第七有情居此中第七者謂隨筭數漸次順次相續次第此居第七有情居者義如前説第八有情居云何謂無色有情超一切識無邊處入無所有無所有處具足住如無所有處天是第八有情居此中第八者謂隨筭數漸次隨次相續次第此居第八有情居者義如前説第九有情居云何謂無色有情超一切無所有處入非想非非想處具足住如非想非非想處天是第九有情居此中第九者謂隨筭數漸次順次相續次第此居第九有情居者義如前説

初徧處云何謂地徧滿一類想上下傍布無二無量是初徧處此中初者謂隨筭數漸次順次相續次第此最在初又隨入定漸次順次相續次第此最在初如是定中所有善色受想行識是名徧處水火風青黄赤白徧處亦爾第九徧處云何謂空徧滿一類想上下傍布無二無量是第九徧處此中第九者謂隨筭數漸次順次相續次第此居第九又隨入定漸次順次相續次第此居第九如是定中所有善色受想行識是名徧處識無邊處

徧處亦爾無學正見正思惟正語正業正命正精進正念正定如八支聖道說無學正勝解云何謂聖弟子等於苦思惟苦於集思惟集於滅思惟滅於道思惟道無學作意相應已正當勝解是名無學正勝解無學正智云何謂盡智無生智是名無學正智

有漏色云何謂若諸色有漏有取於此諸色若過去若未來若現在或欲或貪或瞋或癡或隨一一心所隨煩惱應生時生是名有漏色無漏色云何謂若諸色無漏無取於此諸色若過去若未來若現在或欲或貪或瞋或癡或隨一一心所隨煩惱應生時不生是名無漏色有漏無漏受想行識亦爾無爲法云何謂三無爲即虛空非擇滅擇滅十二處十八界如辯七事品已說

眼根云何謂眼於色已正當見及彼同分耳根云何謂耳於聲已正當聞及彼同分鼻根云何謂鼻於香已正當齅及彼同分舌根云何謂舌於味已正當嘗及彼同分身根云何謂身於觸已正當觸及彼同分女根云何謂身根少分男根云何謂身根少分命根云何謂三界壽意根云何謂六識身樂根云何謂順樂受觸所觸時所起身樂心樂平等受受所攝是名樂根苦根云何謂順苦受觸所觸時所起身苦不平等受受所攝是名苦根喜根云何謂順喜受觸所觸時所起心喜平等受受所攝是名喜根憂根云何謂順憂受觸所觸時所起心憂不平等受受所攝是名憂根捨根云何謂順捨受觸所觸時所起身捨心捨非平等非不平等受受所攝是名捨根

信根云何謂依出離遠離所生善法諸信信性增上信性忍可欲作欲為欲造心澄淨性是名信根精進根云何謂依出離遠離所生善法諸勤精進勇健勢猛熾盛難制勵意不息心勇悍性是名精進根念根云何謂依出離遠離所生善法諸念隨念別念憶念不忘不失不遺不漏不忘法性心明記性是名念根定根云何謂依出離遠離所生善法諸念心住等住安住近住堅住不亂不散攝止等持心一境性是名定根慧根云何謂依出離遠離所生善法於法簡擇極簡擇最極簡擇解了等了徧了近了機黠通達審察聰叡覺明慧行毗鉢舍那是名慧根未知當知根云何謂已入正性離生補特伽羅諸學慧慧等根由此諸根隨信隨法行於未現觀四聖諦能現觀是名未知當知根已知根云何謂具見已現觀補特伽羅諸學慧慧等根由此諸根信勝解見至身證於已現觀四聖諦能趣上勝所證功德是名已知根具知根云何謂漏盡阿羅漢諸無學慧慧等根由此諸根慧解脫俱分解脫能得現法樂住是名具知根

九十八隨眠如前說

所知法所識法所通達法所緣法增上法十八界十二處五蘊攝十智知六識識一切隨眠隨增有色法十一界十一處一蘊攝八智知除他心滅智六識識欲色界徧行及修所斷隨眠隨增無色法八界二處四蘊攝十智知一識識一切隨眠隨增有見法一界一處一蘊攝七智知除他心滅道智二識識欲色界徧行及修所斷隨眠隨增無見法十七界

十一處五蘊攝十智知五識識一切隨眠隨增有對法十界十處一蘊攝七智知除他心滅道智六識識欲色界徧行及修所斷隨眠隨增無對法八界二處五蘊攝十智知一識識一切隨眠隨增有漏法十八界十二處五蘊攝八智知除滅道智六識識一切隨眠隨增無漏法三界二處五蘊攝八智知除苦集智一識識非隨眠隨增有爲法十八界十二處五蘊攝九智知除滅智六識識一切隨眠隨增無爲法一界一處非蘊攝六智知除他心苦集道智一識識非隨眠隨增有諍法十八界十二處五蘊攝八智知除滅道智六識識一切隨眠隨增無諍法三界二處五蘊攝八智知除苦集智一識識非隨眠隨增世間出世間法墮界不墮界法有味著無味著法耽嗜依出離依法亦爾

心法七界一處一蘊攝九智知除滅智一識識一切隨眠隨增非心法十一界十一處四蘊攝十智知六識識一切隨眠隨增心所法一界一處三蘊攝九智知除滅智一識識一切隨眠隨增非心所法十八界十二處三蘊攝十智知六識識一切隨眠隨增心相應心不相應法亦爾心俱有法十一界十一處四蘊攝九智知除滅智六識識一切隨眠隨增非心俱有法十八界十二處三蘊攝十智知六識識一切隨眠隨增隨心轉法一界一處四蘊攝九智知除滅智一識識一切隨眠隨增非隨心轉法十八界十二處三蘊攝十智知六識識一切隨眠隨增心爲因法十八界十二處五蘊攝九智知除滅智六識識一切

隨眠隨增非心爲因法十三界十二處三蘊攝十智知六識識三界徧行及修所斷隨眠隨增心爲等無間法八界二處四蘊攝九智知除滅智一識識一切隨眠隨增非心爲等無間法十八界十二處五蘊攝十智知六識識一切隨眠隨增心爲所緣法三界二處四蘊攝九智知除滅智一識識三界有爲緣隨眠隨增非心爲所緣法十八界十二處五蘊攝十智知六識識一切隨眠隨增心爲增上法十八界十二處五蘊攝九智知除滅智六識識一切隨眠隨增非心爲增上法一界一處非蘊攝六智知除他心苦集道智一識識一切隨眠隨增識攝九智知除滅智六識識一切隨眠隨增識非隨眠隨增心果法十八界十二處五蘊攝十智知六識識一切隨眠隨增非心果法一

界一處非蘊攝一智知謂世俗智一識識非隨眠隨增心異熟法十七界十一處五蘊攝八智知除滅道智五識識除耳識三界徧行及修所斷隨眠隨增非心異熟法十八界十二處五蘊攝十智知六識識一切隨眠隨增業法三界三處二蘊攝九智知除滅智三識識謂眼耳意識一切隨眠隨增非業法十八界十二處五蘊攝十智知六識識一切隨眠隨增業相應法八界二處四蘊攝九智知除滅智一識識一切隨眠隨增業不相應法十一界十一處二蘊攝十智知六識識一切隨眠隨增業俱有法十八界十二處五蘊攝九智知除滅智六識識一切隨眠隨增非業俱有法十一界十一處二蘊攝十智知六識識一切隨眠隨增隨業轉法八界二處五蘊攝

九智知除滅智一識識一切隨眠隨增非隨業轉法十一界十一處二蘊攝十智知六識識一切隨眠隨增業爲因法十八界十二處五蘊攝九智知除滅智六識識一切隨眠隨增非業爲因法十一界十一處二蘊攝十智知六識識三界徧行及修所斷隨眠隨增業爲等無間法八界二處四蘊攝九智知除滅智一識識一切隨眠隨增非業爲等無間法十八界十二處五蘊攝十智知六識識一切隨眠隨增業爲所緣法五界二處四蘊攝九智知除滅智一識識三界有爲緣隨眠隨增非業爲所緣法十八界十二處五蘊攝十智知六識識一切隨眠隨增業爲增上法十八界十二處五蘊攝九智知除滅智六識識一切隨眠隨增非業爲增上法一界一處非蘊攝六智知除他心苦集道智一識識非隨眠隨增業果法十八界十二處五蘊攝十智知六識識一切隨眠隨增非業果法一界一處非蘊攝一智知謂世俗智一識識非隨眠隨增業異熟法十七界十一處五蘊攝八智知除滅道智五識識除耳識三界徧行及修所斷隨眠隨增非業異熟法十八界十二處五蘊攝十智知六識識一切隨眠隨增

有法十八界十二處五蘊攝八智知除滅道智六識識一切隨眠隨增非有法三界二處五蘊攝八智知除苦集智一識識非隨眠隨增有相應法八界二處四蘊攝八智知除滅道智一識識一切隨眠隨增有不相應法十三界十二處五蘊攝十智知六識識三界有漏緣隨眠隨增有俱有法十八界十二處五

蘊攝九智知除滅智六識識一切隨眠隨增非有俱有法三界二處五蘊攝八智知除苦集智一識識非隨眠隨增隨有轉法有爲因法十八界十二處五蘊攝八智知除滅道智六識識一切隨眠隨增非有隨轉法非有爲因法三界二處五蘊攝八智知除苦集智一識識非隨眠隨增有爲等無間法八界二處四蘊攝九智知除滅智一識識一切隨眠隨增非有爲等無間法十八界十二處五蘊攝十智知六識識一切隨眠隨增有爲所緣法八界二處四蘊攝九智知除滅智一識識三界有漏緣隨眠隨增非有爲所緣法十三界十二處五蘊攝十智知六識識一切隨眠隨增有爲增上法十八界十二處五蘊攝九智知除滅智六識識一切隨眠隨增非有爲增上法一界一處非蘊攝六智知除他心苦集道智一識識非隨眠隨增有果法十八界十二處五蘊攝九智知除道智六識識一切隨眠隨增非有果法三界二處五蘊攝八智知除苦集智一識識非隨眠隨增有異熟法十七界十一處五蘊攝八智知除滅道智五識識除耳識三界徧行及修所斷隨眠隨增非有異熟法十八界十二處五蘊攝十智知六識識一切隨眠隨增

智徧知所徧知法十八界十二處五蘊攝十智知六識識一切隨眠隨增非智徧知所徧知法非界非處非蘊攝非智知非識識非隨眠隨增以如是法不可得故斷徧知所徧知法即是所應斷法此法十八界十二處五蘊攝八智知除滅道智六識識一切隨眠隨增

非斷徧知所徧知法即是非所應斷法此法三界二處五蘊攝八智知除苦集智一識識非隨眠隨增所應修法十界四處五蘊攝九智知除滅智三識識三界徧行及修所斷隨眠隨增非所應修法十八界十二處五蘊攝九智知除道智六識識一切隨眠隨增智作證所應證法十八界十二處五蘊攝十智知六識識一切隨眠隨增非智作證所應證法非界非處非蘊攝非智知非識識非隨眠隨增以如是法不可得故得作證所應證法十二界六處五蘊攝十智知三識識三界徧行及修所斷隨眠隨增非得作證所應證法十八界十二處五蘊攝八智知除滅道智六識識一切隨眠隨增所應習法十界四處五蘊攝九智知除滅智三識識三界徧行及修所斷隨眠隨增非所應習法十八界十二處五蘊攝九智知除道智六識識一切隨眠隨增有罪法十界四處五蘊攝八智知除滅道智三識識一切隨眠隨增無罪法十八界十二處五蘊攝十智知六識識三界徧行及修所斷隨眠隨增黑白法有覆無覆法順退非順退法亦爾有記法十界四處五蘊攝十智知三識識欲界一切色無色界徧行及修所斷隨眠隨增無記法十八界十二處五蘊攝八智知除滅道智六識識色無色界一切欲界二部及見集所斷徧行隨眠隨增

已生法十八界十二處五蘊攝九智知除滅智六識識一切隨眠隨增非已生法十八界十二處五蘊攝十智知六識識一切隨眠隨增正生非正生法已滅非已滅法正滅非正

滅法亦爾緣起法十八界十二處五蘊攝九智知除滅智六識識一切隨眠隨增非緣起法一界一處非蘊攝六智知除他心苦集道智一識識非隨眠隨增緣已生非緣已生法因法非因法有因非有因法因已生非因已生法亦爾因相應法八界二處四蘊攝九智知除滅智一識識一切隨眠隨增因不相應法十一界十一處二蘊攝九智知除他心智六識識三界有漏緣隨眠隨增

結法一界一處一蘊攝八智知除滅道智一識識除無漏緣不共無明諸餘一切隨眠隨增非結法十八界十二處五蘊攝十智知六識識一切隨眠隨增順結法十八界十二處五蘊攝八智知除滅道智六識識一切隨眠隨增非順結法三界二處五蘊攝八智知除苦集智二識識非隨眠隨增取法一界一處一蘊攝八智知除滅道智一識識一切隨眠隨增非取法十八界十二處五蘊攝十智知六識識一切隨眠隨增有執受法九界九處一蘊攝七智知除他心滅道智五識識欲色界徧行及修所斷隨眠隨增無執受法十八界十二處五蘊攝十智知六識識一切隨眠隨增順取法十八界十二處五蘊攝八智知隨滅道智六識識一切隨眠隨增非順取法三界二處五蘊攝八智知除苦集智二識識非隨眠隨增煩惱法一界一處一蘊攝八智知除滅道智一識識一切隨眠隨增非煩惱法十八界十二處五蘊攝十智知六識識一切隨眠隨增染汙法十界四處五蘊攝八智知除滅道智三識識一切隨眠隨增不染汙

法十八界十二處五蘊攝十智知六識識三界徧行及修所斷隨眠隨增雜染法十八界十二處五蘊攝八智知除滅道智六識識一切隨眠隨增非雜染法三界二處五蘊攝八智知除苦集智一識識非隨眠隨增纏法一界一處一蘊攝八智知除滅道智一識識一切隨眠隨增非纏法十八界十二處五蘊攝十智知六識識一切隨眠隨增所纏法八界二處四蘊攝八智知除滅道智一識識一切隨眠隨增非所纏法十八界十二處五蘊攝十智知六識識一切隨眠隨增所纏法八界二法十八界十二處五蘊攝八智知除滅道智六識識一切隨眠隨增非順纏法三界二處五蘊攝八智知除苦集智一識識非隨眠隨增

有所緣法八界二處四蘊攝九智知除滅智一識識一切隨眠隨增無所緣法十一界十一處二蘊攝九智知除他心智六識識三界有漏緣隨眠隨增有尋法八界二處四蘊攝九智知除滅智一識識欲色界一切隨眠隨增無尋法十三界十二處五蘊攝十智知六識識一切隨眠隨增有伺無伺法亦爾有喜法三界二處三蘊攝九智知除滅智一識識色界一切除欲界無漏緣疑及彼相應無明諸餘欲界一切隨眠隨增無喜法十八界十二處五蘊攝十智知六識識一切隨眠隨增有警覺法八界二處四蘊攝九智知除滅智一識識一切隨眠隨增無警覺法十一界十一處二蘊攝十智知六識識一切隨眠隨增有事法有緣法有上法十八界十二處五蘊

攝九智知除滅智六識識一切隨眠隨增無事法無緣法無上法一界一處非蘊攝六智知除他心苦集道智一識識非隨眠隨增遠法十八界十二處五蘊攝九智知除滅智六識識一切隨眠隨增近法十八界十二處五蘊攝十智知六識識一切隨眠隨增有量無量法亦爾見法二界二處二蘊攝九智知除滅智一識識三界有漏緣及無漏緣見相應無明隨眠隨增非見法十七界十一處五蘊攝十智知六識識一切隨眠隨增見處法十八界十二處五蘊攝八智知除滅道智六識識一切隨眠隨增非見處法三界二處五蘊攝八智知除苦集智一識識非隨眠隨增見相應法三界二處四蘊攝九智知除滅智一識識三界有漏緣幷無漏緣見及彼相應無明隨眠隨增見不相應法十八界十二處五蘊攝十智知六識識除無漏緣見諸餘一切隨眠隨增

阿毗達磨品類足論卷第八 說一切有部

阿毗達磨品類足論卷第九

尊者世友造

唐三藏法師玄奘奉詔譯

辯攝等品第六之五

異生法法十八界十二處五蘊攝八智知除滅道智六識識欲色界一切隨眠隨增非異生法法十一界十處五蘊攝十智知四識識三界徧行及修所斷隨眠隨增共異生法十八界十二處五蘊攝八智知除滅道智六識識一切隨眠隨增不共異生法十一界十處五蘊攝十智知四識識三界徧行及修所斷隨眠隨增定法五界四處五蘊攝九智知除滅智三識識欲界徧行及修所斷隨眠隨增非定法十八界十二處五蘊攝九智知除道智六識識一切隨眠隨增順熱惱法十界四處五蘊攝八智知除滅道智三識識一切隨眠隨增非順熱惱法十八界十二處五蘊攝十智知六識識三界徧行及修所斷隨眠隨增根法十三界七處四蘊攝九智知除滅智一識識一切隨眠隨增非根法六界六處三蘊攝十智知六識識一切隨眠隨增聖諦所攝法十八界十二處五蘊攝十智知六識識一切隨眠隨增非聖諦所攝法一界一處非蘊攝一智知謂世俗智一識識非隨眠隨增俱有法十八界十二處五蘊攝九智知除滅智六識識一切隨眠隨增非俱有法一界一處非蘊攝六智知除他心苦集道智一識識非隨眠隨增相應法八界二處四蘊攝九智知除滅智一識識一切隨眠隨增不相應法十一界十一處二蘊攝九智知除他心智六

識識三界有漏縁隨眠隨增果法十八界十二處五蘊攝十智知六識識一切隨眠隨增非果法一界一處非蘊攝一智知謂世俗智一識識非隨眠隨增有果法十八界十二處五蘊攝九智知除滅智六識識一切隨眠隨增無果法一界一處非蘊攝六智知除他心苦集道智一識識非隨眠隨增異熟法十七界十一處五蘊攝八智知除滅道智五識識三界徧行及修所斷隨眠隨增非異熟法十八界十二處五蘊攝十智知六識識一切隨眠隨增有異熟法十界四處五蘊攝八智知除滅道智三識識欲界一切色無色界徧行及修所斷隨眠隨增無異熟法十八界十二處五蘊攝十智知六識識色無色界一切欲界二部及見集所斷徧行隨眠隨增因縁法

十八界十二處五蘊攝十智知六識識一切隨眠隨增非因縁法非界非處非蘊攝非智知非識識非隨眠隨增以如是法不可得故有因縁法十八界十二處五蘊攝九智知除滅智六識識一切隨眠隨增無因縁法一界一處非蘊攝六智知除他心苦集道智一識識非隨眠隨增離法五界四處五蘊攝十智知三識識三界徧行及修所斷隨眠隨增非離法十八界十二處五蘊攝八智知除滅道智六識識一切隨眠隨增有離法十八界十二處五蘊攝九智知除滅智六識識一切隨眠隨增無離法一界一處非蘊攝六智知除他心苦集道智一識識非隨眠隨增相續法十八界十二處五蘊攝九智知除滅智六識識一切隨眠隨增非相續法十八界十二處

五蘊攝十智知六識識一切隨眠隨增有相續無相續法亦爾

善法十界四處五蘊攝十智知三識識三界徧行及修所斷隨眠隨增不善法十界四處五蘊攝七智知除類滅道智三識識欲界一切隨眠隨增無記法十八界十二處五蘊攝八智知除滅道智六識識色無色界一切欲界二部及見集所斷徧行隨眠隨增學無學法三界二處五蘊攝七智知除苦集滅智一識識非隨眠隨增非學非無學法十八界十二處五蘊攝九智知除道智六識識一切隨眠隨增見所斷法三界二處四蘊攝八智知除滅道智一識識三界見所斷一切隨眠隨增修所斷法十八界十二處五蘊攝八智知除滅道智六識識三界修所斷一切及徧行隨眠隨增非所斷法三界二處五蘊攝八智知除苦集智一識識非隨眠隨增見所斷為因法十八界十二處五蘊攝八智知除滅道智六識識一切隨眠隨增修所斷為因法十八界十二處五蘊攝八智知除滅道智六識識三界修所斷一切及徧行隨眠隨增非所斷為因法三界二處五蘊攝七智知除苦集滅智一識識非隨眠隨增

有見有對法一界一處一蘊攝七智知除他心滅道智二識識欲色界徧行及修所斷隨眠隨增無見有對法九界九處一蘊攝七智知除他心滅道智五識識欲色界徧行及修所斷隨眠隨增無見無對法八界二處五蘊攝十智知一識識一切隨眠隨增異熟法十七界十一處五蘊攝八智知除滅道智五識

識三界徧行及修所斷隨眠隨增異熟法法十界四處五蘊攝八智知除滅道智三識識欲界一切色無色界徧行及修所斷隨眠隨增非異熟非異熟法法十八界十二處五蘊攝十智知六識識色無色界一切欲界二部及見集所斷徧行隨眠隨增劣法十界四處五蘊攝八智知除滅道智三識識一切隨眠隨增中法十八界十二處五蘊攝八智知除滅道智六識識三界徧行及修所斷隨眠隨增妙法三界二處五蘊攝八智知除苦集智一識識非隨眠隨增小法大法十八界十二處五蘊攝九智知除滅智六識識一切隨眠隨增無量法可意法不可意法非可意非不可意法十八界十二處五蘊攝十智知六識識一切隨眠隨增樂俱行法八界二處三蘊攝九智知除滅智一識識色界一切除欲界無漏緣疑及彼相應無明諸餘欲界一切隨眠隨增苦俱行法八界二處三蘊攝七智知除類滅道智一識識欲界一切隨眠隨增不苦不樂俱行法八界二處三蘊攝九智知除滅智一識識一切隨眠隨增俱生法俱住法俱滅法十八界十二處五蘊攝九智知除滅智六識識一切隨眠隨增非俱生法非俱住法非俱滅法一界一處非蘊攝六智知除他心苦集道智一識識非隨眠隨增心俱生法十一界十一處四蘊攝九智知除滅智六識識一切隨眠隨增心俱住法一界一處四蘊攝九智知除滅智一識識一切隨眠隨增心俱滅法十界十處四蘊攝九智知除滅智五識識一切隨眠隨增非心俱生法非心俱住

法非心俱滅法十八界十二處三蘊攝十智知六識識一切隨眠隨增
欲界十界四處五蘊攝七智知除類滅道智三識識欲界有漏緣隨眠隨增恚界亦爾害界五界四處五蘊攝七智知除類滅道智三識識欲界徧行及修所斷隨眠隨增出離界十界四處五蘊攝十智知三識識三界徧行及修所斷隨眠隨增無恚界無害界十界四處五蘊攝九智知除滅智三識識三界徧行及修所斷隨眠隨增欲界十八界十二處五蘊攝七智知除類滅道智六識識欲界一切隨眠隨增色界十四界十處五蘊攝七智知除法滅道智四識識色界一切隨眠隨增無色界三界二處四蘊攝六智知除法他心滅道智一識識無色界一切隨眠隨增欲界色界名色界者十八界十二處五蘊攝八智知除滅道智六識識欲色界一切隨眠隨增四無色名無色界者三界二處四蘊攝六智知除法他心滅道智一識識無色界一切隨眠隨增擇滅非擇滅名滅界者一界一處非蘊攝六智知除他心苦集道智一識識非隨眠隨增復次一切色法總名色界者十一界十一處一蘊攝八智知除他心滅智六識識欲色界徧行及修所斷隨眠隨增除擇滅非擇滅諸餘非色法總名無色界者八界二處四蘊攝九智知除滅智一識識一切隨眠隨增擇滅非擇滅總名滅界如前說欲有十八界十二處五蘊攝七智知除類滅道智六識識欲界一切隨眠隨增色有十四界十處五蘊攝七智知除法滅道智四識識色界一切隨

眠隨增無色有三界二處四蘊攝六智知除法他心滅道智一識識無色界一切隨眠隨增欲漏一界一處一蘊攝七智知除類滅道智一識識欲界一切隨眠隨增有漏一界一處一蘊攝七智知除法滅道智一識識色無色界一切隨眠隨增無明漏一界一處一蘊攝八智知除滅道智一識識除無漏緣無明諸餘一切隨眠隨增

三世三言依事十八界十二處五蘊攝九智知除滅智六識識一切隨眠隨增欲界由苦苦故苦者十八界十二處五蘊攝七智知除類滅道智六識識欲界一切隨眠隨增色界由壞苦故苦者十四界十處五蘊攝七智知除法滅道智四識識色界一切隨眠隨增無色界由行苦故苦者三界二處四蘊攝六智知除法他心滅道智一識識無色界一切隨眠隨增復次不可意諸行由苦苦故苦可意識行由壞苦故苦非可意非不可意諸行由行苦故苦苦者皆十八界十二處五蘊攝八智知除滅道智六識識一切隨眠隨增復次苦受由苦苦故苦者一界一處一蘊攝七智知除類滅道智一識識欲界一切隨眠隨增樂受由壞苦故苦者一界一處一蘊攝八智知除滅道智一識識色界一切除欲界無漏緣疑及彼相應無明諸餘欲界一切隨眠隨增不苦不樂受由行苦故苦者一界一處一蘊攝八智知除滅道智一識識一切隨眠隨增有尋有伺法八界二處四蘊攝九智知除滅智一識識欲色界一切隨眠隨增無尋唯伺法三界二處四蘊攝九智知除滅智一識

識欲色界一切隨眠隨增無尋無伺法十三界十二處五蘊攝十智知六識識色無色界一切欲界有漏緣隨眠隨增有尋有伺地十八界十二處五蘊攝九智知除滅智六識識欲色界一切隨眠隨增無尋唯伺地三界二處五蘊攝九智知除滅智一識識色界徧行及修所斷隨眠隨增無尋無伺地十一界十處五蘊攝九智知除滅智四識識色無色界一切隨眠隨增

身業二界二處一蘊攝八智知除他心滅智二識識欲色界徧行及修所斷隨眠隨增語業亦爾意業一界一處一蘊攝九智知除滅智一識識一切隨眠隨增善業三界三處二蘊攝九智知除滅智三識識三界徧行及修所斷隨眠隨增不善業三界三處二蘊攝七智知除類滅道智三識識欲界一切隨眠隨增無記業三界三處二蘊攝八智知除滅道智三識識色無色界一切欲界二部及見集所斷徧行隨眠隨增學業無學業一界一處二蘊攝七智知除苦集滅智一識識非隨眠隨增非學非無學業三界三處二蘊攝八智知除滅道智三識識一切隨眠隨增見所斷業一界一處一蘊攝八智知除滅道智一識識三界見所斷一切隨眠隨增修所斷業三界三處二蘊攝八智知除滅道智三識識三界修所斷一切及徧行隨眠隨增非所斷業一界一處二蘊攝七智知除苦集滅智一識識非隨眠隨增順現法受業順次生受業順後次受業三界三處二蘊攝八智知除滅道智三識識欲界一切色無色界徧行及修所

斷隨眠隨增順樂受業三界三處二蘊攝八智知除滅道智三識識欲色界徧行及修所斷隨眠隨增順苦受業三界三處二蘊攝七智知除類滅道智三識識欲界一切隨眠隨增順不苦不樂業一界一處二蘊攝七智知除法滅道智一識識色無色界徧行及修斷隨眠隨增

身念住十一界十一處一蘊攝八智知除他心滅智六識識欲色界徧行及修所斷隨眠隨增受念住一界一處一蘊攝九智知除滅智一識識一切隨眠隨增心念住七界一處一蘊攝九智知除滅智一識識一切隨眠隨增法念住一界一處二蘊攝十智知一識識一切隨眠隨增復次身受心法增上所起善有漏無漏道三界二處五蘊攝九智知除滅智一識識三界徧行及修所斷隨眠隨增復次緣身受心法所起善有漏無漏慧一界一處一蘊攝九智知除滅智一識識三界徧行及修所斷隨眠隨增四正斷四神足三界二處五蘊攝九智知除滅智一識識三界徧行及修所斷隨眠隨增四靜慮三界二處五蘊攝九智知除滅智一識識色界徧行及修所斷隨眠隨增苦集聖諦十八界十二處五蘊攝八智知除滅道智六識識一切隨眠隨增滅聖諦一界一處非蘊攝六智知除他心苦集道智一識識非隨眠隨增道聖諦三界二處五蘊攝七智知除苦集滅智一識識非隨眠隨增四無量三界二處五蘊攝七智知除法滅道智一識識色界徧行及修所斷隨眠隨增空無邊處識無邊處無所有處三界二

處四蘊攝七智知除法他心滅智一識識無色界一切隨眠隨增非想非非想處三界二處四蘊攝六智知除法他心滅道智一識識無色界一切隨眠隨增四聖種三界二處五蘊攝九智知除滅智一識識三界徧行及修所斷隨眠隨增有爲四沙門果三界二處五蘊攝七智知除苦集滅智一識識非隨眠隨增無爲四沙門果一界一處非蘊攝六智知除他心苦集道智一識識非隨眠隨增法智一界一處一蘊攝六智知除類苦集滅智一識識非隨眠隨增類智一界一處一蘊攝六智知除法苦集滅智一識識非隨眠隨增他心智一界一處一蘊攝九智知除滅智一識識色界徧行及修所斷隨眠隨增世俗智一界一處一蘊攝八智知除滅道智一識識除

無漏緣見諸餘一切隨眠隨增苦集滅道智一界一處一蘊攝七智知除苦集滅智一識識非隨眠隨增法無礙解一界一處一蘊攝八智知除滅道智一識識欲色界徧行及修所斷隨眠隨增詞無礙解亦爾義無礙解一界一處一蘊攝九智知除滅智一識識三界徧行及修所斷隨眠隨增辯無礙解亦爾因緣十八界十二處五蘊攝九智知除滅智六識識一切隨眠隨增等無間緣八界二處四蘊攝九智知除滅智一識識一切隨眠隨增所緣緣增上緣十八界十二處五蘊攝十智知六識識一切隨眠隨增段食三界三處一蘊攝六智知除類他心滅道智四識識欲界徧行及修所斷隨眠隨增觸食意思食一界一處一蘊攝八智知除滅道智一識識一切

隨眠隨增識食七界一處一蘊攝八智知除滅道智一識識一切隨眠隨增欲暴流一界一處一蘊攝七智知除類滅道智一識識欲界一切隨眠隨增有暴流一界一處一蘊攝七智知除法滅道智一識識色無色界一切隨眠隨增見暴流一界一處一蘊攝八智知除滅道智一識識三界見所斷有漏緣及見相應無漏緣無明隨眠隨增無明暴流一界一處一蘊攝八智知除滅道智一識識除無漏緣無明諸餘一切隨眠隨增如四暴流四枙亦爾欲取一界一處一蘊攝七智知除類滅道智一識識欲界一切隨眠隨增見取一界一處一蘊攝八智知除滅道智一識識三界見所斷有漏緣及無漏緣見相應無明隨眠隨增戒禁取一界一處一蘊攝八智知除

滅道智一識識三界見苦所斷一切見集所斷徧行見道所斷有漏緣隨眠隨增我語取一界一處一蘊攝七智知除法滅道智一識識色無色界一切隨眠隨增過去法未來法現在法十八界十二處五蘊攝九智知除滅智六識識一切隨眠隨增非過去非未來非現在法一界一處非蘊攝六智知除他心苦集道智一識識非隨眠隨增欲界繫法十八界十二處五蘊攝七智知除類滅道智六識識欲界一切隨眠隨增色界繫法十四界十處五蘊攝七智知除法滅道智四識識色界一切隨眠隨增無色界繫法三界二處四蘊攝六智知除法他心滅道智一識識無色界一切隨眠隨增不繫法三界二處五蘊攝八智知除苦集智一識識非隨眠隨增善爲因

法十八界十二處五蘊攝九智知除滅智六識識三界徧行及修所斷隨眠隨增不善爲因法十八界十二處五蘊攝七智知除類滅道智六識識欲界一切隨眠隨增無記爲因法十八界十二處五蘊攝八智知除滅道智六識識一切隨眠隨增非善爲因非不善爲因非無記爲因法一界一處非蘊攝六智知除他心苦集道智一識識非隨眠隨增緣有所緣法三界二處四蘊攝九智知除滅智一識識三界有爲緣隨眠隨增緣無所緣法八界二處四蘊攝九智知除滅智一識識一切隨眠隨增緣有所緣緣無所緣法三界二處四蘊攝九智知除滅智一識識三界有爲緣隨眠隨增非緣有所緣非緣無所緣法十一界十一處二蘊攝九智知除他心智六識識三界有漏緣隨眠隨增

色蘊十一界十一處一蘊攝八智知除他心滅智六識識欲色界徧行及修所斷隨眠隨增受蘊一界一處一蘊攝九智知除滅智一識識一切隨眠隨增想蘊行蘊亦爾識蘊七界一處一蘊攝九智知除滅智一識識一切隨眠隨增色取蘊十一界十一處一蘊攝七智知除他心滅道智六識識欲色界徧行及修所斷隨眠隨增受取蘊一界一處一蘊攝八智知除滅道智一識識一切隨眠隨增想取蘊行取蘊亦爾識取蘊七界一處一蘊攝八智知除滅道智一識識一切隨眠隨增地獄趣十八界十二處五蘊攝七智知除類滅道智六識識欲界一切隨眠隨增傍生趣鬼趣人趣亦爾天趣十八界十二處五蘊攝八

智知除滅道智六識識三界一切隨眠隨增見苦所斷煩惱部一界一處一蘊攝八智知除滅道智一識識三界見苦所斷一切及見集所斷徧行隨眠隨增見集所斷煩惱部一界一處一蘊攝八智知除滅道智一識識三界見集所斷一切及見苦所斷徧行隨眠隨增見滅所斷煩惱部一界一處一蘊攝八智知除滅道智一識識三界見滅所斷一切及徧行隨眠隨增見道所斷煩惱部一界一處一蘊攝八智知除滅道智一識識三界見道所斷一切及徧行隨眠隨增修所斷煩惱部一界一處一蘊攝八智知除滅道智一識識三界修所斷一切及徧行隨眠隨增色法十一界十一處一蘊攝八智知除他心滅智六識識欲色界徧行及修所斷隨眠隨增心法七界一處一蘊攝九智知除滅智一識識一切隨眠隨增心所法一界一處三蘊攝九智知除滅智一識識一切隨眠隨增心不相應行法一界一處一蘊攝八智知除他心滅智一識識三界有漏緣隨眠隨增無爲法一界一處非蘊攝六智知除他心苦集道智一識識非隨眠隨增

地界一界一處一蘊攝七智知除他心滅道智二識識欲色界徧行及修所斷隨眠隨增水火風空界亦爾識界七界一處一蘊攝八智知除滅道智一識識一切隨眠隨增見苦所斷法三界二處四蘊攝八智知除滅道智一識識三界見苦所斷一切及見集所斷徧行隨眠隨增見集所斷法三界二處四蘊攝八智知除滅道智一識識三界見集所斷一

切及見苦所斷徧行隨眠隨增見滅所斷法三界二處四蘊攝八智知除滅道智一識識三界見滅所斷一切及徧行隨眠隨增見道所斷法三界二處四蘊攝八智知除滅道智一識識三界見道所斷一切及徧行隨眠隨增修所斷法十八界十二處五蘊攝八智知除滅道智六識識三界修所斷一切及徧行隨眠隨增非所斷法三界二處五蘊攝八智知除苦集智一識識非隨眠隨增

欲貪隨眠及瞋隨眠一界一處一蘊攝七智知除類滅道智一識識欲界有漏緣隨眠隨增有貪隨眠一界一處一蘊攝七智知除法滅道智一識識色無色界有漏緣隨眠隨增慢隨眠一界一處一蘊攝八智知除滅道智一識識三界有漏緣隨眠隨增無明隨眠一界一處一蘊攝八智知除滅道智一識識除無漏緣無明諸餘一切隨眠隨增見隨眠一界一處一蘊攝八智知除滅道智一識識三界見所斷有漏緣及無漏緣見相應無明隨眠隨增疑隨眠一界一處一蘊攝八智知除滅道智一識識三界見所斷有漏緣及無漏緣疑相應無明隨眠隨增

初識住十八界十二處五蘊攝七智知除類滅道智六識識欲界一切隨眠隨增第二識住十四界十處五蘊攝七智知除法滅道智四識識色界一切隨眠隨增第三第四識住十一界十處五蘊攝七智知除法滅道智四識識色界一切隨眠隨增第五第六第七識住三界二處四蘊攝六智知除法他心滅道智一識識無色界一切隨眠隨增

阿毗達磨品類足論卷第九 說一切有部

阿毗達磨品類足論卷第十

尊者世友造
唐三藏法師玄奘奉　詔譯

辯攝等品第六之六

七等覺支若別一界一處一蘊攝若總一界一處二蘊攝七智知除苦集滅智一識識非隨眠隨增初第二第三解脫三界二處五蘊攝七智知除法滅道智一識識色界徧行及修所斷隨眠隨增第四第五第六解脫三界二處四蘊攝七智知除法他心滅智一識識無色界徧行及修所斷隨眠隨增第七解脫三界二處四蘊攝六智知除法他心滅道智一識識無色界徧行及修所斷隨眠隨增想受滅解脫一界一處一蘊攝六智知除法他心滅道智一識識無色界徧行及修所斷隨眠隨增八勝處三界二處五蘊攝七智知除法滅道智一識識色界徧行及修所斷隨眠隨增八聖道支中正語正業正命一界一處一蘊攝六智知除他心苦集滅智一識識非隨眠隨增餘五聖道支一界一處一蘊攝七智知除苦集滅智一識識非隨眠隨增

愛結慢結一界一處一蘊攝八智知除滅道智一識識三界有漏緣隨眠隨增恚結一界一處一蘊攝七智知除類滅道智一識識欲界有漏緣隨眠隨增無明結一界一處一蘊攝八智知除滅道智一識識除無漏緣無明諸餘一切隨眠隨增見結一界一處一蘊攝八智知除滅道智一識識三界見所斷有漏緣及無漏緣見相應無明隨眠隨增取結一界一處一蘊攝八智知除滅道智一識識三

界見所斷有漏緣隨眠隨增疑結一界一處一蘊攝八智知除滅道智一識識三界見所斷有漏緣及無漏緣疑相應無明隨眠隨增嫉結慳結一界一處一蘊攝七智知除類滅道智一識識欲界徧行及修所斷隨眠隨增初有情居十八界十二處五蘊攝七智知除類滅道智六識識欲界一切隨眠隨增第二有情居十四界十處五蘊攝七智知除法滅道智四識識色界一切隨眠隨增第三第四第五有情居十一界十處五蘊攝七智知除法滅道智四識識色界一切隨眠隨增餘四有情居三界二處四蘊攝六智知除法他心滅道智一識識無色界一切隨眠隨增

前八徧處三界二處五蘊攝七智知除法滅道智一識識色界徧行及修所斷隨眠隨增後二徧處三界二處四蘊攝六智知除法他心滅道智一識識無色界徧行及修所斷隨眠隨增十無學法中正語正業正命一界一處一蘊攝六智知除他心苦集滅智一識識非隨眠隨增餘七無學法一界一處一蘊攝七智知除苦集滅智一識識非隨眠隨增有漏色十一界十一處一蘊攝七智知除他心滅道智六識識欲色界徧行及修所斷隨眠隨增有漏受想行一界一處一蘊攝八智知除滅道智一識識一切隨眠隨增有漏識七界一處一蘊攝八智知除滅道智一識識一切隨眠隨增無漏色一界一處一蘊攝六智知除他心苦集滅智一識識非隨眠隨增無漏受想行一界一處一蘊攝七智知除苦集滅智一識識非隨眠隨增無漏識二界一處

一蘊攝七智知除苦集滅智一識識非隨眠隨增無爲法一界一處非蘊攝六智知除他心苦集道智一識識非隨眠隨增

眼處一界一處一蘊攝七智知除他心滅道智一識識欲色界徧行及修所斷隨眠隨增如眼處耳鼻舌身處亦爾色處一界一處一蘊攝七智知除他心滅道智二識識欲色界徧行及修所斷隨眠隨增如色處聲觸處亦爾香處味處一界一處一蘊攝六智知除類他心滅道智二識識欲界徧行及修所斷隨眠隨增意處七界一處一蘊攝九智知除滅智一識識一切隨眠隨增法處一界一處四蘊攝十智知一識識一切隨眠隨增

眼界一界一處一蘊攝七智知除他心滅道智一識識欲色界徧行及修所斷隨眠隨增耳鼻舌身界亦爾色界一界一處一蘊攝七智知除他心滅道智二識識欲色界徧行及修所斷隨眠隨增聲觸界亦爾香界味界一界一處一蘊攝六智知除類他心滅道智一識識欲界徧行及修所斷隨眠隨增意界七界一處一蘊攝九智知除滅智一識識一切隨眠隨增法界一界一處四蘊攝十智知一識識一切隨眠隨增眼識界二界一處一蘊攝八智知除滅道智一識識欲色界徧行及修所斷隨眠隨增耳身識界亦爾鼻舌識界二界一處一蘊攝七智知除類滅道智一識識欲界徧行及修所斷隨眠隨增意識界二界一處一蘊攝九智知除滅智一識識一切隨眠隨增

眼根一界一處一蘊攝七智知除他心滅道

智一識識欲色界徧行及修所斷隨眠隨增耳鼻舌身根亦爾女根男根一界一處一蘊攝六智知除類他心滅道智一識識欲界徧行及修所斷隨眠隨增命根一界一處一蘊攝七智知除他心滅道智一識識三界徧行及修所斷隨眠隨增意根七界一處一蘊攝九智知除滅智一識識一切隨眠隨增樂根一界一處一蘊攝九智知除滅智一識識色界一切欲界徧行及修所斷隨眠隨增苦根一界一處一蘊攝七智知除類滅道智一識識欲界徧行及修所斷隨眠隨增喜根一界一處一蘊攝九智知除滅智一識識色界一切除欲界無漏緣疑及彼相應無明諸餘欲界一切隨眠隨增憂根一界一處一蘊攝七智知除類滅道智一識識欲界一切隨眠隨增捨根一界一處一蘊攝九智知除滅智一識識一切隨眠隨增信根一界一處一蘊攝九智知除滅智一識識三界徧行及修所斷隨眠隨增精進念定慧根亦爾未知當知根三界二處三蘊攝七智知除苦集滅智一識識非隨眠隨增已知根具知根亦爾欲界繫有身見隨眠一界一處一蘊攝七智知除類滅道智一識識欲界見苦所斷一切及見集所斷徧行隨眠隨增欲界繫邊執見及見苦所斷餘八隨眠亦爾欲界繫見集所斷邪見隨眠一界一處一蘊攝七智知除類滅道智一識識欲界見集所斷一切及見苦所斷徧行隨眠隨增欲界繫見集所斷餘六隨眠亦爾欲界繫見滅所斷邪見隨眠一界一處一蘊攝七智知除類滅道智一識識欲界見滅

所斷有漏緣及邪見相應無明并偏行隨眠隨增欲界繫見滅所斷見取隨眠一界一處一蘊攝七智知除類滅道智一識識欲界見滅所斷有漏緣及偏行隨眠隨增欲界繫見滅所斷貪瞋慢隨眠亦爾欲界繫見滅所斷疑隨眠一界一處一蘊攝七智知除類滅道智一識識欲界見滅所斷有漏緣及疑相應無明并偏行隨眠隨增欲界繫見滅所斷無明隨眠一界一處一蘊攝七智知除類滅道智一識識除欲界見滅所斷無漏緣無明諸餘欲界見滅所斷一切及偏行隨眠隨增欲界繫見道所斷邪見隨眠一界一處一蘊攝七智知除類滅道智一識識欲界見道所斷有漏緣及邪見相應無明并偏行隨眠隨增欲界繫見道所斷見取隨眠一界一處一蘊攝七智知除類滅道智一識識欲界見道所斷有漏緣及偏行隨眠隨增欲界繫見道所斷戒禁取貪瞋慢隨眠亦爾欲界繫見道所斷疑隨眠一界一處一蘊攝七智知除類滅道智一識識欲界見道所斷有漏緣及疑相應無明并偏行隨眠隨增欲界繫見道所斷無明隨眠一界一處一蘊攝七智知除類滅道智一識識除欲界見道所斷無漏緣無明諸餘欲界見道所斷一切及偏行隨眠隨增欲界繫修所斷貪隨眠一界一處一蘊攝七智知除類滅道智一識識欲界修所斷一切及偏行隨眠隨增欲界繫修所斷瞋慢無明隨眠亦爾色界繫有身見隨眠一界一處一蘊攝七智知除法滅道智一識識色界見苦所斷一切及見集所斷偏行隨眠隨增色界

繫邊執見及見苦所斷餘七隨眠亦爾色界繫見集所斷邪見隨眠一界一處一蘊攝七智知除法滅道智一識識色界見集所斷一切及見苦所斷徧行隨眠隨增色界繫見集所斷餘五隨眠亦爾色界繫見滅所斷邪見隨眠一界一處一蘊攝七智知除法滅道智一識識色界見滅所斷有漏緣及邪見相應無明并徧行隨眠隨增色界繫見滅所斷見取隨眠一界一處一蘊攝七智知除法滅道智一識識色界見滅所斷有漏緣及徧行隨眠隨增色界繫見滅所斷貪慢隨眠亦爾色界繫見滅所斷疑隨眠一界一處一蘊攝七智知除法滅道智一識識色界見滅所斷有漏緣及疑相應無明并徧行隨眠隨增色界繫見滅所斷無明隨眠一界一處一蘊攝七智知除法滅道智一識識除色界見滅所斷無漏緣無明諸餘色界見滅所斷一切及徧行隨眠隨增色界繫見道所斷邪見隨眠一界一處一蘊攝七智知除法滅道智一識識色界見道所斷有漏緣及邪見相應無明并徧行隨眠隨增色界繫見道所斷見取隨眠一界一處一蘊攝七智知除法滅道智一識識色界見道所斷有漏緣及徧行隨眠隨增色界繫見道所斷戒禁取貪慢隨眠亦爾色界繫見道所斷疑隨眠一界一處一蘊攝七智知除法滅道智一識識色界見道所斷有漏緣及疑相應無明并徧行隨眠隨增色界繫見道所斷無明隨眠一界一處一蘊攝七智知除法滅道智一識識除色界見道所斷無漏緣無明諸餘色界見道所斷一切及徧

行隨眠隨增色界繫修所斷貪隨眠一界一處一蘊攝七智知除法滅道智一識識色界修所斷一切及徧行隨眠隨增色界繫修所斷慢無明隨眠亦爾如色界繫三十一隨眠應知無色界繫三十一隨眠亦爾差別者六智知除法他心滅道智

辯千問品第七之一

學處淨果行聖種　正斷神足念住諦
靜慮無量無色定　覺分根處蘊界經

學處謂近事五學處淨謂四證淨果謂四沙門果行謂四通行聖種謂四聖種正斷謂四正斷神足謂四神足念住謂四念住諦謂四聖諦靜慮謂四靜慮無量謂四無量無色謂四無色定謂四修定覺分謂七等覺支根謂一十二根處謂十二處蘊謂五蘊界謂十八界經謂頌中前九後九及各總爲一合有二十經依一一經爲前五十問

且依近事五學處經爲五十問謂五學處幾有色幾無色幾有見幾無見幾有對幾無對幾有漏幾無漏幾有爲幾無爲幾有異熟幾無異熟幾是緣生是因生是世攝幾非緣生非因生非世攝幾色攝幾名攝幾內處攝幾外處攝幾智徧知所徧知幾非智徧知所徧知幾斷徧知所徧知幾非斷徧知所徧知幾應斷幾不應斷幾應修幾不應修幾染汙幾不染汙幾果非有果幾有果非果幾果亦有果幾非果非有果幾有執受幾無執受幾大種所造幾非大種所造幾有上幾無上幾是有幾非有幾因相應幾因不相應

有六攝善處謂善五蘊及擇滅爲六善處攝

五學處爲五學處攝六善處有五攝不善處謂不善五蘊爲五不善處攝五學處爲五學處攝五不善處有七攝無記處謂無記五蘊及虛空非擇滅爲七無記處攝五學處爲五學處攝七無記處有三攝漏處謂欲漏有漏無明漏爲三漏處攝五學處爲五學處攝三漏處有五攝有漏處謂有漏五蘊爲五有漏處攝五學處爲五學處攝五有漏處有八攝無漏處謂無漏五蘊及三無爲爲八無漏處攝五學處爲五學處攝八無漏處此五學處幾過去幾未來幾現在幾非過去非未來非現在幾善幾不善幾無記幾欲界繫幾色界繫幾無色界繫幾不繫幾學幾無學幾非學非無學

幾見所斷幾修所斷幾非所斷幾非心非心所非心相應幾是心所與心相應幾唯是心幾隨心轉非受相應幾受相應非隨心轉幾隨心轉亦受相應幾非隨心轉非受相應幾隨心轉非想行相應幾想行相應非隨心轉幾隨心轉亦想行相應幾非隨心轉非想行相應幾隨尋轉非伺相應幾伺相應非隨尋轉幾隨尋轉亦伺相應幾非隨尋轉非伺相應幾見非見處幾見處非見幾見亦見處幾非見非見處幾有身見爲因非有身見因幾有身見因非有身見爲因幾有身見爲因亦有身見因幾非有身見爲因非有身見因幾業非業異熟幾業異熟非業幾業亦業異熟幾非業非業異熟幾業非隨業轉幾隨業轉非業幾業亦隨業轉幾非業非隨業轉幾所造色非有見色幾有見色非所造色幾所造

色亦有見色幾非所造色有非見色幾所造色非有對色幾有對色非所造色幾所造色亦有對色幾非所造色非有對色幾難見故甚深幾甚深故難見幾善非善爲因幾善爲因非善幾善亦善爲因幾非善非善爲因幾不善非不善爲因幾不善爲因非不善幾不善亦不善爲因幾非不善非不善爲因幾無記非無記爲因幾無記爲因非無記幾無記亦無記爲因幾非無記非無記爲因幾因緣非有因幾有因非因緣幾因緣亦有因幾非因緣非有因幾等無間非等無間緣幾等無間緣非等無間幾等無間亦等無間緣幾非等無間非等無間緣幾所緣緣非有所緣幾有所緣非所緣緣幾所緣緣亦有所緣幾非所緣緣非有所緣幾增上緣非有增上幾有增上非增上緣幾增上緣亦有增上幾非增上緣非有增上幾暴流非順暴流幾順暴流非暴流幾暴流亦順暴流幾非暴流非順暴流如依學處爲五十問依餘十九爲問亦爾

五學處者一盡形壽離斷生命二盡形壽離不與取三盡形壽離欲邪行四盡形壽離虛誑語五盡形壽離飲諸酒此五名爲近事學處此五學處幾有色等者一切是有色幾有見等者一無見四應分別謂若表是有見若無表是無見幾有對等者一切應分別謂若表是有對若無表是無對幾有漏等者一切是有漏幾有爲等者一切是有爲幾有異熟等者一切有異熟幾是緣生等者一切是緣生是因生是世攝幾色攝等者一切是色攝幾內處攝等者一切外處攝幾智徧知所徧

知等者一切是智徧知所徧知

此五學處幾斷徧知所徧知等者一切是斷徧知所徧知幾應斷等者一切是應斷幾應修等者一切是應修幾染汙等者一切不染汙幾果非有果等者一切是果亦有果幾有執受等者一切無執受幾大種所造等者一切是大種所造幾有上等者一切是有上幾是有等者一切是有幾因相應等者一切因不相應

此五學處與六善處相攝者一善處少分攝五學處五學處亦攝一善處少分與五不善處相攝者互不相攝與七無記處相攝者互不相攝與三漏處相攝者互不相攝與五有漏處相攝者一有漏處少分攝五學處五學處亦攝一有漏處少分與八無漏處相攝者互不相攝幾過去等者一切或過去或未來或現在幾善等者一切是善幾欲界繫等者一切欲界繫幾學等者一切非學非無學

此五學處幾見所斷等者一切修所斷幾非心等者一切非心非心所非心相應幾隨心轉非受相應等者一切非隨心轉非受相應幾隨心轉非想行相應等者一切非隨心轉非想行相應幾隨尋轉非伺相應等者一切非隨尋轉非伺相應幾見非見處等者一切是見處非見幾有身見爲因非有身見因等者一切非有身見爲因非有身見因幾業非業異熟等者一切是業非業異熟幾業非隨業轉等者一切是業非隨業轉幾所造色非有見色等者一是所造色非有見色四應分別謂若表是所造色亦有見色若無表是所

造色非有見色

此五學處幾所造色非有對色等者一切應分別謂若表是所造色亦有對色若無表是所造色非有對色幾難見故甚深等者一切難見故甚深甚深故難見幾善非善爲因等者一切是善亦善爲因幾不善非不善爲因等者一切非不善非不善爲因幾無記非無記爲因等者一切非無記非無記爲因幾因緣非有因等者一切是因緣亦有因幾等無間非等無間緣等者一切非等無間非等無間緣幾所緣緣非有所緣等者一切是所緣緣非有所緣幾增上緣非有增上等者一切是增上緣亦有增上幾暴流非順暴流等者一切順暴流非暴流

四證淨者謂佛證淨法證淨僧證淨聖所愛戒證淨此四證淨幾有色等者一有色三無色幾有見等者一切是無見幾有對等者一切是無對幾有漏等者一切是無漏幾有爲等者一切是有爲幾有異熟等者一切無異熟幾是緣生等者一切是緣生是因生是世攝幾色攝等者一是色攝三是名攝幾內處攝等者一切外處攝幾智徧知所徧知等者一切是智徧知所徧知

此四證淨幾斷徧知所徧知等者一切非斷徧知所徧知幾應斷等者一切不應斷幾應修等者一切是應修幾染汙等者一切不染汙幾果非有果等者一切是果亦有果幾有執受等者一切無執受幾大種所造等者一是大種所造三非大種所造幾有上等者一切是有上幾是有等者一切非有幾因相應

等者一因不相應三因相應

此四證淨與六善處相攝者二善處少分攝四證淨四證淨亦攝二善處少分與五不善處相攝者互不相攝與七無記處相攝者互不相攝與三漏處相攝者互不相攝與五有漏處相攝者互不相攝與八無漏處相攝者一無漏處全一無漏處少分攝四證淨四證淨亦攝一無漏處全一無漏處少分幾過去等者一切或過去或未來或現在幾善等者一切是善幾欲界繫等者一切是不繫幾學等者一切應分別謂佛證淨或學或無學云何學謂學作意相應佛證淨云何無學謂無學作意相應佛證淨法僧證淨亦爾聖所愛戒證淨或學或無學云何學謂學身語業云何無學謂無學身語業

此四證淨幾見所斷等者一切非所斷幾非心等者一非心非心法非心相應三是心所與心相應幾隨心轉非受相應等者一隨心轉非受相應三隨心轉亦受相應幾隨心轉非想行相應等者一隨心轉非想相應三隨心轉亦想相應一隨心轉非行相應三隨心轉亦行相應除其自性幾隨尋轉非伺相應等者一切應分別謂佛證淨或有尋有伺或無尋唯伺或無尋無伺云何有尋有伺謂有尋有伺作意相應佛證淨云何無尋唯伺謂無尋唯伺作意相應佛證淨云何無尋無伺謂無尋無伺作意相應佛證淨法僧證淨亦爾聖所愛戒證淨或隨尋轉非伺相應或非隨尋轉非伺相應云何隨尋轉非伺相應謂隨尋轉無漏身語業云何非隨尋轉非伺相

應謂不隨尋轉無漏身語業幾見非見處等者一切非見非見處幾有身見爲因非有身見因等者一切非有身見爲因非有身見因幾業非業異熟等者一是業非業異熟三非業非業異熟幾業非隨業轉等者一是業亦隨業轉三隨業轉非業幾所造色非有見色等者一是所造色非有見色三非所造色非有見色

阿毗達磨品類足論卷第十說一切有部

阿毗達磨品類足論卷第十一

尊者世友造
唐三藏法師玄奘奉詔譯

辯千問品第七之二

此四證淨幾所造色非有對色等者一是所造色非有對色二非所造色非有對色幾難見故甚深等者一切難見故甚深甚深故難見幾善非善爲因等者一切是善亦善爲因幾不善非不善爲因等者一切非不善非不善爲因幾無記非無記爲因等者一切非無記非無記爲因幾因緣非有因等者一切是因緣亦有因幾等無間非等無間緣等者一非等無間非等無間緣三應分別謂佛證淨或是等無間非等無間緣或是等無間亦等無間緣或非等無間非等無間緣云何是等無間非等無間緣謂未來現前正起佛證淨云何是等無間亦等無間緣謂過去現在佛證淨云何非等無間非等無間緣謂除未來現前正起佛證淨諸餘未來佛證淨法僧證淨亦爾幾所緣緣非有所緣等者一是所緣緣非有所緣三是所緣緣亦有所緣幾增上緣非有增上等者一切是增上緣亦有增上幾暴流非順暴流等者一切非暴流非順暴流四沙門果者謂預流果一來果不還果阿羅漢果此四沙門果幾有色等者一切應分別謂沙門果所攝身語業是有色餘皆無色幾有見等者一切是無見幾有對等者一切是無對幾有漏等者一切是無漏幾有爲等者一切應分別謂預流果或有爲或無爲云何有爲謂預流果所攝五蘊云何無爲謂預

流果所攝擇滅一來不還阿羅漢果亦爾幾有異熟等者一切無異熟幾是緣生等者一切應分別謂有爲沙門果是緣生是因生是世攝若無爲沙門果非緣生非因生非世攝幾色攝等者一切應分別謂沙門果所攝身語業是色攝餘皆是名攝幾內處攝等者一切應分別謂沙門果所攝心意識是內處攝餘皆是外處攝幾智徧知所徧知等者一切是智徧知所徧知

此四沙門果幾斷徧知所徧知等者一切非斷徧知所徧知幾應斷等者一切不應斷幾應修等者一切應分別謂有爲沙門果是應修若無爲沙門果不應修幾染汙等者一切不染汙幾果非有果等者一切應分別謂有爲沙門果是果亦有果若無爲沙門果是果非有果幾有執受等者一切無執受幾大種所造等者一切應分別謂沙門果所攝身語業是大種所造餘皆非大種所造幾有上等者一切應分別謂有爲沙門果是有上若無爲沙門果是無上幾是有等者一切非有幾因相應等者一切應分別謂沙門果所攝身語業心不相應行及擇滅因不相應餘皆因相應

此四沙門果與六善處相攝者六善處少分攝四沙門果四沙門果亦攝六善處少分與五不善處相攝者互不相攝與七無記處相攝者互不相攝與三漏處相攝者互不相攝與五有漏處相攝者互不相攝與八無漏處相攝者八六無漏處少分攝四沙門果四沙門果亦攝八六無漏處少分幾過去等者一

切應分別謂有爲沙門果或過去或未來或現在若無爲沙門果非過去非未來非現在幾善等者一切是善幾欲界繫等者一切是不繫幾學等者一切應分別謂預流果或學或非學非無學云何學謂有爲預流果云何非學非無學謂無爲預流果一來不還果亦爾阿羅漢果或無學或非學非無學云何無學謂有爲阿羅漢果云何非學非無學謂無爲阿羅漢果

此四沙門果幾見所斷等者一切非所斷幾非心等者一切應分別謂沙門果所攝身語業心不相應行及擇滅非心非心所非心相應若受蘊想蘊及相應行蘊是心所與心相應若心意識唯是心幾隨心轉非受相應等者一切應分別謂預流果有四句或隨心轉非受相應謂預流果所攝身語業及隨心轉心不相應行并受或受相應非隨心轉謂預流果所攝心意識或隨心轉亦受相應謂預流果攝想蘊及相應行蘊或非隨心轉非受相應謂除預流果攝隨心轉心不相應行諸餘預流果攝心不相應行及擇滅一來不還阿羅漢果亦爾幾隨心轉非想行相應等者一切應分別謂除自性如受應知幾隨尋轉非伺相應等者一切應分別謂預流果有四句或隨尋轉非伺相應謂預流果所攝身語業及隨尋轉心不相應行并伺或伺相應非隨尋轉謂預流果所攝尋或隨尋轉亦伺相應謂預流果所攝尋伺相應心心所法或非隨尋轉非伺相應謂除預流果所攝隨尋轉心不相應行諸餘預流果所攝心不相應行

及擇滅一來果亦爾不還果有四句或隨尋轉非伺相應謂不還果所攝隨尋轉身語業及隨尋轉心不相應行并尋相應伺或伺相應非隨尋轉謂不還果所攝尋及尋不相應伺相應心心所法或隨尋轉亦伺相應謂不還果所攝尋伺相應心心所法或非隨尋轉非伺相應謂除不還果所攝隨尋轉身語業心不相應行諸餘不還果所攝身語業心不相應行及不還果所攝尋不相應伺若無尋無伺心心所法并擇滅阿羅漢果亦爾幾見非見處等者一切應分別謂預流果所攝慧是見非見處餘皆非見非見處一來不還果亦爾阿羅漢果所攝盡無生智所不攝慧是見非見處餘皆非見非見處幾有身見爲因非有身見因等者一切非有身見爲因非有身見因幾業非業異熟等者一切應分別謂沙門果所攝身語業及思是業非業異熟餘皆非業非業異熟幾業非隨業轉等者一切應分別謂預流果有四句或業非隨業轉謂預流果所攝思或隨業轉非業謂預流果所攝受想識蘊及思所不攝隨業轉行蘊或業亦隨業轉謂預流果所攝身語業或非業非隨業轉謂除預流果所攝隨業轉心不相應行諸餘預流果所攝心不相應行及擇滅一來不還阿羅漢果亦爾幾所造色非有見色等者一切應分別謂沙門果所攝身語業是所造色非有見色餘皆非所造色非有見色此四沙門果幾所造色非有對色等者一切應分別謂沙門果所攝身語業是所造色非有對色餘皆非所造色非有對色幾難見故

甚深等者一切難見故甚深甚深故難見幾善非善爲因等者一切應分別謂有爲沙門果是善亦善爲因若無爲沙門果是善非善爲因幾不善非不善爲因等者一切非不善非不善爲因幾無記非無記爲因等者一切非無記非無記爲因幾因緣非有因等者一切應分別若有爲沙門果是因緣亦有因若無爲沙門果非因緣非有因幾等無間非等無間緣等者一切應分別謂沙門果或是等無間非等無間緣或是等無間亦等無間緣或非等無間非等無間緣是等無間非等無間緣者謂未來現前正起沙門果所攝心心所法是等無間亦等無間緣者謂過去現在沙門果所攝心心所法非等無間非等無間緣者謂除未來現前正起沙門果所攝心心所法諸餘未來沙門果所攝心心所法及身語業心不相應行并擇滅幾所緣緣非有所緣等者一切應分別謂沙門所攝身語業心不相應行及擇滅是所緣緣非有所緣餘皆是所緣緣亦有所緣幾增上緣非有增上等者一切應分別謂有爲沙門果是增上緣亦有增上若無爲沙門果是增上緣非有增上幾暴流非順暴流等者一切非暴流非順暴流四通行者謂有苦遲通行有苦速通行有樂遲通行有樂速通行此四通行幾有色等者一切應分別謂通行所攝身語業是有色餘皆是無色幾有見等者一切是無見幾有對等者一切是無對幾有漏等者一切是無漏幾有爲等者一切是有爲幾有異熟等者一切無異熟幾是緣生等者一切是緣生是

因生是世攝幾色攝等者一切應分别謂通行所攝身語業是色攝餘皆是名攝幾內處攝等者一切應分别謂通行所攝心意識內處攝餘皆外處攝幾智徧知所徧知等者一切是智徧知所徧知

此四通行幾斷徧知所徧知等者一切非斷徧知所徧知幾應斷等者一切不應斷幾應修等者一切是應修幾染汙等者一切不染汙幾果非有果等者一切是果亦有果幾有執受等者一切無執受幾大種所造等者一切應分别謂通行所攝身語業是大種所造餘皆非大種所造幾有上等者一切是有上幾是有等者一切非有幾因相應等者一切應分别謂通行所攝身語業心不相應行因不相應餘皆因相應

此四通行與六善處相攝者五善處少分攝四通行四通行亦攝五善處少分與五不善處相攝者互不相攝與七無記處相攝者互不相攝與三漏處相攝者互不相攝與五有漏處相攝者互不相攝與八無漏處相攝者五無漏處攝四通行四通行亦攝五無漏處幾過去等者一切或過去或未來或現在幾善等者一切是善幾欲界繫等者一切是不繫幾學等者一切應分别謂四通行或學或無學云何學謂學五蘊云何無學謂無學五蘊

此四通行幾見所斷等者一切非所斷幾非心等者一切應分别謂通行所攝身語業心不相應行非心非心所非心相應若受蘊想蘊相應行蘊是心所與心相應若心意識唯

是心幾隨心轉非受相應等者一切應分別謂諸通行各有四句或隨心轉非受相應謂通行所攝身語業及隨心轉心不相應行并受或受相應非隨心轉謂通行所攝心意識或隨心轉亦受相應謂通行所攝想蘊及相應行蘊或非隨心轉非受相應謂除通行所攝隨心轉心不相應行諸餘通行所攝心不相應行幾隨心轉非想行相應等者一切應分別謂除其自性如受應知幾隨尋轉非伺相應等者一切應分別謂苦遲通行有四句或隨尋轉非伺相應謂苦遲通行所攝隨尋轉身語業心不相應行及尋相應伺或伺相應非隨尋轉謂苦遲通行所攝尋及尋不相應伺相應心心所法或隨尋轉亦伺相應謂苦遲通行所攝尋伺相應心心所法或非隨尋轉非伺相應謂除苦遲通行所攝隨尋轉身語業心不相應行諸餘苦遲通行所攝身語業心不相應行及尋不相應伺并無尋無伺心心所法苦速通行亦爾樂遲通行亦有四句或隨尋轉非伺相應謂樂遲通行所攝隨尋轉身語業心不相應行及伺或伺相應非隨尋轉謂樂遲通行所攝尋或隨尋轉亦伺相應謂樂遲通行所攝尋伺相應心心所法或非隨尋轉非伺相應謂除樂遲通行所攝隨尋轉身語業心不相應行諸餘樂遲通行所攝身語業心不相應行及無尋無伺心心所法樂速通行亦爾幾見非見處等者一切應分別謂通行所攝盡無生智所不攝慧是見非見處餘皆非見非見處幾有身見爲因非有身見因等者一切非有身見爲因非

有身見因幾業非業異熟等者一切應分別謂通行所攝身語業及思是業非業異熟餘皆非業非業異熟幾業非隨業轉等者一切應分別謂諸通行各有四句或業非隨業轉謂通行所攝思或隨業轉非業謂通行所攝受想識蘊及思所不攝隨業轉行蘊或業亦隨業轉謂通行所攝身語業或非業非隨業轉謂除通行所攝隨業轉心不相應行諸餘通行所攝心不相應行幾所造色非有見色等者一切應分別謂通行所攝身語業是所造色非有見色餘皆非所造色非有見色此四通行幾所造色非有對色等者一切應分別謂通行所攝身語業是所造色非有對色餘皆非所造色非有對色幾難見甚深等者一切難見故甚深甚深故難見幾善非善爲因等者一切是善亦善爲因幾不善非不善爲因等者一切非不善非不善爲因幾無記非無記爲因等者一切非無記非無記爲因幾因緣非有因等者一切是因緣亦有因幾等無間非等無間緣等者一切應分別謂諸通行或是等無間非等無間緣或是等無間亦等無間緣或非等無間非等無間緣是等無間非等無間緣者謂未來現前正起通行所攝心心所法是等無間亦等無間緣者謂過去現在通行所攝心心所法非等無間非等無間緣者謂除未來現前正起通行所攝心心所法諸餘未來通行所攝心心所法及通行所攝身語業心不相應行幾所緣緣非有所緣等者一切應分別謂通行所攝身語業心不相應行是所緣緣非有所緣餘皆

是所緣緣亦有所緣幾增上緣非有增上等者一切是增上緣亦有增上幾暴流非順暴流等者一切非暴流非順暴流

四聖種者謂隨所得衣喜足聖種隨所得食喜足聖種隨所得卧具喜足聖種樂斷樂修聖種此四聖種幾有色等者一切應分別謂聖種所攝身語業是有色餘皆是無色幾有見等者一切是無見幾有對等者一切是無對幾有漏等者一切應分別謂諸聖種或有漏或無漏云何有漏謂聖種所攝有漏五蘊云何無漏謂無漏五蘊幾有爲等者一切是有爲幾有異熟等者一切應分別謂諸聖種若有漏有異熟若無漏無異熟幾是緣生等者一切是緣生是因生是世攝幾色攝等者一切應分別謂聖種所攝身語業是色攝餘皆是名攝幾內處攝等者一切應分別謂聖種所攝心意識內處攝餘皆外處攝幾智遍知所徧知等者一切是智徧知所徧知

此四聖種幾斷徧知所徧知等者一切應分別謂諸聖種若有漏是斷徧知所徧知若無漏非斷徧知所徧知幾應斷等者一切應分別謂諸聖種若有漏是應斷若無漏不應斷幾應修等者一切是應修幾染汙等者一切不染汙幾果非有果等者一切是果亦有果幾有執受等者一切無執受幾大種所造等者一切應分別謂聖種所攝身語業是大種所造餘皆非大種所造幾有上等者一切是有上幾是有等者一切應分別謂諸聖種若有漏是有若無漏非有幾因相應等者一切應分別謂聖種所攝身語業心不相應行因

不相應餘皆因相應

此四聖種與六善處相攝者五善處少分攝四聖種四聖種亦攝五善處少分與五不善處相攝者互不相攝與七無記處相攝者互不相攝與三漏處相攝者互不相攝與五有漏處相攝者應作四句或有漏處非聖種謂聖種所不攝有漏五蘊或聖種非有漏處謂無漏四聖種或有漏處亦聖種謂有漏四聖種或非有漏處非聖種謂虛空及二滅與八無漏處相攝者應作四句或無漏處非聖種謂虛空及二滅或聖種非無漏處謂有漏四聖種或無漏處亦聖種謂無漏四聖種或非無漏處非聖種謂聖種所不攝有漏五蘊幾過去等者一切或過去或未來或現在幾善等者一切是善幾欲界繫等者一切應分別謂諸聖種或欲界繫或色界繫或無色界繫或不繫云何欲界繫謂聖種所攝欲界五蘊云何色界繫謂聖種所攝色界五蘊云何無色界繫謂聖種所攝無色界四蘊云何不繫謂無漏五蘊幾學等者一切應分別謂諸聖種或學或無學或非學非無學云何學謂學五蘊云何無學謂無學五蘊云何非學非無學謂聖種所攝有漏五蘊

此四聖種幾見所斷等者一切應分別謂諸聖種若有漏修所斷若無漏非所斷幾非心等者一切應分別謂聖種所攝身語業心不相應行非心非心所非心相應聖種所攝受蘊想蘊相應行蘊是心所與心相應聖種所攝心意識惟是心幾隨心轉非受相應等者一切應分別謂諸聖種各有四句或隨心轉

非受相應謂聖種所攝隨心轉身語業心不相應行及受或受相應非隨心轉謂聖種所攝心意識或隨心轉亦受相應謂聖種所攝想蘊及相應行蘊或非隨心轉非受相應謂除聖種所攝身語業心不相應行諸餘聖種所攝身語業心不相應行幾隨心轉非想行相應等者一切應分別謂除其自性如受應知幾隨尋轉非伺相應等者一切應分別謂諸聖種各有四句或隨尋轉非伺相應謂聖種所攝隨尋轉身語業心不相應行及尋相應伺或伺相應非隨尋轉謂聖種所攝尋及尋不相應伺相應心心所法或隨尋轉亦伺相應謂聖種所攝尋伺相應心心所法或非隨尋轉非伺相應謂除聖種所攝隨尋轉身語業心不相應行諸餘聖種所攝身語業心不相應行及尋不相應伺并無尋無伺心心所法幾見非見處等者一切應分別謂諸聖種各有四句或見非見處謂盡無生智所不攝無漏慧或見處非見謂見所不攝有漏四聖種或見亦見處謂聖種所攝世間正見或非見非見處謂見所不攝無漏四聖種幾有身見爲因非有身見因等者一切非有身見爲因非有身見因幾業非業異熟等者一切應分別謂聖種所攝身語業及思是業非業異熟餘皆非業非業異熟幾業非隨業轉等者一切應分別謂諸聖種各有四句或業非隨業轉謂除聖種所攝隨業轉身語業諸餘聖種所攝身語業及思或隨業轉非業謂聖種所攝受想識蘊及思所不攝隨業轉行蘊或業亦隨業轉謂聖種所攝隨業轉身語業

或非業非隨業轉謂除聖種所攝隨業轉心不相應行諸餘聖種所攝心不相應行幾所造色非有見色等者一切應分別謂聖種所攝身語業是所造色非有見色餘皆非所造色非有見色

此四聖種幾所造色非有對色等者一切應分別謂聖種所攝身語業是所造色非有對色餘皆非所造色非有對色幾難見故甚深等者一切難見甚深甚深故難見幾善非善爲因等者一切是善亦善爲因幾不善非不善爲因等者一切非不善非不善爲因幾無記非無記爲因等者一切非無記非無記爲因幾因緣非有因等者一切是因緣亦有因幾等無間非等無間緣等者一切應分別謂諸聖種或是等無間非等無間緣或是等無間亦等無間緣或非等無間非等無間緣是等無間非等無間緣者謂未來現前正起聖種所攝心心所法是等無間亦等無間緣者謂過去現在聖種所攝心心所法非等無間非等無間緣者謂除未來現前正起聖種所攝心心所法諸餘未來聖種所攝心心所法及聖種所攝身語業心不相應行幾所緣緣非有所緣等者一切應分別謂聖種所攝身語業心不相應行是所緣緣非有所緣餘皆是所緣緣亦有所緣幾增上緣非有增上等者一切是增上緣亦有增上幾暴流非順暴流等者一切應分別謂諸聖種若有漏是順暴流非暴流若無漏非暴流非順暴流如四聖種四正斷四神足亦爾

四念住者謂身念住受念住心念住法念住

身念住云何謂緣身善有漏無漏慧受念住云何謂緣受善有漏無漏慧心念住云何謂緣心善有漏無漏慧法念住云何謂緣法善有漏無漏慧此四念住幾有色等者一切無色幾有見等者一切無見幾有對等者一切無對幾有漏等者一切應分別謂緣身慧或有漏或無漏云何有漏謂有漏作意相應緣身慧云何無漏謂無漏作意相應緣身慧緣受心法慧亦爾幾有爲等者一切有爲幾有異熟等者一切應分別謂諸念住若有漏有異熟若無漏無異熟幾是緣生等者一切是緣生是因生是世攝幾色攝等者一切是名攝幾内處攝等者一切外處攝幾智徧知所徧知等者一切是智徧知所徧知

阿毗達磨品類足論卷第十一　說一切有部

音釋

暴（蒲報切急也）預流果（預羊茹切預流謂預入聖人之流也）攝（書涉切總持也）蘊（於問切）染汙（染而琰切汙烏故切）繫（古詣切）伺（息利切察也）

阿毗達磨品類足論卷第十二

尊者世友造

唐三藏法師玄奘奉　詔譯

辯千問品第七之三

此四念住幾斷徧知所徧知等者一切應分別謂諸念住若有漏是斷徧知所徧知若無漏非斷徧知所徧知幾應斷等者一切應分別謂諸念住若有漏是應斷若無漏不應斷幾應修等者一切是應修幾染汙等者一切不染汙幾果非有果等者一切是果亦有果幾有報受等者一切無報受幾大種所造等者一切非大種所造幾有上等者一切是有上幾是有等者一切應分別謂諸念住若有漏是有若無漏非有幾因相應等者一切因相應此四念住與六善處相攝者一善處少分攝四念住四念住亦攝一善處少分與五不善處相攝者互不相攝與七無記處相攝者互不相攝與三漏處相攝者互不相攝與五有漏處相攝者應作四句或有漏處非念住謂有漏色受想識蘊及念住所不攝有漏行蘊或念住非有漏處謂無漏四念住或有漏處亦念住謂有漏四念住或非有漏處非念住謂無漏色受想識蘊及念住所不攝無漏行蘊并無為與八無漏處相攝者應作四句或無漏處非念住謂無漏色受想識蘊及念住所不攝無漏行蘊并無為或念住非無漏處謂有漏四念住或無漏處亦念住謂無漏四念住或非無漏處非念住謂有漏色受想識蘊及念住所不攝有漏行蘊幾過去等者一切或過去或未來或現在幾善等者一

切是善幾欲界繫等者一切應分别謂緣身慧或欲界繫或色界繫或無色界繫或不繫云何欲界繫謂欲界作意相應緣身慧云何色界繫謂色界作意相應緣身慧云何無色界繫謂無色界作意相應緣身慧云何不繫謂無漏作意相應緣身慧緣受心法慧亦爾幾學等者一切應分别謂緣身慧或學或無學或非學非無學云何學謂學作意相應緣身慧云何無學謂無學作意相應緣身慧云何非學非無學謂有漏作意相應緣身慧緣受心法慧亦爾此四念住幾見所斷等者一切應分别謂諸念住若有漏修所斷若無漏非所斷幾非心等者一切是心所與心相應幾隨心轉非受相應等者一切隨心轉亦受相應幾隨心轉非想行相應等者一切隨心

轉亦想相應一切隨心轉亦行相應除其自性幾隨尋轉非伺相應等者一切應分别謂緣身慧或有尋有伺或無尋惟伺或無尋無伺云何有尋有伺謂有尋有伺作意相應緣身慧云何無尋惟伺謂無尋惟伺作意相應緣身慧云何無尋無伺謂無尋無伺作意相應緣身慧緣受心法慧亦爾幾見非見處等者一切應分别謂緣身慧有四句或見非見處謂盡無生智所不攝無漏緣身慧或見處非見謂五識身相應善慧或見亦見處謂世間正見或非見非見處謂見所不攝無漏緣身慧緣受慧或見非見處或見亦見處或非見非見處見非見處者謂盡無生智所不攝無漏緣受慧見亦見處者謂世間正見非見非見處者謂見所不攝無漏緣受慧緣心法

慧亦爾幾有身見爲因非有身見因等者一切非有身見爲因非有身見因幾業非業異熟等者一切非業非業異熟幾業非隨業轉等者一切隨業轉非業幾所造色非有見色等者一切非所造色非有見色

此四念住幾所造色非有對色等者一切非所造色非有對色幾難見故甚深等者一切難見故甚深甚深故難見幾善非善爲因等者一切是善亦善爲因幾不善非不善爲因等者一切非不善非不善爲因幾無記非無記爲因等者一切非無記非無記爲因幾因緣非有因等者一切是因緣亦有因幾等無間非等無間緣等者一切應分別謂緣身慧或是等無間非等無間緣或是等無間亦等無間緣或非等無間非等無間緣是等無間非等無間緣者謂未來現前正起緣身慧是等無間亦等無間緣者謂過去現在緣身慧非等無間非等無間緣者謂除未來現前正起緣身慧諸餘未來緣身慧緣受心法慧亦爾幾所緣緣非有所緣等者一切是所緣緣亦有所緣幾增上緣非有增上等者一切是增上緣亦有增上幾暴流非順暴流等者一切應分別謂諸念住若有漏是順暴流非暴流若無漏非暴流非順暴流

復次身念住云何謂十色處及法處所攝色受念住云何謂六受身心念住云何謂六識身法念住云何謂受所不攝非色法處此四念住幾有色等者一有色三無色幾有見等者三無見一應分別謂身念住或有見或無見云何有見謂一處云何無見謂九處及一

處少分幾有對等者三無對一應分別謂身念住或有對或無對云何有對謂十處云何無對謂一處少分幾有漏等者一切應分別謂身念住或有漏或無漏云何有漏謂十處及一處少分云何無漏謂一處少分受念住或有漏或無漏云何有漏謂有漏作意相應受蘊云何無漏謂無漏作意相應受蘊心念住亦爾法念住或有漏或無漏云何有漏謂有漏想行蘊云何無漏謂無漏想行蘊及三無爲幾有爲等者三有爲一應分別謂法念住幾有爲或無爲云何有爲謂想行蘊云何無爲謂三無爲幾有異熟等一切應分別謂身念住或有異熟或無異熟云何有異熟謂不善善有漏色蘊云何無異熟謂無記無漏色蘊受心法念住亦爾幾是緣生等者三是緣生是因生是世攝一應分別謂非念住若有爲是緣生是因生是世攝若無爲非緣生非因生非世攝幾色攝等者一色攝二名攝幾內處攝等者一內處攝二外處攝一應分別謂身念住或內處攝或外處攝云何內處攝謂五內處云何外處攝謂五外處及一外處少分幾智徧知所徧知等者一切是智徧知所徧知

此四念住幾斷徧知所徧知等者一切應分別謂諸念住若有漏是斷徧知所徧知若無漏非斷徧知所徧知幾應斷等者一切應分別謂諸念住若有漏是應斷若無漏不應斷幾應修等者一切應分別謂身念住或應修或不應修云何應修謂善色蘊云何不應修謂不善無記色蘊受心念住亦爾法念住或

應修或不應修云何應修謂善想行蘊云何不應修謂不善無記想行蘊及三無爲幾染汙等者一切應分別謂身念住或染汙或不染汙云何染汙謂有覆色蘊云何不染汙謂無覆色蘊受心法念住亦爾幾果非有果等者三是果亦有果一應分別謂法念住或是果非有果或是果亦有果或非果非有果是果非有果者謂擇滅是果亦有果者謂想行蘊非果非有果者謂虛空非擇滅幾有執受等者三無執受一應分別謂身念住或有執受或無執受云何有執受謂自體所攝色蘊云何無執受謂非自體所攝色蘊幾大種所造等者三非大種所造一應分別謂身念住或大種所造或非大種所造云何大種所造謂九處及二處少分云何非大種所造謂一處少分幾有上等者三有上一應分別謂法念住或有上或無上云何有上謂想行蘊及虛空非擇滅云何無上謂擇滅幾是有等者一切應分別謂諸念住若有漏是有若無漏非有幾因相應等者一因不相應二因相應一應分別謂法念住若是心所因相應若非心所因不相應

此四念住與六善處相攝者六善處攝四念住少分四念住少分亦攝六善處與五不善處相攝者五不善處攝四念住少分四念住少分亦攝五不善處與七無記處相攝者七無記處攝四念住少分四念住少分亦攝七無記處與三漏處相攝者三漏處攝一念住少分一念住少分亦攝三漏處與五有漏處相攝者五有漏處攝四念住少分四念住少

分亦攝五有漏處與八無漏處相攝者八無漏處攝四念住少分四念住少分亦攝八無漏處幾過去等者三或過去或未來或現在一應分别謂法念住若有爲或過去或未來或現在若無爲非過去非未來非現在幾善等者一切應分别謂身念住或善或不善或無記云何善不善謂三處少分云何無記謂八處及二處少分受念住或善或不善或無記云何善謂善作意相應受蘊云何不善謂不善作意相應受蘊云何無記謂無記作意相應受蘊心念住亦爾法念住或善或不善或無記云何善謂善想行蘊及擇滅云何不善謂不善想行蘊云何無記謂無記想行蘊及虛空非擇滅幾欲界繫等者一切應分别謂身念住或欲界繫或色界繫或不繫云何

欲界繫謂二處及九處少分云何色界繫謂九處少分云何不繫謂一處少分受念住或欲界繫或色界繫或無色界繫或不繫云何欲界繫謂欲界作意相應受蘊云何色界繫謂色界作意相應受蘊云何無色界繫謂無色界作意相應受蘊云何不繫謂無漏作意相應受蘊心念住亦爾法念住或欲界繫或色界繫或無色界繫或不繫云何欲界繫謂欲界想行蘊云何色界繫謂色界想行蘊云何無色界繫謂無色界想行蘊云何不繫謂無漏想行蘊及無爲法幾學等者一切應分别謂身念住或學或無學或非學非無學云何學無學謂一處少分云何非學非無學謂十處及一處少分受念住或學或無學或非學非無學云何學謂學作意相應受蘊云何

無學謂無學作意相應受蘊云何非學非無學謂有漏作意相應受蘊心念住亦爾法念住或學或無學或非學非無學云何學謂學想行蘊云何無學謂無學想行蘊云何非學非無學謂有漏想行蘊及無爲法

此四念住幾見所斷等者一切應分別謂身念住或修所斷或非所斷云何修所斷謂十處及一處少分云何非所斷謂一處少分受念住或見所斷或修所斷或非所斷云何見所斷謂受念住隨信隨法行現觀邊忍所斷此復云何謂見所斷八十八隨眠相應受蘊云何修所斷謂受念住學見迹修所斷此復云何謂修所斷十隨眠相應受蘊及不染汙有漏受蘊云何非所斷謂無漏受蘊心念住亦爾法念住或見所斷或修所斷或非所斷云何見所斷謂法念住隨信隨法行現觀邊忍所斷此復云何謂見所斷八十八隨眠及彼相應想行蘊并彼等起心不相應行云何修所斷謂法念住學見迹修所斷此復云何謂修所斷十隨眠及彼相應想行蘊若彼等起心不相應行若不染汙有漏想行蘊云何非所斷謂無漏想行蘊及無爲法幾非心等者一非心非心所非心相應一是心所與心相應一惟是心一應分別謂法念住若有所緣是心所與心相應若無所緣非心非心所非心相應幾隨心轉非受相應等者一隨心轉非受相應一受相應非隨心轉二應分別謂身念住或隨心轉非受相應或非隨心轉非受相應隨心轉非受相應者謂隨心轉身語業諸餘色蘊非隨心轉非受相應法念住

或隨心轉非受相應有隨心轉亦受相應或非隨心轉非受相應隨心轉非受相應者謂隨心轉心不相應行隨心轉亦受相應者謂想蘊及相應行蘊非隨心轉非受相應者謂除隨心轉心不相應行諸餘心不相應行及無爲法幾隨心轉非想行相應等者除其自性如受應知幾隨尋轉非伺相應等者一切應分別謂身念住或隨尋轉非伺相應或非隨尋轉非伺相應隨尋轉非伺相應者謂隨尋轉身語業諸餘色蘊非隨尋轉非伺相應受念住或有尋有伺或無尋惟伺或無尋無伺云何有尋有伺謂有尋有伺作意相應受蘊云何無尋惟伺謂無尋惟伺作意相應受蘊云何無尋無伺謂無尋無伺作意相應受蘊心念住亦爾法念住有四句或隨尋轉非伺相應謂隨尋轉心不相應行及尋相應伺或伺相應非隨尋轉謂尋及尋不相應伺相應想行蘊或隨尋轉亦伺相應謂尋伺相應想行蘊或非隨尋轉非伺相應謂除隨尋轉心不相應行諸餘心不相應行及尋不相應伺若無尋無伺非受心所若無爲法幾見非見處等者一切應分別謂身念住或見處非見或見亦見處或非見非見處見處非見者謂九處及一處少分見亦見處者謂一處非見非見處者謂一處少分受念住若有漏是見處非見若無漏非見非見處心念住亦爾法念住有四句或是見非見處謂盡無生智所不攝無漏慧或是見處非見謂有漏想蘊及見所不攝有漏行蘊或是見亦見處謂五染汙見及世間正見或非見非見處謂無漏

想蘊及見所不攝無漏行蘊并無為法幾有身見為因非有身見因等者一切應分別謂身念住若染汙有身見為因非有身見因若不染汙非有身見為因非有身見因受念住或有身見為因非有身見因或有身見為因亦有身見因或非有身見為因非有身見因有身見為因非有身見因者謂除過去現在見苦所斷隨眠相應受蘊亦除過去現在見集所斷徧行隨眠相應受蘊亦除未來有身見相應受蘊諸餘染汙受蘊有身見為因亦有身見因者謂前所除受蘊非有身見為因非有身見因者謂不染汙受蘊心念住亦爾法念住或有身見為因非有身見因或有身見為因亦有身見因或非有身見為因非有身見因有身見為因非有身見因者謂除過去現在見苦所斷隨眠及彼相應俱有等想行蘊亦除過去現在見集所斷徧行隨眠及彼相應俱有想行蘊亦除未來有身見相應想行蘊亦除未來有身見及彼相應法生老住無常諸餘染汙想行蘊有身見為因亦有身見因者謂前所除想行蘊非有身見為因非有身見因者謂不染汙想行蘊及無為法幾業非業異熟等者一切應分別謂身念住或業非業異熟或業異熟非業或非業非業異熟業非業異熟者謂身語業業異熟非業者謂業異熟生色蘊非業非業異熟者謂除業及業異熟色蘊諸餘色蘊受念住或業異熟非業或非業非業異熟業異熟非業者謂業異熟生受蘊諸餘受蘊非業非業異熟心念住亦爾法念住有四句或業非業異熟謂

業異熟所不攝思或業異熟非業謂思所不攝業異熟生想行蘊或業亦業異熟謂業異熟生思或非業非業異熟謂除業及業異熟想行蘊諸餘想行蘊及無爲法幾業非隨業轉等者二隨業轉非業二應分別謂身念住有三句或業非隨業轉謂除隨業轉身語業諸餘身語業或業亦隨業轉謂隨業轉身語業或非業非隨業轉謂除業及隨業轉色蘊諸餘色蘊法念住有三句或業非隨業轉謂思或隨業轉非業謂想蘊及思所不攝隨業轉行蘊或非業非隨業轉謂除業及隨業轉行蘊諸餘行蘊及無爲法幾所造色非有見色等者三非所造色非有見色一應分別謂身念住有三句或所造色非有見色謂八處及二處少分或所造色亦有見色謂一處或非所造色非有見色謂一處少分

此四念住幾所造色非有對色等者三非所造色非有對色一應分別謂身念住有三句或所造色非有對色謂一處少分或有對色非所造色謂一處少分或所造色亦有對色謂九處及一處少分幾難見故甚深等者一切難見故甚深甚深故難見幾善非善爲因等者一切應分別謂身念住有三句或善爲因非善謂善異熟生色蘊或善亦善爲因謂善色蘊或非善非善爲因謂除善異熟生色蘊諸餘無記及不善色蘊受心念住亦爾法念住有四句或善非善爲因謂擇滅或善爲因非善謂善異熟生想行蘊或善亦善爲因謂善想行蘊或非善非善爲因謂除善異熟生想行蘊諸餘無記及不善想行蘊并虛空

非擇滅幾不善非不善爲因等者一切應分別謂身念住有三句或不善爲因非不善謂不善異熟生色蘊或不善亦不善爲因謂不善色蘊或非不善非不善爲因謂除不善異熟生色蘊諸餘無記及善色蘊受念住有三句或不善爲因非不善謂不善異熟生受蘊及欲界有身見邊執見相應受蘊或不善亦不善爲因謂不善受蘊或非不善非不善爲因謂除不善異熟生受蘊及除欲界有身見邊執見相應受蘊諸餘無記及善受蘊心念住亦爾法念住有三句或不善爲因非不善謂不善異熟生想行蘊及欲界有身見邊執見并彼相應俱有等想行蘊或不善亦不善爲因謂不善想行蘊或非不善非不善爲因謂除不善異熟生想行蘊及除欲界有身見邊執見并彼相應俱有等想行蘊諸餘無記及善想行蘊并三無爲幾無記非無記爲因等者一切應分別謂身念住有三句或無記爲因非無記謂不善色蘊或無記亦無記爲因謂無記色蘊或非無記非無記爲因謂善色蘊受心念住亦爾法念住有四句或無記非無記爲因謂虛空非擇滅或無記爲因非無記謂不善想行蘊或無記亦無記爲因謂無記想行蘊或非無記非無記爲因謂善想行蘊及擇滅幾因緣非有因等者三是因緣亦有因一應分別謂法念住若有爲是因緣亦有因若無爲非因緣非有因幾等無間非等無間緣等者一非等無間非等無間緣三應分別謂受念住有三句或等無間非等無間緣謂未來現前正起受蘊及過去現在阿

羅漢命終時受蘊或等無間亦等無間緣謂除過去現在阿羅漢命終時受蘊諸餘過去現在受蘊或非等無間非等無間緣謂除未來現前正起受蘊諸餘未來受蘊心念住亦爾法念住有三句或等無間非等無間緣謂未來現前正起非受心所及過去現在阿羅漢命終時非受心所并已生正起無想滅定或等無間亦等無間緣謂除過去現在阿羅漢命終時非受心所諸餘過去現在非受心所或非等無間非等無間緣謂除未來現前正起非受心所諸餘未來非受心所及除等無間心不相應行諸餘心不相應行并無爲法幾所緣緣非有所緣等者一所緣緣非有所緣二所緣緣亦有所緣一應分別謂法念住若是心所是所緣緣亦有所緣若非心所是所緣緣非有所緣幾增上緣非有增上等者三增上緣亦有增上一應分別謂法念住若有爲是增上緣亦有增上若無爲是增上緣非有增上幾暴流非順暴流等者一切應分別謂身念住若有漏順暴流非暴流若無漏非暴流非順暴流受心念住亦爾法念住有三句或順暴流非暴流謂有漏想蘊及暴流所不攝有漏行蘊或暴流亦順暴流謂四暴流或非暴流非順暴流謂無漏想行蘊及無爲法四聖諦者謂苦聖諦集聖諦滅聖諦道聖諦此四聖諦幾有色等者一無色三應分別謂苦聖諦或有色或無色云何有色謂十處及一處少分云何無色謂一處及一處少分集聖諦亦爾道聖諦所攝身語業是有色餘皆是無色幾有見等者二無見二應分

別謂苦聖諦或有見或無見云何有見謂一處云何無見謂十一處集聖諦亦爾幾有對等者二無對二應分別謂苦聖諦或有對或無對云何有對謂十處云何無對謂二處集聖諦亦爾幾有漏等者二有漏二無漏幾有爲等者三有爲一無爲幾有異熟等者二無異熟一應分別謂苦聖諦或有異熟或無異熟云何有異熟謂善不善苦諦云何無異熟謂無記苦諦集聖諦亦爾幾是緣生等者三是緣生是因生是世攝一非緣生非因生非世攝幾色攝等者一名攝三應分別謂苦聖諦或色攝或名攝云何色攝謂十處及一處少分云何名攝謂一處及一處少分集聖諦亦爾道聖諦所攝身語業是色攝餘皆是名攝幾內處攝等者一外處攝三應分別謂苦聖諦或內處攝或外處攝云何內處攝謂六內處云何外處攝謂六外處集聖諦亦爾道聖諦所攝心意識內處攝餘皆外處攝幾智徧知所徧知等者一切是智徧知所徧知

阿毗達磨品類足論卷第十二　說一切有部

阿毗達磨品類足論卷第十三

尊者世友造

唐三藏法師玄奘奉詔譯

辯千問品第七之四

此四聖諦幾斷徧知所徧知等者二是斷徧知所徧知二非斷徧知所徧知幾應斷等者二應斷二不應斷幾應修等者一應修一不應修二應分別謂苦聖諦或應修或不應修云何應修謂善苦諦云何不應修謂不善無記苦諦集聖諦亦爾幾染汙等者二不染汙二應分別謂苦聖諦或染汙或不染汙云何染汙謂有覆苦諦云何不染汙謂無覆苦諦集聖諦亦爾幾果非有果等者三是果亦有果一是果非有果幾有執受等者二無執受二應分別謂苦聖諦或有執受或無執受云何有執受謂自體所攝苦諦云何無執受謂非自體所攝苦諦集聖諦亦爾幾大種所造等者一非大種所造三應分別謂苦聖諦或大種所造或非大種所造云何大種所造謂九處及二處少分云何非大種所造謂一處及二處少分集聖諦亦爾道聖諦所攝身語業是大種所造餘皆非大種所造幾有上等者三有上一無上幾是有等者二是有二非有幾因相應等者一因不相應三應分別謂苦聖諦所攝色心不相應行是因不相應餘皆因相應集聖諦亦爾道聖諦所攝身語業心不相應行是因不相應餘皆因相應

此四聖諦與六善處相攝者六善處攝二諦及二諦少分二諦及二諦少分亦攝六善處與五不善處相攝者五不善處攝二諦少分

二諦少分亦攝五不善處與七無記處相攝者應作四句或是無記處非諦謂虛空非擇滅或是諦非無記處謂二諦及二諦少分或是無記處亦諦謂二諦少分或非無記處非諦是事不可得與三漏處相攝者三漏處攝二諦少分二諦少分亦攝三漏處與五有漏處相攝者五有漏處攝二諦二諦亦攝五有漏處與八無漏處相攝者應作四句或是無漏處非諦謂虛空非擇滅或是諦非無漏處謂二諦或無漏處亦諦謂二諦或非無漏處非諦是事不可得幾過去等者三或過去或未來或現在一非過去非未來非現在幾善等者二是善二應分別謂苦聖諦或善或不善或無記云何善謂苦諦所攝善五蘊云何不善謂苦諦所攝不善五蘊云何無記謂苦諦所攝無記五蘊集聖諦亦爾幾欲界繫等者二不繫二應分別謂苦聖諦或欲界繫或色界繫或無色界繫云何欲界繫謂苦諦所攝欲界五蘊云何色界繫謂苦諦所攝色界五蘊云何無色界繫謂苦諦所攝無色界四蘊集聖諦亦爾幾學等者三非學非無學一應分別謂道聖諦或學或無學云何學謂學五蘊云何無學謂無學五蘊

此四聖諦幾見所斷等者二非所斷二應分別謂苦聖諦或見所斷或修所斷云何見所斷謂苦諦隨信隨法行現觀邊忍所斷此復云何謂見所斷八十八隨眠及彼相應苦諦并彼等起心不相應行云何修所　斷謂苦諦學見迹修所斷此復云何謂修所斷十隨眠及彼相應苦諦并彼等起身語業心不相應

行若不染汙苦諦集聖諦亦爾幾非心等者一非心非心所非心相應三應分別謂苦聖諦所攝色心不相應行非心非心所非心相應受蘊想蘊相應行蘊是心所與心相應心意識惟是心集聖諦亦爾道聖諦所攝身語業心不相應行非心非心所非心相應受蘊想蘊相應行蘊是心所與心相應心意識惟是心幾隨心轉非受相應等者一非隨心轉非受相應三應分別謂苦聖諦有四句或隨心轉非受相應謂隨心轉身語業心不相應行及受或受相應非隨心轉謂心意識或隨心轉亦受相應謂想蘊及相應行蘊或非隨心轉非受相應謂除隨心轉身語業心不相應行諸餘色心不相應行集聖諦亦爾道聖諦有四句或隨心轉非受相應謂身語業及

隨心轉心不相應行并受或受相應非隨心轉謂心意識或隨心轉亦受相應謂想蘊及相應行蘊或非隨心轉非受相應謂除隨心轉心不相應行諸餘心不相應行幾隨心轉非想行相應等者除其自性如受應知幾隨尋轉非伺相應等者一非隨尋轉非伺相應三應分別謂苦聖諦有四句或隨尋轉非伺相應謂隨尋轉身語業心不相應行及尋相應伺或伺相應非隨尋轉謂尋及尋不相應伺相應心心所苦諦或隨尋轉亦伺相應謂尋伺相應心心所苦諦或非隨尋轉非伺相應謂除隨尋轉身語業心不相應行諸餘色心不相應行及尋不相應伺并無尋無伺心心所苦諦集聖諦亦爾道聖諦有四句或隨尋轉非伺相應謂隨尋轉身語業心不相應

行及尋相應伺或伺相應非隨尋轉謂尋及尋不相應伺相應心心所法或隨尋轉亦伺相應謂尋伺相應心心所法或非隨尋轉非伺相應謂除隨尋轉身語業心不相應行諸餘身語業心不相應行及尋不相應伺并無尋無伺心心所法幾見非見處等者一非見非見處三應分別謂苦聖諦或見亦見處或見處非見或見亦見處者謂眼根五染汙見世間正見餘皆見處非見集聖諦亦爾道聖諦所攝盡無生智所不攝慧是見非見處餘皆非見非見處幾有身見爲因非有身見因等者二非有身見爲因非有身見因二應分別謂苦聖諦或有身見爲因非有身見因或有身見爲因亦有身見因或非有身見爲因非有身見因有身見爲因非有身見因者謂除過去現在見苦所斷隨眠及彼相應俱有等苦諦亦除過去現在見集所斷徧行隨眠及彼相應俱有苦諦亦除未來有身見相應苦諦亦除未來有身見及彼相應法生老住無常諸餘染汙苦諦有身見爲因亦有身見因者謂前所除苦諦非有身見爲因非有身見因者謂不染汙苦諦集聖諦亦爾幾業非業異熟等者一非業非業異熟三應分別謂苦聖諦有四句或業非業異熟謂身語業及業異熟所不攝思或業異熟非業謂思所不攝業異熟生苦諦或業亦業異熟謂業異熟生思或非業非業異熟謂除業及業異熟生苦諦諸餘苦諦集聖諦亦爾道聖諦所攝身語業及思是業非業異熟餘皆非業非業異熟幾業非隨業轉等者一非業非隨業轉三

應分別謂苦聖諦有四句或業非隨業轉謂除隨業轉身語業諸餘身語業及思或隨業轉非業謂受想識蘊及思所不攝隨業轉行蘊或業亦隨業轉謂隨業轉身語業或非業非隨業轉謂除業及隨業轉苦諦諸餘苦諦集聖諦亦爾道聖諦有四句或業非隨業轉謂思或隨業轉非業謂受想識蘊及思所不攝隨業轉行蘊或業亦隨業轉謂身語業或非業非隨業轉謂除隨業轉心不相應行諸餘心不相應行幾所造色非有見色等者一非所造色非有見色三應分別謂苦聖諦有三句或所造色非有見色謂八處及二處少分或所造色亦有見色謂一處或非所造色非有見色謂一處及二處少分集聖諦亦爾道聖諦所攝身語業是所造色非有見色餘皆非所造色非有見色此四聖諦幾所造色非有對色等者一非所造色非有對色三應分別謂苦聖諦有四句或所造色非有對色謂一處少分或有對色非所造色謂一處少分或所造色亦有對色謂九處及一處少分或非所造色非有對色謂一處及一處少分集聖諦亦爾道聖諦所攝身語業是所造色非有對色餘皆非所造色非有對色幾難見故甚深等者一切難見故甚深甚深故難見幾善非善爲因等者一是善非善爲因一是善亦善爲因二應分別謂苦聖諦有三句或善爲因非善謂善異熟生苦諦或是善亦善爲因謂善苦諦或非善非善爲因謂除善異熟生苦諦諸餘無記及不善苦諦集聖諦亦爾幾不善非不善爲因

等者二非不善非不善爲因二應分別謂苦聖諦有三句或不善爲因非不善謂不善異熟生苦諦及欲界繫有身見邊執見并彼相應俱有等苦諦或不善亦不善爲因謂不善苦諦或非不善非不善爲因謂除不善異熟生苦諦及除欲界繫有身見邊執見并彼相應俱有等苦諦諸餘無記及善苦諦集聖諦亦爾幾無記非無記爲因等者二非無記非無記爲因二應分別謂苦聖諦有三句或無記爲因非無記謂不善苦諦或無記亦無記爲因謂無記苦諦或非無記非無記爲因謂善苦諦集聖諦亦爾幾因緣非有因等者三是因緣亦有因一非因緣非有因幾等無間非等無間緣等者一非等無間非等無間緣三應分別謂苦聖諦有三句或是等無間非等無間緣謂未來現前正起心心所苦諦及過去現在阿羅漢命終時心心所苦諦并已生正起無想滅定或是等無間亦等無間緣謂除過去現在阿羅漢命終時心心所苦諦諸餘過去現在心心所苦諦或非等無間非等無間緣謂除未來現前正起心心所苦諦諸餘未來心心所苦諦除等無間心不相應行諸餘心不相應行及色苦諦集聖諦亦爾道聖諦有三句或是等無間非等無間緣謂未來現前正起心心所道諦或是等無間亦等無間緣謂過去現在心心所道諦或非等無間非等無間緣謂除未來現前正起心心所道諦諸餘未來心心所道諦及身語業心不相應行道諦幾所緣緣非有所緣等者一是所緣緣非有所緣三應分別謂苦聖諦所

攝色心不相應行是所緣緣非有所緣諸餘若諦皆是所緣緣亦有所緣集聖諦亦爾道聖諦所攝身語業心不相應行是所緣緣非有所緣諸餘道諦皆所緣緣亦有所緣幾增上緣非有增上等者一是增上緣非有增上三是增上緣亦有增上幾暴流非順暴流等者二非暴流非順暴流二應分別謂苦聖諦或是暴流亦順暴流或順暴流非暴流是暴流亦順暴流者謂四暴流諸餘苦諦是順暴流非暴流集聖諦亦爾四靜慮者謂初靜慮第二靜慮第三靜慮第四靜慮此四靜慮幾有色等者一切應分別謂諸靜慮所攝身語業是有色餘皆是無色幾有見等者一切無見幾有對等者一切無對幾有漏等者一切應分別謂諸靜慮或有漏或無漏云何有漏謂靜慮所攝有漏五蘊云何無漏謂靜慮所攝無漏五蘊幾有爲等者一切有爲幾有異熟等者一切應分別謂諸靜慮若有漏有異熟若無漏無異熟幾是緣生等者一切是緣生是因生是世攝幾色攝等者一切應分別謂諸靜慮所攝身語業是色攝餘皆是名攝幾內處攝等者一切應分別謂諸靜慮所攝心意識內處攝餘皆外處攝幾智徧知所徧知等者一切智徧知所徧知

此四靜慮幾斷徧知所徧知等者一切應分別謂諸靜慮若有漏斷徧知所徧知若無漏非斷徧知所徧知幾應斷等者一切應分別謂諸靜慮若有漏應斷若無漏不應斷幾應修等者一切是應修幾染汙等者一切不染汙幾果非有果等者一切是果亦有果幾有

執受等者一切無執受幾大種所造等者一切應分別謂諸靜慮所攝身語業是大種所造餘皆非大種所造幾有上等者一切是有上幾是有等者一切應分別謂諸靜慮若有漏是有若無漏非有幾因相應等者一切應分別謂諸靜慮所攝身語業心不相應行因不相應餘皆因相應

此四靜慮與六善處相攝者五善處少分攝四靜慮四靜慮亦攝五善處少分與五不善處相攝者互不相攝與七無記處相攝者互不相攝與三漏處相攝者互不相攝與五有漏處相攝者應作四句或有漏處非靜慮謂靜慮所不攝有漏五蘊或靜慮非有漏處謂無漏四靜慮或有漏處亦靜慮謂有漏四靜慮或非有漏處非靜慮謂靜慮所不攝無漏五蘊及無為法與八無漏處相攝者應作四句或無漏處非靜慮謂靜慮所不攝無漏五蘊及無為法或靜慮非無漏處謂有漏四靜慮或無漏處亦靜慮謂無漏四靜慮或非無漏處非靜慮謂靜慮所不攝有漏五蘊幾過去等者一切或過去或未來或現在幾善等者一切是善幾欲界繫等者一切應分別謂諸靜慮若有漏色界繫若無漏是不繫幾學等者一切應分別謂諸靜慮或學或無學或非學非無學云何學謂靜慮所攝學五蘊云何無學謂靜慮所攝無學五蘊云何非學非無學謂靜慮所攝有漏五蘊

此四靜慮幾見所斷等者一切應分別謂諸靜慮若有漏修所斷若無漏非所斷幾非心等者一切應分別謂靜慮所攝身語業心不

相應行非心非心所非心相應受蘊想蘊相應行蘊是心所與心相應心意識惟是心幾隨心轉非受相應等者一切應分別謂各有四句或隨心轉非受相應謂靜慮所攝身語業及隨心轉心不相應行并受或受相應非隨心轉謂靜慮所攝心意識或隨心轉亦受相應謂靜慮所攝想蘊及相應行蘊或非隨心轉非受相應謂除靜慮所攝隨心轉心不相應行諸餘靜慮所攝心不相應行幾隨心轉非想行相應等者除其自性如受應知幾隨尋轉非伺相應等者三非隨尋轉非伺相應一應分別謂初靜慮應作四句或隨尋轉非伺相應謂初靜慮所攝身語業及隨尋轉心不相應行并伺或伺相應非隨尋轉謂初靜慮所攝尋或隨尋轉亦伺相應謂初靜慮所攝尋伺相應心心所法或非隨尋轉非伺相應謂除初靜慮所攝隨尋轉心不相應行諸餘初靜慮所攝心不相應行幾見非見處等者一切應分別謂各有四句或見非見處謂靜慮所攝盡無生智所不攝無漏慧或見處非見謂見所不攝有漏四靜慮或見亦見處謂靜慮所攝有漏慧或非見非見處謂見所不攝無漏四靜慮幾有身見爲因非有身見因等者一切非有身見爲因非有身見因幾業非業異熟等者一切應分別謂諸靜慮所攝身語業及思是業非業異熟餘皆非業非業異熟幾業非隨業轉等者一切應分別謂各有四句或業非隨業轉謂靜慮所攝思或隨業轉非業謂靜慮所攝受想識蘊及思所不攝隨業轉行蘊或業亦隨業轉謂靜慮

所攝身語業或非業非隨業轉謂除靜慮所攝隨業轉心不相應行諸餘靜慮所攝心不相應行幾所造色非有見色等者一切應分別謂諸靜慮所攝身語業是所造色非有見色餘皆非所造色非有見色

此四靜慮幾所造色非有對色等者一切應分別謂諸靜慮所攝身語業是所造色非有對色餘皆非所造色非有對色幾難見故甚深等者一切難見故甚深甚深故難見幾善非善爲因等者一切是善亦善爲因幾不善非不善爲因等者一切非不善非不善爲因幾無記非無記爲因等者一切非無記非無記爲因幾因緣非有因等者一切是因緣亦有因幾等無間非等無間緣等者一切應分別謂初靜慮有三句或是等無間非等無間緣謂未來現前正起心心所法或是等無間亦等無間緣謂過去現在心心所法或非等無間非等無間緣謂除未來現前正起心心所法諸餘未來心心所法及身語業心不相應行第二第三靜慮亦爾第四靜慮有三句或是等無間非等無間緣謂未來現前正起心心所法及已生正起無想定或是等無間亦等無間緣謂過去現在心心所法或非等無間非等無間緣謂除未來現前正起心心所法諸餘未來心心所法及除等無間心不相應行諸餘心不相應行并身語業幾所緣緣非有所緣等者一切應分別謂諸靜慮所攝身語業心不相應行是所緣緣非有所緣餘皆是所緣緣亦有所緣幾增上緣非有增上等者一切是增上緣亦有增上幾暴流非

順暴流等者一切應分別謂諸靜慮若有漏順暴流非暴流若無漏非暴流非順暴流

四無量者謂慈無量悲無量喜無量捨無量

此四無量幾有色等者一切應分別謂諸無量所攝身語業是有色餘皆無色幾有見等者一切無見幾有對等者一切無對幾有漏等者一切有漏幾有爲等者一切有爲幾有異熟等者一切有異熟幾是緣生等者一切是緣生是因生是世攝幾色攝等者一切應分別謂諸無量所攝身語業是色攝餘皆是名攝幾内處攝等者一切應分別謂諸無量所攝心意識内處攝餘皆外處攝幾智徧知所徧知等者一切是智徧知所徧知

此四無量幾斷徧知所徧知等者一切是斷徧知所徧知幾應斷等者一切是應斷幾應修等者一切是應修幾染汙等者一切不染汙幾果非有果等者一切是果亦有果幾有執受等者一切無執受幾大種所造等者一切應分別謂諸無量所攝身語業是大種所造餘皆非大種所造幾有上等者一切是有上幾是有等者一切是有幾因相應等者一切應分別謂諸無量所攝身語業心不相應行因不相應餘皆因相應

此四無量與六善處相攝者五善處少分攝四無量四無量亦攝五善處少分與五不善處相攝者互不相攝與七無記處相攝者互不相攝與三漏處相攝者互不相攝與五有漏處相攝者五有漏處少分攝四無量四無量亦攝五有漏處少分與五無漏處相攝者互不相攝幾過去等者一切或過去或未來

或現在幾善等者一切是善幾欲界繫等者一切色界繫幾學等者一切非學非無學此四無量幾見所斷幾等者一切修所斷幾非心等者一切應分別謂諸無量所攝身語業心不相應行非心非心所非心相應受蘊想蘊相應行蘊是心所與心相應心意識惟是心幾隨心轉非受相應等者一切應分別謂各有四句或隨心轉非受相應謂無量所攝身語業及隨心轉心不相應行并受或受相應非隨心轉謂無量所攝心意識或隨心轉亦受相應謂無量所攝想蘊及相應行蘊或非隨心轉非受相應謂除無量所攝隨心轉心不相應行諸餘無量所攝心不相應行幾隨心轉非想行相應等者除其自性如受應知幾隨尋轉非伺相應等者一切應分別謂

慈無量有四句或隨尋轉非伺相應謂慈無量所攝隨尋轉身語業心不相應行及尋相應伺或伺相應非隨尋轉謂慈無量所攝尋及尋不相應伺相應心心所法或隨尋轉亦伺相應謂慈無量所攝尋伺相應心心所法或非隨尋轉非伺相應謂除慈無量所攝隨尋轉身語業心不相應行諸餘慈無量所攝身語業心不相應行及慈無量所攝尋不相應伺并慈無量所攝無尋無伺心心所法悲捨無量亦爾喜無量有四句或隨尋轉非伺相應謂喜無量所攝隨尋轉身語業心不相應行及伺或伺相應非隨尋轉謂喜無量所攝尋或隨尋轉亦伺相應謂喜無量所攝尋伺相應心心所法或非隨尋轉非伺相應謂除喜無量所攝隨尋轉身語業心不相應行

諸餘喜無量所攝身語業心不相應行及喜無量所攝無尋無伺心心所法幾見非見處等者一切應分別謂諸無量或是見亦見處或是見處非見是見亦見處者謂無量所攝慧餘皆是見處非見幾有身見爲因非有身見因等者一切非有身見爲因非有身見因幾業非業異熟等者一切應分別謂無量所攝身語業及思是業非業異熟餘皆非業非業異熟幾業非隨業轉等者一切應分別謂各有四句或是業非隨業轉謂無量所攝思或隨業轉非業謂無量所攝受想識蘊及思所不攝隨業轉行蘊或業亦隨業轉謂無量所攝身語業或非業非隨業轉謂除無量所攝隨業轉心不相應行諸餘無量所攝心不相應行幾所造色非有見色等者一切應分別謂無量所攝身語業是所造色非有見色餘皆非所造色非有見色

此四無量幾所造色非有對色等者一切應分別謂諸無量所攝身語業是所造色非有對色餘皆非所造色非有對色幾難見故甚深等者一切難見故甚深甚深故難見幾善非善爲因等者一切是善亦善爲因幾不善非不善爲因等者一切非不善非不善爲因幾無記非無記爲因等者一切非無記非無記爲因幾因緣非有因等者一切是因緣亦有因幾等無間非等無間緣等者一切應分別謂各有三句或是等無間非等無間緣謂無量所攝未來現前正起心心所法或是等無間亦等無間緣謂無量所攝過去現在心心所法或非等無間非等無間緣謂除無量

所攝未來現前正起心心所法諸餘無量所攝未來心心所法及無量所攝身語業心不相應行幾所緣緣非有所緣等者一切應分別謂無量所攝身語業心不相應行是所緣緣非有所緣除無量所攝皆是所緣緣亦有所緣幾增上緣非有增上等者一切是增上緣亦有增上緣幾暴流非順暴流等者一切順暴流亦非暴流

阿毗達磨品類足論卷第十三說一切有部

阿毗達磨品類足論卷第十四

尊者世友造

唐三藏法師玄奘奉詔譯

辯千問品第七之五

四無色者謂空無邊處識無邊處無所有處非想非非想處此四無色幾有色等者一切無色幾有見等者一切無見幾有對等者一切無對幾有漏等者一有漏三應分別謂空無邊處或有漏或無漏云何有漏謂空無邊處所攝有漏四蘊云何無漏謂空無邊處所攝無漏四蘊識無邊處無所有處亦爾幾有爲等者一切有爲幾有異熟等者一切應分別謂空無邊處或有異熟或無異熟云何有異熟謂善有漏空無邊處云何無異熟謂無記無漏空無邊處識無邊處無所有處亦爾非想非非想處或有異熟或無異熟云何有異熟謂善非想非非想處云何無異熟謂無記非想非非想處幾是緣生等者一切是緣生是因生是世攝幾色攝等者一切名攝幾内處攝等者一切應分別謂諸無色所攝心意識内處攝餘皆外處攝幾智徧知所徧知等者一切智徧知所徧知

此四無色幾斷徧知所徧知等者一斷徧知所徧知三應分別謂三無色若有漏斷徧知所徧知若無漏非斷徧知所徧知幾應斷等者一應斷三應分別謂三無色若有漏是應斷若無漏不應斷幾應修等者一切應分別謂空無邊處或應修或不應修云何應修謂善空無邊處云何不應修謂無記空無邊處識無邊處無所有處非想非非想處亦爾幾

染汙等者一切應分別謂空無邊處或染汙或不染汙云何染汙謂有覆空無邊處云何不染汙謂無覆空無邊處識無邊處無所有處非想非非想處亦爾幾果非有果等者一切是果亦有果幾有執受等者一切無執受幾大種所造等者一切非大種所造幾有上等者一切是有上幾是有等者一是有三應分別謂三無色若有漏是有若無漏非有幾因相應等者一切應分別謂諸無色所攝心不相應行因不相應餘皆因相應

此四無色與六善處相攝者應作四句或善處非無色謂善色蘊及無色所不攝善四蘊并擇滅或無色非善處謂無記四無色或善處亦無色謂善四無色或非善處非無色謂不善五蘊無記色蘊及無色所不攝無記四蘊并虛空非擇滅與五不善處相攝者互不相攝與七無記處相攝者應作四句或無記處非無色謂無記色蘊及無色所不攝無記四蘊并虛空非擇滅或無色非無記處謂善四無色或無記處亦無色謂無記四無色或非無記處非無色謂不善五蘊善色蘊及無色所不攝善四蘊并擇滅與三漏處相攝者應作四句或漏處非無色謂一漏處及二漏處少分或無色非漏處謂漏處所不攝四無色或漏處亦無色謂二漏處少分或非漏處非無色謂色蘊及漏處無色所不攝四蘊并無為法與五有漏處相攝者應作四句或有漏處非無色謂有漏色蘊及無色所不攝有漏四蘊或無色非有漏處謂三無色少分或有漏處亦無色謂一無色及三無色少分或

非有漏處非無色謂無漏色蘊及無色所不攝無漏四蘊并無爲法與八無漏處相攝者應作四句或無漏處非無色謂無漏色蘊及無色所不攝無漏四蘊并無爲法或無色非無漏處謂一無色及三無色少分或無漏處亦無色謂三無色少分或非無漏處非無色謂有漏色蘊及無色所不攝有漏四蘊幾過去等者一切或過去或未來或現在幾善等者一切應分別謂空無邊處或善或無記云何善謂空無邊處所攝善四蘊云何無記謂空無邊處所攝無記四蘊識無邊處無所有處非想非非想處亦爾幾欲界繫等者一無色界繫三應分別謂三無色若有漏無色界繫若無漏是不繫幾學等者一非學非無學三應分別謂空無邊處或學或無學或非學非無學云何學謂空無邊處所攝學四蘊云何無學謂空無邊處所攝無學四蘊云何非學非無學謂空無邊處所攝有漏四蘊識無邊處無所有處亦爾

此四無色幾見所斷等者一切應分別謂空無邊處或見所斷或修所斷或非所斷云何見所斷謂空無邊處隨信隨法行現觀邊忍所斷此復云何謂見所斷二十八隨眠及彼相應彼等起心不相應行空無邊處云何修所斷謂空無邊處學見迹修所斷此復云何謂修所斷三隨眠及彼相應彼等起心不相應行并不染汙有漏空無邊處云何非所斷謂無漏空無邊處識無邊處無所有處亦爾非想非非想處或見所斷或修所斷云何見所斷謂非想非非想處隨信隨法行現觀邊

忍所斷此復云何謂見所斷二十八隨眠及彼相應彼等起心不相應行非想非非想處云何修斷謂非想非非想處學見迹修所斷此復云何謂修所斷三隨眠及彼相應彼等起心不相應行并不染汙非想非非想處幾非心等者一切應分別謂諸無色所攝心不相應行非心非心所非心相應受蘊想蘊相應行蘊是心所與心相應心意識惟是心幾隨心轉非受相應等者一切應分別謂各有四句或隨心轉非受相應謂無色所攝隨心轉心不相應行及受或受相應非隨心轉謂無色所攝心意識或隨心轉亦受相應謂無色所攝想蘊相應行蘊或非隨心轉非受相應謂除無色所攝隨心轉心不相應行諸餘無色所攝心不相應行幾隨心轉非想行相應等者除其自性如受應知幾隨尋轉非伺相應等者一切非隨尋轉非伺相應幾見非見處等者一切應分別謂空無邊處應作四句或見非見處謂空無邊處所攝盡無生智所不攝無漏慧或見處非見謂見所不攝有漏空無邊處或見亦見處謂空無邊處所攝五染汙見及世俗正見或非見非見處謂見所不攝無漏空無邊處識無邊處無所有處亦爾非想非非想處或見亦見處或見處非見見亦見處者謂非想非非想處所攝五染汙見世間正見餘非想非非想處皆見處非見幾有身見爲因非有身見因等者一切應分別謂空無邊處或有身見爲因非有身見因或有身見爲因亦有身見因或非有身見爲因非有身見因有身見爲因非有身見因

者謂除過去現在見苦所斷隨眠及彼相應俱有等空無邊處亦除過去現在見集所斷徧行隨眠及彼相應俱有空無邊處亦除未來有身見相應空無邊處亦除未來有身見及彼相應法生老住無常空無邊處諸餘染汙空無邊處有身見爲因亦有身見因者謂前所除空無邊處非有身見爲因非有身見因者謂不染汙空無邊處識無邊處無所有處非想非非想處亦爾幾業非業異熟等者一切應分別謂空無邊處應作四句或業非業異熟謂空無邊處異熟所不攝思或業異熟非業謂思所不攝業異熟生空無邊處或業亦業異熟謂空無邊處業異熟生思或非業非業異熟謂除業及業異熟生空無邊處諸餘空無邊處識無邊處無所有處非想非非想處亦爾幾業非隨業轉等者一切應分別謂空無邊處有三句或業非隨業轉謂空無邊處所攝思或隨業轉非業謂空無邊處所攝受想識蘊及思所不攝隨業轉行蘊或非業非隨業轉謂除空無邊處所攝隨業轉心不相應行諸餘空無邊處所攝心不相應行識無邊處無所有處非想非非想處亦爾幾所造色非有見色等者一切非所造色非有見色此四無色幾所造色非有對色等者一切非所造色非有對色幾難見故甚深等者一切難見故甚深甚深故難見幾善非善爲因等者一切應分別謂空無邊處有三句或善爲因非善謂善異熟生空無邊處或善亦善爲因謂善空無邊處或非善非善爲因謂除善異熟生空無邊處諸餘無記空無邊

處後三無色亦爾幾不善非不善爲因等者一切非不善非不善爲因幾無記非無記爲因等者一切應分別謂空無邊處或無記亦無記爲因或非無記非無記爲因無記亦無記爲因者謂無記空無邊處非無記非無記爲因者謂善空無邊處後三無色亦爾幾因緣非有因等者一切是因緣亦有因幾等無間非等無間緣等者一切應分別謂空無邊處有三句或是等無間非等無間緣謂未來現前正起心心所空無邊處及過去現在阿羅漢命終時心心所空無邊處或是等無間亦等無間緣謂除過去現在阿羅漢命終時心心所空無邊處諸餘過去現在心心所空無邊處或非等無間非等無間緣謂除未來現前正起心心所空無邊處諸餘未來心心所空無邊處及空無邊處心不相應行識無邊處無所有處亦爾非想非非想處有三句或是等無間非等無間緣謂未來現前正起心心所非想非非想處及過去現在阿羅漢命終時心心所非想非非想處并已生正起滅定或是等無間亦等無間緣謂除過去現在阿羅漢命終時心心所非想非非想處諸餘過去現在心心所非想非非想處或非等無間非等無間緣謂除未來現前正起心心所非想非非想處諸餘未來心心所非想非非想處及除等無間心不相應行非想非非想處諸餘心不相應行非想非非想處幾所緣緣非有所緣等者一切應分別謂諸無色所攝心不相應行是所緣緣非有所緣諸餘無色是所緣緣亦有所緣幾增上緣非有增

上等者一切增上緣亦有增上幾暴流非順暴流等者一切應分別謂空無邊處有三句或順暴流非暴流謂暴流所不攝有漏空無邊處或暴流亦順暴流謂三暴流少分或非暴流非順暴流謂無漏空無邊處識無邊處無所有處亦爾非想非非想處或暴流亦順暴流或順暴流非暴流暴流亦順暴流者謂三暴流少分餘皆順暴流非暴流

四修定者一有修定若習若修若多所作得現法樂住二有修定若習若修若多所作得勝知見三有修定若習若修若多所作得分別慧四有修定若習若修若多所作得諸漏盡此四修定幾有色等者一切應分別謂諸修定所攝身語業是有色餘皆是無色幾有見等者一切無見幾有對等者一切無對幾有漏等者一有漏一無漏二應分別謂爲現法樂住或有漏或無漏云何有漏謂爲現法樂住所攝有漏五蘊云何無漏謂爲現法樂住所攝無漏五蘊爲分別慧或有漏或無漏云何有漏謂爲分別慧所攝有漏五蘊云何無漏謂無漏五蘊幾有爲等者一切有爲幾有異熟等者一有異熟一無異熟二應分別謂爲現法樂住及爲分別慧若有漏有異熟若無漏無異熟幾是緣生等者一切是緣生是因生是世攝幾色攝等者一切應分別謂諸修定所攝身語業是色攝餘皆是名攝幾內處攝等者一切應分別謂諸修定所攝心意識內處攝餘皆外處攝幾智徧知所徧知等者一切是智徧知所徧知

此四修定幾斷徧知所徧知等者一是斷徧

知所徧知一非斷徧知所徧知二應分別謂爲現法樂住及爲分別慧若有漏是斷徧知所徧知若無漏非斷徧知所徧知幾應斷等者一應斷一不應斷二應分別謂爲現法樂住及爲分別慧若有漏是應斷若無漏不應斷幾應修等者一切是應修幾染汙等者一切不染汙幾果非有果等者一切是果亦有果幾有執受等者一切無執受幾大種所造等者一切應分別謂諸修定所攝身語業是大種所造餘皆非大種所造幾有上等者一切是有上幾是有等者一是有一非有二應分別謂爲現法樂住及爲分別慧非有漏是有若無漏非有幾因相應等者一切應分別謂諸修定所攝身語業心不相應行因不相應餘皆因相應此四修定與六善處相攝者五善處少分攝四修定四修定亦攝五善處少分與五不善處相攝者互不相攝與七無記處相攝者互不相攝與三漏處相攝者互不相攝與五有漏處相攝者應作四句或有漏處非修定謂修定所不攝有漏五蘊或修定非有漏處謂一修定及二少分或有漏處亦修定謂一修定及二少分或非有漏處非修定謂虛空及二滅與八無漏處相攝者應作四句或無漏處非修定謂虛空及二滅或修定非無漏處謂一修定及二少分或無漏處亦修定謂一修定及二少分或非無漏處非修定謂修定所不攝有漏五蘊幾過去等者一切或過去或未來或現在幾善等者一切是善幾欲界繫等者一色界繫一不繫二應分別謂爲現法樂住若有漏色界繫若無

漏不繫謂爲分別慧或欲界繫或色界繫或無色界繫或不繫云何欲界繫謂爲分別慧所攝欲界五蘊云何色界繫謂爲分別慧所攝色界五蘊云何無色界繫謂爲分別慧所攝無色界四蘊云何不繫謂無漏五蘊幾學等者一學一非學非無學二應分別謂爲現法樂住或學或無學或非學非無學云何學謂爲現法樂住所攝學五蘊云何無學謂爲現法住所攝無學五蘊云何非學非無學謂爲現法住所攝有漏五蘊爲分別慧或學或無學或非學非無學云何學謂學五蘊云何無學謂無學五蘊云何非學非無學謂爲分別慧所攝有漏五蘊

此四修定幾見所斷等者一修所斷一非所斷二應分別謂爲現法樂住及爲分別慧若有漏修所斷若無漏非所斷幾非心等者一切應分別謂諸修定所攝身語業心不相應行非心非心所非心相應受蘊想蘊相應行蘊是心所與心相應心意識惟是心幾隨心轉非受相應等者一切應分別謂爲現法樂住應作四句或隨心轉非受相應謂爲現法樂住所攝身語業及隨心轉心不相應行并受或受相應非隨心轉謂爲現法樂住所攝心意識或隨心轉亦受相應謂爲現法樂住所攝想蘊及相應行蘊或非隨心轉非受相應謂除爲現法樂住所攝隨心轉心不相應行諸餘爲現法樂住所攝心不相應行爲勝知見爲盡諸漏亦爾爲分別慧應作四句或隨心轉非受相應謂隨心轉身語業及爲分別慧所攝心不相應行并受或受相應非隨

心轉謂爲分別慧所攝心意識或隨心轉亦受相應謂爲分別慧所攝想蘊及相應行蘊或非隨心轉非受相應謂除隨心轉身語業諸餘爲分別慧所攝身語業除爲分別慧所攝心不相應行諸餘爲分別慧所攝心不相應行幾隨心轉非想行相應等者除其自性如受應知幾隨尋轉非伺相應等者一無尋無伺三應分別謂爲現法樂住有四句或隨尋轉非伺相應謂爲現法樂住所攝隨尋轉身語業心不相應行及伺或伺相應非隨尋轉謂爲現法樂住所攝尋或隨尋轉亦伺相應謂爲現法樂住所攝尋伺相應心心所法或非隨尋轉非伺相應謂除爲現法樂住所攝隨尋轉心不相應行諸餘爲現法樂住所攝心不相應行爲勝知見有四句或隨尋轉非伺相應謂爲勝知見所攝隨尋轉身語業心不相應行及伺或伺相應非隨尋轉謂爲勝知見所攝尋或隨尋轉亦伺相應謂爲勝知見所攝尋伺相應心心所法或非隨尋轉非伺相應謂除爲勝知見所攝隨尋轉身語業心不相應行諸餘爲勝知見所攝身語業心不相應行及爲勝知見所攝無尋無伺心心所法爲分別慧有四句或隨尋轉非伺相應謂隨尋轉身語業及爲分別慧所攝隨尋轉心不相應行并尋相應伺或伺相應非隨尋轉謂爲分別慧所攝尋及尋不相應伺相應心心所法或隨尋轉亦伺相應謂爲分別慧所攝尋伺相應心心所法或非隨尋轉非伺相應謂除隨尋轉身語業諸餘爲分別慧所攝身語業及除爲分別慧所攝隨尋轉心

不相應行諸餘分別慧所攝心不相應行并尋不相應伺若無尋無伺心心所法幾見非見處等者一切應分別謂爲現法樂住有四句或見非見處謂爲現法樂住所攝盡無生智所不攝無漏慧或見處非見謂見所不攝有漏爲現法樂住或見亦見處謂爲現法樂住所攝世間正見或非見非見處謂見所不攝無漏爲現法樂住爲勝知見或見亦見處或見處非見見亦見處者謂爲勝知見所攝世間正見諸餘爲勝知見是見處非見爲分別慧有四句或見非見處謂盡無生智所不攝無漏慧或見處非見謂見所不攝有漏爲分別慧或見亦見處謂爲分別慧所攝世間正見或非見非見處謂見所不攝無漏爲分別慧爲盡諸漏所攝慧是見非見處餘皆非見非見處幾有身見爲因非有身見因等者一切非有身見爲因非有身見因幾業非業異熟等者一切應分別謂諸修定所攝身語業及思是業非業異熟餘皆非業非業異熟幾業非隨業轉等者一切應分別謂爲現法樂住有四句或業非隨業轉謂爲現法樂住所攝思或隨業轉非業謂爲現法樂住所攝受想識蘊及思所不攝隨業轉行蘊或業亦隨業轉謂爲現法樂住所攝身語業或非業非隨業轉謂除爲現法樂住所攝隨業轉心不相應行諸餘現法樂住所攝心不相應行爲勝知見及爲盡諸漏亦爾爲分別慧有四句或業非隨業轉謂除爲分別慧所攝隨業轉身語業諸餘爲分別慧所攝身語業及思或隨業轉非業謂爲分別慧所攝受想識蘊

及思所不攝隨業轉行蘊或業亦隨業轉謂爲分別慧所攝隨業轉身語業或非業非隨業轉謂除爲分別慧所攝隨業轉心不相應行諸餘爲分別慧所攝心不相應幾所造色非有見色等者一切應分別謂諸修定所攝身語業是所造色非有見色餘皆非所造色非有見色

此四修定幾所造色非有對色等者一切應分別謂諸修定所攝身語業是所造色非有對色餘皆非所造色非有對色幾難見故甚深等者一切難見故甚深甚深故難見幾善非善因等者一切是善亦善爲因幾不善非不善爲因等者一切非不善非不善爲因幾無記非無記爲因等者一切非無記非無記爲因幾因緣非有因等者一切是因緣亦有因幾等無間非等無間緣等者一切應分別謂各有三句或是等無間非等無間緣謂未來現前正起修定所攝心心所法或是等無間亦等無間緣謂過去現在修定所攝心心所法或非等無間非等無間緣謂除未來現前正起修定所攝心心所法諸餘未來修定所攝心心所法及修定所攝身語業心不相應行幾所緣緣非有所緣等者一切應分別謂諸修定所攝身語業心不相應行是所緣緣非有所緣餘皆是所緣緣亦有所緣幾增上緣非有增上等者一切是增上緣亦有增上幾暴流非順暴流等者一順暴流非暴流一非暴流非順暴流二應分別謂爲現法樂住及爲分別慧若有漏是順暴流非暴流若無漏非暴流非順暴流

阿毗達磨品類足論卷第十四說一切有部

阿毗達磨品類足論卷第十五

尊者世友造

唐三藏法師玄奘奉　詔譯

辯千問品第七之六

七覺支者謂念等覺支乃至捨等覺支此七覺支幾有色等者一切無色幾有見等者一切無見幾有對等者一切無對幾有漏等者一切無漏幾有爲等者一切有爲幾有異熟等者一切無異熟幾是緣生等者一切是緣生是因生是世攝幾色攝等者一切名攝幾内處攝等者一切外處攝幾智徧知所徧知等者一切是智徧知所徧知

此七覺支幾斷幾徧知所徧知等者一切非斷徧知所徧知幾應斷等者一切不應斷幾應修等者一切是應修幾染汙等者一切不染汙幾果非有果等者一切是果亦有果幾有執受等者一切無執受幾大種所造等者一切非大種所造幾有上等者一切有上幾是有等者一切非有幾因相應等者一切因相應此七覺支與六善處相攝者二善處少分攝七覺支七覺支亦攝二善處少分與五不善處相攝者互不相攝與七無記處相攝者互不相攝與三漏處相攝者互不相攝與五有漏處相攝者互不相攝與八無漏處相攝者二無漏處少分攝七覺支七覺支亦攝二無漏處少分幾過去等者一切或過去或未來或現在幾善等者一切是善幾欲界繫等者一切不繫幾學等者一切應分別謂念等覺支或學或無學云何學謂學作意相應念等覺支云何無學謂無學作意相應念等

覺支餘六等覺支亦爾
此七覺支幾見所斷等者一切非所斷幾非
心等者一切是心所與心相應幾隨心轉非
受相應等者一隨心轉非受相應六隨心轉
亦受相應幾隨心轉非想行相應等者一切
隨心轉想行相應除其自性幾隨尋轉非伺
相應等者一切應分別謂念等覺支或有尋
有伺或無尋唯伺或無尋無伺云何有尋有
伺謂有尋有伺作意相應念等覺支云何無
尋唯伺謂無尋唯伺作意相應念等覺支云
何無尋無伺謂無尋無伺作意相應念等覺
支擇法精進輕安定捨等覺支亦爾喜等覺
支或有尋有伺或無尋無伺云何有尋有伺
謂有尋有伺作意相應喜等覺支云何無尋
無伺謂無尋無伺作意相應喜等覺支幾見

非見處等者六非見非見處一應分別謂擇
法等覺支所攝盡無生智所不攝慧是見非
見處餘皆非見非見處幾有身見爲因非有
身見因等者一切非有身見爲因非有身見
因幾業非業異熟等者一切非業非業異熟
幾業非隨業轉等者一切隨業轉非業幾所
造色非有見色等者一切非所造色非有見
色
此七覺支幾所造色非有對色等者一切非
所造色非有對色幾難見故甚深等者一切
難見故甚深甚深故難見幾善非善爲因等
者一切是善亦善爲因幾不善非不善爲因
等者一切非不善非不善爲因幾無記非無
記爲因等者一切非無記非無記爲因幾因
緣非有因等者一切是因緣亦有因幾等無

間非等無間緣等者一切應分別謂念等覺支或是等無間非等無間緣或是等無間亦等無間緣或非等無間非等無間緣是等無間非等無間緣者謂未來現前正起念等覺支是等無間亦等無間緣者謂過去現在念等覺支非等無間非等無間緣者謂除未來現前正起念等覺支諸餘未來念等覺支餘六等覺支亦爾幾所緣緣非有所緣等者一切是所緣緣亦有所緣幾增上緣非有增上等者一切是增上緣亦有增上幾暴流非順暴流等者一切非暴流非順暴流

二十二根者謂眼根乃至具知根此二十二根幾有色等者七有色十五無色幾有見等者一切無見幾有對等者七有對十五無對幾有漏等者十有漏三無漏九應分別謂意根或有漏或無漏云何有漏謂有漏作意相應意根云何無漏謂無漏作意相應意根樂喜捨信精進念定慧根亦爾幾有為等者一切有為幾有異熟等者一有異熟十一無異熟十應分別謂意根或有異熟或無異熟云何有異熟謂不善善有漏意根云何無異熟謂無記無漏意根樂喜捨根亦爾苦根或有異熟或無異熟云何有異熟謂善不善苦根云何無異熟謂無記苦根信精進念定慧根若有漏有異熟若無漏無異熟幾是緣生等者一切是緣生是因生是世攝幾色攝等者七是色攝十五是名攝幾內處攝等者八內處攝十一外處攝三應分別謂未知當知根已知根具知根所攝心意識內處攝餘皆外處攝幾智徧知所徧知等者一切是智徧知

所徧知
此二十二根幾斷徧知所徧知等者十是斷徧知所徧知三非斷徧知所徧知九應分別謂意等九根若有漏是斷徧知所徧知若無漏非斷徧知所徧知幾應斷等者十應斷三不應斷九應分別謂意等九根若有漏是應斷若無漏不應斷幾應修等者八應修八不應修六應分別謂意根或應修或不應修云何應修謂善意根云何不應修謂不善無記意根樂苦喜捨根亦爾憂根或應修或不應修云何應修謂善憂根云何不應修謂不善憂根幾染汙等者十六不染汙六應分別謂意根或染汙或不染汙云何染汙謂有覆意根云何不染汙謂無覆意根樂苦喜憂捨根亦爾幾果非有果等者一切是果亦有果幾有執受等者十五無執受七應分別謂眼根或有執受或無執受云何有執受謂自體所攝眼根云何無執受謂非自體所攝眼根餘六色根亦爾幾大種所造等者七大種所造十五非大種所造幾有上等者一切是有上幾是有等者十是有三非有九應分別謂意等九根若有漏是有若無漏非有幾因相應等者八因不相應十四因相應
此三十二根與六善處相攝者應作四句或善處非根謂善色蘊想蘊及根所不攝善行蘊并擇滅或根非善處謂八根及六根少分或善處亦根謂八根及六根少分或非善處非根謂不善色蘊行蘊不善無記想蘊及根所不攝色蘊行蘊并虛空非擇滅與五不善處相攝者應作四句或不善處非根謂不善

色想行蘊或根非不善處謂十六根及六根少分或不善處亦根謂六根少分或非不善處非根謂善色蘊善無記想蘊根所不攝善無記行蘊及根所不攝無記色蘊并無爲法與七無記處相攝者應作四句或無記處非根謂無記想蘊及根所不攝無記色蘊行蘊虛空非擇滅或根非無記處謂九根及五根少分或無記處亦根謂八根及五根少分或非無記處非根謂善不善色蘊想蘊不善行蘊及根所不攝善行蘊并擇滅與三漏處相攝者互不相攝與五有漏處相攝者應作四句或有漏處非根謂有漏想蘊及根所不攝有漏色蘊行蘊或根非有漏處謂三根及九根少分或有漏處亦根謂十根及九根少分或非有漏處非根謂無漏色蘊想蘊及根所不攝無漏行蘊并三無爲與八無漏處相攝者應作四句或無漏處非根謂無漏色蘊想蘊及根所不攝無漏行蘊并三無爲或根非無漏處謂十根及九根少分或無漏處亦根謂三根及九根少分或非無漏處非根謂有漏想蘊及根所不攝有漏色蘊行蘊幾過去等者一切或過去或未來或現前幾善等者八善八無記六應分別謂意根或善或不善或無記云何善謂善作意相應意根云何不善謂不善作意相應意根云何無記謂無記作意相應意根樂苦喜捨根亦爾憂根或善或不善云何善謂善作意相應憂根云何不善謂不善作意相應憂根幾欲界繫等者四欲界繫三不繫十五應分別謂眼根或欲界繫或色界繫云何欲界繫謂欲界大種所造

眼根云何色界繫謂色界大種所造眼根耳鼻舌身根亦爾命根或欲界繫或色界繫或無色界繫云何欲界繫謂欲界壽云何色界繫謂色界壽云何無色界繫謂無色界壽意根或欲界繫或色界繫或無色界繫或不繫云何欲界繫謂欲界作意相應意根云何色界繫謂色界作意相應意根云何無色界繫謂無色界作意相應意根云何不繫謂無漏作意相應意根捨及信等五根亦爾樂根或欲界繫或色界繫或不繫云何欲界繫謂欲界作意相應樂根云何色界繫謂色界作意相應樂根云何不繫謂無漏作意相應樂根喜根亦爾幾學等者二學一無學十非學非無學九應分別謂意根或學或無學或非學非無學云何學謂學作意相應意根云何無學謂無學作意相應意根云何非學非無學謂有漏作意相應意根樂喜捨信等五根亦爾

此二十二根幾見所斷等者九修所斷三非所斷十應分別謂意根或見所斷或修所斷或非所斷云何見所斷謂意根隨信隨法行現觀邊忍所斷此復云何謂見所斷八十八隨眠相應意根云何修所斷謂意根學見迹修所斷此復云何謂修所斷十隨眠相應意根及不染汙有漏意根云何非所斷謂無漏意根捨根亦爾樂根或見所斷或修所斷或非所斷云何見所斷謂樂根隨信隨法行現觀邊忍所斷此復云何謂見所斷二十八隨眠相應樂根云何修所斷謂樂根學見迹修所斷此復云何謂修所斷五隨眠相應樂根

及不染汙有漏樂根云何非所斷謂無漏樂根喜根或見所斷或修所斷或非所斷云何見所斷謂喜根隨信隨法行現觀邊忍所斷此復云何謂見所斷五十二隨眠相應喜根云何修所斷謂喜根學見迹修所斷此復云何謂修所斷六隨眠相應喜根及不染汙有漏喜根云何非所斷謂無漏喜根憂根或見所斷或修所斷云何見所斷謂憂根隨信隨法行現觀邊忍所斷此復云何謂見所斷十六隨眠相應憂根云何修所斷謂憂根學見迹修所斷此復云何謂修所斷二隨眠相應憂根及不染汙憂根信等五根若有漏修所斷若無漏非所斷幾非心等者八非心非心所非心相應十是心所與心相應一惟是心三應分別謂三無漏根所攝八根是心所與心相應一根唯是心幾隨心轉非受相應等者五隨心轉非受相應一受相應非隨心轉五隨心轉亦受相應八非隨心轉非受相應三應分別謂三無漏根所攝三根隨心轉非受相應一根受相應非隨心轉五根隨心轉亦受相應幾隨心轉非想行相應等者一想相應非隨心轉十隨心轉亦想相應八非隨心轉非想相應三應分別謂三無漏根所攝八根隨心轉亦想相應一根想相應非隨心轉一行相應非隨心轉十隨心轉亦行相應除其自性八非隨心轉非行相應三應分別謂三無漏根所攝一行相應非隨心轉八隨心轉亦行相應除其自性幾隨尋轉非伺相應等者二有尋有伺八無尋無伺十二應分別謂意根或有尋有伺或無尋惟伺或無尋

無伺云何有尋有伺謂有尋有伺作意相應意根云何無尋惟伺謂無尋惟伺作意相應意根云何無尋無伺謂無尋無伺作意相應意根捨根信等五根三無漏根亦爾樂根或有尋有伺或無尋無伺云何有尋有伺謂有尋有伺作意相應樂根云何無尋無伺謂無尋無伺作意相應樂根喜根亦爾幾見非見處等者一見亦見處九見處非見十二應分別謂意根若有漏是見處非見若無漏非見非見處樂喜捨根信等四根亦爾慧根有四句或見非見處謂盡無生智所不攝無漏慧根或見處非見謂見所不攝有漏慧根或見亦見處謂世間正見或非見非見處謂見所不攝無漏慧根未知當知根已知根所攝慧根是見非見處餘皆非見非見處具知根所攝盡無生智所不攝慧根是見非見處餘無見非見處幾有身見爲因非有身見因等者十六非有身見爲因非有身見因六應分別謂意根或有身見爲因非有身見因或有身見爲因亦有身見因或非有身見爲因非有身見因有身見爲因非有身見因者謂除過去現在見苦所斷隨眠相應意根亦除過去現在見集所斷徧行隨眠相應意根亦除未來有身見相應意根諸餘染汙意根有身見爲因亦有身見因者謂前所除意根非有身見爲因非有身見因者謂不染汙意根樂喜捨根亦爾苦根若染汙有身見爲因非有身見因若不染汙非有身見爲因非有身見因憂根或有身見爲因非有身見因或有身見爲因亦有身見因或非有身見爲因非有身

見因有身見爲因非有身見因者謂除過去現在見苦所斷隨眠相應憂根及除過去現在見集所斷徧行隨眠相應憂根諸餘染汙憂根有身見爲因亦有身見因者謂前所除憂根非有身見爲因非有身見因者謂不染汙憂根幾業非業異熟等者一是業異熟非業九非業非業異熟十二應分別謂眼根或是業異熟非業或非業非業異熟是業異熟非業者謂異熟生眼根餘眼根非業非業異熟耳鼻舌身女男根意樂苦喜捨根亦爾幾業非隨業轉等者八非業非隨業轉十四隨業轉非業幾所造色非有見色等者七是所造色非有見色十五非造色非有見色

此二十二根幾所造色非有對色等者七是所造色亦有對色十五非所造色非有對色幾難見故甚深等者一切難見故甚深甚深故難見幾善非善爲因等者八是善亦善爲因十四應分別謂眼根或善爲因非善或非善非善爲因善爲因非善者謂善異熟生眼根諸餘眼根非善非善爲因耳鼻舌身女男命根亦爾意根或善爲因非善或是善亦善爲因或非善非善爲因善爲因非善者謂善異熟生意根是善亦善爲因者謂善意根非善非善爲因者謂除善異熟生意根諸餘無記不善意根樂喜捨根亦爾苦根或是善亦善爲因或非善非善爲因是善亦善爲因者謂善苦根非善非善爲因者謂不善無記苦根憂根或是善亦善爲因或非善非善爲因是善亦善爲因者謂善憂根非善非善爲因者謂不善憂根幾不善非不善爲因等者八

非不善非不善爲因十四應分別謂眼根或不善爲因非不善或非不善非不善爲因不善爲因非不善者不善異熟生眼根諸餘眼根非不善非不善爲因耳鼻舌身女男命根亦爾意根或不善爲因非不善或不善亦不善爲因或非不善非不善爲因不善爲因非不善者謂不善異熟生意根及欲界繫有身見邊執見相應意根不善亦不善爲因者謂不善意根非不善非不善爲因者謂除不善異熟生意根及除欲界繫有身見邊執見相應意根諸餘無記及善意根樂根或不善亦不善爲因或非不善非不善爲因不善亦不善爲因者謂不善樂根非不善非不善爲因者謂善無記樂根苦根或不善爲因非不善或不善亦不善爲因或非不善非不善爲因

不善爲因非不善者謂異熟生苦根不善亦不善因者謂不善苦根非不善非不善爲因者謂除異熟生苦根諸餘無記及善苦根喜根或不善爲因非不善或不善亦不善爲因或非不善非不善爲因不善爲因非不善者謂欲界繫有身見邊執見相應喜根不善亦不善爲因者謂不善喜根非不善非不善爲因者謂除欲界繫有身見邊執見相應喜根諸餘無記及善喜根捨根亦爾憂根或不善亦不善爲因或非不善非不善爲因不善亦不善爲因者謂不善憂根非不善非不善爲因者謂善憂根幾無記非無記爲因等者八無記亦無記爲因八非無記非無記爲因亦應分別謂意根或無記爲因非無記或無記亦無記爲因或非無記非無記爲因無記爲

因非無記者謂不善意根無記亦無記爲因者謂無記意根非無記非無記爲因者謂善意根樂苦喜捨根亦爾憂根或無記爲因非無記或非無記非無記爲因無記爲因非無記者謂不善憂根非無記非無記爲因者謂善憂根幾因緣非有因等者一切是因緣亦有因幾等無間非等無間緣等者八非等無間非等無間緣十四應分別謂意根或是等無間非等無間緣或是等無間亦等無間緣或非等無間非等無間緣是等無間非等無間緣者謂未來現前正起意根及過去現在阿羅漢命終時意根是等無間亦等無間緣者謂除過去現在阿羅漢命終時意根諸餘過去現在意根非等無間非等無間緣者謂除未來現前正起意根諸餘未來意根捨根亦爾樂根或是等無間非等無間緣或是等無間亦等無間緣或非等無間非等無間緣是等無間非等無間緣者謂未來現前正起樂根是等無間亦等無間緣者謂過去現在樂根非等無間非等無間緣者謂除未來現前正起樂根諸餘未來樂根苦喜憂根信等五根三無漏根亦爾幾所緣緣非有所緣等者八是所緣緣非有所緣十四是所緣緣亦有所緣幾增上緣亦有增上等者一切是增上緣亦有增上幾暴流非順暴流等者十順暴流非暴流三非暴流非順暴流九應分別謂意等九根若有漏順暴流非暴流若無漏非暴流非順暴流

十二處者謂眼處色處乃至意處法處此十二處幾有色等者十有色一無色一應分別

謂法處或有色或無色云何有色謂法處所攝身語業云何無色謂餘法處幾有見等者一有見十一無見幾有對等者十有對二無對幾有漏等者十有漏二應分別謂意處或有漏或無漏云何有漏謂有漏作意相應意處云何無漏謂無漏作意相應意處法處或有漏或無漏云何有漏謂法處所攝有漏身語業及有漏受想行蘊云何無漏謂無漏身語業及無漏受想行蘊幷無爲法幾有爲等者十一有爲一應分別謂法處或有爲或無爲云何有爲謂法處所攝身語業及受想行蘊云何無爲謂虚空及二滅幾有異熟等者八無異熟四應分別謂色處或有異熟或無異熟云何有異熟謂善不善色處云何無異熟謂無記色處聲處亦爾意處或有異熟或無異熟云何有異熟謂不善善有漏意處云何無異熟謂無記無漏意處法處亦爾幾是緣生等者十一是緣生是因生是世攝一應分別謂法處若有爲是緣生是因生是世攝若無爲非緣生非因生非世攝幾色攝等者十色攝一名攝一應分別謂法處所攝身語業是色攝餘皆是名攝幾内處攝等者六是内處攝六是外處攝幾智徧知所徧知等者一切是智徧知所徧知

此十二處幾斷徧知所徧知等者十是斷徧知所徧知二應分別謂意法處若有漏是斷徧知所徧知若無漏非斷徧知所遍知幾應斷等者十應斷二應分別謂意法處若有漏是應斷若無漏不應斷幾應修等者八不應修四應分別謂色處或應修或不應修云何

應修謂善色處云何不應修謂不善無記色處聲處意處亦爾法處或應修或不應修云何應修謂善有爲法處云何不應修謂不善無記法處及擇滅幾染汙等者八不染汙四應分別謂色處或染汙或不染汙云何染汙謂有覆色處云何不染汙謂無覆色處聲意法處亦爾幾果非有果等者十一是果亦有果一處應分別謂法處或是果非有果或是果亦有果或非果非有果是果非有果者謂擇滅是果亦有果者謂有爲法處非果非有果者謂虛空非擇滅幾有執受等者三無執受九應分別謂眼處或有執受或無執受云何有執受謂自體所攝眼處云何無執受謂非自體所攝眼處色耳聞鼻香舌味身觸處亦爾幾大種所造等者九是大種所造一非大種所造二應分別謂觸處堅濕暖動非大種所造餘是大種所造法處所攝身語業是大種所造餘非大種所造幾有上等者十一有上一應分別謂法處擇滅是無上餘皆是有上幾是有等者十是有二應分別謂意法處若有漏是有若無漏非有幾因相應等者十因不相應一因相應一應分別謂法處諸心所法是因相應餘因不相應

阿毗達磨品類足論卷第十五 說一切有部

阿毗達磨品類足論卷第十六

尊者世友造
唐三藏法師玄奘奉詔譯

辯千問品第七之七

比十二處與六善處相攝者六善處攝四處少分四處少分亦攝六善處與五不善處相攝者五不善處攝四處少分四處少分亦攝五不善處與七無記處相攝者七無記處攝八處四處少分八處四處少分亦攝七無記處與三漏處相攝者三漏處攝一處少分一處少分亦攝三漏處與五有漏處相攝者五有漏處攝十處二處少分十處二處少分亦攝五有漏處與八無漏處相攝者八無漏處攝二處少分二處少分亦攝八無漏處幾過去等者十一或過去或未來或現在一應分別謂法處若有爲或過去或未來或現在若無爲非過去非未來非現在幾善等者八無記四應分別謂色處或善或不善或無記云何善謂善身表云何不善謂不善身表云何無記謂除善不善身表諸餘色處聲處或善或不善或無記云何善謂善語表云何不善謂不善語表云何無記謂除善不善語表諸餘聲處意處或善或不善或無記云何善謂善作意相應意處云何不善謂不善作意相應意處云何無記謂無記作意相應意處法處或善或不善或無記云何善謂法處所攝善身語業及善受想行蘊并擇滅云何不善謂法處所攝不善身語業及不善受想行蘊云何無記謂無記受想行蘊及虛空非擇滅幾欲界繫等者二欲界繫十應分別謂眼處

或欲界繫或色界繫云何欲界繫謂欲界大種所造眼處云何色界繫謂色界大種所造眼處色耳聲鼻舌身處亦爾觸處或欲界繫或色界繫云何欲界繫謂欲界四大種及欲界大種所造觸處云何色界繫謂色界四大種及色界大種所造觸處意處或欲界繫或色界繫或無色界繫或不繫云何欲界繫謂欲界作意相應意處云何色界繫謂色界作意相應意處云何無色界繫謂無色界作意相應意處云何不繫謂無漏作意相應意處法處或欲界繫或色界繫或無色界繫或不繫云何欲界繫謂法處所攝欲界身語業及欲界受想行蘊云何色界繫謂法處所攝色界身語業及色界受想行蘊云何無色界繫謂無色界受想行蘊云何不繫謂無漏身語業及無漏受想行蘊并三無為幾學等者十非學非無學二應分別謂意處或學或無學或非學非無學云何學謂學作意相應意處云何無學謂無學作意相應意處云何非學非無學謂有漏作意相應意處法處或學或無學或非學非無學云何學謂學身語業及學受想行蘊云何無學謂無學身語業及無學受想行蘊云何非學非無學謂法處所攝有漏身語業及有漏受想行蘊并虛空二滅此十二處幾見所斷等者十修所斷二應分別謂意處或見所斷或修所斷或非所斷云何見所斷謂意處隨信隨法行現觀邊忍所斷此復云何謂見所斷八十八隨眠相應意處云何修所斷謂意處學見迹修所斷此復云何謂修所斷十隨眠相應意處及不染汙

有漏意處云何非所斷謂無漏意處法處或見所斷或修所斷或非所斷云何見所斷謂法處隨信隨法行現觀邊忍所斷此復云何謂見所斷八十八隨眠及彼相應法處并彼等起心不相應行云何修所斷謂法處學見迹修所斷此復云何謂修所斷十隨眠及彼相應法處并彼等起無表身語業心不相應行若不染汙有漏法處云何非所斷謂無漏法處幾非心等者十非心非心所非心相應一唯是心一應分別謂法處若有所緣是心所與心相應若無所緣非心非心所非心相應幾隨心轉非受相應等者十非隨心轉非受相應一受相應非隨心轉一應分別謂法處或隨心轉非受相應或隨心轉亦受相應或非隨心轉非受相應隨心轉非受相應者謂隨心轉身語業心不相應行及受隨心轉亦受相應者謂想蘊及相應行蘊非隨心轉非受相應者謂除隨心轉身語業心不相應行諸餘身語業心不相應行及無爲法幾隨心轉非想行相應等者除其自性如受應知幾隨尋轉非伺相應等者十非隨尋轉非伺相應二應分別謂意處或有尋有伺或無尋惟伺或無尋無伺云何有尋有伺謂有尋有伺作意相應意處云何無尋惟伺謂無尋惟伺作意相應意處云何無尋無伺謂無尋無伺作意相應意處法處有四句或隨尋轉非伺相應謂隨尋轉身語業心不相應行及尋相應伺或伺相應非隨尋轉謂尋及尋不相應伺相應心所法或隨尋轉亦伺相應謂尋伺相應心所法或非隨尋轉非伺相應謂除

隨尋轉身語業心不相應行諸餘身語業心不相應行及尋不相應伺并無尋無伺心所法若無爲法幾見非見處等者一見亦見處九見處非見二應分別謂意處若有漏是見處非見若無漏非見處非見法處有四句或見非見處謂盡無生智所不攝無漏慧或見處非見謂見所不攝有漏法處或見亦見處謂五染汙見世俗正見或非見非見處謂見所不攝無漏法處幾有身見爲因非有身見因等者八非有身見爲因非有身見因四應分別謂色處若染汙有身見爲因非有身見因若不染汙非有身見爲因非有身見因聲處亦爾意處或有身見爲因非有身見因或有身見爲因亦有身見因或非有身見爲因非有身見因有身見爲因非有身見者謂除過去現在見苦所斷隨眠相應意處亦除過去現在見集所斷徧行隨眠相應意處亦除未來有身見相應意處諸餘染汙意處有身見爲因亦有身見因者謂前所除意處非有身見爲因非有身見因者謂不染汙意處法處或有身見爲因非有身見因或有身見爲因亦有身見因或非有身見爲因非有身見因有身見爲因非有身見因者謂除過去現在見苦所斷隨眠及彼相應俱有等法處亦除過去現在見集所斷徧行隨眠及彼相應俱有法處亦除未來有身見相應法處亦除未來有身見及彼相應法生老住無常諸餘染汙法處有身見爲因亦有身見因者謂前所除法處非有身見爲因非有身見因者謂不染汙法處幾業非業異熟等者一切應分

别謂眼處或業異熟非業或非業非業異熟業異熟非業者謂異熟生眼處諸餘眼處非業非業異熟耳聲鼻香舌味身觸意處亦爾色處或是業非業異熟或業異熟非業或非業非業異熟是業非業異熟者謂身表業異熟非業者謂業異熟生色處非業非業非異熟者謂除業及業異熟色處諸餘色處聲處或是業非業異熟或非業非業異熟是業非業異熟者謂語表諸餘聲處非業非業異熟法處有四句或業非業異熟謂法處所攝身語業及異熟所不攝思或業異熟非業謂思所不攝業異熟生法處或業亦業異熟謂異熟生思或非業非業異熟謂除業及業異熟法處諸餘法處幾業非隨業轉等者八非業非隨業轉一隨業轉非業三應分別謂色處或是業非隨業轉或非業非隨業轉是業非隨業轉者謂身表諸餘色處非業非隨業轉聲處或是業非隨業轉或非業非隨業轉是業非隨業轉者謂語表諸餘聲處非業非隨業轉法處有四句或業非隨業轉謂除隨業轉身語業諸餘法處所攝身語業及思或隨業轉非業謂受蘊想蘊及思所不攝隨業轉行蘊或業亦隨業轉謂隨業轉身語業或非業非隨業轉謂除業及隨業轉法處諸餘法處或所造色非有見色等者有三句或所造色非有見色謂八處及二處少分或所造色亦有見色謂一處或非所造色非有見色謂一處及二處少分

此十二處幾所造色非有對色等者有四句或所造色非有對色謂一處少分或有對色

非所造色謂一處少分或所造色亦有對色謂九處一處少分或非所造色非有對色謂一處一處少分幾難見故甚深等者一切難見故甚深甚深故難見幾善非善爲因等者一切應分別謂眼處或善爲因非善或非善非善爲因善爲因非善者謂善異熟生眼處諸餘眼處非善非善爲因耳鼻香舌味身觸處亦爾色處或善爲因非善或善亦善爲因或非善非善爲因善爲因非善者謂善異熟生色處善亦善爲因者謂善色處非善非善爲因者謂除善異熟生色處諸餘無記及不善色處意處亦爾聲處或善亦善爲因或非善非善爲因善亦善爲因者諸善聲處諸餘聲處非善非善爲因法處有四句或善非善爲因謂擇滅或善爲因非善謂善異熟生法處或善亦善爲因謂善有爲法處或非善非善爲因謂除善異熟生法處諸餘無記及不善法處幾不善非不善爲因等者一切應分別謂眼處或不善爲因非不善或非不善非不善爲因不善爲因非不善者謂不善異熟生眼處諸餘眼處非不善非不善爲因耳鼻香舌味身觸處亦爾色處或不善爲因非不善或不善亦不善爲因或非不善非不善爲因不善爲因非不善者謂不善異熟生色處不善亦不善爲因者謂不善色處非不善非不善爲因者謂除不善異熟生色處諸餘無記及善色處聲處或不善亦不善爲因或非不善非不善爲因不善亦不善爲因者謂不善聲處諸餘聲處非不善非不善爲因意處或不善爲因非不善或不善亦不善爲因或

非不善非不善爲因不善爲因非不善者謂不善異熟生意處及欲界有身見邊執見相應意處或不善亦不善爲因者謂不善意處非不善非不善爲因者謂除不善異熟生意處及除欲界有身見邊執見相應意處諸餘無記及善意處法處或不善爲因非不善或不善亦不善爲因或非不善非不善爲因不善爲因非不善者謂不善異熟生法處及欲界有身見邊執見并彼相應法處若彼等起心不相應行不善亦善爲因者謂不善法處非不善非不善爲因者謂除不善異熟生法處及除欲界有身見邊執見并彼相應法處若彼等起心不相應行諸餘無記及善法處幾無記非無記爲因等者八無記亦無記爲因四應分別謂色處或無記爲因非無記或無記亦無記爲因或非無記非無記爲因無記爲因非無記者謂不善色處無記亦無記爲因者謂無記色處非無記非無記爲因者謂善色處聲意處亦爾法處有四句或無記非無記爲因謂虛空非擇滅或無記爲因非無記謂不善法處或無記亦無記爲因謂無記有爲法處或非無記非無記爲因謂善法處幾因緣非有因等者十一是因緣亦有因一應分別謂法處若有爲是因緣亦有因若無爲非因緣非有因幾等無間非等無間緣等者十非等無間非等無間緣二應分別謂意處或是等無間非等無間緣或是等無間亦等無間緣或非等無間非等無間緣是等無間非等無間緣者謂未來現前正起意處及過去現在阿羅漢命終時意處是等無間

亦等無間緣者謂除過去現在阿羅漢命終時意處諸餘過去現在意處非等無間非等無間緣者謂除未來現前正起意處諸餘未來意處法處或是等無間非等無間緣或是等無間亦等無間緣或非等無間非等無間緣是等無間非等無間緣者謂未來現前正起諸心所法及過去現在阿羅漢命終時諸心所法并已生正起無想滅定是等無間亦等無間緣者謂除過去現在阿羅漢命終時諸心所法諸餘過去現在諸心所法非等無間非等無間緣者謂除未來現前正起諸心所法諸餘未來心所法及除等無間心不相應行諸餘心不相應行并身語業虛空二滅

幾所緣緣非有所緣等者十所緣緣非有所緣一切緣緣亦有所緣一應分別謂法處若諸心所是所緣緣亦有所緣若非心所是所緣緣非有所緣幾增上緣非有增上等者十一是增上緣亦有增上一應分別謂法處若有爲是增上緣亦有增上若無爲是增上緣非有增上幾暴流非順暴流等者十順暴流非暴流二應分別謂意處若有漏順暴流非暴流若無漏非暴流非順暴流法處或順暴流非暴流或暴流亦順暴流或非暴流非順暴流順暴流非暴流者謂暴流所不攝有漏法處暴流亦順暴流者謂四暴流非暴流非順暴流者謂無漏法處

五蘊者謂色蘊乃至識蘊此五蘊幾有色等者一有色四無色幾有見等者四無見一應分別謂色蘊或有見或無見云何有見謂一處云何無見謂九處一處少分幾有對等者

四無對一應分別謂色蘊或有對或無對云何有對謂十處云何無對謂一處少分幾有漏等者一切應分別謂色蘊或有漏或無漏云何有漏謂十處一處少分云何無漏謂一處少分受蘊或有漏或無漏云何有漏謂有漏作意相應受蘊云何無漏謂無漏作意相應受蘊想識蘊亦爾行蘊或有漏或無漏云何有漏謂有漏心相應及心不相應行蘊云何無漏謂無漏心相應及心不相應行蘊幾有爲等者一切是有爲幾有異熟等者一切應分別謂色蘊或有異熟或無異熟云何有異熟謂不善善有漏色蘊云何無異熟謂無記無漏色蘊餘四蘊亦爾幾是緣生等者一切是緣生是因生是世攝幾色攝等者一是色攝四是名攝幾內處攝等者一內處攝三外處攝一應分別謂色蘊或內處攝或外處攝云何內處攝謂五內處云何外處攝謂五外處及一外處少分幾智徧知所徧知等者一切是智徧知所徧知此五蘊幾徧知所徧知等者一切應分別謂諸蘊若有漏是斷徧知所徧知若無漏非斷徧知所徧知幾應斷等者一切應分別謂諸蘊若有漏是應斷若無漏不應斷幾應修等者一切應分別謂諸蘊若是善是應修若非善不應修幾染汙等者一切應分別謂諸蘊若有覆是染汙若無覆不染汙幾果非有果等者一切是果亦有果幾有執受等者四無執受一應分別謂色蘊或有執受或無執受云何有執受謂自體所攝色蘊云何無執受謂非自體所攝色蘊幾大種所造等者四非

大種所造一應分別謂色蘊或是大種所造或非大種所造云何大種所造謂九處二處少分云何非大種所造謂一處少分幾有上等者一切是有上幾是有等者一切應分別謂諸蘊若有漏是有若無漏非有幾因相應等者一因不相應三因相應一應分別謂行蘊若諸心所是因相應若非心所因不相應此五蘊與六善處相攝者有四句或善處非蘊謂擇滅或蘊非善處謂不善無記五蘊或善處亦蘊謂善五蘊或非善處非蘊謂虛空非擇滅與五不善處相攝者五不善處攝五蘊少分五蘊少分亦攝五不善處與七無記處相攝者有四句或無記處非蘊謂虛空非擇滅或蘊非無記處謂善不善五蘊或無記處亦蘊謂無記五蘊或非無記處非蘊謂擇滅與三漏處相攝者三漏處攝一蘊少分一蘊少分亦攝三漏處與五有漏處相攝者五有漏處攝五蘊少分五蘊少分亦攝五有漏處與八無漏處相攝者應作四句或無漏處非蘊謂虛空二滅或蘊非無漏處謂有漏五蘊或無漏處亦蘊謂無漏五蘊或非無漏處非蘊 如是事不可得幾過去等者一切或過去或未來或現在幾善等者一切應分別謂諸蘊或善或不善或無記云何善謂善五蘊云何不善謂不善五蘊云何無記謂無記五蘊幾欲界繫等者一切應分別謂諸蘊或欲界繫或色界繫或無色界繫或不繫云何欲界繫謂欲界五蘊云何色界繫謂色界五蘊云何無色界繫謂無色界四蘊云何不繫謂無漏五蘊幾學等者一切應分別謂諸蘊或

學或無學或非學非無學云何學謂學五蘊云何無學謂無學五蘊云何非學非無學謂有漏五蘊

此五蘊幾見所斷等者一切應分別謂色蘊若有漏修所斷若無漏非所斷受蘊或見所斷或修所斷或非所斷云何見所斷謂受蘊隨信隨法行現觀邊忍所斷此復云何謂見所斷八十八隨眠相應受蘊云何修所斷謂受蘊學見迹修所斷此復云何謂修所斷十隨眠相應受蘊及不染汙有漏受蘊云何非所斷謂無漏受蘊想識蘊亦爾行蘊或見所斷或修所斷或非所斷云何見所斷謂行蘊隨信隨法行現觀邊忍所斷此復云何謂見所斷八十八隨眠及彼相應行蘊并彼等起心不相應行云何修所斷謂行蘊學見迹修所斷此復云何謂修所斷十隨眠及彼相應行蘊并彼等起心不相應行若不染汙有漏行蘊云何非所斷謂無漏行蘊幾非心等者一非心非心所非心相應二是心所與心相應一唯是心一應分別謂行蘊若有所緣是心所與心相應若無所緣非心非心所非心相應幾隨心轉非受相應等者一隨心轉非受相應一受相應非隨心轉一隨心轉亦受相應二應分別謂色蘊或隨心轉非受相應或非隨心轉非受相應隨心轉非受相應者謂隨心轉身語業諸餘色蘊非隨心轉非受相應行蘊有三句或隨心轉非受相應謂隨心轉心不相應行或隨心轉亦受相應謂心所行蘊或非隨心轉非受相應謂除隨心轉心不相應行諸餘心不相應行幾隨心轉非

想行相應等者想除自性如受應知二隨心轉亦行相應一行相應非隨心轉二應分別謂色蘊或隨心轉非行相應或非隨心轉非行相應隨心轉非行相應者謂隨心轉身語業諸餘色蘊非隨心轉非行相應行蘊有三句或隨心轉非行相應謂隨心轉心不相應行或隨心轉亦行相應謂心所行蘊除其自性或非隨心轉非行相應謂除隨心轉心不相應行諸餘心不相應行幾隨尋轉非伺相應等者一切應分別謂色蘊或隨尋轉非伺相應或非隨尋轉非伺相應隨尋轉非伺相應者謂隨尋轉身語業諸餘色蘊非隨尋轉非伺相應受蘊或有尋有伺或無尋唯伺或無尋無伺云何有尋有伺謂有尋有伺作意相應受蘊云何無尋唯伺謂無尋唯伺作意相應受蘊云何無尋無伺謂無尋無伺作意相應受蘊想識蘊亦爾行蘊有四句或隨尋轉非伺相應謂隨尋轉心不相應行及尋相應伺或伺相應非隨尋轉謂尋及尋不相應伺相應心所行蘊或隨尋轉亦伺相應謂尋伺相應心所行蘊或非隨尋轉非伺相應謂除隨尋轉心不相應行諸餘心不相應行及尋不相應伺并無尋無伺心所行蘊幾見非見處等者一切應分別謂色蘊有三句或見處非見謂九處及一處少分或見亦見處謂一處或非見非見處謂一處少分受想識蘊若有漏是見處非見若無漏非見非見處行蘊有四句或見非見處謂盡無生智所不攝無漏慧或見處非見謂見所不攝有漏行蘊或見亦見處謂五染汙見及世間正見或非

見非見處謂見所不攝無漏行蘊

阿毗達磨品類足論卷第十六 說一切有部

阿毗達磨品類足論卷第十七

尊者世友造

唐三藏法師玄奘奉　詔譯

辯千問品第七之八

幾有身見爲因非有身見因等者一切應分別謂色蘊若染汙有身見爲因非有身見因若不染汙非有身見爲因非有身見因受蘊有三句或有身見爲因非有身見因謂除過去現在見苦所斷隨眠相應受蘊及除過去現前見集所斷徧行隨眠相應受蘊并除未來有身見相應受蘊諸餘染汙受蘊或有身見爲因亦有身見因謂前所除受蘊或非有身見爲因非有身見因謂不染汙受蘊想識蘊亦爾行蘊有三句或有身見爲因非有身見因謂除過去現在見苦所斷隨眠及彼相應俱有等行蘊亦除過去現在見集所斷徧行隨眠及彼相應俱有行蘊亦除未來有身見相應行蘊亦除未來有身見及彼相應法生老住無常諸餘染汙行蘊或有身見爲因亦有身見因謂前所除行蘊或非有身見爲因非有身見因謂不染汙行蘊幾業非業異熟等者一切應分別謂色蘊有三句或業非業異熟謂身語業或業異熟非業謂業異熟生色蘊或非業非業異熟謂除業及業異熟色蘊諸餘色蘊受蘊或業異熟非業或非業非業異熟業異熟非業者謂業異熟生受蘊諸餘受蘊非業非業異熟想識蘊亦爾行蘊有四句或業非業異熟謂業異熟所不攝思或業異熟非業謂思所不攝業異熟生行蘊或業亦業異熟謂業異熟生思或非業非業

異熟謂除業及業異熟行蘊諸餘行蘊幾業非隨業轉等者三隨業轉非業二應分別謂色蘊有三句或業非隨業轉謂除隨業轉身語業諸餘身語業或業亦隨業轉謂隨業轉身語業或非業非隨業轉謂除業及隨業轉色蘊諸餘色蘊行蘊有三句或業非隨業轉謂思或隨業轉非業謂思所不攝隨業轉行蘊或非業非隨業轉謂除隨業轉心不相應行諸餘心不相應行幾所造色非有見色等者四非所造色非有見色一應分別謂色蘊有三句或所造色非有見色謂八處及二處少分或所造色亦有見色謂一處或非所造色非有見色謂一處少分

此五蘊幾所造色非有對色等者四非所造色非有對色一應分別謂色蘊應作四句或所造色非有對色謂一處少分或有對色非所造色謂一處少分或所造色亦有對色謂九處及一處少分或非所造色非有對色如是色不可得幾難見故甚深等者一切難見故甚深甚深故難見幾善非善爲因等者一切應分別謂各有三句或善爲因非善謂善異熟生五蘊或善亦善爲因謂善五蘊或非善非善爲因謂除善異熟生五蘊諸餘無記不善五蘊幾不善非不善爲因等者一切應分別謂色蘊有三句或不善爲因非不善謂不善異熟生色蘊或不善亦不善爲因謂不善色蘊或非不善非不善爲因謂除不善異熟色蘊諸餘無記及善色蘊受蘊有三句或不善爲因非不善謂不善異熟生受蘊及欲界繫有身見邊執見相應受蘊或不善亦不

善爲因謂不善受蘊或非不善非不善爲因謂除不善異熟生受蘊及除欲界繫有身見邊執見相應受蘊諸餘無記及善受蘊想識蘊亦爾行蘊有三句或不善爲因非不善謂不善異熟生行蘊及欲界繫有身見邊執見及彼相應彼等起行蘊或不善亦不善爲因謂不善行蘊或不善非不善爲因謂除不善異熟行蘊及除欲界繫有身見邊執見并彼相應彼等起行蘊諸餘無記及善行蘊幾無記非無記爲因等者一切應分别謂各有三句或無記爲因非無記謂不善五蘊或無記亦無記爲因謂無記五蘊或非無記非無記爲因謂善五蘊幾因緣非有因等者一切是因緣亦有因幾等無間非等無間緣等者一非等無間非等無間緣四應分别謂受蘊有三句或是等無間非等無間緣謂未來現前正起受蘊及過去現在阿羅漢命終時受蘊或是等無間亦等無間緣謂除過去現在阿羅漢命終時受蘊諸餘過去現在受蘊或非等無間非等無間緣謂除未來現前正起受蘊諸餘未來受蘊想識蘊亦爾行蘊有三句或是等無間非等無間緣謂未來現前正起心所行蘊及過去現在阿羅漢命終時心所行蘊并已生正起無想滅定或是等無間亦等無間緣謂除過去現在阿羅漢命終時心所行蘊諸餘過去現在心所行蘊或非等無間非等無間緣謂除未來現前正起心所行蘊諸餘未來心所行蘊及除等無間心不相應行諸餘心不相應行幾所緣緣非有所緣等者一是所緣緣非有所緣三是所緣緣亦

有所緣一應分別謂行蘊若諸心所是所緣緣亦有所緣若非心所是所緣緣非有所緣幾增上緣非有增上等者一切是增上緣亦有增上幾暴流非順暴流等者一切應分別謂色蘊若有漏順暴流非暴流若無漏非暴流非順暴流受想識蘊亦爾行蘊有三句或順暴流非暴流謂暴流所不攝有漏行蘊或暴流亦順暴流謂四暴流或非暴流非順暴流謂無漏行蘊十八界者謂眼界色界眼識界乃至意界法界意識界此十八界幾有色等者十有色七無色一應分別謂法界或有色或無色云何有色謂法界所攝身語業諸餘法界是無色幾有見等者一有見十七無見幾有對等者十有對八無對幾有漏等者十五有漏三應分別謂意界或有漏或無漏

云何有漏謂有漏作意相應意界云何無漏謂無漏作意相應意界意識界亦爾法界或有漏或無漏云何有漏謂法界所攝有漏身語業及有漏受想行蘊云何無漏謂無漏身語業及無漏受想行蘊并無爲法幾有爲等者十七是有爲一應分別謂法界或有爲或無爲云何有爲謂法界所攝身語業及受想行蘊云何無爲謂虛空二滅幾有異熟等者八無異熟十應分別謂色界或有異熟或無異熟云何有異熟謂善不善色界云何無異熟謂無記色界聲及五識界亦爾意界或有異熟或無異熟云何有異熟謂不善善有漏意界云何無異熟謂無記無漏意界法界意識界亦爾幾是緣生等者十七是緣生是因生是世攝一應分別謂法界若有爲是緣生

是因生是世攝若無爲非緣生非因生非世攝幾色攝等者十是色攝七是名攝一應分別謂法界所攝身語業是色攝餘皆是名攝幾內處攝等者十二是內處攝六是外處攝幾智徧知所徧知等者一切是智徧知所徧知此十八界幾斷徧知所徧知等者十五是斷徧知所徧知三應分別謂意法意識界若有漏是斷徧知所徧知若無漏非斷徧知所徧知幾應斷等者十五是應斷三應分別謂意法意識界若有漏是應斷若無漏不應斷幾應修等者八不應修十應分別謂色界或應修或不應修云何應修謂善色界云何不應修謂不善無記色界聲界六識界意界亦爾法界或應修或不應修云何應修謂善有爲法界云何不應修謂不善無記法界及擇滅幾染汙等者八不染汙十應分別謂色界或染汙或不染汙云何染汙謂有覆色界云何不染汙謂無覆色界聲界六識界意法界亦爾幾果非有果等者十七是果亦有果一應分別謂法界有三句或是果非有果謂擇滅或是果亦有果謂有爲法界或非果非有果謂虛空非擇滅幾有執受等者九無執受九應分別謂眼界或有執受或無執受云何有執受謂自體所攝眼界云何無執受謂非自體所攝眼界色耳鼻香舌味身觸界亦爾幾大種所造等者九及二少分是大種所造七及二少分非大種所造幾有上等者十七有上一應分別謂法界或有上或無上云何有上謂有爲法界及虛空非擇滅云何無上謂擇滅幾是有等者十五是有三應分別謂

意法意識界若有漏是有若無漏非有幾因相應等者七因相應十因不相應一應分別謂法界若諸心所因相應若非心所因不相應此十八界與六善處相攝者六善處攝十界少分十界少分亦攝六善處與五不善處相攝者五不善處攝十界少分十界少分亦攝五不善處與七無記處相攝者七無記處攝八界十界少分八界十界少分亦攝七無記處與三漏處相攝者三漏處攝一界少分一界少分亦攝三漏處與五有漏處相攝者五有漏處攝十五界三界少分十五界三界少分亦攝五有漏處與八無漏處相攝者八無漏處攝三界少分三界少分亦攝八無漏處幾過去等者十七或過去或未來或現在一應分別謂法界若有爲或過去或未來或現在若無爲非過去非未來非現在幾善等者八無記十應分別謂色界或善或不善或無記云何善謂善身表云何不善謂不善身表云何無記謂除善不善身表諸餘色界聲界或善或不善或無記云何善謂善語表云何不善謂不善語表云何無記謂除善不善語表諸餘聲界眼識界或善或不善或無記云何善謂善作意相應眼識云何不善謂不善作意相應眼識云何無記謂無記作意相應眼識餘五識界意界亦爾法界或善或不善或無記云何善謂法界所攝善身語業及善受想行蘊并擇滅云何不善謂法界所攝不善身語業及不善受想行蘊云何無記謂無記受想行蘊及虛空非擇滅幾欲界繫等者四欲界繫十四應分別謂眼界或欲界繫

或色界繫云何欲界繫謂欲界大種所造眼界云何色界繫謂色界大種所造眼界色耳聲鼻舌身界亦爾觸界或欲界繫或色界繫云何欲界繫謂欲界四大種及所造觸界云何色界繫謂色界四大種及所造觸界眼識界或欲界繫或色界繫云何欲界繫謂欲界作意相應眼識云何色界繫謂色界作意相應眼識耳身識界亦爾意界或欲界繫或色界繫或無色界繫或不繫云何欲界繫謂欲界作意相應意界云何色界繫謂色界作意相應意界云何無色界繫謂無色界作意相應意界云何不繫謂無漏作意相應意界意識界亦爾法界或欲界繫或色界繫或無色界繫或不繫云何欲界繫謂法界所攝欲界身語業及欲界受想行蘊云何色界繫謂法界所攝色界身語業及色界受想行蘊云何無色界繫謂無色界受想行蘊云何不繫謂無漏身語業及無漏受想行蘊幷無爲法幾學等者十五非學非無學三應分別謂意界或學或無學或非學非無學云何學謂學作意相應意界云何無學謂無學作意相應意界云何非學非無學謂有漏作意相應意界意識界亦爾法界或學或無學或非學非無學云何學謂學身語業及學受想行蘊云何無學謂無學身語業及無學受想行蘊云何非學非無學謂法界所攝有漏身語業及有漏受想行蘊幷無爲法

此十八界幾見所斷等者十五修所斷三應分別意界或見所斷或修所斷或非所斷云何見所斷謂意界隨信隨法行現觀邊忍所

斷此復云何謂見所斷八十八隨眠相應意界云何修所斷謂意界學見迹修所斷此復云何謂修所斷十隨眠相應意界及不染汙有漏意界云何非所斷謂無漏意界意識界亦爾法界或見所斷或修所斷或非所斷云何見所斷謂法界隨信隨法行現觀邊忍所斷此復云何謂見所斷八十八隨眠及彼相應法界并彼等起心不相應行云何修所斷謂法界學見迹修所斷此復云何謂修所斷十隨眠及彼相應法界并彼等起身語業心不相應行若不染汙有漏法界云何非所斷謂無漏法界幾非心等者十非心非心所非心相應七唯是心一應分別謂法界若有所緣是心所與心相應若無所緣非心非心所非心相應幾隨心轉非受相應等者十非隨心轉非受相應七受相應非隨心轉一應分別謂法界有三句或隨心轉非受相應謂隨心轉身語業心不相應行及受或隨心轉亦受相應謂想蘊及相應行蘊或非隨心轉非受相應謂除隨心轉身語業心不相應行諸餘身語業心不相應行及無爲法幾隨心轉非想行相應等者除其自性如受應知幾隨尋轉非伺相應等者十非隨尋轉非伺相應五有尋有伺三應分別謂意界或有尋有伺或無尋唯伺或無尋無伺云何有尋有伺謂有尋有伺作意相應意界云何無尋唯伺謂無尋唯伺作意相應意界云何無尋無伺謂無尋無伺作意相應意界意識界亦爾法界有四句或隨尋轉非伺相應謂隨尋轉身語業心不相應行及尋相應伺或伺相應非隨

尋轉謂尋及尋不相應伺相應心所法或隨尋轉亦伺相應謂尋伺相應心所法或非隨尋轉非伺相應謂除隨伺轉身語業心不相應行諸餘身語業心不相應行及尋不相應伺并無尋無伺心所法若無爲法幾見非見處等者一見亦見處十四見處非見三應分別謂意界若有漏見處非見若無漏非見非見處意識界亦爾法界有四句或見非見處謂盡無生智所不攝無漏慧或見處非見謂見所不攝有漏法界或見亦見處謂五染汙見及世間正見或非見非見處謂見所不攝無漏法界幾有身見爲因非有身見因等者八非有身見爲因非有身見因十應分別謂色界若染汙有身見爲因非有身見因若不染汙非有身見爲因非有身見因聲界五識界亦爾意識界或有身見爲因非有身見因或有身見爲因亦有身見因或非有身見爲因非有身見因有身見爲因非有身見因者謂除過去現在見苦所斷隨眠相應意界亦除過去現在見集所斷徧行隨眠相應意界亦除未來有身見相應意界諸餘染汙意界有身見爲因亦有身因者謂前所除意界非有身見爲因非有身因者謂不染汙意界意識界亦爾法界有三句或有身見爲因非有身見因謂除過去現在見苦所斷隨眠及彼相應俱有等法界亦除過去現在見集所斷徧行隨眠及彼相應俱有法界亦除未來有身見相應法界亦除未來有身見及彼相應法生老住無常諸餘染汙法界或有身見爲因亦有身見因謂前所除法界或非有身見

爲因非有身見因謂不染汙法界幾業非業異熟等者一切應分別謂眼界或業異熟非業或非業非業異熟業異熟非業者謂異熟生眼界非業非業異熟者謂餘眼界耳鼻舌身香味觸界及七心界亦爾色界有三句或業非業異熟謂身表或業異熟非業謂業異熟生色界或非業非業異熟謂除業及業異熟色界諸餘色界聲界有二句或業非業異熟謂語表或非業非業異熟謂餘聲界法界有四句或業非業異熟謂法界所攝身語業及業異熟所不攝思或業異熟非業謂思所不攝業異熟法界或業亦業異熟謂業異熟生思或非業非業異熟謂除業及業異熟法界諸餘法界幾業非隨業轉等者七隨業轉非業八非業非隨業轉三應分別謂色界或業非隨業轉或非業非隨業轉業非隨業轉者謂身表非業非隨業轉者謂餘色界聲界或業非隨業轉或非業非隨業轉業非隨業轉者謂語表非業非隨業轉者謂餘聲界法界有四句或業非隨業轉謂除隨業轉身語業諸餘法界所攝身語業及思或隨業轉非業謂受蘊想蘊及思所不攝隨業轉行蘊或業亦隨業轉謂隨業轉身語業或非業非隨業轉謂除業及隨業轉法界諸餘法界幾所造色非有見色等者應作三句或所造色非有見色謂八界及二界少分或所造色亦有見色謂一界或非所造色非有見色謂七界及二界少分

此十八界幾所造色非有對色等者應作四句或所造色非有對色謂一界少分或有對

色非所造色謂一界少分或所造色亦有對色謂九界及一界少分或非所造色非有對色謂七界及一界少分幾難見故甚深等者一切難見故甚深甚深故難見幾善非善爲因等者一切應分別謂眼界或善爲因非善或非善非善爲因善爲因非善者謂善異熟生眼界非善非善爲因者謂餘眼界耳鼻香舌味身觸界亦爾色界有三句或善爲因非善謂善異熟生色界或善亦善爲因謂善色界或非善非善爲因謂除善異熟生色界諸餘無記及不善色界六識意界亦爾聲界有二句或善亦善爲因謂善聲界或非善非善爲因謂不善無記聲界法界有四句或善非善爲因謂擇滅或善爲因非善謂善異熟生法界或善亦善爲因謂善有爲法界或非善非善爲因謂除善異熟生法界諸餘無記及不善法界幾不善非不善爲因等者一切應分別謂眼界或不善爲因非不善或非不善非不善爲因不善爲因非不善者謂不善異熟生眼界非不善非不善爲因者謂餘眼界耳鼻香舌味身觸界亦爾色界有三句或不善爲因非不善謂不善異熟生色界或不善亦不善爲因謂不善色界或非不善非不善爲因謂除不善異熟生色界諸餘無記及善色界眼耳鼻舌身識界亦爾聲界有三句或不善亦不善爲因謂不善聲界或非不善非不善爲因謂善無記聲界意界有三句或不善爲因非不善謂不善異熟生意界及欲界繫有身見邊執見相應意界或不善亦不善爲因謂不善意界或非不善非不善爲因謂

除不善異熟生意界及除欲界繫有身見邊執見相應意界諸餘無記及善意界意識界亦爾法界有三句或不善爲因非不善謂不善異熟生法界及欲界繫有身見邊執見及彼相應等起法界或不善亦不善爲因謂不善法界或非不善非不善爲因謂除不善異熟生法界及除欲界有身見邊執見并彼相應等起法界諸餘無記及善法界幾無記非無記爲因等者八無記亦無記爲因十應分別謂色界有三句或無記爲因非無記謂不善色界或無記亦無記爲因謂無記色界或非無記非無記爲因謂善色界聲界六識界意界亦爾法界有四句或無記非無記爲因謂虛空非擇滅或無記爲因非無記謂不善法界或無記亦無記爲因謂無記有爲法界或非無記非無記爲因謂善法界幾因緣非有因等者十七是因緣亦有因一應分別謂法界若有爲是因緣亦有因若無爲非因緣非有因幾等無間非等無間緣等者十非等無間非等無間緣八應分別謂眼識界有三句或是等無間非等無間緣謂未來現前正起眼識或是等無間亦等無間緣謂過去現在眼識或非等無間非等無間緣謂除未來現前正起眼識諸餘未來眼識耳鼻舌身識界亦爾意界有三句或是等無間非等無間緣謂未來現前正起意界及過去現在阿羅漢命終時意界或是等無間亦等無間緣謂除過去現在阿羅漢命終時意界諸餘過去現在意界或非等無間非等無間緣謂除未來現前正起意界諸餘未來意界意識界亦

爾法界有三句或是等無間非等無間緣謂未來現前正起諸心所法及過去現在阿羅漢命終時諸心所法并已生正起無想滅定或是等無間亦等無間緣謂除過去現在阿羅漢命終時諸心所心所法諸餘過去現在心所法或非等無間非等無間緣謂除未來現前正起諸心所法諸餘未來心所法及除等無間心不相應行諸餘心不相應行及身語業并無爲法幾所緣緣非有所緣等者十是所緣緣非有所緣七是所緣緣亦有所緣一應分別謂法界若諸心所是所緣緣亦有所緣若非心所是所緣緣非有所緣幾增上緣非有增上等者十七是增上緣亦有增上一應分別謂法界若有爲是增上緣亦有增上若無爲是增上緣非有增上幾暴流非順暴流等者十五順暴流非暴流三應分別謂意界若有漏順暴流非暴流若無漏非暴流非順暴流意識界亦爾法界有三句或順暴流非暴流謂暴流所不攝有漏法界或暴流亦順暴流謂四暴流或非暴流非順暴流謂無漏法界

阿毗達磨品類足論卷第十七 說一切有部

阿毗達磨品類足論卷第十八

尊者世友造
唐三藏法師玄奘奉詔譯

辯決擇品第八

有色法十一界十一處一蘊攝八智知除他心滅智六識識欲色界徧行及修所斷隨眠隨增唯有色法十界十處一蘊攝非智知五識識非隨眠隨增無色法八界二處四蘊攝十智知一識識一切隨眠隨增惟無色法七界一處四蘊攝二智知謂他心滅智非識識無色界一切欲色界二部及見苦集所斷非徧行隨眠隨增有見法一界一處一蘊攝七智知除他心滅道智二識識欲色界徧行及修所斷隨眠隨增唯有見法一界一處非蘊攝非智知一識識非隨眠隨增無見法十七界十一處五蘊攝十智知五識識一切隨眠隨增唯無見法十七界十一處四蘊攝三智知謂他心滅道智四識識無色界一切欲界二部及見苦集所斷非徧行隨眠隨增有對法十界十處一蘊攝七智知除他心滅道智六識識欲色界徧行及修所斷隨眠隨增唯有對法十界十處非蘊攝非智知五識識非隨眠隨增無對法八界二處五蘊攝十智知一識識一切隨眠隨增唯無對法八界二處四蘊攝三智知謂他心滅道智非識識無色界一切欲色界二部及見苦集所斷非徧行隨眠隨增有漏法十八界十二處五蘊攝八智知除滅道智六識識一切隨眠隨增唯有漏法十五界十處非蘊攝二智知謂苦集智五識識一切隨眠隨增無漏法三界二處五

蘊攝八智知除苦集智一識識非隨眠隨增唯無漏法非界非處非蘊攝二智知謂滅道智非識識非隨眠隨增有爲法十八界十二處五蘊攝九智知除滅智六識識一切隨眠隨增唯有爲法十七界十一處五蘊攝四智知謂他心苦集道智五識識一切隨眠隨增無爲法一界一處非蘊攝六智知除他心苦集道智一識識非隨眠隨增惟無爲法非界非處非蘊攝一智知謂滅智非識識非隨眠隨增有諍無諍法世間出世間法墮界非墮界法有味著無味著法躭嗜依出離依法順結非順結法順取非順取法順纏非順纏法如有漏無漏法應知

有記法十界四處五蘊攝十智知三識識欲界一切色無色界徧行及修所斷隨眠隨增唯有記法非界非處非蘊攝二智知謂滅道智非識識欲界二部及見集所斷非徧行隨眠隨增無記法十八界十二處五蘊攝八智知除滅道智六識識色無色界一切欲界二部及見集所斷徧行隨眠隨增唯無記法八界八處非蘊攝非智知三識識色無色界二部及見苦集所斷非徧行隨眠隨增有覆法十界四處五蘊攝八智知除滅道智三識識一切隨眠隨增唯有覆法非界非處非蘊攝非智知非識識三界二部及見苦集所斷非徧行隨眠隨增無覆法十八界十二處五蘊攝十智知六識識三界徧行及修所斷隨眠隨增唯無覆法八界八處非蘊攝二智知謂滅道智三識識非隨眠隨增應修法十界四處五蘊攝九智知除滅智三識識三界徧行

及修所斷隨眠隨增唯應修法非界非處非蘊攝一智知謂道智非識識非隨眠隨增不應修法十八界十二處五蘊攝九智知除道智六識識一切隨眠隨增唯不應修法八界八處非蘊攝一智知謂滅智三識識三界二部及見苦集所斷非徧行隨眠隨增染汙法十界四處五蘊攝八智知除滅道智三識識一切隨眠隨增唯染汙法非界非處非蘊攝非智知非識識三界二部及見苦集所斷非徧行隨眠隨增不染汙法十八界十二處五蘊攝十智知六識識三界徧行及修所斷隨眠隨增唯不染汙法八界八處非蘊攝二智知謂滅道智三識識非隨眠隨增有罪無罪法亦爾有異熟法十界四處五蘊攝八智知除滅道智三識識欲界一切色無色界徧行

及修所斷隨眠隨增唯有異熟法非界非處非蘊攝非智知非識識欲界二部及見集所斷非徧行隨眠隨增無異熟法十八界十二處五蘊攝十智知六識識色無色界一切欲界二部及見集所斷徧行隨眠隨增唯無異熟法八界八處非蘊攝一智知謂滅道智三識識色無色界二部及見苦集所斷非徧行隨眠隨增見法二界二處二蘊攝九智知除滅智一識識三界有漏緣及見相應無漏緣無明隨眠隨增唯見法一界一處非蘊攝非智知非識識非隨眠隨增非見法十七界十一處五蘊攝十智知六識識一切隨眠隨增唯非見法十六界十處三蘊攝一智知謂滅智五識識除見相應無漏緣無明諸餘無漏緣隨眠隨增內法十二界六處二蘊攝九智

知除滅智一識識一切隨眠隨增唯內法十二界六處一蘊攝非智知非識識非隨眠隨增外法六界六處四蘊攝十智知六識識一切隨眠隨增唯外法界六處三蘊攝一智知謂滅智五識識非隨眠隨增有執受法九界九處一蘊攝七智知除他心滅道智五識識欲色界徧行及修所斷隨眠隨增唯有執受法非界非處非蘊攝非智知非識識非隨眠隨增無執受法十八界十二處五蘊攝十智知六識識一切隨眠隨增唯無執受法九界三處四蘊攝三智知謂他心滅道智一識識無色界一切欲色界二部及見苦集所斷非徧行隨眠隨增心法七界一處一蘊攝九智知除滅智一識識一切隨眠隨增唯心法七界一處一蘊攝非智知非識識非隨眠隨增非心法十一界十一處四蘊攝十智知六識識一切隨眠隨增唯非心法十一界十一處四蘊攝一智知謂滅智五識識非隨眠隨增有所緣法八界二處四蘊攝九智知除滅智一識識一切隨眠隨增唯有所緣法七界一處三蘊攝一智知謂他心智非識識三界無漏緣隨眠隨增無所緣法十一界十一處二蘊攝九智知除他心智六識識三界有漏緣隨眠隨增唯無所緣法十界十處一蘊攝一智知謂滅智五識識非隨眠隨增心所法一界一處三蘊攝九智知除滅智一識識一切隨眠隨增唯心所法非界非處二蘊攝非智知非識識非隨眠隨增非心所法十八界十二處三蘊攝十智知六識識一切隨眠隨增唯非心所法十七界十一處二蘊攝一智知

謂滅智五識識非隨眠隨增業法三界三處二蘊攝九智知除滅智三識識一切隨眠隨增唯業法非界非處非蘊攝非智知非識識非隨眠隨增非業法十八界十二處五蘊攝十智知六識識一切隨眠隨增唯非業法十五界九處三蘊攝一智知謂滅智三識識非隨眠隨增

善法十界四處五蘊攝十智知三識識三界徧行及修所斷隨眠隨增唯善法非界非處非蘊攝二智知謂滅道智非識識非隨眠隨增不善法十界四處五蘊攝七智知除類滅道智三識識欲界一切隨眠隨增唯不善法非界非處非蘊攝非智知非識識欲界二部及見集所斷非徧行隨眠隨增無記法十八界十二處五蘊攝八智知除滅道智六識識色無色界一切欲界二部及見集所斷徧行隨眠隨增唯無記法八界八處非蘊攝非智知三識識色無色界二部及見苦集所斷非徧行隨眠隨增見所斷法三界二處四蘊攝八智知除滅道智一識識見所斷一切隨眠隨增唯見所斷法非界非處非蘊攝非智知非識識三界二部及見苦集所斷非徧行隨眠隨增修所斷法十八界十二處五蘊攝八智知除滅道智六識識三界徧行及修所斷隨眠隨增唯修所斷法十五界十處非蘊攝非智知五識識修所斷一切隨眠隨增非所斷法三界二處五蘊攝八智知除苦集智一識識非隨眠隨增唯非所斷法非界非處非蘊攝二智知謂滅道智非識識非隨眠隨增學法三界二處五蘊攝七智知除苦集滅智

一識識非隨眠隨增唯學法非界非處非蘊攝非智知非識識非隨眠隨增無學法亦爾非學非無學法十八界十二處五蘊攝九智知除道智六識識一切隨眠隨增唯非學非無學法十五界十處非蘊攝三智知謂苦集滅智五識識一切隨眠隨增欲界繫法十八界十二處五蘊攝七智知除類滅道智六識識欲界一切隨眠隨增唯欲界繫法四界二處非蘊攝非智知二識識欲界一切隨眠隨增色界繫法十四界十處五蘊攝七智知除法滅道智四識識色界一切隨眠隨增唯色界繫法非界非處非蘊攝非智知非識識色界一切隨眠隨增無色界繫法二界三處四蘊攝六智知除法他心滅道智一識識無色界一切隨眠隨增唯無色界繫法非界非處非蘊攝非智知非識識無色界一切隨眠隨增不繫法三界二處五蘊攝八智知除苦集智一識識非隨眠隨增唯不繫法非界非處非蘊攝二智知謂滅道智非識識非隨眠隨增過去法十八界十二處五蘊攝九智知除滅智六識識一切隨眠隨增唯過去法非界非處非蘊攝非智知非識識非隨眠隨增未來現在法亦爾非過去非未來非現在法一界一處非蘊攝六智知除他心苦集道智一識識非隨眠隨增唯非過去非未來非現在法非界非處非蘊攝一智知謂滅智非識識非隨眠隨增

苦聖諦所攝法十八界十二處五蘊攝七智知除集滅道智六識識一切隨眠隨增唯苦聖諦所攝法非界非處非蘊攝一智知謂苦

智非識識非隨眠隨增集聖諦所攝法十八界十二處五蘊攝七智知除苦滅道智六識識一切隨眠隨增唯集聖諦所攝法非界非處非蘊攝一智知謂集智非識識非隨眠隨增滅聖諦所攝法一界一處非蘊攝六智知除他心苦集道智一識識非隨眠隨增唯滅聖諦所攝法非界非處非蘊攝一智知謂滅智非識識非隨眠隨增道聖諦所攝法三界二處五蘊攝七智知除苦集滅智一識識非隨眠隨增唯道聖諦所攝法非界非處非蘊攝一智知謂道智非識識非隨眠隨增諦所不攝法一界一處非蘊攝一智知謂世俗智一識識非隨眠隨增唯諦所不攝法非界非處非蘊攝非智知非識識非隨眠隨增見苦所斷法三界二處四蘊攝八智知除滅道智

一識識見苦所斷一切及見集所斷徧行隨眠隨增唯見苦所斷法非界非處非蘊攝非智知非識識見苦所斷非徧行隨眠隨增見集所斷法三界二處四蘊攝八智知除滅道智一識識見集所斷一切及見苦所斷徧行隨眠隨增唯見集所斷法非界非處非蘊攝非智知非識識見集所斷非徧行隨眠隨增見滅所斷法三界二處四蘊攝八智知除滅道智一識識見滅所斷一切及徧行隨眠隨增唯見滅所斷法非界非處非蘊攝非智知非識識見滅所斷一切隨眠隨增見道所斷法三界二處四蘊攝八智知除滅道智一識識見道所斷一切及徧行隨眠隨增唯見道所斷法非界非處非蘊攝非智知非識識見道所斷一切隨眠隨增修所斷法十八界十

二處五蘊攝八智知除滅道智六識識修所斷一切及徧行隨眠隨增惟修所斷法十五界十處非蘊攝非智知五識識修所斷一切隨眠隨增非所斷法三界二處五蘊攝八智知除苦集智一識識非隨眠隨增唯非所斷法非界非處非蘊攝二智知謂滅道智非識識非隨眠隨增色蘊十一界十一處一蘊攝八智知除他心滅智六識識欲色界徧行及修所斷隨眠隨增唯色蘊十界十處一蘊攝非智知五識識非隨眠隨增受蘊一界一處一蘊攝九智知除滅智一識識一切隨眠隨增唯受蘊非界非處一蘊攝非智知非識識非隨眠隨增想行蘊亦爾識蘊七界一處一蘊攝九智知除滅智一識識一切隨眠隨增唯識蘊七界一處一蘊攝非智知非識識非隨眠隨增

眼處一界一處一蘊攝七智知除他心滅道智一識識欲色界徧行及修所斷隨眠隨增唯眼處一界一處非蘊攝非智知非識識非隨眠隨增耳鼻舌身處亦爾色處一界一處一蘊攝七智知除他心滅道智二識識欲色界徧行及修所斷隨眠隨增唯色處一界一處非蘊攝非智知一識識非隨眠隨增聲觸處亦爾香處一界一處一蘊攝六智知除類他心滅道智二識識欲界徧行及修所斷隨眠隨增唯香處一界一處非蘊攝非智知一識識非隨眠隨增味處亦爾意處七界一處一蘊攝九智知除滅智一識識一切隨眠隨增唯意處七界一處一蘊攝非智知非識識非隨眠隨增法處一界一處四蘊攝十智知

一識識一切隨眠隨增唯法處一界一處三蘊攝一智知謂滅智非識識非隨眠隨增謂眼界一界一處一蘊攝七智知除他心滅道智一識識欲色界徧行及修所斷隨眠隨增唯眼界一界一處非蘊攝非智知非識識非隨眠隨增耳鼻舌身界亦爾色界一界一處一蘊攝七智知除他心滅道智二識識欲色界徧行及修所斷隨眠隨增唯色界一界一處非蘊攝非智知一識識非隨眠隨增聲觸界亦爾香界一界一處一蘊攝六智知除類他心滅道智二識識欲界徧行及修所斷隨眠隨增唯香界一界一處非蘊攝非智知一識識非隨眠隨增味界亦爾意界如意處法界知法處眼識界二界一處一蘊攝八智知除滅道智一識識欲色界徧行及修所斷隨眠隨增唯眼識界一界非處非蘊攝非智知非識識非隨眠隨增耳身識界亦爾鼻識界二界一處一蘊攝七智知除類滅道智一識識欲界徧行及修所斷隨眠隨增唯鼻識界一界非處非蘊攝非智知非識識非隨眠隨增舌識界亦爾意識界二界一處一蘊攝九智知除滅智一識識一切隨眠隨增唯意識界一界非處非蘊攝非智知非識識非隨眠隨增

眼根一界一處一蘊攝七智知除他心滅道智一識識欲色界徧行及修所斷隨眠隨增唯眼根一界一處非蘊攝非智知非識識非隨眠隨增耳鼻舌身根亦爾女根一界一處一蘊攝六智知除類他心滅道智一識識欲界徧行及修所斷隨眠隨增唯女根非界非

處非蘊攝非智知非識識非隨眠隨增男根亦爾命根一界一處一蘊攝七智知除他心滅道智一識識三界徧行及修所斷隨眠隨增唯命根非界非處非蘊攝非智知非識識非隨眠隨增意根如意處樂根一界一處一蘊攝九智知除滅智一識識色界一切欲界徧行及修所斷隨眠隨增唯樂根非界非處非蘊攝非智知非識識非隨眠隨增苦根一界一處一蘊攝七智知除類滅道智一識識欲界徧行及修所斷隨眠隨增唯苦根非界非處非蘊攝非智知非識識非隨眠隨增喜根一界一處一蘊攝九智知除滅智一識識色界一切除欲界無漏緣疑及彼相應無明諸餘欲界一切隨眠隨增唯喜根非界非處非蘊攝非智知非識識非隨眠隨增憂根一界一處一蘊攝七智知除類滅道智一識識欲界一切隨眠隨增唯憂根非界非處非蘊攝非智知非識識非隨眠隨增捨根一界一處一蘊攝九智知除滅智一識識一切隨眠隨增唯捨根非界非處非蘊攝非智知非識識非隨眠隨增信根一界一處一蘊攝九智知除滅智一識識三界徧行及修所斷隨眠隨增唯信根非界非處非蘊攝非智知非識識非隨眠隨增精進念定慧根亦爾未知當知根三界二處三蘊攝七智知除苦集滅智一識識非隨眠隨增唯未知當知根非界非處非蘊攝非智知非識識非隨眠隨增已知具知根亦爾

欲界見苦所斷隨眠一界一處一蘊攝七智知除類滅道智一識識欲界見苦所斷一切

及見集所斷徧行隨眠隨增唯欲界見苦所斷隨眠非界非處非蘊攝非智知非識識非隨眠隨增欲界見集所斷隨眠一界一處一蘊攝七智知除類滅道智一識識欲界見集所斷一切及見苦所斷徧行隨眠隨增唯欲界見集所斷隨眠非界非處非蘊攝非智知非識識非隨眠隨增欲界見滅所斷隨眠一界一處一蘊攝七智知除類滅道智一識識除欲界見滅所斷不共無明諸餘欲界見滅所斷一切及徧行隨眠隨增唯欲界見滅所斷隨眠非界非處非蘊攝非智知非識識非隨眠隨增欲界見道所斷隨眠一界一處一蘊攝七智知除類滅道智一識識除欲界見道所斷不共無明諸餘欲界見道所斷一切及徧行隨眠隨增唯欲界見道所斷隨眠非界非處非蘊攝非智知非識識非隨眠隨增欲界修所斷隨眠一界一處一蘊攝七智知除類滅道智一識識欲界修所斷一切及徧行隨眠隨增唯欲界修所斷隨眠非界非處非蘊攝非智知非識識非隨眠隨增色界見苦所斷隨眠一界一處一蘊攝七智知除法滅道智一識識色界見苦所斷一切及見集所斷徧行隨眠隨增唯色界見苦所斷隨眠非界非處非蘊攝非智知非識識非隨眠隨增色界見集所斷隨眠一界一處一蘊攝七智知除法滅道智一識識色界見集所斷一切及見苦所斷徧行隨眠隨增唯色界見集所斷隨眠非界非處非蘊攝非智知非識識非隨眠隨增色界見滅所斷隨眠一界一處一蘊攝七智知除法滅道智一識識除色界

見滅所斷不共無明諸餘色界見滅所斷一切及徧行隨眠隨增唯色界見滅所斷隨眠非界非處非蘊攝非智知非識識非隨眠隨增色界見道所斷隨眠一界一處一蘊攝七智知除法滅道智一識識除色界見道所斷不共無明諸餘諸色界見道所斷一切及徧行隨眠隨增唯色界見道所斷隨眠非界非處非蘊攝非智知非識識非隨眠隨增色界修所斷隨眠一界一處一蘊攝七智知除法滅道智一識識色界修所斷一切及徧行隨眠隨增唯色界修所斷隨眠非界非處非蘊攝非智知非識識非隨眠隨增無色界見苦所斷隨眠一界一處一蘊攝六智知除法他心滅道智一識識無色界見苦所斷一切及見集所斷徧行隨眠隨增唯無色界見苦所斷隨眠非界非處非蘊攝非智知非識識非隨眠隨增無色界見集所斷隨眠一界一處一蘊攝六智知除法他心滅道智一識識無色界見集所斷一切及見苦所斷徧行隨眠隨增唯無色界見集所斷隨眠非界非處非蘊攝非智知非識識非隨眠隨增無色界見滅所斷隨眠一界一處一蘊攝六智知除法他心滅道智一識識除無色界見滅所斷不共無明諸餘無色界見滅所斷一切及徧行隨眠隨增唯無色界見滅所斷隨眠非界非處非蘊攝非智知非識識非隨眠隨增無色界見道所斷隨眠一界一處一蘊攝六智知除法他心滅道智一識識除無色界見道所斷不共無明諸餘無色界見道所斷一切及徧行隨眠隨增唯無色界見道所斷隨眠非

界非處非蘊攝非智知非識識非隨眠隨增
無色界修所斷隨眠一界一處一蘊攝六智
知除法他心滅道智一識識無色界修所斷
一切及徧行隨眠隨增唯無色界修所斷隨
眠非界非處非蘊攝非智知非識識非隨眠
隨增

阿毗達磨品類足論卷第十八 說一切有部

音釋

躭嗜 躭都甘切樂也 嗜常利切好也

阿毗曇甘露味論

曹魏代譯失人名

清刻龍藏佛說法變相圖

阿毗曇甘露味論卷上

尊者瞿沙造
曹魏代譯失人名

布施持戒品第一

云何布施自持財物施與爲三種故自爲身故爲他人故爲彼我故供養塔寺佛辟支佛阿羅漢自爲身故施與衆生爲他人故布施與人爲彼我故思田物好得好報云何思好信淨與供養云何田好有三種田有大德有貧苦有大德貧苦云何大德佛菩薩辟支佛阿羅漢阿那含斯陀含須陀洹云何貧苦畜生老病聾盲瘖瘂如是種種貧苦云何大德貧苦有佛菩薩辟支佛阿羅漢阿那含斯陀含須陀洹老病聾盲瘖瘂貧苦大德田者恭敬心得大報貧苦田者憐愍心得大報大德

貧苦田者恭敬憐愍心得大報是爲福田好云何物好不殺他不偷不奪不繫不鞭不欺不誑淨物隨多少隨時布施是爲物好信云何知後世果若涅槃一心不動是謂信淨云何自除慳貪恭敬於人是謂淨供養云何奉迎禮拜自手施與等是謂供養云何田異行善持戒禪定智慧解脫得果等功德若有是是謂田異救濟危厄異因緣得異苦有無苦發心供給得妙果報布施佛即時一切得福布施衆僧若受用得一切福未受用不得一切福供養法故得大報若學人聰明大智慧以法故供養是謂供養法布施得富受施竟得樂力壽等功德除結勝得大果報若施畜生受百世報若施不善人受千世報若施善人受千萬世報若施離欲凡夫受千萬億世報若施得道人得無數世報若施佛至涅槃受報布施有六難一者憍慢施二者求名施三者爲力施四者強與施五者因緣施六者求報施衆僧中分别施是謂布施六難云何持戒有二種律儀不善善律儀云何不善殺生偷盜婬泆是謂身三惡律儀兩舌惡口妄言綺語是謂口四惡律儀貪恚惡邪是謂意三惡律儀云何殺生有他生知是生故奪命如是殺生有他受物知是他受物故盜心偷奪如是盜有婦女他所有知他婦女故欲共婬若道非道中自有婦犯非道如是婬泆若知言不知不知言知若疑言不疑不疑言疑如是妄語若有實欲别離故異説是謂兩舌染汙心他人不受言如是惡口不知時無義言如是綺語財物他有貪愛應我有如是貪

見彼不喜欲令苦痛如是恚惡邪有二種實有物而言無顛倒見聞云何實有物而言無無罪無福報無今世後世無父毋無佛辟支佛阿羅漢餘得道等如是實有而言無云何顛倒見聞善惡天作非行報果如是惡邪是謂三種不善業悔是三事除却不作是謂三種善業常遠三種惡行三種善是謂持戒堅固布施持戒禪定思惟必得三果得財富得生天得解脫世種福田父毋老病善人離欲凡夫有漏七人四道向四道果從滅禪入起辟支佛菩薩佛比丘僧有去來人飢渴

界道品第二

三界欲界色界無色界是三界中有五種道地獄畜生鬼神人天及中陰道云何地獄道大地獄八種第一僧時披第二黑繩第三合會第四魯朧第五摩訶魯朧第六般那第七波多般第八阿鼻一一大地獄各有十六地獄眷屬云何畜生道無脚兩脚四脚多脚水行陸行空行云何鬼神道種種身欲界不善行三種上中下上報地獄中報畜生下報餓鬼云何人道四種人東弗于逮人西瞿耶尼人南閻浮提人北鬱單曰人欲界四種善行報生云何天道欲界有六天第一四天王天第二忉利天第三鹽天第四兜術天第五尼摩羅天第六他化自在天欲界中六種善報生色界十七處梵富樓梵迦夷摩訶梵少光無量光光曜少淨無量淨徧淨果實得德大果不煩不惱善觀快見阿迦尼吒四禪三種土中下報十二處生四禪有漏無漏雜報五淨居聖人生三處聖人凡夫共生大果處凡

夫得無想定生無想天無色界空處識處不用處有想無想處得無色定是次第生無色處隨定力得生處是爲天道欲受欲用欲畜以是因緣說欲界無欲有色以是因緣說色界無色界有四陰以是因緣說無色界人中五十歲是四天王一日一夜如是三十日爲一月十二月爲一歲四天王壽天上五百歲當人間九萬歲是僧時披泥犂中一日一夜如是三十日爲一月十二月爲一歲僧時披泥犂壽五百歲復次人中百歲是忉利天一日一夜如是三十日爲一月十二月爲一歲忉利天壽天上千歲當人間三億六萬歲是黑繩泥犂中一日一夜如是三十日爲一月十二月爲一歲黑繩泥犂壽千歲復次人中二百歲是鹽天一日一夜如是三十日爲一月十二月爲一歲鹽天壽二千歲當人間數十四億四萬歲是合會泥犂中一日一夜如是三十日爲一月十二月爲一歲合會泥犂壽二千歲復次人中四百歲是兜術天一日一夜如是三十日爲一月十二月爲一歲兜術天上壽四千歲當人間數五十七億六萬歲是魯臘泥犂中一日一夜如是三十日爲一月十二月爲一歲魯臘泥犂壽四千歲復次人中八百歲是化應聲天一日一夜如是三十日爲一月十二月爲一歲化應聲天上壽八千歲當人間數二百三十億四萬歲是摩訶魯臘泥犂中一日一夜如是三十日爲一月十二月爲一歲摩訶魯臘泥犂中壽八千歲復次人中千六百歲是他化自在天一日一夜如是三十日爲一月十二月爲一歲

他化自在天上壽萬六千歲當人間數九百二十一億六萬歲是般那泥犁中一日一夜如是三十日爲一月十二月爲一歲般那泥犁中壽萬六千歲波多般泥犁增半劫壽阿鼻泥犁壽一劫畜生中壽有彈指頃半日一日一月一歲十歲一百千萬億歲乃至一劫壽餓鬼中壽乃至七萬歲人中閻浮提人壽或無數歲或至十歲今時壽百歲多少過瞿耶尼人壽二百五十歲東弗于逮人壽五百歲北鬱單曰人壽千歲不增減餘處衆生壽有增減是謂欲界中衆生壽云何色界中壽梵迦夷天壽半劫梵富樓天壽一劫摩訶梵天壽一劫半是謂初禪壽少光天壽二劫無量光天壽四劫光曜天壽八劫是謂二禪壽約淨天壽十六劫無量淨天壽三十二劫徧淨天壽六十四劫是謂三禪壽果實天壽一百二十五劫得德天壽二百五十劫大果天壽五百劫無煩天壽千劫無惱天壽二千劫善觀天壽四千劫快見天壽八千劫阿迦膩吒天壽萬六千劫是謂四禪壽空處壽二萬劫識處壽四萬劫不用處壽六萬劫有想無想處壽八萬劫是謂無色界壽如是三界衆生壽

住食生品第三

有四識住云何四色想痛行欲界色界中識多緣色住空處識處識多緣痛住不用處識多緣想住有想無想處識多緣行住有四種食情命根大長故云何四食一者摶食二者樂食三者意思食四者識食摶食三入攝香味細滑入以何等故色入不攝摶食眼見食

情命根大不長故摶食有二種有麤有細云何麤飯餅如是一切云何細飲消香塗身云何樂食眼更樂耳鼻舌身更樂有漏意更樂能後世生相續不斷樂食多鳥卵鵝鴈如是一切意思食多水蟲卵魚如是一切識食多有想無想處及中陰衆生摶食多欲界中餘三食多色無色界中摶食第一麤樂食細意思食次細識食最細四種生卵生胎生濕生化生泥犂天中陰一切化生鬼神二種生胎生及化生餘衆生四種生化中衆生一時得六情根餘殘生最初得身根命根諸餘根次第得四有生有死有本有中有死生中間細五陰是謂中有中有生有譬如印作字如父子相似除無色界餘一切受中陰無色界終生欲色界受中陰譬如中阿那含有中陰餘生中有生有亦如是

業品第四

雜心中緣雜垢起雜行雜行中雜受報云何雜行有三種行身行口行意行善行不善行無記行學行無學行非學非無學行見諦斷行思惟斷行無斷行現世報生報後報樂報苦報不樂不苦報黑報白報雜報不黑不白無報行行盡必受報行不必受報行云何身行身動身作云何口行口動口作云何意行行動意思云何善行善身作善口作善意思云何不善行不善身作不善口作不善意思云何無記行無記身動無記口動無記意思云何學行學身無教學口無教學意思云何無學行無學身無教無學口無教無學意思云何非學非無學行有漏身動口動意思云

何見諦斷行堅信堅法見忍斷八十八結相應思云何思惟斷行信解脫見到思惟斷十使相應思及染汙身行口行善有漏行無記行云何無斷行諸無漏行云何現世報若作善惡行今世得非後世得云何生報隨善惡行後第一生得非餘生云何後報隨行善惡後第二生得若第三第四若過得報云何樂報欲界善行色界乃至三禪善行是受樂報云何苦報不善行受報云何不苦不樂報第四禪善有漏行及無色界善有漏行云何黑黑報不善行黑黑報云何白白報善有漏行白白報云何雜報欲界善惡雜行雜受報云何不黑不白無報行行盡三界漏盡時無礙道攝無漏思也云何必受報行五逆行必受惡報現世報生報後報餘殘有緣有人必受報無緣無人不必受報一切有漏行故作熟得報不故作不熟不得報二種行身業教無教口業教無教意業有教云何教行若身口意作云何無教行身口作竟起餘心時常在不失無教色善不善心中生無記心不生無教色所以者何無記心力劣故無記有二種有隱沒不隱沒結使所覆是隱沒不覆是不隱沒云何隱沒無記法欲界中身邪邊邪見彼相應無明共有法色無色界一切結使及色界身口行是謂隱沒無記法云何不隱沒無記法坐卧立行技巧報法變化心虛空非智緣盡是謂不隱沒無記法無教三種一無漏二定共三戒律儀云何無漏戒正語正業正命云何定共戒得禪離欲惡法云何戒律儀受戒時得善有漏身口行云何得三種律

儀一切得道無漏律儀成就一切得禪定共律儀成就欲界人受戒戒律儀成就戒律儀人最初教作時現前無教成就若盡不失成就過去得禪人一切過去未來定共律儀成就若入定過去未來現在成就無漏律儀未來一切成就若入道現在前成就若盡不失成就過去律儀人若作重惡不善成就不善教無教若不重惡成就不善教無無教若惡心滅不成就教無教不律儀人現在成就不善無教若盡不失成就過去不善無教若作重善成就善教無教若不重善成就善教無無教若善心滅不成就教無教若中間人若作重善若不善成就善不善教無教若作不重善不善成就教無無教若善不善心滅不成就教無教得色界善心成就禪律儀若心退不成就禪律儀一切色界善心中律儀心相應除眼心耳身心聞慧死時心六地無漏心力成就無漏律儀云何六地未到禪地初禪中禪二禪三禪四禪退六地心不成就無漏律儀有二事失無漏律儀若退若得道果有二事失禪律儀若退若命終有三事失戒律儀一犯戒二捨戒三惡邪起若法滅盡時有人言失戒律儀有言不失實不失有四事失不律儀一受戒二不更作三一心息求四得道善色云何失若斷善根若命終餘殘染汙心數法斷結時斷有五種果一報果二所依果三增上果四身力果五解脫果善有漏法或四果或五果能斷結使是謂五果不能斷結是謂四果除解脫果不善法有四果除解脫果無漏法或四果或三果若斷結四果

除報果若不斷結三果除報果解脫果無記法三果除報果解脫果云何報果不善法善有漏法得報果云何所依果善不善無記法常行增長益至竟得是謂所依果云何增上果若好若不好共俱受最上受是謂增上果云何身力果身行爲作等是謂身力果云何解脫果智滅結是謂解脫果善根不善根無記根三種善根不貪不恚無癡善根三種不善根貪欲瞋恚愚癡四種無記根無記愛無記無明無記見無記慢三種法善法不善法無記法云何善法善身口業善心心相應法及心不相應行及智緣盡是爲善法云何不善法不善身口業不善心心相應法及心不相應行是爲不善法云何無記法無記身口業無記心心相應法及心不相應行虛空非智緣盡是謂無記法不飲酒布施供養尊重等是謂善身口業攝飲酒撾打憍慢尊重等是不善身口業攝是爲十業道不攝欲界身口業欲界四大造如是色界無漏身口業何四大造若依六種地即彼地四大造若生無色界如是本得無漏身口業即彼地四大造三種命終有命盡福不盡有福盡命不盡有福盡命盡也

陰持入品第五

諸有漏法四事離云何四無常無我無樂無淨煩惱諸漏何以故趣一切生處心漏連注墮世界故是謂有漏三界有百八煩惱九十八結十纏是煩惱何處生是說有漏法亦名受陰及煩惱處從是中有二種五陰有漏無漏受陰一切有漏云何色陰諸四大造十二

入除意入諸餘入及法入攝無教色是謂色陰是色陰二種可見不可見云何可見一入色入云何不見九入及法入攝無教色復有三種色有可見有對有不可見有對有不可見無對色入可見有對餘九入不可見有對法入無教色不可見無對是謂色陰云何痛陰受痛六更樂生是有二種痛身痛心痛三種痛苦痛樂痛不苦不樂痛四種痛身記無記心記無記五種痛五痛根是六種痛眼更痛耳鼻舌身意更痛十八種痛眼等有喜樂護三十六種痛十八痛中有善不善百八種痛過去未來現在各三十六一一衆生須臾起無數痛是謂痛陰云何想陰意種種緣一切法想是三種小大無數種種外入攝以是因緣想是謂想陰云何行陰有爲法中行作種種諸法是行陰二種心相應心不相應云何心相應一思二更樂三憶等諸法是名心相應云何心不相應一得二無想三滅盡定等心不相應是謂行陰云何識陰青黄赤白等諸法分別識是識有六種眼識耳鼻舌身意識云何眼識眼情依止識色是謂眼識如是耳鼻舌身意意情依止識法是謂意識是謂識陰十二入眼入耳鼻舌身意入是内六入色入聲香味細滑法入是外六入亦復眼識乃至意識合十八持四大淨造色識因緣是謂眼如是四大淨造聲香味細滑識因緣是謂耳鼻舌身一切眼識塵色十二種長短明闇青黄赤白麤細色邊空色身教色一切耳識塵聲衆生數聲非衆生數聲一切鼻識塵香好香臭香等香一切舌識塵味辛酸鹹

苦甘等六十三種味一切身識塵細滑輕重堅輭寒熱飢渴四大等一切意識塵法是謂一切法五識不能分別意識分別心意識無差别說有差別情塵識合是生更樂共生痛等十大地十煩惱大地十小煩惱地是諸法共心生共緣共住共起共滅譬如燈明熱共起共住共盡問十八持幾善幾不善幾無記答八無記十當分別色持聲持七識持法持有善不善無記云何善色善身教云何不善色不善身教云何無記色除善不善身教諸餘色持是謂無記如是聲塵眼識有善不善無記云何善善憶相應眼識云何不善不善憶相應眼識云何無記無記憶相應眼識如是耳鼻舌身意意識持法持或善不善無記云何善法持攝善身口業善痛想行陰及智緣盡云何不善法持攝不善身口業不善痛想行陰云何無記法持攝無記痛想行陰及虛空非智緣盡問十八持幾有漏幾無漏答十八持十五持有漏三當分別云何三意持法持意識持有漏憶相應意持是謂有漏無漏憶相應意持是謂無漏意識亦如是法持中攝有漏身口業有漏痛想行陰是謂有漏法持攝無漏身口業無漏痛想行陰及無為法是謂無漏問十八持幾欲界繫幾色界繫幾無色界繫幾不繫答四持欲界繫香味鼻識舌識以摶食處故十四當分別眼持欲色界繫云何欲界繫欲界繫四大造如是耳鼻舌身色聲細滑持欲界繫欲界繫四大造云何色界繫眼持色界繫四大造如是耳鼻舌身色聲細滑持色界繫色界繫四大造眼識

欲色界繫云何欲界繫欲界憶相應眼識耳身識持亦如是云何色界繫色界憶相應眼識耳身亦如是意持欲界繫色無色界繫或不繫云何欲界繫欲界憶相應意持云何色界繫色界憶相應意持云何無色界繫無色界憶相應意持云何不繫無漏憶相應意持意識持亦如是法持或欲界繫或色無色界繫或不繫法持攝欲界繫身口業及痛想行陰是謂欲界繫云何色界繫法持攝色界繫身口業及痛想行陰是謂色界繫云何無色界繫法持攝無色界痛想行陰是謂無色界繫云何不繫法持攝無漏身口業無漏痛想行陰及無爲法是謂不繫問十八持幾內入攝幾外入攝答十二持內入攝眼耳鼻舌身意持眼識耳鼻舌身意識持六外入攝色持

聲香味細滑法持問幾有覺有觀幾有覺無觀幾無覺無觀答十無覺無觀五情五塵五識有覺有觀三當分別意持或有覺有觀有覺無觀無覺無觀云何有覺有觀欲界初禪有覺有觀中間禪有覺無觀上地無覺無觀意識亦如是法持攝身口業諸不相應行無爲無覺無觀餘殘如意持問幾共緣幾不共緣答七心持共緣何以故自塵緣故十持不共緣五情五塵法持當分別法持攝身口業諸心不相應行無爲不共緣餘殘共緣問十八持幾受幾不受答九持情根合若現在是受於中心心數法止住過去未來不受非彼心心數法止住聲持七識持法持是不受非彼心心數法止住問十八持幾有爲幾無爲答十七持有爲法持當分別或有爲或無爲

云何有爲法持攝身口業痛想行陰是謂有爲智緣盡非智緣盡虛空是謂無爲

行品第六

一切有爲法無勢力起因他力共生是諸法有四相起住老無常問若有四相是應更復有相答更有四相彼相中餘四相俱生生爲生住爲住老爲老無常爲無常問若爾者不可盡答展轉自相爲諸行法二種有心相應有心不相應云何心相應痛想思更樂憶欲解脫信精進念定慧覺觀邪行不邪行善根不善根無記根一切使惱結縛纏一切智慧如是種種心相應法是謂心相應行云何心不相應行得生住老無常無想定滅盡定無想處種類方得物得入得名衆句衆味衆凡夫性如是種種法是謂心不相應行因緣次第緣緣緣增上緣一切有爲法從是四緣生云何因緣五因相應共有自然徧報因是謂因緣云何次第緣諸法中心心數是法滅是法起是爲次第緣云何緣緣緣塵故心心數法生是謂緣緣云何增上緣一切萬物不相障礙是謂增上緣六因相應因共有自然徧報所作因云何相應因心諸數法因諸心數法心因是謂相應因云何共有因諸法各各相伴心諸心數法因諸心數法心因復次共生四大共有因造色心不相應行心心數法心不相應行因云何自然因謂彼前生善後生善前生不善後生不善前無記後無記云何徧因謂身見計我我有常諸陰受有常我樂淨等生諸煩惱云何報因謂善生樂報不善生苦報云何所作因一切諸法各各不相

障礙不留不住報心有五因除徧因如是心數法一切煩惱有五因除報因報生色及不相應行有四因除相應因徧因染汙色及不相應行有四因除相應因報因餘殘心心數法有四因除報因徧因餘殘心不相應行或二因或三因除相應因徧因報因或除自然因或不無初無漏心相應法有三因除自然因報因徧因是無漏心心中生色及心不相應行有二因共因所作因心心數法是從四緣生無想定滅盡定是從三緣生除緣緣心不相應行及諸色法是從二緣生除次第緣緣緣無有法一緣生餘法力故生一法三事會更樂共生痛想思憶欲解脫信精進念定慧護共心起合成就是諸法共心俱三法會更樂身心受痛緣分別識想動思心不忘憶欲作欲心無礙解脫信種種事懃精進緣勝不忘念心不動定分別法慧心不著護事緣起心法相應得諸法成就痛想更樂思憶欲解脫念定慧是十大地法何以故一切心共生云何相應共一緣行不增不減是謂相應十煩惱大地一切不善心中共生不信懈怠忘心亂闇鈍邪憶邪解脫調無明邪行云何不信心不入法云何懈怠心疲在作云何忘不念云何心亂不一心云何闇鈍不曉事云何邪憶非道念云何邪解脫不捨顛倒云何調心走不息云何無明三界中無知云何邪行不住善法十小煩惱地瞋優波那不語波陀舍摩夜舍恥慳嫉慢大慢云何瞋心忿動云何優波那心含毒住云何不語覆藏罪事云何波陀舍 非法事急持不捨云何摩夜身

口欺人云何舍恥心忮收云何慳心惜畏盡云何嫉見他好事瞋云何慢於卑賤我勝於上我等云何大慢等中我大於大中我勝大此十煩惱地意識相應非五識故言小也於中七煩惱欲界繫舍耻欲界及梵天慢大慢三界繫十善大地不貪不恚信猗不放逸精進護不嬈惱慚愧云何不貪自身他身財物不欲不利云何不恚若衆生邊非衆生邊心不起恚云何信知實事心清淨云何猗心善離重得輕冷云何不放逸心繫善法云何精進習近善法云何護於諸法離住云何不嬈惱一切衆生中身口意不犯惡云何慚自作惡事羞云何愧於人中作不可事愧是十法一切善心相應是故說大地三處愛處不愛處中處愛處者婬欲慳貪惜等諸煩惱生不愛處者瞋恚鬬諍嫉妬等諸煩惱生中處者愚癡憍慢等諸煩惱生一切結使煩惱三毒所攝所以者何有三不善根一切結使煩惱此三毒生能斷三善根能惱亂三界衆生是故三毒所攝

因緣種品第七

十二因緣者無明行識名色六入更樂痛愛受有生老死是十二因緣有三種一煩惱二業三苦三種煩惱無明愛受二種業行及有七種苦識名色六入更樂痛生老死二種過去攝二種未來攝八現在攝諸煩惱業因業苦因苦煩惱因煩惱煩惱因煩惱業因業苦因苦苦因彼種次第起過去無明與一切煩惱相應是無明緣此造業造世間果是名行彼行因緣染汙心得身根分別識譬如

犢子識毋是識是識共生四無色陰亦相續生色是名色依眼等根境界是六入情塵心和是更樂更樂生受是痛痛所著是愛渴具所煩勞是受勞造業是有未來果是生生起無量苦是老死復次無明不知四諦內外法去來今佛法衆因緣如是種種實法不知是謂無明癡人作三種行有德行無德行不動行云何有德行得好報云何無德行得惡報云何不動行生色無色界復次布施持戒禪云何布施二種布施一者財施二者法施五種持戒若受戒至竟淨除惡心垢常念守護不求世間報禪者不淨觀數息等意一切有漏善定法是有德行云何無德行三不善根十不善道等種種罪是謂無德行云何不動行初禪乃至有想無想定是謂不動行三因緣有漏識受第一七有是謂識從識有名色痛想行識陰是謂名四大及造色是謂色二事俱說名色名色生六入六入生更樂更樂有六種二種身意起有對增語六識分別故六種更樂更樂生愛不愛不愛不不愛有三種痛苦樂不苦不樂云何苦痛瞋恚使所使云何樂痛欲使所使云何不苦不樂痛無明使所使起樂住樂盡不樂是謂樂痛起苦住苦盡不苦是謂苦痛不智不樂智時樂是謂不苦不樂痛生三種渴欲渴色渴無色渴求無猒足想渴生四種受欲受見受戒受我受欲界繫除十二見諸餘煩惱是謂欲受四邪見是謂見受外持戒求索道是謂戒受色無色界繫除二十四見諸餘煩惱是謂我受四受生諸結使業處三種有欲有色有無色有

有生得五陰是謂生行衰苦是老二種老一漸消漸消老二年熟老二種死有自死他殺死得愁憂悲惱苦云何愁心不用不欲事來心熱是謂愁云何悲怨哭種種說哭是謂悲云何苦身惱苦是謂苦云何憂心惱是謂憂云何惱縣官水火盜賊等種種急及餘事是謂惱如是無量苦聚是無明等因緣是因緣盡諸報果盡如是無量苦聚盡六種合得人身云何六種四大空識地水火風三大有色地水火量度長短麤細風風種一種四大常合無差別堅相地濕相水熱相火動相風外四大成就內四大種色中空眼識緣有內外是謂空種五識及有漏意識是謂識種生世六種堅高地水潤洽火煑除爛臭風動坐起動作生長因空飲食消化風持去識力有命是謂人

淨根品第八

婬怒癡心相應是謂煩惱是謂結縛欲除是三種者一制二除三智斷云何制若未得無漏心持戒思惟却婬怒癡心不受是謂制云何除得禪定離婬惡不善法是謂除云何智斷覺意緣苦習斷是謂斷若制若除或時淨或不淨無漏智斷是謂清淨二十二根諸外入男女命苦樂憂喜護信精進念定慧未知已知大知根內六根如前說男相男識是謂男根女相女識是謂女根三界中活相是謂命根六識相應樂痛是謂樂根五識相應苦痛是謂苦根意識相應樂痛是謂喜根意識相應苦痛是謂憂根六識相應不苦不樂痛是謂護根諸善法中信是謂信根如是精進

念定慧根堅信堅法道攝無漏九根是未知根信解脫見到道攝無漏九根是巳知根無學道攝無漏九根是大知根云何根義有力有利是謂根六情男女命九根世界中有力有利五痛根煩惱生有力有利信等五根善法中有力有利三無漏根道中有力有利得道故諸根各自有力有利二十二根幾欲界繫幾色無色界繫幾不繫四根欲界繫男女憂苦根五根欲色界繫眼耳鼻舌身根有漏喜樂根欲色界繫有漏護意命根信等五根一切三界繫無漏意根護根喜樂根信等五根是不繫是九根合是三無漏根未知根巳知根大知根二十二根幾受幾不受樂等五根信等五根意根三無漏根是不受餘殘根或受或不受二十二根幾善幾不善幾無記八根善信等五三無漏八無記眼等五根男女命根六當分別意根樂等五痛根或善或不善或無記二十二根幾有漏幾無漏信等五樂喜護意或有漏或無漏後三根一向無漏十根有漏眼耳鼻舌身男女命憂苦三種生最初得二根身根及命根化生或六七八無形六一形七二形八眼等五及命男女根餘殘根次第得色界中最初得六根五情命根無色界最初得一命根欲界無記心漸命終四或八或九或十若善心死九若十三若十四若十五二十二根幾見諦斷幾思惟斷幾不斷四根或見諦斷或思惟斷或不斷意樂喜護根憂根或見諦斷或思惟斷信等五根或思惟斷或不斷三無漏根不斷餘殘根思惟斷

結使禪智品第九

九十八使二種斷見諦斷思惟斷二十八見苦斷十九見習斷十九見盡斷二十二見道斷十思惟斷欲界繫見苦斷十使見習斷七使見盡斷七使見道斷八使思惟斷四使是三十六使欲界繫除瞋恚餘殘結使色無色中各斷三十一略言實十使身邪邊邪邪見見盜戒盜疑愛恚慢無明云何身邪五陰中計我如是見謂身邪世界有邊無邊如是見謂邊邪無四諦因緣果報如是見謂邪見有漏法中計常第一如是見謂見盜非淨因緣中求淨道如是見謂戒盜未得道心癡不了是不是有不有是謂疑癡心諸法中欲著是謂愛癡心中不欲對來心忿動是謂瞋自大心貢高是謂慢諸法實相不知是謂無明是

諸使欲界苦諦一切習諦七盡諦亦爾道諦八諸邪疑見諦斷欲界四思惟斷色無色界六思惟所斷貪恚慢無明五行斷疑邪見見盜四諦斷身邪邊邪苦諦斷戒盜苦諦道諦斷欲界苦諦斷六五邪疑習諦斷三二邪疑無明二種苦諦斷無明或徧或不徧云何徧六使相應及不共無明是謂徧云何不徧三使相應無明是不徧如是習三使相應及不共無明是謂徧餘殘不徧諸使除愛恚慢餘殘一切徧何以故是諸使五緣是一切徧使中二邪及彼相應無明自界一切徧非他界色界亦如是無色界一切徧使自界一切徧餘殘一切徧使自界一切徧亦緣他界無明一切使相應因及不共無明三界盡諦道諦所斷邪見疑無明是十八使無漏緣餘有漏

緣諸有漏緣使及彼相應無明有漏緣餘殘無明無漏緣一切三界結使護根相應梵天光曜天中諸使護根相應及喜根徧淨天諸使護根樂根相應欲界繫邪見無明三根相應喜根憂根護根疑二根相應憂根護根瞋恚三根相應憂根苦根護根餘殘欲界見諦斷二根相應喜根護根欲界中思惟所斷六識相應除慢慢意識相應一切見諦所斷意識相應十小煩惱是說纏一瞋二自罪怖三睡四眠五調六戲七慳八嫉九無慚十無愧云何瞋心惡利動云何自罪怖畏人見聞云何睡心沉心重身重一切結使相應云何眠心合卧出不自在眠欲界繫意識相應云何調心不善不息與一切結使相應云何戲作善不善後悔與憂根相應云何慳愛惜心悋

云何嫉見他得好事不歡喜欲使得苦是二結欲界繫思惟所斷云何無慚自作惡不羞云何無愧作惡不愧他是二一切不善法相應三結愛恚無明六識相應色界二愛無明四識相應餘殘結使意識相應一時無礙道斷結使作證時重作證斷欲界結得三斷智欲界苦諦習諦所斷一斷智盡諦所斷二斷智道諦所斷三斷智色無色界四諦所斷結盡三斷智欲界中五下分結盡七斷智色界思惟所斷八斷智一切結使煩惱盡九斷智滅結無餘是謂斷智有如是諸結使心不相應纏心相應是事不然一切心相應何以故起結使煩惱壞善法見結使是時善法生是故知一切結使心相應是諸一切結使二事斷禪智相應心云何禪斷初柔輭心云何智

分別諸法入定一心諸法無常等觀思惟是謂智禪智俱行共思惟得解脫三時善精進一心護坐禪時若心柔輭是時應思惟精進若心調是時應一心思惟善若是二事俱不柔輭不調是時放心去譬如鍛金師持金著火中時時囊吹時時持水澆時時放休何以故若常吹金便燋融常水澆冷不熟若常放不調熟坐禪亦如是囊吹如精進著水澆如禪放捨如護何以故常精進心調常定一心心柔輭常護不受諸心是故時時勤精進時時一心定時時護如是心和調一切結使中得解脫

三十七無漏人品第十

坐禪法先繫心一處若頂上若額端若眉間若鼻頭若心中令心一處住若念走攝來還著一處是心者譬如獼猴繫頸著柱遶柱走不得去極便住心走亦如是繫心著法使不去極便住漸觀身痛意法是入法意止中淳熟一心得實智慧觀一切行實相生滅不住故無常積災患故苦內無人故空不自在故非我從是得暖法意中起譬如鑽火木中生佛法中生信淨善根四緣觀觀十六行四行觀苦諦從因緣生不住故無常無常力壞故苦無人故空不自在故非我四行觀習諦生相似果故因生死不絕故習不可盡故有不相似相續故緣四行觀盡諦一切苦患閉故盡除一切結使火故上勝一切法故妙出三界故度四行觀道諦能到涅槃故道非顛倒故應聖人所行故住能離世間惱故出觀十六行善法常勤精進是謂暖法從是暖善根

增長是謂頂善根信三寶若信五受陰無常若苦空非我如是緣四諦十六行勝暖法故說頂已增上頂隨諦忍名忍善根是有三種上中下緣四諦觀觀十六行順諦增上善根是名世間第一法一心時心心數法是謂世間第一善根有言信等五根是世間第一法如實義一心時心心數法是世間第一善根能開涅槃門是凡夫法中第一緣觀一諦四行無常苦空非我何以故第一無漏心緣苦諦世間第一法亦如是六禪地未到禪中間禪四禪是忍頂暖善根六地中有世間第一法次第起無漏人是名苦法忍未曾見婬見能忍故說忍是初忍無礙道次第苦法智生實知苦相苦法智解脱道是二心緣欲界繫苦未知忍無礙道未知智解脱道是二心緣

色無色界繫苦習盡道諦亦如是是正觀諸法十六淨心十五心中利根是說隨法行鈍根是說隨信行是二人未離欲界結向第一果欲界結使六種斷向第二果若九種結盡向第三果向第一果欲到十五心中行人亦復果中間行人是二人隨法行隨信行到十六心中得果住是二人先未斷結滿十六心俱須陀洹若斷六種結滿十六心俱斯陀含若斷九種結滿十六心俱阿那含得第一果八十八結盡是人無漏戒善根成就故說須陀洹利根得果名見到鈍根得果名信解脱是二人若欲界繫思惟斷結不盡七死七生若先盡三品是名家家三死三生八直道水劉到涅槃是中行須陀洹六種結盡是說斯陀含八種結盡是說一種生欲界天還生人

中便般涅槃是名一種及斯陀含五阿那含中般涅槃生般涅槃行般涅槃無行般涅槃上流阿迦尼到阿那含復有無色界生阿那含色無色界苦盡得般涅槃不生下界是說阿那含欲界結使九種色無色界亦如是是諸結使兩道斷無礙道解脫道先無礙斷解脫道成就譬如得毒蛇著瓶中蓋口世俗道出世界道出世界道斷欲界色無色界繫諸結使世界俗道亦能斷除世界上繫八地離欲得滅盡定是說身證阿那含若俱解脫阿羅漢法似涅槃身中著五下分結盡得阿那含五上分結盡得阿羅漢是色無色界中諸餘結使纏縛是說心調如金剛定次第滅智生是時得阿羅漢果是最上有離欲無礙道亦最後學心是金剛定次第初無學滅智生我諸生盡滅我得阿羅漢一切結盡大小煩惱斷滅是說阿羅漢一切人天中應受供養是名阿羅漢是無學九種一退法二不退法三思法四守法五住法六能進法七不動法八慧解脫九俱解脫云何退法輭智輭精進五退具中行退道果是謂退法云何不退法利智勤精進五退具中不行不退道果是謂不退法云何思法輭智輭精進勤觀身不淨可得思惟自滅身是思法云何守法輭智勤精進自守身是守法云何住法中智中精進中道行不增減是住法云何能進法少利智勤精進能得不動善是能進法云何不動法利根大勤精進先時得不動善是不動法云何慧解脫不得滅盡定是慧解脫云何俱解脫能得滅盡定是俱解脫隨信行五種阿羅

漢名時解脱是諸阿羅漢二智滅智無學眞見隨法行一種阿羅漢利根是名不時解脱是阿羅漢三智滅智無生智無學眞見八阿羅漢愛時解脱成就不動法成就隨信行見諦道十五心中無漏九根是名未知根十六心得果是無漏九根是名已知根是九根俱無學法是名大知根得果時失向道道中斷結使盡二種成就有爲無爲得大果時一切失本二種得一種成就九種斷結使諸不隱沒法第九心一切得斷能進法阿羅漢得不動善非餘信解脱學得利根名見到非餘見諦道中結使各各異無漏法各各異以是故漸漸見諦不一時見無礙道力得果以是故二種果有爲果無爲果

阿毗曇甘露味論卷上

音釋

聾盲 聾盧紅切耳病也盲莫耕切目無瞳子也　瘖瘂 瘖於金切瘂烏下切

婬妷 婬余針切妷夷質切放也　阿迦尼吒 梵語也此云質礙究竟吒竹嫁切

技 渠綺切巧也　輭 而兖切柔也　忮 支義切　娆 而沼切亂也

鍛 丁貫切小冶也　獼猴 獼武夷切猴胡鈎切

阿毗曇甘露味論卷下

尊者瞿沙造

曹魏代譯失人名

智品第十一

十智法智未知智等智知他人心智苦智習智盡智道智滅智無生智云何法智欲界繫諸行苦中無漏智欲界繫諸行習中無漏智欲界繫諸行盡中無漏智欲界繫諸行道斷故道中無漏智及法智地中無漏智是謂法智云何未知智色無色界繫諸行苦中無漏智色無色界繫諸行習中無漏智色無色界繫諸行盡中無漏智色無色界繫諸行道斷故道中無漏智及未知智未知智地中無漏智是謂未知智云何等智一切有漏智慧若善不善無記是謂等智云何知他人心智禪中思惟力得欲界中知他心心數法是謂知他心智云何苦智五受陰中無常苦空非我無漏智觀是謂苦智云何習智五受陰習因有緣無漏智觀是謂習智云何盡智盡止妙出無漏智觀是謂盡智云何道智八直道應住出無漏智觀是謂道智云何滅智見苦斷習無證思惟道是四法中無漏智觀是謂滅智云何無生智我已見苦不復更見我已斷習不復更斷已盡作證不復更作證已思惟道不復更思惟道是四法中無漏智觀是謂無生智是十智中二智十六行法智未知智暖頂忍法中等智十六行世間第一法中等智四行餘殘無行無漏他心智四行如道智有漏知他心智無行苦智四行習智四行盡智四行道智四行滅智無生智各十四行除

空無我行未到禪及中禪地有九智除知他
心智餘四禪中十智無色定八智除法智知
他人心智第一無漏心成就一等智等二無
漏心成就三智等智法智苦智第三無漏心
過第四無漏心成就四智等智法智苦智未
知智第五無漏心過第六無漏心成就五智
等智法智苦智未知智習智第七無漏心過
第八無漏心亦過第九無漏心成就六智等
智法智苦智未知智習智盡智第十第十一
無漏心過十二無漏心成就七智等智法智
苦智未知智習智盡智道智若已離欲曾知
他人心智二種修智得修行修先未得功德
令得是謂得修先得功德現在前入是謂行
修見諦道中現在前修彼即當來修如是諸
忍現在前修亦當來修苦未知智習未知智
盡未知智是三未知智中修等智道未知智
中或修六或修七若未離欲修六智已離欲
修七智知他人心智過須陀洹果十七心中
修七智除滅智無生智知他心智是十七心
中信解脫得利根時無礙解脫兩道中修六
智除他心智等智滅智無生智得阿那含果
解脫道中修八智除滅智無生智如是七地
離欲時解脫道中修八智除滅智無生智是
諸無礙道中修七智除知他人心智滅智無
生智有想無想離欲時八解脫道中修七智
除等智滅智無生智九無礙道中修六智除
等智知他心智滅智無生智初無學心中修
有漏無漏諸善根初無學心苦未知智相應
有言習未知智相應何以故有想無想處生
緣相應初無學心見諦八忍求覓故名見非

智滅智無生智是智非見餘殘無漏慧亦慧亦見亦智除意識相應善有漏慧及五邪見餘殘有漏慧亦智亦慧非見法智九智緣除未知智未知智九智緣除法智道智九智緣除等智苦智習智一切有漏法緣餘殘智十智緣等智他心智滅智無生智二智盡法智道法智能滅三界結六通四通等智身通耳通眼通宿命 通他心通五智法智未知智道智等智他心智漏盡通無漏九智除等智四意止身意止八智除他心智盡智痛意止心意止九智除盡智法意止十智四辯法辯辭等智應辯義辯各十智願智七智除他心智滅智無生智十力第一力十智知二力三力四力五力六力九智除盡智七力十智八力九力一智等智十力九智除等智第一無畏十智知二無畏九智知除等智三無畏八智知除道智盡智四無畏八智知除苦智習智

禪定品第十二

得禪定一心心不分散智慧清淨譬如燈離風處明清淨云何禪定八種定四禪四無色定四禪初禪二三四禪是諸禪定三禪味淨無漏愛相應是謂有味善有漏禪是謂淨無煩惱是謂無漏有頂中二種定有味及淨無無漏定善法空閑靜處若坐若立若卧若行若步定意智巧心中深信如是心應入禪定禪相應欲精進念慧一心是諸善法趣初禪定離欲離惡不善法有覺有觀離欲生得喜樂是謂初禪染著外入是謂貪欲瞋恚睡眠調戲疑此五蓋是謂惡不善法是二內外惡法斷是謂離心迴轉緣是謂覺心受行思惟

是謂觀惡不善法斷力得禪是謂離欲心生悅是謂喜身心安隱是謂樂心繫緣中是謂一心是初禪五支婬欲大苦罪不樂離力安隱出如是思惟欲等諸善心法心中生是謂得初禪道是三痛根相應喜樂護根樂根三識身相應眼耳身識喜根意識相應護根四識相應是初禪有別身別想有別身一想四心初禪眼耳身意是謂初禪諸覺觀滅內淨一心無覺無觀定生得喜樂相應是謂二禪覺觀如前說斷却是謂滅諸地信無垢是謂內清淨意識繫緣不散是謂一心喜樂支如前說是二痛根相應喜根護根別身一想喜相應根本近地護根相應除滅覺觀垢除滅思惟功德是道趣二禪離喜垢故護行下受身樂無漏人是說樂護念下樂入三禪離喜

如前說護心放捨樂二種痛樂不煩惱是樂身中行念守看是樂難知實法是故無漏說樂亦行護欲等諸善法是道趣三禪觀喜惡罪不喜樂觀禪止樂護念智一心是謂五支如前說是謂三禪斷樂苦先滅憂喜根護念淨入四禪欲等諸善法亦復觀樂苦垢不苦不樂善止是道入四禪四支護念善智一心禪力滅喘息是謂四禪一切禪支善未到禪地有覺有觀中間禪無覺有觀是二地護根相應未到禪地二種淨無漏非味四禪中三種味淨無漏是謂禪法離色憶亦觀無量空入空定觀色垢空處善止觀是道趣空定憶無量識入識處觀空處垢識處善止觀是道趣識定無量識行是爲苦憶不用處行入不用定觀無量識處垢不用處善止觀是道趣

不用定有想處病無想處癡如是思惟入有想無想定觀不用處垢有想無想善止觀是道趣有想無想定是謂有想無想定趣涅槃道二種一觀身不淨二念數息身意止中第一二解脫四除入中廣說不淨法入定數息一二乃到十念守出入息如守門人觀一切法起滅是二相自相六種分別觀身無常苦空非我如是一切諸法觀恐畏世界漸漸滅垢行善法趣至到涅槃未到禪地中間禪地四禪地三無色地有二種有漏無漏有頂一切有漏十想無常苦苦無我觀食一切世間不可樂不淨死斷無欲盡想憶念諸行無常是謂無常想憶念生等苦滿世間是謂苦想憶念內外無常苦不自在空是謂苦無我想憶念多勤苦得食噉時不淨是謂觀食想憶念生老病死等怖畏種種煩惱滿世界是謂一切世間不可樂想自身內實觀是謂不淨想憶念一切生必得死是謂死想憶念滅一切煩惱善止是謂斷想憶念非常離欲是謂無欲想憶念五受除更不生盡止妙離涅槃是謂盡想是十想常憶念得盡苦際

雜定品第十三

三昧等通一切人除入智解脫禪三三昧空三昧無願三昧無相三昧心繫緣無漏故是謂三昧一心觀五受陰空無我非我是謂空三昧入是三昧不願婬恚癡更有生是謂無願三昧是三昧緣離十相法云何十相色等五塵男女生老無常是謂無相三昧空三昧二行空行無我行無願三昧十行無常苦行亦習道行無相三昧盡四行四等慈悲喜護

自得快樂事念與一切衆生是有三種心先所親眷屬次及中人後怨家賊一心思惟一切三界衆生身及怨家等無異除内瞋恚是慈等相應痛想行識能起正語正業亦不相應諸行是謂慈等一心思惟三界衆生身心種辛苦欲拔濟如是思惟能除外惱是悲等相應痛想行識能起正語正業亦不相應諸行是謂悲等一心思惟三界衆生歡喜得樂能除憂苦喜等相應痛想行識能起正語正業亦不相應諸行是謂喜等一心思惟三界衆生樂苦喜放護能除欲瞋護等相應痛想行識能起正語正業亦不相應諸行是謂護等六通神足天眼天耳識宿命他心智漏盡通除第六通餘殘凡夫亦得云何神足通是有三種一者飛行二變化三聖人通有三種

飛行一自身去譬如飛鳥二於此土忽然不現到他方三心力自在如屈伸臂是謂諸佛神通佛通非餘道常觀身空學輕舉是道趣神通能大能小能多少能少多能轉作種種物是謂變化神通凡夫人變化至七日不過七日滅佛佛弟子自在變化變化時觀世間淨作不淨不淨作淨除淨不淨念心念護是謂聖人神通是三種通從四神足力生一切色緣漸漸得輕舉諸佛一時得天眼通自眼邊色界四大造淨生得天眼自地下地近遠徹視見一切細微色憶念日月星宿火明珠是道得天眼通天耳通自耳邊色界四大造淨生得天耳天人地獄餓鬼畜生種種聲憶念識知是道趣天耳通識宿命通念先世事所來生處是道趣宿命通知他人心通常念

他染汙心及他清淨心悉知自心生滅能分別知是道趣知他心通三界漏一切我盡如是知五受陰無常等憶念是道得漏盡通宿命通及天眼漏盡是謂明宿命通知因緣世次第是謂明天眼通知因緣如行業得報是謂明漏盡通欲界色無色界漏盡我盡諸漏是謂明十一切入憶念一切地不念餘是謂地一切入乃至識一切入亦如是八解脫內有色想外觀色內無色想外觀色淨解脫作證四無色定滅盡定是謂八解脫緣觀轉心得解脫是謂解脫觀內色不淨及觀外色是謂初解脫不觀內色觀外色不淨是第二解脫分別觀內外色一切淨色是第三解脫四無色定四解脫滅盡解脫內有色想外觀色少好醜是緣勝知見第一除入內有色想外觀色無量好醜是緣勝知見第二除入內無色想外觀色少好醜是緣勝知見第三除入內無色想外觀色無量好醜是緣勝知見第四除入內無色想外觀色青是緣勝知見第五除入黃赤白亦如是內不除色想外淨少色觀一無量緣二內除色想外淨少色觀三無量緣四餘青黃赤白憶念四除入淨緣勝是故說除入好色形像端正除垢故解脫是謂除入名別三解脫四除入八一切入淨解脫攝十智如前說三等慈悲護及五通根本四禪中有六地中法智未到禪中間禪根本四禪喜等第一第二解脫初四除入初禪二禪中有餘殘除入淨解脫八一切入第四禪中有餘殘解脫二一切入自名攝滅盡解脫有頂中攝三三昧七智漏盡通九地中攝除

有頂中等智十地中有無色界三解脫或有漏或無漏餘三解脫八除入十一切入有漏有頂中一切有漏鈍不捷疾是故有漏滅盡定無智慧是故有漏五通中多無記心四等緣衆生是故有漏欲愛未盡三界結使成就欲愛已盡色無色界結使成就色愛盡無色界結使成就無色界愛盡三界結使不成就欲界愛盡淨無漏初禪成就如是一切地中聖人無漏成就聖人生上下地無漏成就求得五通四等下地結垢不成就世俗道依未到禪地離下地欲如是一切地無漏道依根本禪地自地亦上地離欲如是一切地是故凡夫有頂中不能離欲暖法頂法忍法世間第一法離欲人修有漏禪定二時現在未來見諦道中苦習盡未知智中現在前修無漏智未來二種有漏無漏智餘殘心中現前無漏未來無漏世尊弟子若離欲愛依未到禪地現在前修有漏道未來修有漏無漏道第九解脫道現在修有漏道未來修有漏無漏初禪及修無漏未到禪若依未到禪現在修無漏道未來修有漏無漏道第九解脫道中現在前修無漏道未來修有漏無漏道初禪世尊弟子若離初禪愛欲依未到二禪地現在前修有漏道未來修有漏無漏道第九解脫道中現在前修有漏道未來修無漏三種初禪及修淨無漏第二禪若離初禪愛依無漏道趣二禪自地修無漏他地修有漏無漏道第九解脫道中現在前修無漏道未來修無漏三種初禪及淨無漏第二禪乃至不用處離欲亦復如是有頂中離欲時修一切無

漏禪定第九解脫道中現在前修無漏道未來修無漏及修三界繫善根二十三種定有味八淨八無漏七一切無漏七地無漏自然因自地無漏自地無漏三種因相應因共有因自然因第一有味定第一有味定因非他因第一淨定第一淨定因非他因第一無漏定次第起六種定第一禪二種淨無漏如是第二第三禪無漏第二禪次第生八地自地二上地四下地二無漏第三禪第四禪空處定次第生十地上地四下地四自地二無漏識處次第生九地上地三下地四自地二無漏不用定次第生七地上地一下地四自地二第四無色定次第生六地下地四自地二淨禪亦如是有味次第生二自地有味亦復淨如是一切地諸禪定淨無漏一切緣一切法緣有味自地自地有味緣亦復淨緣有味不能無漏緣諸淨無漏無色定不緣有漏地有味無色定自地有味緣及緣淨不能緣無漏四等八除入三解脫八一切入是諸法一切欲界緣五通欲色界緣一切熏禪無漏禪熏有漏禪得四禪人先熏第四禪後熏下三禪得五淨居報不動法阿羅漢得一切禪定是能得頂禪能住壽亦能捨壽願智從心所願盡知去來今諸法多知未來法四辯法辯辭辯應辯義辯令他心不起恚是謂無諍四禪中攝亦復欲界願智第四禪攝亦復欲界法辯辭辯欲界攝及梵天中餘二辯九地攝欲界四禪四無色淨禪二時得離欲時生時得有味禪二時得退時得生時得無漏禪二種得若退時得若離欲得九地攝無漏能斷

結使變化有十四心色界十心欲界四心初禪有二變化心初禪一欲界一二禪有三變化心二禪一初禪一欲界一三禪有四變化心三禪一二禪一初禪一欲界一四禪有五變化心四禪一三禪一二禪一初禪一欲界一何等禪成就是果下地變化心成就三禪地住梵天識現在前能見聞爾時成就即滅爾時不成就

三十七品第十四

意止意斷神足根力覺道是七法到涅槃是中七覺無漏六當分別或有漏或無漏有言七覺意八直道一切無漏餘殘當分別四意止一切地禪定中有攝四種智常念守是謂念止三種念身中行智慧是謂身念止如是痛心法念止是謂四念止以何等故不說三念止若五念止以破四顛倒故說四念止云何身念止淨想顛倒壞故身實相觀三十六不淨若死蟲生臭爛骨在等如是觀身淨想顛倒壞云何痛念止觀諸有痛生住滅苦樂痛中婬欲使苦痛中瞋恚使不苦不樂痛中無明使觀無常苦空無我是謂痛念止云何心念止觀染汙心不染汙心若一心若散心苦無常等觀是謂心念止云何法念止觀內法觀外法觀內外法若觀去來法若觀諸結使幾斷幾不斷若觀苦無常觀習因緣觀盡止是謂法念止云何四意斷心中已生惡不善法欲除却欲勤精進制心住善法未生惡不善法莫令生勤精進制心住善法未生善法欲使生勤精進住善法已生善法念住莫失增長廣大勤精進住善法是謂四意斷云

何四神足欲定精進定心定慧定從是得一切功德是謂四神足欲定斷諸行成就第一神足欲作是謂欲心不分散是謂定欲精進念慧喜猗是謂諸行合欲定如是精進心慧欲大欲得定故是謂欲定如是精進心慧是謂四神足信精進念定慧是謂五根四不壞信中有信是謂信根四意精進是謂精進根四念止中念不忘是謂念根四禪定中一心是謂定根四諦中慧是謂慧根根利疾第一是謂根義信等五力惡不善法不能壞是謂力小是根大是力念擇法精進喜猗定護是謂七覺云何念念有爲法生滅種種罪涅槃至妙是謂念覺是中分別思惟是謂擇法覺是中思惟勤精進是謂精進覺是中得善法味歡悅是謂喜覺是中思惟身心輕輭安隱隨定是謂猗覺是中因緣攝心住不亂是謂定覺是中放心息不念不欲是謂護覺種種智慧得禪定力除一切煩惱是謂七覺果一切煩惱斷念等七法是名覺直見直思直語直業直命直方便直念直定是謂八直道四諦中實智慧是謂直見是中善不瞋不惱三種覺觀是謂直思四種邪語斷是謂直語三種邪業斷是謂直業不善邪命斷是謂直命是中思惟勤精進是謂直方便是中思惟念不忘是謂直念是中一心住是謂直定是謂八直道趣涅槃信精進念定慧喜猗護思戒是十法分別說三十七信法是謂信根信力精進精進根精進力四意斷精進覺意直方便念念根念力念覺意直念喜喜覺慧慧根慧力四念止擇法覺直見猗猗覺定定根定

力四神足定覺直定護護覺思直思戒直語直業直命直因緣四種智慧住是名念止直精進是名意斷緣中一心住不散是名四神足鈍根人心中生是名五根利根人心中生是名五力見諦道中是名八直道思惟道中是名七覺是十法攝三十七品未到禪地三十六除喜覺二禪地亦三十六除直思三禪四禪中間禪三十五除喜覺直思初禪三十七三空定三十二除喜覺直思直語直業直命有頂中二十二除七覺八道欲界亦二十二除七覺八道

四諦品第十五

四諦苦諦習盡道諦云何苦諦一種惱相爲苦二種身苦心苦三種苦苦別離苦行無常苦四種身內外苦心內外苦五種五盛陰苦六種三界苦三毒苦七種七識處苦八種苦生老病死怨憎會恩愛別離所求不得苦一切種種苦是謂苦諦云何習諦是種種苦因五受陰是謂習諦云何盡諦苦習盡無餘智緣盡是謂盡諦行八直道是謂道諦是四諦次第應知斷證自思惟實相實得果行人不欺誑是謂諦麤識故次第苦諦麤易識以是先苦諦識苦推苦因從習中生以是習諦第二是苦諦何處滅盡得解脫思惟涅槃中以是故盡諦第三是盡云何得思惟行八直道斷結使得盡諦以是故道諦第四五受陰報果時是謂苦諦五受陰因緣時是謂習諦亦謂苦諦譬如人亦名子亦名父習諦多是結使何等結使九結愛結瞋恚憍慢無明疑見失願慳嫉結三界欲是愛結衆生中心忿動

惡利是瞋恚結七種慢是慢結三界繫愚癡
是無明結三見是見結二見是失願結四諦
中不定了是疑結心惜愛恪是慳結妬他舍
恚是嫉結盡諦二種有漏斷結使盡是一種
無漏道斷結使盡是二種種種諸淨法若四
辯法辭應義一切名字知實相是謂法辯一
切語言談論智是謂辭辯一切法知實相是
謂應辯一切智慧語言禪定通智是謂義辯
須陀洹四不壞信佛不壞信法不壞信僧不
壞信淨戒中不壞信阿羅漢果攝諸無學法
種種佛大功德中無漏信是謂佛不壞信涅
槃中無漏及無漏諦中學無學法中及菩薩
實功德中無漏信淨是謂法不壞信得無漏
道果信有四雙八輩一切功德佛弟子衆中
信非餘處是謂僧不壞信無教無漏戒是中
無漏信是謂戒不壞信淨實智慧共合信以
是故無能勝是無漏戒是故不壞信是謂四
不壞信有四事修定修定於現法中得樂居
修定得智見修定分別慧修定得漏盡諸善
初禪能得現在樂居生死智通是謂智見方
便求功德是欲界無教戒聞思修功德一切
色無色界法一切無漏有爲法是謂分別慧
金剛喻四禪是最後學心共相應漏盡是謂
修定得漏盡第四禪所攝四道苦難知苦易
知樂難知樂易知隨信行無漏法鈍根是苦
難知隨法行無漏法利根苦易知根本四禪
中利根及鈍根法說樂道何以故止觀道等
故他地中止觀多少故是說苦未到禪中間
禪二處止道少觀道多無色中觀道少止道
多是謂苦道難得故七識住一欲界中諸天

及入色界梵梵衆天除初生天是異身異想二梵衆天初生異身一想三二禪生天一身異想四三禪生天一身一想五空處生天六識處生天七不用處生天是謂七識住何以故不壞識故惡趣中苦痛壞識故不立識住第四禪無想定壞識故亦不立識住非想非非想處滅盡定壞識故亦不得立識住九衆生居此七識住及無想衆生非想非非想處是謂九衆生居於中居止故衣被飲食卧具喜斷結使思惟緣力得道是說四聖種若好若不好衣被飲食卧具知足三聖種求守失苦是三苦失善道不食命不活以是故趣得知足離欲心中得樂歡喜是謂第四百八種痛眼耳鼻舌身意更樂生是謂六更有三種眼見色憂喜護乃至意念法憂喜護是中有善不善善十八不善十八是謂三十六三種是謂百八三十六過去三十六未來三十六現在五識不能分別是故無憂喜意行中心數法相續不斷常憶是謂念憶因緣隨順是法因緣重憶識念力強是故不忘過去法眠人心心數法因緣夢見有無因無緣夢見是夢若過去世若未來世若夢見人生角是先見牛角是強思惟人何以不生角如是念已夢見人生角心散心亂是謂癡若身病故癡若鬼魅故癡若先世因緣故癡三支戒支定支慧支云何戒支欲界有教無教戒色界中無教戒云何定支修十四定云何慧支三種慧聞思惟修欲界二種聞思惟色界二種聞及修無色界一種謂修二種律儀一情律儀二戒律儀云何情律儀不得起婬妒等想若婇

姝女想見女人不應憶不生念女根想從是多罪惱觀心身離是謂情律儀除却婬欲種種不善法不毀戒行無點汙心無瑕穢淨却七婬欲是謂戒律儀煩惱惡業惡業報是有三障逆業極重煩惱三惡道報是三事若一事不受聖法是故說障不善覺觀有三種婬欲恚惱是破三種善覺觀不婬不恚不惱三種病婬恚癡是病有三種藥身不淨觀慈念衆生觀十二因緣是謂三種藥修身修戒修心修慧是法不受一切惡報或少少受報或今世或後世少受報云何修身種種觀無常等云何修戒持戒不犯常守護云何修心除惡覺觀行善覺觀云何修慧種種分別善法增益智慧行善人易得好道行不善人易得惡道或有善人墮惡道或有惡人生好道先世大力因緣餘報未盡若死時最後心善不善是故善墮惡道不善人生好道

雜品第十六

四沙門果六法五陰智緣盡是謂分別四果阿羅漢果九地所攝除有頂中第三果六地所攝除四無色以無法智故須陀洹斯陀含未到禪地所攝以未離欲人身故有四顛倒無常有常想心顛倒想顛倒見顛倒苦有樂想不淨有淨想非我有我想心顛倒想顛倒見顛倒一切顛倒見苦諦斷何以故行緣苦處三見攝顛倒身見邊見見盜一切六十二見五邪見所攝五陰中不實我見有實我是身見常斷依止因緣果報不識是邊見諦眞實法無今世後世無涅槃及四諦等是邪見非眞實樂淨觀有樂淨譬如斷樹木竪立夜

中邊看謂是人是見盜非因見因非道見道是戒盜身見苦諦斷五陰中計我故常想斷想苦諦斷緣現在五陰故邪見若謗苦見苦斷如是謗習盡道見習盡道斷見盜若苦諦中計有樂淨等見苦斷如是習盡道中計有樂淨等見習盡道斷戒盜非道求涅槃及非因見因是戒盜見苦見道斷六修得修行修斷修除修分別修律儀修云何得修未曾得善法功德而得得已諸餘功德亦得云何行修曾得諸功德今現在行云何斷修善法斷諸結使云何除修能却諸不善法云何分別修分別觀身實相云何律儀修六情染汙塵緣勝故五根憂根初禪滅無餘苦根二禪滅無餘喜根三禪滅無餘樂根四禪滅無餘護根無想三昧滅無餘三界斷界無欲界盡界

除愛結諸餘煩惱斷是謂斷界愛結斷是謂無欲界諸餘法斷是謂盡界滅婬欲得心解脫滅愚癡得慧解脫內外入不相繫婬欲是能繫譬兩牛爲軛所繫以是故愛不愛塵中護心不應有愛瞋恚心十法欲界色界無色界無漏相應不相應善無爲無記無爲是謂十法五法法智緣云何五欲界繫相應不相應法無漏相應不相應法善無爲法是爲五法未知智緣七法何等七色界繫相應不相應法無色界繫相應不相應法無漏相應法不相應法善無爲法他心智緣三法欲界繫相應法色界繫相應法無漏相應法等智緣十法欲界繫相應法不相應法色界繫相應法不相應法無色界繫相應法不相應法無漏相應不相應法善無爲法無記無爲法苦

智習智各各六法緣三界繫相應法不相應法是謂六法盡智緣一法善無爲法道智緣二法無漏相應法不相應法滅智無生智緣九法除無記無爲法自地煩惱自地使所使一切徧使自地他地中一切徧餘各自地使所使有二種法相應不相應法云何相應法諸心心數法云何不相應法得等十七法十七法者一成就二無想定三滅盡定四無想處五命根六種類七處得八物得九入得十生十一老十二住十三無常十四名衆十五字衆十六味衆十七凡夫性得諸法時心不相應法俱得是謂成就猒生死涅槃想四禪力多少時滅心心數法是謂無想定猒於勞辱息止想有想無想定力多少時滅心心數法是謂滅盡定生無想天中心心數法不行

斷止是謂無想處四大諸根等相續不壞是謂命根種種生處他衆生身心語言相似是謂衆生種類到異方土所得是謂處得諸行雜物是謂物得諸內外入是謂入得諸行起是生行熟是老是行未滅是住行滅是無常合字義是名衆合名説事是句衆合廣説是語衆未得聖無漏道是凡夫性是謂十七心不相應法是中幾善幾不善幾無記二善七無記八當分別無想定滅盡定是謂善無想處種類名衆句衆語衆命根凡夫性是謂無記成就生老住無常善中善不善中不善無記中無記處得物得入得有善不善無記幾欲界繫幾色界繫幾無色界繫幾不繫三欲界繫二色界繫一無色界繫十一當分別或欲界繫或色界繫或無色界繫或不繫名衆

句衆語衆是欲色界繫無想定三想處是色界繫滅盡定是無色界繫成就命根種類處得物得入得凡夫性是三界繫生老住無常欲界繫法中欲界繫色界繫法中色界繫無色界繫法中無色界繫不繫法中是不繫是中幾有漏幾無漏十三有漏四當分別生老住無常有漏中有漏無漏中無漏得初無漏心是時捨凡夫性生他界時亦捨凡夫性得他界凡夫性離欲時第九解脱道中斷云何三無爲智緣盡非智緣盡虛空云何智緣盡有漏無漏智慧力諸結使斷得解脱是謂智緣盡云何非智緣盡未來因應生不生是謂非智緣盡云何虛空無色處無對不可見是謂虛空共依因相應因共有因先生自似因未生後諸法因如是徧因亦次第緣衆生中報因一切有爲法有爲法果亦涅槃果何以故一切有爲法因緣生涅槃道果諸相應法一緣中一時共行他相中非自相中心心數法無處無方土所以者何緣一切處故道生時諸結使欲滅是故欲生道得解脱道滅時欲滅無礙道斷結使欲生解脱得解脱三愛欲愛有愛不有愛諸物求索是謂欲愛得時貪惜是謂有愛見斷求斷是謂不有愛思惟所斷三十七品除直思直語直業直命猗護餘殘是根法四念止一一現在前何以故分別緣諸法諸法他相應自不相應緣諸法中結使應離是爲斷有斷未離云何斷未離得苦智未得習智習諦所斷苦諦所斷緣三諦中得二不壞信苦諦習諦盡諦法戒不壞信道諦中得四不壞信一切心數法隨心行共

一緣故如是無教戒生住老壞隨心行一切有漏法應斷何以故罪垢故一切有漏無漏法應知何以故智緣一切法過去未來諸法遠何以故不辦事故現在諸法近何以故辦事故無爲亦近何以故疾得故一切有漏法見處五見緣故極多少成就十九根情不壞有二根亦復見諦人不壞情未離欲是謂十九最少八根斷善根漸命終有殘身根亦復無色界凡夫更樂三事合情緣識是更樂五種有對增語明無明非明非無明五識相應是謂有對意識相應是謂增語染汙更樂是謂無明無漏更樂是謂明不染汙有漏更樂是謂非明非無明兩道得果一斷結使二得解脫阿羅漢報心般涅槃一切法放捨故四有生有死有本有中有初生得五陰是謂生有死時五陰是謂死有除生死五陰中間是謂本有死已能到諸趣五陰是謂中有苦習諦智忍緣諸法是謂猒猒物緣故四諦中諸智忍是爲離欲欲滅故三有漏欲有無明欲界除無明餘殘煩惱是謂欲有漏色無色界除無明餘殘煩惱是有漏三界繫癡是無明有漏是諸漏一切盡是時得一切苦盡得一切智甘露味得道聖人名瞿沙造

阿毗曇甘露味論卷下

音釋

啖 徒感切食也
鈍 徒困切不利也
慳嫉 慳苦閑切悋也嫉秦悉切害賢曰嫉
觀 古玩切照也
竪 臣庾切立也
軛 於革切轅端橫木也

鞞婆沙論

苻秦罽賓三藏僧伽跋澄譯

清刻龍藏佛說法變相圖

鞞婆沙論卷第一

迦旃延子造

苻秦罽賓三藏僧伽跋澄譯

說阿毗曇八揵度

雜　結使　智　行

四大　根　定　見

愛樂覺意葉　清淨戒妙枝　無比三十二

奇相華嚴身　最智甘露果　堅固精進根

具足聖道樹　我頂禮如來　善快說無比

息道無爲城　歸命功德仙　消除愛憂慼

離生老病死　安隱永無欲　大仙所演法

我今稽首禮　妙戒高顯現　山岳不移動

清淨智慧室　解脫無爲衆　禪等叢林樹

神足石無邊　聖衆大雪山　我今稽首禮

如是稽首禮　世稱無有比　大師廣演教

吾今奉持　我說正覺語　增益無上樂
聖衆等欲聞　專心一意聽
問曰誰作此經答曰佛何以故答曰甚深智
微妙法性一切智境界誰有此界無餘唯佛
也問曰若爾者云何作答曰尊者舍利弗問
佛答復有說者五百比丘問佛答復有說者
諸天問佛答復有說者化問佛答何以故答
曰此法應爾如知應當說無能問者彼時世
尊化作化端正極妙宗敬悅可剃除鬚髮被
僧迦黎叉手而問世尊答如彼因緣經所說
也問曰若爾者何以故說尊者迦旃延作此
經答曰彼尊者誦習轉教他人廣施設此誦
習廣施設謂之造也或曰彼尊者迦旃延作
此經問曰如甚深智微妙法性一切智境界
誰有此界無餘唯佛云何彼作答曰彼尊者

令學利作誓願於五千佛修阿毗曇令我於
當來三耶三佛施設阿毗曇章句是故彼妙
智觀已作此經問曰若爾者佛阿毗曇何者
是答曰彼佛說道處處方處處城種種教化
故彼尊者迦旃延于過去佛法中以願智觀
一向略作揵度品數立章門於中種種不相
似立雜揵度說結立結揵度說智立智揵度
說行立行揵度說四大立四大揵度說根立
根揵度說定立定揵度說見立見揵度如佛
說一切法句彼尊者曇摩多羅於過去佛法
中願智觀一向略若說無常偈立無常品至
說梵志立梵志品如是彼佛說道處處方處
處城種種教化故彼尊者迦旃延于過去佛
法中以願智觀一向略作揵度品數立章門
於中種種不相似立雜揵度說見立見揵度

復次一切佛世尊出世說三藏契經律阿毗曇阿曰契經律阿毗曇何差別一說者無差別何以故答曰從一智海出故無差別大悲出故無差別欲饒益一切衆生故無差別入一解脫門故無差別或曰有差降契經說種種律說戒阿毗曇說相或曰契經依力律依大悲阿毗曇依無畏或曰契經說增上意律說增上戒阿毗曇說增上慧問曰若爾者契經亦說增上戒增上慧律亦說增上意增上慧阿毗曇亦說增上意增上戒此何差別答曰若契經說增上戒者當知律若說增上慧者當知阿毗曇如律說增上意者當知契經若說增上慧者當知阿毗曇如阿毗曇說增上意者當知契經若說增上戒當知律是爲契經律阿毗曇差別問曰何以故彼作經者立此經答曰饒益他故勤者聞者受者持者思者量者觀者無量結惡行須臾除或復依此度法性譬如人欲益他故於闇冥處燃明有眼者令見色如是彼作經者饒益他故立此經若有意智者彼依此度法性佛世尊亦饒益他故說十二部經契經律阿毗曇何以故答曰設衆生有因力不緣他力而開解如是衆生不知差降如緣他力而開解如是衆生知有差降猶如此中優鉢羅鉢頭摩拘牟頭分陀利池中必有優鉢羅至分陀利華如日天子未出光不照時華不敷不舒不香如日天子出光照時華敷舒香如是衆生因力不緣他力而開解如是衆生不知差降如緣他力而開解如是衆生知有差降敷信也舒根力覺道也香戒也如彼偈所說

如蓋屋密　而入闇中　雖有此色　眼所不覩
如是有一　無智之人　不聞不知　法之善惡
有明有色　而眼得見　聞已能知　法之善惡
聞法能知　聞惡不作　聞除非義　聞得至滅
如是餘契經所說（出雜阿含）賢聖弟子一心聽法當爾時滅五蓋具滿修七覺意如是餘契經說（出增一）二因二緣發於等見從他聞內正思惟如是餘契經說（出增一四法說）有四法饒益人云何為四親近善知識聽善法內正思惟次法句法如佛世尊饒益他故說十二部經如是彼作經者饒益他故立此經或曰以三事故增益智故開意故離計人故增益智者盡誦內外法無能益智如阿毗曇也開意者衆生意在睡眠不知何者已界一切徧使何者非已界一切徧使何者已地一切徧使何者非已地一切徧使何者已界緣何者非已界緣何者已地緣何者非已地緣何者有漏緣何者無漏緣何者有為緣何者無為緣云何攝云何相應云何成就云何不成就云何因云何緣若此意轉不由他度不由他聞自見自在身作證由何力唯阿毗曇也離計人者誦爾所阿毗曇前句後句如是四句不說計人一切中說無我行非衆生非命非長養非出空淨聚也以三事益智開意離計人故作此經或曰壞無明故猶如燃燈除去闇冥而生明如是阿毗曇燈除無明生慧明是為壞無明闇故或曰見無我像故如鏡極摩治諦見其像如是阿毗曇鏡極了覺知諦見無我像是為見無我像故或曰度生死河故如依船百衆生千衆生安隱度河如是依阿毗曇船

已無數那術衆生安隱度生死河是爲度生死河故或曰見契經故如人手執燈見彼彼色不迷惑如是慧者執阿毗曇已於彼彼契經不迷惑是爲見契經故立此經問曰何者阿毗曇性答曰無漏慧根也攝彼同性故攝一界一入一陰少所入及方便及相應及共有攝三界二入五陰三界者意界法界意識界二入者意入法入五陰者色痛想行識陰問曰若爾者阿毗曇無漏慧根此經何故名阿毗曇答曰此阿毗曇具名阿毗曇如餘具以具爲名樂具樂爲名如所說偈

彼樂摶食　樂爲持衣　樂爲行止　依山窟間

垢具垢爲名如彼偈說

女垢梵行　女縛世間　苦行梵行　此洗無水

使具使爲名如契經所說(出雜阿含)比丘色所使愛色若比丘所使彼即是愛若愛愛已爲魔所縛欲具欲爲名如彼契經說(同上)五欲功德世間愛樂念鈎具鈎爲名如契經所說(同上)五欲功德是見魔魔鈎縛具縛爲名如契經所說(同上)比丘受色爲魔所縛不受者爲離魔行具行爲名如契經所說(同上)此六細滑入本行報報具報爲名如契經所說(出中阿含)諸賢彼一施報七生天上爲天王七生人爲人王如此中餘具餘爲名如是阿毗曇具名阿毗曇但阿毗曇性無漏慧根是如佛契經說此鬼長夜無諛諂無幻質直設問事者盡欲知故無觸嬈意此亦如法我寧可以甚深阿毗曇授之(出中阿含)問曰此中云何說甚深阿毗曇答曰即是無漏慧根如佛契經說梵魔婆羅門長夜無諛諂無幻質直設問者盡欲知故無觸

娆意此亦如法我寧可以甚深阿毗曇授之同上問曰此中云何說甚深阿毗曇答曰即是無漏慧根如佛契經說異學須跋無誂謟無幻質直設問事者盡欲知故無觸娆意此亦如法我寧可以甚深阿毗曇授之出雜阿含經問曰此中云何說甚深阿毗曇答曰即是無漏慧根如佛契經說阿難緣起甚深明亦甚深出中阿含問曰此中云何說甚深答曰此中說因及緣甚深如佛契經說此處甚深如此經緣起此亦極甚深所謂捨離一切生死愛盡無欲滅盡涅槃出雜阿含問曰此中云何說甚深答曰此中因及緣因及緣捨離說甚深如佛契經說一切法甚深故難見難見故甚深出雜阿含問曰此中云何說甚深答曰此中說一切法甚深如佛契經說何故汝愚人盲無目論甚深阿毗曇出中阿含問曰此中云何說甚深阿毗曇答曰意生也如佛契經說先尼我法甚深難見難覺非察行汝不審彼法何以故如汝長夜異見異忍異欲異樂出雜阿含問曰此中云何說甚深答曰此中說空三昧甚深何以故答曰空無我彼異學計有我不審知彼但阿毗曇性無漏慧根由彼故諸世間所修慧不淨安般念意止暖來頂忍世間第一法一切阿毗曇得名由彼故諸思慧用斷諸法自相及共相壞愚種及緣愚於法中不顛倒行此亦一切阿毗曇得名由彼故諸生所得報聞善慧彼於此十二部聞受持思惟稱量觀此一切阿毗曇得名雖有是但阿毗曇性無漏慧根問曰阿毗曇有何句義尊者婆須蜜說曰此究竟智此斷智此第一義智此無欺智

是謂阿毗曇重說曰此無非法在上是謂阿毗曇若有學自相共相彼盡其力不能勝以是故無非法在上是謂阿毗曇尊者曇摩多羅說曰諸尊染汙清淨縛解輪轉出要謂之法也從此故名身句身味身次第嚴治安處造作是謂阿毗曇尊者瞿沙說曰諸趣解脫當求智時未顯示顯示是謂阿毗曇所謂此苦因苦此道道果是求道果此無礙道解脫道是增益道是向是果是故說諸趣解脫當求智時未顯示顯示是謂阿毗曇曇無德說曰此法無比是謂阿毗曇問曰此有何無比答曰如所說偈

智爲世間妙　能趣有所至　能用等正智
生老病死盡

復次慧過一切法上如所說諸妹聖弟子以慧刀斷一切結縛使惱纏重斷打重打割剥出雜阿含以是故說此法無比是謂阿毗曇鞞婆闍婆提說曰此法明能照是謂阿毗曇如所說世間無有明與慧等同上復如所說諸所有明慧明說第一同上是故說此法明能照是謂阿毗曇舍提說曰未盡能盡未擇能擇是謂阿毗曇問曰何所盡答曰結縛使惱纏也問曰何所擇答曰界入陰緣起是故說未盡能盡未擇能擇是謂阿毗曇譬喻者說曰法次法是謂阿毗曇問曰云何法次法答曰佛契經說涅槃第一義法彼次更有何法謂聖八道也是故說法次法是謂阿毗曇尊者婆跋岑說曰增上事增上轉故是謂阿毗曇如所說最上長增上長最上慢增上慢此亦爾亭阿毗曇竟

三結三不善根三有漏四流四軛四受四縛五蓋五結五下結五上結五見六身愛七使九結九十八使此一切佛契經除五結九十八使除五結已當立五上結何以故答曰彼是佛契經除九十八使已無所立問曰何以故爾答曰尊者曇無多羅盡以阿毗曇於四阿含契經等觀於中非佛契經捨之此非佛契經是故應捨之或曰此五結於章不應捨何以故答曰此佛說契經增一阿含五法中於久時已來亡失彼作經者願智觀已立此阿毗曇章佛說無量部久時亡失說者增一阿含從一法至百法今從一法至十法於此一多有失不存如是至十復說尊者舍那婆阿羅漢是耆婆師彼般涅槃日即彼日亡失七十千生經阿毗曇中亡失十千經從是已來佛法不復行如是此無量部久時亡失如是佛契經說五結一增阿含於五法中久時亡失彼作經者願智觀已立此阿毗曇章問曰九十八使非佛契經何以故於此章不捨答曰此一切是契經義契經採契經說佛契經中說七使分別果分別種分別行攝已便有九十八使或曰俱非佛契經於章中俱不應捨問曰五結非佛契經於此章中何以不捨答曰彼作經者意欲爾如我別說一切偏結別說非一切偏別說一切偏非一切偏彼別說一切偏結如三結別說非一切偏如五結別說一切偏非一切偏如九結是故彼作經者意欲爾三結至九十八使問曰何以故作章答曰為立門故不可以無章而得立門不可以手莊虛空問曰何處可莊答曰莊可

莊處如是不可以無章而得立門或曰莫令無章空論也或曰以久住故如此陰品數善造善作章善立門百千中可一能得持亦有不者何況散解亂合聚誰能得持是謂以久住故或曰自無亂知見現故若有作經亂知見者彼經亦亂以此可知彼作經者無亂知見結作此經不亂善正是謂自無亂知見現故作章問曰何以故佛契經立作章答曰欲現佛契經無量義故此外部少義無義少義者誦羅摩那十二千章二句義羅摩泥將私陀去彼羅彌還將來無義者以一女故殺十八姟衆生如鐵城滿中草外部如是少義無義問曰佛契經云何答曰無量義無邊味如大海無量甚深極廣無邊佛契經亦如是無量義無邊味者如尊者舍利弗比如是百千那術數作百千經盡彼智住不可得佛契經二句義至底度彼岸是謂佛契經現無量義故或曰忍問答現契經故此外部問亦不忍答亦不忍猶如獼猴子亦不忍擣不忍重擣以杵擣便解散如是此外部問亦不忍答亦不忍問事已如被杵擣問曰佛契經云何答曰如成就波羅柰衣杵擣亦忍重擣亦忍擣重擣益有色柔軟佛契經亦如是問亦忍答亦忍如問如答戒色益好功德柔軟是故忍問答現佛契經故或曰佛契經開示妙故佛說契經此三事覆則妙開則不妙云何三無明者婆羅門語女三事開則妙覆則不妙云何三明日月佛語（出雜阿含）是謂佛契經開示妙故佛契經作章問曰何以故先作章後立門答曰治地法故如人欲種樹先治其地然後

種樹彼作經者亦如是治地法先作章種樹法後立門或曰基法故如人作舍彼先作基然後立舍彼作經者亦如是基法故先作章立舍法後立門或曰木模法故如像師像弟子前治模然後立枝節彼作經者亦如是木模治法前作章枝節法後立門或曰畫法故如畫師畫弟子先模然後傳彩彼作經者亦如是模法者先作章傳彩法後立門或曰線法故如彼巧鬘師鬘弟子前繩線已然後結種種華鬘彼作經者亦如是線法前作章鬘法後立門或曰現尊法佛世尊亦後爾說分別法世尊前說比丘人有六界聚六更四處（一真諦處二施處三慧處四息處也）十八意行然後分別是爲比丘六界六更四處十八意行彼作經者亦如是說法者前作章分別法者後立門是謂現尊法故或曰現修行法故如彼修行前以四大造色作章已然後彼色微細破散彼作經者亦如是四大造色法前作章破散色法然後立門是謂現修法故或曰現論法故此論之法前問後答是故現論法故是謂彼作經者先作章後立門問曰何以彼作經先立三結後立至九十八使答曰前已說阿毗曇說相當求阿毗曇相不應索次第契經當求次第何以故此品次第說此品律說本末當求本末此義由何生但阿毗曇說相當求阿毗曇相不應求次第復次可說所以彼作經先立三結後立至九十八使但阿毗曇多破散亂合聚誰能盡說次第但阿毗曇說相當求相不應求次第前後無在尊者婆奢說曰一切疑法不違若先立三不善根後立至九

十八使彼亦當有此疑是故一切疑法不違前後無在或曰彼作經者意欲爾如我先立三結後立至九十八使以是故爾或曰增益法故前現三後四五六七九九十八使是故增益法故或曰次第立四沙門果故三結永盡立須陀洹果是故彼前立三不善根餘盡立斯陀含果永盡立阿那含果是故此次立彼三有漏永盡立阿羅漢果是故彼後諸流軛受乃至九十八使此一切廣說有漏漏有差降有漏增此三有漏謂是流軛受至九十八使是故次第立四沙門果故或曰次第立結樹故此是結樹前現三後四五六七九九十八使是故彼作經者先立三結後立至九十八使廣說章處盡

三結處第一

三結身見戒盜疑問曰三結有何性答曰身見者三界有一種此三種戒盜者三界有二種此六種疑者三界有四種此十二種此二十一種是三結性此三結性已種相身所有自然說性已當說行何以說結結義云何答曰縛義是結義苦繫義是結義結雜毒義是結義縛義是結義者縛是結結是縛云何知答曰有契經彼契經尊者舍利弗問尊者摩訶拘絺羅云何賢者拘絺羅眼繫色耶色繫眼耶答曰尊者舍利弗不眼繫色不色繫眼至意法不意繫法不法繫意但此中若婬若欲是彼繫也尊者舍利弗譬如二牛一黑一白一軛一鞅縛繫尊者舍利弗若有作是說黑牛繫白牛白牛繫黑牛尊者舍利弗彼為等說不答曰不也賢者拘絺羅何以故答曰

賢者拘絺羅非黑牛繫白牛非白牛繫黑牛但以軛鞅繫是彼繫如是尊者舍利弗不眼繫色不色繫眼至意法不意繫法不法繫意但此中若婬若欲是彼繫（出雜阿含）是謂縛義是結義若繫義是結義者欲界結欲界衆生欲界中苦繫色界結色界衆生色界中苦繫無色界結無色界衆生無色界中苦繫諸欲界結彼是繫相繫苦中非是樂諸色無色界結彼是繫相繫苦中非是樂是謂苦繫義是結義結雜毒義是結義者極妙生處世俗正受如解脫除入一切入彼聖所除結雜毒故如極妙食雜毒慧者能除以雜毒故如是極妙生處世俗正受彼聖能除結雜毒故是謂繫義是縛義苦繫義是結義結雜毒義是結義如佛契經說三結盡須陀洹問曰如阿毗曇所說八十八見所斷盡須陀洹如華池喻契經所說無量苦盡須陀洹（出雜阿含）何以故說三結盡須陀洹答曰是世尊餘言略言欲令行言世尊爲教化故或曰爲人故爲眷屬故爲器故爲教化故彼受化者能辯說爾所事或曰佛世尊所說盡爲教化故如醫療治盡爲病人故彼醫爲病者審知病根而說隨病投藥不說減少恐病不差亦不說增恐損其功處中而說欲令病差如佛世尊所說盡爲教化故彼世尊爲受化者知身知使巳爲投道藥亦不減說恐結病不盡亦不說增恐損其功處中而說或曰誘進教化故事易行故手扶佐故此中應說跛者子喻有說者有比丘名跋耆子於世尊境作沙門世尊爲漸漸設出二百五十戒彼聞巳猒至世尊所說世尊

設出二百五十戒半月次來令族姓子學唯世尊我不能行爾所戒世尊善不麤言勸善哉善哉跋耆子汝跋耆子能行三戒增上戒增上意增上慧不彼聞已便踊躍作是念我能善行此三戒彼說曰唯世尊我當學善逝我當然熾行彼學三戒時漸漸學一切戒海若世尊如是爲教化說八十八見斷盡須陀洹無量苦盡須陀洹彼聞已猒誰能破此八十八苦山誰能拔此八十八苦樹根誰能度此八十八苦河誰能竭此八十八苦海如佛契經說三結盡須陀洹彼受化者聞已便欲我能善斷此三結彼斷三結時漸漸一切見斷結盡是謂誘進教化故事易行故手扶佐故此中說跋耆子喻（出律）或曰盛患重過多苦問曰身見有何盛患答曰身見六十二見根見是結根結是行根行是報根一切世間依報依報已生死中趣善法趣不善法趣無記法問曰戒盜有何成患答曰戒盜中生諸苦行問曰疑有何成患答曰爲過去故疑猶豫爲當來故疑猶豫爲現在故疑猶豫於內中疑猶豫此云何何謂此此衆生從何所來當何所至何因何有是謂成患重過多苦或曰功德怨家故問曰云何功德答曰須陀洹果彼何近不親怨家答曰三結是或曰謂須陀洹果證時而爲作礙不令入門住如守門人或曰謂三解脫門相違彼身見空定相違戒盜無願相違疑無相相違是謂三解脫門相違故以是故爾或曰謂盡無餘乃至阿羅漢亦有相似身見得苦未知智永盡彼已盡已知乃至阿羅漢亦有相似如彼阿羅漢作是

念是我衣鉢是我弟子沙彌是我舍是我園似如有我戒盜得道未知智永盡彼已盡已知乃至阿羅漢亦有相似如彼阿羅漢行乞食糞掃衣露生受沙門十三淨行似如淨行疑得道未知永盡彼已盡已知乃至阿羅漢亦有相似彼阿羅漢見二道而疑此是道非道耶見二衣而疑是我衣耶非我衣耶遠見已而疑是男耶是女耶莫作是念阿羅漢不盡此理定須陀洹已盡況阿羅漢以是故說三結盡須陀洹或曰此現門現略現度若有見斷結者或一種二種四種彼身見已說當知已說一種戒盜已說當知已說二種雖無餘二結可得二種當知即彼戒盜二種及彼相應法疑已說當知已說四種或曰若有見斷結者或已界一切徧或非已界一切徧身見已說當知已說已界一切徧戒盜疑已說當知非已界一切徧問曰何以故說一已界一切徧二非已界一切徧答曰若彼有非已界一切徧結或有漏緣或無漏緣彼身見戒盜已說當知已說有漏緣疑已說當知已說無漏緣如已界一切徧非已界一切徧如是已地一切徧非已地一切徧已界緣非已界緣已地緣非已地緣盡當知若有見斷結者或有漏緣或無漏緣彼身見戒盜已說當知已說有漏緣疑已說當知已說無漏緣問曰何以故二有漏緣一無漏緣答曰若有有漏緣結者或已界一切徧非已界一切徧彼身見已說當知已說已界一切徧戒盜疑已說當知已說非已界一切徧如有漏緣無漏緣如是諍不諍世間出世間住不住依欲不依

欲盡當知若有見斷結者或有爲緣或無爲緣彼身見戒盗已說當知已說有爲緣疑已說當知已說無爲緣如有爲緣無爲緣如是有常緣無常緣有恒緣無恒緣有住緣不住緣盡當知或曰若有見斷結者或見性非見性彼身見戒盗已說當知已說見性疑已說當知已說非見性如見性非見如是觀不觀行非行堅持不堅持求不求轉不轉盡當知是故說現門現略現度以是故說三結盡須陀洹問曰始得道是須陀洹耶爲始得果是須陀洹耶若始得道是須陀洹者應第八是須陀洹第八者堅信堅法彼始得道堅信道堅法道若始得果是須陀洹者彼應倍欲盡欲愛盡是須陀洹彼始得果斯陀含果阿那含果作此論已說曰始得道是須陀洹問曰若爾者應第八是須陀洹彼始得道堅信道信堅法道答曰始得道是須陀洹始道入道彼堅信堅法雖始得道是始入苦或曰始得道是須陀洹若見斷結永盡已知忍相違已盡已知邪見永斷或曰始得道是須陀洹有想人故可說人故施說人法故或曰始得道是須陀洹思惟道故果攝道故道未知智故或曰始得道是須陀洹若處得三事未曾得道捨曾道結盡得一味或曰始得道是須陀洹若處得五事未曾得道捨曾道結盡得一味得八智一時修十六行或曰始得道是須陀洹可有生更有說者始得果是須陀洹問曰若爾者倍欲盡欲愛盡應是須陀洹彼始得果斯陀含果阿那含果答曰始得果是須陀洹最初解脱故最初度故最初住果故或

曰始得果是須陀洹次第故具縛故不越次故或曰始得果是須陀洹四向四住果故或曰始得果是須陀洹四雙八輩故或曰始得果是須陀洹餘未得增行故餘未得增行者世間道未有所盡而得果或曰始得果是須陀洹無差降故無差降者亦如上世間道未有所盡而得果或曰始得果是須陀洹若果道不壞地亦不壞道不壞者一向無漏道得果地不壞者依未來得非餘阿羅漢果者雖道不壞一向無漏道得果然彼地壞依九無漏地得斯陀含果者雖地不壞依未來得非餘然彼道壞世間無漏道得果阿那含果者道亦壞地亦壞道壞者世間無漏道得果地壞者依六地得此須陀洹果道亦不壞地亦不壞以是故始得果是須陀洹更有說者亦不始得道定須陀洹亦不始得果是須陀洹問曰若爾者爲云何答曰由彼須陀洹果故是須陀洹法故名爲人如藥湯由藥故名爲藥湯由酥故名爲酥瓶由蜜故名爲蜜瓶如是彼由須陀洹果故是須陀洹由法故名爲人如藥湯也須陀洹者入聖道名爲水是彼入以是故名須陀洹問曰如斯陀含阿那含阿羅漢入聖道水彼何以故不名爲須陀洹答曰始起受名始方便度以是故名須陀洹非斯陀含阿那含阿羅漢不墮惡法者終不墮三惡趣問曰如斯陀含阿那含阿羅漢亦不墮惡法何以故但說須陀洹不墮惡法而非餘答曰各各有差降故此須陀洹不墮惡法是差降斯陀含一往來是差降阿那含不還欲界是差降阿羅漢更不還有是差降是

謂各各差降故一須陀洹名不墮惡法非斯陀舍阿那舍阿羅漢問曰如凡夫人亦不墮惡法何以故說聖人不墮惡法答曰彼非定或墮惡法或不墮惡法此聖人一向不墮惡法無有一聖人墮惡法如彼非定以是故聖人不墮惡法非凡夫人定者聚正定住故名爲定當言須陀洹定般涅槃變易故趣正覺者盡智無生智謂之覺彼人依此有向有趣有樂有欲是故說趣正覺極七還有者問曰如此極十四還有極二十八還有若取本有數者天上本有七人間七此十四若取本有中陰數天上本有七中陰七人間本有七中陰七是二十八何以故說極七還有是須陀洹答曰法應七故不過七一一趣故世尊諸極七還有是須陀洹若天上本有七中陰七人間本有七中陰七彼一切皆不過七以是故世尊說極七還有是須陀洹如餘契經說四聖諦三轉十二行此不應三轉十二行應十二轉有四十八行但三轉十二法故不過三轉十二行觀一一諦故世尊說四聖諦三轉十二行如餘契經說比丘七處若觀三種義速於此法中得漏盡此不應七處若應有三十五處善亦有無量處善但七法故不過七觀一一陰故世尊說比丘七處善觀三種速於此法中得漏盡如餘契經說比丘我當爲說法謂有二眼及色耳聲鼻香舌味身細滑意法此不應一二應有六二但二法故不過二觀一一入故眼及色故乃至意及法故世尊說比丘我當爲說法謂有二也如是若天上本有七中陰七人間本有七中陰七一

切不過七一一趣故天趣故人趣故中陰故七本有七是故一一趣故世尊說極七還有是須陀洹問曰何以故須陀洹極七還有亦不增減婆奢說曰一切有疑法不違若增若減者彼亦當有此疑是故說一切疑法不違或曰是彼齋報因故如彼齋報因齋報果應爾是故說是彼齋報因故或曰行力故須陀洹生七有聖道力故不至八如人爲七步蛇所螫彼以四大力故能行七步毒力故不至八如是須陀洹行故生七有聖道力故不至八如人前食故命至七日食勢盡不至八如是須陀洹本行故生七有行盡不至八或曰彼住增上忍時除欲界七生色無色界一一處除一一生餘一切生得非數緣盡若生得非數緣盡此生至竟不現在前或曰七生處故七生處者欲界六天及人此中須陀洹應生是故七生處故或曰彼八生空無聖道故若須陀洹至八有者彼見諦已爲非見諦得果已爲非得果等行已爲非等行得聖人已爲是凡人無說有咎以是故須陀洹不至八有或曰世間中現事故世間中現事者至七世名爲親若至八非親如是若須陀洹至八於恒沙佛法中遠離他不親無說有咎以是故須陀洹不至八若須陀洹極滿天上七生人間七彼中說是但須陀洹有差降七生天上人間六天上六人間五天上五人間四天上四人間三天上三人間二天上二人間一但須陀洹極滿天上七人間七彼中說是若極七生有是須陀洹問曰彼七何處滿或有說者若身得須陀洹果彼身於七中或有說

數或有不說數謂有說數者若天上得果人間般涅槃人間得果天上般涅槃謂有不說數者若天上得果天上般涅槃人間得果人間般涅槃如是說者若身中得須陀洹果彼身於七中不數何以故答曰若彼身中得須陀洹果者彼身中陰凡夫時若此身於七中數者應有二十七不應二十八若爾者與施設所說相違彼所說彼二十八有往生後有後依後得身得無漏道用盡餘結無說有咎是彼身於七中不數問曰極七生有須陀洹於六生中聖道現在前耶不現在前耶若現在前者何以不般涅槃若不現在前者彼意應無聖道作此論已有一說者現在前問曰何以不般涅槃答曰彼行樂世間行力故不般涅槃問曰極七生有須陀洹極滿七佛未

出世彼爲白衣般涅槃爲云何答曰不然彼定出家般涅槃彼如是若五百若千辟支佛住仙人窟中本盡爲聲聞是故說極七生有七生天上人間者從天至人從人至天如人從園至園從節會至節會彼亦如是從天至人從人至天是故說七天人往生者往謂中陰生謂本有是故說往生信苦邊者問曰苦邊者當言中當言外若言苦中應無苦邊若苦外者世間現事云何通如金籌初亦金中亦金後亦金如是須陀洹初亦苦中亦苦後亦苦云何有苦邊作此論已有一說者阿羅漢最後陰是苦邊或有說者滅盡涅槃是苦邊問曰若阿羅漢最後陰是苦邊者云何有苦邊答曰如是有苦邊謂更不受苦更不結著苦更不與苦作緣問曰若滅盡涅槃是苦

邊者譬喻云何通答曰此不必通此亦非契經非律非阿毗曇不可以世間喻壞賢聖語世間事異賢聖事異作苦邊者苦謂之五盛陰彼是邊最邊後邊是故說作苦邊廣說三結處盡

鞞婆沙論卷第一

音釋

鞞婆沙 梵語也此云廣解鞞駙迷切
揵度 梵語也此云法聚揵渠焉切
摶食 摶度官切捉聚也
諛諂 諛羊朱切面從也諂丑琰切佞言也
嬈 而沼切擾也
剝 北角切削也
婆跋苓 跋蒲撥切苓渠金切
姟 古哀切十京曰姟
杵擣 杵昌與切舂杵也擣都皓切築也
模 莫胡切規模也
鬘 莫還切
鞅 於兩切牛羈也
療 力嶠切治病也
瘥 楚懈切病除也
螫 施隻切蟲毒也

鞞婆沙論卷第二

迦旃延子造

苻秦罽賓三藏僧伽跋澄譯

三不善根處第二

三不善根者貪不善根恚不善根癡不善根三不善根有何性答曰貪不善根者欲界愛五種六識身恚不善根者恚有五種六識身癡不善根者欲界無明盡有四種見習見盡見道思惟所斷見苦斷癡種少所入問曰何以故答曰謂此有十種五見相應疑愛恚慢相應不共有十於中八種立不善根二種不立欲界身見邊見相應也問曰因者說是根彼欲界身見邊見相應無明一切不善法因彼何以故不立不善根答曰謂性不善亦一切不善法因彼立不善根此欲界身見邊見相應無明雖一切不善法因非性不善若爾者爲云何答曰無記是是故說欲界無明盡四種見盡見道思惟所斷一種少所入見苦斷也六識身相應此十五種三不善根性此是三不善根性已種相身所有自然說性已當說行何以故說不善根不善根義云何尊者婆須蜜說曰生義養義增義不善根義重說曰長義受義滿義不善根義重說曰因不善義是不善根義重說曰轉不善義是不善根義重說曰順不善義是不善根義重說曰受不善義是不善根義尊者曇摩多羅說曰諸尊處所中種不善法轉順受是故說不善根義問曰若因不善義是不善根義者前生不善五陰後生不善五陰亦是因前生十惡行後生十惡行亦是因前生四十四不善使

後生四十四不善使亦是因意故時故無量不善何以故說三不善根答曰佛世尊法真諦餘真不能過上者彼盡知法相定知定行有不善根相者立不善根無不善根相不立不善根尊者瞿沙說曰世尊覺此隨彼力隨重重彼隨彼近此三不善根一切不善法因非餘不善法或曰謂一切不善法首在前主將法故此力故一切不善法轉或曰謂一切不善法因根道本所作緣等有習等起於中因種子法故根堅法故或曰謂一切不善法來持等持生養增是故說不善根或曰謂功德怨家問曰此中何功德答曰三善根是問曰此何近不親怨家答曰三不善根是或曰如守門人不令入門住守門法故或曰謂三善根相違於中貪不貪相違恚不恚相違癡

不癡相違或曰謂說行本如所說(出中阿含)迦藍此三行本習迦藍貪行本習迦藍恚癡行本習或曰謂各各相生各各相轉如所說從愛生愛從愛生恚從恚生恚從恚生愛於中無明或曰說相違相違不相違相違故衆生多起鬪諍縛謂天阿須倫往共鬪婆羅他(兄也)摩阿婆羅他(弟也)羅摩(兄也)羅叉那(弟也)爲私陀故(妻也)罽那(兄也)阿訓那(弟也)爲彼一女故殺十八姟人何以故答曰不相違相違故不相違者愛相違者恚問曰何以故不說癡答曰於中已說若彼智者天境界故不作此惡何況人間惡欲故人爲國故爲宮故爾所惡何況園田作爾所惡何況長者爲糞掃故於春時多起鬪諍縛是故說謂不相違相違以此故爾或曰謂三痛所使如所說樂痛中貪使所使苦痛

中恚使所使不苦不樂痛中癡使所使問曰如此中一切所使答曰多故樂痛中多貪所使苦痛中多恚所使不苦不樂痛中多癡所使貪因樂痛中起已即彼樂痛中受根已增不善五陰增不善五陰已多起惡行多起惡行已生死中多受苦恚因苦痛起彼於苦痛中受根已增不善五陰增不善五陰已多起惡行多起惡行已於生死中多受苦癡因不苦不樂痛起彼於不苦不樂受根已增不善五陰增不善五陰已多起惡行多起惡行已於生死中多受苦是故說謂此三痛所使以此故爾或曰謂五種六識身使性能起身行口行斷善根時多方便五種者見苦斷至思惟斷六識身者眼識相應乃至意識相應使性者貪者欲使恚者不可使癡者無明使能起身行口行者爲貪故作身行口行爲恚癡故作身行口行斷善根時多方便者如施設中所說若斷善根彼云何斷以何行答曰有一人性欲重恚重癡重彼欲重恚重癡重故難語難教難解難脫是故說謂五種六識身使性能起身行口行斷善根時多方便彼立行不善根問曰如邪見能斷善根彼何以故不立不善根中答曰方便堪任增上力一切善惡多用方便力非堪任作有說者如菩薩見世間生老病死苦盲無將導始發無上正真道意於中初意最勝不退轉不移動於此上三阿僧祇作行不後得盡智無生智當來修三界善根或曰彼邪見若斷善根彼一切是不善根力若彼不善根令善根薄穿滅劣然後彼邪見斷善根或曰謂彼斷善根時轉

不轉貪者轉恚者不轉癡者轉不轉彼邪見能不轉非轉以是故爾或曰此前已說謂五種彼邪見非五種是四種非六識身是意識雖有使性不能起身行口行何以故答曰無有見斷結能起身行口行斷善根時不多方便彼邪見最後時用謂彼邪見離此聚以是故不立不善根中謂此五陰離不善根中彼亦離此聚色陰非五種非六識身非使性不能起身行口行斷善根時不多方便痛陰想陰識陰彼相應行陰謂彼離結是五種六識身非使性不能起身行口行斷善根時不多方便不相應行陰五種非六識身非使性不能起身行口行斷善根時不多方便結中五見及疑非五種非六識身雖有使性不能起身行口行斷善根時不多方便慢五種非六識身雖使性不能起身行口行斷善根時不多方便餘說十纏瞋纏不語纏睡纏眠纏調纏悔纏無慙纏無愧纏慳纏嫉纏於中瞋不語非五種非六識身非使性不能起身行口行斷善根時不多方便眠五種非六識身非使性不能起身行口行斷善根時不多方便睡調此二五種六識身非使性不能起身行口行斷善根時不多方便無慙無愧此二五種六識身非使性能起身行口行斷善根時多方便慳嫉此二非五種非六識身非使性不能起身行口行斷善根時不多方便憒依誑諂高害此一切說是結垢依結非根本結謂五種六識身使性能起身行口行斷善根時多方便彼立不善根若離此聚中彼不立不善根或曰謂此三不善根能起十惡行起

十惡行巳生十惡道問曰云何此三不善根能起十惡行起十惡行巳生十惡道答曰佛說契經殺有三種貪故恚故癡故至邪見三種貪故恚故癡故阿毗曇亦說謂此三不善根一切不善法因根導本作緣有習起如是三不善根能起十惡行問曰云何起十惡行巳生十惡道答曰佛說契經習殺生修多修生地獄畜生餓鬼中若來生人中短壽阿毗曇亦說習增上殺修多修生大阿鼻泥犂中於中减於中軟生熱地獄大熱地獄叫喚大叫喚相黑繩等活地獄生畜生餓鬼中如是起十惡行巳生十惡道中是故說三不善根或曰謂彼亦說增亦說薄如所說云何增欲增恚增癡答曰因軟欲故便有中因中便有增因軟恚故便有中因中便有增因軟癡故便有中因中便有增如是增欲增恚增癡問曰云何欲軟恚軟癡軟答曰增上欲薄便有中中薄便有軟增上恚薄便有中中薄便有軟增上癡薄便有中中薄便有軟如是欲薄恚薄癡薄是故說謂彼亦說增亦說薄以故爾或曰謂彼退時多因多緣如所說若比丘比丘尼自觀增欲恚癡比丘比丘尼當知我於善法中退世尊說此是退是故說謂彼退時多因多緣以故爾或曰謂說結障礙如所說云何結障礙答曰若衆生性欲重恚重癡重彼性欲恚癡重故難教難語難解難脫是故說結障礙以故爾或曰此現門略度若有爾所不善根或欲分恚分癡分如彼契經說婆羅門若有二十一結染著意彼必生惡道趣泥犂中說者尊者曇摩多羅說此契經中

一切結立三分爾所欲恚癡分若說欲當知已說欲分若說恚癡當知已說恚癡分如欲恚癡分如是親分不親分親不親分益分不益分益不益分樂分不樂分樂不樂分盡當如是故說現門略度或曰謂說内垢如所說欲是内垢恚癡是内垢如内垢者如是內不親怨敵盡當知或曰謂說塵如所說欲是塵恚癡是塵如塵如是垢穢障大刺毒刀盡當知以是故立三不善根問曰此經云何行答曰若意中行欲此中無恚若恚無欲此二要有癡問曰何以故若意中行欲此中無恚若恚無欲答曰性相違故貪性喜恚性憂貪身長養受恚身不長養受貪身軟安隱緣中不礙軟安隱者若貪現在前一切身軟緣中不礙者若意中染著受長夜觀不猒恚身不軟不安隱緣中礙不軟不安隱者若恚現在前一切身不軟緣中礙者若意中恚現在前眼不喜有所視是謂性相違故若意中行欲此中無恚若恚無欲此二要有癡此三不善根說五種六識身問曰何以故三不善根說五種六識身答曰若此有見斷非思惟者彼思惟斷不善心應非根若思惟非見斷者彼見斷不善心應非根若有五識身非意識者謂彼意識不善心應非根若有意識非五識者謂彼五識不善心應非根一切不善心中此三不善根是根或二或一貪相應不善意有二根貪及彼相應無明恚相應不善意有二根恚及彼相應無明離此已諸不善意彼盡是一根無明是此說多有根身見法根世尊法根欲法根不放逸法根性根說一切法問

曰何以故說身見法根答曰計我故計我已生六十二見以故爾問曰何以故說世尊法根答曰說故誰說染著清淨縛解輪轉出要佛也以故爾問曰何以故說欲法根答曰欲得善法欲得者彼得善法不欲得者彼不得善法以故爾問曰何以故說不放逸法根答曰堅持善法故不放逸者彼能堅持善法放逸者彼堅持善法已便失況能更堅持問曰何以故說性根一切法答曰不捨自已種故問曰如汝說無為中亦應有根彼亦不捨已種答曰若無為中有根者無在彼亦不捨已種以故無在更有欲治此咎故說性根者與因故問曰云何與因答曰前生後生因問曰如汝說苦法忍應無根何以故彼他不與自然因答曰彼苦法忍雖他不與自然因而彼與他彼涅槃他不與因亦不與他因彼云何性根與因故此不論如是說性根者不捨已種故以是故說性根一切諸法廣說三不善處盡

三有漏處第三

三有漏者欲有漏有有漏癡有漏問曰漏有何性答曰欲有漏性四十一種愛五恚五慢五疑四見十二十纏此四十一種欲有漏性問曰身惡行口惡行煩惱性耶非煩惱性耶若煩惱性者此欲有漏中何故不說若非煩惱性者施設所說云何通彼中說身惡行口惡行非結非縛非使是煩惱非纏當棄捨滅因生苦故作此論已說曰如煩惱性問曰若爾者此欲有漏中何故不說答曰應說此身惡行口惡行並欲有漏中應作四十三種欲

有漏性若不說者是略言更有說者如非煩惱性問曰以是故欲有漏中不說彼施設云何通答曰此施設所說應爾身惡行口惡行非結非縛非使非煩惱非纏當棄捨滅因生苦故應爾問曰若不爾者何意答曰彼雖非煩惱性爲煩惱所煩惱是故說煩惱問曰彼非結性爲結所繫何故不說結非縛性爲縛所縛何故不說縛非使性爲使所使何故不說使非纏性爲纏所纏何故不說纏答曰應說若未說者是略言或曰現二門二略二度二炬二明二光二數如彼非煩惱性爲煩惱所煩惱是故說煩惱如是彼非結性爲結所繫亦應說結非縛性爲縛所縛亦應說縛非使性爲使所使亦應說使非纏性爲纏所纏亦應說纏若彼非結性爲結所繫而不說結非縛性爲縛所縛而不說縛非使性爲使所使而不說使非纏性爲纏所纏而不說纏如是彼非煩惱性爲煩惱所煩惱亦不應說煩惱是故說現二門至二數有有漏性五十二種（應加睡調五十四也）愛十色界五無色界五慢十色界五無色界五疑八色界四無色界四見二十四色界十二無色界十二此五十二種有有漏性無明有漏性十五種欲界五色界五無色界五此十五種無明有漏性此百八種三有漏性彼亦名百八種煩惱是謂三有漏性已種相身所有自然說性已當說行何以故說有漏有漏有何義答曰留住義是有漏義漬義是有漏義漏義是有漏義增上主義是有漏義持義是有漏義醉義是有漏義留住義是有漏義者衆生以何留住欲界衆生

以何留住色無色界有漏也漬義是有漏義者如漬種子而生萌芽如是衆生爲結所漬生有萌芽漏義是有漏義者如漏剋水漏如乳房出乳如是衆生六入門中當結漏增上主義是有漏義者如人爲人增上主不得令衆生東西南北自在如是衆生結爲增上主不得越界趣輪轉生死持義是有漏義者如人爲非人所持不應說而說不應語而語不應取而取不應盜而盜如是衆生爲結所持不應說而說至不應盜而盜醉義是有漏義者如人飲根酒莖酒葉酒花酒果酒醉失慙愧不知事非事如是此衆生結酒所醉失慙愧不知事不事是故說留住義漬義漏義增上主義持義醉義是有漏義問曰若留住義是有漏義者行亦留住衆生在生死中如所說二因二緣生死行及結行結是生死種子不斷不破不除不没復次若七歲八歲得阿羅漢果於彼上至百歲住生死中受無量苦頭痛身熱乃至四百四病彼一切結盡但因行故住生死中如因行故衆生住生死中者何以故立結有漏中而不立行答曰此結是行本不可以不斷結而斷行或曰彼因結故而起行無結受報如人以泥團摶壁乾亦不墮因本故如是彼因結故而起行無結受報或曰結盡般涅槃非行盡阿羅漢行住如須彌而阿羅漢盡滅陰入無餘涅槃界或曰彼行不定或住生死或斷生死此結一向定住生死中以是故立結有漏中非行彼婆須蜜施設所說云何欲有漏答曰除欲界無明諸餘欲界結縛使煩惱纏也云何有有漏答曰

除色無色界無明諸餘色無色界結縛使煩惱纏也云何無明漏答曰三界無智也此説好三界無智若説三界不智而不取三界無智若説三界無智此説好問曰何以故欲界結除無明立欲有漏色無色界結除無明立有有漏何以故一切三界無明別立無明有漏答曰若留住欲界彼一切依欲故欲得欲故求欲故樂欲故欲愛欲故以是故欲界結除無明立欲有漏若留住色無色界彼一切依有故欲得有故求有故樂有故欲愛有故以是故色無色界結除無明立有有漏謂彼住欲界住色無色界者彼一切由無明故以是故一切三界無明別立無明有漏或曰欲界結及欲愛我及二及毒以是故欲界結除無明立欲有漏色無色界結無欲受我非二非毒以是故色無色界結除無明立有有漏謂彼欲界愛我色無色界愛我彼一切由無明故以是故一切三界無明別立無明有漏作譬喻者説二根本結無明及有愛何以故答曰謂彼二根本結無明者本緣起根有愛者當來有問曰若爾者彼三有漏云何答曰彼説者愛或不善或無記或有報或無報或受二果或受一果或無慙無愧相應或無慙無愧不相應彼若有不善有報受二果無慙無愧相應者彼是欲界愛因彼故諸餘欲界結除無明得欲有漏名謂無記無報一果無慙無愧不相應此謂説色無色界愛因彼故色無色界結除無明有有漏得名問曰於此論中更有論生何以故欲界愛故欲界結除無明欲有漏得名何以故色無色界愛故色

無色界結除無明有有漏得名答曰謂愛故界斷地斷種斷謂愛故愛一切感結以是故欲界愛故欲界結除無明欲有漏得名以是故色無色界愛故色無色界結除無明有有漏得名問曰何以故一切三界無明別立無明漏答曰謂無明前無智後無智中無智內無智外無智內外無智行無智報無智行報無智覺無智法無智僧無智苦無智習盡道無智於六更樂入如眞無智無見癡冥故以故爾或曰謂種重行重種重者一切結重與一無明等行重者一切結共作行復別立不共無明使以故爾或曰謂彼說懶怠如所說此比丘懶怠者謂無明是有說水中有蟲名懶怠自盲教他亦盲如是此無明已自盲諸有行者亦盲以故爾或曰謂九種一義種緣

中癡九種者增上至軟軟一種緣中癡者彼有想無想軟軟一種也問曰此事能一切非已界徧使邪見有九種一種緣中謗言無見盜九種一種緣中受第一戒盜九種一種緣中受淨疑九種一種緣中猶豫如此事能一切非已界徧使彼何不共事獨說無明答曰不也問曰若爾者此云何答曰此欲界癡起九種一種亦起九種如一種起九種如是至第九種亦起九種如欲界起九九種如是至有想無想處起九九種一切非已界徧使無此事謂彼爾所種爾所度今衆生生死癡以故爾或曰謂彼住一時中五種因五種緣五種使所使以故爾或曰謂前普徧問曰前者云何答曰於四聖諦不欲故無明纏故苦是若不欲不忍習是習盡是盡道是道不欲不

忍如飢餓人初得惡食飽滿後得極妙食而不欲如是彼癡如惡食無明纏故後甘露四諦而不欲不欲故苦是苦不欲不忍習是習盡是盡道是道不欲不忍不欲故生猶豫有苦耶無苦耶有習盡道耶無習盡道耶是疑如是無明中轉生疑一切猶豫令定故若得正說便從正定有苦習盡道此是正見若得邪說便從邪定無苦習盡道此是邪見如是彼疑中轉生邪見若無苦習盡道而有我此是身見如是彼邪見中轉生身見若有我者便作是念是常耶是斷耶若見次第相似便作是念有常也此是計常見若見壞事便作是念斷也此是斷見如是彼身見中轉生俱邊見於中取一邊淨以此爲淨爲解脫出要此是戒盜如是彼邊見中轉生戒盜若此爲淨解脫出要是第一上最上妙最妙此是見盜如是彼戒盜中轉生見盜若彼巳見便愛此是愛使他見便恚此是不可使彼見故貢高此是慢使如是彼見中轉生使使中轉生纏纏者十纏瞋纏不語纏睡纏眠纏調纏悔纏無慙纏無愧纏慳纏嫉纏於中瞋纏嫉纏依不可使不語纏亦依愛亦依無明依愛者愛故覆藏依無明者無智故覆藏睡調慳者依愛眠無慙無愧悔依無明更有說結垢依結非根本結憤依諂誑高害於中憤害依不可使依誑高依見盜諂依五見如是無明中轉生一切結是故說前普者從阿鼻至第一有可得是故說普徧者非如前說住一時中五種因五種緣五種所使問曰若不爾者此云何答曰自界一切徧使中亦共一切徧使

非已界一切徧使中亦共一切徧使已地一切徧使中亦共一切徧使非已地一切徧使中亦共一切徧使已界緣使中共緣使非已界緣使中共緣使已地緣使中共緣使非已地緣使中共緣使有漏緣使中共有漏緣使無漏緣使中共無漏緣使有爲緣使中共有爲緣使無爲緣使中共無爲緣使共一切結去灑散入內雜謂彼爾所門爾所度令衆生生死中癡以是故一切三界無明別立無明有漏如佛契經說彼不正思惟未生欲有漏便生生已增廣問曰如此結如所起隨所滅住不過一時何以故說未生欲有漏便生生已增廣答曰此說軟中上故彼結軟生若不正思惟不依正事便生中中增上以故爾尊者婆須蜜說曰如佛說若不正思惟未生欲有漏便生生已增廣云何增廣答曰不應增廣但生復生故增廣也彼結一過生若不正思惟不依正事便生至百千是故說增廣重說曰軟中上故說增廣彼結軟生若不正思惟不依正事便有中中增上是故說增廣重說曰不增廣但生復生重生故說增廣彼結軟生若不正思惟不依正事便有中中有增上增上極增上是故說增廣重說曰不增廣但度境界故說增廣因一界生彼結生住已緣餘界捨彼已復緣餘界依眼生彼結若不正思惟不依正事彼復依耳鼻舌身意生緣色生若不正思惟不依正事彼復緣聲香味細滑法生是故說增廣尊者曇摩多羅說曰諸尊不應增廣但人於一有中多行纒故說增廣問曰彼何所說答曰彼尊者謂一切衆

生結等生惡趣等至生第一有亦等於中或多行結或不爾是故說諸尊人於一有中多行纒故說增廣或曰受依果報果故說增廣謂結未起時亦不受依果報果起已便受依果報果是故受依果報果故說增廣或曰與果受果故說增廣若結未起時亦不與果亦不受果生已便與果受果是故與果受果故說增廣或曰與緣故說增廣彼結未起時不與次第緣若起已便與次第緣是與緣故說增廣如佛契經說七有漏能多起憂悲惱問曰如三有漏何以故說七有漏答曰此中說有漏具名有漏如餘具餘爲名阿毗曇具以阿毗曇爲名樂具樂爲名如所說偈

樂爲摶食　樂爲持衣　樂爲行步　依山窟間

垢具垢爲名如所說偈

女垢梵行　女縛世間　苦行梵行　此洗無水

使具使爲名如所說比丘色所使色所愛比丘所使者即彼愛彼愛已爲魔所縛欲具欲爲名如所說五欲功德世間愛樂念退具退爲名如所說五因五緣等意解脫阿羅漢若退若忘云何爲五一者多誦二者業三者和合諍四者遠行五者長病行具行爲名如所說此六更樂入大所作本所思本行所報報具報爲名如所說諸賢我已一施報故七生天上爲天王七生人爲人王如是有漏具有漏爲名尊者婆奢說曰彼所說法竟更有受化者來彼能知此義異句異味以是故世尊此義說異句異味也尊者瞿沙說曰佛說此契經中二漏一者見斷二者思惟斷見斷者如已像思惟斷者治故彼思惟斷者二種一

者須臾治二者根本斷於五品中現須臾治最後品現根本斷如佛契經說彼如是知如是見欲有漏心解脫有有漏無明漏心解脫問曰如彼欲界除欲時欲有漏心解脫有想無想處除欲時有有漏心解脫何以故有想無想處中說欲有漏心解脫有有漏無明漏心解脫答曰本已解脫解脫爲名如已來來爲名如所說大王從何所來當爾時非是來彼已來也已取證證爲名如所說菩薩於正中取證時得等智如來得盡智無生智時於欲得無欲無恚無愚癡善根本已盡盡爲名如所說彼苦已盡樂已盡憂喜本已沒不苦不樂護念清淨於四禪成就遊也已正受正受爲名如所說云何念入慈正受答曰欲令衆生樂已痛痛爲名如所說彼覺樂痛時知樂痛如是本已解脫解脫爲名或曰二俱永滅故說二俱者欲有漏無明有漏有有漏無明有漏彼欲界除欲時雖有參差未永盡彼有想無想處除欲時永盡是二俱永滅故說或曰縛斷故說本際不可知如彼有有漏無明有漏於彼欲有漏斷已斷還復縛若有想無想處除欲已彼縛至竟斷是縛斷故說或曰緣斷故說本際不可知如彼有有漏無明有漏彼欲有漏斷已斷與三緣次第緣緣緣增上緣若有想無想處除欲已彼緣盡斷是緣斷故說或曰責治故說謂彼修行人有想無想處除欲已彼欲有漏有有漏無明有漏責數訶諫我脫欲有漏有有漏無明有漏謂將我生死中去欺調是責治故說問曰如所說彼如是知如是見欲有漏心解脫有有漏

無明有漏心解脱如一切心數法解脱何故獨說心解脱答曰妙說妙義故彼一切心心數品中何者最妙心也如所說王共眷屬行或曰謂說心主因彼故立心數法心者說大地因彼故立十大地或曰謂彼神通作證時無礙道緣心或曰謂說遠行如所說偈

遠行獨去　無身依身　難御能御　是世梵志

或曰謂說前去如所說偈

意法在前　意妙意疾　意爲念惡　若說若作　罪苦自隨　輪道轔殺

意法在前　意妙意疾　意爲念善　若說若作　福樂自隨　影逐其形

或曰謂彼說如王如所說偈

第六增上王　以染而染之　不染則無染　染者謂之愚

或曰謂說城主如所說比丘城主者識盛陰是或曰謂能起善不善戒如所說他婆提不善戒從何所起者我說有所起從心中起是他婆提善戒從何所起者我說有所起從心中起是或曰謂不等者生惡道等者生天上不等生惡道者如所說今是時鸚䳇童子是兜陀子若命終如伸臂頃入泥犂中何以故如彼於我起不善心衆生惡心故身壞命終生惡趣中等生天上者如所說今是時鸚䳇童子是兜陀子若命終如伸臂頃生天上何以故如彼於我起善心衆生善心故身壞命終生天上是故說謂不等生惡道等生天上以故爾或曰謂彼心若依若行若緣隨轉心數法亦爾若心依眼隨轉心數法亦爾若心依耳鼻舌身意隨轉心數法亦爾若心青行

隨轉心數法亦爾若心赤黃白行隨轉心數法亦爾若心色緣隨轉心數法亦爾若心聲香味細滑法緣隨轉心數法亦爾如魚隨所轉諸子亦爾如是心若依若行若緣隨所轉心數亦爾或曰謂未調御不調御身行口行所謂調御調御身行口行謂不調御心數法亦爾謂調御心數法亦爾謂不定不定身行口行謂定定身行口行謂不正不正身行口行謂正正身行口行謂不軟不軟身行口行謂軟軟身行口行謂不持不持身行口行謂持持身行口行如彼法澡鑵不覆口則漏覆則不漏如是心不持已心數法則漏色聲香味細滑法中心持已心數法則不漏色聲香味細滑法中是故說謂不持心數法亦不持謂持心數法亦持喻如法澡鑵廣說三有漏處盡

四流處第四

四流者欲流有流無明流見流問曰四流有何性答曰欲流性二十九種愛五恚五慢五疑四十纒是二十九種欲流性有流性二十八種愛十色界五無色界五慢十色界五無色界五疑疑八色界四無色界四是二十八種有流性無明流性十五種欲界無明五色界五無色界五是十五種無明流性見流性三十六種欲界見十二色界十二無色界十二是三十六種見流性此百八種四流性此是流性已種相身所有自然說性已當說行何以故說流流有何義答曰流下義是流義漂義是流義墮義是流義流下義是流義者流下諸界諸趣諸生流轉生死中是故說流

下義漂義是流義者漂諸界諸趣諸生漂轉生死中是故說漂義是流義墮義是流義者墮諸界諸趣諸生墮轉生死中是故說墮義是流義是故說流下義漂義墮義是流義

問曰若流下諸界諸趣諸生流轉生死中者不應立上分結此亦將至上墮生上上界縛

答曰不然問曰若不爾者此云何答曰諸界故立上分結謂彼將至上墮生上生上界縛解脫故正智故聖道故善法故立流雖生至第一有中故是下解脫故正智故聖道故善法故尊者婆跋羅䓁亦爾說久時生上流下故是故說流施軛故是故說軛問曰何以故流中別立見流而不立有漏中答曰譬喻者四有漏欲有漏有有漏無明有漏見有漏謂我此欲流彼欲有漏謂我此有流彼有有漏謂我此無明流彼無明有漏謂我此見流彼見有漏說曰彼譬喻者於此中不問不答問曰若三有漏者此云何答曰佛世尊法眞諦餘眞無能過彼知法相盡知行若有有漏相立有漏中或曰此見動搖除欲時隨順也住欲時不隨順住義是有漏義是故餘不動搖結住結爛結雜已立有漏中流下隨順是故流中別立見流或曰此見狂捷利行住時不隨順住義是有漏義是故餘不動搖結住結爛結雜已立有漏中流下隨順是故流中別立見流如二狂牛繫在一軛彼挽軛破已而走如繫一狂一不狂彼不狂者能制狂者如是見狂捷利行住時不隨順住義是有漏義是故餘不動搖結住結爛結雜已立有漏中流下隨順是故流中別立見流如四流四軛

亦爾問曰何以故一切經說流已後說四軛亦爾答曰所謂流則是軛軛則是流流下故說流施軛故說軛如此衆生流所流下軛者施軛彼當云何不受生死苦如彼牛在犂中施軛已以杖捶當云何不挽犂如是衆生流所流下軛者施軛彼當云何不受生死苦以是故一切經說流已後說軛亦爾廣說四流四軛處盡

四受處第五

四受者欲受戒受見受我受問曰四受有何性答曰欲受性三十四種愛五恚五慢五無明五疑四十纏是三十四欲受性戒受性六種欲界二色界二無色界二是六種戒受性見受性三十種欲界十色界十無色界十是三十種見受性我受性三十八種愛十色界五無色界五慢十色界五無色界五無明十色界五無色界五疑八色界四無色界四此百八種四受性此四受性已種相身所有自然說性已當說行何以故說受受有何義答曰二事故說受能然行捷疾行能燃行者燃五趣中行捷疾行者利故或曰三事故說受燒受斷是故說受問曰云何燒義答曰薪義是受義壞義是受義纏義是受義薪義是受義者如因薪火燃如是衆生因結薪行火燃是故薪義是受義壞義是受義者如利刺極入身中能壞身如此受利刺極入法身中能壞法身是故壞義是受義纏義是受義者如蚕蟲要以綿自纏而於中死如是此衆生要以結自纏而生惡趣中是故纏義是受義薪義壞義纏義是受義問曰何以故無明有漏

中別立無明漏流中無明流軛中無明軛然受中不別立無明受答曰佛世尊於法眞諦餘眞無能過彼盡知法相盡知行謂法能擔彼別立或曰前已說二事故說受行燃捷疾行彼無明雖燃五趣行但非捷疾行鈍故爛故不利行故不定故不斷故或曰此前已說三事故名爲受能燒受斷彼無明雖有燒受但不斷捷利者能斷彼鈍爛不利行不定不斷以是故受中不別立無明受問曰何以五見流中合立見流軛中合立見軛何以受中四見立見受一見立戒受答曰佛世尊於法眞諦餘眞無能過彼盡知法相盡知行謂法能擔別立或曰前已說三事故說受行燃捷疾行彼戒盜等燃五趣行等餘見或曰前已說三事故名爲受能燒受斷彼戒盜等燒受斷等餘見或曰違道故遠解脫故違道者欲種種苦行爲清淨遠解脫者如彼依此見而遠涅槃或曰二事欺誑故二事者此內法外法問曰云何此內法欺誑答曰等受持乞食糞掃衣露坐受持沙門十三淨行如人似淨行如彼尊者婆耶日日澡浴如似淨行如是此內法欺誑此外法云何欺誑謂欲種種苦行爲淨此尊者瞿沙亦爾說此世間現事如見火二事欺誑如小兒以是故受中四見立見受一見立戒受問曰何以故說我受爲行耶爲緣耶若行是我受者應身見是我受此是我行若緣是我受者而無我作此論已說曰亦非行亦非緣問曰若不爾此云何答曰處所故此欲界結欲處故轉行衆生處故具處故色無色界結非欲處故轉行非衆生處

故非具處故但我處故以故爾如佛契經說此四受者何本何習何生何緣答曰此四受無明本無明習無明生無明緣問曰如一切契經說愛緣受何以故此契經中說無明緣受答曰爲異學故彼異學亦出家捨家妻子無家無家無守不畜財寶彼亦無多惡但由無明故依諸見令彼生惡趣中如彼老象入汙泥中而陷沒如是彼異學由無明故依諸見令彼生惡趣中以是故佛契經說四受無明本無明習無明生無明緣廣說四受處盡

四縛受處第六

四縛者欲愛身縛瞋恚身縛戒盜身縛我見身縛問曰四縛有何性答曰欲受身縛欲界愛五種瞋恚身縛恚五種戒盜身縛三界六種我見身縛見盜三界十二種此二十八是四縛性此縛性已種相身所有自然說性已當說行何以故說縛縛有何義答曰束義是縛義連續義是縛義束義是縛義者如彼施設所說此無明未盡未知已彼彼身彼彼依彼彼得已身亦是因亦是緣束而束偏束連續相連續如巧鬘師鬘師弟子繩長線已結作種種鬘彼線於彼華亦是因亦是緣結而結偏結連續相連續如是此無明未盡未知已彼彼身彼彼依彼彼得已身亦是因亦是緣束而束偏束連續相連續是故說束義是縛義連續義是縛義相連續是縛義者如彼契經說當爾時香食（中陰也）二心中必有一或愛相應或恚相應是故說連續義是縛義問曰若此衆生生死中束而束偏束是縛義者一切結亦爾衆生生死中束而束偏束何以

故立四縛不立餘答曰是世尊餘言略言欲令行言世尊爲教化故或曰爲人故爲眷屬故爲器故爲教化故尊者瞿沙説曰世尊於法眞諦餘眞無能過彼盡知法相盡知行若有縛相立縛中無縛相不立縛中或曰謂極縛三界衆生欲愛身縛瞋恚身縛極縛欲界衆生戒盜身縛我見身縛極縛三界衆生或曰謂二事極縛白衣及學道者欲愛身縛恚身縛極縛白衣戒盜身縛我見身縛極縛學道者如白衣及學道如出家及不出家捨家妻子及不捨家妻子有家無家有畜財寶不畜財寶盡當知或曰謂能起二諍一者婬欲故諍二者見欲故諍如彼契經持澡鑵杖梵志至尊者迦旃延所而問迦旃延何因何縁王王共諍梵志梵志共諍居士居士共諍縣縣共諍國國共諍答曰此梵志因婬欲著故令此王王共諍梵志梵志共諍居士居士共諍縣縣共諍國國共諍重問曰迦旃延此沙門亦無家無所守不畜財寶迦栴延何因何縁沙門沙門共諍答曰見欲著故此梵志沙門沙門共諍謂彼能起二諍一者婬欲二者見欲以故爾如是二諍如是二邊二箭二轉二戲盡當知以是故立四縛不立餘廣說四縛處盡

鞞婆沙論卷第二

音釋

詶 市流切 憤 房吻切忿也 漬 資四切浸潤也 數 所矩切責也 轢 郎擊切車所踐也 澡鑵 澡子皓切洗滌也鑵古玩切貯水器也 捷 疾葉切 捶 之累切杖擊也

鞞婆沙論卷第三上

迦旃延子造

苻秦罽賓三藏僧伽跋澄譯

五蓋處第七

五蓋者欲愛瞋恚睡眠調悔疑問曰五蓋有何性答曰欲愛欲界五種六識身瞋恚五種六識身睡調二俱三界五種不善無記一切染汙心可得於中不善者立蓋中無記不立蓋中眠欲界五種善不善無記於中不善者立蓋中謂善無記不立蓋中悔欲界思惟斷善不善於中不善者立蓋中善者不立蓋中疑三界四種不善無記於中不善者立蓋中無記者不立蓋中此三十種是五蓋性此是性問曰彼有何相答曰謂彼性即是相相即是性一切法中不可離性說相尊者婆須蜜說曰於中欲得欲者便起欲愛令衆生相違故起瞋恚心沒故起睡已沒不動便眠不息相者是調心中生恨種種恨所作惡故生悔心中行未成意不定故便生疑已說性相當說行何以故說蓋蓋有何義答曰障義是蓋義壞義是蓋義破義是蓋義墮義是蓋義卧義是蓋義障義是蓋者而作障礙聖道及聖道方便善根如彼契經所說有樹大樹子小而樹大謂覆餘小樹覆餘樹已壞破墮卧此云何一千闍那二伽賓闍羅三伊說多四閑鉢羅五必樓叉六優曇跋羅七尼拘類八那梨伽羅此樹大樹子小而樹大覆餘小樹覆餘樹已壞破墮卧如大樹覆小樹已亦不生華不轉成果如是衆生欲界心樹蓋所覆不生覺意華亦不轉成沙門果是故說障義壞

義破義義隨義卧義是蓋義問曰若此蓋作障礙聖道及聖道方便善根者一切諸結亦作障礙聖道及聖道方便善根何以故立五蓋不立餘答曰是世尊有餘言略言欲令行言世尊爲教化故或曰佛世尊於法眞諦餘眞無能過者彼盡知法相盡知行謂有蓋相立蓋中或曰謂彼三界除欲時極作障礙非餘或曰謂彼正受障礙及果障礙正受障礙者九次第正受作障礙果障礙者九斷智果作障礙或曰欲愛者於離欲中而遠離瞋恚者於離惡中而遠離睡眠者於觀中而遠離調悔者於止中而遠離彼遠離已離欲離惡止觀失已便心中生疑有惡法報耶無惡法報耶或曰欲愛瞋恚者壞戒身睡眠壞慧身調悔壞定身彼已壞三身於心中便生疑有惡法報耶無惡法報耶或曰欲愛瞋恚壞戒睡眠壞觀調悔壞止彼壞三法已於心中便生疑有惡法報耶無惡法報耶或曰謂欲界衆生數數行微行此中幾慢行幾見行地獄中云何行慢豈可言我極燒汝不知一切畜生豈有見耶尊者瞿沙說亦爾謂此欲界衆生數數行微微行而不見咎欲令見咎故說五蓋或曰謂此因時作障礙果時亦作障礙因時作障礙者若蓋現在前爾時不可善有漏心現在前何況無漏果時作障礙者若生惡趣中受惡報時當爾時障礙一切諸功德以是故佛契經立五蓋非餘問曰名五蓋種有幾答曰名五蓋種有七欲愛瞋恚疑者名亦三種亦三睡眠者名有一種有二調悔者名有一種有二如是五蓋名有五種有七如名

如種如是名數種數名異種異名別種別名覺種覺如是盡當知問曰若蓋種有七云何名立五蓋答曰以三事故一食一治等擔一食一治者欲愛以何爲食謂淨想也以何爲治不淨想也如彼一食一治故立一蓋瞋恚以何爲食謂相違想也以何爲治慈也如彼一食一治故立一蓋睡眠以何爲食愁憂不樂不欲食心没也以何爲治觀也如彼一食一治故二俱立一蓋調悔以何爲食親里想國想種種想本戲笑想已憶今憶當憶以何爲治止也如彼一食一治故二俱立一蓋疑以何爲食因前故猶豫因後故猶豫因中故猶豫内亦有猶豫何謂此此云何此衆生從何所來當至何所何因有云何有有何以何爲治觀緣起法也如彼一食一治故立一蓋是故説一食一治重擔者等欲愛瞋恚疑別蓋重擔等瞋眠調悔二俱蓋重擔如彼村人能獨擔村擔彼獨擔不能者二共擔村擔如彼屋施椽强者施一弱者施二如是等欲愛瞋恚疑獨蓋重擔等睡眠調悔二俱蓋重擔是三事故名立五蓋問曰何以故佛契經前説欲愛蓋後説乃至疑答曰順他説故如是順他説如是應味次第順或曰世尊順説故他亦順受故佛説如是順受亦如是順或曰本末順故本末順者前生欲愛是故佛前説後至疑是故佛後説尊者婆須蜜説曰愛樂境界故而起欲愛若失愛樂境界而生瞋恚已失愛樂境界便生憂慼是睡身已著睡便眠眠覺已便起調起調已便起悔悔隨順疑有善法報耶無有善法報耶是本末順故佛

契經前說欲愛後說乃至疑此佛契經中五蓋說十問曰何以故佛契經五蓋說十答曰三事故内外故種故善不善故内外者云何佛說契經有内欲愛有外欲愛如内欲愛即是蓋非智非等覺不轉成涅槃如外欲愛即是蓋非智非等覺不轉成涅槃有内瞋恚想有外瞋恚想如内瞋恚想即是蓋非智非等覺不轉成涅槃如外瞋恚想即是蓋非智非等覺不轉成涅槃種者有睡有眠如睡即是蓋非智非等覺不轉成涅槃如眠即是蓋非智非等覺不轉成涅槃有調有悔如調即是蓋非智非等覺不轉成涅槃如悔即是蓋非智非等覺不轉成涅槃善不善者有疑善法有疑不善法如疑善法即是蓋非智非等覺不轉成涅槃如疑不善法即是蓋非智非等覺不轉成涅槃是三事内外故種故善不善法故佛世尊契經五蓋說十說曰七使中無明不立蓋中慢不立蓋中見不立蓋中色無色界結不立蓋中問曰何以故無明不立蓋中答曰等重擔故立五蓋無明極重也問曰慢何以故不立蓋中答曰蓋者心覆慢者心受起能高問曰見何以故不立蓋中答曰蓋者滅慧見者性慧不以慧滅慧問曰此論中更有論生何以故蓋滅慧不滅餘答曰妙言妙義故於一切品中何者最妙慧也蓋能滅慧況不滅餘如一勝彼當千於凡小者有何想如是蓋能滅慧況餘問曰色無色界結何以故不立蓋中答曰蓋者三界除欲時能障礙非色無色界結除三界結時障礙或曰蓋者正受障礙及果障礙非色無色界結正受

障礙及果障礙或曰蓋者九斷智果道障礙非色無色界結九斷智果道障礙或曰蓋者九次第正受障礙非色無色界結九次第正受障礙或曰蓋者四沙門果障礙非色無色果結四沙門果障礙或曰蓋者三三昧障礙非色無色界結三三昧障礙或曰蓋者三地障礙非色無色界結三地障礙或曰蓋者三根障礙非色無色界結三根障礙或曰蓋者三道障礙非色無色界結三道障礙或曰蓋者三慧障礙非色無色界結三慧障礙一聞慧二思慧三思惟慧如是說如是思如是出要盡當知或曰三正受障礙非色無色界結三正受障礙如是三戒三思惟三法身盡當知或曰蓋者一向不善非色無色界結不善尊者瞿沙亦爾說一切結應不善聖道相違故但蓋答故

一向說不善如佛契經說無明所蓋愛所繫如是愚得此身慧者亦爾問曰如無明亦可蓋亦可結愛亦可結亦可蓋何以故無明說蓋愛說結答曰應說若不說者是世尊有餘言現義義門義略義度當知義或曰現二門二略二度二炬二明二光現二數如無明說蓋亦應說結如愛說結亦應說蓋是故說現二門二略二度二炬二明二光現二數或曰前已障礙是蓋義更無二結令此衆生慧眼障礙如無明前已說縛義是結義更無二結令此衆生縛生死中如愛如此衆生無明所盲愛所縛如是不能至涅槃如人有二怨家一來近已以一把土坌其目二來近已繫手足彼盲被縛已不能有所至如此衆生無明所盲愛所縛如是不能至涅槃以是故說頌

無明能使盲　愛縛衆生死　彼於中可得
諸惡不善法
此中說隣那摩偸喻說者有二賊一者隣那二摩偸欲作賊時一來近已以一把土坌其目二來近已繫手足彼盲被縛已不能有所至如是此衆生無明所盲愛所縛彼已盲已縛如是不能至涅槃以是故說頌（頌如上故不重寫）此中隣那摩偸喻（亦如上也）以是故佛契經無明說蓋愛說結廣說五蓋處盡

五結處第八

五結者愛結恚結慢結慳結嫉結問曰五結有何性答曰愛結者三界愛五種此十五種慢結亦爾恚結者五種慳結嫉結思惟所斷此三十七種是五結性此結性已種相身所有自然說相已當說行何以故說結結義云何答曰縛義是結義苦繫義是結義雜毒義是結義縛義是結義者縛是結結是縛云何知答曰有契經尊者舍利弗問尊者摩訶拘絺羅云何繫者拘絺羅眼繫色耶色繫眼耶答曰尊者舍利弗不眼繫色不色繫眼至意法不意繫法不法繫意但此中若婬若欲是彼繫也尊者舍利弗譬如二牛一黑一白一軛一鞅縛繫尊者舍利弗若有作是說黑牛繫白牛白牛繫黑牛尊者舍利弗彼為等說不答曰不也賢者拘絺羅何以故答曰賢者拘絺羅非黑牛繫白牛非白牛繫黑牛但以鞅軛繫是彼繫如是尊者舍利弗不眼繫色不色繫眼至意法不意繫法不法繫意但此中若婬若欲是彼繫是謂縛義是結義苦繫義是結義者欲界結欲界衆生欲界苦中繫

色界結色界衆生色界苦中繫無色界結無色界衆生無色界苦中繫諸欲界結彼是繫相繫苦中非是樂諸色無色界結彼是繫相繫苦中非是樂是謂苦繫義是結義結雜毒義是結義者極妙生處世俗正受如解脫除入一切入彼聖所除結雜毒故如極妙食雜毒慧者能除以雜毒故如是極妙生處世俗正受彼聖能除結雜毒故是謂繫義是縛義苦繫義是結義結雜毒義是結義廣說五結處盡

五下結處第九

五下分結者欲愛瞋恚身見戒盜疑問曰五下分結有何性答曰欲愛者欲愛五種六識身瞋恚者恚五種六識身身見者三界一種是三種戒盜者三界二種是六種疑者三界四種是十二種此三十一種是五下分結性是下分結性已種相身所有自然說性已當說行何以故說下分結下分結有何義答曰下墮下斷下縛故說下分結問曰若下墮下分結義者一切結下墮欲界三十六使有想無想處二十八使下墮下斷下縛因有欲界三十六使有想無想處二十八下分結時須立無量下分結何以故立五下分結答曰是世尊有餘言略言欲令行言世尊爲教化故或曰佛世尊於法眞諦餘眞無能過彼盡知法相盡知行若有下分相彼立下分結中若無下分相彼不立下分結中或曰下者說二種一者界下二者地下界下者欲界是地下者凡夫是謂此衆生不度下界何以故因欲愛瞋恚故不度下地何以故因身見戒盜疑

故復說下二種一者界下二者衆生下界下者欲界是衆生下者凡夫是如此衆生不度下界何以故因欲愛瞋恚故不度衆生下何以故因身見戒盜疑故或曰謂彼說如守獄門人如人繫在獄中立二人守獄門三人防邏勑防邏人若此獄囚作方便傷害守獄門人突獄門走者汝等三人隨其遠近攝來還繫獄中彼獄囚作方便傷害守獄門人突獄門走彼三防邏者隨其遠近攝來還繫獄中如是此衆生不淨惡露傷害欲愛傷害瞋恚出欲界獄中至第一有彼身見戒盜疑還攝來繫欲界獄中尊者瞿沙亦爾說二下分結未盡未知不能出欲界獄中三下分結未盡未知至第一有還攝來繫欲界獄中尊者婆跋羅芩亦爾說二繫故不得出三未盡故還來欲界中或曰此現門現略現度若有爾所結或一種二種四種五種身見說已當知已說一種戒盜說已當知已說二種雖無餘二結可得二種當知即彼戒盜二種及戒盜相應法疑說已當知已說四種欲愛瞋恚說已當知已說五種故曰現門現略現度以是故佛立五下分結若問何以故佛欲愛瞋恚立五下分結中謂彼三不善根處所中答彼一切報此間若問何以故佛身見戒盜疑立五下分結中謂彼三結處所中答彼一切報此間如是彼二論報此論如佛契經說諸比丘持我所說五下分結不彼諸比丘默然世尊再三告諸比丘持我所說五下分結不彼諸比丘亦再三默然當爾時尊者鬘童真亦在衆中於是尊者鬘童真從座起整衣服偏袒

右肩叉手向世尊白世尊曰唯世尊我持世尊所說五下分結如是說已世尊告鬘童真曰汝鬘童真云何持我所說五下分結鬘童真曰世尊初說欲愛下分結我持之瞋恚身見戒盜疑世尊說五下分結我持之世尊曰汝鬘童真云何持我所說五下分結從何口受持我所說五下分結我不一向說汝愚癡人一向說問曰如此五下分結佛一切契經中說何以故世尊訶責鬘童真答曰尊者鬘童真行結故說尊者鬘童真說若行者是結不行者非是結世尊未盡結故訶責世尊說結行者不行者諸未盡者皆是結或曰尊者鬘童真結現在前故說尊者鬘童真說若結現在前即是結不現在前非是結世尊成就結故訶責世尊說結若現在前者不現在前者諸結成就皆是結以此事故孩童訶責喻而訶責之鬘童真彼衆多異學不以此孩童訶責喻責汝耶鬘童如孩童年小未有欲意欲令彼無有欲使耶但所使故名爲欲愛使或曰鬘童真現在結故說尊者鬘童真說若結現在是結餘者非是結世尊三世結故訶責或曰尊者鬘童真未盡結故說尊者鬘童真說若結未盡是結餘者非結世尊說盡未盡故訶責以是故佛世尊訶責鬘童真廣說

五下分結處盡

五上結處第十

五上分結者色愛無色愛調慢無明問曰五上分結有何性答曰色愛者色界愛思惟斷無色愛者無色界愛思惟斷調慢無明者色無色界思惟斷此八種是五上分結性是謂

上分結性已種相身所有自然所有說已當説行何以故說上分上分有何義答曰將至上墮生上上界縛是故說上分問曰若將至上墮生上上界縛是故說上分者不應立流此亦流下諸界諸趣諸生流轉生死中答曰不然問曰若不爾者此云何答曰諸界故立上分結謂彼將至上墮生上上界縛解脫故正智故聖道故善法故立流離生至第一有中故是下解脫故正智故聖道故善法故尊者婆跋羅苓亦爾說久時生上流下是故說流說曰此上分結生上不是下問曰此論中更有論生何以故上分生上不是下答曰見諦思惟斷結亦生上亦生下此上分結一向思惟所斷以是故生上不生下或曰謂此聖意中可得非凡夫彼聖人阿那含意中可得

非須陀洹斯陀含問曰於此論中更有論生何以故上分結阿那含意中可得非須陀洹斯陀含答曰即彼事如上說謂彼生上不生下是須陀洹斯陀含亦生上亦生下彼阿那含一向生上不生下或曰謂度界及得果度界者欲界也得果者阿那含果也須陀洹斯陀含雖得果未度界或曰謂度界及下分永盡知須陀洹斯陀含亦不度界亦不下分結永盡知或曰謂得果行功德不行惡須陀洹斯陀含雖得果彼亦行功德亦行惡或曰謂得果不同凡夫行事轉須陀洹斯陀含雖得果彼同凡夫行事轉手摶加拳起身行口行與妻子共居捉持金銀栴檀香華鬘著身卧高廣大床摩觸女身兩兩相近阿那含永無此事或曰謂得果不復還世間不入母胎銅

舍無囚獄不復處生熟藏中須陀洹斯陀含雖得果故有此事以是故五上分結阿那含意中可得非餘問曰何以故一愛立二上分結調慢無明立一答曰應立若未立者是世尊有餘言現義門現義略現義度當知義或曰佛世尊於法眞諦餘眞無能過彼盡知法性盡知行諸法獨能擔彼獨立謂不能不獨立或曰現二門二略二度二炬二明二光現二數如愛立二上分結如是調慢無明亦應立二如調慢無明立一上分結愛亦應立一比上分應有四應有八是故說現二門至現二數或曰謂愛斷於界斷於地斷於種或曰謂愛故感一切結以是故愛立二上分結調慢無明立一問曰如睡調二俱三界有五種一切染汙意可得何以故調立上分結而不立睡答曰佛世尊於法眞諦餘眞無能過彼盡知法性盡知行諦有上分相立上分結無上分相不立上分結或曰此謂成患重過多苦以成患故婆須蜜經云不善大地中以成患故施設所說凡夫起欲使時便生五法一者欲愛使二者欲愛使種三者無明使四者無明使種五者調以成患故阿毗曇雜揵度中問云何不共無明使云何不共調纏此睡非多成患非多重過非多苦以是故不立上分結中或曰此調於四支五支定能起意彼睡於定隨順復次若意睡成彼速發定以是故調立上分結中不立睡問曰五上分結調是結性耶非結性耶若結性者彼婆須蜜經云何通彼經說結法云何九結是非結法云何除九結已餘法是若非結性者此經云何

通此中說五上分結色愛無色愛調慢無明走作此論已說曰是結性也問曰以是故此經中立五上分結彼婆須蜜經云何通彼說結法云何九結是非結法云何除九結已餘法是外者作是說此經應爾結法云何九結及五上分調是非結法云何除九結及五上分調餘法是外者此經如是說罽賓此經何以故不作是說答曰應說若未說者何意答曰彼罽賓說此五上分結調不定或是結或非是結或有結者或無結者有時結有時非結或是結或非是結者謂色無色界是結謂欲界非是結或有結者或無結者謂聖人意可得是結謂凡夫人意可得是非結有時結有時非結者彼聖人中謂阿那含意可得是結謂須陀洹斯陀含意可得是非結以不定故或是結或非是結或有結者或無結者有時結有時非結以是故不立結中問曰於此論中更有論生何以故色無色界調立結欲界調不立結答曰此欲界非定界非思惟地非除欲地此欲界中結如放逸馬以是故調此欲界不現色無色界是定界思惟地除欲地彼結不如放逸馬是故彼中調現以是故色無色界調立結中欲界調不立結中或曰此欲界多結非是法法想如瞋憤不語依誑諂高害此非是法法想壞故此中調不現彼色無色界無此非是法法想結於彼中調現以是故色無色界調立結中欲界調不立結中或曰此欲界非定界非思惟地非除欲地中此無有定謂調可亂意色無色界是定界是思惟地是除欲地彼四支五支定中調起

意以是故色無色界調立結中欲界調不立結中廣說五上分結處盡

鞞婆沙論卷第三上

音釋

數數（所角切頻也）擔（都紺切）椽（直攣切）慼（倉歷切）坌（蒲悶切塵坋也）倏（式竹切）邏（郎佐切巡也）釜（扶雨切鍑屬）罽（居刈切）

鞞婆沙論卷第三下

迦旃延子造

苻秦罽賓三藏僧伽跋澄譯

五見處第十一

五見者身見邊見邪見見盜戒盜問曰此五見有何性答曰身見三界一種此三種邊見亦爾邪見者三界有四種此十二種見盜亦爾戒盜者三界有二種此六種是三十六種五見性是見性已種性身所有自然性說已當說行何以故名爲見見有何義答曰觀故行故堅受故緣深入故觀者能視也問曰如邪觀顛倒觀云何是視答曰雖邪觀顛倒觀但慧故名視此是慧性如人見不了了亦名爲見如是邪觀顛倒觀但慧故名爲視此是慧性故曰觀行者能有所行問曰一時頃云何行答曰捷利故名爲行故曰行堅受者邪事堅受故此見邪事極堅受非聖道刀不捨如佛佛弟子與已以聖道刀墮見牙然後捨以是故說頌曰

若受惡慧　如鱣魚齧　失摇摩銜　非斧不離

說者大海中有蟲名失摇摩羅彼蟲若有所銜時若草若木彼極銜非刀不離要以刀墮其牙然後得離如是此見邪事極堅受非聖道刀不捨若佛佛弟子與已以聖道刀墮見牙然後捨故曰堅受緣深入者此見緣中極入如針墮泥是觀故行故堅受故緣深入故名爲見或曰二事故名爲見明故行故也或曰更有二事故名爲見彼相成就故彼事辨故也或曰三事故名爲見彼相成就故彼事辨故緣深入故也或曰更有三事故名爲見

意故著故行故也或曰更有三事故名爲見意故方便故無智故意者惡意也方便者惡方便也無智者此二事俱也復說意者正受人也方便者察行人也無智者依二聞也如是共行說已今當別說何以故名爲身見答曰此見已身轉行是故說身見問曰餘見亦已身轉行何以故說一身見不說餘答曰此身見一向已身轉行非是他身亦非非身餘見亦已身轉行亦他身轉行亦非身轉行已身轉行者已界緣也他身轉行者他界緣也非身轉行者盡道緣也此身見一向已身轉行非他身非非身轉行是故說一身見非餘或曰謂已身轉行我是我轉行此是身行餘者雖已身轉行無此事或曰謂已身轉行我作是我作轉行是身見餘者雖已身轉行無此事或曰謂已身轉行著行惜行我所行轉行此是身見餘者雖已身轉行無此事或曰謂已身轉行諸事我受盡是已身所轉行餘者雖已身轉行無此事或曰受已身故名爲身見已身者五盛陰此見受彼故曰身見餘見者雖已身轉行無此事問曰何以故名爲邊見答曰受二邊故名爲邊見二邊者一者斷二者常此見受彼二邊故曰邊見如彼契經說迦旃延世間習者正觀如實世間有非有如觀陰持入展轉相生便作是念此起已滅非是常也迦旃延世間滅者正觀如實世間無者非有如觀身轉生上彼作是念此終亦生非是斷或曰此因二行所轉斷行及常行故曰邊見或曰彼異學邊受癡受不正受謂有我彼或常或斷如佛契經說諸比丘我

不共世間諍世間共我諍問曰世尊以何故不共世間諍答曰世尊善等能共事不麤言若斷見異學共俱彼斷見異學有因無果謂彼果斷世尊說者汝有因我亦有因如汝謗果汝自當知若常見異學共俱彼常見異學無有因而有果謂彼無因是有常世尊說者汝有果我亦有果汝謗因汝自當知彼世尊取一邊因取二邊果已離斷常處中說法是故說比丘我不共世間諍世間共我諍尊者婆須蜜說曰如世尊所說比丘我不共世間諍世間共我諍何以故佛不共世間諍世間共佛諍答曰世尊說法世間說非法不可說法共非說法諍重說曰世尊於等中隨順世間不與世尊第一義隨順是故說比丘我不共世間諍重說曰善除二諍根故二諍者愛及見此二世尊已盡世間未盡是故說比丘我不共世間諍尊者曇摩多羅說曰諸尊如馬依惡道當觀不得正道如是彼異學不正說當觀是非正說世尊現義現法現善現妙故當觀是正說是故說比丘我不共世間諍世間共我諍問曰何以故說邪見答曰邪行故說邪見問曰如一切見邪行何以故說一邪見不說餘答曰二事故名邪見及無行轉說邪見餘者雖邪行轉無此二事或曰謂邪行轉謗衆生恩及法恩謗衆生恩者說無有父母謗法恩者說世間無阿羅漢善逝等正法等正趣謂此世後世自知作證成就遊也餘者雖行轉無此事或曰謂邪行轉及無行轉說無有施無有齋無有說無善行惡行果報無有此世後世如是廣說餘者雖邪行轉

無此事或曰謂邪行轉盡謗因及果亦謗過去當來現在如來無著等正覺道亦謗三寶及四諦餘者雖邪行轉無此事或曰謂邪行轉謗現事如人墮大火坑中誑他故說我極樂如是衆生受有如熱鐵丸邪見故說無苦餘者雖邪行轉無此事或曰謂邪行轉說惡如所說居士邪見人諸身行口行意行思願及彼相應行一切彼法不愛不念不喜不喜不欲而轉何以故居士見惡謂邪見居士如苦瓠子婆檀鞮伽子摩樓多子尸婆黎子種著地中若受地味水味火味風味彼一切味轉苦無味不甜何以故居士謂種子苦也如是居士邪見人諸身行口行意行思願及彼相應行一切彼法不愛不念不喜不喜不欲而轉何以故居士見惡謂邪見故餘者雖邪行轉無此事問曰何以故說見盜答曰見故名爲見盜問曰如此盜一切五陰何以見盜故名爲見盜答曰因見起盜一切五陰故說見盜或曰設見盜及盜五陰但第一行故名爲見盜問曰何以故說戒盜答曰戒故名爲戒盜問曰如此盜一切五陰何以戒盜故名爲戒盜答曰因戒起盜一切五陰故說戒盜或曰設戒盜及盜五陰但淨行故說戒盜問曰何以故說盜答曰他所見而盜故說盜謂彼身見受我邊見者受斷及常邪見謗言無彼見盜而受第一戒盜受清淨是他所見而盜故說盜廣說五見處盡

六身愛處第十二

六身愛者眼更愛耳鼻舌身意更愛問曰應說一愛如九結中三界愛立愛結應說二如

七使中欲界愛立欲使色無色界愛立有使應說三如所說欲愛色愛無色愛應說四如起四愛彼說比丘比丘尼因衣愛起而起著而著立而立因食牀卧依此有比丘比丘尼愛起而起著而著立而立應說五如見苦斷見習盡道思惟斷應說九如九種增上增上增上中增上下中上中中中下下上下中下下下應說十八如說十八意行應說三十六如三十六刀應說百八愛如百八痛時故意故無量愛云何一愛廣施六中云何無量愛略施六中云何立六身愛答曰依故立六身愛若有一愛及無量彼一切依六行六門六迹六道六度六識身相應是依故說六身愛問曰恚及無明亦依六行六門六迹六道六度六識身相應何故以說六愛身不說六恚及無明身答曰是世尊有餘言此現義義門義略義受當知義如說六身愛恚無明亦爾若不說何意答曰謂愛界斷地斷種斷或曰謂愛盛一切諸結或曰謂愛不大憎惡難除恚大憎惡易除無明亦大憎惡難除以故爾問曰何以故說身答曰多身故說身非一愛時名眼更愛非一愛時乃至意更愛但多愛時說眼更愛多愛時說乃至意更愛如非一象名象軍非一馬名馬軍非一車名車軍非一步名步軍但多象名象軍多馬名馬軍多車名車軍多步名步軍如是非一愛時說眼更愛非一愛時說乃至意更愛但多愛時說眼更愛多愛時說乃至意更愛是多身故名爲身廣說六身愛處盡

七使處第十三

七使者欲使恚使有使慢使無明使見使疑使問曰七使有何性答曰欲使者欲界愛五種六識身恚使者恚五種六識身有使者色無色界愛五種慢使者三界五種此十五種無明使亦爾見使者三十六種疑使者三界四種此十二種此九十八種是七使性是使性已種相身所有自然說性已當說行何以故說使有何義答曰罽賓說三句如毫使亦爾所使是使相逐是使如毫使亦爾者毫者說細如毫所說七使成一毫是說毫使亦爾所使是使者至一時中所使一使中亦所使是所使是使也相逐是使者彼意中所使猶影相逐如空行水行此亦爾空行者鳥水行者蟲說者如鳥飛空經遊大海彼諸水蟲作是念此大海水無量深廣非是凡鳥能從此岸至彼岸除一金翅鳥蟲知此鳥飛必墮水見影便逐鳥極墮水蟲得而食如是未除欲衆生一切時七使得現在相逐若結現在前當爾時愛非愛依果報果是故相逐是使或曰如毫使亦爾者熏堅著故所使是使者行也相逐是使者事也或曰如毫使亦爾者細事也所使是使者性也相逐是使者熏堅著也或曰如毫使亦爾者過去使也所使是使者現在也相逐是使者當來也或曰如毫使亦爾所使是使者心相應使也相逐是使者心不相應使也問曰如使無不心相應答曰彼使得以使爲名外者說四句如毫使亦爾相入是使所使是使相逐是使如毫使亦爾者毫者說細也如所說此極細行也相入是使者於意中相入如麻中有油如杏人中膩

所使是使者於意中所使如乳母爲嬰兒所使相逐是使者於意中相逐如影逐身或曰如毫使亦爾者性也相入是使者事也所使是使者行也相逐是使者熏堅著也或曰以三事得知使一者性二者果三者人性者欲使者如甜藥草恚使者如苦果子有使者如乳母衣慢使者如憍貴人無明使者如盲人見使者如迷失道疑使者如惑二道是說性也果者欲使修習多修習生雀鴛鴦鴿中恚使修習多修習生蛇蚖中有使修習多修習生色無色界中慢使修習多修習生下賤中無明使修習多修習生愚闇中見使修習多修習生異道中疑使修習多修習生邊地中是說果也人者欲使者當觀如難陀恚使者當觀如貫舍及鴦掘摩有使者當觀如阿私陀阿羅蘭鬱頭藍子也慢使者當觀如摩那多陀無明使者當觀如鬱鞞羅見使者當觀如鬘童真疑使者當觀如須那剎多羅是說人以是三事得知使一者性二者果三者人

問曰慳嫉何以故不立使中答曰佛世尊於法眞諦餘道無能過彼盡知法相盡知行謂有使相立使中謂無使相不立使中或曰說結二種一者具結二者不具結具結者立使中不具者不立使中或曰謂結見斷思惟斷彼立使中此慳嫉一向思惟斷以是故不立使中或曰此慳嫉者厚濁使者清薄或曰慳嫉熏不堅著使者熏堅著如處所燒草樹皮火滅地即冷慳嫉行亦爾如處所燒狗骨木彼火滅久地故熱使行亦爾以是故慳嫉不立使中廣說七使處盡

九結處第十四

九結者愛結恚結慢結無明結見結失願結疑結慳結嫉結問曰九結有何性答曰愛結三界 五種是十五種慢結無明結亦爾恚結五種六識身見結十八種失願結亦爾疑結三界四種是十二種慳嫉結欲界思惟斷此五種是九結性是結性已種相身所有自然說性已當說行何以故說結結有何義答曰縛義是結義苦繫義是結義結雜毒義是結義縛義是結義者縛是結結是縛云何知答曰有契經彼契經尊者舍利弗問尊者摩訶拘絺羅云何賢者拘絺羅眼繫色耶色繫眼耶答曰尊者舍利弗不眼繫色不色繫眼至意法不意繫法不法繫意但此中若婬若欲是彼繫也尊者舍利弗譬如二牛一黒一白一軛一鞅縛繫尊者舍利弗若有作是說黒牛繫白牛白牛繫黒牛尊者舍利弗彼爲等說不答曰不也賢者拘絺羅何以故答曰賢者拘絺羅非黒牛繫白牛非白牛繫黒牛但以軛鞅繫是彼繫如是尊者舍利弗不眼繫色不色繫眼至意法不意繫法不法繫意但此中若婬若欲是彼繫是謂縛義是結義苦繫義是結義者欲界結欲界衆生欲界中苦繫色界結色界衆生色界中苦繫無色界結無色界衆生無色界中苦繫諸欲界結彼是繫相繫苦中非是樂諸色無色界結彼是繫相繫苦中非是樂是謂苦繫義是結義結雜毒義是結義者極妙生處世俗正受如解脫除入一切入彼聖所除結雜毒故如極妙食雜毒慧者能除以雜毒故如是極妙生處世

俗正受彼聖能除結雜毒故是謂繫義是縛義苦繫義是結義雜毒義是結義共行說已當別說行愛結云何答曰三界愛也問曰何以故使中欲界愛立欲使色無色界愛立有使如是餘契經中說三愛欲愛色愛無色愛何以故此契經一切三界愛立一愛結答曰佛世尊於法眞諦餘眞無能過彼盡知法相盡知行謂法獨能擔彼獨立若不能獨擔彼立品或曰世尊教化或有利根或中根或軟根利根者一切三界愛說一愛結中根者說二愛如使中欲界愛立欲使色無色界愛立有使軟根者說三愛如所說三愛欲愛色愛無色愛或曰復次世尊教化或欲略或欲廣或欲略廣謂欲略者彼三界愛說一愛結謂欲廣者彼說三愛如所說三愛欲愛色愛無色愛謂欲廣略者彼說二愛如使中欲界愛立欲使色無色界愛立有使或曰復次世尊教化或始行或少習行或已成行謂始行者彼說三愛如所說三愛欲愛色愛無色愛謂少習行者彼說二愛如使中欲界愛立欲使色無色愛立有使謂已成行者彼三界愛說一愛結或曰前已說苦繫義是結義謂欲界愛此是繫相繫苦中非是樂謂色無色界愛彼一切繫相繫苦中非是樂是等共一相故以是故世尊一切三界愛立愛結問曰恚結云何答曰於衆生起惡問曰如非衆生亦起惡何以故說於衆生起惡答曰因衆生起惡於非衆生亦起惡或曰多故多因衆生起惡少非衆生或曰多憎惡故多憎惡於衆生起惡少憎惡非衆生問曰慢結云何答曰七慢

謂之慢結七慢者慢增上慢慢慢增慢我慢欺慢不如慢邪慢此七慢謂之慢結問曰無明結云何答曰三界無知也問曰見結云何答曰三見謂之見結三見者身見邊見見是三見謂之見結問曰失願結云何答曰二盜謂之失願結二盜者見盜及戒盜是二盜謂之失願結問曰何以故使中五見立一見使結中三見立見結二見立失願結答曰佛世尊於法眞諦餘眞無能過彼盡知法相盡知行謂法能獨擔彼獨立謂不能獨擔彼立品或曰前已說苦繫是結義謂身見彼名女繫苦中非是樂謂邊見及邪見彼亦名女繫苦中非是樂是等共一名一性故三立一見結謂戒盜彼名男繫苦中非是樂謂見盜亦名男繫苦中非是樂是共一名一性故是二見立一失願結或曰謂彼種等攝亦等種等者謂見結十八種失願結亦十八種攝等者見結攝十八使失願結亦攝十八使謂彼種等攝亦等以是故結中三見立見結二見立失願結問曰疑結云何答曰於諦猶豫也問曰何以作是說於諦猶豫答曰不定者欲令定故欲令定者若遠見生猶豫是女耶非女耶是男耶非男耶見二道已生猶豫是道耶非道耶見二衣生猶豫是我衣耶非我衣耶莫作是念是根本疑結此是一切欲界不隱沒無記邪行也謂彼不定說欲令定問曰疑結云何答曰於諦猶豫是謂根本疑結問曰嫉結云何答曰心恚也心恚者此結恚相也問曰慳結云何答曰心不欲捨也心不欲捨者此結貪相也問曰何以作是說答曰不定者

欲令定故欲令定者此世間嫉中慳想慳中嫉想嫉中慳想者謂見他好物而起嫉彼物於我好彼物於我好世間見已作是念此人極慳彼非慳是嫉也慳中嫉想者如守己妻子財寶是物於此中莫出是物於此中莫出世間見已作是念此人極嫉此非嫉是慳也謂彼不定嫉中慳想慳中嫉想說欲令定問曰嫉結云何答曰心恚也心恚者此結恚相也問曰慳結云何答曰心不欲捨也心不欲捨者此結貪相也問曰何以故十纏慳嫉立九結中餘不立答曰佛世尊於法眞諦餘眞無能過彼盡知法相盡知行謂有結相立結中謂無結相不立結中或曰現後現邊彼十纏何謂後何謂邊慳嫉也以是故十纏中慳嫉立九結中餘不立也或曰謂畀結賤妄結穢結幣結若見他得恭敬供養何故見已起嫉若有百千無量錢財於中不能持一錢從今世至後世於中何故起慳是謂畀結賤妄結穢結幣結故十纏慳嫉立九結中不立餘或曰謂因此慳嫉衆生生死中受無量輕易世間二所輕易一者貧窮二者醜陋嫉結修習多修習便醜陋慳結修習多修習便貧窮此二貧窮及醜陋父母輕易兄弟姊妹亦輕易至己妻子亦輕易以是故十纏慳嫉立九結中不立餘或曰謂此慳嫉如守獄卒如衆生繫在獄中立二獄卒守門令不得出如園觀極嚴治已立二人守門不令入如是此衆生不出惡趣如獄囚者由慳嫉故不入天人如園觀者由慳嫉故以是故十纏慳嫉立九結中不中立餘或曰謂因慳嫉天阿須羅數

數共鬪如彼契經釋提桓因至世尊所而問大仙人天及人阿須羅揵沓和迦留羅羅刹如是及餘各異身有幾結世尊告曰拘翼天及人阿須羅揵沓和迦留羅羅刹各異身有二結慳及嫉問曰如此天及人或九結或六結或三結或無結有九結者一切凡夫人有六結者如凡夫欲愛盡及聖人欲愛未盡有三結者如聖人欲愛盡無結者阿羅漢無天及人獨成就二結慳及嫉何以故告拘翼天及人阿須羅揵沓和迦留羅羅刹如是及餘各異身有二結慳及嫉耶答曰謂慳嫉是豪貴結彼釋提桓因於二天中增上豪貴主彼爲此重擔慳嫉所纏世尊爲彼譏刺義故說拘翼天及人阿須羅揵沓和迦留羅羅刹如是及餘各異身有二結慳及嫉汝因慳嫉重擔所纏或曰以此慳嫉故令天阿須羅數數共鬪彼釋提桓因畏阿須羅爲阿須羅所嬈離戰處不久至世尊所而說義世尊何因何緣天及阿須羅數數共鬪世尊爲說義拘翼因慳嫉故天及阿須羅數數共鬪天上食妙阿須羅有美女彼諸天於食慳不欲令阿須羅得於女嫉令我得阿須羅於女慳不欲令天得於食嫉令我得彼天來下爲女故阿須羅至天上爲食故如是天及阿須羅數數共鬪彼釋提桓因畏阿須羅所嬈離戰處不久至世尊所而問大仙人天及人阿須羅揵沓和迦留羅羅刹如是餘各異身有幾結世尊告曰拘翼天及人阿須羅揵沓和迦留羅羅刹及餘各異身有二結慳及嫉以是故十纏慳嫉立九結中不立餘廣說九結處盡

九十八使處第十五

九十八使者欲愛五恚五色無色愛十慢十五無明十五見三十六疑十二問曰何以故作此論答曰如守本文沙門斷彼意故作此論如名守本文沙門者是一切佛契經如本所說而執持問曰彼何以故作是念答曰彼作是說更誰有力勝於佛者謂佛契經說七使彼當能作九十八使耶謂彼欲爾者欲斷彼意故此中九十八使說如實相以是故作此論佛契經說七使彼分別界行種起九十八使分別種者謂七使中欲愛使分別種於九十八使中起五種恚使亦爾分別界種者謂七使中有愛使者使分別界種於九十八使中起十使若七使中慢使亦分別界種於九十八使中起十五種無明使亦爾謂七使中疑使彼亦分別界種於九十八使中起十二種分別界行種者謂七使中見使分別界起十五欲界五見色無色界五見分別行者十八欲界六色無色界六分別種者有四如是五見分別界行種於九十八使中起三十六使是謂七使分別界分別行分別種便起九十八使廣說九十八使處盡鞞婆沙說不善品小章竟

鞞婆沙論卷第三下

音釋

鱣知連切大魚也 齧五結切噬也 搔蘇曹切 銜戶監切口含物也 瓠胡故切匏也 檀鞮檀唐干切鞮杜兮切 甜徒兼切甘也 翅施智切金翅鳥名也 膩女利切 貫始制切 掘渠勿切 鞞駢迷切 幣毘祭切帛也

鞞婆沙論卷第四上

迦旃延子造
苻秦罽賓三藏僧伽跋澄譯

解十門大章

二十二根十八界十二入五陰五盛陰六界色法無色法可見法不可見法有對法無對法有漏法無漏法有爲法無爲法過去法未來法現在法善法不善法無記法欲界繫法色界繫法無色界繫法學法無學法非學非無學法見斷法思惟斷法無斷法四諦四禪四等四無色定八解脱八除入十一切入八智三三昧三結三不善根三有漏四流四枙四受四縛五盖五結五下分結五見六身愛七使九結九十八使

二十二根處第十六

二十二根者眼根耳鼻舌身意根男根女根命根樂根苦根喜根憂根護根信根精進念定慧根未知根已知根無知根問曰何以故彼作經者依二十二根而作論答曰彼作經者意欲爾如所欲如是作經與法不相違以是故依二十二根而作論或曰彼作經者無事問曰何以故彼作經者無事答曰此是佛契經佛契經說二十二根彼作經者於佛契經中依本末處所已此阿毗曇中作論彼作經者不能二十二根中減一根已立二十一增一已立二十三問曰何以故答曰所謂是一切佛契經亦不增亦不減不增者無增可減不減者無減可增如不增不減如是無量深無邊無量深者無量義故無邊者無邊味故如大海無量深無邊如是佛契經無量深

無邊無量深者無量義故無邊者無邊味故如尊者舍利弗如是比百千那術以佛契經二句作百千經令智盡而住不能盡佛契經或曰得其邊涯如佛契經此論是故作經者無事問曰置彼作經者何以故佛契經說二十二根答曰佛世尊爲教化故說二十二根彼受化者應須二十二根或曰契經有本末有因有緣問曰契經有何本末答曰說者有生聞梵志彼中食後彷徉遊行至世尊所到已共世尊面相慰勞已在一面坐一面坐已生聞梵志白世尊曰瞿曇我欲少有所問聽我所問當爲我說世尊告曰梵志隨所欲問梵志曰瞿曇根謂根瞿曇根有幾所云何瞿曇根根所攝施設而施設世尊告曰汝梵志有二十二根從眼根至無知根此梵志有爾所根如是如來根根所施設而施設梵志若如是說此非根如沙門瞿曇所施設我捨此根更施設餘根者彼但有言數問已不知增益生癡何以故如非境界如梵志問佛答是故契經不必索本末此應索彼梵志何以故問根不問界入陰諦沙門果道品緣起有一說者謂彼梵志疑而問不疑不問或曰彼梵志善能求喜行彼盡遊九十六種道爲施設根故彼或有一爲施設根如尼揵是故彼不截菜亦不飲冷水謂彼於外物計有命想問曰彼尼揵於外物有何根想一說者意根也復有說者命根也如是說者意根及命根更復有施設二根行及意復有施設二根若眼不見色耳不聞聲彼是聖修諸根如彼波羅施問曰何以故名波羅施答曰是彼名名波

羅施或曰彼姓波羅施是故名波羅施如姓婆蹉拘蹉婆羅婆羶提羅如是彼姓波羅施是故名波羅施若毋刹利種父梵志種此亦名波羅施毋梵志種父刹利種亦名波羅施如從驢馬生名爲騾此梵志姓名波羅施彼弟子名鬱多羅中食後彷徉行至世尊所到已共世尊面相慰勞已却坐一面坐一面已世尊告曰鬱多羅汝師波羅施爲弟子說修根不鬱多羅白世尊曰如是瞿曇波羅施爲弟子說修根世尊告曰鬱多羅云何波羅施爲弟子說修根鬱多羅曰唯瞿曇眼不見色耳不聞聲彼是聖修諸根世尊告曰如是鬱多羅盲者爲修根鬱多羅盲者眼不見色彼時尊者阿難在世尊後手執拂拂世尊於是尊者阿難告鬱多羅曰如是鬱多羅聾者爲修根鬱多羅聾者耳不聞聲問曰如尊者舍利弗如是比百千那術世尊能答彼能斷意何以故世尊答一阿難答二何以故世尊不止阿難答曰世尊知阿難言在咽喉欲語世尊三阿僧祇劫百千苦行已終不斷他辯以是故本師讚曰

已弟子說法時　專心聽不斷論
以是故在衆說　於中間無能難

以是故不止或曰世尊作是念若我說阿難比丘說亦爾彼不增不減如不增不減以是故不止或曰斷彼異學意故若世尊說一阿難不說二彼異學還至已衆已當自稱譽彼師伏我非弟子我師往者彼不能伏若世尊說一阿難說二令彼異學勢力斷彼作是念我不與弟子等何況師是斷彼異學意故世

尊說一阿難說二或曰欲滿彼異學意願故彼異學作是念此沙門瞿曇不可伏不可勝一切師最妙謂本大師者彼亦不能伏此況復如我比我正可共弟子論世尊常欲滿彼意所欲願隨所應解而爲說是故欲滿彼異學意願故不止或曰義證故阿難彼異學所宗敬能說因提書及容色妙故世尊說以此往問是法應汝所說不以是義證故世尊說一阿難說二或曰異學不欲令弟子有所說恐還難問使我墮不如故世尊無此事如尊者舍利弗所有智百千那術數不能及佛況復餘者以是故世尊不止阿難或曰現已無慳嫉妬故異學不欲令弟子有所說恐我所得供養弟子得故世尊無此事如世尊所得恭敬供養盡令一切衆生得佛不得者於此

處亦不憂慼是謂現已無慳嫉妬故不止阿難或曰現善說法故成就說法故一見一慧一欲一忍故彼異學法不善說如破塔不可依如是彼意盡壞志亦壞師志異弟子志異此法無彼咎如師志弟子亦爾義同義句同句味同味乃至同第一義是謂善說法故成就說法故一見一慧一欲一忍故以是故世尊說一阿難說二故世尊不止阿難問曰世尊說彼異學有何咎彼說亦爾盲及聾聖修根答曰佛報彼梵志極大咎斷一切意世尊說曰若汝言聾盲聖修根者爲唐出家虛剃鬚髮空修梵行應壞此二根眼根及耳根如是即聖修根以是故佛報梵志極大咎斷一切意復有施設五根香味眼皮耳根香者鼻根味者舌根眼者眼根皮者身根耳即耳根

施設如毗施師也復有施設十一根五覺根五行根五覺根者眼根耳鼻舌身根五行根者手根足根口根大便根小便根意根爲十一如僧呿也復有施設百二十根問曰云何異學施設百二十根答曰九十八使及二十二根也如是說此不論彼異學不能分別如此法問曰若不能分別者云何彼異學施設百二十根答曰二眼二耳二鼻舌根身根意根命根五痛根五信此地獄二十畜生二十餓鬼二十天上二十人間二十阿須羅欲令六趣彼亦二十是彼異學施設百二十根復有說者彼異學非施設此百二十根問曰若不爾者復云何答曰彼異學施設百二十因陀羅如所說龍主迦留羅主阿須羅主天主人主梵天主如此極上極妙身一一應受百二十主彼梵志聞已重更生疑不知何者第一義施設一根耶至百二十根耶彼聞釋種家生童男三十二相莊嚴身八十種好金色圓光梵音聲如伽毗陵伽鳥視之無猒彼生時行七步二龍洗浴梵志相記於二處非餘若在家者爲轉輪王如法法王若除鬚髮被著袈裟信樂捨家學道當成如來無所著等正覺世間悉聞彼已出家學道降魔魔眷屬已成無上最正覺得一切智及一切現斷一切疑授一切定決一切論我當往問何者第一義施設一根至百二十根耶彼便至世尊所到已共世尊面相慰安慰勞已却坐一面白世尊曰唯瞿曇我欲有所問聽我所問當爲我說世尊告曰梵志隨所欲問梵志曰瞿曇根謂根瞿曇根有幾所云何瞿曇根根所

攝施設而施設此不說誰施設幾根問曰何以故不說答曰彼作是念若我說者彼聞已取彼勝者答我世尊告曰汝梵志有二十二根從眼根至無知根此梵志有爾所根如是如來根根所攝施設而施設梵志若如是說非此根如沙門瞿曇所施設我捨此根更施設餘根者彼但有言數問已不知增益生癡何以故如非境界問曰何以故說此梵志有爾所根如是如來根根所攝施設而施設答曰止彼本所聞謂彼施設一根至百二十根此非如彼所說我是一切智一切見猶不能增減二十二根況復異學以見壞意成就凡智以是故彼梵志問根不問界入陰諦沙門果道品及緣起二十二根者眼根至無知根問曰名有二十二根種有幾阿毗曇者說曰師說也名有二十二根種有十七阿毗曇者五根不欲令是種男根女根未知根已知根無知根問曰男根女根何以不欲令是種答曰彼說如阿毗曇中所說云何如根身根少分云何男根身根少分彼離身根不欲令男女根別有種問曰未知根已知根無知根何以故不欲令是種答曰彼說此九根合聚未知根九根合聚已知根九根合聚無知根合聚九根者意根三痛根信五此九根或時未知根或時已知根或時無知根見道中未知根思惟道中已知根無學道中無知根堅信堅法意中未知根信解脫見到身證意中已知根慧解脫俱解脫意中無知根如此九根或未知根或已知根或無知根以是故彼名有二十二根種有十七尊者曇摩多羅說名

有二十二根種有十四彼尊者曇摩多羅此五根不欲令是種更有三命根護根定根問曰彼何以故命根不欲令是種答曰此命根不相應行陰所攝彼尊者曇摩多羅不相應行陰非是種問曰彼何以故護根不欲令是種答曰彼尊者曇摩多羅說有爾所痛謂若樂若苦彼不苦不樂痛亦不能苦亦不能樂此云何痛問曰彼佛契經云何通佛說三痛樂痛苦痛不苦不樂痛答曰彼說有樂痛苦痛或濡或增上或鈍或利謂彼樂痛苦痛軟樂痛苦痛鈍樂痛苦痛止是彼不苦不樂痛但彼離苦樂不欲更有痛以故爾問曰彼何以故定根不欲令是種答曰彼從契經起佛契經說定根云何答曰善意一心彼曇摩多羅離心更無別定種以是故彼名二十二根種有十四尊者佛陀提彼說名有二十二根種或二或五謂彼盡是有爲法二分四大及心彼說色根者是四大差降無色根者是心差降以是故彼名有二十二根種或二或五如是說者名有二十二根種有十七如名如種如是名數種數名相種相名異種異名別種別名覺種覺如是盡當知尊者瞿沙說曰應說一根是第一義意根也問曰何以故答曰謂此是內是普是共緣內者內入所攝普者從阿鼻地獄至第一有可得共緣者一切法緣謂餘根離此聚中眼根耳鼻舌身根男女根雖是內非是普非是共緣五根中除護根餘四痛雖共緣非是內非是普護根及信五雖普及共緣非是內未知根已知根無知根無別種彼前已說謂根合聚問曰餘根何

因得根名答曰依故猗故染著故淨故已淨故依者眼根耳鼻舌身根也猗者命根也染著者五痛也淨者信五也已淨者未知根已知根無知根也問曰若爾者男根女根何因得根名答曰此欲男中婬稷婬種此婬稷婬種因男根女根也或曰因五事故一者生生二者生欲樂三者能止結四者依起染汙身識五者定行婬人生生者胎生也生欲樂者彼婬人於此處起欲樂已遍身中生樂如聖人從眉間起聖樂已遍身中生樂如是彼婬者此處起欲樂已遍身中生樂能止結者須臾止也依染汙身識者依餘三種生識善不善無記依男根女根已必生不善身識非是善非是無記定行婬人者習婬心非不習婬心是五事故一生生二生欲樂三能止結四依起染汙身識五定行婬人以是故男根女根得名更有說者此中命根六當說第一義根命根六者眼根耳鼻舌身命根問曰何以故答曰謂此根本衆生種問曰若此根本衆生種彼餘根何因得名答曰因種因染著因淨因已淨因種者意根也因染著者五痛也因淨者信五也因已淨者三無漏根也以是故餘根得名問曰男根女根何因得根名答曰謂此中轉生人亦生出要人轉生人者如六師也生出要人者佛辟支佛聲聞也以是故男根女根得名或曰命根八當說第一義根命根八者眼根耳鼻舌身男女命根也問曰何以故答曰謂此根本衆生種問曰若此根本種者彼餘根何因得名答曰因種因染著因淨因已淨得根名因種者意根也因染

著者五痛也因淨者信五也因已淨者三無漏根也以是故餘根得名此是根根性已種相身所有自然說性已當說行何以故名根根有何義答曰增上義是根義明義是根義收義是根義宗義是根義最義是根義勝義是根義妙義是根義生義是根義問曰若增上是根義者一切有爲法各各相增無爲法亦有爲法增何以故立二十二根答曰此增上緣或增上或軟或妙或下謂彼增上緣增上及妙當知二十二根謂增上緣軟及下當知餘法或曰雖一切有爲法各各相增及無爲法有爲法增但餘無有增上緣如是增如是明如是收如是宗如是最如是勝如是妙如二十二根如人各各相增但餘無有增上緣如村中主國中王四天下轉輪王大千國梵王三千大千世界佛世尊如是雖一切有爲法各各相增及無爲法有爲法增但餘無有增上如是增如是明如是收如是宗如是最如是勝如是妙如二十二根是故說增上義明義收義宗義最義勝義妙義生義是根義問曰若增上義是根義此根義何所爲增上緣答曰眼根四事爲增上緣一者已身端嚴二者持已身三者依生識四者不共事已身端嚴者極令身妙具足一切肢節若眼根不具彼非端正多所憎惡若眼根具已顏貌端正衆不憎惡是謂已身端嚴也持已身者眼見好惡除惡從好令身久住是謂持已身也依生識者依此眼生眼識是謂依生識也不共事者眼根見色此事餘根無也耳根亦爾四事爲增上緣一者已身端嚴二者持已身

三者依生識四者不共事已身端嚴者極令身妙具足一切肢節若耳根不具彼非端正多所憎惡若耳根具已顏貌端正衆不憎惡是謂已身端嚴也持已身者耳聞好惡除惡從好令身久住是謂持已身也依生識者依此耳生耳識是謂依生識也不共事者耳根聞聲此事餘根無也更有說者眼根持生死身爲增上緣如所說偈

眼見諸惡　如實當求　慧以存世　除去諸惡

耳根持法身爲增上緣如所說偈

聞法能知　聞惡不作　聞除非義　聞得至滅

更有說者眼根耳根俱持生死身及法身爲增上緣持生死身如前所說持法身者眼根近善知識誦習耳根聞法近善知識及聞法已思惟念向法次法以是故彼契經說彼時梵摩梵志二根不壞眼根及耳根問曰何以故一切根中說二根不壞眼根及耳根答曰謂二根入佛法中是門是度是道以是故一切根中說二根不壞眼根及耳根鼻根舌根身根亦四事爲增上緣一者已身端嚴二者持已身三者依生識四者不共事已身端嚴者極令身妙具足一切肢節若三根不具者非端正多所憎惡三根具者顏貌端正衆不憎惡是謂已身端嚴也持已身者依此三根通摶食謂摶食即三入香味細滑是是謂持已身也依生識者依此三根生三識是謂依生識也不共事者謂鼻齅香舌知味身知細滑此事餘根無也意根二事爲增上緣一者次生當來有二者自在次生當來有者如所說阿難若識不入母胎寧名色膜漸厚不阿

難曰不也世尊是謂次生當來有也自在者如所說比丘心牽世間心煩惱心生自在更有說者意根復有二事增上緣一者染著二者清淨染著者如所說心染著衆生染著清淨者如所說心清淨衆生清淨是謂意根二事爲增上緣女根男根亦二事爲增上緣一者施設根二者斷根施設根者本有一士夫亦不知男亦不知女若少生造色因少造色故女形異處所異持衣異所說異飲食異去來異男形亦異更有說者此男根女根復有二事爲增上緣一者染著二者清淨染著者非婬故說增上主此中無疑問曰若非婬者此云何答曰若有具此二根彼受非威儀能起五逆斷善根滅一切善種子破壞一切善根此不成男性不成男無形二形不能作爾所惡清淨者若具此一根彼受具足戒威儀能起定威儀無漏威儀除欲界結色界結得須陀洹果斯陀含果阿那含果阿羅漢果辟支佛果佛果此不成男性不成男無形二形不能發爾所功德是謂男根女根二事爲增上緣命根二事爲增上緣一者施設根二者斷根施設根者至命存說有根死已有何根更有說者命根四事爲增上緣種類續種類持種類行種類不斷是謂命根四事爲增上緣五痛根一向染著爲增上緣因五痛令衆生趣東西南北過棧道過刺道過蒺蔾道過山嶮道過羅刹渚入大海洄澓濤波失擂摩羅山同水色黑風暴起度惡龍處所求財物盡爲五痛故更有說者樂根喜根亦有二事爲增上緣一者染著二者清淨染著者如所

說樂痛愛使所使清淨者如所說樂已心定苦根憂根亦二事爲增上緣一者染著二者清淨染著者如所說苦痛恚使所使清淨者如所說因苦習信護根亦二事爲增上緣一者染著二者清淨染著者如所說不苦不樂痛癡使所使清淨者如所說謂依六出要護彼習彼依彼立已謂此依六欲護便棄捨如是彼得斷如是五痛根二事爲增上緣信五根一向清淨爲增上緣如所說偈

信能度流　不放逸海　諦捨除苦　以慧清淨

如所說舍利弗信耶成就若比丘比丘尼除去不善修行於善復如所說阿難精進能轉成道如所說舍利弗聖弟子成就精進力除去不善修行於善如所說我說一切中念如所說舍利弗聖弟子成就於念如守門人除去不善修行於善如所說偈

定者是道　非定非道　定已自知　五陰興衰

鞞婆沙論卷第四上

音釋

彷徉（彷步光切徉與章切彷徉俳佪也）蹉（七何切）擅（式上切）呿（丘加切）猗（於羈切）稷（子力切）肢（章移切四肢也）齅（許救切鼻擥氣）膜（慕各切胲膜也）棧（士諫切閣木爲路也）刺（七自切棘芒也）蒺藜（蒺秦悉切藜呂支切蒺藜茨草也）嶮（虛儉切危也）洄澓（洄戶恢切澓房六切洄澓水漩流也）

鞞婆沙論卷第四下

迦旃延子造

苻秦罽賓三藏僧伽跋澄譯

二十二根處第十六之餘

如所說舍利弗聖弟子成就三三昧須除去不善修行於善如所說偈

慧爲世間妙　能起有所至　能用等正智
生老病死盡

如所說慧過一切法上如所說諸妹聖弟子以慧刀斷一切結縛使惱纏重斷打重打割剥未知根未見處當見處爲增上緣已知根已見處當除諸惡爲增上緣無知根已除諸惡現法受樂爲增上緣是謂事於中此二十二根爲增上緣共行說已當說別行云何眼根答曰謂眼色已見當見今見及此餘所有已見者過去當見者未來今見者現在及此餘所有者謂彼眼識或空或非空如眼根如是耳鼻舌身根亦爾問曰意根云何答曰謂意法已識當識今識及此餘所有已識者過去當識者未來今識者現在及此餘所有者謂彼意識相應問曰女根云何答曰身根少入男根云何身根少入問曰如身極微從足至頂滿何以故於身根少處說女根男根尊者婆須蜜說曰此二根令衆生得名是男是女問曰二形二形得名欲令彼二形得名耶尊者曇摩多羅說曰諸尊此二根中生佛辟支佛聲聞仙人文尼善樂善御問曰云何命根答曰三界壽也問曰何以故不相應行陰中命根立根種類不立答曰命根報果一切報因行故此種類不定或報果或依果以是

故命根立根中種類不立問曰云何樂根答曰樂痛觸更樂謂身心中生善樂能覺是痛是謂樂根問曰苦根云何答曰苦更樂觸若生身不善苦覺是痛是謂苦根問曰喜根云何答曰喜更樂觸若心中生善樂覺是痛是謂喜根問曰憂根云何答曰憂更樂觸若心中生不善苦覺是痛是謂憂根問曰護根云何答曰不苦不樂更樂觸若心中生非善非不善覺是痛是謂護根問曰信根云何答曰行無欲時爲善法故若信能信重信競重已解當解今解屈伏意心淨是謂信根問曰精進根云何答曰行無欲時爲善法故若精進方便力精懃已能當能今能心正持是謂精進根問曰念根云何答曰行無欲時爲善法故若念次念數念已憶當憶今憶不忘心正憶是謂念根問曰定根云何答曰行無欲時爲善法故若心住等住上住無亂不散攝正定是謂定根問曰慧根云何答曰行無欲時爲善法故若擇選擇法擇視等視上視了等了上了山地眼覺黠慧行觀是謂慧根問曰云何未知根答曰若人未見未觀謂學慧慧根及諸根堅信堅法未觀四諦能觀若人未見者謂彼不見諦未觀者謂彼未觀諦學慧慧根者即是慧根也及諸根堅信堅法未觀四諦能觀者謂八根也此九根合聚謂未知根也問曰何以故慧說二名餘道品一答曰妙說妙義故一切彼品中何者最妙慧是如所說王及眷屬行或曰謂慧能三觀一者事觀二者見觀三者緣觀謂彼相應法雖有二觀事觀緣觀但非見觀性慧慧非故謂彼共

有法雖有一觀是事觀但非見觀性非慧故亦非緣觀非緣法故此慧能三觀以故爾或曰謂慧見結不得久住如地隱蟲見物還入如是慧見結不得久住或曰謂慧照意結賊不嬈如室有燈賊不敢嬈如是慧照意結賊不嬈或曰謂無智則縛智則解脫或曰於佛法中謂智快樂能覺則妙如盲入珍寶渚如是無智入佛法中如有目入珍寶渚如是有智入佛法中是說於佛法中有智快樂能覺則妙或曰謂慧能觀餘道品盲如彼盲聚一有目者而爲將導如是餘道品盲慧者能觀而爲將導入寶眞諦或曰謂彼如人說眼首覺覺種道道種或曰謂慧能照一切法此外事如日月星宿摩尼藥瓔珞宮殿能照一界一入一陰一世少所入一界者色界一入者色入一陰者色陰一世者現在此慧能照十八界十二入五陰三世或曰謂慧能斷諸法自相及共相立法自相及共相壞種癡及壞緣癡於法中不顚倒行或曰謂彼說如講堂如所說諸賢我依戒立戒昇戒已登無上慧講堂少方便而觀千世界或曰謂斷結時說如利刀如所說諸妹聖妹聖弟子以慧刀斷結縛使煩惱纒重斷打重打割剥或曰謂彼說如珍寶如所說舍利弗聖弟子成就慧珍寶除不善修行於善或曰佛世尊愛樂慧佛世尊非愛色非族姓非力非錢財非豪貴非眷屬但愛樂慧以是慧二名餘道品一問曰已知根云何答曰謂人已見已觀學慧慧根及諸根信解脫見到身證已觀諦能止觀謂人已見者謂彼已見諦已觀者謂彼已觀諦

學慧根者即是慧根及諸根信解脫見到身證已觀諦能止觀者謂入根此九根合聚謂已知根問曰如無學亦能止觀如彼退法至無退法無退法至念法念法至護法護法至上法上法至無疑何以故說學止觀不說無學答曰應說若不說者是世尊有餘言此現義門現義略現義度當知義或曰謂更斷結更受果彼說止觀彼無學更不斷結亦更不受果以是故不說止觀或曰謂更斷繫得得者法得之得更受解脫得彼說止觀彼無學不更斷繫得亦不更受解脫得以是故不說止觀或曰謂更斷無知更得智彼說止觀彼無學雖更得智不更斷無智染汙無智故以是說學止觀不說無學問曰無知根云何答曰謂人已見已觀無學慧慧根及諸根慧解脫俱解脫已觀諦現法受樂謂人已見者謂彼已見諦已觀者謂已觀諦無學慧慧根者即是慧根及諸根慧解脫俱解脫已觀諦現法受樂者謂入根此無根合聚謂無知根問曰如學現法亦受樂何以故說無學現法受樂不說學答曰應說若不說者是世尊有餘言此現義門現義略現義度當知義或曰妙說妙義故若說妙法者學法勝非無學若說人妙無學人勝非學人或曰謂此猗樂快受彼學意結所熱是故猗樂不快受此無學意結熱滅是故猗樂快受或曰謂此猗樂極廣大受彼學或結怨家盡或不盡是故猗樂不極廣大受如王或降怨家或未降是故王境界不極廣大受如是彼學或結怨家盡或不盡是故猗樂不極廣大受此無學一切結怨家盡

彼猗樂極廣大受如王降一切怨家彼王境界極廣大受如是此無學一切結怨家盡是故猗樂極廣大受或曰謂現法樂非後樂彼學現法樂後亦樂此無學是現法樂非後樂以是故無學說現法受樂不說學問曰此說及諸根慧解脫俱解脫已觀諦現法受樂彼三明阿羅漢有耶無耶若有者此中何以不說若無者彼契經云何通彼契經尊者舍利弗至世尊所問唯世尊五百比丘中幾比丘三明幾比丘俱解脫幾比丘慧解脫世尊告曰舍利弗此五百比丘九十比丘三明九十比丘俱解脫餘比丘慧解脫舍利弗此衆無枝葉亦無節清淨堅住問曰尊者舍利弗知耶不知耶若知者何以問若不知者云何稱聲聞波羅蜜作此論已說曰知也問曰若知者何以故問答曰或有知而問如所說佛世尊知而問或曰爲他故而問雖尊者舍利弗知彼衆中有不知者彼不知者彼不成就無畏法不能問世尊尊者舍利弗知亦成就無畏法彼爲他故問世尊或曰入等性現差降故問佛爲彼五百比丘說法盡得阿羅漢果不受當來有彼世尊心歡悅故說等同誰能第一義世尊心歡悅謂斷當來有尊者舍利弗作是念雖一切得阿羅漢果斷當來有第一義世尊心歡悅但未知誰懃精進誰不懃精進以是故入等性現差降故問或曰佛因彼道果說等同尊者舍利弗道差降故問或曰佛因彼無爲解脫等同尊者舍利弗於有爲解脫差降故問或曰施主思願開故問若施主夏四月受供養彼思願開意如是此極

妙福田莫作是念施種惡田或曰少欲灰覆功德藏顯示世間故如人灰覆藏發顯示故如是少欲灰覆功德藏顯示世間故問或曰現弟子功德故問此應爾如弟子問師答是現弟子功德故問或曰不實貢高智燋增智慢斷貢高慢故問謂彼成就增智慢不喜問世尊說舍利弗比丘問閻浮利十六分慧不能及何況汝等凡智見成就是謂不實貢高智燋增智慢斷貢高慢故問或曰斷謗故問異學誹謗世尊說者沙門瞿曇從舍利弗目揵連受法而說夜受晝說如尊者舍利弗又手而問世尊答是謂斷誹謗故或曰斷於法嫉妬故問若嫉妬者他說功德而不喜聞何況自說尊者舍利弗無此咎是故斷於法嫉妬故問或曰現無貢高及求善法故問或曰

現世尊善說印可故問如王謄書法令若無王印可一切關守便有留難如是若善說無如來印可於過去佛法中四部衆便有留難如王謄書法令若王印可一切關守無有留難如是若善說如來印可於過去佛法中四部衆無有留難是謂現世尊善說印可故尊者舍利弗問作此論已說曰有三明阿羅漢問曰若爾者於彼經通此經中何以不說答曰應說若不說者世尊有餘言或曰彼已說在此中若有此三明阿羅漢或性慧解脫或俱解脫已說慧解脫當知已說性慧解脫三明阿羅漢也已說俱解脫當知已說性俱解脫三明阿羅漢說者更有二師尊者視違羅尊者瞿沙披摩尊者視違羅者稱說慧妙尊者瞿沙披摩者稱說滅盡定妙尊者視違羅

說慧勝非滅盡定慧者等緣滅盡定者無等緣尊者瞿沙披摩說滅盡定勝非慧慧者凡人亦有滅盡定者非凡人若稱說慧者非滅盡定彼說若有三明無八解脫者是說三明阿羅漢謂三明有八解脫彼亦說三明何以故謂彼慧勝非滅盡定一明二明者慧解脫若稱說滅盡定者非慧彼說若有八解脫無三明是說俱解脫若有八解脫及三明此亦說俱解脫何以故謂彼滅盡定勝非慧一明二明者慧解脫說者彼此但虛論不益經不益義如是好如前所說此三明阿羅漢或得滅盡定或不得若得滅盡定彼說俱解脫不得者說慧解脫復次未知根已知根無知根更別說行未知根云何答曰未知當知未觀當觀未斷當斷是故說未知根問曰若未知當知未觀當觀未斷當斷是說未知根者彼苦法忍生已觀欲界五陰於上生苦法智欲界五陰已觀重觀如此已觀當觀何以故說未知根不說已知根答曰苦法忍生欲界始觀五陰未已觀於彼上苦法智生已觀欲界五陰或曰苦法忍生欲界五陰雖觀欲界五陰但未知彼上苦法智生知欲界五陰因智故名爲觀非是忍或曰於彼上當生道未曾所觀意陰覆隨下以是故說未知根非已知根問曰已知根云何答曰已知當知已觀當觀未斷當斷是故說已知根問曰若已知當知已觀當觀未斷當斷是說已知根者道未知忍生除共有相應法餘一切法智及觀於彼上生道未知智彼共有相應法智及觀如此中未知當知未觀當觀何以說已知根不

說未知根答曰外者十六心見道彼初道未知智時於見諦道中彼共有相應品智及觀是故彼已知而知非未知已觀而觀非未觀問曰此中依外不問不答若十五意見道此說云何尊者僧伽婆修說曰當道未知忍現在前時修當來無量道未知忍若彼當來修無量道未知忍者是彼觀共有相應法說曰此不論問曰何以故此不論答曰非是當來道能觀問曰若不爾者此云何答曰多故多已觀當觀少未觀當觀如地無量無邊知見已觀當觀如地一丸如是未觀當觀如空無量無邊如是已觀當觀如空一蚊蚋處如是未觀當觀如海無量無邊如是已觀當觀如海一滴如是未觀當觀如須彌山王無量無邊如是已觀當觀如須彌山芥子數如是未觀當觀是謂多故或曰於彼上當生道已曾所觀已曾所觀意陰覆墮下以是故說已知根非未知根問曰無知根云何答曰已知當知已觀當觀無有未斷可斷是謂無知根問曰若已知當知已觀當觀無有未斷可斷者佛辟支佛聲聞亦已知當知已觀當觀無有未斷可斷何以故三等一說佛不說餘答曰謂始覺覺一切法不破正智或曰謂始得盡智除二陰障結障及解脫障或曰謂意中除二種無知闇癡染著及不染著等及第一義或曰謂意中除二種疑惑猶豫處處及結處或曰謂多聞無猒或曰謂得盡甚深緣起底非如一切聲聞辟支佛作譬喻三獸渡河兎馬香象兎者浮而渡河馬者少多觸沙而渡香象者盡底蹈沙而渡如是三乘渡緣起河

佛辟支佛聲聞如兔浮渡河如是當觀聲聞縁起智如馬少多觸沙而渡如是當觀辟支佛縁起智如香象盡底蹈沙而渡如是當觀佛世尊縁起智是故說謂得盡甚深縁起底非如一切聲聞辟支佛或曰謂四聖諦的智箭極深入如非一切聲聞辟支佛作譬喻如一的三人共射一者摩呵能伽二者鉢騫提三者那羅延摩呵能伽者雖著的不能入何況能過鉢騫提者雖著的能入不能令過那羅延者射破的徹過入地彼的亦不現堅軟隨彼力軟中上射破的亦有軟中上如是三乘射四聖諦的佛辟支佛聲聞如摩呵能伽雖著的不能入況當能過如是當觀聲聞四聖諦智如鉢騫提雖著的能入不能令過如是當觀辟支佛四聖諦智如那羅延射破的徹過入地如是當觀佛四聖諦智此四聖諦的亦不現堅軟隨彼智力有軟中上四聖諦的便有軟中上是故說謂四聖諦的智箭極深入如非一切聲聞辟支佛或曰謂知自覺盡及具辟支佛者雖自覺及具非是盡聲聞者不能自覺何況具盡是說謂知自覺具及盡或曰謂縁自覺及盡行辟支佛者雖有自覺不能盡行聲聞不能自覺何況盡行或曰謂說無二種辯才不盡所說無異或曰成就身及身所依明行成轉輪聖王雖身成就無身所依聲聞辟支佛雖成就身所依非是身佛亦成就身及身所依明行成或曰謂三成就色族妙語復三成就誓果教授或曰三不護及三不共意止或曰謂四不護及四不諫或曰謂成就四智因智時智想智他說智復

有四智無滯智無住智無錯智無礙智或曰謂覺種種因覺種種果覺種種治覺種種意或曰一無二獨福力降魔如非一切聲聞辟支佛說者謂菩薩食難陀難陀波羅乳糜已作如是意坐道樹下要不破結跏坐至盡有漏彼時魔波旬宮殿六反震動彼作是念不知是誰力彼見菩薩坐道樹下作如是意要不破結跏趺坐至盡有漏彼時魔波旬雨華雨至菩薩所到已善言語菩薩悉達阿𠒎是濁世時衆生意剛强如此時難可得成無上正眞道且起我當給汝七寶及以千子領四天下爲轉輪聖王菩薩說曰波旬汝唐疲勞速令此地及泉源池水莊嚴村城舍宅人民飛在空中空及日月星辰速令墮地要不與汝起至盡有漏魔波旬說曰我以愛善之言用告汝汝不起者當見極惡作是語已還至天上告六欲天諸賢當持鉾戟刀鉤金椎鉞斧銜索長鉤我有怨家今在道樹下坐彼時菩薩魔波旬還去不久便作是念常凡人民諍由當防護不應默住何況欲界豪貴菩薩去欲結迹先已修習彼速除欲已發於神足種種變化謂作鼠形者化作猫謂作猫形化作狗謂狗形化作豹形謂豹形化作虎謂虎形化作師子謂戴火化作雨謂雨化作盖菩薩自化作瑠璃臺在中結跏趺坐謂障形不障眼變化已菩薩作是念我種種變化若我他行法時有所嬈亂者魔波旬必能嬈亂我若我他行法時不作嬈亂者魔波旬終不能嬈亂我菩薩因此事念宿命神通作證發已觀百衆生千衆生行法時極供給所當菩薩

作是念如我種種變化如本行菩因令如此魔百千億來者彼終不能嬈亂我何況一魔菩薩作是念住於是魔波旬及十八億魔作醜陋面牙齒恐怖聲極惡音聲執持種種鉾戟滿三十六由延往詣道樹所到已語菩薩曰悉達阿㝹汝見此惡衆不速起莫於此中受無量苦菩薩說曰波旬汝語如小兒汝昔一齋之施謂因果力今得如是自在魔說曰我一齋之施汝施幾齋菩薩說曰我施無量百無量百千齋魔說曰我齋之施得汝爲證誰爲汝證彼時菩薩滿百千福相好莊嚴紫磨金色以合縵掌案地地即大動此以爲證彼時此地如七寶器聲彼魔衆聞已恐怖散壞顧面奔走放惡音聲復道而還菩薩所生眼魔衆過一由延不復見菩薩因此天眼神通作證發已但見而耳不聞菩薩因此天耳神通作證發已能聞不知以何意來菩薩因此知他心神通作證發已觀釋釋衆妙意來魔魔衆惡意來菩薩作是念魔波旬何因來此觀守境界故來以何故守境界便作是念以結故菩薩因此斷一切結已三十四心頃成無上正眞等正覺道三十四心頃者見道十五心道未知智第十六謂道已知智此菩薩有想無想處除欲時是方便道有想無想處斷九品結九無礙道九解脫道是謂三十四心頃謂一切三耶三佛依此以降魔及官屬成最正覺是說謂一無二獨以福力降魔及官屬已成無上正眞道已如非一切聲聞辟支佛或曰謂以知智滿及覺道行及行緣及緣根及根義或曰謂有十力四無所畏十

八不共法或曰謂離世八法不可得功德邊救諸危厄而爲作歸或曰謂大悲久遠來微入普入一切衆生等轉行久遠來者三阿僧祇具修行遠來也微入者覺三苦微入也一者苦苦二者行苦三者變易苦也普來者三界緣普入也一切衆生等轉行者怨親中間等意故一切衆生等轉行也是故說謂大悲久遠來微入普入一切衆生等轉行以是故等三說一佛非聲聞辟支佛問曰何以故色陰中眼根耳鼻舌身根立根色聲香味細滑不立根答曰謂內彼立根外者不立根謂現在時衆生數彼立根不定者不立根謂受彼立根不受者不立根謂斷時痛痒重擔彼立根不定者不立根謂根彼立根謂根義不立根以故爾問曰何以故痛陰中樂痛立二根樂根及喜根苦痛亦立二根苦根及憂根何以故不苦不樂立一根護根答曰應說若不說者世尊有餘言現義現義門現義略現義度當知義或曰現二門二略二度二炬二明二光現二數如樂痛苦痛立二根不苦不樂亦應立二根此有差謂於彼可得起二根如不苦不樂立一根如是樂痛苦痛亦應一根有此等行謂彼起一根是說現二門二略二度二炬二明二光現二數或曰離相違故樂痛苦痛相違苦痛亦樂痛相違彼不苦不樂痛更無餘痛相違是離相違故以故爾或曰轉行餘故此樂痛異樂根轉行異喜根苦痛亦異苦根轉行異憂根彼不苦不樂痛一切轉行餘以故爾或曰樂痛或利或不利或狂或不狂或住或不住或定或不定謂彼不利狂狂不住定彼立

一根是樂根利狂不住不定彼立喜根苦痛亦爾彼不苦不樂痛一切不利不狂住定以是故樂痛立二根樂根及喜根苦痛亦立二根苦根及憂根不苦不樂立一根護根問曰想何以故不立根答曰多有法不立根中何以獨問想問曰色陰或立根或不立根如是行陰或立根或不立根痛陰及識陰盡立根此想何以故盡不立根耶答曰謂無根相無根相故不立根或曰根自力轉行此想因他力轉行如弟子及傭作人隨彼教勑教取即取教捨即捨如是想若痛所覺彼想即想若思所思彼想即想若識所識彼想即想尊者婆須蜜說曰何以故想不立根者增上義是根義想非增上問曰如一切有為法各各相增無為法有為法增何以故想非增上答曰謂諸法能壞結彼立根非想能壞結問曰想亦能壞結世尊所說無常想修習多修習壞一切欲愛及色愛無色愛壞一切無明及慢何以故說想不能壞結尊者曇摩多羅說曰諸尊想者因他受想彼從他起如受所依如彼餘心數法作緣已然後受想是故說諸尊想者因他受想彼從他起如所受依以是故想不立根問曰結何以故不立根答曰增上義是根義結非增上痛於結增上故問曰結增上於解脫中退沒在生死遠離於善何以故說結非增上答曰不如是增上如於解脫中退沒在生死遠離於善此是說上賤弊惡非增上問曰此痛因結增上何以故痛立根結不立答曰雖痛因結起因結得增上但結是下賤如城中豪貴主立守門人彼守門者

雖極增惡但非此增上緣如是增上主如是痛雖因結起因結得增上但結下賤以是故痛立根結不立問曰何以故痛善染汙不隱沒無記一切立根慧者謂善彼立根染汙不隱沒無記不立根答曰痛者結所宗是故善染汙不隱沒無記盡立根慧者善法所宗謂善彼屬善法謂染汙彼斷善法謂不隱無記不可用以是故痛善染汙隱沒無記盡立根慧者謂善彼立根染汙不隱沒無記不立根

問曰若妙義是根義者涅槃於一切法最妙何以故不立根答曰彼涅槃壞根非根如車壞非車瓶壞非瓶財物壞非財物如是涅槃根壞非根或曰根者墮生老無常涅槃者不墮生老無常或曰根者有因得有爲相涅槃者無因得無爲相或曰根者轉世作行受果能知緣涅槃者非轉世不作行不受果不知緣或曰根者前後可得涅槃者無前後或曰根者軟中上可得涅槃者離軟中上或曰根者墮世涅槃者離世或曰根者是陰涅槃者離陰或曰根者縛苦涅槃者離苦或曰有爲法者因行故說妙義根義但涅槃一切有爲法中妙廣說 根竟 二十二

鞞婆沙論卷第四下

音釋

兢居陵切敬也　騰徒登切移寫也　蚑蛸蚑無分切蛸儒稅切　蹈徒到切踐也　乳糜糜靡爲切乳糜略粥也　鉾戟鉾莫浮切戟紀逆切並兵器也　椎直追切　鉞王伐切大斧也　痡痒痒餘兩切　傭餘封切雇作也

鞞婆沙論卷第五

迦旃延子造

苻秦罽賓三藏僧伽跋澄譯

十八界處第十七

十八界者眼界色界眼識界耳界聲界耳識界鼻界香界鼻識界舌界味界舌識界身界細滑界身識界意界法界意識界說曰此界亦是略說亦是廣說略說者因大經故如大本起大般泥洹廣說者因入故入者亦是略說亦是廣說略說者界故廣說者陰故陰者亦是略說亦是廣說略說者入故廣說者如所說諸有爲求是苦因彼故更有說者界者亦是略說亦是廣說即此界故此界中說色心廣心數法略入亦是略說亦是廣說即此入故入中說色廣心心數法略陰亦是略說亦是廣說即此陰故陰中說心數法廣色心略更有說者界者一向說廣問曰何以故界一向說廣答曰攝一切法故大本起大般泥洹雖說廣但彼非攝一切法入中雖攝一切法但不說廣陰中不攝一切法陰者雖攝有爲法但不攝無爲亦不說廣此界一向說廣及攝一切法此是佛世尊略說廣說非爾所廣說如大本起大般泥洹亦非爾所略說如二施法施財施問曰若不爾者此云何答曰若法前說廣後說略謂十八界法此攝受立十二入中謂十二入法此攝受立五陰中除無爲法謂五陰法此攝受說諸有爲求是苦諸有爲求者是謂世尊一向略說此是佛略說廣說世尊因此告舍利弗舍利弗我能爲諸弟子法略說廣說但知者難因此略說廣

說故尊者舍利弗白世尊曰唯世尊但當略
說及廣說法能有知法者因此略說廣說故
作譬喻如海中大龍海中長養身已昇在虛
空雲覆虛空放電光震大音聲我當降雨彼
時百穀藥木樹神恐怖作是念海龍大身若
雨者當有所壞彼時此地亦不畏懼堪受龍
雨百歲千歲我能盡受如海大龍如是世尊
從幢英佛定光惟衛式棄隨葉拘留秦拘那
含牟尼迦葉三耶三佛長養法身以大悲乘
虛空以大慈雲覆陰世間放智電光震大法
音舍利弗我能爲諸弟子法略說廣說但知
者難如百穀藥木樹神恐怖如是一切聲聞
恐怖作是念世尊能異名異句異味異法異
義若說法者恐不能知如地不畏懼堪受龍
雨如是尊者舍利弗六十劫中長養智見堪
受世尊略說廣說能有知法者因此略說廣
說故問曰如有法如舍利弗百千那術數非
其境界所知何以故舍利弗堪受世尊答曰
堪受聲聞境界非佛境界堪受聲聞智非佛
智堪受聲聞行非佛行或曰堪受依佛尊者
舍利弗作是念此世尊等說饒益不空說法
一向滿具隨器說法以是故尊者舍利弗堪
受世尊十八界者眼界乃至意界問曰名十
八界種有幾答曰名十八界種或十七或十
二若取六識者失意界如是名十八種十七
若取意界失六識如是名十八種十二是名
十八界種或十七或十二如名如種如是名
數種數名相種相名異種異名別種別名覺
種覺盡當知問曰若十八界種或十七或十
二云何名立十八界答曰以三事故身依緣

謂十八界六身六依六緣六身者六內界眼界耳鼻舌身意界六依者六識界眼識界耳鼻舌身意識界六緣者六外界色界聲香味細滑法界是謂三事故身依緣是立十八界如佛契經所說六十二界彼盡入中此三事故身依緣問曰何以故世尊說六十二界答曰斷異學意故此身見六十二見根斷身見故佛契經說六十二界如彼佛契經所說拘翼此世種種界無量界彼謂知界於彼彼界强力盜一向入說此佛契經以見名說界此盡入十八界中以三事故身依緣佛所說契經以大樹作喻說諸比丘如大樹葉界亦爾數此佛契經以見名說界此亦盡入十八界中以此三事故身依緣是謂名立十八界此是界性已種相身所有自然說性已當說何

何以故說界界有何義答曰性義是界義段義分義微義異相義不相似義斷義種種事是界事舍提說曰趣趣者是界持長養是界性義是界義者一身一意有十八性如一山中多有性鐵性銅性白鑞性鉛錫性金性銀性瑠璃性水精性如是一身一意有十八性是性義是界義段義是界義者次第布肉便數有男有女如竹篾次第織便數名蓋是扇如木片便數爲車宮舍講堂臺觀如是次第布肉段便數爲男女是段義是界義分義是界義者女十八分男十八分是分義是界義微義是界義者女十八微男十八微是微是界義異相義是男義者眼相異至意相異是異相義是界義不相似義是界義者眼界不相似至意界不相似是不相似義是界義斷

義是界義者眼界斷三界至意界斷三界是斷義是界義種種事是界事者謂眼界事非至意界事謂意界事非至眼界事是種種事是界事舍提說曰趣趣者是界持長養是界趣趣是界者趣諸界諸趣諸生趣輪轉生死持者已性長養者他性是謂性義是界義叚義分義微義異相義不相似義斷義種種事是界事舍提說曰趣是界持長養是界如是共行說已當說別行云何眼界答曰謂眼見色已見當見今見及此餘所有已見者是過去當見者未來今見者現在及此餘所有者謂彼眼識或空或非空更有說者謂我眼見色是我所有餘一切衆生餘所有謂我眼不見色是我餘所有餘一切衆生亦餘所有更有說者謂我眼見色是我所有餘一切衆生亦所有謂我眼不見色是我餘所有餘不見色亦餘所有問曰如無此事一眼二人見色況多何以故說謂我眼見色是我所有餘一切衆生亦所有答曰頗有此以他眼見色耶但眼所用事因見色彼見已便滅謂用事已便滅以是故說謂我眼見色是我所有餘一切衆生亦所有更有說者謂我眼見色是我所有餘一切衆生亦非所有亦非餘所有謂我眼不見色是我餘所有餘一切衆生非所有亦非餘所有此者不論此眼云何非所有非餘所有問曰若不論者此二何答曰如是好如前所說謂我眼見色是我所有餘一切衆生餘所有謂我眼不見色是我餘所有餘一切衆生亦餘所有問曰如一眼能見色二眼不見色云何見非見因非見見因答曰因

見不見來因不見見未是各各相來故謂之因見不見持不見見持是各各相持故謂之因見不見等持不見見等持是各各等相持故謂之因因見不見生因不見見生各各相生故謂之因見不見養不見見養各各相養故謂之因見不見長不見見長各各相長故謂之因或曰謂眼見及不見此二俱一界一入一根一見一界者眼界一入者眼入一根者眼根一見者眼見如眼界耳鼻舌身界亦爾問曰色界云何答曰謂色眼已見當見今見及此餘所有已見者過去色當見者未來色今見者現在色及此餘所有者罽賔說餘所有色四種有過去色謂眼不見已滅有當來色謂眼不見當滅有現在色謂眼不見而滅復有當來色不生法是謂罽賔說餘所有色四種外者說餘所有色五種有過去色謂眼不見已滅有當來色謂眼不見當滅有現在色謂眼不見而滅復有當來色不生法不生法色者有二種或眼識空或非空是謂外者餘所有色說五種說曰復有所有色或一衆生境界或二或至百千謂一衆生見至百千此云何如說法者昇乎高座百千衆生見已起彼緣識彼所有不起者餘所有如月初生百千衆生見已起彼緣識彼所有不起餘所有如大聚會莊嚴一女伎人百千衆生見已起彼緣識彼所有不起者餘所有說曰復有餘所有色或一衆生不見或二乃至百千如山根山谷山腹山内此大地内大海内須彌山王内雖彼天眼境界但不用故不見問曰非佛眼境界耶答曰頗有佛天眼常現在

前耶如色界聲香味細滑界亦爾問曰云何眼識界答曰眼緣色生眼識問曰如除已性餘一切法緣生眼識何以故說眼緣生眼識答曰謂彼近與增上緣彼眼色生眼識時極近與增上緣非如已生老無常或曰謂彼依及緣依者眼緣者色或曰謂彼內及外內者眼外者色或曰謂彼根及根義根者眼根義者色是說眼緣色生眼識問曰如色緣生識何以說眼識不說色識答曰應說如彼外塵經所說色更樂緣生識若不說者是世尊有餘言此現義門現義略現義度當知義或曰妙說妙義故雖色緣生識但彼眼生識時妙義如伎染衣書如所說其處作伎非無女彼非無彈伎非無歌伎非無教伎非無守者但彼伎主極妙事是說其處作伎如說人染衣非是人染衣是色染衣但彼人於染極妙事是說人染衣如說以筆書作字非無墨非無紙非無人方便但彼筆於字極妙是說筆妙如是雖色緣生識但彼眼生識時妙事是妙說妙義故如伎染衣書或曰眼及眼識一依一意可得色不定或曰眼內色不定或曰眼在已意（意者神也）色不定尊者婆須蜜說曰如色緣生識何以故說眼識不說色識答曰依眼非色重說曰眼妙非色重說曰眼已意可得非色重說曰眼近事色不定重說曰眼受非色重說曰眼增減識亦增減非色重說曰眼增上緣非色尊者曇摩多羅說曰若無眼者必不生識問曰若無色者亦不生識答曰若無一色者更有二乃至百千色若無眼者以那術色在前不可依此生識是故說數事

依倚及妙　已意近受　增及上緣　師想在後

眼知色者問曰如識知色非眼知色何以故說眼知色答曰此說應當爾眼到眼識所教謂之見應爾問曰若不爾者何意答曰具故如商人行道彼非商人行是足行但彼商人於行爲具足說商人行道如是雖識知色但彼眼見色具是故說眼知色或曰除重說答故如後當說眼知色謂心意識問曰心意識有何差別一說者無有差別心意識一義無若干義如此誦十種名彼說火有十名火炎燃熾盡薪惡黑烟居明炎雪怨此是火十名彼同是一如是誦火色者說火色有十名

火赤多疫死　黃色起刀兵　紅炎有飢饉
雜色宜五穀　青色豐歡喜　白色國興盛
黑色境減損　此名火十色

如是餘契經說謂痛等痛別痛覺是痛此雖多名是一痛如是餘契經說偈

釋統熏大　千眼拘翼　日夫天王　因提在後

此雖十名故是一如是說心意識同一義非若干或曰有差別心者過去意者當來識者現在或曰界施設心入施設意陰施設識或曰性義是心義輸門義是意義聚義是識義或曰猗性憍逸說心性義是界義恃財憍逸說意輸門義是入義恃命憍逸說識陰者如怨家或曰思是心覺是意知是識尊者婆跋羅芬說曰能思能截是心能覺能惻是意能知能別是識能思者是有漏能截者是無漏能覺者是有漏能惻者是無漏能知者是有漏能別者是無漏心意識是謂差別如眼識耳鼻舌身意識亦爾問曰意界云何答曰謂

意法已知當知今知及此餘所有已知者過去當知者未來今知者現在及此餘所有者謂意或空或不空問曰云何法界答曰謂法意已知當知今知已知是過去當知是未來令知是現在問曰六識何以不立餘所有答曰行故立六識彼過去意不作行或曰生故立六識彼過去意無生法也以是故六識不立餘所有問曰法界何以故不立餘所有答曰已說意當知已略說法界謂彼不說此中說謂彼說有餘此說無餘是故法界不立餘所有或曰非是因法界故立所有餘所有若因法界故立所有餘所有者是一切十二入亦當立所有餘所有但非法界故立所有餘所有以是故作此論頗色界法中或所有或餘所有耶答曰有十色入是所有餘所有謂彼生老無常此所有問曰何以故答曰謂彼入法界中法界者無餘所有以故爾頗無色法中所有餘所有耶答曰有七意界是所有餘所有謂彼生老無常此所有問曰何以故答曰謂彼入法界中法界者無餘所有以故爾頗有處繫在眼彼處亦繫在色亦繫在能生眼識耶答曰或是處或餘處問曰云何是處答曰生欲界見欲界色彼欲界眼欲界色能生欲界眼識生初禪中初禪地眼見初禪地色彼初禪地眼初禪地色能生初禪地眼識此謂是處問曰云何餘處答曰生欲界中初禪地眼見欲界色彼初禪地眼欲界色能生初禪地眼識復生欲界二禪地眼見欲界色彼二禪地眼欲界色能生初禪地眼識二禪地眼見初禪地色彼二禪地眼初禪地色

能生初禪地眼識二禪地眼見二禪地色彼
二禪地眼二禪地色能生初禪地眼識復生
欲界三禪地眼見欲界色彼三禪地眼欲界
色能生初禪地眼識三禪地眼見初禪地色
彼三禪地眼初禪地色能生初禪地眼識三
禪地眼見二禪地色彼三禪地眼二禪地色
能生初禪地眼識三禪地眼見三禪地色彼
三禪地眼三禪地色能生初禪地眼識復生
欲界四禪地眼見欲界色彼四禪地眼欲界
色能生初禪地眼識四禪地眼見初禪地色
彼四禪地眼初禪地色能生初禪地眼識四
禪地眼見二禪地色彼四禪地眼二禪地色
能生初禪地眼識四禪地眼見三禪地色彼
四禪地眼三禪地色能生初禪地眼識四禪
地眼見四禪地色彼四禪地眼四禪地色能
生初禪地眼識是謂生欲界如生欲界生初
禪二禪三禪四禪亦爾是謂餘處頗有餘處
繫在眼餘處繫在色餘處繫在能生眼識耶
答曰有生欲界三禪地眼見欲界色彼二禪
地眼欲界色能生初禪地眼識復生欲界三
禪地眼見欲界色彼三禪地眼欲界色能生
初禪地眼識三禪地眼見二禪地色彼三禪
地眼二禪地色能生初禪地眼識復生欲界
四禪地眼見欲界色彼四禪地眼欲界色能
生初禪地眼識四禪地眼見二禪地色彼四
禪地眼二禪地色能生初禪地眼識四禪地
眼見三禪地色彼四禪地眼三禪地色能生
初禪地眼識是謂生欲界如生欲界生初禪
一禪 三禪四禪亦爾是謂餘處繫在眼餘處
繫在色餘處繫在能生眼識頗有處繫在身

彼處亦繫在眼亦繫在色亦繫在能生眼識耶答曰或是處或餘處問曰云何是處答曰生欲界欲界眼見欲界色彼欲界者欲界眼欲界色能生欲界眼識生初禪初禪地眼見初禪地色彼初禪地身初禪地眼初禪地色能生初禪地眼識是謂是處問曰餘處繫云何答曰生欲界初禪地眼見欲界色彼欲界身初禪地眼欲界色能生初禪地眼識初禪地眼見初禪地色彼欲界身初禪地眼初禪地色能生初禪地眼識復生欲界二禪地眼見欲界色彼欲界身二禪地眼欲界色能生初禪地眼識二禪地眼見初禪地色彼欲界身二禪地眼初禪地色能生初禪地眼識二禪地眼見二禪地色彼欲界身二禪地眼二禪地色能生初禪地眼識復生欲界三禪地眼見欲界色彼欲界身三禪地眼欲界色能生初禪地眼識三禪地眼見初禪地色彼欲界身三禪地眼初禪地色能生初禪地眼識三禪地眼見二禪地色彼欲界身三禪地眼二禪地色能生初禪地眼識三禪地眼見三禪地色彼欲界身三禪地眼三禪地色能生初禪地眼識復生欲界四禪地眼見欲界色彼欲界身四禪地眼欲界色能生初禪地眼識四禪地眼見初禪地色彼欲界身四禪地眼初禪地色能生初禪地眼識四禪地眼見二禪地色彼欲界身四禪地眼二禪地色能生初禪地眼識四禪地眼見三禪地色彼欲界身四禪地眼三禪地色能生初禪地眼識四禪地眼見四禪地色彼欲界身四禪地眼四禪地色能生初禪地眼識是謂生欲界如

生欲界生初禪二禪三禪四禪亦爾是謂餘處頗有餘處繫在身亦餘處繫在眼亦餘處繫在色亦餘處繫在能生眼識耶答曰有生欲界三禪地眼見二禪地色彼欲界身三禪地眼二禪地色能生初禪地眼識復生欲界四禪地眼見二禪地色彼欲界身四禪地眼二禪地色能生初禪地眼識四禪地眼見三禪地色彼欲界身四禪地眼三禪地色能生初禪地眼識是謂生欲界生二禪三禪地眼見欲界色彼二禪地身三禪地眼欲界色能生初禪地眼識復生三禪四禪地眼見欲界色彼二禪地身四禪地眼欲界色能生初禪地眼識四禪地眼見三禪地色彼二禪地身四禪地眼三禪地色能生初禪地眼識是謂生二禪如生二禪三禪亦爾是謂餘處如眼界色界眼識界說已耳界聲界耳識界亦爾頗有處繫在鼻彼處亦繫在香彼處亦繫在能生鼻識耶答曰有欲界鼻欲界香能生欲界鼻識如鼻界香界鼻識界說已舌界味界舌識界亦爾頗有處繫在身彼處亦繫在細滑彼處亦繫在能生身識耶答曰或是處或餘處問曰云何是處答曰生欲界覺欲界細滑彼欲界身欲界細滑能生欲界身識生初禪覺初禪地細滑彼初禪地身初禪地細滑能生初禪地身識是謂是處問曰云何餘處答曰生二禪覺二禪地細滑彼二禪地身二禪地細滑能生初禪地身識生三禪覺三禪地細滑彼三禪地身三禪地細滑能生初禪地身識生四禪覺四禪地細滑彼四禪地身四禪地細滑能生初禪地身識謂細滑能覺

自地非覺他地是謂餘處頗有處繫在意彼處亦繫在法彼處亦繫在能生意識耶答曰或是處或餘處問曰云何是處答曰生欲界中知欲界法彼欲界意欲界法能生欲界意識如是至生有想無想地知有想無想地法彼有想無想地意有想無想地法能生有想無想地意識此謂是處問曰餘處云何答曰生欲界中知初禪地法彼欲界意初禪地意識法或三界繫或不繫初禪次第知欲界法彼初禪地意欲界意識法或初禪地或至有想地無想地彼生欲界中知二禪地法彼欲界意二禪地意識法或三界繫或不繫二禪次第知欲界法彼二禪地意欲界意識法或二禪地或至有想無想地彼生欲界中知三禪地法彼欲界意三禪地意識法或三界繫或不繫三禪次第知欲界法彼三禪地意欲界意識法或三禪地或至有想無想地彼生欲界中知四禪地法彼欲界意四禪地意識法或三界繫或不繫四禪次第知欲界法彼四禪地意欲界意識法或四禪地或至有想無想地彼生欲界中知虛空地法彼欲界意虛空地意識法或三界繫或不繫虛空處次第知欲界法彼虛空地意欲界意識法或虛空地或至有想無想地彼生欲界中知識地法彼欲界意識地意識法或三界繫或不繫識處次第知欲界法彼識地意欲界意識法或識地或至有想無想地彼生欲界中知不用地法彼欲界意不用地意識法或三界繫或不繫不用處次第知欲界法彼不用地意欲界意識法或不用地或有想無想地彼生欲

界中知有想無想地法彼欲界意有想無想地意識法或三界繫或不繫有想無想處次第知欲界法彼有想無想地意欲界意識法有想無想地是謂生欲界中生初禪中知二禪地法彼初禪地意二禪地意識法或三界繫或不繫二禪次第知初禪地法彼二禪地意初禪地意識法或初禪地或至有想無想地彼生初禪中知三禪地法彼初禪地意三禪地意識法或三界繫或不繫三禪次第知初禪地法彼三禪地意初禪地意識法或初禪地或至有想無想地彼生初禪中知四禪地法彼初禪地意四禪地意識法或三界繫或不繫四禪次第知初禪地法彼四禪地意初禪意識法或初禪地或至有想無想地彼生初禪中知空處地識處不用處有想無想

處地法彼初禪地意有想無想地意識法或三界繫或不繫有想無想次第知初禪地法彼有想無想地意初禪地意識法或初禪地或至有想無想處地是謂生初禪如生初禪至生有想無想處亦爾此說是生問曰云何正受答曰欲界善心次第初禪正受彼欲界意初禪意識法或三界繫或不繫初禪次第二禪正受順彼初禪意二禪意識法或三界繫或不繫從二禪初禪正受逆彼二禪意初禪意識法或初禪地或至有想無想處地初禪次第三禪正受順超彼初禪意三禪意識法或三界繫或不繫從三禪起初禪正受逆超彼三禪意初禪意識法或初禪地或至有想無想地二禪次第三禪正受順彼二禪意三禪意識法或三界繫或不繫從三禪起二

禪正受逆彼三禪意二禪意識法或二禪地或至有想無想地二禪次第四禪正受順超彼二禪意四禪意識法或三界繫或不繫從四禪起二禪正受逆超彼四禪意二禪意識法或二禪或至有想無想處三禪次第四禪正受順彼三禪意四禪意識法或三界繫或不繫從四禪起三禪正受逆彼四禪意三禪意識法或三禪地或至有想無想地三禪次第虛空處正受順超彼三禪意虛空處意識法或三界繫或不繫從虛空處起三禪正受逆超彼虛空處意三禪意識法或三禪地或至有想無想地四禪次第虛空處正受順彼四禪意虛空處意識法或三界繫或不繫從虛空處起四禪正受逆彼虛空處意四禪意識法或四禪地或至有想無想地四禪次第識處正受順超彼四禪意識處意識法或三界繫或不繫從識處起四禪正受逆超彼識處意四禪意識法或四禪地或至有想無想地虛空處次第識處正受順彼虛空處意識處意識法或三界繫或不繫從識處起虛空處正受逆彼識處意虛空處意識法或虛空處或至有想無想處虛空處次第不用處正受順超彼虛空處意不用處意識法或三界繫或不繫從不用處起虛空處正受逆超彼不用處意虛空處意識法或虛空處或至有想無想地識處次第不用處正受順彼識處意不用處意識法或三界繫或不繫從不用處起識處正受逆彼不用處意識處意識法或識處或至有想無想處識處次第有想無想處正受順超彼識處意有想無想處意識法

或三界繫或不繫從有想無想起識處正受逆超彼有想無想處意識處意識法或識處或至有想處從不用處次第有想無想處正受順彼不用處意有想無想處意識法或三界繫或不繫從有想無想處起不用處正受逆彼有想無想處意不用處意識法或不用處或有想無想處是謂正受問曰餘正受云何答曰此設欲界四種變化意一者初禪果二者二禪果三者三禪果四者四禪果初禪果變化心次第世俗初禪現在前彼欲界意初禪意識法者彼變化或六入或四六者已心住四者非已心住世俗初禪次第初禪果欲界變化化彼初禪地意欲界意識法者變化或六入或四入問曰應有六何故四答曰彼不化香味故問曰何以不化香味答曰莫令成就是故不化更有說者彼化香味但彼有成就如女有女根男有男根但彼不成就如是彼化香味但不成就如是說者必化香味欲界二禪果變化心次第世俗二禪現在前彼欲界意二禪意識法者或六入或四世俗二禪次第二禪果欲界變化化彼二禪意欲界意識法者變化六入欲界三禪果變化心次第世俗三禪現在前彼欲界意三禪意識法者或六入或四世俗三禪次第三禪果欲界變化化彼三禪意欲界意識法者變化六入欲界四禪果變化心次第世俗四禪現在前彼欲界意四禪意識法者彼變化或六或四世俗四禪次第四禪果欲界變化化彼四禪意欲界意識法者變化六入此餘正受也問曰若成就眼界彼亦成就色界耶答曰

如是若成就眼界彼亦成就色界頗成就色界不成就眼界耶答曰有生欲界不得眼界設得便失不得者生盲及處母胎卵膜漸厚設得便失者如眼界若脫若腐若破若墮若挑若陷若縹若瞎若烟若塵如是餘患壞眼也問曰若成就眼界彼亦成就眼識界耶答曰或成就眼界非眼識界云何成就眼界非眼識界答曰生二禪三禪四禪眼識界不現在前是謂成就眼界非眼識界云何成就眼識界非眼界耶答曰處胎卵膜漸厚若生欲界不得眼根設得便失是謂成就眼識界非眼界云何成就眼界亦成就眼識界耶答曰生欲界具諸根亦生初禪及生二禪三禪四禪眼識界現在前時是謂成就眼界亦成就眼識界云何不成就眼界亦不成就眼識界耶答曰生無色界是謂不成就眼界亦不成就眼識界問曰若成就色界彼亦成就眼識界耶答曰或成就色界非成就眼識界云何成就色界非眼識界耶答曰生二禪三禪四禪眼識界不現在前時是謂成就色界非眼識界云何成就眼識界非色界耶答曰此無也云何成就色界亦成就眼識界耶答曰生欲界具諸根亦生初禪及生二禪三禪四禪眼識界現在前時是謂成就色界亦成就眼識界云何不成就色界亦不成就眼識界耶答曰生無色界是謂不成就色界亦不成就眼識界問曰若不成就色界彼亦不成就眼界耶答曰如是若不成就色界彼亦不成就眼界頗不成就眼界非不色界耶答曰有生欲界不得眼根設得便失問曰若不成就眼

界彼亦不成就眼識界耶答曰或不成就眼界非眼識界云何不成就眼界非眼識界答曰處胎卵膜漸厚若生欲界不得眼根設得便失是謂不成就眼界非眼識界云何不成就眼識界非不眼界答曰生二三四禪眼識界不現在前是謂不成就眼識界非不眼界云何不成就眼界眼識界答曰生無色界是謂不成就眼界眼識界云何非不成就眼界眼識界答曰生欲界具足眼根生初禪亦生二三四禪眼識界現在前是謂非不成就眼界眼識界問曰若不成就色界彼亦不成就眼識界耶答曰如是若不成就色界彼亦不成就眼識界頗不成就眼識界非不色界耶答曰有生二禪三禪四禪眼識界不現在前也問曰若眼界成就得不成就彼亦色界成就得不成就耶答曰如是若色界成就得不成就彼亦眼界成就得不成就頗眼界成就得不成就非色界耶答曰有生欲界得眼根便失也問曰若眼界成就得不成就彼亦識界成就得不成就耶答曰或眼界成就得不成就非眼識界云何眼界成就得不成就非眼識界答曰生欲界得眼根便失是謂眼界成就得不成就非眼識界云何眼識界成就得不成就非眼界答曰生二三四禪從眼識界起是謂眼識界成就得不成就非眼界云何眼界成就得不成就亦眼識界答曰欲色界沒生無色界是謂眼界成就得不成就亦眼識界云何非眼界成就得不成就亦眼識界答曰生欲界具足眼根生初禪亦生二三四禪眼識界現在前是謂非眼界成就得不

成就亦眼識界問曰若色界成就得不成就彼亦眼識界成就得不成就耶答曰如是若色界成就得不成就彼亦眼識界成就得不成就頗眼識界成就得不成就非色界耶答曰有生二禪三禪四禪從眼識界起也問曰若不成就眼界得成就彼亦色界不成就得成就耶答曰如是若色界不成就得成就彼亦眼界不成就得成就頗眼界不成就得成就非色界耶答曰有生欲界不具眼根獲眼根也問曰若不成就眼界得成就彼亦眼識界不成就得成就耶答曰或眼界不成就得成就非眼識界云何眼界不成就得成就非眼識界答曰生欲界眼根不具得眼根是謂眼界不成就得成就非眼識界云何眼識界不成就得成就非眼界答曰生二禪三禪四禪眼識界現在前是謂眼識界不成就得成就非眼界云何眼界不成就得成就亦眼識界答曰無色界没生欲色界是謂眼界不成就得成就亦眼識界云何非眼界不成就得成就亦眼識界答曰生欲界眼根具足生初禪亦生二禪三禪四禪眼識界現在前是謂非眼界不成就得成就亦眼識界問曰若不成就色界得成就彼亦眼識界不成就得成就耶答曰如是若不成就色界得成就彼亦眼識界不成就得成就頗不成就眼識界得成就非色界耶答曰有生二三四禪眼識界現在前也如眼界色界眼識界餘界亦爾廣說十八界處盡

鞞婆沙論卷第五

音釋

鑞盧合切錫也　鉛與專切黑錫也　疫營隻切瘟疾也　饉渠槿切無菜曰饉　陷戶鑑切　曀於計切障也

鞞婆沙論卷第六

迦旃延子造
苻秦罽賓三藏僧伽跋澄譯

十二入處第十八

十二入者眼入色入耳入聲入鼻入香入舌入味入身入細滑入意入法入問曰何以故彼作經者依十二入而作論答曰彼作經者意欲爾如所欲如是作經與法不相違以是故依十二入而作論或曰彼作經者無事問曰何以故彼作經者無事答曰此是佛契經彼契經有生聞梵志彼中食後彷徉遊行至世尊所到已共世尊面相慰勞已在一面坐一面坐已生聞梵志白世尊曰瞿曇我欲少有所問聽我所問當為我說世尊告曰梵志隨所欲問梵志曰瞿曇一切謂一切瞿曇一切有幾所云何瞿曇一切一切有施設而施設世尊告曰汝梵志有十二入從眼入至法入此梵志有爾所一切如是如來一切施設而施設梵志若如是說此非一切如沙門瞿曇所施設我捨此一切更施設餘一切者彼但有言數問已不知增益生癡何以故如非境界問曰若有作是說爾所一切謂十八界爾所一切謂五陰及無為爾所一切謂四聖諦及虛空非數緣盡爾所一切謂名及色此亦但有言數問已不知增益生癡如非境界耶答曰此不然問曰若不然者此云何答曰此說除義不說除味此說除施設義不說除施設味謂一切法性彼盡攝十二入中若有作是說我捨十二入義更施設義者彼終不能施設是故此說除義不說除味此說除施

設義不說除施設味說者此十二入妙說快說最說上說問曰何以故此十二入妙說快說最說上說答曰謂此入不亂說及攝一切法界者雖攝一切法但是亂說謂一心立七心界陰雖非亂說但彼不攝一切法謂攝有爲不攝無爲此入非是亂說及攝一切法或曰謂此入中說及攝一切法界者雖攝一切法但是廣說陰者不攝一切法亦非中說此入是中說及攝一切法以是故說者十二入妙說快說最說上說以是故作此論欲觀一切法者彼當依十二入觀依十二入觀已生十二入法明及現十二義像如人瑩磨十二鏡自觀其像彼一切十二鏡中見其像如是欲觀一切法者彼當依十二入觀依十二入觀已生十二法明及現十二義像此入一身一意可得但有行若干差降如十三人一家可得但行各各異如是十二入雖有一身一意可得但有行若干差降此是入性巳種相身所有自然說性巳當說行何以故說入入有何義答曰輸門義是入義輸道義藏義倉義標義機義田義泉義流義海義白義清義是入義輸門義是入義者如村城國訾輸可得令王官豐富如是依及緣心心數法可得謂長養衆生是謂輸門義是入義輸道義亦爾藏義是入義者如藏中有金銀瑠璃摩尼可得謂益衆生如是此依及緣心心數法可得謂長養衆生是謂藏義是入義倉義是入義者如倉中飲食具可得謂長養衆生如是依及緣心心數法可得謂長養衆生是謂倉義是入義標義是入義者如此標下百千衆

生斷其命如是此依及緣中衆生無常所滅是謂標義是入義機義是入義者如因機織施經緯如是因此依及緣心心數法施設是謂機義是入義田義是入義者如田中生種種穀謂長養衆生如是此依及緣心心數法可得謂長養衆生是謂田義是入義泉義是入義者如彼契經有天到世尊所以偈而問

泉從何轉　何轉不轉　何所苦樂　無餘滅盡

世尊以偈答曰

眼耳及鼻　舌身并意　泉從是轉　此轉不轉
此苦及樂　無餘滅盡

是泉義是入義流義是入義者如彼契經有天到世尊所以偈而問

流一切流　以何制流　說防護流　以何塞流

世尊以偈答曰

謂世諸流　念者制流　我說防流　以慧塞流

是謂流義是入義海義是入義者如彼契經說比丘海海者凡愚所未聞凡人口說也彼非此聖法中海是大積聚水數

眼是入大海　彼色爲濤波　若忍色濤波
彼不度眼海　濤波所迴轉　邪魅羅刹持

耳鼻舌身亦爾

意是入大海　彼法爲濤波　若忍法濤波
彼不度意海　濤波所迴轉　邪魅羅刹持

是謂海義是入義清白義是入義者此說白清亦爾輕故彼外書說亦名地亦名作如彼契經異學摩竭檀提說沙門瞿曇地壞地已壞何所作是謂輸門義是入義輸道藏義倉義標義機義田義泉義流義海義白義清義是入義共行說已當說別行眼入云何答曰

謂眼色已見當見今見及此餘所有已見過去當見未來今見現在及此餘所有者謂彼眼識或空或不空如眼入耳鼻舌身意入亦爾問曰色入云何答曰謂色眼已見當見今見及此餘所有已見過去當見未來今見現在及此餘所有如入色聲香味細滑亦爾問曰何以故說色入如十色入何以故說一色入答曰色入者是一名餘者二名色入者同名餘入者同不同名彼說不同名或曰色入者二眼界是說色入或曰色入者三眼界肉眼天眼聖慧眼是說色入餘入者非三眼界是故不說色入或曰色入者二眼界及眼識緣是說色入餘入者非二眼界亦非眼識緣是故不說色入尊者瞿沙亦爾說二眼界故及眼識緣故說一色入或曰謂色入者能斷壞是說色入餘入者不能斷壞是故不說色入或曰色入者大礙能捨是說色入餘入者非大礙亦不能捨是故不說色入或曰色入者方所有及施設方由延所有及施設由延方所有者方色入所有方施設者因色施設方由延所有者由延色入所有由延施設者因色施設由延謂色入方所有及施設方由延所有及施設由延是說色入餘入者非方所有亦非施設方非由延所有亦非施設由延是故不說色入或曰謂色入者二十種二十一種是說色入餘入者非二十種亦非二十一種是故不說色入或曰色入者可施設住此住彼是說色入餘入者不可施設住此住彼是故不說色入或曰色入者色名及色所有是說色入餘入者雖色所有但非色名

是故不說色入有法非色所有但墮色名如所說謂彼息解脫度色無無色如是色正受身作證遊行此說十一種是細滑入何者四大軟澁輕重寒熱飲食飢渴是謂十一種是細滑入問曰何以故說細滑入爲有所觸是細滑入耶爲性細滑是細滑入耶爲細滑緣是細滑入耶若有所觸是細滑入者不應極微觸極微若性細滑是細滑入者心心數法亦性細滑非觸細滑若細滑緣是細滑入者應心心數法緣細滑入非細滑緣細滑作此論已答曰有所觸是說細滑入問曰不應極微觸極微答曰不可施設一極微若施設者多合聚已施設或曰謂因身觸謂因身觸者是說觸尊者婆須蜜說曰極微當言觸耶當言非觸耶答曰當言非觸但等設交易故便有觸想尊者曇摩多羅說曰諸尊極微者當言不觸但色合無中間故觸則有想如等設交易故問曰謂水中影鏡中像是實耶非實耶若實者面不入鏡中鏡亦不入面中除此已云何更有色譬喻者說曰非是實問曰何以故非實答曰所謂面不入鏡中鏡亦不入面中除此已云何更有色阿毗曇者說曰實有種相是色入及眼識所知問曰如面不入鏡中鏡亦不入面中除此已云何更有色答曰我無量種成色非是一種如緣月及陰燧珠緣器便得水此眞實水用事如緣日及陽燧珠燧鑽緣牛糞人方便便得火眞實用火事如是謂水中影鏡中像實有種相是色入及眼識所知問曰如呼聲響應彼是實耶爲非實耶若是實者謂此發聲即滅除此已云

何更有聲譬喻者説曰非實問曰何以故非實答曰此問發聲即滅除此已云何更有聲阿毗曇者説曰實有種相是聲入及耳識所知問曰如此發聲彼即滅除此已云何更有聲答曰我無量種成聲非是一種謂頰嘘齗咽舌齒相緣而發聲問曰法入云何答曰謂法意識已知當知今知已知過去當知未來今知現在問曰如一切十二入盡是法性何以故説一法入答曰如是雖一切十二入是法性但有一法處所如十八界雖是法性但有一法界處所十智雖是法性但有一法智處所七覺意雖是法性但有一擇法覺意處所六思念雖是法性但有一念法處所四意止雖是法性但有一法意止處所四辯雖是法性但有一法辯處所四信雖是法性但有一信法處所三寶三自歸雖是法性但有一法寶一法歸處所如是十二入雖是法性但有一法入處所或曰法入者是一名餘入者有二名法入者同名餘入者同不同名彼説不同名或曰謂彼法常入不異生老無常不壞謂滅盡涅槃彼入法入中是故説一法入或曰謂一切有爲法封印想謂三有爲相彼入法入中是故説一法入或曰謂一切有爲法説顯現誦習謂名彼入法入中是故説一法入或曰謂覺法是法不覺是我謂空三昧彼入法入中是故説一法入問曰身見亦入法入中謂覺法是我何以故不因身見説法入耶答曰此非如如覺身見是如如覺空三昧是謂因空三昧故説法入非身見或曰此法可得如風所從來此名風入如是法入中

法可得是故說法入或曰多法可得故說一法入法入中多有法入謂色法無色法可見法不可見法有對法無對法相應法不相應法依法不依法行法不行法身法不身法共緣法不共緣法是謂多法可得故說一法入

如佛契經內六入前說眼入後說乃至意入外六入前說色入後說乃至法入問曰何以故世尊內六入前說眼入後說乃至意入外六入前說色入後說乃至法入答曰他說隨順故如是他說隨順如是應味次第順或曰世尊順說故他亦順受故佛說如是順受亦如是順或曰因麤細故內六入何者最麤眼入是是故佛前說何者最細意入是是故佛最後說外六入何者最麤色入是是故佛前說何者最細法入是是故佛最後說是因麤細故佛契經內六入前說眼入後說乃至意入外六入前說色入後說乃至法入佛契經說此丘此岸者內六入是比丘彼岸者外六入是問曰何以故佛契經內六入說此岸外六入說彼岸答曰近遠法故如河近者此岸遠者彼岸如是謂心心法依者近緣者遠是謂近遠法故或曰下上法故如河謂所下處是此岸所上處是彼岸如是心心法所依下所緣上是謂下上法故或曰彼岸者第一義滅盡涅槃彼攝外入以是故佛契經內六入說此岸外六入說彼岸問曰云何河答曰心心法是如河兩岸所持衆生數非衆生數漂流入大海如是心心法河內外入岸所持漂流衆生入生死海問曰云何船答曰聖道是如依船我無量衆生而得度河如是依聖道

船我無量衆生度生死河佛契經說六入當知內六更樂入當知內問曰如此外亦當知何以故世尊說六入當知內六更樂當知內答曰世尊於契經中說內觀世尊說內入諸根意莫向外前內想內身身觀後外後內外是前內觀故或曰世尊教弟子不顛倒觀故世尊說曰莫顛倒觀常樂淨我當觀無常苦空無我因習本緣以聖八行破壞有是謂不顛倒觀故或曰世尊教弟子不共觀故世尊說莫共觀麤澁當觀如病癰箭蛇無常苦空無我內入更樂火燒有是不共觀故或曰佛契經說內意止問曰何以故佛說內意止答曰為我故計有我是吾作是我作愛我已便有愛具長養內故求外具以是故佛契經說六入當知內六更樂入當知內問曰六入六更樂入何差別一說者無差別六入者眼入耳鼻舌身意入六更樂入亦眼入耳鼻舌身意入是故無差別更有說者有差別謂近者是六入謂遠者是六更樂入問曰如汝說六入者是現在六更樂者過去未來更有說者謂近者是六更樂謂遠者是六入問曰如汝說六更樂入是現在六入者是過去未來或曰謂當行時轉是六更樂入餘者是六入或曰謂依六入作行是六入謂依六更樂作行是六更樂入或曰謂所有是六更樂入餘所有者是六入如說比丘鉢彼性是鉢如比丘用事是故說比丘鉢如是謂所有是六更樂入餘所有者是六入尊者陀羅難提說曰性入者是六入行入者是六更樂入如說鐵酥鉢性是鐵鉢如依酥用事是故說鐵酥鉢如

是性入者是六入行入者是六更樂入佛契經說二入無想衆生及有想無想天問曰何以故佛契經說二入無想衆生及有想無想天答曰餘地二種名一者識住二者衆生居欲令二入中作二名謂此雖有衆生居名但無識依名是謂二名故佛契經說二入無想衆生及有想無想天或曰佛契經衆生居識住處等施設已謂衆生居於識住中不攝彼立二入無想衆生及有想無想天或曰多壽故一切凡夫處所無有爾所壽如無想天一切處所無有爾所壽如有想無想天是謂多壽故佛契經說二入無想衆生及有想無想天或曰斷異學意故異學二入中計意解脫想世尊說此是生死入非是解脫是謂斷異學意故佛契經說二入無想衆生及有想無想天或曰行法故異學於二入中計意無行解脫世尊說此中復行諸界諸趣諸生輪轉生死中是謂行法故佛契經說二入無想衆生及有想無想天或曰退轉法故異學於二入中計意不退轉解脫世尊說此中復退轉諸界諸趣諸生輪轉生死中是謂退轉法故佛契經說無想衆生及有想無想天此佛契經尊者舍利弗到世尊所已而說曰世尊此無上事謂世尊施設入彼世尊無餘智無餘分別更無無上智謂餘智若沙門婆羅門等等覺問曰爾所一切謂十二入尊者舍利弗非一切智非一切見云何知爾所一切謂十二入答曰說無餘故知如佛契經說十一入已後說法入尊者舍利弗意決定諸法未說未現彼一切當知在入中或曰以妙頗智觀

已知或曰以相貌知如佛契經說爾所一切謂十二入尊者舍利弗得無壞信彼世尊所說倍極信以故知爾所一切十二入是謂相貌知也問曰云何尊者舍利弗相貌知非現知耶答曰現知亦知尊者舍利弗因十二入故亦知一切法問曰若尊者舍利弗因十二入故亦知一切法佛舍利弗有何差別答曰佛世尊一切知盡知尊者舍利弗雖一切知但不能盡知或曰尊者舍利弗總十二入故知一切法非一一相佛世尊知總相亦知一一相有無量內入謂尊者舍利弗從他如世尊說此契經舍利弗以何口說此妙一向師子吼更無有沙門婆羅門於世尊等等覺何況出上尊者舍利弗白世尊曰躬從世尊聞躬自受持如如來所說阿難無有此處前後有二如來與出世無有是處問曰云何世尊爲受化說界云何入答曰世尊教化一切法中無智或非一切法中無智謂一切法爲說界非一切法中無智者爲說入或曰世尊教化或利根或鈍根利根者爲說入鈍根者爲說界或曰世尊教化或大因力或多緣力大因力者爲說入多緣力者爲說界或曰世尊教化或多內力或多外力內多力者爲說入外多力者爲說界或曰世尊教化內思念長養身或從他聞內思念長養身者爲說入從他聞者爲說界或曰世尊教化或始聞則知或分別知始聞知者爲說入分別知者爲說界或曰於界有愚爲說界於入有愚爲說入或曰有猗性者爲說界性義是界義猗財物者爲說入輸門義是入義如是世尊教化爲

說界如是教化爲說入廣說十二入處盡

五陰處第十九

五陰者色陰痛陰想陰行陰識陰問曰色陰云何答曰佛契經說色陰云何諸所有色過去未來現在若内若外若麤若細若惡若妙若遠若近彼一切非我我非彼非是我如是以慧如眞實觀是謂色陰如是更有契經說色陰云何諸所有色彼一切四大及四大造色阿毗曇中說色陰云何十色入及諸色在法入中問曰此三種說何差別答曰一切三說中各各斷意問曰謂契經說色陰云何諸所有色過去未來現在若内若外若麤若細若惡若妙若遠若近彼一切非我我非彼非是我如是以慧如眞實觀於中斷何意答曰是時彼異學牢羅尸棄過去未來欲令非種欲斷彼意故契經說色陰云何諸所有色過去未來現在若内若外乃至如是以慧如眞實觀問曰如所說色陰云何諸所有色彼一切四大及四大造色於中斷何意答曰觀當來故佛世尊說契經一切智善覺善見過去未來現在我般涅槃後當來世必有謂離四大不欲令有造色欲斷彼意故契經說色陰云何諸所有色彼一切四大及四大造色問曰如所說色陰云何十色入及諸色在法入中於中斷何意答曰彼時有尊者曇摩多羅謂法入中色不欲令有種問曰何以故尊者曇摩多羅謂法入中色不欲令有種答曰彼說謂色因五識身五識身緣是謂色彼在法入中色非因五識身非五識身緣是故彼非色欲斷彼意故說數色陰云何十色入及諸

色在法入中問曰若爾者尊者曇摩多羅所說云何通彼說謂色因五識身五識身緣是謂色彼在法入中色非因五識身非五識身緣答曰可說謂非因五識身但六識身緣彼在法入中色雖不因五識身亦非五識身緣但因意識身意識身緣或曰雖彼在法入中色非因五識身亦非五識身緣但彼因依緣依問曰云何彼依答曰四大也問曰痛陰云何答曰佛契經說痛陰云何六身痛此如契經所說阿毗曇亦爾問曰想陰云何答曰佛契經說想陰云何六想身此如契經所說阿毗曇亦爾問曰行陰云何答曰佛契經說行陰云何六思身阿毗曇說行陰云何答曰行陰二種一者心相應二者心不相應問曰心相應行陰云何答曰痛想思更樂憶欲解脫念定慧善根不善根無記根結縛使煩惱纏所知所見所觀如是諸所有心相應行是謂心相應行陰問曰云何心不相應行陰答曰得無想定滅盡定無想命根種類得處得種得入生老無常名身句身味身如是諸所有心不相應行是謂心不相應行陰問曰何以佛世尊一切相應不相應行陰中一思立行陰耶答曰此思施設行時攝受種是故佛一切相應不相應行陰中一思立行陰如愛施設習時攝受種是故佛一切有漏種一愛立習諦如是此思施設行時攝受種是故佛一切相應不相應行陰中一思立行陰問曰識陰云何答曰佛契經說識陰云何六識身此如契經所說阿毗曇亦爾此是陰性已種相身所有自然性說已當說行何以故說陰陰

有何義答曰聚義是陰義團義積義檢義世施設陰施設多語是陰語聚義是陰義者諸所有色過去未來現在彼一切一向檢已立一色陰如是至識陰是謂聚義是陰義團義是陰義者無量有爲種團合已立五陰是謂團義是陰義積義是陰義者猶糞積聚種種積如是陰種種積檢義是陰義者諸所有色過去未來現在若內若外若麤若細若惡若妙若遠若近彼一切一向檢已立一色陰乃至識陰亦爾是謂檢義是陰義世施設陰施設者謂色陰三世乃至識陰亦三世是世施設陰施設多語是陰義者謂色多語乃至識陰亦多語問曰如汝說一極微不應有色陰謂彼無多語答曰不可以一極微施設若施設者便多聚檢施設阿毗曇者若掌護陰施設彼說極微攝一界一入一陰少入若不掌護者彼說極微一界一入一陰如人大穀聚取一粒去他問人何所持彼人若掌護穀聚者說此穀聚中一粒若不掌護者說此穀一粒如是阿毗曇者若掌護陰施設微說極微一界一入一陰少入若不掌護者彼說極微一界一入一陰是說多語陰語是謂聚義是陰義團義積義檢義世施設陰施設多語陰語是陰義問曰何以故世尊前說色陰後說識陰答曰隨順他故如是隨順他應味次第順或曰世尊說隨順受教者亦順或曰麤細故五陰中何者最麤色陰是是故佛前說四無色陰何者最麤痛陰是是故佛前說問曰此痛無形無處亦不可見云何麤細可知答曰行故知如所說手痛足痛頭痛如是如是

痛是行故知有麤細何者最細謂識陰是是故佛後說以是故佛契經前說色陰後說至識陰問曰何故心數法中痛陰想陰別立陰餘心數法立行陰答曰佛世尊於法眞諦餘眞無能過彼盡知法相盡知行謂法獨能擔彼別立謂品能擔彼立品或曰此現二門二略二度二炬二光二明現二數如痛陰想陰別立陰如是餘心數法亦應立如餘心數法立一行陰如是痛想亦立行陰中如是陰或立三或十三是故說此現二門二略二度二炬二光二明二數或曰謂此二界宗因痛宗禪因想宗無色或曰謂因二法行者二界多求疲勞因痛於禪疲勞因想於無色疲勞或曰謂因二法衆生生死中受無量苦貪於樂痛及著顚倒想或曰謂二法滅立二定無想定及滅盡定或曰謂二法治故彼行者入二定無想定及滅盡定或曰謂此二法別受二識住名痛識住及想識住餘心數法一行識住以是故一切心數法痛陰想陰別立陰餘心數法立一行陰問曰何以故說行陰如一切五陰有爲何故立一行陰答曰謂彼思有爲想此入中是故說行陰或曰謂彼一切有爲法封印想謂三有爲相彼入中是故說一行陰或曰謂一切有爲法顯現誦習謂名彼盡入中是故說一行陰或曰謂一切有爲法因習本緣謂生彼盡入中是故說一行陰或曰多法合聚故說一行陰多有法入此中相應不相應依不依行不行身不身共緣不共緣是謂多法合聚故說一行陰問曰無爲何以故不立陰中答曰謂非陰名亦非陰性非

色名亦非色性是故不立色陰中非痛名亦非痛性是故不立痛陰中非想名亦非想性是故不立想陰中非行名亦非行性是故不立行陰中非識名亦非識性是故不立識陰中若作是念者何以故不立行中陰者多有種多種者非無爲或曰陰者墮生老無常無爲者無生老無常或曰陰者興衰法有因得有爲相無爲者非興衰法無因得無爲相或曰陰者世迴轉作行受果知緣無爲者非世迴轉不作行不受果不知緣或曰陰者墮於世無爲者不墮世或曰陰者墮於陰無爲者離於陰或曰陰者苦所縛無爲者離苦縛或曰陰者軟中上無爲者無軟中上或曰陰者前後可得無爲者無前後以是故無爲不立陰中彼佛契經説八萬法身問曰法身者有

何齊限數有一説者一數經名法身謂彼一身是謂一身齊限數如是至一切八萬更有説者謂契經説意止此是一法身齊限數如是契經説意斷神足根力覺種道種是謂一法身齊限數如是至一切八萬算者説八字一句三十二字爲一首盧數有五百千　亦復五千　五百五千　一法身數如是至八萬如是説者佛契經教化故説八萬度謂度受化於聖道得度彼八萬度名八萬法身問曰謂此有爾所身何以故立五陰身答曰彼一切入五陰身中謂欲者佛語教性彼盡入色陰中謂欲者佛語名性彼盡入行陰中是故一切八萬法身盡入五陰中此佛説契經謂餘五陰身戒身定身慧身解脱身解脱知見身問曰如此餘五陰身何以故

立五陰答曰彼亦盡入中戒身入色陰中餘者入行陰中以是故佛契經說五陰廣說五陰處盡

五盛陰處第二十

五盛陰者色盛陰痛盛陰想盛陰行盛陰識盛陰問曰色盛陰云何答曰謂色過去未來現在欲生而生恚怒癡及餘若干心煩惱生而生彼欲生而生者愛是恚者瞋是癡者無明是及餘若干心煩惱生而生者謂彼心相應煩惱說曰此不應說恐生而生問曰何以故答曰恐者無智性謂衆生無智彼便恐更有說者恐者身見性謂衆生計有我彼便恐此亦入中如所說及餘若干心煩惱如是說者此恐應說問曰何以故答曰恐者心數法心相應問曰此恐何所答曰在欲界非色無色界問曰若色無色界無恐者彼契經云何通彼風吹火至梵處謂衆生生光音天不久未曾見世間成敗不知世間成敗彼見火已恐怖驚愕身毛竪火不來至此耶謂衆生前生光音天彼見世間成敗彼知世間成敗見火已慰勞彼衆生諸衆生勿恐怖諸衆生勿恐怖是火極至彼不至此如汝所說色無色界恐怖者此云何通如是餘偈云何解

世尊知一切　說法成就眼　如來人師子
世中無比士　彼時長壽天　名稱色微妙
聞已驚恐怖　如鹿畏師子

若色無色界無恐怖者此云何通答曰恐怖者此說猒問曰恐怖猒者何差別答曰名即是差別此恐怖彼猒是謂差別或曰恐怖者欲界猒者三界或曰爲結障礙恐怖爲善根

障礙是猒尊者婆須蜜說曰恐怖及猒何差别答曰爲結障礙是恐怖爲善根障礙是猒重說曰爲不善法障礙是恐怖爲善法障礙是猒重說曰二諦攝是恐怖三諦攝是猒重說曰無智性是恐怖慧性是猒尊者曇摩多羅說曰諸尊思念惡起諍是恐怖諍已心懼相是猒恐怖及猒是差别問曰恐怖者爲凡夫爲聖人答曰恐怖者凡夫非聖人問曰何以故恐怖者凡夫非聖人耶答曰彼聖人恐怖已盡更有說者凡夫亦有恐怖聖人亦有恐怖問曰如聖人恐怖已盡何所有恐怖答曰有五恐怖死恐怖惡趣恐怖不活恐怖惡名恐怖衆中恐怖此五恐怖聖人已盡餘恐怖聖人未盡聖人者須陀洹斯陀含阿那含阿羅漢辟支佛非佛何以非佛答曰如來無所著等正覺恐怖永盡如色盛陰痛想行識盛陰亦爾此是盛陰性已種相身所有自然說性已當說行何以故說盛陰盛陰有何義答曰受所生是故說盛謂生受是故說盛受所養是故說盛謂養受是故說盛受所長是故說盛謂長受是故說盛受所來是故說盛謂來受是故說盛受所持是故說盛謂持受是故說盛受所等持是故說盛謂等持受是故說盛或曰受所轉是故說盛謂轉受是故說盛或曰受著此中如塵垢是故說盛或曰受於此中所攝是故說盛或曰此是受屋室居處依此已愛生而生見慢無明及餘若干心煩惱生而生或曰此受所有是故說盛如外職所有如內職所有如王所有如是此受所有是故說盛但內更無所有若有問者汝

屬誰謂作是答我是受所有或曰受所廣施設是故說盛謂廣施設受是故說盛廣者說痛爲名此盛陰界中不別施設地中不別施設除其意謂因我陰餘得盛陰名因餘陰我得盛陰名若此意不別施設者此外物不可施設陰以故爾問曰陰及盛陰何差別答曰名即是差別彼陰此盛陰或曰陰有漏無漏盛陰一向有漏或曰陰染汙不染汙盛陰一向染汙或曰陰攝三諦盛陰攝二諦或曰陰或斷或不斷盛陰一向斷或曰陰或愛相應或不相應盛陰一向相應或曰陰得或結相應或不相應盛陰得一向結相應不離結或曰陰或學或無學或非學非無學盛陰一向非學非無學陰及盛陰是謂差別廣說五盛陰處盡

六界處第二十一

六界者地界水界火界風界空界識界問曰何以故作此論答曰此是佛契經此佛契經十八界總已說六界問曰何以故此佛契經十八界總已說六界答曰爲教化故世尊教化或有利根或有鈍根利根者說六界鈍根者說十八界如利根鈍根如是因力緣力內力外力內思惟長養從他聞盡當知或曰略者說六廣者說十八如略如廣如是分別不分別卷及舒段不段漸漸一時盡當知以是故作此論六界者地界水界火界風界空界識界此六界於十八界中攝十界七界少所入攝十界者四大及空界攝十界眼界色界耳界聲界鼻界香界舌界味界身界細滑界七界少所入者識界攝七心界少所入謂彼

有漏無漏謂有漏者攝無漏者不攝是故少所入六界者地界水界火界風界空界識界問曰地界云何答曰佛契經說地界云何堅是此佛總說地界云何堅是但彼堅無量差別內異外亦異外異者如此屋墻壁樹木巖石山金銀瑠璃摩尼水精珠銅鐵鉛錫白鑞內異者如髮毛爪齒筋骨脾腎心肝腸胃腹大小便手足異及餘肢節異足極堅非手謂內外堅彼一切總已說地界云何堅是問曰水界云何答曰佛契經說水界云何濕是此佛總說水界云何濕是但彼濕無量差別內異外亦異內異者如此目淚涎唾膏肪髓腦膽膿血小便肢節間各異外異者涌泉深淵流水潭水河水池水大海至下水輪謂內外濕彼一切總已說水界云何濕是問曰火界云何答曰佛契經說火界云何熱是此佛總說火界云何熱是但彼熱無量差別內異外亦異內異者令身熱身溫暖身繞身燋熱得名數飲食噉味令身安隱手足各異肢節亦異外異者如炬火燈火大聚火極大火鑽火泥梨火沃燋火謂內極利非外謂此飲食皐著釜中極煮色不變食入腹中已色即變謂內外熱彼一切總已說火界云何熱是問曰風界云何答曰佛契經說風界云何謂吹起是此佛總說風界云何吹起是但吹起無量差別內異外亦異內異者下風上風肢節風腹中風刀風脊風起風屈申風喘息風百脉風肢節間各異外異者如塵土風無塵風隨藍風飄風成敗風不成敗風至風輪謂內外吹起彼一切總已說風界云何吹起是問曰

空界云何答曰佛契經說空界云何謂色邊色謂色者造色是於彼間施設如眼空耳空鼻空口空咽喉咽喉空飲食來往處空住消處空下過處空更有說者空界云何空邊色是此說空色不空色不空色者衆生數空色者非衆生數謂彼空非衆生數色邊施設如樹間葉間墻間屋間牖間戶間是謂空非衆生數色邊施設舊阿毗曇說皮性膜性肉性筋性骨性髓性色可知處亦可知尊者婆須蜜說曰云何知有空界答曰契經可知世尊亦說謂此空中空謂所色覆所不覆問曰云何契經可知非現知耶答曰現亦可知謂晝所有明是空界所有謂夜所有闇是空界所有重說曰形可知處亦可知重說曰夜闇障故不見晝明障故不見尊者曇摩多羅說曰諸尊空界雖不可知但非無智處空界是色非非是色亦非此住非彼住亦非空者相貌聲世轉可知問曰空空界何差別答曰空者非色空界是色空者不可見空界者可見空者無對空界者有對空者無爲空界者有爲

問曰此論中更有論生若空無爲者此契經云何通彼時世尊手捫摸空手捫摸空已告諸比丘比丘於意云何手寧著此空縛空受空不答曰不也世尊若空無爲者何以故世尊以手捫摸無爲耶如是餘契經偈云何通

謂無積聚　亦無我所　空則無想　於離中行
如鳥飛空　足跡難尋

此云何通如是餘契經偈云何解

此空無足跡　如外無沙門

此云何通耶如是餘契經云何通於比丘意

云何若巧畫師畫弟子寧能以色莊染此虛空不答曰不也世尊何以故唯世尊此虛空非色不可見無對是故巧畫師畫弟子不能以色莊染此虛空此云何通如是餘偈云何解

如鹿依林　鳥飛虛空　法歸分別　眞人趣滅

此云何通答曰謂世尊契經說於比丘意云何手寧著此空縛空受空不答曰不也世尊此佛契經以虛空界說虛空如佛所說契經偈

謂無積聚　亦無我所　空則無想　於離中行

如鳥飛空　足跡難尋

此佛契經偈虛空即說虛空如佛所說契經偈

此空無足跡　如外無沙門

此佛契經偈虛空界說虛空如佛契經說於比丘意云何若巧畫師畫弟子寧能以色莊染此虛空不答曰不也世尊唯世尊此虛空非色不可見無對是故巧畫師畫弟子不能以色莊染虛空此佛契經以虛空界說虛空如佛契經說偈

如鹿依林　鳥飛虛空　法歸分別　眞人趣滅

此佛契經說偈以虛空界說虛空問曰彼虛空此虛空界爲緣故住耶爲起故住耶作此論已有一說者亦非緣故住亦非起故住問曰若不爾者此云何答曰彼虛空此普散虛空界與次第緣普散虛空界次第四大四大次第心數法若有欲虛空界非種者謗彼爾所法展轉問曰識界云何答曰有漏意及六識問曰無漏法何以不立六界中答曰無漏法者能滅壞破有此界增受長養有或曰無

漏法者能斷有相續能斷輪轉生老死此界者能相續有輪轉生老死或曰無漏法者非身見種非顛倒種非愛種非使種非貪處非恚處非癡處非雜汙非雜毒非雜濁非在有不墮苦習諦此界者身見種顛倒種愛種使種貪處恚處癡處雜汙雜毒雜濁在有墮苦習諦或曰無漏法者苦盡趣道有盡趣道貪盡趣道盡生老死趣道此界者苦習趣道有習趣道貪習趣道生老死習趣道以是故無漏法不立界中尊者婆須蜜說曰何以故此界說有漏答曰此界有漏所生非無漏法有漏所生重說曰此生於有漏不無漏法生於有漏重說曰界者士數非無漏法士數重說口界者報數不無漏法報數重說曰界者入母胎如所說因此界入母胎非因無漏法入母胎重說曰界者久時住不無漏法久時住是故說數

二漏為士　數及報應　母胎久住　作界滿偈

問曰陰盛陰界何差別答曰陰者已成勢盛陰者轉勢界者重轉勢或曰陰者施設有為盛陰者施設行界者施設有漏陰盛陰界是謂差別廣說六界處盡

鞞婆沙論卷第六

音釋

輸　式朱切送也　呰　將支切財也　經緯　經古定切緯于貴切　澁　所立切　燧　徐醉切取火之木也　鑽　祖筭切　頰　古協切面頰也　噓　朽居切吹也　齗　魚斤切齒根肉也　咽　烏前切咽喉也　檢　居奄切　愕　五各切驚遽也　筋　舉欣切骨絡也　捫摸　捫莫昆切摸慕各切

鞞婆沙論卷第七上

迦旃延子造

苻秦罽賓三藏僧伽跋澄譯

色無色法處第二十二

色法者無色法者問曰何以故作此論答曰斷計我人意故及現大妙智故斷計我人意者此色法無色法非是我現大妙智者若有行智成就智彼以此二句便知一切法謂此俱攝一切法具足一切法是謂斷計我人意故及現大妙智故作此論色法無色法者問曰色法云何答曰十色入及一入少所入法入是問曰無色法云何答曰一入意入是及一入少所入法入是問曰何以故說色法無色法答曰謂二眼界是色謂非二眼界是無色或曰謂三眼界肉眼天眼聖無上慧眼是色謂非三眼界是無色或曰謂二眼界及眼識緣是色謂非二眼界及非眼識緣是無色或曰謂四大所有及造色所有是色謂非四大所有及非造色所有是無色或曰謂二十種及二十一種是色謂非二十種及非二十一種是無色或曰謂方所有及方施設由延所有及由延施設是色謂非方所有及非方施設非由延所有及非由延施設是無色或曰謂色名及色所有是色謂非色名及非色所有是無色或曰謂麤可見覩可現是色謂細非可見非覩是無色尊者婆須蜜說曰云何爲色相答曰漸漸生相是色相重說曰漸漸開張相是色相重說曰方所受相是色相重說曰處施設相是色相重說曰有障凝相是色相重說曰愚相是色相重說曰三相是

色相有色可見有對有色不可見有對有色不可見無對重說曰持去相持來相是色相重說曰種相是色相問曰過去當來色及極微復無教色不可種欲令非是色耶答曰過去色已種當來色當種極微者雖非一可種但餘極微合聚種無教色者雖不可種但教色可種彼教色種已無教色亦當言種如動樹當知影亦動此亦爾重說曰覆虛空相是色相重說曰四大因相是色相重說曰色者無色相問曰何所說答曰色者無一色相何以故謂眼界異相至細滑界亦異相重說曰有對相是色相此說數

漸漸生成　開施設方　處障礙愚　三去來種
覆空與因　一相幷對

餘者無色廣說色無色處盡

可見不可見法處第二十三

可見法者不可見法者問曰何以故作此論答曰斷計我人意故及現大妙智故斷計我人意者此是可見法不可見法是非我現大妙智者若有行智成就智彼以此二句便知一切法謂此俱攝一切法具足一切法是謂斷計我人意故及現大妙智故作此論復何以故作此論答曰或有欲令一切法可見慧眼界故謂若有欲爾者斷彼意故說可見法不可見法是謂斷他意現已意說法如等故作此論莫令斷他意亦莫現已意但說如等法故作此論可見法不可見法者問曰可見法云何答曰一入是問曰不可見法云何答曰十一入是問曰何以故說可見不可見法答曰謂眼行是可見謂非眼行是不可見或

曰謂眼光是可見謂非眼光是不可見或曰謂二眼界是可見謂非二眼界是不可見或曰謂三眼界是可見謂非三眼界是不可見或曰謂二眼界及眼識緣是可見謂非二眼界亦非眼識緣是不可見尊者瞿沙亦爾說二眼界及眼識緣故說可見餘者不可見尊者婆須蜜說曰可見法有何義答曰可示現是可見重說曰可示他是可見眼行光來是可見重說曰可說此彼是可見也不可見有何義答曰不可示現是不可見重說曰不可示現他是不可見重說曰非眼行光來是不可見重說曰不可說此彼是不可見廣說可見不可見法處盡

有對無對處第二十四

有對法者無對法者何以故作此論答曰斷計我人意故及現大妙智故斷計我人意者此是有對法無對法非是我現大妙智者若有行智成就智以此二句便知一切法謂此俱攝一切法具足一切法是謂斷計我人意故及現大妙智故作此論有對法無對法者問曰有對法云何答曰十入是無對法云何答曰二入是問曰何以故說有對無對法答曰有對者說三種一者障礙有對二者界有對三者緣有對障礙有對者如手手相礙手與外種相礙外種外種相礙外種與手相礙界有對者如眼界有礙如是至意法界有礙緣有對者如意識共相應一切法礙婆須蜜經說因眼色礙因色眼亦礙至因意法礙因法亦意礙彼尊者婆須蜜說此一向界礙是謂三種有對於三種有對中此因界有對作

論非餘有對或曰謂大障礙能捨是有對謂非大障礙非捨是無對或曰謂麤可現覩可現是有對謂細不可見不可覩不可現是無對或曰謂種生長是有對內事種者謂時精繫母胎生者謂時彼精漸厚長者謂時肉叚生皰外種者謂時以種子種地中生者謂時子生萌芽長者謂時生莖節華果謂種生長是有對謂若不種不生不長是無對或曰謂可知此住彼住是有對謂不可知此住彼住是無對或曰謂因四大造色所有是有對謂不因四大非造色所有是無對或曰謂方所有施設方由延所有由延施設是有對謂非方所有非施設方非由延所有非由延施設是無對或曰謂可知長短是有對謂非可知長短是無對尊者婆須蜜說曰何以故說有對無對答曰謂大障礙是有對謂非大障礙是無對重說曰謂能捨是有對謂非能捨是無對重說曰謂大障礙者即是能捨謂能捨者即是有對餘者無對重說曰微合是有對重說曰陰是有對重說曰覆虛空是有對重說曰微合者即是陰陰者覆虛空覆虛空者即是有對餘者是無對問曰何入障礙何入

有一說者五入障礙內中身入外色香味細滑餘入不可觸更有說者九入障礙除眼入如是說者一切十入障礙問曰何以故答曰如手手相障礙如是若以手覆眼為非障礙耶是故一切十入障礙謂手手相障礙時爾時五五相障礙手與外事障礙時爾時五障礙四外事外事相障礙時爾時四四相障礙外事障礙手時爾時四障礙五廣說有對無

對法處盡

有漏無漏處第二十五

有漏法者無漏法者何以故作此論答曰斷計我人意故現大妙智故斷計我人意者此是有漏法無漏法非是我現大妙智者謂行智成就智彼以此二句知一切法謂此俱攝一切法具足一切法以是故作此論復何以故作此論答曰欲令斷他意故或有欲令佛身一向無漏鞞婆闍婆提欲令佛身一向無漏問曰何以故彼欲令爾答曰彼從佛契經起已欲令佛身一向無漏佛說契經如來生世間長世間不著世間法行如來無所著等正覺出一切世間上彼從此契經起欲令佛身一向無漏欲斷彼意故於此佛身說有漏問曰若佛身是無漏者當有何咎答曰若佛身一向無漏者彼無喩女不應起婬意鴦掘魔不應起瞋恚慢高兒不應起慢鬱鞞羅迦葉不應起癡意如此此中或有著或有瞋或癡或有慢以是故知佛身是有漏問曰若佛身一向有漏者此鞞婆闍婆提契經云何通答曰彼契經因法身故說如來生世間長世間者此說生身不著世間法行如來無所著等正覺出一切世間上者此說法身或曰離世八法故說世八法者隨順世間世間亦隨順八法八法雖隨順世尊然世尊不隨順八法是謂離八法故說世八法者利不利稱不稱譽不譽樂苦此世八法攝十八界十二入五陰此總說世八法攝十八界十二入五陰但利有二種有衆生數非衆生數衆生數利者象馬牛羊猫牛奴婢妻子利是衆生數非

衆生數利者穀珍寶金銀水精瑠璃摩尼眞珠硨磲碼碯是非衆生數利於中衆生數利攝十八界十二入五陰非衆生數利攝六界六入二陰稱不稱譽不譽樂苦攝一界一入二陰彼一切總已說世八法攝十八界十二入五陰世八法者利不利稱不稱譽不譽樂苦問曰利云何答曰前已說利有二種衆生數非衆生數此已得當得今得是謂爲利非利云何答曰如此法非已得非當得非今得是謂非利稱云何答曰面稱其德是謂稱不稱云何答曰面前識貶其闕是謂不稱譽云何答曰不面前稱揚其德是謂譽不譽云何答曰不面前說其過是謂不譽樂云何答曰樂痛六識身樂是謂樂苦云何答曰苦痛六識身是謂苦說曰世世此八法一向是欲界

問曰若世八法一向是欲界者當除欲界結時世八法亦盡何以獨說世尊離世八法不說聲聞答曰離相似故說說者若二阿羅漢根等一者極得供養二者不具供養於彼一者起相似不如慢二者起相似增上慢如佛世尊得供養一切衆生有是供養世尊無者世尊於彼不起相似慢如毛髮想是謂離相似故說世尊離世八法不說聲聞問曰世尊亦有世八法世尊有利者一日中優伽長者三百千供養不利者婆羅波羅門村如澡鉢入還空鉢出鞞羅若三月食麥有稱者始生時至阿迦膩吒功德香稱充滿其中不稱者因旃遮女孫陀利女十六大國醜名流布不譽者喜罵梵志以五百罵偈罵佛譽者彼還以五百讚偈歎佛如是婆利多耆奢爲首如

是比丘百千以百千讚偈歎佛樂者一切生死禪最爲樂苦者金槍刺足疹患脊風頭痛調達以惡傷足出血何以故說世尊離世八法耶答曰爲意不傾動故說世尊以四利爲首不自貢高四不利爲首不以損減四利爲首不以歡喜四不利爲首不以憂慼四利爲首心無染著四不利爲首心無憎惡四利爲首亦不悅豫四不利爲首亦不愁悒四利爲首不興樂想四不利爲首不以爲苦如須彌山王竢金剛輪四種風吹不能傾動如是世尊善住戒德輪世八法風不能移轉是謂意不傾動故說世尊離世八法是謂斷他意現已意說如等法故作此論莫令斷他意亦莫現已意但說如等法故作此論有漏法無漏法者問曰有漏法云何答曰十入二入少所

入問曰無漏法云何答曰二入少所入問曰何以故說有漏無漏法答曰謂有增受長養有是有漏謂能滅壞破有是無漏謂有能相續有輪轉生死是有漏謂能斷有相續能斷輪轉生死是無漏謂有身見種顛倒種愛種使種貪處恚處癡處雜汙雜毒雜濁在有墮苦習諦是有漏謂非身見種非顛倒種非愛種非使種非貪處非恚處非癡處非雜汙非雜毒非雜濁非在有不墮苦習諦是無漏或曰謂苦習趣道有習趣道貪習趣道生老死習趣道是有漏謂苦盡趣道有盡趣道貪盡趣道生老死盡趣道是無漏尊者婆須蜜說曰有漏相云何答曰有漏所生是有漏相重說曰此生於有漏是有漏相重說曰有所長養相是有漏相重說曰長養有相是有漏相

重說曰謂種因有漏生是有漏相無漏相云何答曰非有漏所生是無漏相重說曰不生有漏是無漏相重說曰謂種因無漏生是無漏相廣說有漏無漏法處盡

有爲無爲法處第二十六

有爲法者無爲法者問曰何以故作此論答曰斷計我人意故現大妙智故斷計我人意者此是有爲法無爲法非是我現大妙智者若行智成就智彼以此二句知一切法謂此俱攝一切法具足一切法是謂斷計我人意現大妙智故作此論有爲法無爲法者有爲法云何答曰十一入及一入少所入問曰無爲法云何答曰一入少所入問曰何以故說有爲法無爲法答曰謂隨生老無常是有爲謂不墮生老無常是無爲或曰謂興衰法有因得有爲相是有爲謂非興衰法無因得無爲相是無爲或曰謂轉世非行受果知緣是有爲謂不轉世不作行不受果不知緣是無爲或曰謂隨世是有爲謂不隨世是無爲或曰謂墮陰是有爲謂離陰是無爲或曰謂苦縛是有爲謂離苦是無爲或曰謂前後可得是有爲謂前後不可得是無爲或曰謂軟中上是有爲謂離軟中上是無爲尊者婆須蜜說曰有爲相云何答曰墮陰相是有爲相重說曰墮世相是有爲相重說曰災患相是有爲相無爲相云何答曰不墮陰相是無爲相重說曰不墮世相是無爲相重說曰不災患相是無爲相重說曰不憂慼相是無爲相重說曰不愁無塵安隱相是無爲相廣說有爲無爲法處盡

三世處第二十七

過去法者當來法者現在法者問曰何以故作此論答曰斷他意故謂不欲令有過去未來於世有愚說現在無爲斷彼意故此過去未來眞實說有種相問曰若過去未來非種者當有何咎答曰若彼非種者不應緣彼有意生何以故謂意無境界若無境界生意者是則無所依而生意若無所依無所緣而生意者應阿羅漢入無餘涅槃已還生意何以故謂彼無依無緣而生意若彼生意者是則無脫無離不得出要莫言有咎是故有過去未來眞實有種有相復次若無過去未來者當有何咎答曰若彼非種者不應有成就不成就如二頭三手六陰十三入無成就不成就如是若過去未來非種者彼應無成就不成就若彼成就不成就是故以此可知有過去未來眞實有種有相謂彼欲令過去未來非種者應當爾詰若爾時因現在彼時果何所在過去耶未來耶現在耶若說有過去者是則有過去莫言無過去若言無過去者此事不然若說未來者是則有未來莫言無未來若言無未來者此事不然若說有現在是則一時有因有果若一時有因有果者如世尊所說偈

作惡不即受　如薩闍乳酪　罪惡燒所追
如灰覆火上

與此偈相違彼作惡不即受如薩闍乳酪者有說者有草名薩闍若未著乳中已即時成酪作惡不如是即受問曰若不爾者云何答曰罪惡燒所追如灰覆火上者如以灰覆火

初下足冷謂足轉轉下便燒如是衆生生死作惡行而樂中轉捨身已生惡趣受惡果報若非過去未來現在者是故應無果若無果者是故彼因不實如二頭三手六陰十三入或有常如無爲若爾時果現在彼時因何所有過去耶未來耶現在耶若說有過去者是則有過去莫言無過去若言無過去者此事不然若說未來者是則有未來莫言無未來若言無未來者此事不然若說有現在者是則一時有因有果若一時有因有果者如世尊所說偈

作惡不有受　如薩闍乳酪　罪惡燒所追
如灰覆火上

與此偈相違彼作惡不即受如薩闍乳酪者有說者有草名薩闍若末著乳中已即時成酪作惡不如是即受問曰若不爾者云何答曰罪惡燒所追如灰覆火上者如以灰覆火初下足冷謂足轉轉下便燒如是衆生生死作惡行而樂中轉捨身已生惡趣受惡果報若非過去未來現在者是故應無因若無因者是故彼果不實如二頭三手六陰十三入或有常如無爲或曰若過去未來非種者是則無有學道如尊者婆須蜜所說偈

若無去來　則是無師　謂無師者　終無學道

或曰若過去未來非種者是則知已虛妄如佛所說偈

言無過去　說有年歲　豈有是常　知已妄語

彼是無智果癡果闇果不勤果謂欲令過去未來非種但過去未來眞實有種有相是謂斷他意現已意說如等法故作此論莫令斷

他意亦莫現已意但說如等法故作此論過去法未來法現在法問曰過去法云何答曰過去十八界十二入五陰未來法云何答曰未來十八界十二入五陰現在法云何答曰現在十八界十二入五陰問曰若此行無來去無住若來者是則來不應去若去者是則去不應來如尊者婆須蜜所說偈

行終不來　斯由空故　亦無有去　終則不住

若行無去來云何立三世答曰因行故立三世如彼法未作行是說未來若作行是說現在若作行已滅是說過去如眼未見色是說未來若見是說現在若見已滅是說過去如是至意若未來種是說未來若現在種是說現在若種已滅是說過去如未生不去是說未來如生未去是說現在如生已去是說過去如未生不沒是說未來如生未沒是說現在如生已沒是說過去如未生不壞是說未來如生未壞是說現在如生已壞是說過去如未起不去是說未來如起未去是說現在如起已去是說過去如未起不沒是說未來如起未沒是說現在如起已沒是說過去如未起不壞是說未來如起未壞是說現在如起已壞是說過去因此可知一切如所說比丘有生眞實有作有爲思緣起盡法衰法無欲法滅法壞法比不壞者無有是處彼有生者即是生眞實者諦有是有作者有爲是有爲者災患是思者因思念是緣起者因緣是盡法衰法無欲法滅法壞者要當有是此不壞者終不自在或曰謂三世前是說過去謂三世後是說未來謂三世中是說現在或曰

謂三世果是說未來謂二世果是說現在謂一世果是說過去或曰謂三世因是說過去謂二世因是說現在謂一世因是說未來問曰如此二世一損可知一增可知一損可知者未來是一增可知者過去是何以故未來不滅過去不滿尊者婆須蜜說曰頗有數爾所過去未來爲不數而作是念增減可知耶但過去未來無量故增減不可知如大海以百千瓶器取彼水增減不可知如是過去未來無量故增減不可知重說曰當來未生故滅不可知過去增故滿不可知重說曰當來未起故減不可知過去沒故滿不可知尊者曇摩多羅說曰諸尊若世有一種者應有增減可知但因事合會故法生而滅問曰爲未起而起耶爲已起而起耶若未起而起者何得法不未有法而有若已起者何得法不轉還有作此論已答曰因事故已起而起因事故未起而起因事故已起而起者謂一切法各自有種性相住因事故未起而起者謂未來中起一切未未是未起問曰爲所有起彼即滅耶爲所有起更餘滅耶若所有起彼即滅者爲未來起即未來滅耶若所有起更餘滅者爲色起痛滅耶爲至行起識滅耶作此論已答曰因事故謂所有起即滅因事故所有起更餘滅因事故謂所有起即滅者謂色起色滅痛想行識起識滅因事故所有起更餘滅者謂未來起現在滅陰故所有起即滅世故所有起更餘滅問曰爲世起耶爲世中起耶若世起者何得不有餘世餘行若世中起者應有捨有作此論已答曰因事故世起

因事故世中起因事故世起者謂時起彼即是世因事故世中起者謂未來世中起彼當來世空問曰為已性中起耶為他性中起耶若已性中起者何得性非有性亦不有性而有性若他性中起者應有捨有作此論已答曰非已性中起亦非他性中起問曰若非已性中起亦非他性中起者此云何答曰彼法已性起已即滅問曰彼過去未來為合聚如今現在屋舍房室墻壁樹木耶為離散耶若合聚如今現在屋舍房室墻壁樹木者檀越施法何得不空何得不有方處可見何得不有常存若過去未來離散不如現在合聚者云何說過去如是彼有過去世時有拘舍婆提王城名善法講堂王名善見云何說當來如是彼有當來世時雞頭末王城王名蠰伽佛名慈氏如來至真等正覺過去境界宿命智云何立未來境界妙願智云何立又未來離散者爾時彼法從未來世至現在世何得不合時無而有離散時有而無作此論已有一說者彼過去未來合聚如今現在屋舍房室墻壁樹木問曰若爾者檀越施法何得不空答曰顯示故不空也問曰何得不有方處答曰有方處問曰何故不見答曰不多作行故不見若多行者便見問曰何得不有常存答曰時變不停故不常存更有說者彼過去未來離散現在者一合聚問曰若過去未來離散者云何說有過去如是彼有過去世時有拘舍婆提王城名善法講堂王名善見答曰如前現在時有觀而說問曰云何說當來如是彼有當來世時雞頭末王城王名蠰伽

佛名慈氏如來至眞等正覺答曰彼亦如後現在時有觀而說問曰過去境界宿命智云何立答曰彼亦如前現在時有觀而說問曰未來境界妙願智云何立答曰彼亦如後現在時有觀而說問曰若未來離散者爾時彼法從未來世至現在世何得不合時無而有離散時有而無答曰謂一切法已性種相住也此說有四種薩婆多一者事異二者相異三者時異四者異異事異者說彼法與世隨轉時事便有異非種異如乳成酪變時味有異色不異如是彼法從當來世至現在世彼捨當來事不捨種從現在世至過去世彼捨現在事不捨種相異者說彼法世隨轉時過去時成就過去相非不成就未來現在相當來時成就當來相非不成就過去現在相現在時成就現在相非不成就過去未來相如人染著一女餘者非不染著此亦如是時異者說彼法與世隨轉時隨時得名時故非種故如筭子初下位一轉十至百千彼一筭子隨轉時得名如一女人亦名爲女亦名爲婦亦名爲母亦名爲大母彼一女人隨時得名如是彼法隨時得名時故非種故說曰此最不亂施設世此因行立三世如彼法未作行是說未來若作行是說現在如作行已滅是說過去是故此最不亂施設世異異者說彼法隨世轉時說異異非時故非種故說者此最亂施設世此說者未來一時現在世二現在一時過去二此一世中施設三世此最亂施設世廣說三世處盡

鞞婆沙論卷第七上

音釋

刺七自切直傷也疹章忍切風腫也悒於及切憂也詰去吉切問也蠰汝陽切

鞞婆沙論卷第七下

迦旃延子造

符秦罽賓三藏僧伽跋澄譯

善不善無記處第二十八

善法者不善法者無記法者問曰善法云何答曰善五陰及數緣盡不善法云何答曰不善五陰無記法云何答曰無記五陰及虛空非數緣盡問曰何以故說善法不善法無記法答曰謂生善趣彼是善謂生不善處是不善謂不生善處亦不生不善處是無記或曰謂善有芽及解脫芽轉成謂不善有芽轉成是不善謂亦非善非不善有芽轉成是無記或曰謂善果及樂痛果是善謂不善果及苦痛果是不善謂非善果亦非樂果非不善果亦非苦果是無記或曰四事故說是善一者性二者相應三者等起四者第一義性者或有說慚愧性是善或有說三善根性是善相應者謂彼相應心數法等起者謂等起身行口行第一義者涅槃安隱義故說善尊者跋[足祭]亦爾說

善性是智　相應識俱　起身口行　涅槃第一

四事故說不善性相應等起第一義性者或有說無慚無愧性是不善或有說三不善根性是不善相應者謂彼相應心心數法等起者謂彼等起身行口行第一義者一切生死不安隱故說不善尊者跋[足祭]亦爾說

不善性智　相應識俱　起身口行　生死第一

餘者無記尊者瞿沙說曰謂法正思惟性正思惟相應正思惟等起正思惟所依果報果是善謂法非正思惟性非正思惟相應非正

思惟等起非正思惟所依果報果是不善餘者無記或曰謂慙愧性慙愧相應慙愧等起慙愧所依果報果是善謂法無慙無愧性無慙無愧相應無慙無愧等起無慙無愧所依果報果是不善餘者無記或曰謂法三善根性三善根相應三善根等起三善根所依果報果是善謂法三不善根性三不善根相應三不善根等起三不善根所依果報果是不善餘者無記或曰謂法五根性五根相應五根等起五根所依果報果是善謂法五蓋性五蓋相應五蓋等起五蓋所依果報果是不善蓋餘者無記彼施設亦說善者何以故善答曰善果愛果意樂果意欲果以是故善已說果今當說報復次善報愛報意樂報意欲報以是故善不善者何以故不善答曰不善果不愛果意不樂果意不欲果是不善已說果今當說報復次不善報不愛報不意樂報不意欲報是不善餘者無記問曰何以故說無記如佛世尊此苦一向記此習盡道一向記復次爾所一切謂十二入佛亦一向記一向分別一向施設一向顯示此何以故說無記答曰不以不說故名爲無記問曰若不爾者此云何答曰善者記於善不善者記於不善此無記者不記善亦不記不善是無記或曰善者二事故記性及果不善亦二事故記性及果此無記雖性記非果記以是故無記或曰善者生善趣不善者生惡趣此無記者不生善趣亦不生惡趣或曰善者受善報不善者受不善報此無記者不受善報亦不受不善報以是故說無記說曰或復不說故名

無記如彼契經梵志至世尊所到已而問瞿曇世是常耶爲非常耶世尊告曰梵志此是無記云何瞿曇世有邊耶爲無邊耶世尊告曰梵志此是無記云何瞿曇是命是身耶爲命異身異耶世尊告曰梵志此是無記云何瞿曇如來終耶如來不終耶如來終不終耶如來亦不終亦不不終耶世尊告曰梵志此是無記如說云何瞿曇世是常耶爲非常耶世尊告曰梵志此是無記問曰何以故不說答曰斷異學意故異學至世尊所而問云何瞿曇人是常耶人非常耶世尊作是念我若說無人者彼當言我不問此有以無我若說常無常者而無有人何得有常無常如有問人士夫石女兒有恭敬耶善言耶彼人作是念我若作是說石女無有兒彼當言我不問女有兒無兒我若說有恭敬有善言而石女無有兒何得有恭敬善言如是異學至世尊所而問云何瞿曇人是常爲非常耶世尊作是念我若言有人彼當言我不問有無我若言常無常而無有人何得有常無常此是不實問非實論非眞諦問非眞諦論是謂不實不眞諦故世尊不記如說如說云何瞿曇世有邊耶世無邊耶是命耶是身耶爲命異身異耶世尊告曰梵志此是無記問曰何以故世尊不記答曰斷異學意故異學至世尊所而問是命耶是身耶爲命異身異耶世尊作是念我若說有身無有命彼當言我不問此有無我若言命異身異而有身無有命何得身異命異如有人問云何士夫牛角兔角相似不彼人作是念我若言牛有角兔無角彼

當言我不問此誰有誰無我若言等相似而牛有角兔無角何得等相似如是異學至世尊所而問是命耶是身耶爲命異身異耶世尊作是念我若言有身無有命彼當言我不問此有無我若言命異身異而有身無有命何得身異命異此是實問不實問實論非實論眞諦問不眞諦問眞諦論非眞諦論是謂實不實眞諦不眞諦故世尊不記如說云何瞿曇如來終耶如來不終耶如來終不終耶如來亦不終亦不不終耶世尊告曰梵志此是無記問曰世尊何以故不記答曰斷異學意故異學者欲令法無有而有彼異學至世尊所而問云何瞿曇此人無有而有耶爲有而有耶云何此如無有而有如是有而無耶爲有而有爲有已常耶世尊作是念無有此無有而有此亦無有已而有常此是不實問不實論非眞諦問非眞諦論是謂不實不眞諦故世尊不記此是不說故謂之無記謂佛說謂佛演說佛分別施設顯示說曰此說四論記一者一向記論二者分別記論三者詰問記論四者止記論一向記論者若有作是問如來至眞無所著等正覺耶世尊善說法耶如來弟子善向耶一切行無常一切法無我涅槃息滅耶此當爲一向記是謂一向記論何以故一向記論答曰此論趣義趣法趣智趣等覺趣涅槃是故一向記論分別記論者若作是問法過去耶當爲彼分別記何以故答曰過去法者或善或不善或無記或欲界繫或色界繫或無色界繫或學或無學或非學非無學或見斷或思惟斷或不斷是謂

分別記論詰問記論者若作是問法過去耶當還詰彼賢士問何法何以故過去法者或善或不善或無記或欲界繫或色界繫或無色界繫或學或無學或非學非無學或見斷或思惟斷或不斷是謂詰問記論問曰分別記論詰問記論何差別答曰正故無差別問差降故便有差別問者二種或有欲知而問或有觸嬈而問欲知而問者彼若言爲我說法當語彼多有法或過去未來現在我當爲說何者若言爲我說過去當語彼過去法亦多或有色陰至識陰我當爲說何者若言爲我說色當語彼色亦多或善或不善或無記我當爲說何者若言爲我說善色當語彼善色亦多或離於殺至不知時言我當爲說何者若言爲我說離殺當語彼離殺亦多或不貪生或不恚生或不癡生我當爲說何者若言爲我說不貪生當語彼不貪生亦多或有教或無教我當爲說何者謂彼欲知而問爲彼法性分別開示善記令彼知有觸嬈而問者彼若言爲我說法當語彼多有法當爲說何者不應語彼或過去未來現在若言爲我說過去當語彼過去法亦多我當爲說何者不應語彼或有色陰至識陰若言爲我說色當語彼色亦多我當爲說何者不應語彼或善或不善或無記若言爲我說善當語彼善色亦多我當爲說何者不應爲彼說或離於殺至不知時言若言爲我說離殺當語彼離殺亦多我當爲說何者不應語彼或不貪生或不恚生或不癡生若言爲我說不貪生當語彼不貪生亦多我當爲說何者不應語彼

或有教或無教謂彼觸嬈問應當爾令彼或自答或默然住是謂答故無差別問差降故便有差別止記論者若作是問云何瞿曇世是常耶世無常耶世尊告曰梵志此是無記云何瞿曇世有邊耶世無邊耶是命是身耶命異身異耶如來終耶如來不終耶如來終不終耶如來亦不終亦不不終耶世尊告曰梵志此是無記是謂止記論何以故止記論答曰此論不趣義不趣法不趣智不趣等覺不趣涅槃是故止記論問曰云何此論名記論謂此中不答一句答曰此是如等法第一義答謂默然是問曰何以故答口謂默然伏於彼何況記而不伏說者有異學名傷坻羅爲論故至罽賓彼時足晝林有阿羅漢尊者跋修羅得三明三藏六通離三界結於內外法盡學知彼傷坻羅聞此林中有如此大論師彼作是念當往而問彼到已共尊者跋修羅相慰勞已却坐一面却坐一面已語尊者跋修羅比丘我等誰當先立論我耶汝耶尊者跋修羅曰我是主人我應先立論然汝是客令汝先立論彼便先立論說曰一切論當有詰論尊者跋修羅默然住傷坻羅弟子便舉聲言伏沙門伏沙門尊者跋修羅說曰傷坻羅還去汝傷坻羅者自當知彼時傷坻羅便還去不遠作是念不知彼沙門何所說傷坻羅還去汝傷坻羅者自當知傷坻羅復作是念我立此論一切論當有詰論我此論有咎有諍有過彼沙門若作是論彼亦有此咎彼傷坻羅告弟子曰彼沙門得我便來當共往禮彼沙門弟子對曰師衆中已得勝何用

禮彼沙門爲傷坻羅曰寧從智者伏不從愚者勝彼傷坻羅便還至尊者跋修羅所舉身投地已說曰汝爲我師我爲弟子汝得勝我不如是謂或應默然而成論況復記說而不成論是故說如等法第一義答謂默然是廣說善不善無記處盡

欲界色界無色界繫法處第二十九

欲界繫法者色界繫法者無色界繫法者問曰欲界繫法云何答曰欲界繫五陰色界繫法云何答曰色界繫五陰無色界繫法云何答曰無色界繫四陰問曰何以故說欲界繫法何以故說色無色界繫法答曰因欲繫足是故說欲界繫因色繫足是故說色界繫因無色繫足是故說無色界繫足者結也如所說偈

若已盡不生　已盡不將隨　彼佛無量行
無跡何跡將　若叢深枝灑　無愛可將隨
彼佛無量行　無跡何跡將

如有足者彼能趣東西南北如是若有結足者彼便趣諸界趣諸趣趣諸生趣輪轉生死中是故說因欲界繫足是欲界繫因色無色界繫足是色無色界繫或曰因欲繫縛是故說欲界繫因色繫縛是故說色界繫因無色繫縛是故說無色界繫如繫人在堅柱堅我彼因堅柱堅我說是縛如是因欲繫縛是故說欲界繫因色繫縛是故說色界繫因無色繫縛是故說無色界繫或曰謂有欲樂是欲界繫謂有欲樂是色界繫謂有欲樂是無色界繫欲者愛樂者見或曰謂欲界著所著惜所惜已所已是欲界繫謂色界著所著惜所

惜已所已是色界繫謂無色界著所著惜所惜已所已是無色界繫或曰謂欲界垢雜垢汙雜汙毒雜毒是欲界繫謂色界垢雜垢汙雜汙毒雜毒是色界繫謂無色界垢雜垢汙雜汙毒雜毒是無色界繫廣說欲界色無色界繫法處盡

學無學非學非無學法處第三十

學法者無學法者非學非無學法者問曰學法云何答曰學五陰無學法云何答曰無學五陰非學非無學法云何答曰有漏五陰及無為問曰何以故說學無學非學非無學答曰謂不貪道學斷貪是學謂不貪道不學斷貪是無學餘者非學非無學或曰謂不恚道學斷恚是學謂不恚道不學斷恚是無學餘者非學非無學或曰謂不癡道學斷癡是學謂不癡道不學斷癡是無學餘者非學非無學或曰謂道學斷愛非愛本是學謂道學斷愛者以此別無學道非愛本者以此別世俗道謂道不學斷愛亦非愛本是無學謂道不學斷愛者以此別學道亦非愛本者以此別世俗道餘者非學非無學或曰謂不離愛意中無漏法可得是學謂離愛意中無漏法可得是無學餘者非學非無學或曰謂結得縛意中無漏法可得是學謂結得不縛意中無漏法可得是無學餘者非學非無學或曰謂攝見地思惟地是學謂攝無學地是無學餘者非學非無學或曰謂攝見道思惟道是學謂攝無學道是無學餘者非學非無學或曰謂攝未知根已知根是學謂攝無知根是無學餘者非學非無學或曰謂五人堅信堅法

信解脱見到身證意中無漏法可得是學謂二人慧解脱俱解脱意中無漏法可得是無學餘者非學非無學或曰謂七人四向三果意中無漏法可得是學謂一人意中無漏法可得是無學餘者非學非無學或曰十八人意中無漏法可得是學謂九人意中無漏法可得是無學餘者非學非無學廣說學無學非學非無學處盡

見斷思惟斷不斷法處第三十一

見斷法者思惟斷法者不斷法者問曰見斷法云何答曰謂堅信堅法觀時忍斷此云何見斷八十八使及彼相應法是謂見斷法思惟斷法云何謂學見迹思惟斷此云何思惟斷十使及彼相應法是謂思惟斷法不斷法云何答曰虛空不數緣盡數緣盡學法無學法是謂不斷法問曰如何以故說見斷思惟斷如見不離思惟思惟不離見見者是慧思惟者是不放逸何者眞實答曰此中說眞實少見道者慧多不放逸少思惟道者不放逸多慧少是故說此中眞實少更有說者此中說等眞實見道者所有慧亦與不放逸等思惟道者所有不放逸而與慧等是故說此中等眞實見斷法者思惟斷法者尊者婆須蜜說曰如見四聖諦時斷一切結何以故說見斷法思惟斷法答曰以見斷以見除以見捨見故說見斷復有作是說亦思惟斷亦見斷但以見斷以見除以見捨是故說見斷何以故說思惟斷者答曰彼即以道修習多修習數數斷少少斷品品斷稍稍斷漸漸斷令薄是故說思惟斷復有作是說見斷亦思惟斷

但彼即以道修習多修習數數斷少少斷品品斷稍稍斷漸漸斷令薄是故說思惟斷何所說答曰彼作是說見道是利道彼始起以一種慧斷九種結思惟道是鈍道彼數數行以九種慧斷九種結如二刀截一處一利二鈍利者始下便斷鈍者數數下乃斷如是見道是利道彼始起以一種慧斷九種結思惟道是鈍道彼數數行以九種慧斷九種結更有說者見道亦九種慧斷九種結思惟道亦九種慧斷九種結如多中毒誰不欲一時吐問曰若爾者何得見道是利道答曰所以見道是利道者如思惟道以九種慧斷九種結如是見道亦以九種慧斷九種結但速於彼是故說見道是利道如是說者此不論如前說如見道以一種慧斷九種結思惟道以九種慧斷九種結或曰謂道多見斷結是謂見斷謂道思惟多斷結是思惟斷或曰謂道三相眼明慧相斷結是見斷謂道四相眼明智慧相斷結是思惟斷或曰謂道四相眼明覺慧相斷結是見斷謂道五相眼明覺智慧相斷結是思惟斷或曰謂忍斷結是見斷謂智斷結是思惟斷或曰謂未知根斷結是見斷謂已知根斷結是思惟斷或曰謂斷結如方便破石是見斷謂斷結如方便挽藕絲是思惟斷或曰未見諦見諦是斷結是見斷謂已見諦見諦時斷結是思惟斷或曰謂大力斷結如摩訶能伽是見斷謂斷結如履坏器上是思惟斷或曰謂斷結時修異智修異知修異行是見斷謂斷結時修不異智修不異知修不異行是思惟斷或曰謂向不成就果斷

結是見斷謂向成就果斷結是思惟斷或曰謂非稍稍斷是見斷謂稍稍斷結是思惟斷或曰謂堅信堅法斷結是見斷謂信解脫見到身證斷結是思惟斷或曰謂始起道斷結是見斷謂數數起道斷結是思惟斷或曰謂斷結攝四沙門果是見斷謂斷結或攝三果或二或一是思惟斷或曰謂道斷結不替是見斷謂道斷結或替不替是思惟斷或曰謂已斷結不退是見斷謂已斷結或退或不退是思惟斷或曰謂已解脫不復縛是見斷謂已解脫或縛或不縛是思惟斷或曰謂已離不繫是見斷謂已離或繫或不繫是思惟斷或曰謂斷結時忍無礙道智解脫道是見斷謂斷結時智無礙道智解脫道是思惟斷或曰謂斷結時忍方便道忍無礙道智解脫道是見斷謂斷結時智方便道智無礙道智解脫道是思惟斷或曰謂斷結時四行修道是見斷謂斷結時十六行修道是思惟斷或曰謂斷結時緣一一諦修道是見斷謂斷結時緣四諦修道是思惟斷或曰謂斷結時一相似修道是見斷謂斷結時相似不相似修道是思惟斷或曰謂斷結時修一三昧是見斷謂斷結時修三三昧是思惟斷或曰謂斷結時不住是見斷謂斷結時或住不住是思惟斷餘者無斷廣說見斷思惟斷無斷處盡

鞞婆沙論卷第七下

音釋

坻陳尼切 挽無遠切引也 坏鋪杯切未燒器也 替他計切廢也

鞞婆沙論卷第八

迦旃延子造

苻秦罽賓三藏僧伽跋澄譯

四聖諦處第三十二

四諦者苦諦習諦盡諦道諦問曰四諦有何性阿毗曇者說曰五盛陰是苦諦有漏因是習諦數緣滅是盡諦學無學法是道諦譬喻者說曰名及色是苦諦行及結是習諦行及結滅是盡諦止及觀是道諦鞞婆闍婆提說曰八苦相是苦是苦諦餘苦雖苦非苦諦當來有愛是習是習諦餘愛及餘有漏法雖習非習諦當來有愛滅是盡是盡諦餘愛及餘有漏法滅雖盡非盡諦學八種道是道是道諦餘學法及一切無學法雖道非道諦問曰如汝說阿羅漢應不成就二諦習諦及道諦不成就習諦者謂彼當來有愛是習諦彼阿羅漢除欲時當來有愛盡也不成就道諦者謂彼學八種道是道諦彼阿羅漢得果時捨學八種道尊者瞿沙說曰已陰及他陰衆生數非衆生數彼一切苦是苦諦但觀時觀已陰不觀他陰衆生數非衆生數問曰何以故爾答曰謂彼觀是苦此他陰衆生數非衆生數不能生苦無令此他陰衆生數非衆生數於此已陰生苦若無此已陰者彼他陰衆生數非衆生數當生何苦以是故彼作此智生經中設數已陰極生苦他陰不如此因已陰他陰生苦不因他陰已陰生苦以是故觀已陰不觀餘謂已陰因及他陰衆生數非衆生數彼一切習是習習諦但觀時觀已陰因不觀他陰衆生數非衆生數謂已陰盡及

他陰衆生數非衆生數盡彼一切是盡是盡諦但觀時觀已陰苦盡不觀他陰衆生數非衆生數盡謂已陰道及他陰衆生數非衆生數道彼一切是道是道諦但觀時觀已陰道不觀他陰衆生數非衆生數道如是說者謂已陰及他陰衆生數非衆生數彼一切是苦是苦諦觀時亦盡觀問曰如彼觀時觀苦彼他陰衆生數非衆生數不生苦當何觀答曰設不生苦但彼一切有無智欲令生智有疑欲令生定有謗欲令生信復次何得他陰衆生數非衆生數不生我苦若他以手以足打我者我寧不生苦耶如是若於上若木若石墮我上者我寧不生苦耶以是故謂已陰及他陰衆生數非衆生數彼一切是苦是苦諦觀時盡觀苦相故謂已陰因及他陰衆生數

非衆生數因彼一切是習是習諦觀時盡觀本末故謂已陰盡及他陰衆生數非衆生數盡彼一切是盡是盡諦觀時盡觀止相故謂已陰道及他陰衆生數非衆生數道彼一切是道是道諦觀時盡觀出要相故此是諸諦性已種相所有自然說性已當說行何以故說諦諦有何義答曰實義是諦義審義如義不顛倒義不虛義是諦義問曰若實義是諦義者虛空非數緣盡亦實亦審亦如彼何以故不立諦答曰謂法癰癰因離癰能離癰癰者是苦諦癰因者是習諦離癰者是盡諦能離癰者是道諦彼立諦彼虛空非數緣盡非癰非癰因非離癰非能離癰是故彼不立諦或曰謂法刺刺因離刺能離刺刺者是苦諦刺因者是習諦離刺者是盡諦能離刺者

是道諦彼立諦彼虛空非數緣盡非刺非刺因非離刺非能離刺是故彼不立諦或曰謂法病病因離病能離病病是苦諦病因是習諦離病是盡諦能離病是道諦彼立諦彼虛空非數緣盡非病非病因非離病非能離病是故彼不立諦或曰謂法災患災患因離災患能離災患災患者是苦諦災患因者是習諦離災患者是盡諦能離災患者是道諦彼立諦彼虛空非數緣盡非災患非災患因非離災患非能離災患是故彼不立諦或曰謂法苦苦因離苦能離苦苦者是苦諦苦因者是習諦離苦者是盡諦能離苦者是道諦彼立諦彼虛空非數緣盡非苦非苦因非離苦非能離苦是故彼不立諦或曰謂法陰陰因離陰能離陰陰者是苦諦陰因者是習諦離陰者是盡諦能離陰者是道諦彼立諦彼虛空非數緣盡非陰非陰因非離陰非能離陰是故彼不立諦或曰謂此岸彼岸河筏此岸者是苦諦彼岸者是盡諦河者是習諦筏者是道諦彼立諦彼虛空非數緣盡非此岸非彼岸非河非筏是故彼不立諦或曰彼虛空非數緣盡無漏故不攝苦諦習諦無記故不攝盡諦無爲故不攝道諦或曰彼虛空非數緣盡常故非三諦無記故非盡諦或曰彼虛空非數緣盡非陰故非三諦無記故非盡諦或曰彼虛空非數緣盡非世故非三諦無記故非盡諦或曰謂法喜處緣及猒處緣彼立諦彼虛空非數緣盡非喜處緣亦非猒緣以是不立諦或曰謂法邪見及無漏見緣是立諦彼虛空非數緣盡非邪見亦非無漏見緣

是故彼不立諦或曰謂法是因是果彼立諦彼虛空非數緣盡非是因非是果是故彼不立諦問曰若不顛倒義是諦義者不應顛倒諦所攝以顛倒故答曰行故相貌故一向顛倒住故說顛倒如彼有審實種相如是諦所攝或曰如彼有因有果是諦所攝如無常計常苦計樂不淨計淨無我計我如是說顛倒問曰若不虛義是諦義者不應虛諦所攝以虛故答曰姧偽欺誑一向佞諂住故說妄語如彼有審實種相是諦所攝或曰如彼有因有果是諦所攝如不見言見見言不見不聞言聞聞言不聞不分別言分別分別言不分別(鼻舌身三情總名也)不知言知知言不知是說妄說是謂實義是諦義審義如義不顛倒義不虛義是諦義問曰苦有何相習盡道有何相尊者婆須蜜說曰逼迫相是苦相本末相是習相止相是盡相出要相是道相重說曰已轉成是苦相當轉相是習相離行相是盡相能離行相是道相重說曰已成輪轉生死是苦相當輪轉生死是習相已離輪轉生死是盡相能離輪轉生死是道相尊者曇摩多羅說曰諸尊處所中作諦相彼五盛陰埠阜如鐵團入三苦依在內雜如鐵團著火中火入鐵同火色觀苦當如是此苦行所轉結所變易有所趣連續有此合會有當觀習諦中起離結行不復連續有此合會有當觀是盡諦修習止觀知興衰法有因得盡此合會有當觀道諦是故說諸尊處所中作諦相如世尊所說偈

一諦無有二　謂衆生生疑　難陀觀諸諦

我說非沙門

問曰如四諦何以故佛說一諦無有二尊者波奢說曰一一諦故世尊說一諦無有二一諦者是苦諦更無二苦諦一諦者是習諦更無二習諦一諦者是盡諦更無有二盡諦一諦者是道諦更無有二道諦是故世尊說一諦無有二或曰一諦者是盡諦斷多計解脱意故異學欲令多有解脱無身無量意淨聚無相聚世尊說彼非解非脱非出要非離唯有一第一義解脱謂盡諦是謂斷多計解脱意故世尊說一諦無二或曰一諦者道諦是是斷多計道意故異學欲令多有道不食臥灰上叉手隨日月服氣食果裸形臥棘上著弊草衣世尊說此非道是惡道此不可依非是人所行惡人所行唯一第一義道謂道諦是是謂斷多計道意故世尊說一諦無二

如世尊所說契經二諦等諦第一義諦問曰云何等諦云何第一義諦答曰等諦者苦諦習諦等入此中謂婦人男子小兒小女若來若去若坐若住現種種行第一義諦者盡諦道諦更有說者等諦者三諦彼盡亦說如城現如彼岸第一義諦者是道諦更有說者一切四諦是等諦亦第一義諦彼道諦亦說如筏現如山是故一切四諦是等諦亦第一義諦苦諦習諦中等如前所說婦人男子小兒小女若來若去若坐若住現種種行第一義者無常苦空非我因習有緣盡諦中等如所說如園觀彼岸城三耶三佛所說第一義者盡上妙離道諦等者如所說筏大石山生七華成八種水第一義者道正趣出要是故一

切四諦中起等亦起第一義問曰若一切四諦中起等亦起第一義者彼等應有十八界十二入五陰第一義亦應有十八界十二入五陰彼等諦第一義諦何差別尊者婆須蜜説曰等諦者是諸法名第一義諦是諸法性重説曰等諦者是俗數第一義諦者賢聖數等諦第一義諦是謂差別問曰彼等於第一義中是第一義耶爲非耶若等於第一義中是第一義者應有一諦是第一義諦無有二諦若等諦於第一義中非第一義者亦應有一諦是第一義諦無有二諦作此論已答曰有此等於第一義中是第一若等諦於第一義中非第一義者如來説二不是眞實若如來説二眞實者是故可知等諦於第一義中是第一義問曰若等諦於第一義中是第一義應有一諦是第一義諦無有二諦答曰是一諦第一義諦問曰若是一諦第一義諦者云何如來説二諦答曰因事故如來説二諦若事是等諦此事非第一義諦若事第一義諦此事非等諦如一痛説四緣因緣次第緣增上緣所緣緣彼雖一痛説四緣但若事因緣非此事乃至增上緣若事增上緣非此事乃至因緣如是一痛説六因相應因共有因自然因一切遍因報因所作因彼雖一痛説六因但若事相應因非此事乃至所作因若事所作因非此事乃至相應因如是一諦第一義諦若事等諦非此事第一義諦若事第一義諦非此事等諦尊者陀羅難提説曰性名等諦若諦習諦所攝如世尊契經所説異學梵志梵志有三諦云何爲三此異學梵志

梵志作是說不害一切衆生若異學梵志梵志作是說不害一切衆生是謂異學·梵志梵志一諦復次異學梵志梵志作是說我於他無所爲他於我無所爲若異學梵志梵志作是說我於他無所爲他於我無所爲是謂異學梵志梵志二諦復次異學梵志梵志作是說諸所習法皆是盡法若異學梵志梵志作是說諸所習法皆是盡法是謂異學梵志梵志三諦問曰此中云何說梵志云何諦答曰梵志者外諦者即此三餘者盡虛妄更有說者梵志者此内法諦者即此三世尊說㓞經斷異學意故異學自言是梵志常逼促他爲齋故殺牛亦殺羊雞猪亦殺種種衆生爲齋故世尊說逼促他非梵志謂不害一切衆生是第一義梵志異學自言是梵志有所爲故行梵行爲天女爲天食世尊說若有所爲故行梵行非梵志謂無所著無所愛無所爲行梵行是第一義梵志異學自言是梵志著斷滅計常世尊說若著斷滅計常非梵志謂諸所習法皆是盡法是謂第一義梵志是謂梵志此内法諦者即此三佛說㓞經斷異學意故或曰此中說三分法身戒身定身慧身彼不害一切衆生者是戒身我不爲他他不爲我者是定身諸所習法皆是盡法者是慧身如三身三戒三思惟亦爾或曰此中說三三昧方便空無願無相彼不害一切衆生者是空三昧方便我不爲他他不爲我者是無願三昧方便諸所有習法皆盡者是無相三昧方便或曰此中說根本三三昧空無願無相三昧彼不害一切衆生者是空三昧我不爲他

他不爲我者是無願三昧諸所習法皆是盡法者是無相三昧以是故此中說根本三三昧如佛契經說此是已行正法所謂廣說四諦問曰何以故說已正行答曰謂已行者已修道行非因他修道是謂說已正行問曰云何知答曰有佛契經契經中有頭陀梵志到世尊所而說偈言

我觀世天人　梵志行無積　我今禮大仙
拔我疑網刺

問曰此梵志何所說答曰彼梵志懈怠至世尊所已沙門瞿曇爲我故修道令我意中結盡世尊爲彼說偈

我不能脫汝　梵志及餘世　若知極妙道
汝可度此流

問曰如來何所說答曰世尊說梵志不因他修道令汝結盡若梵志因他修道汝結盡者我在道樹下時一切衆生皆應結盡我於一切衆生極有大悲但梵志非因他修道令汝結盡梵志如已病服藥非他病得愈如是梵志已有結病服聖道藥非他結病得愈如梵志已服藥已病愈如是梵志已有結病服聖道藥已結病愈以此契經可知自行四諦非因他行是故說已正行或曰不正令入正是故說已正行不正者凡夫是正者聖道是令不正凡夫使入於正道道果是故說已正行或曰正令入正是故說已正行正者世間第一法正者苦法忍令正世間第一法使入正苦法忍是故說已正行問曰何以故聖諦說已正行非說界入陰答曰謂此聖諦極上受化者亦極上說界者爲始行說入者爲少習

行説陰者爲已成行此聖諦一向近法身謂彼近見聖諦者或曰謂説聖諦取證得果除結漏盡非界入陰以是故聖諦説已正行非界入陰問曰四聖諦者云何立四聖諦爲種耶爲因果耶爲觀耶若種者應有三離苦無習離習無苦是一諦盡二道三若因果者應有五如苦有因有果是二諦道亦有因有果是四諦盡諦五若觀者應有八前觀欲界苦後觀色無色界前觀欲界行因後觀色無色界前觀欲界行盡後觀色無色界前觀欲界行道後觀色無色界作此論已答曰因果故便立四諦問曰若爾者應有五如苦有因有果彼一切苦習趣道有習趣道貪習趣道貪輪轉生死習趣道如是道有因有果彼一切苦盡趣道有盡趣道貪盡趣道輪轉生死盡趣道云何因果故立四諦答曰因三事有漏無漏故因果故誹謗信故此四聖諦二種有漏無漏有漏者有因有果謂有漏因彼立一諦習諦是謂有漏有果立二諦苦諦是無漏種者亦有因有果謂無漏有因有果者立一諦道諦是謂無漏有果無因者立二諦盡諦是問曰謂無漏種有因有果何以故立一諦非二答曰誹謗信故此苦有二種謗無苦無習如此中二種謗應當發二種信彼道謂有因有果彼一切同一謗無有道如同一謗如是應當發一信是謂因三事有漏無漏故因果故誹謗信故立四聖諦更有説者亦因觀故立四聖諦謂欲界苦及色無色界苦彼一切同一觀逼迫一相故謂欲界行因及色無色界行因彼一切同一觀本末一相故謂欲

界行盡及色無色界行盡彼一切同一觀一止相故謂欲界行道及色無色界行道彼一切同一觀一出要相故是謂同一觀故立四聖諦問曰云何四聖諦爲善根聖耶爲無漏聖耶爲聖所成就耶若善根聖是聖諦者便有二諦善盡諦道諦二諦三種善不善無記苦諦習諦是若無漏聖是聖諦者便有二無漏盡諦道諦二有漏苦諦習諦若聖所成就是聖諦者非聖亦成就如所說誰成就苦諦集諦答曰一切衆生作此論已答曰聖所成就是故聖諦問曰如非聖亦成就如所說誰成就苦諦習諦答曰一切衆生答曰謂成就一切四聖諦彼是聖非聖者雖有成就但不成就一切四聖諦是故不說聖問曰彼聖亦不成就四聖諦謂具縛入苦法忍中答曰少一時頃於彼上生苦法智已成就一切四聖諦或曰此是聖所諦聖所知聖所見聖所了聖所觀聖所覺是故說聖諦或曰謂得聖戒是聖彼聖有此諦是故說聖諦或曰謂得聖財是聖彼聖有此諦是故說聖諦或曰謂聖得止觀是聖彼聖有此諦是故說聖諦或曰謂得聖印是聖彼聖有此諦是故說聖諦尊者僧迦婆修說曰彼時凡夫共聖人諍凡人說此是我聖人說此非我凡人說此是樂聖人說此是苦凡人欲令無因不正因聖人欲令有因正因彼共諍便至世尊所到已如此義白世尊世尊說如聖所說此是聖所諦聖所知聖所見聖所了聖所觀聖所覺問曰如汝說一切恒沙三耶三佛說聖諦一切皆有諍耶此者不論如是好如前所說聖所諦聖

所知聖所見聖所了聖所觀聖所覺是故說四聖諦云何四苦聖諦苦集聖諦苦盡聖諦苦盡道聖諦苦聖諦云何生苦老苦病苦死苦怨憎會苦愛別離苦所求不得苦略言之五盛陰苦彼生苦者因一切苦故老苦者少壯變故病苦者境界斷故死苦者大憂悲故怨憎會苦者一切猒惡故愛別離苦者所念相違故所求不得苦者不從願故略言之五盛陰苦者衆苦依故復次生苦者起苦故老苦者容色敗故病苦者一切不堪故死苦者多煩惱熱故怨憎會苦者見不善故愛別離苦者善見相違故所求不得苦者善望意斷故略言之五盛陰苦者彼一切苦依此轉非不依是故說略言之五盛陰苦問曰如五盛陰亦廣苦何以故世尊說略言之五盛陰苦答曰如是略亦苦廣亦苦但多苦故世尊說略言之五盛陰苦多苦患故如彼賊帥屛處訶責衆中亦訶責用多過故如是五盛陰略亦苦廣亦苦但世尊說略言之五盛陰苦多苦患故問曰陰中有樂耶無樂耶若陰中有樂者何以故世尊說苦諦不說樂諦若陰中無樂者摩訶男契經云何通彼所說摩訶男若色一向是苦者非樂樂喜長養離樂摩訶男非是因衆生著色此衆生不應著色摩訶男若痛想行識一向是苦者非樂樂喜長養離樂摩訶男非是因衆生著識此衆生不應著識摩訶男如色非一向苦樂樂喜長養不離樂摩訶男是因衆生著色以是故衆生著色摩訶男如痛想行識非一向苦樂是樂樂喜長養不離樂摩訶男是因衆生著識以是

故衆生著識復次說三痛樂痛苦痛不苦痛不樂痛苦陰中無樂者此二經云何通作此論已有一說者陰中有樂

問曰若陰中有樂者摩訶男羿經善得通此經云何通何以故說苦諦不說樂諦答曰雖陰中有樂但少以少故立苦分中猶如毒瓶一滴蜜墮中不因一滴蜜故毒瓶得名蜜瓶但毒多故名爲毒瓶非蜜瓶如是雖陰中有樂但少以少故立苦分中更有說者陰中無樂問曰若陰中樂無者此經爲善通以是故說苦諦不說樂諦摩訶男羿經云何通答曰此說是俗數亦說聖數如俗數者陰中可有樂如彼行疲小息便言樂寒小得熱便言樂熱得少涼便言樂飢少得食便言樂渴少得飲便言樂如聖數者如是陰中無樂如聖觀地獄中界入陰熾然至第一有亦爾如是俗數陰中有樂聖數陰中無樂云何苦習愛習聖諦謂此愛當來有喜欲俱愛樂彼彼有

問曰如阿毗曇所說習諦云何有漏緣何以故佛世尊一切有漏種獨當來有愛立習諦耶答曰此愛施設習時攝愛種是故佛一切有漏種一當來有愛立習諦如思施設行時攝愛種是故佛一切相應不相應行陰中一思立行陰如是此愛施設習時攝愛種是故佛一切有漏種一當來有愛立習諦或曰謂愛過去當來現在苦說根本如所說此愛過去當來現在苦因根將本作緣有習等起或曰謂愛數數轉苦時增上上主如所說偈

如樹根不拔　斷截還復生　不拔愛根本
數數還受苦

謂愛數數轉苦增上主以故爾或曰謂說愛如毋如所說偈
愛中生士夫　彼心馳趣向　衆生入生死
愛苦甚恐怖
謂愛說如毋以故爾或曰謂愛男種女種生長養謂此衆生趣向東西南北以供養父毋及妻子奴婢一切皆由愛故如此烏從一山谷殺蟲還以養子一切皆由愛故謂愛男種女種生長養以故爾或曰謂愛衆生數非衆生數生長養謂此衆生畜象馬駝牛驢騾猪羊奴婢金銀瑠璃硨磲碼碯珊瑚琥珀謂愛衆生數非衆生數生長養以故爾或曰謂愛數數微細行如削刀削物不覺如是此愛數數微細行時不可覺以故爾或曰謂愛無猒足如人飲鹹水飲已增渴如是衆生未除欲若得境界已增益其愛謂愛無猒足以故爾或曰謂難捨不可除如人爲二羅刹所持一爲毋形二爲巳形謂巳形者彼易防護謂毋形者不可防護如是衆生未除欲者多爲二結所持愛及瞋恚恚者如巳形此易防護愛者如毋形不可防護謂愛難捨不可除以故爾或曰謂愛說如羅刹如羅刹見商人船壞而往問訊善來諸賢善來大仙人此間園觀快樂無極宫舍可樂此多諸珍寶種種具足盡持相與可共我等娛樂此間如彼各隨所欲然後斷其命根而食之食彼人時若有餘殘髮毛爪齒盡取食之無有遺餘食彼人時血滴墮地以指爪摑而食之如是此愛因時和顏悅色果時便與斷慧命根墮地獄中極受惡苦謂愛說如羅刹以故爾或曰謂愛

潤漬相著此愛潤漬著衆生不至涅槃如蠅膠著蜜瓶及濕牛皮力不能飛如是此衆生愛所潤漬著無力至涅槃以故爾或曰謂此愛起生死蟲道如有水處彼能起蟲道如是愛起生死蟲道以故爾或曰謂愛性壞散有爲能合會如以水合會性散壞沙如是此愛性壞散有爲能合會以故爾或曰謂愛潤漬一切生死不萎乾如水潤漬一切藥草樹木不萎乾如是愛潤漬一切生死不萎乾以故爾或曰謂愛潤漬識種子生有萌芽如水漬種子萌芽得生如是愛潤漬識種子生有萌芽以故爾或曰愛著意中著彼餘結皆著如衣有膩塵垢染著如是此愛謂意中著彼餘結皆著以故爾或曰謂愛若意中樂彼餘結皆樂如有水處蝦蟇魚樂中如是謂愛若意中樂彼餘結皆樂以故爾或曰謂愛受三有種名彼初著名爲愛種廣著名爲受種巳滅者名爲無明種謂愛受三有種名以故爾或曰謂受說如羅網說水說灑如所說比丘我當爲說愛羅網水灑謂此衆生所纏裹陰蓋覆蔽以故爾或曰謂說不可計如所說偈曰

本有斯一愛　此愛便有二　愛爲連鉤鎖

彼愛不可計

謂說愛不可計以故爾或曰謂愛說廣如所說偈問曰

廣無過於地　深無能踰海　高無出須彌

力無勝那延

佛答偈曰

廣無過於愛　腹爲難可滿　憍慢最增上

大士無勝佛

或曰謂愛染汙一切正受增上主如阿毗曇所說味相應初禪當言入味耶當言起味耶答曰若味是入已味是起味相應乃至有想無想處當言入味耶當言起味耶答曰若味是入已味是起謂愛染汙一切正受增上主以故爾或曰謂依愛於母胎有所依因父母不淨便有精以故爾或曰謂愛持去狂愚如羅刹女所說伽彌尼持去者是愛以故爾或曰謂愛當來有依欲令得當來身樂欲樂欲已願求願求已便轉成以故爾或曰謂愛界斷地斷種斷根斷以故爾或曰謂愛盛一切結以故爾或曰謂愛爲首說十法如所說阿難因愛求因求利因利計校因計校欲因欲著因著慳不捨因慳不捨家因家守因守故阿難便知便知有刀杖因有刀杖便鬬諍諛諂欺誑妄言意中便生無量不善法以是故佛契經一切有漏種獨一當來有愛立習諦

愛盡苦盡聖諦云何謂此愛當來有喜欲俱無餘斷捨吐盡無欲滅止沒問曰如此亦習盡何以故世尊說苦盡不說習盡答曰應說如說苦盡習盡亦爾若未說者是世尊有餘言此現義義門義略義義度當知義或曰爲教化者令彼欲故如佛說苦盡如是受化者聞已欲得盡彼作是念彼盡極妙謂離此弊惡苦以是故佛契經說苦盡不說習盡苦盡道聖諦云何謂八聖道是正見正志正語正業正命正方便正念正定問曰如此習盡道何以故說苦盡道不說習盡道答曰應說如說苦盡道說習盡道亦爾若未說者是世尊有餘言此現義義門若義略義度當知義或

曰彼習此中已說謂離習無有苦離苦無有習已說苦盡道當知已說習盡道或曰爲教化者令彼欲故如佛說苦盡道如是受化者聞已欲得道彼作是念彼道極妙謂能斷此弊惡苦以故爾或曰不受苦時現道功故彼道問其義能令因不作因耶能令果非果耶道義答曰我不能令因不作因不能令果非果但所因及緣生苦者彼緣彼因要當壞彼更不復受苦更不復與苦相續更不復與苦作因是謂不受苦現道功故以故爾或曰斷誹謗故說苦盡道謂七歲八歲得阿羅漢果於彼上或百歲在生死中多受苦世間者誹謗彼道何所能而令彼受爾所苦世尊說謂道所應爲已爲斷當來苦壽盡已更不復受苦更不復連續苦更不復與苦作因是謂斷誹謗故佛契經說苦盡道非說習盡道如世尊契經說謂無量種諸善法和合彼一切盡攝入四聖諦四聖諦者於彼說第一謂攝故諸野衆生足一切盡攝入象足中象足者於彼說第一謂廣大故如是諸無量種善法和合彼一切盡攝入四聖諦四聖諦者於彼中說第一謂攝故問曰設使有三聖諦有爲和合彼盡諦無爲云何和合答曰假使不和合但攝故名爲和合或曰此說得故雖彼盡諦不和合但彼得是和合是謂得和合故說或曰和合說二有和合起和合此三諦二和合有和合起和合彼盡諦諦起和合但有和合是謂有和合故說如世尊契經說慧根當何所觀四聖諦是問曰爲攝故說爲緣故說若攝故說者不應慧根攝四聖諦 亦非四聖諦

攝慧根若緣故說者是一切法緣作此論已答曰非攝故說亦非緣故說問曰若不爾者此云何答曰因事故此慧根事得四聖諦增上主是故世尊說慧根何所觀四聖諦是如信根事得四不壞信增上主是故世尊說信根何所觀四不壞信是精進根事於四意斷增上主是故世尊說精進根何所觀四意斷是念根事於四意止增上主是故世尊說念根何所觀四意止是定根事於四禪增上主是故世尊說定根何所觀四禪是如是此慧根於四聖諦增上主事是世尊說慧根何所觀四聖諦是云何四謂苦聖諦習盡道聖諦問曰如前因後果何以故世尊前說苦後說習答曰此苦麤是故以前說習細是故後說如人前學射箕泥團草束然後能射著毛不僻錯如是此苦麤彼學已然後觀習細問曰如前修道然後盡作證何以故世尊前說盡作證後說修道答曰謂觀盡觀道隨順問曰云何觀盡觀道隨順答曰彼行者前盡作證已然後求道當以何道得至涅槃如人欲進路時問他人士當示我道彼還問欲至何所曰我欲至某城彼曰此是道已知彼城說道易如是若前說道後說盡便不知趣何道如前說盡後說道已知盡便修道易或曰彼行者因道前除三諦癡然後道道緣現在前謂除道諦癡如人先見他面不自見面以明淨鏡自照其面如是彼行者彼因道先前除三諦癡後道道緣現在前謂除道諦癡以是故世尊前說盡後說道問曰如前斷習後知苦何以故世尊前說知苦後說斷習答曰欲拔

苦根本故如樹前執持枝葉後斷其根易如是生死樹前知苦已後斷習易以故爾或曰謂此觀苦能來觀習觀習已能來觀盡觀盡已能來觀道道不可以不觀苦而觀習盡道或曰謂苦慧能來習盡道慧不可以不起苦慧能起習盡道慧或曰謂觀苦觀習盡道方便門依不可以不起苦觀能起習盡道觀或曰謂觀苦觀習盡道因根將本作緣有習等起不可以不起苦觀能起習盡道觀或曰謂觀苦觀習盡道生持等持增長養不可以不起苦觀能起習盡道觀或曰謂苦癡能執持習盡道癡不可以不除苦癡能除習盡道癡或曰謂苦不癡能令習盡道不癡不可以苦不癡能令習盡道不癡尊者波奢說曰彼行者觀五陰如癰已然後求因此從何生觀從習生云何令無謂滅盡涅槃云何至謂聖八道種如人身中生癰極苦痛膿血流出彼求所因此從何生觀知或風寒熱云何令無安隱處云何至安隱或服藥吐下或破如是彼行者觀五陰如癰已後求因此從何生觀從習生云何令無謂滅盡涅槃云何至謂八聖道種復次行者觀五陰如患已後求因此從何生觀從習生云何令無謂滅盡涅槃云何至謂八聖道種如人有兒作賊凶暴隨惡知識後求因誰壞我兒觀從惡知識生誰能制之觀善知識是如是彼行者觀五陰如患已後求因此從何生觀從習生云何令無謂滅盡涅槃云何至謂八聖道種以是故彼行者前知苦已後斷習斷習已次盡作證盡作證已後修道以是故前說苦後說習盡道

鞞婆沙論卷第八

音釋

鞞婆沙梵語也此云廣解鞞騈迷切 罽居刈切 癰於容切癕也 姧僞姧古閑切僞危睡切姧僞私詐也 摑古獲切 漬疾智切浸也 膠古肴切黏也 萎乾萎於爲切蔫也乾古寒切枯也 蝦蟇蝦胡加切蟇莫霞切 諛諂諛羊朱切面從也諂丑琰切佞言也

鞞婆沙論卷第九

迦旃延子造

苻秦罽賓三藏僧伽跋澄譯

四聖諦處第三十二之餘

如世尊契經說當知苦如阿毗曇說如以智知一切法何以故世尊說獨說知苦答曰觀時故此說二種時觀時分別時如觀時如是佛契經說當知苦如分別時如是阿毗曇說以智知一切法復次說二種隨順觀隨順分別隨順如觀隨順如是佛契經說當知苦如分別隨順如是阿毗曇說以智知一切法或曰一向無漏知故佛契經說當知苦有漏無漏知故阿毗曇說以智知一切法如有漏無漏如是諍不諍世間出世間住依欲出要如是盡當知或曰知俗數故此說二種知知俗數知第一義數如知俗數如是佛契經說當知苦如知第一義數如是阿毗曇說以智知一切法云何知俗數當知苦果是當斷習者除一切結是是謂俗數云何第一義數謂一功德是離一切結盡作證能除一切世間根本是修道知尊者婆奢說曰如世尊說當知苦如阿毗曇說以智知一切法何以故世尊說當知苦答曰斷生死根故世尊說當知苦身見是六十二見根六十二見是結根結是行根行是報根依報在一切生死依報已依報生死中便有善法不善法無記法此生死根從何斷唯知苦是謂斷生死根故世尊說當知苦或曰謂行者知苦心不錯亂若彼行者知苦已未斷習而起者起已若問此陰常耶非常耶彼說無常一時頃不住樂耶苦耶

彼說苦如熱鐵丸淨耶不淨耶彼說不淨如糞此中爲有我耶爲非有我耶彼說非衆生非命非人非士內空無作無教作無覺無教覺行聚空淨謂行者知苦心不錯亂以是故世尊說當知苦或曰斷陰著故世尊說當知苦本際不可知如此衆生因陰受無量苦於陰中癡還於陰愛著悋惜如彼小兒父母與杖還抱父母如是本際不可知如此衆生因陰受無量苦於陰中癡還於陰愛著悋惜世尊說欲令不用陰當知苦知苦已於陰中不復著是謂斷陰著故世尊說當知苦或曰本際不可知如此衆生於陰計我想計衆生想計聚想計人想計士想計命想此計我想計衆生想計聚想計人想計士想計命想從何除始入不顛倒法想唯有知苦以是故佛世尊說當知苦或曰本際不可知謂此衆生於陰計有常想樂想淨想我想此計常想樂想淨想我想從何除始入不顛倒法想唯知苦以是斷顛倒故世尊說當知苦或曰謂行者知苦已義入佛法中法入佛法中第一義入佛法中於法得無礙自在以故爾或曰謂彼行者知苦已不從餘師於此外不求福田以故爾或曰謂彼行者知苦已住佛法中如幢深入地以故爾或曰謂行者知苦已除曽所行緣得未曾行緣捨同行已得不同行捨共行已得不共行捨世行已得出世行以故爾或曰謂彼行者知苦已捨名得名捨境得境捨性得性以故爾或曰謂彼行者知苦已除五人種類得八人種類以故爾或曰謂彼行者知苦已無量時惡行邪見顛倒亂心心數

法何從令住質直唯知苦以故爾或曰謂此苦性如火燒性如毒害性如刀割性如樈殺如邊境賊城爲行結所侵以是故世尊說知苦當斷習者如苦亦當斷何以故世尊說斷習說者謂欲令一當來愛習諦者如前答愛此中盡當答謂欲令苦亦斷非獨斷習謂前答當知苦此中盡當答彼二論中此論當答何以故世尊說當斷習答曰謂因斷果亦斷因離果亦離因捨果亦捨以是故世尊說當斷習或曰謂斷習時二因俱拔二因俱繫便有離散有想無想處一切偏使拔以故爾或曰於中習起偏三界苦世尊說若不欲苦者當斷習習已斷不復偏三界苦或曰謂習中三界有輭中上果世尊說若不欲三界果者當斷習已斷習不受三界果以故爾或曰謂從習起流三界苦如泉窟出水溢於外慧者說曰士夫不欲令水出者當塞其源已塞其源水便不出如是從習中出偏三界苦世尊說若不欲苦者當斷習已斷習不復流三界苦以故爾或曰捨陰重故世尊說當斷習如人負重上山嶮慧者說曰士夫若不欲重者速捨任已捨任重便墮如是此衆生負重陰履嶮生死世尊說衆生若不欲重陰者當斷習已斷習陰便墮不復成就是謂捨重陰故世尊說當斷習盡作證者如阿毗曇說一切無漏法作證何以故世尊說盡作證答曰謂解脫不繫相或曰謂因及果果中無因或曰謂因非俱因果非俱果緣非俱緣所作非俱所作或曰謂沙門果非沙門梵果非梵梵行果非梵行或曰謂常恒處不變易離生老死

或曰謂一味異道果淨一切色故說無上或曰謂離三成四捨五以是故世尊說盡作證思惟道者如阿毗曇說思惟一切善有爲法何以故世尊說思惟道答曰謂思惟者二思惟得思惟服思惟世俗道雖有思惟但四思惟得思惟服思惟斷思惟捨思惟或曰謂思惟道者欲得善果彼道是善善果是愛愛果意樂意樂果意欲意欲果或曰謂質直不邪一向趣涅槃或曰謂是沙門沙門果梵梵果梵行梵行果俱果或謂安隱樂趣涅槃或曰謂不貪除貪不恚除恚不癡除癡或曰謂思惟能滅壞破有此世俗道雖有思惟但增受長養有或曰謂思惟能斷有相續能斷輪轉生老死世俗道雖思惟但相續有輪轉生老死或曰謂思惟非身見種非顛倒種非愛種非使種非貪處非恚處非癡處非雜汙非雜毒非雜濁非在有不墮苦習諦世俗道雖有思惟但身見種顛倒種愛種使種貪處恚處癡處雜汙雜毒雜濁在有墮苦習諦或曰謂思惟苦盡趣道有盡趣道貪趣道盡生老死趣道世俗道雖有思惟但苦習趣道有習趣道貪習趣道生老死習趣道以是故世尊說思惟道不說世俗道說曰此說十六聖行無常行苦行空行非我行因行習行有行緣行盡行止行妙行離行道行正行趣行出要行問曰十六行有何性有一說者慧性謂說慧性者彼慧是行能行他所行謂彼相應法雖能行他所行但非是行性非慧故謂彼共有法雖有他所行但非能行非共緣故亦非是行性非慧故更有說者心心法性彼有說心

心法性者彼慧行能行他所行謂彼相應法彼亦是行能行他所行謂彼共有法彼雖他所行非能行非共緣故非是行性非慧故如一說如二如是好如前所說慧性問曰名十六行種有幾一說者名十六行種七謂苦行彼名亦四種亦四謂習行名四種一謂盡四行名四種一謂道四行彼名四種一是故名十六行種七問曰何以故苦行名四種亦四答曰謂此斷顛倒猶如彼顛倒名四種亦四彼治亦爾名四種亦四如是說者名十六種亦十六如名如種如是名數數種名相種相名異種異名別種別名覺種覺如是盡當知此是諸行性已種相身所有自然說性已當說行何以故說無常行何以說乃至出要行答曰無常者說二事時及緣時者一時作事二時不作緣者諸法性羸隨因及緣苦者如病癰患也空者內無作無教作無覺無教覺非我者不自在故因者種子法故習者來故有者流故緣者轉成故如泥團輪手水合已便成瓦器此亦爾盡者滅陰故止者息三火故妙者妙願滿故一離者已離不更離故道者除惡道故正者除不正故趣者向涅槃故出要者出生死故復次非常者非究竟住故苦者勞猒重故空者除我有見故非我者除是我見故因者來故習者起故有者可得故緣者隨所緣故盡者盡生死故止者止苦火故妙者善有常故離者離生老無常故道者求故正者正住故趣者趣城不移故出要者安隱故問曰如苦四行無常苦空非我行何以故說苦諦不說無常空非我諦答曰謂此

行久遠行以此行過去三耶三佛說苦諦或曰謂此苦行一向墮苦諦非餘他無常行共墮三諦空行及非我行共墮一切法中此苦行一向墮苦諦非餘是故說苦諦非餘或曰謂此苦行一切能信凡愚及慧此法及外法以故爾或曰謂令極斷覺所覺行所行緣所緣根爲根義佛契經說苦智彼所緣是苦諦或曰謂此行增捨有能除生死如彼小兒與極妙食若言當有苦彼便不欲如是此苦行增捨有能除生死以是故佛契經說苦諦不說無常空非我諦問曰如習有四行因行習有緣行何以故世尊說習諦不說因有緣諦答曰謂此行久遠行以此行過去三耶三佛說習諦或曰謂令極斷覺所覺行所行緣所緣根爲根義佛契經說習智彼所緣是習諦以是故佛契經說習諦不說因有緣諦問曰如盡有四行盡行止妙離行何以故世尊說盡諦不說止妙離諦答曰謂此行久遠行以此行過去三耶三佛說盡諦或曰謂令極斷覺所覺行所行緣所緣根爲根義佛契經說盡智彼所緣是盡諦以是故佛契經說盡諦不說止妙離諦問曰如道有四行道趣正出要行何以故世尊說道諦不說正趣出要諦答曰謂此行久遠行以此行過去三耶三佛說道諦或曰謂欲令極斷覺所覺行所行緣所緣根爲根義佛契經說道智彼所緣是道諦以是故佛契經說道諦不說正趣出要諦說曰此說涅槃無形問曰何以故說涅槃無形答曰聖所了故說無形聖了彼自在身作證無有能在前論說彼是故聖所了故曰無

形或曰離一切色故故曰無形此説四色刹利梵志居士工師復次四色青黄赤白彼中無有一色是離一切色故曰無形或曰淨一切色故故曰無形若刹利修道彼得道果梵志居士工師修道彼得道果是離一切色故故曰無形或曰亦非色不依色故故曰無形色法雖有形非形依心心數法雖依形非是形彼涅槃亦不依色亦不依形故曰無形或曰稱歎無量功德故故曰無形如人多有功德説者此人功德多故不可具説如是涅槃無量功德故故曰無形或曰徧功德故故曰無形如摩尼徧有光明彼説無形如是彼涅槃徧功德故故曰無形或曰如此有爲有因有果彼涅槃無因無果故曰無形或曰如此有爲法因故説果果故説因彼涅槃非因故説果非果故説因故曰無形説曰彼涅槃非説品問曰何以故説涅槃非品答曰斷一切品故故説涅槃非品如此有爲作品生或五或四謂欲令法常住彼一切有爲法各各并已有五事生彼法彼法生彼法住彼法老彼法無常謂欲令法無常住彼一切有爲法各各并已有四事生彼法生老無常如此有爲作品彼涅槃不如是故説涅槃非品説曰彼涅槃説愛問曰何以故涅槃説愛答曰聖者不愛生死涅槃者離生死或曰聖者不愛輪轉涅槃者離輪轉或曰聖者不愛陰涅槃者離陰或曰聖者不愛生涅槃者離生或曰聖者不愛老死涅槃者離老死或曰聖者愛念樂涅槃以是故説涅槃愛如彼契經説戒及等意解脱是愛彼一切爲涅槃故以是故

世尊契經說涅槃愛說曰彼涅槃說非可習問曰何以故說涅槃非可習答曰有爲爲果故習涅槃無有果問曰何以故說明所服行答曰智故得故明者佛及佛弟子此緣彼發忍及智是故說智故得故說曰涅槃說非可思惟問曰何以故涅槃說非可思惟答曰謂法意所生此可思惟彼涅槃意所不生或曰有爲法果故思惟彼涅槃無有果問曰若涅槃意所不生者此偈云何通

樹下靜思惟　涅槃令入意　瞿曇禪無亂
不久息跡證

答曰此說意心爲名此意得涅槃作證說曰彼涅槃說第一義說智說阿羅漢果問曰何以故涅槃說第一義答曰第一正故第一法故第一究竟故第一等是故說第一義問曰何以故說智答曰智果故彼說智問曰何以故涅槃說阿羅漢果答曰可供養故說涅槃阿羅漢果一切世間清淨供養盡可供養故可說涅槃名阿羅漢果或曰不生故說涅槃名阿羅漢果不復生諸界諸趣諸生輪轉生死中故說涅槃名阿羅漢果說曰此涅槃說近如彼契經說彼成就此十五法多智多見多覺近住涅槃我說彼非不至涅槃問曰何以故說近答曰實者故曰近或有欲令涅槃不實謂彼欲令不實者斷彼意故此說眞實有種相是謂眞實故名爲近或曰精勤正趣等趣意中可得故曰近或曰意等故名爲近若刹利思惟道彼得道果梵志居士工師思惟道彼得道果是謂等意故名爲近或曰等處所故名爲近若於村中思惟道彼中得道

果若靜處樹下塚間露坐林中思惟道彼中得道果是謂等處所名爲近或曰義故即是近是故說近如婆須蜜經所說遠法云何謂過去當來法近法云何現在法及無爲是謂義近名爲近或曰近意解故名爲近謂聖緣彼生忍及智如現在前猶如在前是謂近意解故名爲近或曰得作證故名近近者現在世此中起彼得作證是謂得作證故名爲近或曰捨近故名爲近近者說現在世離此入彼是謂說涅槃近如佛契經一所說聞如是一時世尊遊波羅柰仙人住處鹿野苑中彼時世尊告五比丘五比丘此苦本所未聞法當正思惟時生眼智明覺五比丘應當知此苦本所未聞法當正思惟時生眼智明覺五比丘我已知苦本所未聞法當正思惟時生眼智明覺五比丘此苦習本所未聞法當正思惟時生眼智明覺五比丘應當斷苦習本所未聞法當正思惟時生眼智明覺五比丘我已斷苦習本所未聞法當正思惟時生眼智明覺五比丘此苦盡本所未聞法當正思惟時生眼智明覺五比丘彼苦盡應當作證本所未聞法當正思惟時生眼智明覺五比丘我已苦盡作證本所未聞法當正思惟時生眼智明覺五比丘此苦盡道本所未聞法當正思惟時生眼智明覺五比丘應當思惟苦盡道本所未聞法當正思惟時生眼智明覺五比丘我已思惟苦盡道本所未聞法當正思惟時生眼智明覺五比丘謂我此四聖諦三轉十二行未生眼智明覺五比丘是故我於天及人魔梵沙門梵志衆中不出不離

不解不脱心亦不離顛倒生未盡梵行未立所作未辨名色已有未知如真五比丘我不自覺無上正真道五比丘謂我此四聖諦三轉十二行生眼智明覺五比丘是故我於天及人魔梵沙門梵志衆中已出已離已解已脱心不顛倒生已盡梵行已立所作已辨名色已有知如真五比丘我自覺無上正真道說此法時尊者拘隣遠塵離垢諸法法眼生及八十千天人遠塵離垢諸法法眼生彼時世尊告尊者拘隣汝拘隣知法未拘隣對曰已知世尊已知善逝尊者拘隣知法已故名阿若拘隣聞此法時地神舉聲極舉大聲此世尊於仙人住處鹿野苑中轉法輪沙門梵志天及人魔梵及餘世間本所未轉增益諸天種減損阿須倫衆聞此地神聲已空中神

四天王三十三天炎天兜術天尼摩羅天化他應天舉聲舉大音聲此世尊於仙人住處鹿野苑中轉法輪沙門梵志天及人魔梵及餘世間本所未轉增益諸天種減損阿須倫衆即彼時須臾頃一時聞聲徹梵天此世尊於仙人住處鹿野苑中轉法輪沙門梵志天及魔梵及餘世間本所未轉而增益諸天種減損阿須倫衆世尊轉法輪故是故名轉法輪經尊者曇摩多羅說曰我觀世尊此所說法身毛皆竪然世尊說義不違譬喻不違而此所說與義相違不次第不與佛同不與辟支佛聲聞同於阿羅漢上三過說未知根云何如此於阿羅漢上三過未知根現在前我若欲捨此所說然此所說世尊三阿僧祇行成此所說然復有證五比丘爲首八十千天

若欲不捨而此所說與義相違無次第不與佛同不與辟支佛聲聞同於阿羅漢上三過說未知根云何如此於阿羅漢上三過說未知根現在前如所說五比丘此苦本所未聞法當正思惟時生眼智明覺此說未知根五比丘當知此苦本所未聞法當正思惟時生眼智明覺此說已知根五比丘我已知苦本所未聞法當正思惟時生眼智明覺此說無知根如是至道如是三過說未知根云何如此於阿羅漢上三過未知根現在前如是此所說義相違不次第不與佛同不與辟支佛聲聞同作此論已不捨但當改此契經應當爾五比丘此苦習此苦盡此苦盡道本所未聞法當正思惟時生眼智明覺五比丘當知彼苦當斷習盡作證思惟道本所未聞法當正思惟時生眼智明覺五比丘我已知苦習已斷盡已作證已思惟道本所未聞法當正思惟時生眼智明覺如是契經應爾應爾已便有三轉及十二行作如是說者此契經不應改本諸大師有智強力者所不改況復尊者曇摩多羅問曰若不改此契經者然此義相違無次第不與佛同不與辟支佛聲聞同於阿羅漢上三過說未知根云何如此於阿羅漢上三過未知根現在前答曰此說二時說時觀時如說時如是佛契經說如觀時如是曇摩多羅所說如是作已二俱好尊者僧迦婆修說曰此契經中不說未知根已知根無知根問曰若不爾者此云何答曰佛契經說聞慧思慧問曰此契經說五比丘如我此四聖諦三轉十二行生眼智明覺五比丘我

自覺無上至眞等正覺云何佛以聞慧思慧自覺無上至眞等正覺耶答曰菩薩以聞慧思慧極觀法極生法明於法極除愚癡謂菩薩於無上至眞等正覺觀如等覺觀如巳成事如人以濕皮覆面却巳以婆羅覆面謂障小微色如是菩薩以聞慧思慧極觀諸法極生法明於法極除除愚癡謂菩薩於無上至眞等正覺觀如等覺觀如巳成事說曰如所說五比丘如我此四諦三轉十二行生眼智明覺問曰如此應十二轉有四十八行如說五比丘此苦本所未聞法當正思惟時生眼智明覺此一轉有四行五比丘此苦應當知本所未聞法當正思惟時生眼智明覺此二轉四行五比丘我巳知苦本所未聞法當正思惟時生眼智明覺此三轉四行是謂苦三

轉十二行如苦如是至道亦爾如此應十二轉有四十八行何以故世尊說四諦三轉十二行答曰三轉十二法故不過三轉十二行如觀一一諦故世尊說四聖諦三轉十二行如餘契經說比丘七處善觀三種義速於此法中得漏盡此不應七處善應有三十五處善亦有無量處善但七法故不過七觀一一陰故世尊說比丘七處善觀三種義速於此法中得漏盡如餘契經說七還有成須陀洹彼不應七轉還有應十四還有二十八還有但法應七故不過七一一趣故世尊說極七還有成須陀洹如餘契經說當爲說法謂有二眼及色耳聲鼻香舌味身細滑意法此不應一二應有六二但二法故不過二觀一一入故眼及色故乃至意及法故如是此三轉十

二行故不過三轉十二行觀一一諦故世尊說四聖諦三轉十二行彼生眼者爲見故生智者爲決定故生明者懸鑒故生覺者覺了故復次生眼者苦法忍生智者苦法智生明者苦未知忍生覺者苦未知智如是至道亦爾說曰如所說拘隣知法未拘隣對曰已知世尊已知善逝問曰何以故世尊爲尊者拘隣說知未拘隣答曰欲令憶本昔誓故說者菩薩本宿命時名忍辱仙人彼止山林中思惟行忍彼時有王名迦藍浮將諸婦人眷屬圍遶到彼山林無有男子純與婦人五樂自娛彼娛樂已王疲極卧諸婦人等知王眠已捨王求華遊彼山間遥見一處有菩薩顏貌端正猶如日月照於山林在彼而住見已便至菩薩所到已頭面禮菩薩足禮已却坐一面於是菩薩爲其說法愛欲不淨此諸妹等欲者不淨臭處可猒因起瞋恚生無量苦如是廣爲說欲不淨彼時迦藍浮王睡覺不見諸婦人彼作是念咄此爲災誰將諸婦人去彼拔刀已往詣山間推求遥見在菩薩前坐彼作是念此大鬼神所持又見菩薩顏貌端正諸女人等坐菩薩前見已極生瞋恚便至菩薩所到已問菩薩曰仙人得有想無想耶對曰不也大王得不用處識處空處耶對曰不也大王王曰仙人得四禪三禪二禪一禪耶對曰不也大王彼作是念咄此爲災未棄結之人見我婦人王語菩薩曰汝在此空靜處何所爲而不得爾所功德菩薩對曰大王我修行忍王作是念此見我瞋而言行忍不可柔輭言試此人忍王向菩薩說曰仙人若

行忍者伸右手我當觀汝云何行忍菩薩無恚意即伸右臂王無慈心棄捨後世極惡心以利刀截手投足下如是左手二足耳鼻割已說曰仙人何所願菩薩對曰大王但有疲勞汝取我身碎如胡麻我終不捨於忍如母愛子但大王聽我誓願而汝取我無過之人以極利刀截身七分如是我初得佛法不久起大悲思惟七種道斷汝七使王作惡已離彼處還彼時山林中有異仙人在邊山彼聞迦藍浮王加惡於忍辱仙人於是後仙人至忍辱仙人所到已問曰仙人不極患身苦耶忍辱仙人對曰我無苦痛仙人問曰因有足故知有行來因有手知有取受汝無手足耳鼻七分之餘云何言無苦痛耶忍辱對曰不以身壞名爲苦痛心壞乃爲苦痛謂受地獄畜生餓鬼不善之果復次汝等若有疑者觀此瘡處血淨流出如牛乳不仙人問曰汝遭被困時修何等意菩薩對曰彼王以利刀截我身肢節時我於一切衆生修於大慈仙人說曰善哉善哉修習大行緣汝斯行饒益一切世間仙人慰勞已便還所止仙人還不久四大天王極大起凍雹風雨已至忍辱仙人所到已向忍辱仙人說曰仙人當勑我等我當壞彼迦藍浮王妻子眷屬國土人民忍辱仙人身毛皆竪說曰謂截我手足耳鼻斷身七分我於彼不起毛髮之惡況復彼國人民於我無過而欲加之四大天王說曰若不欲行惡何得憂慼止此山林忍辱對曰我但憂念彼迦藍浮王何故彼作爾所惡謂當受地獄極苦謂菩薩轉後身已乃至降魔成無上

最正覺覺已爲尊者拘隣說法尊者拘隣遠塵離垢諸法法眼生已說曰拘隣謂昔截我手足耳鼻斷身七分我作誓願汝取無過之人斷身七分我初得佛法不久得大悲修七種道斷汝七使本所誓願今爲果不尊者拘隣慙愧羞恥對曰眞果世尊眞果善逝是謂欲令憶本誓故世尊說拘隣知法未如尊者拘隣見諦彼時世尊觀當來世知何者多我三阿僧祇劫多耶爲拘隣受當來陰界入身多耶世尊觀拘隣受一阿鼻泥犁陰界入身多非佛三阿僧祇劫一時間須臾頃數多世尊作是念若我三阿僧祇劫苦行不作餘事但脫拘隣爾所苦於三阿僧祇果願已畢世尊如是觀比丘拘隣應當害一切衆生一切衆生亦當害拘隣比丘拘隣當食一切衆生一切衆生亦當食拘隣比丘拘隣當縛一切衆生一切衆生亦當縛拘隣若我三阿僧祇苦行不作餘事但脫拘隣爾所苦於三阿僧祇果願已畢如所說此世尊於波羅柰仙人住處鹿野苑中轉法輪問曰轉法輪處一切三耶三佛定耶爲非定耶若定者定光如來拏經云何通彼說定光如來無所著等覺於燈王城訶黎那山轉法輪若不定者彼尊者法實偈云何通

此處過去佛　第一初說法

作此論已答曰轉法輪處不定問曰若爾者定光如來經善通尊者實偈云何解答曰此不必通非拏經非毗尼非阿毗曇但彼作頌者欲令句義合故更有說者此是常定處如是說者一切三耶三佛處常定一金剛坐處

二轉法輪處三天上來下處問曰云何知金剛坐處定答曰有契經說過去時有王名頂生彼領四天下得自在與四種兵欲至天上彼時輪住虛空輪住已一切四種兵亦住四種兵住已頂生王便恐怖身毛皆竪王作是念將不亡失國耶命不中夭耶爲諸天不欲見我耶於是彼空中天慰勞頂生王曰大王勿恐怖大王勿恐怖亦不亡失國命亦不中夭諸天非不喜見頂生王問天曰天若我無此災患者何以故輪住空中天對曰大王此處一切恒沙如來無所著等正覺降魔官屬已成無上最正覺是故此處一切衆生無能歷上者是故輪住空中於是頂生王還從上下已即於彼處立鍮婆極大供養已更從餘處飛昇天上共釋提桓因半坐聞者三千六百釋命終彼之故在座以此經可知金剛座處常定問曰云何知轉法輪處常定答曰如法實偈所說問曰若爾者尊者法實偈善通彼說定光如來無所著等正覺於燈王城訶黎那山轉法輪答曰彼燈王城者即是波羅柰何棃那山者即是仙人住處鹿野苑以此可知一切三耶三佛轉法輪處常定問曰云何知從天上來下處常定答曰如所說於過去時衆多比丘同止彼處少有所爲離彼處遊餘處諸比丘去不久餘異學入住彼處彼衆多比丘於後時還來本處語異學言此是我處異學亦說此是我處彼便共極大鬭諍諸比丘猒諍已語異學曰當共作眞諦言有眞諦者便得此處異學言可爾可爾異學多作誠諦語而不成就比丘說曰聽我誠諦語

彼處有師子幢彼諸比丘同一聲發誠諦語以此眞實之言若一切恒沙三耶三佛爲毋故及三十三天說法已來下初至此處者以此眞諦言令師子幢現有變化彼時師子極大震吼諸異學聞已驚怖畏懼便捨而走不入彼處彼師子口極大吐華華滿彼處以此可知一切諸三耶三佛從天上下是常定處以此事知一切三耶三佛三處常定金剛座處轉法輪處天上下處問曰如所說地神舉聲彼時諸大天亦集近世尊座如四大天王釋提桓因及大梵天首陀會天及餘極妙天龍鬼神近世尊座諸地神坐處遠不近世尊何以故地神前發音聲答曰此地神是彼諸天給使是故彼前發聲或曰地神者不常定是故彼前發聲如大聚會極作妓樂謂不常定人者便速前舉聲笑謂常定人然後庠序笑如是地神非常定是故前發音聲餘諸天常定是故定後發聲或曰地神當常護菩薩故說者謂菩薩兜術終已生閻浮提迦羅衛國不亂入毋胎彼時釋提桓因勑遮勒天子汝遮勒五百青鬼菩薩在毋胎常當擁護莫令有觸嬈菩薩者於是遮勒天子受釋教已便勑五百青鬼當往迦羅衛國擁護菩薩彼諸青鬼菩薩在毋胎及生常擁護之以佛轉法輪地神作是念菩薩在毋胎及生我等常擁護此是我等疲勞所得功報彼歡喜悅豫故前發聲此世尊轉法輪問曰聞此法已地神舉聲音徹梵天何以故聲不過梵天答曰謂耳識現在前故聲徹也過梵天上無有自地耳識現在前或曰梵天請佛轉法輪故聲

徹梵天首陀會天勸請菩薩使成無上最正覺謂與菩薩化作老病人死人及沙門彼一切首陀會天所作菩薩見老病死人及沙門已猒患出家學道至降魔官屬已成無上最正覺彼時首陀會天踊躍歡喜發大音聲謂我等爲菩薩化作老病死人及沙門是我等疲勞所得功報以是故成無上正覺時聲徹至首陀會天大梵天請佛世尊轉法輪彼踊躍歡喜發大音聲此世尊轉法輪是我等疲勞所得功報以是故轉法輪時聲徹梵天不過上說者謂佛爲四天王故聖語說四諦二知二不知謂不知者爲曇羅國語說 禋佉（苦也）彌佉（習也）陀破（盡也）陀羅破（道也） 此說苦邊一知一不知謂不知者爲彌離車國語說 摩舍兜舍 僧舍摩 薩婆多 鞞棃羅 此說苦邊盡知問曰世尊爲四天王說四諦聖語爲有力耶無力耶若有力者何以故爲二聖語說一曇羅國一彌離車國語說若無力者本師偈云何通

一音聲說法 悉徧成音義 彼各作是念
最勝爲我說

一音聲說法者是梵音也悉徧音者若有振旦人彼作是念謂佛作振旦語說法如是陀勒摩勒波勒佉沙婆佉棃謂彼處若有兜佉勒人彼作是念謂佛作兜佉勒語說法現義者著欲者作是念世尊說不淨恚者作是念世尊說慈癡者作是念世尊說緣起彼各作是念最勝爲我說者衆中作是念世尊爲我故說法是故說

一音聲說法 悉徧成音義 彼各作是念

最勝爲我說
作此論已答曰無力何以故世尊不可以耳見色以眼聽聲問曰若無力者此偈云何通答曰此偈不必通偈者非契經非律非阿毗曇但彼作頌者欲令句義合故此是讚佛非是實如鞞婆闍提說諸佛不眠以除陰蓋故佛世尊亦常定故如是更有說者諸佛世尊不飲不食除諸著味故此是讚佛非是實如是偈讚佛非是實若通此偈者當何意答曰世尊所說應機捷速世尊語極速爲一說已復爲一說如似一時或曰世尊語音一切音各有境界應適一切音世尊極知振旦語勝生振旦中者如是陀勒摩勒波勒佉沙婆佉棃兜佉勒世尊極知兜佉勒語勝生兜佉勒中者以是故說一音聲說法悉徧成音義更有說者世尊有力問曰若爾者此偈爲善通何以故世尊爲四天王說四諦爲二聖語說爲一曇羅國語說爲一彌離車國語說答曰欲滿彼四天王意願故二天王願世尊聖語爲我說四諦一願曇羅國語一願彌離車國語世尊常欲滿他一切善願隨所欲而爲說法是謂滿四天王意願故爲二聖語說四諦爲一曇羅國語爲一彌離車國語說或曰斷他疑故莫令有作是念世尊但善於聖語不能曇羅國語彌離車國語是故斷他疑故說我一切中自在以故爾或世尊教化或爲變身口或不變謂不變身口者若爲彼變便不得度以是故世尊以已力遊明者尸人間一日行十二由延說者助彼日教化七十千人入聖法中謂一切緣不變身口謂教化變身

口者若爲彼不變便不得度以是故世尊爲四天王二聖語說一曇羅語說一彌離車語說說四諦時如是行觀時一切根本聖行問曰四聖諦幾性斷非緣斷幾緣斷非性斷幾性斷亦緣斷幾非性斷亦非緣斷答曰性斷非緣斷者謂苦諦習諦無漏緣此性斷非緣斷緣斷非性斷者謂道諦有漏緣此緣斷非性斷性斷亦緣斷者謂苦諦習諦有漏緣此性斷亦緣斷非性斷亦非緣斷者謂盡諦及道諦無漏緣此非性斷亦非緣斷廣說四諦處盡

鞞婆沙論卷第九

音釋

[木强]其亮切施呂於道也 咄當沒切呵也 雹弼角切雨氷也 竪臣庚切立也 鍮婆梵語也此云方墳亦云圓塚鍮音偷 嬈而沼切與擾同 [衤垔]侒[亻垔]於眞切侒奴丁切 佉丘伽切 捷疾葉切敏疾也